BASTEI
LÜBBE

DOMINI HIGHSMITH
im BASTEI-LÜBBE-Taschenbuchprogramm:

13 682 Hüter des Schreins
13 799 Der schwarze Wächter

Historischer Roman

Ins Deutsche übertragen
von Michaela Link

BASTEI
LÜBBE

BASTEI-LÜBBE-TASCHENBUCH
Band 13 799

Erste Auflage
Oktober 1996

Deutsche Lizenzausgabe 1996
Bastei-Verlag Gustav H. Lübbe
GmbH & Co., Bergisch Gladbach
Originaltitel: Guardian At The
Gate
Lektorat: Iris Schmidt
Titelbild: David Senior
Schriftzug: Marti Ripoll/Norma
Agency, Barcelona
Umschlaggestaltung:
Quadro Grafik, Bensberg
Satz: KCS GmbH,
Buchholz/Hamburg
Druck und Verarbeitung:
Brodard & Taupin,
La Flèche, Frankreich
Printed in France

ISBN 3-404-13799-X

Der Preis dieses Bandes
versteht sich einschließlich der
gesetzlichen Mehrwertsteuer

KAPITEL 1

»Cedd? Wo steckst du, Mann?«

Nur ödes Moorland ringsumher. Als die Frau das letzte Mal aufgeblickt hatte, war ihr Mann mit den zwei Kindern noch dagewesen. Jetzt waren sie verschwunden.

»Cedd?« Sie erhob sich und schirmte ihre Augen gegen das gleißende Licht eines wolkenlosen Himmels ab. »Mathilda? Arno?«

Neben ihr schlummerte ihr jüngstes Kind; den rauhen Stoff seines Tragetuchs hatte sie mit einem Holzstock aufgespannt, damit ihm die grelle Sonne nicht das Gesicht verbrannte. Hinter dem kleinen Bündel hatten drei Kühe gegrast, aber auch von ihnen war keine Spur mehr zu sehen.

Die Frau sammelte auf dem Swinemoor Mist, der dann getrocknet als Brennmaterial dienen sollte. Sie trug ein Gewand aus schäbiger Wolle, das in der Taille von einer gedrehten Kordel gehalten wurde. Von den Hüften bis zu den Knöcheln starrten ihre Beine vor Schmutz, und ihre Arme waren bis zu den Ellbogen hinauf voller Kuhmist. Neben ihr stand ein Korb, der jetzt mit stinkenden Mistklumpen gefüllt war.

»Mann?« Ihre Stimme schwoll zu einem Kreischen an. *»Ehemann?«*

Ein Mann, der in einiger Entfernung arbeitete, fuhr auf; als er den Schrei hörte und wischte sich mit dem Ärmel über die Stirn. Einen Augenblick lang stand er wie gebannt da, dann ließ er sein Werkzeug fallen und schrie, daß es sie bis ins Mark erschütterte: *»Lauft!«*

Sie bückte sich instinktiv, um das Kind aus seinem Tuch zu nehmen. Als sie sich wieder umdrehte, sah sie noch, wie der Mann mitsamt seinem Korb vom Erdboden aufgesaugt wurde. Mit grauenerregender Geschwindigkeit verwandelte sich die staubige Erde in eine glitzernde, schwarze Flüssigkeit. Das Moor riß auf, und aus den Spalten quollen stumme, tödliche Pfützen aus Schleim hervor.

In panischer Angst wandte sich die Frau zur Flucht, aber schon verwandelte sich der feste Boden unter ihren Füßen in einen klebrigen Tümpel. Sie wurde verschlungen, bevor sie auch nur aufschreien konnte.

Ein für den beschwerlichen Rückweg zu seinem Domkapitel gewandeter Diakon machte am Rande der Figham-Weiden Halt, um einen letzten Blick auf die unter einem Dunstschleier vor ihm liegende Stadt zu werfen. Der Priester, in dessen Auftrag er reiste, hatte ihm sein lahmes Pferd großzügig gegen ein frisches Reittier ausgetauscht, denn er sollte nach Möglichkeit St. Peter erreichen, bevor die Stadttore von York wie immer bei Einbruch der Abenddämmerung verriegelt wurden. Er schlug seine Kapuze zurück und entblößte einen glattrasierten Schädel, auf dem in der Hitze eine dünne Schweißschicht glänzte. Ehrgeizig und gerissen wie er war, führte ihn seine Profitgier auf jeden Marktplatz, auf dem seine besondere Handelsware einen Käufer finden konnte. Diesmal war Beverley der Marktplatz gewesen und Beverleys Priester seine Kunden.

Mit einem Seufzer hob er die Schultern und lächelte, während er in demütiger Dankbarkeit für einen guten Geschäftsabschluß das Kreuzzeichen schlug. Er konnte ein neues Pferd und eine wohlgefüllte Silberbörse sein eigen nennen, und Pater Cyrus de Figham hatte seine Information erhalten – so hatten sie beide von der Sache profitiert. Und besser noch, er konnte nun in aller Vorsicht ein hinterhältiges Doppelspiel wagen, wußte er doch, daß auch sein Erzbischof, der unbeliebte, zänkerische Geoffrey Plantagenet, bereitwillig einen guten Preis für die Geheimnisse anderer Kirchenmänner zahlte. Das Geheimnis, das er aus York mitgebracht hatte, hatte ihm einen hübschen Profit eingetragen; was er nun aber mit zurücknahm, würde seinen Gewinn vielleicht verdoppeln.

Der Diakon war ausgesprochen scharfsinnig, wenn es um die Einschätzung seiner Mitmenschen ging – Priester oder Bettler, Mönch oder Kanonikus, alle Männer waren käuflich, wenn der Preis stimmte. Vom Hörensagen wußte er, daß ein Schreiber, der sich auf ein geheimes Geschäft mit dem nämlichen Cyrus de Figham, dem Kanonikus von St. Matthew, eingelassen hatte, seinen Handel mit Informationen mit seinem Leben hatte bezahlen müssen. Manche sagten, ein alter Diener de Fighams, den es nach der Börse des Informanten gelüstet hatte, sei dem Schreiber gefolgt und habe ihm die Kehle durchgeschnitten. Der Kanonikus selbst habe aber nichts mit der Sache zu tun gehabt. Andere glaubten, de Figham habe befohlen, dem Schreiber aufzulauern und ihm die Börse wieder abzunehmen, und den Diener für seine grausame Tat gut bezahlt. Beide Versionen klangen glaubwürdig, und so war der Diakon gut beraten gewesen, sich gegen alle Wechselfälle zu wappnen. Erst hatte er seinem Gastgeber vorsorglich mitgeteilt, daß er die gewohnte Route nehmen und sich auf dem Weg mit anderen Reitern zusammentun würde, dann aber tatsächlich einen komplizierten Umweg um das Weideland gemacht. Wenn er sich gleich ausgeruht hatte, würde er auf seinem schnellen, kräftigen Pferd so geschwind wie möglich nach Hause reiten.

Er gestattete sich noch einmal ein kleines Lächeln. Es verschaffte ihm eine gewisse Befriedigung, Männer von höherem Rang, die vielleicht ganz gewöhnliche Schurkereien im Sinne hatten, an der Nase herumzuführen. Er würde seine wohlverdiente Börse behalten, ebenso wie sein Leben, und wenn Cyrus de Figham die Absicht hatte, ihm das eine oder andere zu rauben, so ritten die Männer, die er zu diesem Zweck ausgesandt hatte, genau in diesem Augenblick in Windeseile in die falsche Richtung.

Er stieg vom Pferd und zog einen Krug mit Wasser verdünnten Biers unter den Bündeln hervor, die an seinem Sattel hingen. Während er trank, sah er zu, wie sich die Nebel über den Sümpfen, die einen gefährlichen Ring um die Stadt bildeten, zurückzogen. Er schneuzte sich den braunen Staub aus der Nase und dachte wieder einmal, was für ein schmutziger, gottverlassener Ort diese Stadt doch war. Gäbe es den heiligen Schrein von St. John und die kostbaren Reliquien in dessen Grab nicht, würden die Pilger nicht zu Tausenden hierherströmen und die Einwohner sich in ihren schmutzigen Hütten nicht wie die Ratten vermehren. Beverley lebte, während andere Städte untergingen, es gedieh sogar, während manch würdigerer Ort darbte, und manche meinten, der Teufel hätte da seine Hand im Spiel. Selbst das nur notdürftig instandgesetzte, staubüberzogene Münster mit seinem hastig errichteten, niedrigen Holzdach und seinen vom Feuer geschwärzten Türmen sah aus wie eine schon lange verlassene Ruine.

»Die Kanoniker von Beverley können das Ding meinetwegen gern behalten«, stieß er so heftig hervor, daß sein noch nicht an den neuen Herrn gewöhntes Pferd erschrocken zur Seite ausbrach. »Diese Stadt ist entweder so naß wie ein Sumpf oder so trocken wie die Asche der tiefsten Hölle. Bei Gott, kein Mensch ist bei dieser barbarischen Hitze sicher. Ein kleiner Funken, eine Kerze am falschen Ort, und Beverley wird abermals vom Feuer verzehrt werden.«

Er wollte gerade wieder auf sein Pferd steigen und sich auf den Weg nach York machen, als er etwas sah, das ihm einen Schauer über die dünne Haut seines Schädels jagte. Die Sumpfnebel erreichten nun den dichten Staub über den versengten Feldern, und es wollte ihm, einem Mann voller Furcht und Aberglauben vor dem Übernatürlichen, scheinen, als träfen an jener Stelle zwei feindliche Mächte direkt aufeinander. Jedenfalls wallte an verschiedenen Stellen entlang der Wasserläufe eine glitzernde Flüssigkeit auf und verursachte vor seinen ungläubig aufgerissenen Augen eine Vielzahl kurzer, stummer Tragödien. Eine gewaltige, sich stromaufwärts wälzende Schlammwelle brachte eine Flotte kleiner, im Hafen vertäuter Schiffe zum Kentern. Weiter nördlich, zwischen den Sümpfen und dem Stadtgraben, war eine Siedlung von Notunterkünften in Windeseile vom Erdboden verschwunden. Hütten und Höfe, Männer und Tiere wurde gleichermaßen von schleimigen Teichen verschlungen, die sich wie von Zauberhand geschaffen auftaten. Der Diakon sah fassungslos mit an, wie ein Teil der Cobbler Row binnen eines Augenblicks ausgelöscht wurde und der Wasserstand der Großen Becke dort, wo das Ufer besonders flach war, plötzlich anschwoll und gleich darauf wieder sank und nichts als verwüstete Leere zurückließ.

»Allmächtiger Gott«, murmelte er. »Was sind das für Dinge, die hier geschehen?« Der Staub brannte ihm in den Augen, aber er war nicht fähig, seinen entsetzten Blick abzuwenden. »Bei allem was heilig ist, die Gerüchte sind wahr. Beverley ist verflucht! Möge Gott diesen armen Seelen gnädig sein.«

Er schlug das Kreuzzeichen und stammelte ein verworrenes Gebet. Es war zu spät, um noch Alarm zu schlagen. Wie sollte er auch eine ganze Stadt vor den tödlichen Schlammtümpeln warnen, die bald an diesen, bald an jenem Ort aus dem Boden quollen, ohne daß man sagen könnte, wann oder wo sie als nächstes auftauchen würden. Ohne daß ein Laut zu vernehmen war, weder Angstschrei noch Glockengeläut oder warnender Hornstoß, starben die Menschen hier vor seinen Augen. Mehr als der Anblick des Sterbens jagte ihm jedoch die bedrohliche Stille wahre Angstschauer über den Rücken. Sein Gewissen sagte ihm, daß man ihn hier brauchte, aber sein Instinkt drängte ihn, sofort nach York zu reiten und dieses verfluchte Beverley mit seinem Schlamm und seinen hinterhältigen Priestern schnell hinter sich zu lassen. Er starrte auf den wabernden, glitzernden Flecken, in dem eine ganze Scheune verschwunden war, und riß dann heftig am Zügel, um sein tänzelndes Pferd unter Kontrolle zu bekommen. Er schwang sich in den Sattel, stieß dem Tier heftig seine Absätze in die Flanken und riß den Kopf des Pferdes herum. Dann sah er die Reiter kommen.

In schnellem Galopp überquerten drei Männer hinter ihm die Weide, und an ihren Kleidern sah er, daß er es mit Cyrus de Fighams Kreaturen zu tun hatte. Dieser schwarzäugige, silberzüngige de Figham hatte ihn, der sich für so schlau und vorsichtig gehalten hatte, überlistet. Kalte Furcht griff nach seinem Herzen, ließ ihm den Atem in der Kehle stocken, und um ein Haar wäre er ohnmächtig vom Pferd gestürzt. Blanke Klingen blitzten auf; er wußte, daß er verloren war, er riß die Börse vom Gürtel und warf sie zu Boden in der Hoffnung, das Silber gegen sein Leben einhandeln zu können. Einer der

Männer sprang auch vom Pferd, um den Köder zu ergreifen, aber die anderen hielten unbeirrt auf ihn zu. Das Pferd spürte die Angst seines Reiters, bäumte sich plötzlich auf und brach in einen schnellen und verzweifelten Galopp Richtung Wald aus. Binnen eines Augenblicks fand der Diakon seinen Mut wieder und trieb das Tier an, fest entschlossen, den Schutz der Bäume zu erreichen, bevor de Fighams Männer ihn einholen und ermorden konnten.

Der Figham-Graben schlängelte sich mit vielen Windungen durch die Weiden, und obwohl ihn die Dürre zu einem Rinnsal verfaulten Wassers ausgetrocknet hatte, waren seine Ufer doch so steil wie eh und je. Das Pferd des Diakons setzte mit Leichtigkeit über den Graben, stolperte aber am anderen Ufer und stürzte. Der Geistliche hörte, wie dem Tier ein Vorderbein brach, spürte, wie das Pferd unter ihm wegsackte, und wurde aus dem Sattel geschleudert. Einer seiner Verfolger lachte laut auf, und der Diakon begann, auf den Knien den barmherzigen Gott um Hilfe anzuflehen. Als wollte er auf das Gebet antworten, begann der Erdboden neben dem Graben Blasen zu werfen, und der Verfolger, der bereits grinsend das Schwert über seinem Kopf schwang, wurde von einer großen Schleimwoge verschluckt. Einen Augenblick später war der Diakon wieder auf den Beinen und lief los. In seiner blinden Todesangst kümmerte es ihn nicht, wohin er seine Füße setzte, und so bemerkte er auch nicht, daß die von der Sonne verdorrte Erde immer weicher wurde, je weiter er lief. Plötzlich waren seine Füße und Beine verschwunden. Er hob den Kopf, stieß noch einen erstickten Entsetzenslaut aus und war verschlungen.

Dann lag die Weide wieder so still da wie zuvor, staubig und trocken wie Zunder, das Gras versengt, die sanften Wellen des Geländes friedlich, als sei nichts geschehen. Nichts erinnerte mehr an Pferde, Schwerter oder Reiter. Nur der gewundene Graben war anders als zuvor, denn er glitzerte jetzt vor Schlamm, und an beiden Ufern ruhten friedlich wie Dorfweiher jetzt in neugeformten Kolken Tümpel voller schlammigen Wassers.

Die Flut kam ohne Warnung. Es war so heiß und trocken gewesen wie schon seit vielen Wochen, und doch war binnen einiger kurzer, grauenvoller Minuten das Unmögliche wahr geworden, und viele Menschen hatten ihr Leben lassen müssen. Es blieb keine Zeit mehr, um die Glocken zu läuten, um Besitz in Sicherheit zu bringen oder Tiere auf höhergelegene Weiden zu treiben. Die Flut brach aus der Erde selbst hervor, drängte das Wasser des Flusses stromaufwärts und ließ die Becke und alle kleineren Wasserläufe über die Ufer treten. Binnen weniger Minuten war das Schlimmste bereits vorüber, lagen viele Straßen unter Schlamm begraben und waren zahllose Häuser zerstört. Ganze Siedlungen bedeckten die Schlammassen, erstickten die Bewohner mit allem Vieh, das sie besaßen, während nur ein paar Schritte entfernt die Menschen verschont blieben. Der tödliche Schlick kam in einzelnen, jähen Wogen und so lautlos und unvermutet, daß Häuser und Höfe darin untergingen, bevor auch nur ein Mensch den Kopf wenden und die Gefahr erkennen konnte.

Ein Schuster, der kurz von seiner Arbeit aufblickte, sah, wie eine ganze Häuserzeile von dem gewaltigen Mahlstrom verschlungen wurde. Ein Bauer mußte mitansehen, wie seine Weide sich verflüssigte und seine Tiere so schnell in die Tiefe riß, daß sie verschwanden, ohne auch nur zu blöken oder zu schnauben. Von einer plötzlichen, unheimlichen Stille überrascht blickte ein armer Mann von seinem Dach, das er gerade mit Stroh ausbesserte, hinab, um festzustellen, daß seine ganze Familie verschwunden war, sein bescheidenes Stückchen Land sich in Schlick verwandelt hatte. Männer und Frauen gingen ihren alltäglichen Geschäften nach, ohne zu ahnen, daß nur wenige Straßen weiter ganze Familien vom Erdboden verschluckt wurden.

Am Tor von St. Mary stand schreiend ein Priester und hielt das Altarkreuz der heranströmenden Masse entgegen, die mit einemmal aus geweihtem Grund hervorgequollen war.

»Zurück! Weiche zurück, du Teufelsgezücht«, kreischte er. *»Zurück! Zurück, sage ich!«*

»Pater! Geht da weg …«

Ein kleiner Junge wollte ihn fortziehen, aber als das durch

die Luft schwingende Kreuz ihn traf, klammerte er sich an seinen Priester, und so versanken sie gemeinsam im schleimigen Erdreich.

Die Uferdeiche der Becke und des Großen Grabens brachen an einigen Stellen, so daß der größte Teil der Flut landeinwärts drängen konnte und der Wasserstand stromabwärts unverändert blieb. Ehrliche Leute hatten daher nur Spott übrig für Berichte von einer angeblich tödlichen Flut in anderen Teilen der Stadt. In der Lairgate spie ein Brunnen, der auf einem von Mauern umfriedeten Platz stand, plötzlich Schlamm in solchen Mengen aus, daß von den dort spielenden Kindern und angebundenen Tieren nichts mehr übrig blieb. In der Fishmongers Row verschwand ein Haus mit zwanzig Menschen darin, und als ein großer Teil des Fischmarkts im Schlick versank, konnte niemand sagen, wie viele hier ihr Leben gelassen hatten.

Manche hielten eine solche Tragödie für schlichtweg unmöglich. Es war einer von den vielen heißen Septembertagen gewesen, an denen weder Wolken noch Wind die drückende Hitze gelindert hatten. Im Anschluß an einen ungewöhnlich trockenen Sommer war siebenundzwanzig Tage lang kein einziger Regentropfen gefallen, und die Felder waren so ausgedörrt, daß die Ackerkrume sich zu einem Dunst feinen braunen Staubes verflüchtigt hatte. Feuer war das, wovor die Menschen in Beverley am meisten Angst hatten. Mehr als den Zorn Gottes oder die Qualen einer Hungersnot, mehr noch als einen Ausbruch der Pest fürchteten sie den heißen und tödlichen Atem lodernder Flammen, die kein Mensch mehr würde bezwingen können. Des Nachts gingen Feuerwächter noch lange nach dem *Couvre feu,* dem Zeitpunkt, da alle Feuer gelöscht werden mußten, die Straßen und Gäßchen ab. Bei Sonnenuntergang wurden alle Stadttore verschlossen, die Feuer erstickt und jede Flamme gelöscht, denn jedes Feuer, das nach dem Abendläuten noch brannte, konnte seinem sorglosen Besitzer eine öffentliche Auspeitschung eintragen.

Diese Vorsichtsmaßnahmen wurden aus gutem Grund getroffen, denn jeder Mann und jede Frau in Beverley hatte am eigenen Leib erfahren, was Feuer anrichten konnte. Auf den Tag genau vor zwei Jahren, am Fest des heiligen Matthäus, war ihre Stadt vollständig abgebrannt, und für jeden Menschen, der das überlebt hatte, waren zwei in den Flammen gestorben. Wenn diese Ereignisse sich wiederholen sollten, dann wäre jetzt der richtige Moment dafür, jetzt, da alles trocken wie Zunder war und es schon so lange nicht mehr geregnet hatte. Eine Flutkatastrophe bei dieser staubigen Dürre war einfach unvorstellbar.

KAPITEL 2

Die Zahl der Todesopfer stieg bis Mittag auf zweihundert an. Obwohl man bisher weniger als ein Dutzend Leichen gefunden hatte, trieben bereits Plünderer und Taschendiebe ihr Unwesen in den Menschenmengen, die sich um jede Schlammpfütze herumscharten. Hühner und Schweine wurden davongetragen, während ihre Besitzer nach verschollenen Verwandten suchten. Alles Bewegliche wurde aus unbewachten Häusern gestohlen, Getreide und Werkzeug aus leerstehenden Schuppen. Selbst ein Haufen Feuerholz, ein Küchenbesen oder ein hübscher Kochtopf konnte Diebe anziehen, die sie dann auf den Straßen gegen anderes eintauschten. Schon bald verwandelte sich jede Straße und Gasse in einen Marktplatz, auf dem Güter von einem Haus zum anderen wanderten oder durch eine bequeme Fensteröffnung den Besitzer wechselten.

»Allen Dieben und Plünderern, die erwischt werden, wird sofort die rechte Hand abgeschlagen.«

Trotz dieser Warnung machten die Räuber überall in der Stadt gute Geschäfte, denn des einen Schaden ist nun einmal des anderen Nutzen. Die anständigen Menschen konnten oft nur hilflos ihre Verluste beklagen. Ein Plünderer jedoch wurde dabei erwischt, wie er den Leichnam eines Ertrunkenen berauben wollte, und die Nachbarn des Verstorbenen warfen ihn in den nächsten Schlammteich, wo er sehr zur Belustigung der Menge wie ein Stein versank. Ein erzürnter Pilger, dem man ein Paar Stiefel gestohlen hatte, schnitt dem Dieb ein Ohr ab; und binnen einer Stunde verlor der Dieb auch noch sein anderes Ohr an den Böttcher, dessen Werkzeuge er gestohlen und gegen einen Laib Brot eingetauscht hatte. In der Walkergate, wo die Flut am schlimmsten gewütet hatte, erwischte man eine Familie von Vagabunden bei der Plünderung eines Hauses. Die gesamte Familie einschließlich aller sieben Kinder wurde zur Abschreckung an den Dachsparren erhängt.

Männer stocherten mit langen Staken im Schlamm nach den Kadavern von Tieren, um diese entweder gewinnbringend zu verkaufen oder damit den Kochtopf der Familie zu füllen. Im Münster erfuhr man davon, daß bestimmte Geschäfte in der Butcher's Row verdächtiges Rind- oder Hammelfleisch für weniger als die Hälfte des gewöhnlichen Preises verkauften. Zwei Priester, die dieser Sache auf den Grund gehen sollten, fanden die ganze Straße von einer aufgeregten Menschenmasse belagert, die ihren Anteil an dem billigen Fleisch forderte. Aus Angst, die beiden könnten ihnen zuvorkommen und sich den größten Teil des Fleisches für die Kirche sichern, fielen die Leute sofort über die Priester her und schlugen sie nieder. In Todesangst ergriffen die beiden Männer die Flucht und verschwanden in einem Garten hinter den Läden. Zu ihrem Entsetzen entdeckten sie dort unter den feilgebotenen Waren eine menschliche Hand und mehrere abgetrennte Füße. Ihre gerechten Proteste trafen auf taube Ohren, denn leere Bäuche scheren sich nun mal nicht um die Gestalt des Tieres, das sie füllen soll.

In der Nähe des Swinemoors war ein großes Stück Weideland vollkommen in den Fluten untergegangen. Mehrere Dutzend Schafe und etwa halb so viele Kühe waren angeblich dort vom Schlamm verschlungen worden, aber die Söhne von Edward Blacksmith und einige ihrer Freunde wußten es besser. Kaum hatte der schwarze Schlamm sich erhoben, waren sie, bewaffnet mit Stäben, Stöcken und bellenden Hunden, auch schon losgerannt, um die Tiere wegzutreiben. Erst auf dem Marktplatz von Howden hatten sie ihren Schritt verlangsamt und die Tiere, noch bevor man dort von der Überflutung Beverleys erfuhr, verkauft.

Auch auf der Weide beim Westwald hatten Nachbarn sich gegenseitig die Tiere fortgetrieben, auch wenn sie selbst keine Verluste erlitten hatten. Wie jede Tragödie bot auch diese die günstige Gelegenheit schnellen Gewinns. In Grovall lebte beispielsweise ein verbitterter Knecht, der aufgrund einer früheren Bestrafung einen Groll gegen seinen Herrn hegte. Als er die Flut aus jedem Graben und jedem Brunnenloch auf dem Land des Bauern hervorsprudeln sah, erkannte er sofort seine

Chance zur Rache. Er schlug seinen Herrn mit einem einzigen Hammerschlag nieder und stieß den leblosen Körper in den nahenden schwarzen Strom. Als die Bauersfrau sich weigerte, mit dem Mörder ihres Mannes das Bett zu teilen, warf er die Witwe hinterher. Zwei Kinder und ein Diener teilten ihr Schicksal. Der Knecht jedoch verweilte zu lange über der Geldtruhe der Familie, und als er sich endlich anschickte zu fliehen, hatte der Schlamm sich zu einer gewaltigen Woge aufgestaut und verschlang auch ihn.

Wie viele Schulden auf diese Art und Weise beglichen wurden, wie viele Kränkungen und Bosheiten gerächt wurden, konnte niemand mit Bestimmtheit sagen, aber so manches Geschick nahm durch die Katastrophe eine unvermutete Wendung, sei es zum besseren oder zum schlechteren, zu größerem Reichtum oder noch schlimmerer Armut.

Für Simeon de Beverley, Meisterschreiber, Historiker und designierter Kanonikus von St. Peter, wurde dieser sonnige Morgen am Vortag des Festes des heiligen Matthäus zum Wendepunkt nach zwei Jahren kostbaren Friedens. Mit Osric, dem Hospizbruder, und Antony, dem Mönch, war er erst in tiefster Nacht aus York zurückgekommen, hatte eine gefährliche Reise und einen harten Ritt hinter sich. Gemeinsam hatten sie sich den Staub und den Schweiß von den Leibern gewaschen und gerade noch rechtzeitig zum Morgengottesdienst frische Gewänder anlegen können. Danach fielen sie zu Tode erschöpft auf die Strohpritschen in Simeons Skriptorium, nur um wenige Stunden später wieder aus dem Schlaf gerissen zu werden. Mit Seilen und Stäben ausgerüstet liefen sie erst hierhin und dann dorthin, um festzustellen, daß ganze Familien und ganze Siedlungen dem Unglück zum Opfer gefallen waren und schlammige Seen, über denen sich bisweilen ein widerlich fauliger Gestank erhob, ihren Platz eingenommen hatten. Simeon sprach zahllose Gebete, um die Hinterbliebenen zu trösten, so gut er es vermochte, aber innerlich weinte er um alle, die ohne ein christliches Begräbnis, ohne Beichte und Absolution gestorben waren, so daß sie nach der Lehre der heiligen katholischen Kirche für alle Ewigkeit verdammt waren. Der Gedanke, daß diese Menschen, die so unvermutet und schrecklich gestorben waren, für immer verloren sein sollten, war ihm unerträglich, und so erteilte er jedem Opfer gegen die Gesetze der Kirche und die Lehren der christlichen Schriften die volle und bedingungslose Absolution.

»*... in nomini Patris, et Filii, et spiritus sanctus ...*«

»Was? Volle Absolution, Simeon? Ohne Beichte?«

Simeon wandte sich von einem Schlammteich ab und blickte in das grimmige Gesicht von Antony, dem Mönch. »Hatten diese armen Seelen vielleicht Zeit, eine Beichte abzulegen? Sollen sie in Ungnade in das Jenseits eingehen, weil kein Priester bei der Hand war, um ihnen wenigstens einen hastigen Ablaß ihrer Sünden zu gewähren?«

»Aber das Gesetz verlangt ...«

»Das Gesetz Gottes«, unterbrach Simeon ihn scharf, »muß von Laien wie Priestern im Einklang mit ihrem eigenen Herzen interpretiert werden. Er ist ein Gott der Güte und des Mitleids. Er nimmt nicht unschuldigen Menschen ihr Leben und zieht sie dann für diesen Verlust auch noch zur Verantwortung.«

Antony runzelte die Stirn. »Sagt das mal Eurem Erzbischof.«

»Wenn es sein muß ...«

»Ihr habt diesen Leuten Sünden vergeben, die weder gebeichtet noch gesühnt wurden«, beharrte Antony. »Ihr geht weiter als irgendein Priester es wagen sollte. Gott segne Euch für Euren Mut, Simeon, aber Ihr dürft sicher sein, daß die Kirche das nicht tut.«

»Volle Absolution«, antwortete Simeon kurz. »Den Rest überlasse ich einer Autorität, die größer ist als jede irdische. Kommt jetzt, Antony. Es gibt noch viel zu tun.«

Als Simeon sich abwandte, hielt der Mönch ihn am Arm fest. »Gebt acht, mein Freund. Tut, was Ihr tun müßt und was Euer Herz Euch befiehlt, aber tut es leise, so daß kein Wort gegen Euch bis nach York dringt und Euren Feinden einen unschätzbaren Vorteil verschaffen kann.«

Der hochgewachsene Priester nickte, und der Mönch war zufrieden. Beide wußten um die gefährlichen Spiele der mächtigen Kirchenmänner, und keiner der beiden wollte sich gern in der bescheidenen Rolle eines Bauern auf dem Schachbrett der Großen wiederfinden.

Simeon de Beverley war ein Mann mit einer unleugbaren und gewaltigen Ausstrahlung. Er war größer als die meisten und von kräftigem Körperbau, ein gutaussehender, beeindruckender Mann mit kornfarbenem Haar und Augen, deren Blau schon so manchen zutiefst verblüfft hatte. Wenn sich sein steter und ruhiger Blick auf andere heftete, wurde seinem Gegenüber oft unbehaglich zumute, denn er mußte befürchten, zu gründlich durchschaut, zu weitreichend verstanden zu werden. Der sanftmütige Priester konnte tatsächlich in anderen Menschen lesen und einen Lügner auf den ersten Blick erkennen. Er besaß nicht nur das milde, bescheidene Benehmen eines Gelehrten mit echter priesterlicher Berufung, sondern auch die besonderen Fähigkeiten und die unendliche Geduld eines Künstlers von Rang und darüber hinaus die körperliche Ausdauer eines durchtrainierten Athleten. Simeon war ein friedlicher, gütiger Mann, der nur selten die Stimme oder gar die Hand im Zorn erhob, und doch würden es nur wenige wagen, seine Geduld auf die Probe zu stellen, und erst recht wagte es kaum jemand, die Glut seines Grolls zu entfachen, denn es war allenthalben wohl bekannt, daß Simeon wie ein Berserker wüten konnte, wenn gerechter Zorn ihn erfüllte.

»Gütiger Gott, wird das denn niemals aufhören?« fragte er.

Osric, der Hospizbruder, schüttelte den Kopf. Er hatte auf dem Schlachtfeld schon viel Schlimmeres gesehen. Das plötzliche Hervorbrechen von Schlamm oder Wasser in sumpfigem Flachland war für ihn keineswegs etwas Neues. »Bei dieser drückenden Hitze wird der Schlamm schnell verkrusten«, sagte er. »Dann wird der Winter ihn zufrieren lassen, und wenn es erst Frühling ist, werden andere Häuser und andere Wiesen hier stehen und die armen Seelen der Vergessenheit anheimgefallen sein.«

»Es ist eine Ungeheuerlichkeit«, flüsterte Simeon, und Osric lächelte freudlos.

»Es ist eine *Tatsache,* mein Freund.«

Entsetzlich hilflos beobachtete Simeon Antony den zähen kleinen Mönch aus Flandern, der jetzt am Rande eines der vielen Schlammpfuhle auf dem Bauch lag. Die dicken Arme des Mannes steckten bis zu den Schultern im Modder, und seine Hände tasteten blind über den Grund. Auf seinen Ruf hin sprangen die beiden hinzu, um gemeinsam einen geschwärzten Körper hinauszuziehen. Simeon streifte hastig seinen Umhang ab, knotete sich ein Seil um die Taille und reichte das andere Ende einem kräftigen, jungen Mann mit lederner Kappe. Sie nahmen zu Hilfe, was ihnen gerade zwischen die Finger kam: Seile und Stöcke, Äste oder sogar Stoffstreifen; buchstäblich alles, was geeignet war, die Suchenden auf sicherem Grund zu halten und sie davor zu bewahren, in den Tod abzurutschen.

Sie zogen insgesamt sieben Leichen aus dem Schlamm, bevor sie das Kind entdeckten. Es war Simeon, der das kleine Mädchen fand. Bis an die Oberschenkel in schwarzem Schlick, das Gesicht fast die Oberfläche des Teiches berührend, watete er durch den Schlamm, als seine suchenden Hände plötzlich ergriffen wurden. Zu seinem Erstaunen klammerten sich kleine, aber verzweifelte Finger um seine eigenen.

»Bei allem was heilig ist!«

Seine Stimme war in ihrer Ungläubigkeit so durchdringend, daß die anderen Helfer wie angewurzelt stehenblieben. Simeon beugte sich vor, bis seine Wange den Schlamm berührte, bekam einen Arm, dann eine Schulter und eine Kapuze zu fassen und zog den kleinen Körper mit einem lauten Triumphschrei an die Oberfläche. Das kleine Mädchen hatte halb erstickt in seiner Lederkapuze gelegen, die den Schlamm von ihr ferngehalten und gleichzeitig für eine kleine Luftreserve gesorgt hatte. Außerstande, gegen das gewaltige Gewicht der Erdmassen, die sie umschlangen, anzukämpfen, hatte die Kleine einfach dort gelegen, dem Tode nahe, bis die suchenden Hände des Priesters sich um ihre eigenen geschlossen hatten.

Eine tiefe Stille entstand, als Simeon mit der schlaffen Gestalt in seinen Armen an den Rand des Teichs watete. Er beugte den Kopf, um seinen eigenen Atem in ihre Lungen zu blasen. Als er schließlich auf festen Boden trat, sog sie bereits gierig und ohne Hilfe die Luft ein und stieß sie mit einem leisen Wimmern wieder aus.

»Gott sei gelobt«, rief Antony und schüttelte voller Erstaunen den Kopf. »Sie lebt.«

»Ja, sie lebt«, erwiderte Simeon nickend, während er das schluchzende Kind an sich preßte. »Ihre Kapuze hat sie beschützt, aber die Luft darin hätte höchstens noch ein paar Minuten gereicht. Dank sei Gott, daß wir sie rechtzeitig gefunden haben.«

»Simeon!« Beim Klang seines Namens drehte er sich um und begegnete dem warnenden Stirnrunzeln des Hospizbruders. Erst da wurde ihm bewußt, daß die kleine Schar von Möchtegernrettern um ihn herum schwieg, daß keiner vortrat, um in seine Freude darüber einzustimmen, daß es ihm gelungen war, ein Kind lebend dieser schrecklichen Hölle zu entreißen. Einige Männer und Frauen lagen bereits auf den Knien, andere schlugen das Kreuzzeichen oder verschränkten die Hände zum Gebet, und auf allen Lippen stand ein einziges geflüstertes Wort: *Wunder.*

Eine weinende Frau umklammerte seine Knöchel mit beiden Händen und küßte seine Füße, ohne auf den Schmutz zu achten, mit dem sie bedeckt waren. »Mein kleines Mädchen … meine Ava … Sie war tot, und Ihr habt sie wieder zum Leben erweckt … Gott segne Euch, o Gott segne Euch, Pater Simeon.«

»Nein, Weib, ich habe deine Tochter *nicht* zum Leben erweckt.« Simeons Stimme war kalt und hart, und eisige Angstschauer krochen über seine Kopfhaut und seinen Rücken hinunter. »Sie lebte noch, als ich sie im Schlamm gefunden habe.«

»Nein, Pater, es war ein Wunder.«

»Das stimmt nicht«, sagte er. »Es war Gottes Wille und eine dicke Kapuze, die die Kleine gerettet haben. Sie war nicht tot. Hör mir zu, Weib. Deine Tochter war nicht tot.«

»Dieser Mann ist ein Heiliger!« rief die Frau plötzlich. »Pater Simeon ist ein Heiliger! Ihr habt gesehen, was er getan hat. Ihr habt gesehen, wie er meine Ava von den Toten erweckt hat.«

»Frau, ich warne dich«, zischte Simeon durch seine Zähne. »Was du da sagst, ist Gotteslästerung. Die Kirche wird es nicht dulden …«

»Aber ich habe das Wunder selbst gesehen, Pater Simeon. Ihr habt meine Ava geküßt, und sie ist wieder lebendig geworden.«

»Nur ein bißchen Luft, um ihr beim Atmen zu helfen«, protestierte er.

»Sie war tot, ich sage es Euch, ertrunken wie alle anderen, aber Ihr habt sie wieder lebendig gemacht. Es ist ein Wunder.«

Jetzt scharten sich auch die anderen um den Teich und stimmten in das Geschrei ein: »Ein Wunder! Wir haben ein Wunder gesehen.«

Entsetzt über diese unerwünschte Wendung der Dinge drückte Simeon der Frau das schluchzende Kind in die Arme und wollte davongehen. Statt dessen fand er sich jedoch inmitten eines Gedränges von Menschen wieder, die über das sogenannte Wunder, das er vor ihren Augen vermeintlich vollbracht hatte, sprechen wollten. Ein älterer Pilger, der gerade den Rückweg von seiner Reise zu dem heiligen Schrein von St. John of Beverley hatte antreten wollen, machte alles noch schlimmer. Ohne ihn hätte die ganze Geschichte vielleicht vertuscht werden können, aber der ältere Mann meldete sich in dem ehrlichen Glauben zu Wort, daß er einem guten Mann Gerechtigkeit widerfahren ließ, und richtete damit großes Unheil an.

»Ich kenne diesen Mann«, sagte er. »Vor zehn Jahren wurde ein junger Bursche durch einen schrecklichen Schlag auf den Kopf getötet …«

»Gebt acht, was Ihr sagt, Bruder«, knurrte Osric, der nun vortrat und den Pilger am Arm faßte. »Es verheißt nichts Gutes, wenn man einem Priester ein Wunder zuschreibt. Alles, was andere zu diesem Thema sagen, wird ihm persönlich zur Last gelegt.«

»Aber ich kenne diesen Mann.«

»Dann helft ihm, indem Ihr schweigt«, drängte ihn Osric.

Der Pilger riß sich los und wandte sich an die Menschenmenge. »Ich spreche die Wahrheit. Ich habe mit eigenen Augen gesehen, wie dieser Priester einen Toten zum Leben erweckt hat. Ich schwöre, ich habe es gesehen.«

»Der Mann war nur betäubt, nicht tot«, protestierte Osric mit lauter Stimme. »Und als ich noch als Soldat diente, habe ich selbst viele Male das gleiche getan.«

»Der junge Bursche blutete furchtbar«, rief der Pilger jetzt jedoch. »Sein Schädel war aufgebrochen, und sein Gehirn lag bloß.«

»Das stimmt nicht! Er hatte lediglich eine Schnittwunde am Kopf«, widersprach ihm Osric. »Wie ihr alle wißt, bluten Schädelwunden stark. Der Junge war betäubt und nichts anderes. Pater Simeon hat ihm lediglich beim Atmen geholfen, bis er wieder zu sich kam. Damals wie heute war das, was er getan hat, *kein* Wunder.«

»Ich habe es gesehen! Ich habe gesehen, wie er ihn von den Toten erweckt hat!«

»Zwei Wunder!« rief jemand, und die erregte Menge fiel sofort ein. »Zwei Wunder. Zwei Seelen von den Toten erweckt. Ein zweifacher Heiliger.«

Zutiefst bekümmert zogen Osric und Antony Simeon zur Seite. Unterdessen strömten immer mehr Menschen an den Schauplatz des sogenannten Wunders, um das Kind, das schon unter den Toten geweilt hatte, mit eigenen Augen zu sehen.

»Euer Hinken, Simeon.« Osric knurrte seinem Freund aus dem Mundwinkel eine Warnung zu. »Vergeßt nicht, daß Ihr offiziell nie von Euren Gebrechen geheilt wurdet.«

Die drei Männer gingen davon und beschleunigten ihren Schritt, um so schnell wie möglich einige Straßen und Gassen zwischen sich und die mittlerweile tobende Menge zu bringen. Trotz allem hörten sie jedoch das Flüstern, das ihnen folgte.

»Der Priester ist ein Heiliger.«

»Er hat ein Wunder gewirkt.«

»Einst hat er einen toten Mann wieder zum Leben erweckt und jetzt auch noch dieses Kind.«

»Simeon ist gewiß ein Heiliger. Zweimal schon hat er sich als solcher erwiesen.«

Während Simeon zwischen seinen beiden Begleitern einherhinkte, ahnte er, daß ihm wieder einmal große Schwierigkeiten bevorstanden. Zwar konnte er die Rettung des Kindes nicht bedauern, wünschte aber von Herzen, daß ein anderer es an seiner Statt aus dem Schlamm gezogen hätte. Was er vor zehn Jahren erlebt hatte, durfte sich nicht wiederholen, aber Gerüchte über ein Wunder würden ihn mit Sicherheit ein zweites Mal in Konflikt mit seiner Kirche bringen.

Bei der Erinnerung an jenen Sturm von unheiligen Ausmaßen, der den größten Teil Beverleys in Schutt und Asche gelegt hatte, runzelte er die Stirn. Aus dem Auge des Sturms war damals eine dunkle, in Schatten gehüllte Gestalt getreten, in den Armen ein nacktes, neugeborenes Kind. Das Leben aller, die es kennenlernten, sollte nach jener Nacht nie wieder so sein wie zuvor, ob im Guten oder im Schlechten. Simeon wurde aus Gründen, die er selbst nie verstehen sollte, zum Wächter und Beschützer des kleinen Peter bestimmt. Am Hochaltar des Münsters, im Schatten des Schreins von Beverleys gesegnetem St. John, und inmitten des tobenden Sturms, der ihm in den Ohren heulte, war Simeon von seinem Gebrechen geheilt und sein arbeitsames Leben völlig verändert worden. Die Folgen jener schrecklichen Nacht hatten ihn gezwungen, seine Heilung zu verleugnen und das Kind zu verbergen, mit Lügen und Geheimnissen zu leben, damit sein Patensohn und jene, die ihm dienten, überleben konnten. Acht Jahre sollten vergehen, bevor die geheimnisvolle Gestalt wieder auftauchte und mit ihr ein Feuer, so gnadenlos wie jener Sturm. Simeons Leben war nach wie vor in Gefahr, bedroht durch die Macht der Kirche und die der Elemente, beide gleichermaßen ehrfurchtgebietend und unberechenbar; und zwischen diesen beiden bewegte er sich auf einem schmalen Pfad der Disziplin und Vorsicht.

»Es darf nicht noch einmal geschehen«, sagte er jetzt, während er den Gang eines Krüppels nachahmte. »Ich lasse mich nicht noch einmal zwingen, weder durch gute noch durch böse Absichten, die Last des Sündenbocks zu tragen.«

»Dann laßt uns beten, das *der andere* diesmal nicht die Hand im Spiel hat«, brummte Osric, und Antony setzte ein leises, von Herzen kommendes Amen hinzu.

KAPITEL 3

Für Simeon sollte es an diesem Tag jedoch noch schlimmer kommen. Das Haus des Erzbischofs auf dem Kornmarkt stand buchstäblich unter Belagerung, denn der Schlamm war von der Becke herübergeflossen und hatte die Türen des Hauses beträchtlich beschädigt. Plünderer, von denen einige dreist als Priester oder Retter auftraten, schlossen sich zu Banden zusammen und versuchten hineinzugelangen, während Priester und Diener sich nach Kräften bemühten, sie abzuwehren. Als die erste Tür unter dem immer stärker werdenden Druck des Schlamms nachgab, waren der Haushofmeister und seine Familie um ihr Leben geflohen und hatten das Haus mit allem was darin war, preisgegeben. Zwar gab es in Abwesenheit des Bischofs nur wenig Wertvolles im Haus, Gerüchten nach enthielten seine Kellergewölbe jedoch viele Fässer guten Weins, und hinter seinen Fensterläden sollten sich Vorhänge von solchem Wert verbergen, daß eine hungrige Familie sich von dem Erlös dafür viele Wochen lang ernähren konnte. Eines der Kellergewölbe war bis zur halben Höhe überflutet worden. Ein weiteres wurde von zwei bewaffneten Priestern bewacht, bis sich der Schlamm die Treppe hinunter ergoß und die beiden wie Insekten an die Tür gepreßt hatte.

»Pater Richard von Weel ist da drin«, erfuhr Simeon von einem der zahllosen Helfer. »Er hat gegen die Plünderer gekämpft, als die Flut über sie hereinbrach. Die Diebe ertranken, aber Richard und ein weiterer Priester sitzen vor einer verschlossenen Tür in der Falle. Durch diesen zähen Schlick können sie weder schwimmen noch waten. Ich fürchte, wir haben sie verloren.«

»Pater Richard? Mein eigener Priester ist da unten?«

Der Retter nickte bestätigend. »Es tut mir leid, Pater. Ich weiß, er ist Euer Freund.«

Der hochgewachsene Priester sah Richard im Geiste vor sich, einen jungen Mann von großer Tapferkeit und Loyalität.

In Simeons Diensten hatte Richard von Weel viele Male sein Leben riskiert und während des Sturms, später auch während des Feuers, vielen das Leben gerettet. Und nun saß dieser Mann im leeren Haus eines gleichgültigen Erzbischofs in der Falle, eines Erzbischofs, der nicht einmal darin lebte, sondern sich meist im dreißig Meilen entfernten York aufhielt. Kein tapferer Mann sollte so sein Leben lassen müssen. Mit jeder Faser seines Lebens lehnte Simeon sich dagegen auf, seinen Freund für eine so unsinnige Sache sterben zu lassen.

Seine beiden Begleiter und er gesellten sich zu den zahllosen Männern, die versuchten, den Schlamm aus dem schmalen Treppenhaus herauszuschöpfen. Jeder konnte sehen, wie sinnlos dieses Unterfangen war. Die Helfer arbeiteten mit allem, das man als Schöpfkübel verwenden konnte, sogar mit bloßen Händen, aber es war, als versuchten sie, einen Ozean trockenzulegen. In der Wand, etwas oberhalb des Schlammpegels, war ein Fenster, aber selbst nachdem man sein Metallgitter herausgetreten hatte, war das Loch zu klein, um durchzuschlüpfen. Weder ein Erwachsener noch ein etwas älteres Kind hätten sich durch die schmale Öffnung zwängen können. Die Hilfeschreie der Priester waren nach wie vor zu hören, und ihre Stimmen hallten in dem dunklen Gewölbe schaurig wider.

»Es ist hoffnungslos«, rief Simeon schließlich Antony zu, nachdem selbst die Kleinsten von ihnen vergeblich versucht hatten, ihre Schultern durch die enge Fensteröffnung zu zwängen. »Der Schlamm steigt immer noch. Wir brauchen Äxte und Hämmer, um diese Steine herauszubrechen.«

»Wir werden es nicht schaffen«, keuchte Osric. »Diese Wände wurden eigens erbaut, um jedem Angriff standzuhalten, und selbst wenn wir die Steine um das Fenster zerschlagen könnten, wie sollen wir die beiden rechtzeitig erreichen?«

»Wir müssen«, sagte der große Priester. »Wir müssen sie herausholen.«

»Laßt mich helfen, Pater.«

Simeon drehte sich um und erblickte eine kleine Gestalt neben sich, ein Anblick, der ihm das Blut in den Adern gefrieren ließ. Obwohl ihm die Lumpen fremd waren und ein ledernes Käppchen das flachsblonde Haar verbarg, hätte er diese blauen Augen überall wiedererkannt.

»Peter! In Gottes Namen, Junge, was tust du hier?«

»Ich werde gebraucht«, sagte der Junge schlicht. Der Protest erstarb Simeon auf den Lippen. Dies war wahrhaftig nicht der richtige Zeitpunkt für einen Streit, während da unten zwei Männer langsam zu Tode gequetscht wurden. Er warf einen Blick auf das Fenster, dann auf den schwarzen See, der sich langsam und unaufhörlich seinen Weg in den Keller bahnte.

»Es ist unmöglich.«

Peter nickte. »Ich kann es schaffen. Ich kann die beiden mit einem Seil erreichen, und Ihr könnt sie herausziehen. Wartet an dem Fenster da drüben auf mich, an dem hohen mit den hölzernen Läden.«

Simeon schüttelte zweifelnd den Kopf. »Die Fensterläden sind aus massiver Eiche. Wie willst du damit fertigwerden?«

»Ich habe eine Idee. Hört mir zu …«

Er neigte den Kopf hinunter. Jetzt rief nur noch eine einzige Stimme aus jenem dunklen Verlies zu ihnen hinauf, die tiefe vertraute Stimme von Pater Richard. »Ich muß hinein, das ist unsere einzige Chance.«

»Peter, das kann ich nicht zulassen.«

»Dann wird Pater Richard sterben.«

Osric und Antony hatten ihre sinnlosen Bemühungen eingestellt und warteten jetzt auf Simeons Antwort. Er allein mußte die Entscheidung treffen, und er wußte genauso wie sie, daß der Junge der Aufgabe durchaus gewachsen war. Irgend jemand mußte durch diese schmale Öffnung steigen, um Pater Richards Leben zu retten, und wenn überhaupt irgend jemand dazu in der Lage war, dann Peter.

»Bist du dir auch wirklich ganz sicher, Peter?«

»Ja, Pater.«

»So sei es denn.«

Simeon ließ sich ein Seil bringen, beschwerte es an einem Ende mit einem Gewölbestein, band es seinem Schützling um die Taille und hob ihn auf Schulterhöhe empor.

»Gott behüte dich«, flüsterte er, und ohne einen Moment des Zweifels erwiderte der Junge: »Ich bin sicher, das tut er.«

Der magere, zerlumpte Junge schaute nur ein einziges Mal zurück, als er sich durch das Fenster zwängte, und seine blauen Augen begegneten kurz Simeons Blick. Der Priester nickte, und der Junge war verschwunden.

Simeon betete nicht. Das Herz schlug ihm bis zum Hals, aber in seinem Kopf hatte nichts mehr Platz außer dem Bild von Peter, wie er durch das dunkle Loch schlüpfte. Der Schlamm stieg jetzt schneller, füllte jede Ritze aus und umschlang alles, was ihm im Weg stand, mit seiner klebrigen, erstickenden Umarmung. Osric stand mit geballten Fäusten da und starrte die Fensterläden an, als könne er sie allein kraft seines Blickes aufbrechen.

Antony, der Mönch, balancierte auf der obersten Treppenstufe, auf die der Schlamm ihn getrieben hatte. In seiner Wange pulsierte eine Ader, sein Gesichtsausdruck war so grimmig wie nie. Lange Minuten krochen dahin. Die Rufe aus dem Keller erstarben. Plötzlich wurden die Fensterläden mit einem lauten Krachen geöffnet, und das Seil fiel heraus.

»Der gütige Gott sei gelobt.« Osric stieß die Worte hervor wie einen wilden Fluch. Dem zähen kleinen Hospizbruder, der ein halbes Leben lang Soldat gewesen war, standen vor Erleichterung die Tränen in den Augen.

Ein Dutzend bereitwilliger Hände griff nach dem Seil, und jeder Mann, der ein Stück davon zu fassen bekam, zog aus Leibeskräften. Ein Zentimeter um den anderen wurde eingeholt, das andere Ende beladen mit einer schweren Last. Einige Männer stemmten ihre Füße gegen die Hauswände, um Halt zu finden, und je länger das eingeholte Ende des Seiles wurde, um so mehr Hände griffen danach. Ein Jubelschrei erhob sich über der Menge, als die schwarze, schmutzige Gestalt eines Mannes am Fenster erschien. An seinem Bart erkannten die Leute Richard von Weel.

Der Rest war ein Kinderspiel. Richard kletterte auf das Fenstersims und ließ sich vorsichtig an dem Seil herab. Als ihn die Kräfte verließen und die Hände den Dienst versagten, ließ er sich das letzte Stück in die Arme der Freunde fallen.

Das Seil mit seinem beschwerten Ende fiel hinter ihm zu Boden. Oben an dem Fenster zeigte sich kurz ein bleiches Gesicht, der große Priester nickte dankbar empor, und die Fensterläden schlossen sich. Wenige Minuten später erschien Peter an dem unteren Fenster, schlängelte sich hindurch und wurde von den hilfreichen Händen mehrerer Helfer aus der Stadt empfangen, die zu seinem Schutz herbeigeeilt waren. Als sie ihn hoch über den Schlamm hoben und auf festen Boden stellten, warf Simeon ihnen das Seil zu.

»Sichert euch«, rief er den Leuten zu. »Geht auf keinen Fall in den Schlamm hinein, wenn nicht mindestens ein Mann, der festen Boden unter den Füßen hat, euer Seil in Händen hält. Dieses Zeug ist so tödlich wie Treibsand.« Schließlich wandte er sich Pater Richard zu und umarmte ihn. »Gesegnet sei Euer schöner Bart, mein Freund. Es ist schön, Euch wieder bei uns zu wissen.«

»Ein vorsichtigeres Willkommen würde mir durchaus reichen«, stieß Richard hervor. »Dieses Teufelszeug hat mir fast die Rippen gebrochen. Bei Gott, mir tut jedes Gelenk und jeder Muskel weh.«

»Da war noch ein Mann bei Euch …«

Richard nickte. »Ihr kanntet ihn, Simeon. Ihr habt ihm gestern noch die Beichte abgenommen. Es war Andrew, der Exorzist. Er hat sich trotz seiner Schmerzen im Tode gut gehalten. Ich hörte das Krachen seiner Knochen. Er war nicht so groß wie ich, und am Ende reichte ihm der Schlick bis zur Kehle und erstickte ihn, aber noch im Tode hat er Gott gepriesen und zu den Heiligen gebetet.«

»Sein Glaube war sehr stark«, erwiderte Simeon nickend. »Möge Gott seine Seele im Himmel empfangen und gnädig über ihn richten.«

»Amen«, sagte Richard und zuckte bei dem Wort zusammen. »Simeon, ich verdanke deinem Jungen mein Leben. Ich konnte mich nicht einen Zentimeter bewegen, geschweige denn in Sicherheit bringen. Meine Brust wurde langsam zerquetscht, und der Schlamm stieg weiter. Wer hat ihm beigebracht, wie eine Fledermaus an der Decke zu kleben und eine Wand hochzuklettern, die so glatt und eben wie Metall ist?«

»Ich jedenfalls nicht«, meinte Simeon lächelnd. »Solche Fähigkeiten gehören nicht zu meinem Repertoire.« Er drehte sich um und suchte nach dem Jungen, fand aber keine Spur von ihm. »Peter? Wo ist er?«

»Der Junge ist in Sicherheit«, sagte Osric, aber seinen Worten zum Trotz verriet sein Gesicht große Sorge. Er hatte Peter davongehen sehen – eines der vielen zerlumpten Kinder auf Beverleys überfüllten Straßen –, aber als der Junge am anderen Ende des Marktplatzes angekommen war, von wo ihn eine verwinkelte Gasse in den Westwald führen würde, vermeinte Osric, neben ihm eine wohlbekannte Gestalt erkannt zu haben – einen leicht gebeugten, ganz in Schwarz gekleideten Mann mit verhülltem Haupt, vertrautem Gehabe und von enormer Größe. Osric hatte nur kurz geblinzelt, aber als er die Augen wieder öffnete, war die Schattengestalt verschwunden und Peter allein. Er hob seine Hand an die Brust, um das Kreuzzeichen zu schlagen. Entschlossen und wiederholt versuchte er sich einzureden, daß er sich geirrt haben müsse. »Der Junge ist in Sicherheit«, sagte er noch einmal und wußte, daß dies die Wahrheit war. »Er hat die Gasse genommen, die in den Westwald führt. Er geht nach Hause.«

Simeon rief zwei Männer herbei, die Pater Richard in das Hospital von St. Peter bringen sollten, wo Osrics Leute dafür sorgen würden, daß er wieder zu Kräften kam. In Gedanken versunken sah er stirnrunzelnd zu, wie die beiden Helfer, den Verletzten zu beiden Seiten stützend, vorsichtig um den Schlammteich herumgingen. »Woher wußte er das?« fragte er. »Woher wußte Peter, daß er hier gebraucht wurde?«

Osric kam zu dem Schluß, daß die Gestalt nichts weiter gewesen war als ein dunkler Schatten in der Menge, ein flüchtiges Trugbild. Er würde kein einziges Wort darüber verlieren und diesem Irrtum vielleicht Nachdruck verleihen, denn er wollte um keinen Preis, daß diese Schattengestalt wieder hier in Beverley auftauchte. Seine Antwort klang schroff. »Woher weiß der Junge überhaupt irgend etwas?«

»Und warum erlaubt Elvira ihm, ohne Schutz durch die Stadt zu laufen?«

»Was soll die Frage?« Osric begegnete der Frage mit einer

weiteren. »Zweifellos wird er verrückt sein, bevor sie auch nur ahnt, daß er fort war. Ihr wißt doch, wie er ist, Simeon. Einen Jungen wie Peter kann man nicht tagaus tagein bewachen, nicht, wenn er jedes Loch und jeden Tunnel in Beverley kennt und überall ungehindert Zutritt findet.«

Simeon nickte und schaute um sich, um festzustellen, was er noch tun konnte. Der Schlamm kroch langsam auf seine Füße zu, bewegte sich jetzt aber etwas langsamer, da seine Massen die Keller des Hauses gefüllt hatten. Richards dramatische Rettung und die Anwesenheit der Männer von St. Peter hatten die Diebe, die sich einen hübschen Gewinn von dem Einbruch in das Haus des Erzbischofs versprochen hatten, gründlich abgeschreckt.

Sie waren auf leisen Sohlen fortgeschlichen, um andernorts zu stehlen, und hatten Priester und Retter ihrer Arbeit überlassen.

Simeon und seine beiden Freunde verließen den Marktplatz. Ganz in der Nähe, in der Ladygate, hörten sie leise Hilfeschreie, und als sie die Quelle dieser Schreie fanden, wurden sie Zeugen einer neuerlichen Tragödie. Im Hof eines Handwerkers war Schlamm aufgelaufen und hatte durch sein Gewicht die Tore von innen blockiert. Die drei Männer erklommen die Hofmauer und ließen sich auf das Dach einer dort stehenden Hütte fallen, die unter ihrem Gewicht ins Wanken geriet. Von dort oben konnten sie einen Mann brusttief in dem schwarzen Morast stecken sehen; sein Gesicht war schmerzverzerrt, sein Atem ging in wilden Stößen, und aus den Nasenlöchern tropfte Blut. Sein ganzer Hof war überflutet. Der Brunnen in der Mitte war übergelaufen und pumpte einen unaufhörlichen Strom stinkender Schlammassen in den Garten. Mauern und Zäune, zum Schutz vor Dieben eng und stabil um das Haus herumgebaut, verkehrten ihre Wirkung jetzt ins Gegenteil und hielten den Schlamm gefangen. Zur Bewegungslosigkeit gezwungen, hatte sich die schwarze Masse auf diese Weise immer weiter verdichtet. Wie vorher Pater Richard saß dieser Mann im Schlamm gefangen und wurde langsam zerquetscht.

Antony band sich ein kurzes Seil um die Taille, ließ sich

leichtfüßig vom Dach fallen und watete auf den Mann zu. Seine Füße trafen auf einen Mahlstein, der unter der Oberfläche verborgen lag und von dort aus tastete er sich vorsichtig auf tiefer gelegenen Boden vor. Der Schlamm reichte ihm schon bis zu den Oberschenkeln, als er plötzlich die Gefahr erkannte. Nur wenige Zentimeter von dem Mahlstein entfernt konnte er nicht mehr weitergehen, denn seine Beine saßen plötzlich so fest, daß er sie weder herausziehen noch rückwärts bewegen konnte.

»Es hält mich fest«, rief er, und in seiner Stimme schwang echte Angst mit. »Es wird immer zäher und verwandelt sich in eine feste Masse. Helft mir! Ich kann mich nicht mehr bewegen.«

Gemeinsam zogen Osric und Simeon ihn heraus, und das war beileibe keine einfache Aufgabe. Das Dach, auf dem sie standen, neigte sich langsam zur Seite, sein tragendes Gerüst so übel unterspült, daß sie die Balken splittern hörten. Der kleine Mönch stieß wilde Flüche aus, als er endlich frei war, berührte dann sein Tau-Kreuz und dankte Gott für die Stärke und Entschlossenheit seiner Kameraden. Seine Sandalen waren im Schlamm verloren, und die Haut an seinen Waden, obwohl sie in langen Jahren die Beschaffenheit gut gegerbten Leders angenommen hatte, war dort, wo der Morast geklebt hatte, aufgerissen.

Im Schlamm gefangen verlor der andere Mann langsam seinen Kampf gegen den Tod. Wohl ein Dutzend Mal warfen die Freunde ihm das Seil zu und schrien, er solle es packen und sich daran festhalten, aber das Gewicht auf seiner Brust schnürte ihm allmählich die Luft ab. Jedesmal, wenn sie dachten, sie hätten ihn endlich, reichte der erste Ruck, um es seinem immer schwächer werdenden Griff zu entreißen.

»Helft mir doch«, hörten sie ihn keuchen, aber sie konnten nichts mehr tun, als die Sterbegebete zu sprechen, ihn von seinen weltlichen Sünden zu entbinden und bei ihm zu bleiben, bis er starb.

»Ich hätte es wissen müssen«, sagte Anthony. »Wenn die Schlammflut langsamer wird, verhärtet sie, bis man mit keiner Macht der Welt mehr etwas dagegen ausrichten kann. Ich habe selbst gesehen, wie der Schlick den Rumpf eines Schiffes völlig eingedrückt hat. Er ist noch tödlicher, wenn er sich nicht mehr bewegen kann. Ich hätte es wissen müssen.«

»Dasselbe gilt für mich«, meinte Osric. »Ich habe gesehen, mit welcher Geschwindigkeit der Schlamm hart wird, sobald er einmal zur Ruhe kommt. Es gab keine Möglichkeit, ihn zu retten, nicht einmal, wenn er noch die Kraft gehabt hätte, sich an dem Seil festzuhalten.«

Simeon war sich dessen bislang nicht bewußt gewesen, sondern hatte einfach angenommen, der Schlamm würde solange unverändert bleiben, bis die heiße Sonne ihn mit einer harten Kruste überzog und die natürliche Austrocknung das übrige erledigte. Daß ein Mann im Schlamm ertrinken konnte, war allgemein bekannt, aber daß der Schlamm ihm die Knochen brechen konnte, daß er ihn auseinanderreißen und zerquetschen konnte wie einen Käfer, das war entsetzlich. Er starrte den Toten an. Bis zu den Achseln im Schlamm war der Kopf des Mannes nach vorn gefallen, die Augen weit aufgerissen und seine Wangen bar jeder Farbe.

»Ich habe es ihnen gezeigt«, flüsterte er mit wachsendem Entsetzen. »Ich habe den Rettungsmannschaften gezeigt, wie sie paarweise angeseilt arbeiten sollten.«

Er wandte sich seinen Freunden zu. Ihre Gesichter sagten ihm auch ohne Worte, daß sie genau wie er wußten, wie oft sich diese Tragödie wiederholt haben mußte. »Ich habe es ihnen gezeigt. Auf meine Anweisung hin waten sie in ihren Tod.«

Wie auf ein unsichtbares Signal hin brachen die drei sofort auf. Von dem wackligen Dach aus stiegen sie auf die Mauer, ließen sich draußen auf die Straße fallen und rannten in verschiedene Richtungen los. So schnell sie konnten, liefen sie von einer Gruppe zur anderen, von einem Schlammtümpel zum nächsten und schrien den Leuten ihre Warnung zu. Sie packten Priester und Stadtbewohner gleichermaßen bei den Schultern und baten sie, die Nachricht zu verbreiten, daß sich niemand dem Schlamm nähern dürfe, es sei denn, er wäre noch in Bewegung. An jedem der zahllosen Teiche zogen sie die Helfer aus dem Schlamm und schickten sie mit hastigen

Worten der Warnung los, weiteres Unglück zu vermeiden. Simeon weckte die Priester von St. Mary, und diese gingen mit klingenden Handglocken und erhobenen Stimmen durch die Straßen, um die Menschen von den Schlammteichen fernzuhalten.

An der Nordbarre, in der Nähe von St. Mary, trafen die Freunde wieder zusammen. Es war befohlen worden, die Tore zu verschließen, und Männer wie Frauen arbeiteten in Gruppen an den Stellen, an denen der Deich gebrochen war.

Von dort aus gingen sie müde und von Kopf bis Fuß verdreckt auf St. Peter zu. Die Steine des Münsters schimmerten in dem leuchtenden Sonnenlicht in geisterhafter Blässe. Auch die verkohlten Dachbalken boten nach wie vor einen zu Herzen gehenden Anblick. »Es ist vorbei«, murmelte Osric grimmig. »Der unterirdische Druck hat nachgelassen, die Fluten sind zum Stillstand gekommen.«

»Gott sei gelobt«, wiederholte Simeon und schlug das Kreuzzeichen.

An dem großen Marktkreuz blieben die drei Freunde stehen. Eine Frau saß dort auf dem Boden und starrte mit stumpfem Blick auf den Schlamm, das zerfranste Ende eines Seils auf ihrem Schoß. Das Seil zog sich über die Oberfläche des hart gewordenen Schlamms hin, sein anderes Ende war um die Taille eines Mannes gewunden. Als die schwarze Flut erstarrte, hatte er kniend mit beiden Händen unterhalb der Oberfläche getastet, das Gesicht zur Seite gewandt und der Mund weit offen. Der Schlamm hatte einen zu großen Teil seines Körpers gefangengenommen, als daß man ihm noch hätte helfen können. Seine immer noch erstaunt blickenden Augen waren auf den festen Grund unter ihm gerichtet, und sie, seine Frau, die das Seil hielt, starrte mit der gleichen Ungläubigkeit zu ihm hinüber.

Sie ließen den Mönch zurück, damit er der Witwe Trost spendete, und schließlich bemerkte Osric: »Ich werde nie begreifen, daß es möglich ist, daß das Leben auf der einen Seite so kostbar und auf der anderen so schnell verloren sein kann.«

KAPITEL 4

Haus Figham lag wie ein prächtiges Juwel mitten auf einer staubigen, sonnenversengten Weide, von hohen Mauern umgeben und rückwärtig von einer befestigten Steinscheune abgeschirmt. Innerhalb der Mauern floß ein Süßwasserbach und sprudelten zwei saubere Brunnen, und es gab keinen Ritter und keinen Bischof, der dieses Haus mitsamt seinem kostbaren Land nicht begehrt hätte. Eine Meile davon entfernt lag die Kirche von St. Matthew in Schutt und Asche; nur die winzige Kapelle mit den Glocken war wieder instandgesetzt worden, aber ihr Kanonikus lebte auf seinem Anwesen wie ein Prinz in jedem erdenklichen Luxus.

Pater Cyrus de Figham saß in einem prächtigen, handgeschnitzten Eichenstuhl, die Beine ausgestreckt, und die langgliedrigen Finger seiner Hände lagen entspannt auf den Armlehnen in Form von Löwenköpfen. Ein goldener Ring mit einem großen, schwarzen Stein zierte den Zeigefinger seiner rechten Hand und verbreitete ein stumpfes Leuchten, das seinen Widerhall in den trüben Tiefen seiner dunklen Augen fand. Die Ereignisse des Tages hatten ein zorniges Stirnrunzeln über seiner elegant geschwungenen Nase hervorgerufen, und seine Lippen preßten sich fest aufeinander.

»Verdammt«, murmelte er wieder und wieder. »Verdammtes Beverley! Zur Hölle soll es fahren, weil es wieder einmal meine Pläne durchkreuzt hat.«

De Figham war ein Mann von auffallendem Äußeren, ein guter Reiter und Jäger, mit dem Bogen genauso geschickt wie mit dem Schwert oder Dolch. Sein langes, dunkles Haar hatte einen Stich ins Kupferfarbene, ein Hinweis auf seine normannischen Vorfahren. Seit dem Tag, da er die heiligen Weihen empfangen hatte, war sein Schädel niemals mehr von einer Klinge berührt worden. Für viele Priester stellte die Tonsur als irdisches Symbol der himmlischen Krone ein Zeichen des Gehorsams dar, ein äußerer Beweis für die Demut und Bescheidenheit eines Mannes. Andere meinten hingegen, die

Tonsur verrate nicht mehr von einem Mann, als daß er sich den Schädel rasiere. Selbst die Päpste hatten sich nicht auf einen Standpunkt einigen können, und so flackerte der Disput um die Tonsur ein Jahrzehnt ums andere wieder auf und erstarb, ohne daß ein Entschluß gefaßt worden wäre. Für einige blieb daher die priesterliche Tonsur, wenn auch bei demütigeren Männern hoch geachtet, nach wie vor nicht mehr als ein lästiges Ritual der Priesterweihe.

»Verdammt. Jede einzelne stinkende Ecke dieser Stadt soll verdammt sein.«

De Figham, der noch immer in seinem Stuhl vor sich hingrübelte, holte so tief Luft, daß seine Nasenflügel bebten. Als er ausatmete, wurden die Furchen auf seiner Stirn noch tiefer, und seine Augen zogen sich zu leuchtenden Schlitzen zusammen. Er trug ein pflaumenfarbenes Samtgewand, an den Säumen mit Gold und Silber bestickt, und darüber einen ärmellosen Mantel aus Wolfsfell, der ihm bis über die Stiefel fiel. Er war jeder Zoll der arrogante Sohn eines Barons und wachte so eifrig über seine mächtige Position innerhalb der Kirche, wie nur je ein Adelssproß seine hohe Stellung in der Gesellschaft verteidigt hatte. Die Kirche war de Fighams Beruf, nicht seine Berufung. Er spielte seine Rolle und hielt sich an die Regeln, wo es unumgänglich war, aber ansonsten benutzte er die Autorität seines Amtes, um dafür zu sorgen, daß der Pöbel der Kirche seinen Gehorsam erwies. Kein Mann, kein Priester, ja nicht einmal ein Papst würde es wagen, darüber hinaus noch mehr von ihm zu verlangen.

Noch ein Mann war in dem Raum anwesend, ein stämmiger Mensch mit dicht zusammenstehenden Augen von unbestimmter Farbe in einem in keiner Hinsicht bemerkenswerten Gesicht. Der Mann trug ein bescheidenes Priestergewand aus brauner Wolle und darüber einen prächtigen, blutroten Umhang mit Kapuze. An seiner Taille blitzte ein juwelenbesetzter Silbergürtel, von seinem Gürtel hing ein Priestermesser von bester Qualität. All dies waren Geschenke eines Herrn, der seinen Diener für dessen Hinterhältigkeit und Verschlagenheit belohnte und so verhinderte, daß irgendein Rivale ihn dieser Talente beraubte. Daß der junge Priester vier

Jahre in de Fighams persönlichem Dienst überlebt hatte, wollte einiges heißen. Er war ehrgeizig und hatte erfolgreich gelernt, seinen Verstand zu seinem eigenen Vorteil zu benutzen.

Der Mann hieß John Palmer und nahm die Position von de Fighams loyalem Haushofmeister und Vikar ein. Zuvor war er Zuchtmeister an der Lateinschule gewesen, aber als seine Vorliebe für körperliche Züchtigungen die einfachen Schläge auf die Finger, die seine Position von ihm verlangte, überstiegen hatte, war er zum Exorzisten befördert worden, um ihn vor weiterer Versuchung zu bewahren. De Figham hatte seine Fähigkeiten erkannt und ihn zu seinem Haushofmeister und Beichtvater gemacht, zu seiner Marionette und seinem Werkzeug.

John Palmer besaß große Übung in der Kunst, mit den Untiefen der wechselhaften Launen seines Kanonikus umzugehen. Wie ein gut erzogener Hund gegenüber seinem unbeherrschten Herrn hatte er gelernt, wann es besser war, mit dem Schwanz zu wedeln, wann dem Herrn schön getan werden mußte und wann eine schmollende Miene angebracht schien. Jetzt wartete John seinem Herrn auf, während selbiger in seinem Stuhl düster vor sich hinbrütete. Der listige Diakon aus York war mit Sicherheit tot, aber auch drei gute Männer zusammen mit vier wertvollen Reitpferden und einer Silberbörse waren wahrscheinlich verloren. Palmer räusperte sich und wählte seine Worte mit großer Sorgfalt, denn sein verdrossener Kanonikus war gefährlich in seiner Unberechenbarkeit.

»Mein Herr, vielleicht haben sie doch den sicheren Weg über die Hauptstraße gewählt?«

Pater Cyrus hob eine seiner fein geschwungenen Augenbrauen, und seine Augen blitzten auf, dunkel und hart wie Feuerstein. »Sie sind über das Weideland geritten.«

»Das könnte durchaus sein, mein Herr, aber wenn der Diakon des Erzbischofs schneller geritten ist, als unsere Männer erwartet haben?«

»Nicht mit dieser kurzatmigen Stute, die ich ihm untergeschoben habe«, knurrte de Figham, und als er abermals den

Kopf schüttelte, funkelte es über seinem glänzenden Haar, als trüge er einen Reif aus silbernem Licht. »Nein, John, es steht fest, daß sie über die Weiden geritten sind. Als der Deich brach, sind sie alle miteinander ertrunken. Eine andere Erklärung gibt es nicht.«

»Ein göttlicher Akt«, meinte John schulterzuckend und biß sich auf die Zunge, als sein Herr ihn mit seinem harten und höhnischen Blick bedachte. Um seinen Schnitzer wiedergutzumachen, fügte er schnell hinzu: »Eine überaus ungewöhnliche Fügung der Ereignisse, möchte ich sagen.«

»Nein, nur eine weitere Mahnung daran, daß diese Stadt auf unsicherem Grund erbaut wurde. Sie steht auf Wasser, Schlamm und Sumpf, auf unterhöhltem Land und vernachlässigten Wasserläufen. Noch ein Unwetter wie jenes, das wir vor zehn Jahren erlebt haben, könnte Beverley leicht aus seinen Verankerungen reißen und aufs offene Meer hinausspülen.« Er hob mit einer anmutigen Geste seinen langen Zeigefinger, richtete ihn auf John und verzog seinen Mund zu einem grausamen Lächeln. »Und das, mein Freund, wäre dann ein Akt Gottes, den manch einer wirklich gerne sehen würde.«

»Ihr haßt Beverly also immer noch, Pater Cyrus?«

»Von ganzem Herzen«, fauchte de Figham.

»Und doch bleibt Ihr hier, obwohl Ihr auch anderswo hingehen könntet. Nach York zum Beispiel oder nach Lincoln oder sogar nach Durham?«

»Jawohl, John, ich bleibe. Ich werde dieses Höllenloch auf keinen Fall solchem Abschaum wie Wulfric de Morthlund und Simeon de Beverley überlassen. Ich werde nicht weggehen und damit ihren Zielen Vorschub leisten, nicht solange der wahre Reichtum Beverleys nach wir vor außerhalb meiner Reichweite liegt.«

»Ah«, seufzte John, und diese eine Silbe klang resigniert. Die Besessenheit und Gier dieses Mannes war ihm nicht fremd, wußte er doch um die Macht, die Reichtum auf die Seele eines Menschen ausüben konnte, wußte, daß Gier das Blut zum Kochen bringen und die Augen für alles andere blind machen konnte.

Beverleys Kirchenschätze waren während vieler vergangener Jahrhunderte schon oft weit prächtigeren Städten ein Dorn im Auge gewesen. Beverleys Schätze bestanden aus Gold und Silber, Bronze und Zinn, aus fremdländischem Elfenbein und Jade, kostbaren Juwelen und erlesenen Manuskripten. Dazu kamen noch Truhen voller Gold- und Silbermünzen, Kisten voller Bernstein und juwelenbesetztem Kupfer, heiligen Reliquien und unbezahlbaren Altartüchern. Einen großen Teil davon hatten mächtige Männer in der Hoffnung beiseite geschafft, sich auf diese Weise einen besseren Platz im Himmel zu sichern. Andere Kostbarkeiten waren zur Bereicherung des Münsters herbeigeschafft worden und wieder andere zu Zwecken der persönlichen Bereicherung. Jedes Jahrzehnt steuerte seinen Anteil an königlichen Spenden, päpstlichen Geschenken und noblen Gaben bei, und die Profite der Kirche und Opfer der Pilger ließen die Schatzkammern mit jedem Jahr weiter anschwellen. Auf diese Weise verfügte die Stadt Beverley über einen Reichtum, der eines Königs würdig gewesen wäre, und kein Mann konnte oder wollte preisgeben, wo sich die verborgenen Schätze befanden.

Zu diesem Reichtum zählten auch die heiligen Reliquien des St. John von Beverley, des Gründers der Stadt und ihres ursprünglichen Klosters, die Knochen von Johannes dem Täufer, die von Rom nach Beverley geschafft worden waren, und der juwelenbesetzte Dolch, den König Athelston St. John geschenkt hatte, als dieser ihm in den Mauern der Stadt Zuflucht gewährt hatte. All das war während des Brandes verschwunden und auch in zwei langen Jahren danach nicht wieder aufgetaucht – trotz der Bemühungen sachkundiger Fahnder, auf die eine riesige Belohnung gewartet hätte. Zusammen mit den Reliquien waren auch der Kelch und das mit kostbaren Juwelen besetzte gewaltige Altarkreuz aus massivem Gold verschwunden. Jetzt spendeten arglose Pilger scharenweise ihre Opfergaben für das Privileg, vor einem leeren Sarkophag knien zu dürfen, einer geschickten Kopie aus poliertem Messing und unechten Juwelen. Der Handel blühte, Arme wurden dabei fett und Priester reich, aber es blieb nach wie vor ein Rätsel, wo der eigentliche Schatz von Beverley geblieben war. Viele Männer, von denen de Figham wahrlich nicht der geringste war, konnten keinen Augenblick Ruhe finden, bevor sie nicht diesen Schatz in ihren Besitz gebracht hatten.

John Palmer beobachtete de Fighams nachdenkliches Gesicht, die zusammengezogenen Brauen und den finsteren Blick, und er erkannte, daß sein Kanonikus von einer Besessenheit verzehrt wurde, die einen geringeren Mann in den Wahnsinn getrieben hätte. Und diese Besessenheit richtete sich auf ein einziges Ziel, das mühelos benannt werden konnte: *Simeons* Vernichtung. Jeder Wutausbruch de Fighams, und davon gab es viele, konzentrierte sich schon nach kurzer Zeit auf diesen einen Punkt.

Dazu kam noch, daß sich irgendwo in der Stadt eine Frau versteckte, deren sanfte Schönheit de Fighams Herz tief getroffen und eine offene Wunde dort zurückgelassen hatte. Sie war die Ehefrau eines Grabenbauers, und Cyrus de Figham hatte sie nur einmal gesehen, sie nur ein einziges Mal in seinen Armen gehalten und hatte dann einen anderen ihren Namen rufen hören. Zwei Jahre lang hatte er nach ihr gesucht, hatte Ränke und Intrigen geschmiedet und sich nach ihr verzehrt.

Und dann war da noch dieser so überaus beliebte Priester mit seinem zweifelhaften Gebrechen, dem verkrüppelten Fuß. Was Herkunft, Verstand und Erscheinung betraf, waren sie einander so ähnlich wie zwei Seiten einer Münze. Aber im Herzen waren sie grundverschieden. Wo der eine gierig und lüstern war, war der andere ein wahrer Mann der Kirche. Cyrus de Figham verkörperte die dunkle Hälfte der menschlichen Natur, und in dieser Hinsicht, wenn auch in kaum einer anderen, stellte Simeon de Beverley sein Gegenteil dar.

»Ah«, sagte John noch einmal, ein neuerliches Zeichen des Verstehens, und sein Kanonikus bedachte ihn mit einem schiefen Blick.

»Ihr könnt meine Gedanken lesen, John Palmer. Dieser Priester von St. Peter steckt mir wie ein tödliches Gift in der Kehle. So sehr ich es auch versuche, ich kann es nicht auswürgen!«

»Ich weiß, mein Herr.« Der junge Geistliche verspürte die Neigung, hinzuzufügen, daß ein solch tiefgehender Neid auch zu seinen eigenen Verwerflichkeiten gezählt werden konnte und daß Haß um des Hasses willen einen Mann von innen verzehren und aushöhlen konnte. Die Versuchung war groß, aber er sprach die Worte nicht aus. Statt dessen schürzte er die Lippen, nickte und erwiderte noch einmal: »Ich weiß.«

»Er hält die Frau versteckt.«

»So sieht es aus.« In diesem Falle sagte John tatsächlich die Wahrheit, denn auch er glaubte, daß Simeon die Frau versteckt hielt.

»Und sie haben einen Sohn. Das Kind ist jetzt zehn Jahre alt, und der Gedanke, daß ich ihn einmal in meiner Gewalt hatte … Daß ich ihn *hatte* …« Seine langen Finger verbogen sich wie Krallen eines Adlers, der seine Beute packt. Diese Begebenheit störte seinen Seelenfrieden Tag und Nacht. Er hätte das Leben aus diesem mageren Hals herauspressen oder den Jungen von den hohen Dachbalken des Münsters in seinen Tod stürzen können, wenn Simeon dieses Vergnügen nicht vereitelt hätte.

»Ihr *Zieh*sohn, mein Herr«, wagte John zu bemerken. »Das Kind wurde als Säugling seiner Obhut unterstellt und die Frau zu des Kindes Amme erkoren.«

De Figham funkelte ihn wütend an. »Fahrt zu Hölle, wenn Ihr dieses Märchen über ein geheimnisvolles Kind wirklich glauben wollt, diese Legende vom keuschen Priester und der unschuldigen Grabenbauersfrau.« Er hob seine Faust und ließ sie krachend auf die kunstvoll geschnitzte Armlehne seines Stuhls fallen. »Sie ist Simeons Hure, und das Kind ist sein Bastard, und der Keuschheitseid dieses Priesters ist nichts als eine unverschämte Lüge.«

»Ihr habt ebenfalls eine Frau«, erinnerte ihn John.

De Fighams Lachen klang hart und unbarmherzig. »Eine zitternde Küchenmagd, die mir kein Vergnügen bereitet.«

»Und doch würdet Ihr es auf der Stelle mit all Euren Mitkanonikern aufnehmen, um sie weiter unter Eurem Dach behalten zu dürfen.«

»Es ist eine Frage des Prinzips, daß ich keinen Millimeter

vor ihnen zurückweiche«, sagte de Figham und maß einen winzigen Abstand zwischen Zeigefinger und Daumen ab. »Nicht *einen Millimeter!* Ich gebe doch dem frömmelnden Geplärr dieses Priesters von St. Peter und den Narren, mit denen er sich umgibt, nicht noch Nahrung für ihre Verleumdungen. Soll er sich mit seiner eigenen Hure begnügen. Soll er ein Dutzend Bastarde mit ihr zeugen, wenn er auch nur halb soviel Mann ist, wie er von sich selbst meint.«

»Ihr habt ebenfalls einen Sohn, mein Herr«, wagte John sich hervor und trat dann einen halben Schritt zurück, als er sah, was er angerichtet hatte.

»Verdammter Mistkerl«, fauchte de Figham ihn an. »Verdammt sollst du sein, daß du mich an dieses Balg erinnert hast. Ich werde dieses Bauerngezücht, diesen Welpen einer schmutzigen Fischerstochter, niemals als meinen Sohn anerkennen.«

John seufzte und hob die Hände. Wie konnte dieser Mann sich an irgend etwas erfreuen, solange Simeon nicht endgültig zerschmettert am Boden lag? Dafür saß sein Haß einfach zu tief. Ein weiterer Umstand, den de Figham dem Priester niemals vergeben würde, war die Tatsache, daß es allein die Kraft von Simeons Arm gewesen war, die ihn einst, als er hilflos von einem Dachbalken des Münsters hing, vor dem sicheren Tod bewahrt hatte.

»Ist das die Gebetsglocke?«

»Ja, es ist schon fast zwei Uhr. Werdet Ihr die heilige Messe halten?«

De Figham dehnte seine langen Finger so heftig, daß die Gelenke knirschten. »Zum Teufel mit der heiligen Messe«, antwortete er leise.

John seufzte. So, wie das Anwesen de Fighams sich darbot, gab es kaum einen Mann, der es nicht gern für sich gewonnen hätte. In sicherer Entfernung von den Wassermassen, innen und außen prächtig gestaltet, mit zwei sorgfältigst gepflegten Brunnen und einer großen Scheune voller Vorräte, brauchte es den Vergleich mit einem Schloß nicht zu scheuen. Aber nicht einmal all diese Vorzüge konnten de Fighams Verdruß lindern, denn von seiner Grenzmauer aus blickte er auf die

Einfriedung von St. Peter, und von dieser Gemeinde, deren Grund wie ein Spinnennetz von kleinen Wasserläufen durchzogen wurde und der dicht mit Wald umgeben war, hatten weder Flut noch Feuer in den letzten zehn Jahren auch nur ein einziges Menschenleben gefordert.

»Es heißt, er hätte wieder mal einem Menschen das Leben gerettet, dieser noble Simeon de Beverley«, beklagte sich de Figham.

»Es heißt, er habe *viele* gerettet«, berichtigte John seinen Herrn vorsichtig. »Aber habt keine Angst, mein Herr. Niemand wird Euren Anteil an den Ereignissen dieses Tages je kritisieren. Ich habe in jeden Winkel der Stadt Diener ausgesandt, die von Euren Rettungsarbeiten berichten sollen. Sie werden von Euren guten Taten künden, als hätten sie sie mit eigenen Augen gesehen.«

»Deine Klugheit gereicht dir zu Ehren, John Palmer, aber dieser verkrüppelte Schreiber von St. Peter war dort und hat vor echten Zeugen gewirkt. Ich höre, er sei die ganze Nacht über von York hierhergeritten, um an den morgendlichen Gebeten teilzunehmen, und noch bevor die Mittagsglocke läutete, war er ein Held.«

»Worüber die Kirche sich wahrlich nicht freuen wird, mein Herr«, antwortete John Palmer. »Ganz gleich, ob unser stolzer Erzbischof sich tatsächlich mit ihm in York getroffen hat, wie uns der Diakon berichtete – der Erzbischof wird keinen demütigen Priester dulden, der Ruhm einheimst, während er selbst auf einem schmalen Grat zwischen seinen Anhängern und seinen Feinden wandelt.«

De Figham wandte sich um und blickte in die überschatteten Augen seines Vikars. Langsam verwandelte ein Lächeln seine düsteren Züge, und seine Augen nahmen einen hellen, silbernen Schein an.

»Gut gesprochen, John, und gut beobachtet«, sagte er. »Sollte sich die Geschichte wiederholen, sollten Hinweise auf seine Eignung zum Heiligen ein zweites Mal bekanntwerden, wird die Kirche diese Sache nicht mehr so wohlwollend betrachten wie beim ersten Mal, denke ich.«

»Es heißt, er habe den Toten und Sterbenden ohne Beichte

oder Buße, die solches gerechtfertigt hätte, volle Absolution erteilt.«

»Ach, das hat er getan?«

»Und daß er ein Kind zum Leben erweckt hätte, das eine Stunde lang tot im Schlamm gelegen hat.«

»Wirklich?« De Figham ließ seine schönen weißen Zähne in einem breiten Lächeln aufblitzen. »Dann sollten wir diese kleinen Funken vielleicht zu einer lodernden Flamme anfachen und bescheiden danebenstehen, um den glücklichen Ausgang der Ereignisse mit anzusehen. Wer weiß, was die hohen Herren in York oder sogar in Rom von seinen arroganten und gotteslästerlichen Ansprüchen auf Heiligkeit halten werden!«

»Ja wirklich, mein Herr, wer weiß?«

»Mir scheint, daß jeder Zeuge, der bereit ist, auszusagen, eine hübsche Belohnung bekommen sollte. Die ganze Angelegenheit sollte natürlich sorgfältig aufgezeichnet werden.«

»Jawohl, mein Herr.«

»Nimm dir, was du brauchst, um diese Zeugen zu kaufen. Biete ihnen, was du willst, und nutze dann deine Fähigkeiten, um dem, was du kaufst, den Anschein der Wahrheit zu geben. Um ihre leeren Bäuche zu füllen, würden diese Leute aus Beverley Weib und Kind für einen Silberschilling oder einen Laib Brot verkaufen. Und sie werden um so bereitwilliger reden, wenn sie glauben, Simeon de Beverley und der Kirche einen treuen Dienst zu erweisen.«

De Fighams schlechte Laune war wie weggeblasen. Er sah plötzlich eine Möglichkeit, dem Ziel seines Neides und seines Hasses einen schweren Schlag zu versetzen, und John dachte wieder einmal, daß seine eigene Situation um so sicherer war, wenn er den Zorn seines Herrn ein wenig schürte.

»Es wird geschehen, wir Ihr es wünscht, mein Herr.«

»Dafür bin ich dir etwas schuldig, John Palmer. Sei versichert, daß du eine Belohnung für deine scharfsinnigen Beobachtungen bekommen wirst.«

»Ich danke Euch, mein Herr«, sagte John.

»Und jetzt sag mir deine Meinung, John. Glaubst du, daß Simeon weiß, wo die verschwundenen Reliquien zu finden sind?«

John zuckte die Achseln. »Simeon ist mit viel Gepäck nach York gereist und mit allerlei Versprechungen des Erzbischofs zurückgekehrt. Unser Informant, der Diakon, war so gut wie sicher, daß Simeon sich auch mit dem Juden Aaron getroffen hat. Das ist der Sohn des sturen Josce, der angeblich der reichste Mann in der Stadt war, bis der Mob ihn in Stücke gerissen und die Krone seinen ganzen Reichtum für sich beansprucht hat. Jedermann weiß, daß Juden keine Geschäfte mit Priestern machen, die mit leeren Händen zu ihnen kommen. Beide, Geoffrey Plantagenet und Aaron, der Erzbischof und der Jude, sind in dieser Hinsicht gleich: Sie beurteilen einen Mann nach der Art und dem Wert des Köders, mit dem er sie bestechen will.«

»Ja, das tun sie wirklich«, meinte Figham nickend. »Also, was hat unser geschätzter Priester von St. Peter mitgenommen, das die beiden wohlhabendsten und mächtigsten Männer Yorks beeindrucken konnte?«

»Nicht nur die wohlhabendsten und mächtigsten, sondern auch die gefährlichsten Männer«, warf John ein.

»Jede Macht ist gefährlich«, erwiderte de Figham kühl, und John, der Zuchtmeister, antwortete mit Rücksicht auf seine Position: »Ganz recht, mein Herr.«

»Eins jedenfalls hat er ganz zweifellos getan. Er hat eine Kostprobe mitgenommen, irgendein Häppchen, um ihren Appetit anzuregen. Was er sich in York auch erschlichen haben mag, es wurde mit gestohlenem Gut erkauft. Er weiß, wo unser Schatz verborgen ist. Er weiß es, und er würde alles verschwenden, ein kostbares Stück nach dem anderen, nur damit sein heißgeliebtes Münster wieder aufgebaut wird.«

»Ja, ich glaube, dazu wäre er wirklich fähig, mein Herr.«

De Fighams Lächeln war jetzt verschwunden, und auf seinem Gesicht malte sich grimmige Entschlossenheit ab. »Nur über meine Leiche«, fauchte er.

»Oder über seine, mein Herr?«

Der dunkelhaarige Priester stieß ein jähes, schrilles Lachen aus. »Jawohl, über seine«, entgegnete er schließlich, sich diese Vorstellung offensichtlich lustvoll ausmalend. »Über Simeons Leiche, John. Und Gott sei mein Zeuge, ich werde diese Frau bekommen und ihren mageren Welpen und *die Schätze von Beverly.«*

John Palmer konnte die Laune seines Herrn nur recht sein. Er würde Mittel und Wege finden, seine Position zu verbessern, während de Fighams Zorn weiter loderte. John wußte, welche Rolle er spielen sollte, nämlich die des Sündenbocks gegenüber den Feinden seines Herrn. Schon jetzt hatte sein Herr alles darauf ausgelegt, daß er, falls man ihm jemals ein Verbrechen zur Last legen würde, ohne Zögern alle Schuld auf seinen Zuchtmeister schieben konnte: De Figham würde alles unterlassen, wovon er hinterher nicht hieb- und stichfest beweisen konnte, daß John der eigentliche Übeltäter war. Falls John jemals aufgrund seiner Vergehen bei der Kirche in Ungnade fallen sollte, würde er alles zugeben, seinen Kanonikus von jeder Mitschuld freisprechen und Reue zeigen. Und de Figham würde ihn seinerseits aus sämtlichen Schwierigkeiten freikaufen. Es war ein hübsches, kleines Arrangement, von dem sie beide gleichermaßen profitierten. Falls es jemals anders sein sollte, würde John Palmer allerdings keinen Augenblick zögern, seine Klinge zwischen die Rippen seines Kanonikus zu stoßen und dessen Herz zum Stillstand zu bringen.

KAPITEL 5

An jenem heißen Tag, am Nachmittag des Tages vor dem Fest des heiligen Matthäus, kehrte noch ein anderer Mann Beverleys von York zurück. Ein gewaltiges Gefolge aus Geistlichen und Dienern, Priestern, Wachen und Trägern folgte ihm und bot einen farbenprächtigen Anblick. Der Troß kam mit lautem Hufgeklapper und dem Rattern schwerer Räder, die auf dem trockenen Boden riesige Staubwolken aufwirbelten. Helles Sonnenlicht funkelte auf poliertem Zaumzeug und juwelengeschmücktem Zierat, damit jeder wußte, daß hier ein wirklich bedeutender Mann nach Beverley reiste. Die Knechte und Mägde auf den Höfen ließen in stiller Ehrfurcht ihre Werkzeuge sinken, um sich das Spektakel mit offenem Mund anzusehen, während andere Reisende hastig in die Hecken zurückwichen, um Platz zu schaffen.

Eine große, mit prächtigen Verzierungen geschmückte Kutsche rumpelte hinter dem Troß her, die Fenster mit Vorhängen verhangen, um das luxuriös möblierte Innere des Wagens vor Schmutz zu schützen. In seinem staubigen Schlepptau holperten kleinere Kutschen einher, auf denen sich neben Handelswaren, Nahrungsmittel und Kochtöpfen kostbare Roben und Teppiche stapelten. Das Ganze wurde von Männern bewacht, die entweder zu Fuß gingen oder auf Eseln ritten.

Wulfric de Morthlund thronte auf einem gewaltigen Streitroß, gezüchtet für den Pflug und stark genug, selbst ein noch größeres Gewicht zu tragen, wenn es nötig sein sollte. Sein Reiter war ein Mann von massigen Proportionen und prächtigster Ausstattung. Über dem kostbaren Gewand des Kanonikus trug er einen Umhang aus mittlerweile selten gewordenem Biberpelz, der an der Schulter von einer großen Rubinschließe festgehalten wurde. An seiner Taille hing ein Silbergürtel, der dreimal so lang war wie der gewöhnlicher Menschen und mit kostbaren Juwelen besetzt; an seinen Händen blitzten so viele Ringe, wie er Finger hatte. Sein großartiges Auftreten, einem Bischof gleich, entsprang seinem enormen Dünkel, denn dieser Kanonikus von Beverley glaubte sich über allen Gesetzen stehend, mit Ausnahme derjenigen Gesetze, die er sich selbst gegeben hatte. Er verfügte über ungeheuren Reichtum und eine mächtige Stellung und verstand sich darauf, anderen Menschen Furcht und Respekt einzuflößen. Er besaß nicht einen Funken Bescheidenheit oder Zurückhaltung, und was er wollte, nahm er sich. Wulfric de Morthlund holte sich entweder mit anständigen oder hinterhältigen Mitteln alles, wonach es ihm in seinem unmäßigen Appetit gelüstete, und das fiel ihm, einem Mann, der frei war von dem Joch des Gewissens, wahrlich nicht schwer.

»Hört euch nur diese verfluchten Glocken an. Was ficht die Glöckner von Beverley an, daß sie mit solch ekelerregender Begeisterung an ihren Seilen ziehen?«

»Geräusche tragen weit, mein Herr, wenn die Luft so reglos ist«, sagte sein Begleiter. »Wäre es nicht in der Kutsche bequemer für Euch?«

De Morthlund schüttelte den Kopf, und die Speckrollen unter seinem Kinn hüpften bei dieser Bewegung auf und ab.

»Es gibt auf der ganzen Welt nicht genug Schwanendaunenkissen, um die Erschütterungen zu dämpfen, die bei jeder Umdrehung der Räder durch meine Knochen jagen, und außerdem wird es da drin so heiß wie in der Hölle, wenn die Vorhänge heruntergelassen sind.«

»Noch eine Stunde, und wir werden, so Gott will, zu Hause sein.«

Der dicke Mann warf einen höhnischen Blick auf den jungen Priester, der neben ihm ritt. »So Gott will, Daniel? So *Gott* will? Wenn du dich da mal nicht irrst. Wir werden in einer Stunde zu Hause sein, weil *ich* es so will.«

»Jawohl, mein Herr.«

Sie ritten eine Weile schweigend weiter. Als sie der Stadt näherkamen, bemerkten sie mehrere Krähenschwärme, die hoch am Himmel ihre Kreise zogen. Immer wieder stießen sie auf die Erde hinab, ließen sich in großen, schwarzen Scharen auf dem Boden nieder, um gleich darauf wieder aufzusteigen.

»Aaskrähen«, sagte Wulfric, räusperte sich und spuckte

ungeachtet der anderen Reiter dicht neben sich aus. »Heute ist ein christlicher Fastentag, und trotzdem sind hier fliegende Fleischfresser in ungewöhnlich großer Zahl zu sehen, findest du nicht auch?«

Daniel hatte die Vögel schon seit einiger Zeit argwöhnisch beobachtet und hob nun den Kopf, um einem Vogelschwarm nachzusehen, der erst über sie hinwegzog und sich dann auf der Weide niederließ.

»Wahrscheinlich ist irgendein Tier krepiert«, meinte er. »Ein Pferd, das von einem Bären angefallen wurde oder vielleicht ein Hirsch, den ein paar Hunde zur Strecke gebracht haben. Wer weiß, vielleicht ist auch einfach eine Kuh über eine Wurzel gestolpert und auf der Weide liegengelassen worden.«

»Frisches Fleisch, das die Leute für die Krähen liegengelassen haben sollen? Und das zu einer Zeit, zu der die halbe Stadt nur noch ein Stückchen Brot weit vom Hungertod entfernt ist? Das glaube ich doch wohl kaum. Für meinen Seelenfrieden sind viel zu viele von diesen Viechern heute hier. Allmächtiger, bei diesem ganzen Krähengekrächze und dem ewigen Glockenläuten hätte ich gute Lust, nach York zurückzukehren und heute abend in Wein getunktes Brot zu essen.«

Die Reiter hatten das waldige Gebiet erreicht, das Beverleys Allmende umgab. Im kühleren Schatten des vielfarbigen Baldachins aus Blättern ließen sie Staub und Hitze zugunsten herbstlicher Pracht hinter sich zurück. An der Stelle, wo die Wälder an der anderen Seite an die offenen Weiden stießen, würden sie Halt machen, um sich ein wenig zu erfrischen. Die Lakaien würden währenddessen vorauslaufen, um die Stadt von ihrer unmittelbar bevorstehenden Ankunft zu unterrichten, denn Kanonikus Wulfric hatte noch nie dazu geneigt, ohne großen Aufwand zu reisen. Der Status eines Mannes mußte öffentlich zur Schau gestellt und betont werden, und er zählte nicht zu den Männern, die aus Bescheidenheit auf Pomp verzichten.

Die ersten Reiter hatten fast die Wiesen am Waldrand erreicht, als plötzlich Schreie zu hören waren. Einige Männer kamen auf den Wald zugerannt, schwenkten dabei warnend ihre Umhänge und Kapuzen und erschreckten die Pferde beinahe zu Tode. Zwei der Tiere gerieten ins Stolpern und warfen ihre Reiter aus dem Sattel, ein anderes ging schwerfällig in die Knie und schleuderte seinen Reiter dabei mit mörderischer Wucht gegen einen Baum. Zwei Reiter rissen so heftig an den Zügeln, daß ihre Pferde auf dem unebenen Boden den Halt verloren, in ein tiefes Loch stürzten und sie zerquetschten.

»Allmächtiger Gott!«

Als de Morthlunds Pferd den Kopf zurückwarf und Anstalten machte, sich erschrocken aufzubäumen, griff der Reiter hinter ihm sofort nach dessen Zügeln.

»Seid vorsichtig, mein Herr! He, ihr da drüben! Bringt euren Kanonikus in Sicherheit!« Das große Streitroß verdrehte seine Augen, bis das Weiße sichtbar wurde, tänzelte unruhig, und als es plötzlich den Kopf senkte, rutschte de Morthlund über seinen Hals und wäre beinahe hinuntergefallen. Dann machte das Pferd einen gewaltigen Satz, wodurch sich der Silbergürtel in das weiche Fleisch von Wulfrics Bauch bohrte. Sein Gesicht lief dunkelrot an, und sein Herzschlag setzte aus. Ein Fuß rutschte aus dem Steigbügel und baumelte hilflos in der Luft, und das solchermaßen aus dem Gleichgewicht gebrachte Roß wirbelte so heftig herum, daß es mit dem Reiter zusammenprallte, der ihm am nächsten war. Das getroffene Pferd fuhr wiehernd herum und brach aus. Zwei Männer waren nötig, um den fettleibigen Kanonikus wieder in seinem Sattel aufzurichten und zwei weitere, um ihm schließlich vom Pferd zu helfen.

»Mein Herr, seid Ihr verletzt?« Sein Begleiter schlug mit elegantem Schwung seinen seidengefütterten Umhang zurück und stieg aus dem Sattel. Pater Daniel trug den Beinamen der Habicht, zum einen aufgrund seines edlen Profils und zum anderen aufgrund seiner beträchtlichen Fähigkeiten als Jäger. Dunkles Haar fiel ihm in Wellen über die Schultern, wurde aber zur Stirn hin deutlich dünner. Dieser körperliche Mangel bildete eine ständige Quelle des Bedauerns für ihn, da er immer noch jung und ansonsten von gutem Aussehen war. Die drohende Kahlheit stieß seinen Herrn ab, und da Daniel ganz und gar von de Morthlunds Wohlwollen abhängig war, ließ die schwindende Haarpracht seine Zukunft recht ungewiß erscheinen. Das Verhältnis zwischen beiden Männern wurde bestimmt durch ein der Liebe nicht unähnliches Gefühl, welches aber auch von rasiermesserscharfer Bosheit durchsetzt war.

»Vielen Dank, Daniel Habicht«, sagte der fette Mann. »Mit deiner Geistesgegenwart hast du mein Pferd beruhigt und mir einen Sturz erspart.« Mittlerweile hatte sein Gesicht die purpurne Rötung verloren, aber seine Haut war schweißnaß und von Staub verklebt. Trotzdem leuchteten seine Augen, die tief im Fleisch seines Gesichtes eingebettet lagen, wie Perlen, und als er lächelte, blieb eine Spur funkelnden Speichels auf seinen Lippen zurück. Nicht zum ersten Mal hatte Daniel die Sicherheit seines Herrn über seine eigene gestellt. Die Narben auf seinen Wangen und Händen, die Spuren einer alten Messerwunde auf seiner Brust und Brandnarben an seinen Unterarmen waren eine beständige Erinnerung an seine Loyalität.

Die Läufer aus Beverley hielten sich nun in einiger Entfernung und formten die Hände zu Trichtern, um den Neuankömmlingen ihre Warnungen zuzurufen. Der grobe einheimische Dialekt war eine Beleidigung für de Morthlunds Ohren und machte es ihm schwer, die Botschaft zu verstehen. Es dauerte eine ganze Zeit und erforderte einen Übersetzer, bis er endlich begriffen hatte, was geschehen war. Zu diesem Zeitpunkt saß er bereits auf weichen Fellen und von Schwanendaunenkissen gestützt in seiner Kutsche, einen Kelch in der Hand und ein feuchtes Tuch auf der Stirn. Auf dem Rücken liegend und mit geöffnetem Gürtel, damit sein Bauch genug Platz hatte, verschwendete de Morthlund keinen Gedanken an die Sicherheit oder die Bequemlichkeit seines Gefolges. Wenn ihn nicht der übliche Fastentag vor dem Fest des heiligen Matthäus aus York vertrieben hätte, wäre er dort geblieben, aber er hatte nun mal nicht das leiseste Interesse an frugalen Kirchenbräuchen. Es gefiel ihm bei weitem besser, sich in einem staubigen Wagen oder in irgendeinem Dorfgasthof den Bauch vollzuschlagen, als zusammen mit seinen überheblichen Kirchenoberen in York die Härten eines langen Fastentages zu durchleiden. Auf dem Rücken liegend aß er etwas Hammelfleisch und eine Portion in Honig gerösteter Stare, bevor er nach einer Seidenrolle verlangte, auf die er sein Haupt betten konnte. Er döste gerade zufrieden vor sich hin, als Daniel ihm den Kelch entwand und sich erdreistete, daraus zu trinken.

»Mein Herr und Kanonikus, wir haben vier Pferde zusammen mit ihren Reitern verloren, dazu einige Altargewänder und einen Esel sowie einige unserer Läufer, da nur zwei unserer Boten mit der Nachricht von Eurer Rückkehr lebendig bis Beverley gekommen sind.«

»Was? Sind wir unter die Räuber gefallen?« fragte de Morthlund. »Hier draußen, auf dem offenen Weideland, bei hellem Tageslicht?«

»Keine Räuber, mein Herr. Eine Flutkatastrophe.«

De Morthlund richtete sich mühsam in eine sitzende Position auf und rutschte ein Stück nach vorn, so daß seine massigen Beine aus der Kutsche heraushingen. Dann deutete er mit seinem gewaltigen Arm auf die Stadt, von der außer Staubwolken wenig zu sehen war. »Eine Flut, kleiner Habicht? *Flut?* Diese Stadt hat eine monatelange Dürre hinter sich, eine Trockenheit, die ausreichen würde, um die ganze Ernte zu verbrennen, bevor sie auch nur fingerlang ist. Sieh doch selbst, da liegt sie im Staub, so trocken wie die Knochen des alten Adam. Seit mehr als einem Monat hat es hier nicht mehr geregnet, die Brunnen führen kaum noch Wasser, und du erzählst mir etwas von einer *Flut?*«

Daniel nickte, sah Pater Wulfrics Blick zu seinem Haaransatz gleiten und fuhr sich verlegen mit der Hand über die Stirn. »Einige Teile der Stadt sind von Schlamm und Schlick überflutet worden. Das Wasser muß vom Fluß aus in die alten Wasserläufe gesickert sein und ihre Ufer in Morast verwandelt haben. Mehrere Brunnen sind übergelaufen und viele sind so verseucht, daß das Trinkwasser bedenklich knapp geworden ist.«

Pater Wulfric runzelte finster die Stirn. »Was ist mit *meinen* Brunnen?«

»In Sicherheit, mein Herr. Die größeren Häuser haben kaum Schaden genommen, da sie ihr Wasser aus tieferen Schichten erhalten und ihre Brunnen gut gepflegt sind. Unglücklicherweise kann man dasselbe nicht für das Haus des Erzbischofs auf dem Marktplatz sagen …«

»Soll der Erzbischof sich selbst um seine Angelegenheiten kümmern«, unterbrach ihn de Morthlund. »Hat man Wachen an meinen Brunnen aufgestellt?«

»Jawohl, mein Herr.«

»Gut, sehr gut. Ich werde dem gemeinen Mob nicht gestatten, sich bei mir zu bedienen und mir dafür seinen ganzen Dreck und Schmutz zurückzulassen.«

»Nein, mein Herr, und es steht auch nicht zu erwarten, daß sich die Aufstände vom letzten Jahr wiederholen werden. Der Mönch aus Flandern, Bruder Antony, hat Wasserstellen an den Mauern von St. Peter eingerichtet, und die Priester stellen Wasser aus ihren eigenen Bächen zum Trinken und Kochen zur Verfügung.«

»Immer die Güte in Person«, höhnte de Morthlund. »Immer der selbstlose Freund der Bedürftigen. Und was ist mit Beverleys Liebling, dem hübschen Simeon?«

»Die Leute erzählen sich, er habe ein Menschenleben gerettet, das bereits für jeden außer Gott verloren war«, berichtete Daniel, »und daß er den Toten die volle Absolution gewährt und die Lebenden mit seinem Segen gerettet habe. Sein Ruhm wächst von Stunde zu Stunde.«

De Morthlund rieb sich die zahlreichen Wülste seines Kinns mit einem dicken, rosigen Finger. »Ah, er hat die Toten zum Leben erweckt, wie?«

»So heißt es, mein Herr. Angeblich hat ein Kind über eine Stunde tot im Schlamm gelegen – oder zwei oder drei, je nachdem, wer die Geschichte erzählt. Durch irgendein göttliches Zeichen wußte Simeon genau, wo es lag, watete durch den Morast und zog den Körper des Kindes heraus. Dann hat er dem kleinen Mädchen Luft in die Lungen geblasen, und es erwachte auf der Stelle wieder zum Leben – das behaupten jedenfalls die Leute.«

»Ist das möglich?«

»Ich denke schon«, meinte Daniel nickend. »Wenn der Tod nur durch einen einfachen Mangel an Luft verursacht wurde und nicht durch eine lebensgefährliche Verletzung, und wenn der Atem noch nicht zu lange ausgesetzt hat.«

»Also, er erweckt die Toten zum Leben und erteilt volle Absolution ohne Beichte. Das wird den Kirchenvätern aber gar nicht gefallen, Daniel.«

»Nein, mein Herr, das glaube ich auch nicht.«

»Aber wenn ich Cyrus de Fighams Klugheit richtig einschätze, werden unsere Oberen die Geschichte schnell genug hören – und mit einigen farbenprächtigen Verschönerungen obendrein, möchte ich sagen.« Er kicherte und sein gewaltiger, vom Gürtel befreiter Leib bebte. »Bei der Versammlung der Kanoniker heute nachmittag wird de Figham wegen der Frau, die er unter seinem Dach hält, Rede und Antwort stehen müssen, und das alles, weil Simeon die Sache einfach nicht ruhen lassen will. Ich wette, Cyrus wird sich die günstige Gelegenheit, seinem Feind eins auszuwischen, nicht entgehen lassen. Es wird bestimmt sehr amüsant, kleiner Habicht, wenn Cyrus de Figham und unser ach so bescheidener Simeon de Beverley wieder einmal die Klingen kreuzen.«

Daniels Lächeln war höflich, aber ohne die grausame Vorfreude seines Herrn. Ihm gefielen diese gefährlichen Spiele, mit denen die Kanoniker zum Spaß oder aus Ehrgeiz aufeinander losgingen, nicht im geringsten. Er liebte seinen Herrn, da ihm nichts anderes übrig blieb, denn ohne die Gunst de Morthlunds war sein Leben keinen Pfifferling wert. Er bewunderte Cyrus de Figham aufgrund seines satanisch guten Aussehens und seiner aristokratischen Eleganz, aber wer außer einem Narren konnte einen Priester und Mann wie Simeon de Beverley übersehen? Oft genug fühlte sich der kleine Habicht hin und hergerissen zwischen dem Wunsch, nicht nur seinem Herrn zu gefallen, sondern auch de Figham zu beeindrucken; nein, manchmal wollte er zudem auch noch jeden Schaden von Simeon abwenden oder zumindest so gering wie möglich halten. Er wußte um seine eigenen Mängel als Priester, wußte, daß seine sterbliche Seele der Gefahr ewiger Verdammnis entgegenstrebte. Mit diesem Gedanken und aus Sorge um den Platz seines Herrn im Himmel, wandelte er auf einem gefährlich schmalen Pfad zwischen seiner Loyalität und seinem Beschützerinstinkt, seiner Bewunderung für Pater Cyrus und seinem tiefen Respekt für Pater Simeon.

»Heiligkeit«, hörte er de Morthlund genüßlich sagen. »Wieder einmal gelüstet es ihn nach Heiligkeit und nach der Bewunderung durch die wirrköpfigen Narren in Beverley.«

»Er weist all diese Behauptungen weit von sich«, sagte Daniel.

»Natürlich, denn so werden all die Narren ihn nur um so höher preisen – wegen seiner großen Bescheidenheit. Dieser Simeon ist genauso schlau wie er ehrgeizig ist.«

»Das glaube ich nicht, mein Herr.«

»Ach?« Die perlenrunden Augen glitzerten belustigt.

»Ich glaube, daß er grundehrlich ist, ein würdiger Priester und …«

De Morthlund packte Daniel am Kragen seines Umhangs, zog ihn grob zu sich herüber und drückte ihm einen feuchten Kuß mitten auf den Mund. »Ich glaube, du findest diesen hübschen Priester zu anziehend, mein kleiner Habicht.«

»Er wird … er wird von vielen bewundert … er ist ein guter Mann«, stammelte Daniel, sorgfältig jeden Hinweis darauf vermeidend, wie tief er in Simeons Schuld stand.

»Und de Figham? Findest du, er ist auch ein ›guter Mann‹ und unserer Bewunderung würdig?«

»Nicht … vielleicht nicht gerade *gut*, mein Herr …«

»Aber deiner Meinung nach trotzdem bewunderungswürdig?«

»Mein Herr, Pater Cyrus ist ein mächtiger Mann und verdient als solcher unseren Respekt.«

»Und du wärest klug beraten, auf das, was du sagst, achtzugeben, mein Lieber. Versuche nicht, deine Loyalität zu teilen. Du bist mein Geschöpf, mit Leib und Seele, und weder ein Priester noch Gott persönlich wird einen Teil von dir für sich beanspruchen, der *mir* gehört.«

Daniel verbeugte sich und wünschte nur, sein Kopf wäre bedeckt. »Meine Loyalität gehört Euch ganz allein, mein Herr und Kanonikus«, erklärte er, und weder in seiner Stimme noch in seinem Gehabe war irgend etwas, das seine Behauptung Lügen gestraft hätte.

»So sei es, kleiner Habicht. Jetzt reich mir meinen Gürtel und meine Börse und sieh zu, daß diese Kutschen und Pferde endlich aufbrechen. Wenn die Flut den Weg unpassierbar gemacht hat, werden wir ihn eben umgehen. Und sorge dafür, daß die Läufer uns ein gutes Stück voraus sind. Ich werde nicht zulassen, daß der Ruhm dieses verkrüppelten Priesters meine Ankunft in Beverley überschattet.«

Daniel Habicht verbeugte sich abermals und wandte sich erleichtert zum Gehen. Vor zwei Jahren, während des großen Brandes in Beverley, hatte er sein Leben aufs Spiel gesetzt, um seinen Herrn vor den Schwertern mordlustiger Diebe zu bewahren. Er war allein gegen eine Übermacht angetreten und hatte für sein Einschreiten büßen müssen. Daniel hatte es geschafft, die Diebe gerade lange genug aufzuhalten, daß de Morthlund sich in Sicherheit bringen konnte; dann überwältigten seine Gegner ihn jedoch und schlugen mit Fäusten und Waffen auf ihn ein. Als das Feuer schließlich immer näher kam, hatten sie ihn einfach liegengelassen, und er war zu schlimm verwundet gewesen, um überhaupt zu bemerken, wie heftig seine Kleider bereits brannten. Wäre de Morthlund nicht zurückgekehrt, hätte Daniel elend verbrennen müssen. Dem Tode nahe und kaum mehr bei Bewußtsein, wurde er von seinem Herrn zu den Priestern von St. Peter gebracht, wo Simeon und seine Freunde ihm das Leben gerettet hatten. Damals hatte de Morthlund seinen Tränen freien Lauf gelassen und keinen Hehl aus seinem Gram gemacht, aber jetzt war er voller Haß auf jene, die seine Schwäche mit angesehen hatten. Nur wenige Männer konnten mit dem Wissen leben, daß sie sich vor anderen eine solche Blöße gegeben hatten, und Wulfric de Morthlund gehörte nicht dazu. Die Priester von St. Peter ernteten keine Dankbarkeit dafür, daß sie Daniel das Leben gerettet hatten; im Gegenteil, sie wußten jetzt um Wulfrics leidenschaftliche Gefühle für seinen Lustknaben und würden ihn dafür verachten, und das würde er ihnen niemals vergeben, nicht bis zu seinem letzten Atemzug.

»Vergebt mir, Pater, denn ich habe gesündigt.« Das waren die Worte, die Daniel Simeon zugeflüstert hatte, als der blonde Priester sich über sein Krankenbett beugte, um ihn zu pflegen und seine Wunden zu versorgen. Simeon hatte sich seine Beichte mit freundlichen Augen und ohne eine Spur von Anschuldigung angehört.

»Jede Liebe ist in den Augen Gottes etwas Kostbares«, hatte er erwidert. »Wenn ein Mann bereit ist, sein Leben dafür zu opfern, wie dürften sich andere da anmaßen, solche Liebe Todsünde zu nennen?«

Jetzt erinnerte sich Daniel voller Dankbarkeit an dieses kurze Gespräch, denn Simeon hatte ihm sowohl durch seine geübten Hände als auch durch sein Mitleid das Leben gerettet und seine Seele getröstet.

Als der Troß am Rand eines glitzernden Schlammsees vorbeikam, an dem einst eine hölzerne Brücke für einen leichten Übergang über einen schmalen Graben gesorgt hatte, dachte Daniel Habicht über die möglichen Konsequenzen dieser plötzlichen Flut nach. Schon jetzt hatten sie Berichte von vielen Toten und maßlosem Plündern erreicht, und wieder einmal würde die Stadt in zwei Lager zerfallen. Brach eine echte Not aus und stellte die Menschen auf die Probe, litten meist die Ehrlichen, während die weniger Anständigen reich wurden. Während Männer von unzweifelhafter Tugend und Würde wie Pater Simeon und der Mönch Antony oft mit Bosheit und Feindseligkeit für ihre Mühe belohnt wurden, brauchten selbstsüchtige Männer wie de Morthlund und de Figham kaum unter einer Not zu leiden. Daniel hatte den Eindruck, daß die meisten Menschen von Grund auf schlecht waren. Das Opfer Christi würde niemals genügen, um die Menschheit zu erlösen, solange die Barmherzigkeit eines Mannes direkt zur Steinigung führen konnte.

In letzter Zeit hatte er viel und ernsthaft über Dinge nachgedacht, die ihn bisher nicht interessiert hatten. Er war ein Priester und der Bettgenosse seines Kanonikus, und seit dem Tag, an dem er Wulfric de Morthlund getroffen hatte und bereitwillig zu dessen Lustknabe geworden war, hatte er viel Böses und Grausames gehört. Was ihm in letzter Zeit durch den Kopf ging, war nicht einfach zu verstehen, aber es ließ ihm keine Ruhe mehr. Welchen Sinn hatte der Pfad der Güte, wenn er unweigerlich zur Kreuzigung führte? Wenn die grausamsten Männer nur aufgrund ihrer Beichte oder ihres weltlichen Reichtums in den Himmel kommen konnten, während reinere Seelen durch Armut oder plötzlichen Tod in Verdammnis gestoßen wurden, dann mußte Gottes Königreich doch von Sündern bevölkert sein und die Hölle von Heiligen. Was konnte es einem aufrichtigen Mann schon nutzen, wenn er sich seinen Weg ins Paradies mit Leid und Entbehrungen erkämpfte, nur, um dort Männer wie Wulfric de Morthlund und Cyrus de Figham vorzufinden?

»Ah, da bist du ja, Daniel. Zuviel Nachdenken kann eine schöne Stirn mit Falten verunzieren, mein Lieber. Diese plötzlichen Launen, die du da entwickelst, mißfallen mir.« Er ließ einen schweren Arm auf Daniels Schultern fallen. Der Duft von kostbaren Gewürzen, vermischt mit der Essenz von Rosen, drang in Daniels Nase, und eine Juwelenbrosche wurde ihm in die Hand gedrückt. Das Lächeln auf de Morthlunds Gesicht war beinahe zärtlich, wenn sich in diesen schlaffen Fleischfalten überhaupt irgend etwas erkennen ließ. Wulfric kniff den jungen Priester mit groben Fingern in die Wange. Selbst diese kleine Geste der Zuneigung barg ein gewisses Maß an Schmerzen. »Was ficht dich an, mein Junge? Worüber grübelst du nach?«

»Über Himmel und Hölle, mein Herr.«

De Morthlund kicherte. »Ah, die Mysterien. Mit solchen Dingen solltest du dich nicht beschäftigen.«

In Daniels Lächeln mischte sich ein Hauch von Bitterkeit. »Mit solchen Dingen sollte sich ein geweihter Priester nicht beschäftigen, mein Herr und Kanonikus?«

»*Vor allem* kein Priester«, erwiderte de Morthlund grinsend. »Soll sich der Pöbel, sollen sich die Leute mit ihren leeren Bäuchen und ihren zerlumpten Kleidern mit dem Leben nach dem Tod beschäftigen. Und sollen sie uns in ihrer Leichtgläubigkeit weiterhin gut bezahlen! Wir Priester haben nun einmal das Privileg, das Paradies hier und heute vorweg zu nehmen, denn sind wir erst Staub und Asche, ist es vorbei.

Soll der Bauer doch auf bessere Tage hoffen. Unser Leben ist schön, mein kleiner Habicht. Also, hör auf, deine hübsche Stirn zu runzeln, und *genieße* es.«

Daniel spürte, wie die gewaltige Pranke seines Herrn sich auf seine Schenkel legte, blickte hinunter auf das juwelenbesetzte Geschenk in seiner Hand, und seine düsteren Gedanken schlugen eine neue Richtung ein. Das Bild des blonden Priesters verblaßte, und das Lächeln, das sich auf seinen Zügen abmalte, fiel ihm nicht schwer, denn im Augenblick war das Leben tatsächlich so schön, wie es nur sein konnte. Er lehnte sich gegen Wulfric de Morthlund und flüsterte: »Jawohl, mein Herr und Kanonikus.«

KAPITEL 6

Der Nachmittag brachte keine weiteren Neuigkeiten von der Flut oder den Schlammassen, und die Stadt Beverley, St. Johns geliebtes Beaver Lake, sammelte wieder einmal ihre Kräfte und widmete sich dem Geschäft, das sie am besten verstand: dem Überleben. Hastig wurden die Straßen geräumt und aus allem, was greifbar war, neue Hütten errichtet. Die Läden öffneten wieder, und in jeder Kirche und vor jedem Altar wurden Gebete für die Lebenden und die Toten gesprochen.

In der staubigen Hitze schufteten die Einwohner der Stadt, um die blockierten Wasserläufe freizuräumen und die Schlammassen umzuleiten, damit sie möglicherweise neue Überflutungen verhinderten, an die zusammengebrochenen Wände herankamen und dann die Deiche verstärken konnten. Nackt von der Taille bis zu den Füßen oder sogar ganz ohne Kleidung arbeiteten die Menschen mit totenbleichen Gesichtern und geschwärzten Leibern nebeneinander. Als der Schlamm in der Hitze schließlich steinhart wurde, machten sie sich mit Äxten und Pickeln daran, den Morast in Stücke zu schlagen und auf Karren zu verladen. Die Torfstecher, die ihrer Tätigkeit für gewöhnlich außerhalb der Stadt in den Sümpfen nachgingen, waren plötzlich überaus gefragt und wurden für ihre Mühen reich belohnt. Es war eine Zeit, in der willige Hände sich ein ordentliches Mahl oder eine hochwillkommene Münze verdienen konnten, eine Zeit, in der Frauen und Kinder Seite an Seite mit den Männern für den gleichen Lohn arbeiteten, eine Zeit, in der gute wie schlechte Menschen gleichermaßen ihren Schweiß für Gott vergossen und auf eine Entlohnung im Jenseits hofften.

Diese unter der Last und Schwere der Arbeit fast zusammenbrechenden Menschen stellten sich jedem entgegen, der auf Plünderung aus war oder meinte, sich am Leid der anderen mühelos bereichern zu können, so daß Priester und Gutsbesitzer kaum Mühe hatten, die Leute bei der Arbeit zu halten. Die Städter waren da, um ihre Häuser und Vorräte zu retten, ihre Kirchen und Nahrungsmittelquellen zu schützen, und das Versprechen, alles, was sie retten konnten, für sich behalten zu dürfen, schärfte ihre Wachsamkeit vor gemeinen Dieben.

Viel Zeit ging verloren, als Pater Wulfrics Gefolge sich langsam seinen Weg durch die Stadt bahnte. Seine Läufer eilten ihm voraus, um die Nachricht zu verbreiten, daß die Bedürftigen Almosen erhalten würden; alle, die dem Kanonikus das Geleit zu seinem Haus in der Moorgate geben würden, sollten Brot und Münzen erhalten. Pilger und Händler, Arbeiter und Bettler, Witwen und zerlumpte Kinder scharten sich zuhauf entlang des Weges, alle in der Hoffnung, zu bescheidenem Teil von der Großzügigkeit des Kanonikus bedacht zu werden. Obwohl sie von bewaffneten Wachen und dem klerikalen Gefolge auf Distanz gehalten wurden, behinderte ihre bloße Anzahl das Fortkommen der Kutschen, vor allem in den schmaleren Straßen.

Hoch zu Roß, zwischen dem Pöbel und seinem Herrn reitend, warf Daniel Habicht aus einer Lederbörse Münzen unter das Volk und beobachtete anschließend mit einigem Abscheu den Tumult, den er damit hervorrief. Männer bestahlen Frauen und Frauen Kinder, und alle krochen sie am Boden, um Münzen und Brot zu erhaschen. Ein Pilger schlug eine Frau mit seinem schweren Stab nieder, um ihr das Brot zu entreißen, daß sie sich an die Brust gepreßt hatte. Daniel fragte sich, ob dieser gerechte Mann St. John von diesem Ereignis berichten würde, wenn er das nächste Mal vor dessen heiligem Schrein kniete. Er sah einen anderen Mann, der einem Blinden das Brot aus dem Mund nahm, und einen weiteren, der einen Krüppel um eines einzigen Pfennigs willen fast erwürgte.

Nach einer weiteren Handvoll Münzen war die Börse leer, und Daniel sah seinen Herrn fragend an. De Morthlund gab ihm bereitwillig die nächste Börse, denn so erkaufte er sich einen guten Ruf, während andere Kanoniker es vorzogen, ohne Aufsehen zu reisen. Mit Brot und Münzen diente er sowohl der Not wie der Gier, und dafür war ihm ein herzlicheres Willkommen gewiß als so manch einem Bischof, der

Beverley seinen Besuch abstattete. Obwohl dieser Kanonikus bereit war, einen hohen Preis für seinen Ruhm zu zahlen, betrachtete er andererseits jedes Geschenk an seinen Lustknaben als eine Schuld, die dieser abzutragen hatte. Es bereitete ihm ein grausames Vergnügen, Daniel nun eine Börse voller Münzen zu reichen, die dieser an andere verschleudern mußte, ohne jemals selbst einen Pfennig sein eigen nennen zu können.

»Morgen werden wir an de Fighams Tafel feiern«, sagte Wulfric. »Und heute nacht schlafe ich in meinem eigenen Federbett. Allmächtiger! Nach diesen harten Kirchenpritschen und diesem elenden Ledersattel tun mir sämtliche Knochen im Leib weh.«

»Aber die Reise hat Euch viel eingebracht«, bemerkte Daniel. »Der Erzbischof war sehr an Eurem Anliegen interessiert. Ich glaube, Ihr habt ihn davon überzeugt, daß man nach wie vor einen hübschen Gewinn aus Beverley herausquetschen kann und daß die Stadt und ihr verborgener Reichtum buchstäblich in Eurer Hand liegen.«

Pater Wulfric lächelte und straffte seine massigen Schultern. »Und so wird es auch sein. Jetzt, da ich das Wohlwollen unseres Erzbischofs genieße, werden diese Münsterknechte schnell lernen, nach meiner Pfeife zu tanzen, und wenn sie das erst einmal tun, wird ein großer Teil des Gewinns seinen Weg in meine Schatzkammer finden.«

»Um ihn dann mit York zu teilen?« Daniels Seitenblick war skeptisch und sein Mund zu einem Lächeln verzogen.

De Morthlund gab dem muskulösen jungen Mann einen Klaps auf den Schenkel. »Das werden wir sehen, mein liebes Herz, das werden wir sehen. Und zweifele nicht, daß ich diese Fehde zwischen Cyrus de Figham und Simeon de Beverley zu meinem Vorteil nutzen werde. Die beiden werden mir helfen, meine Ziele zu erreichen. Ein kluger Mann läßt die kleinen Zänkereien seiner Rivalen niemals ungenutzt.«

»Eine kluge Idee, wahrhaftig«, bemerkte Daniel. Er wußte, welche Freude es seinem Herr bereitete, zwei preisgekrönte Kampfhähne auf Leben und Tod gegeneinander zu hetzen, während er selbst hohe Wetten auf den Ausgang des Wettstreits abschloß.

Als ein lauter Schrei hörbar wurde, drehten sich beide Männer im Sattel um. Der Brotkarren hinter ihnen war ins Trudeln geraten, als das Gedränge der Bettler, die ihren Anteil haben wollten, immer ungestümer wurde, während der Vorrat an Brotlaiben schnell dahinschmolz. Sie baten um Barmherzigkeit, nannten sie eine Gnade, aber kämpften so erbittert darum, als hätten sie ein Recht darauf. Ein dicker Mann mit einem Katzenfellumhang stieg auf den Karren und bekam dafür einen Hieb mit dem Knüppel des Wagenlenkers. Der Mann stürzte hinunter und geriet mit einem Bein unter die Räder. In dem darauffolgenden Tumult kippte der Karren um und tötete einen Mann. Die Maultiere wurden aus ihrem Geschirr geschnitten und in die Menge gezerrt, und dann fielen die Armen als eine einzige Woge von Leibern über das restliche Brot her wie Heuschrecken über ein blühendes Feld. Wulfric de Morthlund reichte seinem Priester eine dritte Börse und gab damit das Zeichen, daß die Verteilung der Almosen weitergehen würde; gleichzeitig schritt sein schweres Streitroß ungehindert und stetig voran.

Während die Chorvikare die Psalmen sangen und das Mittagsoffizium begingen, traten ihre Kanoniker in der Propstei zu einer ungewöhnlichen Versammlung zusammen.

Man hatte schwerwiegende Anklagen gegen einen der ihren erhoben, und da der Disput nun schon seit zwei Jahren schwelte, waren beide Parteien übereingekommen, ihre Kümmernisse vor ihre Mitbrüder zu bringen und die Sache ihrem Urteil zu überantworten. Cyrus de Figham war der Beschuldigte und Simeon de Beverley mit Unterstützung seines Kanonikers der Ankläger. Pater Simeon hatte seiner Anklage Nachdruck verliehen, indem er den alternden Cuthbert in die Debatte hineinzog, denn er selbst war lediglich ein designierter Kanonikus, und in dieser delikaten Frage des Kirchenrechts hatte Pater Cyrus sich geweigert, ihm gegenüber Rechenschaft abzulegen. Jetzt hatte der Kanonikus selbst seinen Namen der Anklageschrift hinzugefügt und Simeon de

Beverley war fest entschlossen, sich in einer offenen Verhandlung Gehör zu verschaffen.

»Er ist ein Narr. Nur ein Narr würde seinen Feind wegen einer so lächerlichen Sache herausfordern. Warum gibt er nicht endlich Ruhe und genießt seinen unsicheren Frieden, solange er kann?«

Es war Jacob de Wold, der designierte Probst von Beverley, der dies sagte. Er hatte das Amt des Probstes jetzt seit sieben Jahren inne, ohne in den Genuß des offiziellen Status eines solchen gekommen zu sein oder dessen Privilegien erhalten zu haben. Er sorgte für Frieden zwischen seinen Kanonikern und gab seine Stimme ab, wo sie am wenigsten Schaden anrichten konnte. Er war kaum mehr als eine Marionette, die sich durch Diplomatie und Diskretion auszeichnete. Seine Hauptsorge bestand darin, nach Möglichkeit einen Mittelweg durch die ruhigsten Wasser zu finden, auf daß Beverley nicht mit seinem Oberherrn York in Konflikt geriet. Die Rolle des Propsts brachte Prestige und Vorteile mit sich, und Geoffrey Plantagenet, Yorks designierter Erzbischof, hielt sich alle Möglichkeiten offen. Er würde einen solchen Titel keinem Mann aus Beverley verleihen, und da das Münster halb zerstört war, würde er auch keinem Mann von hohem Rang ein so ärmliches Amt geben. Für Plantagenet war dieses Amt eine eiserne Reserve, und die Kanoniker, die auf diese Weise so gänzlich von ihm abhingen, waren in seiner Abwesenheit lediglich seine Verwalter.

Jacob de Wold war über vierzig, groß und von steifer Haltung, langsam und bedächtig, wenn es darum ging, seine Meinung zu sagen. Obwohl seine Schnurrbarthaare lang und üppig waren, konnte er sich keine Tonsur mehr schneiden, denn sein Kopf war völlig kahl. Vor zwei Jahren hatte ein Feuerschwall seine Hände und sein Gesicht verbrannt und ihm einen schweren Rückenschaden eingetragen. Sein Retter hatte das übrige dazugetan. Ein junger Priester zog ihn aus den Flammen und trug ihn im Laufschritt mehrere Treppen hinunter, durch ein in Flammen stehendes Kräuterbeet und über einen hohen Zaun. Die tapfere Rettung in letzter Sekunde hatte Jacob zwar das Leben gerettet, aber die entsetzliche

Flucht hatte ihn zum Krüppel gemacht. Hätte Osric ihn nicht fest an einen Holzbalken gebunden und ihn entgegen seinen Protesten dort wochenlang festgehalten, wären seine zerbrochenen Knochen schief zusammengewachsen und vielleicht überhaupt nicht mehr geheilt. Jetzt konnte Jacob weder sitzen noch knien, noch seinen Rücken beugen, aber er lebte und der ständige Schmerz konnte mit Hilfe maßvoller Gaben einer Tinktur aus Mohnsamen einigermaßen erträglich gehalten werden.

»Er ist ein Narr«, sagte er noch einmal und zuckte zusammen, als die Männer, die ihn ankleideten, sich mit ihrer ganzen Kraft mühten, die Schnallen seines ledernen Körpergurtes zu schließen. Die Eisenstäbe, die seinen Beinen Halt gaben, wurden über seinen Knien verschnürt, und zum Schluß die Halsstütze, die zu seiner Bequemlichkeit mit Schafsfell ausgekleidet war, befestigt. Ein dritter Mann mühte sich derweil damit ab, die eisenbeschlagenen Stiefel über Jacobs Füße zu ziehen, bevor er sie an Knöchel, Wade und Knie festzurrte. Wie ein Ritter in voller Rüstung nahm er seinen Rock und seinen Umhang in Empfang, und mit diesen Gewändern wäre niemand auf die Idee gekommen, daß Jacob de Wold außerstande war, auch nur einen Schritt ohne diese Hilfen zu gehen.

Am Fenster im Privatgemach des Propstes stand Stephen Goldsmith, Kanonikus und Handwerker. Er drehte an dem goldenen Siegelring an seinem Finger und schaute diskret zur Seite, während Jacob angekleidet wurde.

»Simeon hat einiges gegen de Figham in der Hand«, sagte er. »Wenn es sich so verhält, wie er es darstellt, wie können wir dann eine so unsägliche Situation hinnehmen?«

»Er sollte besser die eher unwahrscheinlichen Vorteile gegen die unvermeidlichen Verluste abwägen«, erwiderte Jacob. »Wenn er die Kanoniker in zwei Lager spaltet, wird er mich in die heikle Lage bringen, meine Stimme gegen den einen oder den anderen Mann erheben zu müssen. Wenn ich mich gegen de Figham stelle, wird er die Sache niemals ruhen lassen. Sollte ich die Anklage aber als unbegründet ablehnen, wird Simeon sich völlig zu Recht an eine höhere Autorität wenden. Was ich auch tue, ich stehe vor einem Dilemma. Wir können es uns nicht erlauben, mit einem solchen Skandal Geoffrey Plantagenet oder gar Rom zu verärgern.«

Stephen Goldsmith nickte grimmig. »Unser Erzbischof hat schon genug mit seinen eigenen Schwierigkeiten und Skandalen zu tun, und außerdem sind seine Launen gefährlich und unvorhersehbar. Falls ihn irgendeine Petition aus Beverley im falschen Augenblick erreicht, würde es ihm durchaus ähnlich sehen, unsere Kirche einer Handvoll Priester aus York zu übergeben und uns aus dem Amt zu werfen.«

»Ganz richtig, und da es ihm beliebt, Exkommunikationen genauso großzügig zu verteilen, als handele es sich um Almosen an die Armen – wer unter uns möchte ihn da auf die Probe stellen?«

»Also, was sollen wir tun?« fragte der Goldschmied. »Wo liegt bei dieser Sache der goldene Mittelweg?«

»Bei der Frau, bei Alice.«

Der Goldschmied sah den Propst unter seinen buschigen Augenbrauen an, die, wie sein Haar und sein Bart, von feurigem Rot und Bronze überhaucht waren.

»Könnt Ihr es zulassen, daß eine Frau eine Angelegenheit von so großer Bedeutung für die Kirche entscheidet?«

»Ich fürchte, mir bleibt nichts anderes übrig – falls es mir überhaupt gelingt, beide Parteien zu einem solchen Vorgehen zu überreden. Bei all dieser Streiterei geht es doch nur um diese Alice. Wir werden sie mit de Fighams Einverständnis, aber ohne sein vorheriges Wissen hierherbringen, so daß man ihm auf keinen Fall eine abgekartete Sache vorwerfen kann. Wenn er die Anklage zurückweist und Simeon auf seinen Beschuldigungen beharrt, wird die Aussage der Frau die Angelegenheit entscheiden.«

Stephen Goldsmith warf einen Blick auf die Männer, die Jacob in sein Leibgeschirr geholfen hatten. Sie trugen die schlichten Wollroben niederer Geistlicher, waren einfach gegürtet und hatten alle ein Kreuz um den Hals hängen. Zwei waren damit beschäftigt, die Gewänder ihres Herrn in einer Holztruhe zu verstauen, während der dritte auf den Knien lag, um die Absatzriemen seines Propstes zu befestigen. Keiner schien ihrer Unterhaltung besondere Aufmerksamkeit zu schenken, und doch runzelte Stephen die Stirn und schüttelte warnend den Kopf. Er wußte um die Geschwindigkeit, mit der sorglos geäußerte Worte an das falsche Ohr dringen konnten, und er wußte auch, wie schnell die Menschen das Gehörte für eine kleine Belohnung preisgaben. Mit gesenkter Stimme fragte er daher: »Würde sie denn wirklich aufrichtig gegen ihren Herrn aussagen? Nur wenige, ungewöhnlich mutige Männer würden es wagen, sich de Figham in den Weg zu stellen, und die Hälfte der Anschuldigungen gegen ihn beruht darauf, wie schlecht er sie behandelt. Wie sollen wir also sicher sein, daß sie die Wahrheit sagt?«

»Weil er keine Gelegenheit haben wird, sie in ihrer Aussage als Zeugin zu beeinflussen«, flüsterte Jacob als Antwort. »Und weil man sie zwingen wird, einen heiligen Eid zu schwören und damit ihre Seele der Hölle überantwortet, wenn sie die Unwahrheit sagt. Ich zweifle nicht daran, daß sie große Angst vor Cyrus de Figham hat, aber sie wurde für ein heiliges Amt ausgebildet, und ich denke, daß sie vor allem den Allmächtigen fürchtet, wie sie ihn fürchten sollte. Das ist unsere einzige Chance. Wenn es zum Schlimmsten kommt, werde ich sie holen lassen.«

Jacob de Wold ging mit steifen Bewegungen in die Sakristei, von wo aus man über eine hölzerne Treppe in den Versammlungsraum der Kanoniker gelangen konnte. Sobald er dort angekommen war, ballte er die Fäuste, preßte die Ellbogen an den Leib und stieg, gestützt von einem Mann an beiden Seiten, hinauf. Stephen Goldsmith folgte ihm, die Stirn immer noch in Falten. Er sah nicht, daß der dritte von Jacobs Helfern den Deckel der Gewändertruhe schloß und durch eine kleine Seitentür aus dem Haus schlüpfte. Und er sah auch nicht, wie eben dieser Mann seine Röcke über die Knie hob, um ungehindert über das Figham-Moor laufen zu können.

Jacob de Wold war derweil gezwungen, in einem Vorraum zu der Halle auf zwei Kanoniker zu warten, die ihre Geistlichen mit ihren Entschuldigungen vorausgeschickt hatten. Wulfric de Morthlund war erst an diesem Tag aus York zurückgekehrt und bat den Propst um Nachsicht und Zeit, seine Reisekleider abzulegen und sich den Reisestaub aus den Gliedern zu schütteln. Cyrus de Figham war in seinem Eifer, seinen Ruf zu verteidigen, zwar pünktlich erschienen, wurde jedoch in einer äußerst dringenden Angelegenheit zu seinem Haus zurückberufen. Jacob schwitzte in seiner Rüstung aus Eisen und Leder mit ihren Schafsfellpolstern, zumal er ja auch noch von Kopf bis Fuß mit den schweren Gewändern des Propstes behangen war. In Gedanken verfluchte er die Hitze und betete darum, daß die Versammlung zu einem Schluß kam, bevor er vor Erschöpfung zusammenbrach.

Die unpünktlichen Kanoniker kamen schließlich gemeinsam an, und weniger wohlmeinende Stimmen hätten ihren Auftritt in der Halle als einstudierte Protzerei abgetan. Mit schwungvoller Gebärde betrat der hünenhafte Wulfric de Morthlund als erster den Raum, über und über mit funkelnden Juwelen behängt, und seine Schnallenstiefel hinterließen eine unübersehbare Spur auf dem Holzfußboden. Sein Umhang aus Gold und königlichem Purpur flatterte hinter ihm her, während er seinem Platz entgegenstrebte, als handele es sich um einen hohen Thron. Hinter ihm ging Cyrus de Figham, prachtvoll gewandet in Weiß und Blau unter einem scharlachroten Umhang, dessen dunkle Kapuze er sich über den Kopf gestreift hatte. Mit glitzerndem Silberschmuck und beiläufiger Eleganz nahm er seinen Platz ein. Obwohl sein Körper Ruhe ausstrahlte, blickten seine dunklen Augen wachsam in die Runde.

In ihrer Begleitung waren John, der Zuchtmeister, in einer gelben Robe, und Daniel Habicht in einem schwarzen, mit dunkelroten Borden abgesetzten Gewand. Die jungen Männer sahen einander argwöhnisch an, denn zwischen diesen beiden konnte es kein Vertrauen geben.

Acht Kanoniker waren in der Halle zugegen, ein jeder mit seinen Geistlichen und anderen interessierten Gruppen, so daß insgesamt fünfzig Menschen versammelt waren. Die Kanoniker trugen ihre kostbarsten und schönsten Roben, die Geistlichen braune oder graue Umhänge mit bunten Kapuzen über weißen Röcken, blankpolierte Broschen und leuchtenden Quasten. Alle anderen im Raum trugen ebenfalls ihre besten Gewänder, denn die Väter in Rom verlangten, daß alle Männer der Kirche an ihrer Pracht zu erkennen waren. Hier trat der wirkliche Unterschied zwischen den Menschen zutage: Jene, die in Reichtum geboren waren, verwöhnten ihre Leiber mit feinsten Stoffen, während die Armen ihre Knochen in Lumpen hüllen mußten.

Der Propst schaute von den zuletzt Eintretenden zu Pater Simeon, der in einem Sonnenstrahl in der Nähe der Tür stand. Der Blick des älteren Mannes war hart, denn er mißbilligte diesen unziemlichen Streit wegen einer Frau, zu einer Zeit, da soviel wichtigere Dinge in Beverley auf dem Spiel standen. Als spüre er, wessen Blick da auf ihm ruhe, drehte Simeon sich um und schaute Jacob direkt in die Augen, eine Gewohnheit, die viele Menschen beunruhigend fanden.

»Ihr seid ein Narr«, dachte Jacob de Wold, ohne die Worte jedoch auszusprechen.

»Ich werde in dieser Sache nicht nachgeben«, erwiderte Simeons ruhiger Blick.

Simeon, designierter Kanonikus von St. Peter, trug einen Rock aus grauer Wolle über einem Leinenhemd. Seine Stiefel waren vom Knie bis zum Knöchel geschnürt, sein Umhang rostfarben und mit einer verblichenen, roten Fütterung ausgestattet. Seine Kapuze fiel ihm sanft über die Schultern, sein einziges Schmuckstück bestand aus einer schlichten Metallbrosche, die die Kapuze festhielt. Er war in seiner Kleidung ebenso bescheiden wie in seinem Lebensstil. Die anderen Kanoniker kamen herausgeputzt wie die Pfauen, stolzierten umher, stellten sich prahlerisch zur Schau und konnten dennoch diesem Priester in seiner beeindruckenden Schlichtheit nicht das Wasser reichen.

»Ihr dürft Euch nicht auf seine Seite und gegen de Figham stellen.« Die Stimme von Stephen Goldsmith klang leise und gedämpft in den Ohren Jacobs. »Eure Bewunderung für Simeon wird Grund zur Klage geben, falls man sie bemerkt.«

Jacob sah ihn von der Seite an, und im nächsten Augenblick war sein Gesicht wieder verschlossen und seine Gedanken so gut verborgen, daß niemand sie hätte erraten können.

»Allein die Tatsachen werden diese Angelegenheit entscheiden.«

Als Jacob sich steifbeinig zu seinem Platz am Kopfende des Versammlungstisches begab, beugte Cyrus de Figham sich zu de Morthlund hinüber und bemerkte: »Es heißt, er werde äußerlich von Eisen aufrechterhalten und innerlich von einem Extrakt aus Mohnsamen.«

»So ist es«, erwiderte de Morthlund mit einem verschwörerischen Flüstern. »Es ist so wenig von ihm unversehrt geblieben, daß wir nur beten können, daß er nicht auch seinen gesunden Menschenverstand verloren hat. Ich bezweifele, daß er es wagen wird, zugunsten von Simeon von Beverley zu stimmen.«

»Genauso wenig wie zu meinen. Nein, er wird den goldenen Mittelweg wählen, eine unparteiische Vorgehensweise, die keinem zum Nachteil gereicht«, meinte Pater Cyrus belustigt. Er zwinkerte Wulfric mit seinen dunklen Augen zu. »Und da wird er auf kein geringes Hindernis stoßen.«

Der älteste der Kanoniker, Pater Cuthbert, saß dösend auf seinem Stuhl, eine kleine, zerbrechliche Gestalt in Grau und Weiß, die unter dem prächtig geschnitzten und mit langen Fransen ausgestatteten Baldachin eines Kanonikusstuhls geradezu zwergenhaft erschien. Sein Kinn ruhte auf der Brust; vielleicht schlief er, vielleicht aber hatten das Alter und die Hingabe an sein Amt seinen Hals wie zum ständigen Gebet gebeugt. Dieser Mann war Simeons Lehrer. Er hatte einst einen lahmen Jungen in seine Obhut genommen und ihm geholfen, seine Fähigkeiten als Priester und Schreiber zu entwickeln. Cuthbert verlangte kein Lob für die Verwandlung, die ihm gelungen war, denn er hatte in Simeon schon früh viele ungewöhnliche Talente entdeckt, und sorgfältige Unterweisung hatte das übrige dazu getan. Gottes Wille hatte diesen verkrüppelten Jungen nach St. Peter gebracht, und Gottes Wille hatte auch sein weiteres Schicksal gelenkt. Und so war Simeon derjenige gewesen, der dieses fremde Kind während des Unwetters in Empfang genommen hatte.

Trotz des Geplappers zahlloser Stimmen in der Halle hörte Pater Cuthbert die kurze Unterhaltung zwischen de Figham und de Morthlund. Dieser Hinweis auf eine Verschwörung bereitete ihm große Sorge. In seinem langen Leben hatte er gelernt, daß Menschen zwar wie kleine Kinder streiten und debattieren konnten, daß sich am Ende jedoch Gottes Plan durchsetzt und die Welt sich so entfaltet, wie es ihr bestimmt war.

Der designierte Propst nahm seinen Platz unter den Kanonikern ein, wobei er sich jedoch nicht auf seinen Kirchenstuhl setzte, sondern an ein hohes Pult stellte, das für ihn bereitstand. Als sein Vikar einen Schritt nach vorn trat, um den zur Diskussion stehenden Fall zu verlesen, ließ Jacob de Wold seine Blicke über die schimmernde Pracht im Raum schweifen und fühlte sich an das Buch Genesis erinnert. Dort stand geschrieben, daß Gott Adam nackt erschaffen hatte. Man konnte argumentieren, daß die eigentliche Sünde nicht von Eva begangen worden war, die von der Schlange verführt wurde, sondern von Adam, der in seiner Eitelkeit seinen nackten Leib mit einem Feigenblatt geschmückt hatte.

»... daß die Frau Alice unter Zwang aus ihrem Heim bei der Äbtissin weggebracht wurde. Daß Pater Cyrus sie gegen ihren Willen in seinem Haus festhält, wo sie ihm dienen und für seine fleischlichen Gelüste zur Verfügung stehen muß ...«

Der Geistliche verlas die Anklagen mit einer klaren, kräftigen Stimme, und die Menschen in der großen Halle hingen an seinen Lippen.

»... und sie zu einer Gefangenen seiner niedrigen Gelüste gemacht hat ...«

Weder der Angeklagte noch sein Ankläger ließ sich anmerken, was in ihren Köpfen vorging. Der Geistliche fuhr fort.

»... des Trostes von Familie und Freunden beraubt, gezwungen, das Bett ihres Herrn zu teilen. Sie soll sofort freigelassen und zu den Schwestern der Barmherzigen zurückgebracht werden, von denen sie gekommen ist.«

Jacob de Wold umklammerte die Kanten seines Pultes und geriet ein wenig ins Taumeln. Kleine Schweißrinnsale hatten sich unter seinen Achseln und an seinen Lenden gebildet, liefen ihm über den Rücken und über die Brust. Das Schafsfell kratzte an seiner Kehle, und es war so eng, daß er fürchtete, zu ersticken, denn die Halsstütze war direkt über seiner Luftröhre verschnürt. Die abgestandene Luft sammelte sich in dem Raum mit der niedrigen Decke, der auf den verkohlten Überresten der früheren Propstei gebaut war. Frische Luft von den Fenstern konnte hier nicht zirkulieren.

»Mein Gott, habe ich ein Feuer und einen zerschmetterten Leib überlebt, nur um schließlich zu ersticken?« Dieser Gedanke hallte in seinem Kopf wider, noch während er mit ruhiger Stimme fragte: »Wie äußert Ihr Euch zu dieser Anklage, Cyrus de Figham?«

Die Antwort kam schnell. »Ich sage dazu, daß diese Anklage eine Schande ist. Wie kann ein Priester gerecht beurteilt werden von einem Mann, der behauptet, ein leibhaftiger Heiliger zu sein?«

Überall im Saal wurde vernehmlich nach Luft geschnappt, dann herrschte Stille.

»Bitte erklärt näher, was Ihr damit meint«, sagte der Propst schließlich.

De Figham zuckte mit den Achseln, und Pater Wulfric rutschte höhnisch lachend auf seinem Stuhl hin und her.

»Dieser Mann«, erklärte de Figham und zeigte anklagend auf Simeon, *»dieser Mann* verbreitet das Gerücht, er habe die Macht, die Toten mit einem Kuß wieder zum Leben zu erwecken. Er erteilt Menschen, die ohne Beichte gestorben sind, die volle Absolution und erdreistet sich sogar …«

»Genug! Schweigt!« Pater Cuthberts Stimme, die kaum je in Empörung oder Ungeduld erklungen war, erscholl mit solcher Macht, daß de Figham sofort schwieg. »Diese Behauptungen fußen auf bösartigen Gerüchten. Das törichte Gerede von Bauern steht hier nicht zur Debatte, und dieser Mann dort weiß das sehr wohl.« Der alte Mann sah de Figham kalt an und fügte hinzu: »Es ist seiner nicht würdig, solches Geschwätz hier zu wiederholen.«

Noch bevor der Propst eingreifen konnte, senkte de Figham den Kopf und breitete mit einer entschuldigenden Geste die Hände aus. »Vergebt mir meinen übereilten Ausbruch, mein Herr und Propst. Eine gerechte Anhörung meines Falles ist alles, worum ich bitte.« Er verbeugte sich abermals. »Ich nehme meine Bemerkungen voll und ganz zurück und bitte das Gericht um Verzeihung.«

Daraufhin erhob sich ein solches Stimmengewirr, daß Jacob mit seinem schweren Ring auf den Tisch klopfen mußte, bevor die Versammlung wieder zur Ruhe kam. Er sah den Unwillen auf Simeons Gesicht und wußte, welchen Schaden de Figham angerichtet hatte, auf welch fruchtbaren Boden die Zweifel gefallen waren, einen Boden, den die Menschen gern ihren Intellekt nannten. Alle Anwesenden hatten natürlich bereits gehört, was man sich auf den Straßen über Simeon zuflüsterte. Daß eben dieses Geflüster in der Halle der Propstei laut ausgesprochen worden war, war unverzeihlich. De Figham hatte das Ungeheuerliche getan und sich erst zurückgezogen, als er ganz genau wußte, daß seine Worte nicht mehr zurückgekommen werden konnten, hatten sie auch das Kirchenrecht in seinen Grundfesten erschüttert.

»Was sagt Ihr zu den Anklagen?« fragte er.

De Figham stand betont langsam auf und reichte dem Geistlichen eine Rolle vergilbten Papiers.

»Diese Dokumente beweisen, daß ich die Frau mit der vollen Zustimmung von Constanze, der damaligen Äbtissin des Klosters, in mein Haus genommen habe. Alice ist aus freien Stücken und mit dem Segen ihrer Äbtissin zu mir gekommen. Ich denke, mein Herr Propst, daß Ihr zu dem Schluß kommen werdet, daß die Anklagen gegen mich jeder Grundlage entbehren und außerdem einen Akt der Bosheit darstellen.«

Weder Jacob noch seine Geistlichen konnten an dem Dokument einen Fehler entdecken. Die Unterschrift und das Siegel waren über jeden Zweifel erhaben, und so wurde es von den Kanonikern akzeptiert, pflichtgemäß in die Unterlagen eingetragen und die Anklage fallengelassen. Nicht einmal Simeon mit seinem als Schreiber geübten Auge und seinem umfangreichen Wissen über Tinte und Papier konnte die Unterschrift in Zweifel ziehen.

De Figham verbeugte sich und warf einen höhnischen Blick in Simeons Richtung. Es war ein kluger Schritt gewesen, daß er die hinterlistige alte Äbtissin gezwungen hatte, ihr schriftliches Einverständnis zu der Entführung zu geben. Als das schreckliche Feuer sie verletzt und mutlos zurückgelassen hatte, ihres kostbaren Klosters und aller Autorität beraubt, war sie in seiner Gewalt gewesen. Trotz ihrer Einwände und der Zurschaustellung gerechter Empörung hatte er Alice mit ihrer vollen Einwilligung in sein Haus gebracht. »Was die anderen Anklagepunkte betrifft«, sagte de Figham nun, und die eleganten Bewegungen seiner Hand waren, mehr als ausdrucksvolle Gesten, ein vorher abgesprochenes Signal für einen Geistlichen, der an der Tür wartete. »bitte ich meinen Herrn Propst, eine Zeugin zu meiner Verteidigung aufzurufen, und ich bitte darum, daß man diese Zeugin befragt …« Dann hob er eine Hand an die Brust und zeigte auf Simeon, den er die ganze Zeit nicht aus den Augen gelassen hatte. »Und ich bitte darum, daß mein Ankläger persönlich sie befragt.«

KAPITEL 7

Eine tiefe Stille breitete sich in der Halle der Propstei aus. Eine Frau in einer grauen Robe und einem frisch gestärkten weißen Schleier trat durch die Tür. Simeon und Osric tauschten einen Blick. Keiner von beiden zweifelte auch nur eine Sekunde lang, daß de Figham seine Zeugin gut vorbereitet hatte, bevor er ihr gestattete, hier zu erscheinen. Beide Männer konnten sich allerdings nicht vorstellen, wie er damit seinen Zielen dienen konnte. Alle Zeugenaussagen in einer solchen Verhandlung wurden unter einem Eid abgelegt, einem Eid, der so ernst und gewichtig war, daß selbst ein Heide davor zurückschrecken würde, ihn leichthin über die Lippen zu bringen. Eine junge Frau, die auf ein Leben als Nonne vorbereitet worden und die in einem Kloster in der Furcht vor dem Urteil des Allmächtigen aufgewachsen war, würde eher sterben als einen Meineid zu schwören, der sie ihre unsterbliche Seele kosten würde.

»Amüsiert Euch gut, Simeon de Beverley.«

Cyrus de Figham hielt Simeons Blick stand und lächelte ein wenig, als er seinen Platz wieder einnahm. Dann breitete er die Hände aus, um zu zeigen, daß jetzt alles in den Händen des anderen Priesters lag. Er lehnte sich bequem zurück und legte sogar noch einen Stiefel auf den neben seinem Stuhl stehenden Hocker. Wulfric de Morthlund beugte seine massige Gestalt ein wenig zur Seite und richtete hinter einer mit vielen glitzernden Ringen geschmückten Hand leise das Wort an seinen Nachbarn.

»Ihr seid so schlau wie der alte Luzifer persönlich, Cyrus de Figham.«

»Der Jäger spannt seinen Bogen stets so, wie das Wild es erfordert, Pater Wulfric«, war die leise Antwort.

Mit bescheiden gesenktem Kopf trat Alice langsam vor, in Begleitung von zwei Männern aus dem Haus ihres Herrn. Einige der Anwesenden schlugen das Kreuzzeichen, und viele wandten ihre Blicke ab, aber für jeden, der es vorzog, seine Tugend sorgsam zu behüten, gab es bestimmt einen, der jederzeit bereit war, der Versuchung ins Gesicht zu sehen. Wenn Simeons Anklagen zutrafen, war diese Frau aus den Diensten Gottes gerissen worden, um Cyrus de Fighams Hure zu werden. Jedermann, der sie ansah, spürte, wie dieser Gedanke sein Blut in Wallung brachte.

Sie kam mit schleppenden Schritten näher, und als sie das Podium erreichte, eilten zwei Geistliche zu ihrer Unterstützung herbei. Ihre Diener wurden zu einem Nebeneingang begleitet, wo ein anderer Geistlicher sie ins Erdgeschoß führte, so daß sie kein einziges Wort der Verhandlung mitanhören konnten. Die Männer tuschelten jetzt hinter vorgehaltener Hand, und sowohl die Gerechten als auch die nicht ganz so Gerechten stimmten darin überein, daß jeglicher Fehler, falls man ihn tatsächlich nachweisen konnte, bei der Hure lag und nicht bei dem Priester, der sie zu seinem Vergnügen in seinem Haus behielt. Als der Vorhang vor der Tür im ersten Stock wieder zugezogen wurde, verstummte jedes Gespräch, und die Augen aller richteten sich auf Alice. Das Urteil war gefällt worden, bevor sie auch nur ein einziges Wort zu ihrer Verteidigung oder zu ihren Ungunsten hatte äußern können.

Simeon trat vor, um sie zu begrüßen, und war überrascht, daß sie vor ihm zurückschrak, als fürchtete sie ihn. Er war ihr einziger Verbündeter hier, ihre letzte Hoffnung auf ein Entkommen, und dennoch weigerte sie sich, ihm in die Augen zu sehen und wich vor seiner Berührung zurück. Sie war totenbleich und dünner als an dem Tag, an dem er sie das letzte Mal gesehen hatte, mit eingefallenen Wangen und dunklen Ringen unter den Augen. Für jeden, der sie im Kloster gekannt hatte, heiter und zufrieden in Erwartung ihrer heiligen Gelübde, war die einst so strahlend schöne Alice ein trauriger Anblick. Mit großem Widerstreben legte sie den heiligen Eid ab und berührte das kostbare Buch, als hätte es die Macht, die Haut ihrer Finger zu versengen. Während sie die feierlichen und bindenden Worte des Schwurs nachsprach, mußten die Geistlichen sie stützen. Für alle Anwesenden war klar ersichtlich, daß sie Angst hatte, aber niemand konnte sagen, ob diese Angst Gott oder ihrem Herrn galt.

»Soll ich mit der Befragung beginnen, mein Propst?«

»Was?« Jacob de Wold starrte zum anderen Ende der Halle, wo mehrere schwere Vorhänge über Fenstern und Türen hingen. In seinem Gesicht stand ein seltsamer, verblüffter Ausdruck, und die Knöchel, mit denen er den Rand seines Pultes umklammerte, waren weiß geworden.

»Die Befragung, mein Herr«, drängte Simeon sanft und bemerkte den Schweiß auf Jacobs Stirn, so daß er mit besorgtem Flüstern fragte: »Pater Jacob? Ist Euch nicht wohl?«

Osric kam schnell einen Schritt nach vorn, um einen winzigen Hornbecher auf Jacobs Pult zu stellen. Die Flüssigkeit, die der Becher enthielt, war dick und dunkel, ihre süße Stärke dazu gedacht, einen leidenden Mann von seinen Schmerzen zu befreien.

»Hier ist ein Fremder im Raum«, sagte der Propst.

»Niemand außer der Zeugin, mein Herr, und sie ist uns bekannt.«

»Da drüben im Schatten, halb verborgen von einem Vorhang.«

»Ich sehe niemanden. Leert den Becher, mein Herr«, versuchte Osric ihn zu überreden.

»Er ist da, ich sage es Euch. Ein großer Mann mit einer schweren Kapuze.«

»Nein, mein Herr«, widersprach Osric mit fester Stimme, obwohl seine Worte diesmal nur ein Zischen waren. *»Nein, Jacob.«*

»Ich habe ihn da hinten gesehen. Wer ist der Mann? Bringt ihn zu mir.«

»Da ist niemand, mein Herr«, wiederholte der Hospizbruder. Stephen Goldsmith half dem Propst, den Hornbecher an die Lippen zu führen und flüsterte ebenfalls beruhigende Worte. »Schmerz vernebelt Euren Blick, Jacob. Unter uns ist kein Fremder.«

Während dieser geflüsterten Unterhaltung war de Figham langsam ungeduldig geworden. Er räusperte sich hörbar und fragte: »Mein Propst, Eure Kanoniker wünschen, daß diese

Angelegenheit ohne Verzug aufgeklärt wird. Mit Eurer Erlaubnis, Herr, sollte Simeon de Beverley als mein Ankläger endlich mit seiner Befragung dieser Frau beginnen.«

»Fahrt fort«, erwiderte der designierte Propst schließlich und konzentrierte sich mit einiger Mühe wieder auf die zur Debatte stehende Angelegenheit. Was er vermeintlich am anderen Ende der Halle gesehen hatte – einen Fremden, der sich unter seiner dunklen Kapuze versteckte, einen Lauscher, der im Schatten der Vorhänge lauerte –, beunruhigte ihn stark. Ihm war schwindlig, und sein Körper schmerzte, eingezwängt in dem Panzer seiner metallenen Rüstung, vom Hals bis zu den Füßen. Schließlich spürte er, wie die wohlige Wärme des Mohnextrakts langsam seinen Körper durchdrang und die grausamen Schmerzen in seiner Brust und seinem Rücken linderte. Mit einer gewaltigen Kraftanstrengung richtete er den Blick wieder auf Simeons Gesicht und sagte mit etwas kräftigerer Stimme: »Fangt an.«

Simeon neigte respektvoll den Kopf und begann dann seine behutsame Befragung der verängstigten Frau.

»Erinnert Ihr Euch an mich, Alice? Seht mich an. Ich bin Pater Simeon von St. Peter.«

Sie nickte, hielt ihren Kopf jedoch weiter gesenkt. Simeon glaubte, den Grund dafür zu kennen. Sie wußte, daß seine Fragen ihre persönliche Schande der Öffentlichkeit preisgeben würden. De Fighams Absicht lag auf der Hand: Er wollte, daß sowohl Alice wie auch ihr Fürsprecher bei dieser Befragung leiden sollten.

»Ihr habt den heiligen Eid abgelegt«, erinnerte Simeon sie. »Eure unsterbliche Seele ist verloren, wenn Eure Zunge jetzt falsches Zeugnis ablegt. Das wißt Ihr doch?« Als sie nickte, drängte er sie, ihre Antwort dem Gericht deutlich hörbar mitzuteilen.

»Alice, Ihr müßt lauter sprechen, damit Euch alle deutlich hören können. Versteht Ihr, was wir von Euch wollen?«

Mehrere Kanoniker beugten sich auf ihren Stühlen vor, einer legte sich sogar die Hand ans Ohr, um ihre geflüsterte Antwort besser verstehen zu können. »Ja, Pater Simeon.«

»Welche Pflichten habt Ihr im Hause Figham?«

»Ich bin … Dienerin.«
»Und was tut ihr sonst noch?«
»Ich … ich schrubbe den Boden und poliere das Silber. Ich sorge dafür, daß die Binsen immer erneuert werden.«
»Und teilt Ihr das Bett Eures Herrn?«
Sie zögerte, seufzte dann, als gebe sie sich geschlagen und erwiderte: »Nein, Pater.«
»Nein?«
Sie schüttelte den Kopf, offensichtlich eingeschüchtert durch die Versammlung der Kanoniker und verängstigt durch die Nähe Cyrus de Fighams. Wenn nur die Hälfte der Geschichten, die Simeon zu Ohren gekommen waren, der Wahrheit entsprachen, hatten diese zwei Jahre unter de Fighams Dach ihr Herz und ihren Geist gebrochen. Dennoch, er glaubte nicht, daß sie es wagen würde, unter Eid eine Falschaussage zu machen. Sie wußte, daß kein Priester dafür getadelt werden würde, eine Frau unter seinem Dach zu haben, und daß der fleischliche Verkehr mit einer Dienerin, selbst wenn diese dazu gezwungen wurde, für einen Mann von heiligen Weihen keine ernsthafte Sünde war. De Fighams Schuld würde lediglich ihre Freiheit bedeuten, und danach würde man ihm nie wieder gestatten, ihr Schaden zuzufügen.
»Alice, werdet Ihr gegen Euren Willen im Hause Figham festgehalten?«
»Nein, Pater.«
»Dann könntet Ihr jederzeit gehen, wenn Ihr es wolltet?«
»So ist es, Pater.«
Simeon sah das Elend in ihrem Gesicht und in ihren gebeugten Schultern und den nervösen, rastlosen Bewegungen ihrer Finger. Für sie bedeutete diese Prozedur eine unendliche Demütigung.
»Wie alt seid Ihr, Alice?«
»Zwanzig. Fast zwanzig.«
»Und vor zwei Jahren hattet Ihr die Absicht, die heiligen Gelübde abzulegen. Ihr wart fromm und hattet Euer Leben dem Dienst an Eurem Gott gewidmet, bei den Kleinen Schwestern der Barmherzigkeit. Was hat Euren plötzlichen Gesinnungswandel herbeigeführt?«

Sie räusperte sich und wischte sich ein paar Tränen aus den Augen, bevor sie weitersprach. »Pater Cyrus hat mir eine Stellung in seinem Haus angeboten.«

»Mehr war nicht nötig, um Euch von Eurer Berufung abzubringen?«

»Pater Cyrus hat mich gebeten.«

»Und Ihr habt sein Angebot aus Eurem eigenen, freien Willen angenommen?«

Wieder dieses verräterische, gequälte Zögern. »Ja, Pater.«

Er wußte zweifelsfrei, daß sie jetzt log, denn Elvira hatte gesehen, wie man sie schreiend und schluchzend davonzerrte, und gehört, wie sie ihre Äbtissin anflehte, sie vor de Figham zu bewahren. Der Priester hatte sie an Elviras Statt aus dem Kloster geraubt und geschworen, sie für jeden Tag, den man Elvira von ihm fernhielt, zweifach büßen zu lassen. Jetzt stand sie unter einem feierlichen Eid und war zur Verteidigung ihres Peinigers aufgerufen worden. Sie gab um seinetwillen ihre Seele preis, und diese Widersinnigkeit raubte Simeon schier den Verstand. Er blickte zu Pater Cuthbert hinüber, sah den ergrauten Kopf nicken und stellte noch eine Frage.

»War Eure Keuschheit unversehrt, als ihr das Kloster verlassen habt?«

Sie ließ den Kopf hängen und murmelte: »Ja, Pater.«

»Und ist sie es noch?«

Ein kleines Zittern lief durch ihren Körper, und ihre Beine drohten nachzugeben. Die beiden Geistlichen an ihrer Seite hielten sie aufrecht.

»Alice, denkt an Euren Eid. Gebt auf Eure Seele acht und sprecht vor Gott und seinen Dienern nichts als die Wahrheit. Seid Ihr immer noch unschuldig?«

Laut und schluchzend nickte sie.

»Wir müssen Eure Antwort hören«, sagte Simeon. »Auf Euren Eid und bei Eurer unsterblichen Seele: *Seid Ihr immer noch unschuldig?*«

»Ja«, schluchzte sie und wiederholte dann mit erstickter Stimme das Wort, das durch den Raum hallte: »Ja! Ja! *Ja!*«

Simeon trat zurück, und in der Stille, die ihrem Ausbruch

folgte, beugte Jacob de Wold sich steif über sein Pult und fragte: »Sieh mich an, Weib.«

Sie hob den Kopf, und obwohl sie vor Simeon zurückschrak, begegnete sie dem Blick des Propstes mit dem verzweifelten Mut eines in die Enge getriebenen Wildes, das sich nun endlich seinem Jäger von Angesicht zu Angesicht gegenübersieht.

»Dieses Gericht ist nur deinetwegen zusammengetreten«, informierte Jacob de Wold sie kalt. »Solange du hier bist, stehst du unter dem strikten Schutz der Kirche von St. John in Beverley. Deine Aussage entscheidet darüber, ob man dich Pater Cyrus zurückgibt oder wieder ins Kloster bringt. Die neue Äbtissin hat Anweisung, dir einen Platz zu geben. Deine Antworten dürfen nichts sein als die Wahrheit. Verstehst du mich?«

Sie nickte. »Ja, mein Herr.«

»Ist es dein Wunsch, daß wir dich ins Kloster zurückschicken?«

»Nein, mein Herr.«

»Ist es dein Wunsch, daß wir dich in das Haus Figham zurückschicken?«

Sie zögerte, blickte kurz zu de Figham hinüber und wiederholte mit leiser, resignierter Stimme: »Ja, mein Herr.«

»Frau, bist du mit dieser Entscheidung zufrieden?«

»Jawohl, mein Herr.«

Simeon war bis ins Mark getroffen. Er sah de Fighams hämisches Lächeln und de Morthlunds befriedigtes Grinsen. Zwischen den Stühlen der beiden trat Daniel Habicht hastig einen Schritt zurück in den Schatten, so daß sein Gesicht keinen Ausdruck verraten konnte. Vor dem Podium des Propstes sank Alice auf die Knie und legte ihren Kopf in die Hände; ihr Schluchzen klang heiser und häßlich. Jacob dc Wold bedeutete den beiden Männern, sie hochzuheben und zu seinem Tisch herüberzubringen.

»Frau, ich frage dich noch einmal, bist du zufrieden mit dieser Entscheidung?«

Sie nickte. Als er sie ansah, stand Mitleid in seinen Augen. Schließlich blickte er wütend zu Simeon hinüber, der offensichtlich mit einer groben Fehleinschätzung der Lage diese Situation heraufbeschworen hatte.

»So sei es also«, sagte er schließlich. »In die Unterlagen soll aufgenommen werden, daß wir zu einem Urteil zugunsten von Pater Cyrus de Figham gekommen sind. Die Zeugin ist entlassen.«

»Und ich möchte, daß in die Unterlagen ebenfalls aufgenommen wird«, fuhr de Figham mit einer durch die ganze Halle hörbaren Stimme dazwischen, »daß ein ehrenwerter Kanoniker dieser Kirche Opfer einer bösartigen Verleumdung geworden ist, die zum Ziel hatte, seinen Ruf in den Schmutz zu ziehen. Ferner bitte ich darum, daß in die Unterlagen aufgenommen wird, daß Simeon de Beverley, Priester von St. Peter, versucht hat, dieses Gericht zu mißbrauchen, um seinen persönlichen Groll gegenüber einem Mitpriester Ausdruck zu verleihen.«

»Eure Bemerkungen werden niedergeschrieben werden, Pater Cyrus«, antwortete der Propst scharf.

»Und nehmt auch in die Unterlagen auf«, forderte de Figham und zeigte anklagend auf Simeon, »daß die Frau eines gewissen Grabenbauers ihren Priester unter einem heiligen Eid nicht so völlig von jeder Schuld hätte freisprechen können, wie diese Frau es heute getan hat.« Dann setzte er mit leiserer, aber immer noch zorniger Stimme hinzu: »Dafür werdet Ihr mir bezahlen.« De Figham war der erste, der ging. Er verbeugte sich vor seinem designierten Propst, warf Simeon einen verächtlichen Blick zu und verließ mit wehendem Umhang und königlicher Haltung die Halle. John Palmer ging direkt hinter den beiden Geistlichen her, die de Figham folgten. Als nächstes inszenierte der hünenhafte Pater Wulfric auf nicht minder beeindruckende Weise seinen Abgang, wobei er Daniel Habicht und seine niederen Geistlichen mit sich nahm. Erst dann standen die anderen Kanoniker von ihren Stühlen auf. Sie waren geteilter Meinung über die Frage, wie sie selbst entschieden hätten, falls man sie dazu aufgerufen hätte. Der Erzbischof Geoffrey Plantagenet war ihr Oberherr, und Jacob de Wold stand ihrem Kapitel vor, aber niemand zweifelte daran, daß de Morthland und de Figham die beiden eigentlich Mächtigen innerhalb der Kirche von Beverley waren.

Auf dem Podium, die Ellbogen auf die Knie gestützt, saß Simeon und beobachtete den Abgang der Kanoniker mit ihren Geistlichen; er wußte, daß er seinen zweijährigen Kampf, Alice aus ihrem Elend bei de Figham zu befreien, verloren hatte. Mehr als das, durch ihre Aussage war er selbst in Mißkredit geraten. Der schwarzäugige Priester würde seine Drohung, sich an Simeon zu rächen, mit Sicherheit wahrmachen. Aus den edelsten Motiven heraus hatte Simeon seinen Feind um des jungen Mädchens willen herausgefordert. Der Grund seines Scheiterns lag nicht in seiner eigenen Unfähigkeit, genauso wenig wie in de Fighams hinterhältiger Verdrehung der Wahrheit. Der Grund lag einzig und allein bei dem eigentlichen Gegenstand seiner Sorge, der jungen Frau namens Alice.

Und diese Frau hockte, unbeachtet von dem Mann, dessen Zweck sie so trefflich gedient hatte, auf den Knien neben dem Podium, eine verzweifelte Frau, die wußte, daß ihre Seele verdammt war, gleichgültig, wie sie sich in Zukunft entschied.

»O Alice, was hast du getan?«

Ihre Stimme war kaum hörbar. »Vergebt mir, Pater.«

»Du hast einen Eid geleistet, den feierlichsten aller Eide, und du hast gelogen. Ich *weiß,* daß du gelogen hast.«

»Ich bin verloren«, schluchzte sie.

In diesem Augenblick kehrten de Fighams Männer zurück, um sie zu holen, und Alice gestattete ihnen, ihr aufzuhelfen und sie fortzuführen.

»Nicht verloren«, rief Simeon hinter ihr her. »Kein Mensch ist jemals ganz verloren, Alice.«

Unglücklich ließ er den Kopf hängen und starrte auf den Fußboden. Diesmal war er so sicher gewesen, daß er de Figham in der Falle hatte. Diesmal hatte er den Fuchs gestellt, und doch war er dem Netz geschickt entkommen und ohne einen Kratzer aus dem Kampf hervorgegangen. Die unsterbliche Seele einer Frau, die er als Köder benutzt hatte, hatte ihm seine Flucht ermöglicht.

Auf dem Podium blieb Pater Cuthbert allein auf seinem

Stuhl zurück, die Hände um das Kruzifix auf seinem Schoß geschlossen. Das Sonnenlicht vom Fenster formte einen dünnen, weißen Lichtkranz um sein Haar und beleuchtete die blauen Adern auf seiner Haut, die vom Alter papierdünn geworden war. Sein Körper war träge geworden, aber sein Verstand war, wenn er erst einmal wach war, immer noch so scharf und klar, wie man es sich nur wünschen konnte. Manchmal verschwammen Gedankenwelt und Wirklichkeit ein wenig, aber Pater Cuthbert sah, was Gott ihn sehen lassen wollte. Ein Sturm braute sich zusammen, und wieder einmal stand sein Schützling, sein geliebter Simeon, mitten im Zentrum des Unwetters.

Stephen Goldsmith setzte sich neben Simeon auf die hohe Stufe des Podiums. »Man hat Euch hintergangen, mein Freund«, sagte er. »In aller Unschuld hintergangen, wenn das überhaupt möglich ist.« Er wies mit einer Bewegung des Kopfes auf den designierten Propst, dem zwei Männer zu den Stufen am anderen Ende der Halle halfen. »Er hat unvorsichtig von seiner Absicht gesprochen, die Frau als Zeugin aufzurufen, um nicht seine persönliche Stimme für den einen oder anderen Mann abgeben zu müssen. Ich fürchte, einer seiner Helfer, ein Mann namens Otto, war es, der diese unbedachten Worte Cyrus de Figham hinterbracht hat. Man hat Euch hintergangen.«

Simeon zuckte mit den Achseln. »Also war Cyrus vorgewarnt und konnte seine Zeugin vorbereiten?«

»Ich glaube, ja«, erwiderte der Goldschmied nickend.

»Aber was, in Gottes Namen, kann er gesagt oder getan haben, daß sie dafür unter dem heiligen Eid gelogen hat? Welche Drohung könnte größer sein als die Gewißheit ewiger Verdammnis?«

Der Goldschmied schüttelte den Kopf. »Ich habe nicht die geringste Ahnung.«

Simeon runzelte die Stirn, richtete dann aber seine Aufmerksamkeit auf einen kleinen Tumult am anderen Ende der Halle, wo Jacob de Wold die schweren Vorhänge zur Seite zog und in jede Nische spähte, als suche er etwas Verlorenes.«

»Woran leidet unser Propst?«

»An zerschmetterten Rippen und einem gebrochenen Rückgrat«, antwortete Stephen. »Zerschlagene Knochen und zerstörte Gelenke, die ihm keinen Augenblick der Ruhe gönnen. Zwei Jahre nach seinem entsetzlichen Unfall frißt das Heilmittel gegen den Schmerz langsam seinen Verstand auf und trübt seinen Blick durch Visionen und Heimsuchungen. Er glaubt, ein Spion sei hier gewesen.«

»Ein Spion? Wozu brauchen wir denn Spione, wenn de Figham und de Morthlund schon alle Details dieser Versammlung ausstreuen werden, wo sie nur können.«

»Der arme Jacob sieht durch einen Nebel des Schmerzes oder einen Schleier aus Mohnsaft, und in beiden Fällen ist sein Blick verstellt.«

»Er trägt sein Leiden mit großer Tapferkeit«, sagte Simeon, und Stephen Goldsmith, der sich nun erhob, legte eine Hand auf die Schulter des jungen Priesters und antwortete grimmig: »Das müssen wir alle.«

Simeon schüttelte nochmals den Kopf und spürte, wie die Konsequenzen der Ereignisse dieses Tages sich wie eine dunkle Wolke über ihn senkten. »O Alice, was hast du da getan?« murmelte er und rieb sich das Gesicht mit den Händen. »In Gottes Namen, Frau, *was hast du getan?*«

KAPITEL 8

An einem kupferfarbenen Himmel ging die Sonne unter. Über dem Wald lag ein unheimliches Leuchten, das die helleren Farben des Himmels widerspiegelte, und selbst der undurchdringliche Nebel über den Sümpfen war wie von Bronze überhaucht. Die schwarzen Silhouetten von Vögeln tanzten wie Rußteilchen um einen Kessel. Es war ein denkwürdiger, ein atemberaubender Anblick, so prächtig, daß sogar der Staub Schönheit gewann.

Weniger als eine Meile vom Hafen entfernt beherrschte das Münster von St. John von Osten her die ganze Stadt, erhob sich wie ein gleißendes Monument gegen den Himmel. Sein hellbraunes Gemäuer, das über und über von dem ungewöhnlichen Licht angestrahlt wurde, nahm ein flirrendes Funkeln an, während die von dem schrecklichen Feuer vor zwei Jahren verkohlten Dachbalken ihre geschwärzten Finger in das geschmolzene Gold des Himmels streckten.

Simeon war von der Propstei aus direkt nach St. Peter gegangen, um vor dem winzigen Altar in seinem Skriptorium zu beten. Er brauchte Führung. Er mußte sich selbst davon überzeugen, daß Alice ihren Eid in aller Unschuld gebrochen hatte und daß sie noch immer vor den gräßlichen Konsequenzen ihrer Tat bewahrt werden konnte. Er konnte nicht akzeptieren, daß ein liebender Gott ein Lamm in die Obhut eines Wolfes gab und es dann, wenn endlich Rettung nahte, für alle Zeit verdammte.

»Es muß eine Möglichkeit geben«, sagte er laut. »Und wenn es sie gibt, gütiger Gott, dann zeige sie mir.«

Er zündete für Alice eine Kerze auf dem Altar an und gesellte sich dann zu den übrigen Männern, die an der Wasserstelle arbeiteten. Nach einer Weile bemerkte er, wie intensiv das Licht des Sonnenuntergangs geworden war. Er setzte seine Eimer ab und schlug über seiner breiten Brust das Kreuzzeichen. Sein Herz weitete sich bei dem Gedanken, daß Gottes Schöpfung genauso schön wie unverständlich war. Er hatte von dem kleinen Bach am Tor in der Mauer des Kirchhofs Wasser herbeigetragen, und das Spätlicht des Nachmittags hatte die schnöden Wassereimer aufleuchten lassen.

Antony, der Mönch, stand neben ihm und bemerkte jetzt das Staunen auf Simeons Gesicht und die flammenden Farben, die seine Augen aufleuchten ließen. Simeons Augen waren so sanft wie die eines neugeborenen Kindes, wenn Gott bei ihm war, und doch konnten dieselben Augen einen Mann erschrocken zurückfahren lassen und einen Lügner mit ihrem brennenden Blick bloßstellen.

»Wunderschön!« hauchte Simeon. »Wunderschön!«

Antony nickte zustimmend und sprach nicht aus, was ihm durch den Sinn ging. Zu deutlich erinnerte dieser flammende Himmel an jenen Tag vor zwei Jahren, jenen Tag vor dem Fest des heiligen Matthäus, an dem Beverley von lodernden Flammen verzehrt worden war. Die Flut war zurückgegangen, und die Stadt lag wie zuvor zundertrocken da, als warte sie auf den Funken, der sie entzünden würde. Dieser feuerrote Baldachin über ihnen war tatsächlich wunderschön, aber Antony von Flandern hätte in diesem Augenblick ein schlichter, unspektakulärer Regenguß mehr Hoffnung gegeben.

Simeons Ehrfurcht klang auch in seiner Stimme wider. »Könnte irgend jemand, der diesen Himmel sieht, die Existenz eines liebenden Gottes leugnen?«

Antony zuckte die Achseln. »Das Leben ist hart, mein Freund«, erwiderte er. »Vielen fehlt die Zeit und die Muße, den Himmel zu betrachten, und der Verstand, um über solche Dinge nachzudenken.«

»Dann leugnen sie ihre eigenen Bedürfnisse«, sagte Simeon, den harten Blick noch immer nach oben gerichtet. »Das Leben ist hart, und alle Christen wissen das, aber dennoch liegen überall um uns herum kostbare Schätze unbeachtet. Ein leerer Bauch und ein schmerzender Rücken mögen qualvoll sein, aber eine hungernde Seele ist ein weit schwereres Los. Die Menschen brauchen Dinge wie diesen prachtvollen Anblick, um ihrer Seele Nahrung zu geben. Das ist Gottes Wille, oder etwa nicht? Warum sollte er uns solche Schönheit schenken, wenn er damit nicht unsere Seelen laben wollte?«

Antony lächelte und hob ebenfalls den Blick. Der Himmel war von einem warmen Leuchten erfüllt, das man sogar hinter geschlossenen Lidern noch spüren konnte, einem Leuchten, das selbst den Geist eines Blinden erfreuen mußte. Sein Freund hatte eine einfache Wahrheit ausgesprochen, daß nämlich Gottes Wunder allen Menschen zugänglich sind.

Der Mönch griff nach Simeons vergessenen Eimern und trug sie zum Tor, um dem Priester, der jetzt seinem Bedürfnis zu beten nachgab, ein wenig Ruhe zu verschaffen. Als er durch das Tor in der Mauer trat, die den Kirchhof einfriedete, bemerkte er, daß andere Männer Simeons Beispiel folgten und zum Gebet niederknieten. Antony lächelte und murmelte ebenfalls einen kurzen Dank an seinen Schöpfer. Seit uralter Zeit hatten die Menschen sich als Schafe betrachtet, die eines Hirten bedurften. Manchmal war Gott weise und barmherzig genug, ihnen einen Führer von Simeons Größe zu schenken.

Am Tor traf er Osric. »Laß ihn eine Weile in Ruhe. Dieser rote Himmel hat seine Seele angerührt. Manchmal ist dieser Mann wie ein Kind in seiner einfachen Ehrfurcht vor Gott, seinem Glauben, seiner … seiner …«

»Unschuld?« meinte Osric.

Diese Bemerkung quittierte Antony mit einem leisen Lächeln. »Wir beide haben gesehen, wie er zu unheiligem Zorn entflammte, haben gesehen, wie er Männer mit seinem Schwert niederschlug und sich keinen Augenblick um jene scherte, deren Blut er vergoß.«

»Um ein kleines Kind zu retten«, erinnerte Osric ihn. »Er kämpfte für eine gerechte Sache. Gott hat ihm die Hand und das Herz geführt.«

»Und trotzdem glaube ich nicht, daß ›unschuldig‹ das richtige Wort für ihn ist.«

Osric nickte, beobachtete Simeon, und langsam breitete sich ein Lächeln auf seinen hageren Zügen aus. »Mein heidnischer Priester«, murmelte er.

»Haltet Euch in seiner Nähe«, sagte Antony und berührte den Hospizbruder am Arm. »Die Sache mit de Figham hat ihn zutiefst aufgewühlt, und wenn er sein Gleichgewicht wiedergefunden hat, wird er sich die Schuld daran geben, daß er die

Frau dazu gezwungen hat, die ihr gesetzten Grenzen des Mutes zu überschreiten.«

»Er hat versucht, ihr zu helfen, wandte Osric ein.

»Jawohl, und das einzige, was er bewirkt hat, ist, daß sie ihre Seele der Hölle überantwortet hat.«

»Das war nicht unsere Schuld. Das war de Fighams Werk.«

Antony lächelte und berührte Osrics vom Wetter gegerbten Arm noch einmal. »Nein, Osric. Wie edel seine Absicht auch gewesen sein mag, die Schuld liegt ganz allein bei Simeon.«

Die aufsteigende Abenddämmerung löschte die Farben des Himmels aus, als Antony seinen Rücken unter die Dachtraufe einer Hütte in der Walkergate beugte. In einem schmutzigen, unbeleuchteten Raum lag eine Frau in den Wehen und teilte ihre letzten Stunden mit Hühnern und Schweinen, Hunden und räuberischen Nagetieren. Ihr Ehemann kauerte dicht neben ihr. Er konnte keine Hebamme bezahlen, die ihm diese qualvolle Wache abgenommen hätte. In der Finsternis hockte eine Schar verdreckter Kinder, die mit stumpfen Augen zusahen, wie ihre Mutter mit dem Tode kämpfte. Das Geburtsfieber hielt sie in seinen Fängen. Sie hatte viel Blut verloren und besaß jetzt nicht einmal mehr die Kraft, auch nur zu schreien, obwohl furchtbare Schmerzen in ihrem Körper wüteten. Das ungeborene Kind lag quer und würde, wenn nicht bald ein Wunder geschah, niemals seinen Weg auf die Welt finden. Antony sah auf den ersten Blick, daß kein noch so fähiger Arzt die Mutter würde retten können. Aber seine kurze Untersuchung ergab, daß das ungeborene Kind noch immer heftig um sein Leben kämpfte.

Während der Mönch neben der Pritsche niederkniete, holte der Ehemann ein in einen Lumpenfetzen gewickeltes kleines Häufchen Münzen hervor.

»Das ist alles, was ich habe«, sagte er, beschämt über die Bedeutungslosigkeit seines Angebots. »Mehr habe ich nicht, aber ich könnte noch zwei Hennen und einen halben Sack Mehl dazugeben.«

Antony sah sich um und schüttelte dann den Kopf. Er zählte sechs Kinder, die da an der Wand kauerten, alle magere, halbwüchsige Geschöpfe, zu jung, um ihren Eltern eine große Hilfe zu sein.

»Ich verlange keine Bezahlung«, sagte er.

»Aber so will es das Gesetz. Und die Priester bestehen darauf …«

»Keine Bezahlung«, wiederholte Antony. »Deine Frau stirbt.«

Der Mann sah ihn entsetzt an. »Dann nehmt, was ich geben kann, und rettet sie.«

»Ich kann sie nicht retten. Sie ist dem Tode nah, und keine Gabe, wie groß sie auch sei, könnte ihr jetzt noch helfen. Das Kind sitzt vor der Öffnung gefangen und kann in dieser Lage nicht geboren werden. Ich kann Gebete und Trost spenden, sonst nichts.«

»Aber die Bezahlung würde ihr das Leben erkaufen …«

Antony hob den Blick, und seine Züge waren starr. »Alles Gold der Christenheit würde diese Frau nicht retten«, sagte er. »Sie wird sterben, und das Kind mit ihr. Das ist Gottes Wille.«

Der Mann, ein zerlumpter Mensch mit hagerem Gesicht und von unbestimmtem Alter, ließ sich auf den Lehmboden fallen und bedeckte das Gesicht mit seinen schmutzigen Händen. Ein reicherer Mann hätte darauf bestanden, daß man seine Frau aufschneidet, wie bei den Römern, und das Kind aus ihrem Bauch holt für den Fall, daß es sich um einen kostbaren Sohn handelte. Solch dramatische Maßnahmen erwiesen sich für gewöhnlich als tödlich für die Mutter und oft auch als eine bittere Enttäuschung für den Vater, wenn nämlich das Kind, für das er dieses Opfer gebracht hatte, sich als ein Mädchen erwies. Arme Männer besaßen da andere Wertvorstellungen. Sie zeugten Kinder mit ihren Frauen, bis deren Körper nichts mehr hergab oder bis sie dem Geburtsfieber anheimfielen, und am Ende betrauerten sie die tote Arbeitshilfe und verfluchten das Balg, das sie umgebracht hatte.

Antony, der neben der schmutzigen Pritsche kniete, umschlang die Hände der Frau mit seinen eigenen, steckte sein Tau-Kreuz zwischen ihre Finger und drängte sie, ihre Sünden zu beichten und ihren Frieden mit Gott zu machen. Er sah das Entsetzen in ihren Augen, ihre Angst vor dem Unbekannten, die ihr jetzt größere Qualen bereitete als der heiße Schmerz in ihrem Leib. In der Ecke des Raumes begann eines der Kinder zu wimmern; die anderen folgten seinem Beispiel, und neben dem Bett sank der Ehemann, überwältigt von seinem Unglück, auf die Knie. Während Antony da hockte, mußte er an Simeon mit seinem einfachen Glauben und seinem unkomplizierten Verstand denken.

»Wir Christen sind mit dem Wissen um ein Leben nach dem Tod gesegnet, gesegnet mit der Gewißheit, daß eine Zeit kommen wird, da wir ein Ende aller Schmerzen erleben und an einem Tisch mit unserem Herrn sitzen. Um dieses Wissens willen braucht kein Mensch in Verzweiflung zu sterben.«

An diese Worte, die Simeon einst gesprochen hatte, erinnerte Antony sich jetzt, aber selbst für die Ohren dieses Mönchs klangen sie nun hohl. Überall um ihn herum, herrschte Verzweiflung. Er sah sie in den entsetzten Augen der sterbenden Frau, in den Tränen ihres Mannes, der einem bitteren Verlust entgegensehen mußte, in der sinnlosen Existenz der Kinder, die in ihrem ganzen Leben vielleicht niemals etwas anderes als leere, knurrende Mägen kennenlernen würden.

»Kein Mensch braucht in Verzweiflung zu sterben«, wiederholte er leise. »Und doch tun sie es. Gütiger Gott, sie tun es.«

Pater Cuthbert saß gebeugt über den Seiten eines Buches, sein schwindendes Augenlicht gestärkt durch ein Vergrößerungsglas in einer Elfenbeinfassung, und fuhr mit seinem dünnen Zeigefinger Zeile für Zeile nach. Eine Kerze so dick wie das Handgelenk eines Mannes brannte mit steter gelber Flamme direkt neben dem Buch, und von den hohen Fenstern des Skriptoriums überflutete ein Hauch von Rot die Seiten. Die seltsame Beleuchtung, die dieser lebhafte Sonnenuntergang spendete, schenkte seinen wächsernen Fingern eine gesunde Farbe und ließ die Schatten im Raum weicher erscheinen. Obwohl der flammende Himmel jetzt blasser geworden war und sich verdunkelt hatte, hielt sich sein gülden angehauchter Widerschein noch in jeder Ecke.

»Ah, was für eine hervorragende Arbeit«, murmelte er bei sich. »Wunderbar, einfach wunderbar.«

Die Sünde des Stolzes war eine der Sünden, der Pater Cuthbert nicht widerstehen konnte, und von Zeit zu Zeit bat er dafür um Vergebung. Das Buch war Simeons Eigentum, seine Chronik von Beverley, ein getreuer und sorgfältiger Bericht über die Geschichte von St. Johns geliebtem Beaver Lake, und der alternde Kanonikus war von Herzen stolz darauf. Sein Schützling war ein Schreiber von außergewöhnlichem Talent und, was noch wichtiger war, ein gewissenhafter Historiker. Kein Wort von dem, was er da las, verriet Voreingenommenheit. Keine Zeile ließ erkennen, daß Simeon hier seiner Nachwelt etwas von sich hätte mitteilen wollen, wie es die Historiker normalerweise taten. Kein Kapitel war erkauft worden, weder mit Münzen noch mit Drohungen oder Vergünstigungen, und weder Monarch noch Papst, noch Bischof hatten Einfluß nehmen können auf das, was dort stand. »Wunderbar«, rief Pater Cuthbert. »Jede Seite, jede Zeile, jeder Buchstabe … wunderbar.«

Die meisten Historiker kopierten genauso viele Fehler wie Fakten von anderen Schreibern, fügten Dinge hinzu, verzerrten sie oder schmückten sie aus, je nachdem, wie es ihrer Eitelkeit oder ihrer Börse gerade zupaß kam. Viele Schreiber, die kaum die Welt vor den Toren ihrer Kirche kannten, füllten historische Lücken mit Phantasiegebilden oder schlichtweg mit den Gerüchten. Ein gewisser Alfred, besser bekannt als Alured, hatte die Annalen und Urkunden des Münsters von Beverley ins Französische übersetzt und, fest entschlossen, seinen Worten einzigartige Bedeutung zu verleihen, anschließend befohlen, die Originale zu zerstören. Glücklicherweise waren die Dokumente durch einen Akt der Liebe vor dem Feuer bewahrt worden, während andere an ihrer Stelle verbrannten, und schließlich waren sie nach einer Reise von mehr als einem halben Jahrhundert in Simeons Obhut gelangt. Und in dieser außergewöhnlichen Handschrift, die er jetzt vor sich hatte, war die wahre Geschichte der Stadt zu lesen, aufgezeichnet von einem Historiker ohnegleichen. Die Nachwelt würde allen Grund haben, Simeon de Beverley für dieses Meisterwerk zu danken.

Pater Cuthbert blätterte eine weitere Seite um und ließ seine trockenen, dürren Finger über die kunstvoll geschriebenen Buchstaben gleiten. Diese erstaunliche Schriftkunst hatte Simeon damals davor bewahrt, von dem früheren Erzbischof Roger de Pont L'Eveque auf eine Pilgerfahrt geschickt zu werden, die ihn für sieben Jahre von Englands Küsten, von Beverley und seinem Patensohn fortgeführt hätte. Es war ein weiser und barmherziger Gott, der seinen Diener mit solcher Kunstfertigkeit ausstattete.

»Dominus vobiscum, Pater Cuthbert.«

Er vernahm den Segen. »Der Herr sei mit Euch«, und hob den Blick so gut er konnte, denn das Alter hatte seinen Hals steif werden lassen und seine Schultern gebeugt. Ein hochgewachsener Mann mit einer Kapuze, die Hände in den Ärmeln verborgen, stand hinter dem Bibliotheksstuhl. Der alternde Kanonikus glaubte, seinen Besucher zu erkennen, und da seine Gedanken zum Teil noch immer bei Simeons Manuskript weilten, dachte er gar nicht daran, ihn zu fragen, wie er in den Raum hineingekommen war.

»Et cum spiritu«, antwortete er. »Und mit Euch.« Die leuchtenden Farben der Handschrift tanzten vor seinen Augen und trübten seinen Blick. Es war, als sähe er durch einen bunten Schleier. Er blickte auf das schwarze Gewand und die Kapuze, konnte aber das darin verborgene Gesicht nicht erkennen. Ein kurzer Schauer überlief ihn bei dem Gedanken daran, daß er bereits weit länger gelebt hatte als die einem Mann zugestandenen siebzig Jahre. Es kam ihm in den Sinn, daß er hier dem Schnitter gegenüberstand, dem dunklen Engel des Todes, der gekommen war, um ihn zu holen. »Wer seid Ihr?« wollte er wissen. »Seid Ihr gekommen, um mich zu holen?«

Der andere schüttelte den Kopf unter der Kapuze. *»Ich bin nur gekommen, um mir Euren Segen zu holen, Pater Cuthbert.«*

Die Stimme klang irgendwie seltsam. Sie schien aus seinem eigenen Kopf zu kommen, als hätte er sie sich nur eingebildet, und doch kam ihm dieser Mann bekannt vor, als sei er ihm schon einmal begegnet. Er lehnte sich auf seinem Stuhl zur Seite, um das Gesicht hinter der Kerzenflamme besser sehen zu können, aber das einzige, was er sah, waren Schatten und tanzende Flecken aus Licht.

»Euer Segen, Pater Cuthbert.«

»Gloria Patri …«

Mit seiner von blauen Adern durchzogenen Hand schlug er das Kreuzzeichen. » … *in Nomine Domini.* Im Namen unseres Herrn gehet hin in Frieden.«

»Möge Gott der Herr Euch bewahren und behüten, Pater Cuthbert.«

»Seid Ihr ein Priester?« fragte der Kanonikus.

»Mehr als das, ich bin ein Freund.«

»Ich habe das Gefühl, Euch zu kennen. Bei welchem Namen werdet Ihr gerufen?«

»Bei vielen Namen.«

Die Kerzenflamme flackerte und neigte sich zur Seite wie in einem leichten Luftzug zur verschlossenen Tür des Skriptoriums hin.

»Ja. Ich kenne Euch«, sagte Pater Cuthbert.

»Bei vielen Namen«, wiederholte der andere. *»Gott segne Euch, Pater Cuthbert.«*

Die Kerzenflamme neigte sich abermals und verlöschte dann mit einer Fahne duftenden Rauchs, die zu den Dachsparren aufstieg. Pater Cuthbert war sich gar nicht bewußt, daß er eingeschlafen war, aber als er wieder die Augen öffnete, war es bereits spät, und Simeon beugte sich über ihn.

»Ihr habt im Schlaf geredet«, sagte der junge Priester. »Kommt, wir haben etwas Hammelfleisch im Topf und guten Wein im Krug. Wollt Ihr mit uns essen?«

»Vielen Dank, mein Junge. Der, der hier war – bei welchem Namen kennt Ihr ihn?«

»Hier war niemand«, erwiderte Simeon. »Ihr habt geträumt, Pater Cuthbert, und im Schlaf über den Schnitter in seinem nachtschwarzen Gewand gesprochen. Habt Ihr Angst zu sterben, mein Freund?«

»Die habe ich, da wir alle in der Furcht vor dem Tod leben,

aber ich werde noch nicht sofort gehen. Mein Segen war schließlich alles, was er wollte.«

»Euren Segen?« fragte Simeon mit einem Lächeln. »Der Schnitter Tod ist den ganzen Weg hierher gekommen, um einen Segen von *Euch* zu erlangen?«

»Und um mich davor zu warnen, daß sich ein Sturm zusammenbraut«, sagte Pater Cuthbert, der sich schwer auf Simeons Arm stützte, als sie gemeinsam auf die Tür zugingen. »Dieses Buch, das Ihr da geschrieben habt, ist ein Gottesgeschenk, mein Junge, ein Gottesgeschenk. Die Farben, die Formen … wunderschön, außerordentlich.«

»Und hat Euer Schnitter ebenfalls Loblieder über mein Manuskript gesungen?« fragte Simeon, dessen blaue Augen munter zwinkerten.

»Der Schnitter?« Der alte Mann versteifte sich erschrocken. »War er hier?«

»Nein, Cuthbert, Ihr habt geträumt«, beschwichtigte Simeon den alten Mann lächelnd.

»Vielleicht habe ich das, aber trotzdem braut sich ein Sturm zusammen.«

»Dann laßt uns ein Gebet sprechen. Das Land ist ausgedörrt und der Wasserstand gefährlich niedrig.«

»Wenn unsere Gebete erhört werden, wird es Regen geben«, erwiderte der alte Mann mit ernster Stimme, »aber sehr bald schon wird auch ein Sturm kommen, ein Sturm, der ohne den Segen des Regens über uns kommt.«

Simeons Hand lag schon auf dem massiven Holzriegel der Tür, als er plötzlich innehielt, um mit einiger Besorgnis in den Zügen seines Lehrers zu forschen. »Was ist geschehen, Cuthbert? Was ängstigt Euch?«

Der alte Mann lächelte und fuhr sanft über Simeons Arm. »Nichts mehr als ein Traum, mein Junge, nicht mehr als ein Traum. »Habt Ihr Nachricht aus York?«

»Ich genieße Yorks Interesse und Sympathie«, sagte Simeon und hob den Riegel, um die Tür zu öffnen. »Jetzt können wir uns noch in Geduld üben und abwarten, während sie darüber nachdenken. Solche Dinge brauchen Zeit, vor allem wenn es um eine so große Summe Geldes geht.«

»Peter glaubt, Eure Anfrage werde Erfolg haben.«

»Ich weiß. Er war es ja, der darauf bestand, daß ich Zeichnungen von meinen Geschenken anfertigte, statt so kostbare Dinge mit auf Reisen zu nehmen. Der Junge trägt einen klugen Kopf auf den Schultern, Cuthbert. Für einen habgierigen Menschen ist eine Kostbarkeit, die er einmal gesehen hat, die aber nach wie vor außerhalb seiner Reichweite ist, nur um so begehrenswerter.«

»Er hat einen Segen erbeten und mich dafür ebenfalls gesegnet.«

»Wer? Peter?«

»Der, der hier war. Sagtet Ihr, Ihr kennt seinen Namen?«

»Hier war niemand, mein Freund. Ihr habt wieder geträumt.«

Der alte Kanonikus hielt auf der Schwelle inne, um mit seinen knochigen Fingern nach Simeons Arm zu greifen. Er drehte den Kopf so gut er konnte, und Simeon beugte sich respektvoll hinunter, um seinem Blick standzuhalten. Die verblichenen blauen Augen waren feucht und wirkten leicht verschleiert, als könne ihr Besitzer durch den Priester hindurchschauen und viel mehr sehen als dieser. »*Dominus vobiscum.* Der Herr sei mit Euch.«

KAPITEL 9

Der spektakuläre Sonnenuntergang hatte dem unheimlichen Halblicht der Abenddämmerung Platz gemacht, jenem Zwischenspiel der Ungewißheit, während dessen alles Vertraute eine seltsame Perspektive gewinnt und selbst ein mutiges Herz verzagen kann. Die Abenddämmerung trieb die Menschen an den Trost ihrer Lagerfeuer und in ihre verriegelten Häuser, und jene, die solcher Wohltaten entbehrten, kauerten wachsam wie Tiere in ihren geheimen Höhlen. Die Nacht kroch heran wie schwarzer Nebel, und mit ihrem Einbruch erschienen die Geschöpfe der Dunkelheit, um durch die Schatten zu huschen. Hier gab es Ratten, die so schlau waren wie Menschen, und menschliche Wesen, die sich bestens auf die Fähigkeiten der Nagetiere verstanden. Dies war eine Zeit der Angst und Gefahr, und doch glaubten die meisten Menschen ebenso wie Pater Cuthbert, daß es der rechte Gang der Welt sei, wenn der Tag verdämmerte und die Nacht zu ihrer zugemessenen Stunde das Zepter übernahm.

Durch die gewundenen Gäßchen bewegte sich mit schnellem Schritt eine schwarzgewandete Gestalt; ein Mann von schlankem Körperbau und ungewöhnlich großem Wuchs, den Kopf gesenkt, so daß sein Gesicht verborgen war. Mit jedem Schritt fegte der Umhang über den Boden und umspielte Stiefel, die keinen Laut verursachten und keine Spur zurückließen.

Drei Männer, die sich im Schatten verborgen hielten, beobachteten den Fremden. Ein jeder zog eine Waffe aus seinem Gürtel und dankte seinem Geschick, daß es ihm ein so leichtes Opfer beschert hatte. Sie waren Plünderer und ihr Gewerbe der Diebstahl; dieser einsame Wanderer bedeutete ihr Glück. Nur ein Narr oder ein Priester würde mitten in der Nacht allein durch die gesetzlosen Straßen gehen. Wenn es sich um einen Narren handelte, dann verdiente er eine Strafe für seine Narrheit. War es ein Priester, dann durfte er sich gleich an die Worte erinnern, die ihm von der Kanzel so glatt über die Lippen kamen, daß nämlich jene, die dem grausamen Zugriff der Armut nicht entrinnen konnten, die in dieser Welt nichts besaßen, in der nächsten größeren Reichtum erlangen würden.

»Holen wir ihn uns?« fragte einer der Männer, und die beiden anderen nickten.

Die Diebe bewegten sich mit geübter Verstohlenheit durch die Gassen zwischen einem baufälligen Gebäude und dem nächsten. Sie hielten sich stets im Schatten, ohne die schwarze Gestalt aus den Augen zu lassen, Jäger, die entschlossen ihre Beute verfolgten.

Sie überquerten den widerlich riechenden Graben, der als ein schlammiger Bach dem größeren Wasserlauf an der Walkergate entgegensickerte, duckten sich unter den vorspringenden Dachsparren hindurch, die die Cobbers Row zu einem langen, dunklen Tunnel machten, und gedachten, ihrem Opfer an einer ganz bestimmten Ecke den Weg abzuschneiden. Hier, wo mehrere Reihen niedriger Hütten zusammenstießen, verkroch sich das Räubertrio in einem sicheren Versteck.

Sie sahen zu, wie die Schattengestalt um eine noch ferne Ecke bog, an der sie vom Licht eines Lagerfeuers, das Vagabunden dort entzündet hatten, beschienen wurde. Der Fremde kam direkt auf sie zu, den verhüllten Kopf gesenkt und die Hände vor ihren Blicken verborgen. Die Diebe schätzten seine Größe und die Breite seiner Schultern ab und wußten, daß dieser einsame Reisende mit seinen Besitztümern für sie, die sie alle bewaffnet und in ihrem Handwerk wohlbewandert waren, eine leichte Beute sein würde. Eine Börse voller Münzen würde ihnen gut zupaß kommen, ebenso der Gürtel eines Priesters, sein Juwelenring oder seine reich bestickte Robe. Falls es sich bei diesem Mann aber um einen Narren handelte, der nichts bei sich trug, was irgendwelchen Wert hatte, würden sie sich auch mit seinem warmen Umhang und seinem Todesröcheln zufriedengeben.

Zwischen der sich langsam nähernden Gestalt und den lauernden Dieben senkten sich die Dächer mehrerer armer Häuser tief auf die Straße hinab. In einem davon wurde gerade in einem schwach erleuchteten Raum mit ein paar Silbermünzen ein Geschäft besiegelt. Ein junger Priester in einem Zobelmantel hatte die Bedingungen gestellt, während ein hungriger Fuhrmann, der seinen Lebensunterhalt verlor, als ein umstürzender Karren ihm beide Beine zerschmettert hatte, wußte, daß er nehmen mußte, was auch immer der andere ihm bot. Der Mann lag auf einer Pritsche in einer Ecke neben dem kalten Herd, und das Stroh unter seinem Leib wimmelte vor Ungeziefer. Jemand hatte versucht, seine Knochen mit Hilfe von Holzstücken und Lederbändern zu richten, aber ein scharfkantiger Schienbeinknochen hatte seine Wade durchbohrt, und das Fleisch um die Wunde war angeschwollen und verfärbt.

»Muß ich wirklich gehen, Vater?«

»Dein Kanonikus hat nach dir gerufen«, sagte der Vater, dem das Herz schier brechen wollte und der zu großen Schmerz litt, als daß es ihm möglich gewesen wäre, ein wenig netter zu dem Jungen zu sein.

Der Priester hörte zu, sein stolzes Gesicht starr und sein Blick verschleiert. Für Daniel Habicht war es eine absolute Demütigung, gezwungen zu sein, seinem Herrn zu dessen Vergnügen einen Knaben zu beschaffen. Zwar hatte er an diesem Tag eine juwelenbesetzte Brosche und mehrere kleine Beweise der Zuneigung erhalten, aber heute abend würde er auf den Binsen vor de Morthlunds Tür schlafen, während dieser Junge unwillig und verängstigt das Bett des Kanonikus teilen sollte. Diese Situation war ihm mittlerweile wohlbekannt, denn er mußte für jede Zuwendung bezahlen, die er als Lustknabe erhielt.

Angesichts der vor ihm liegenden Aufgabe verschloß der junge Priester sein Herz und rief sich entschlossen in Erinnerung, daß Macht und Armut sich gegenseitig bedingten, daß beides auf eigene Weise voneinander abhängig war. Am besten funktionierte die Macht dort, wo die Armut am größten war, und Armut gedieh unter der Herrschaft der Macht.

Die beiden Dinge waren so natürlich wie Tag und Nacht, das eine fügte sich zum anderen, und wer, abgesehen von einem Priester oder einem armen Mann, würde diese Dinge hinterfragen?

»Die Armen sind allezeit bei euch«, hatte Christus einst gesagt, und doch konnte Daniel nicht glauben, daß er wollte, daß es immer so blieb.

Der Knabe, den Wulfric sich ausgesucht hatte, war jung und frisch, ein hübsches Kind mit einer nervösen Veranlagung, und solange der Zustand seines Vaters derart schlimm war, bot dieser Junge die einzige Möglichkeit für die Familie, vielleicht doch noch zu überleben.

»Hier ist der Laib Brot und das Fleisch, wie wir vereinbart haben«, sagte der Priester leise, »und genug Silber für alles, was Ihr braucht, bis der Junge zurückkommt.«

Der kranke Mann sah dem Priester nicht in die Augen, genauso wenig wie er seinen Sohn anschaute, während dieser seine schmutzigen Lumpen gegen die saubere braune Kutte tauschte, die man ihm für den Ritt zur Verfügung gestellt hatte. Mit totenbleichem Gesicht ließ der Junge seine Finger über den Stoff gleiten. Er hatte schon viel gehört von Wulfric de Morthlund, dem Kanonikus von St. Matthew, und was er von ihm wußte, rief entsetzliche Bilder in ihm hervor und verwandelte sein Blut in Eis.

»Komm, Junge, das Geschäft ist abgeschlossen, und mein Kanonikus wird nicht erfreut sein, wenn er lange warten muß, während du hier …«

Daniel Habicht blickte auf, als eine Gestalt am Fenster vorbeikam, eine hochgewachsene, dunkle Gestalt mit einem langen schwarzen Umhang. Einen Augenblick lang hatte er das Gefühl, den Mann zu kennen, aber als er durch die Tür trat, war die Straße leer. Verblüfft zuckte er mit den Schultern, schüttelte den Kopf und versuchte, ein jähes Gefühl der Angst, das die Haut auf seinem Kopf prickeln ließ, zu vertreiben.

In einem anderen Haus, zwei Straßen weiter entfernt, schob der Mönch aus Flandern den Fensterladen auf und streckte seinen Kopf hinaus. Die Luft draußen war zwar erfüllt von dem Gestank menschlichen Lebens, aber immer noch frischer als in der schmutzigen Hütte, in der er darauf gewartet hatte, daß eine Frau und ihr ungeborenes Kind starben. Er würde dort bleiben, bis sie ihren letzten Atemzug getan hatte, denn das war alles, was er diesem armen Haus geben konnte. Wenn seine Gebete und sein Glaube ihr den Übergang von dieser Welt in die nächste erleichtern konnten, dann war es gut, und wenn sein Beistand den Lebenden half, ihren Verlust zu ertragen, dann wollte er auch dazu Amen sagen.

Die Straße war dunkel, nur erleuchtet von einer einzigen Laterne, die an einem Balken in einer Ecke hing, an der ein emsiger Dachdecker noch nach dem Abendläuten arbeitete. Antony blickte gerade auf den erleuchteten Abschnitt der Straße, als er einen Mann vorübergehen sah, einen hochgewachsenen Mann mit einem weiten, schwarzen Umhang, eine Kapuze über dem Kopf und leicht gebeugt.

»Bei allem, was heilig ist!«

Ihm wollte scheinen, daß die Gestalt kurz zögerte, nicht länger als die Zeitspanne zwischen einem Herzschlag und dem nächsten. Eine leichte Drehung des im Schatten liegenden Kopfes, eine Bewegung der Schultern, gerade genug, um zu verraten, daß sie die Gegenwart eines anderen Menschen spürte. Dann bewegte die Gestalt sich aus dem Lichtkreis heraus und verschwand.

Der erschrockene Mönch zog seinen Kopf zurück und wollte gerade zur Tür laufen, als ein leiser Schrei aus der hintersten Ecke des Raumes kam. Einen Augenblick lang ließ Unentschlossenheit ihn verharren, dann schob er alles andere beiseite und wandte sich dorthin, wo er am dringendsten benötigt wurde.

Ganz in der Nähe warteten die drei Räuber in ihrem Versteck. Der kleinste von ihnen übernahm die Führung. Er trug einen schmutzigen, knielangen Rock, seine Füße waren nackt und seine abgeschnittene Nase wies ihn als Dieb aus. Die Zähne, die er noch besaß, waren nicht mehr zahlreich genug, um ihm eine klare Aussprache zu gestatten, so daß er bei jedem Wort nuschelte, als er aus seinem dunklem Loch sprang, um die näherkommende dunkle Gestalt aufzuhalten.

»Halt ein, Pilger.« Die Stimme war grob und heiser, und der harte Akzent von Ostyorkshire verriet seine Herkunft. »Wir verlangen von jedem Reisenden ein Entgelt, damit er unsere Straßen sicher passieren kann.«

Die Schattengestalt stand vollkommen reglos da. Jetzt hatten alle drei Männer ihr Versteck verlassen. Der zweite Mann war groß und breit gebaut, und über den zerlumpten Kleidern war sein Kopf fest von einem ledernen Käppchen mit offenen, herunterhängenden Riemen umschlungen. Dem dritten fehlten mehrere Finger an einer Hand, seine Wangen waren eingefallen und sein Körper unter seinem Katzenfellmantel knochendürr. Zusammen hatten sie zwei Dolche, ein Kurzschwert und einen schwarzen Knüppel, um ihren Forderungen Gewicht zu verleihen, und allesamt versperrten sie ihm nun grinsend den Weg.

»Du kannst ein Entgelt bezahlen und weitergehen«, wiederholte der nuschelnde Mann, »sonst wird diese Klinge dir die Eingeweide aus dem Bauch schneiden.«

Mit höhnischem Gelächter trat das Trio vor, um die Lücke zwischen sich und ihrer Beute zu schließen, aber jeder Laut und jede Bewegung erstarben, als der Fremde den Kopf hob und ihnen sein Gesicht zeigte.

»Ihr Götter!« Der größere Mann keuchte, so entsetzt von dem, was er sah oder zu sehen meinte, daß er sein Kurzschwert klirrend zu Boden fallen ließ. Er bückte sich, um es aufzuheben, den Blick fest auf die Kapuze geheftet, während er in dem Schmutz vor seinen Füßen nach seiner heruntergefallenen Waffe suchte.

»Heilige … Mutter … Gottes.« Der dünne Mann bekreuzigte sich. Dann drehte er sich auf dem Absatz um und floh, wobei seine unsicheren Beine ihn mit ungewohnter Hast davontrugen. Der nuschelnde Mann jagte hinter ihm her, noch mehr verängstigt durch die Flucht seines Gefährten und ohne einen Gedanken an seinen Dolch und den Knüppel zu verschwenden, den er noch immer in der Hand hielt.

Der größere Mann, der immer noch auf dem Boden hockte und blind nach seinem Schwert tastete, stieß ein kehliges, wimmerndes Geräusch aus, wandte sich dann halb ab, als würde er fliehen, verlor aber das Gleichgewicht und fiel der Länge nach zu Boden. Er bohrte seine Finger in den Dreck und versuchte mit verzweifelten, zuckenden Bewegungen, sich vom Boden hochzustemmen, bis es ihm endlich gelang, aufzustehen und auf die nächstgelegene Gasse zuzulaufen. Dort stahl er sich in die tiefste Dunkelheit und stellte fest, daß er nicht die Kraft hatte, auch nur einen Schritt weiterzugehen. Sein Herz fühlte sich an, als wollte es in der Höhle hinter seinen Rippen schier platzen. Alle Kraft war aus seinen Gliedern gewichen, so daß seine Beine ihn kaum noch tragen konnten. Er sah, wie die Schattengestalt davonging, mit gesenktem Kopf und um die Schulter gezogenem Umhang, ganz so, als wäre nichts geschehen. Schließlich spürte der größte der drei Räuber, wie seine Beine unter ihm nachgaben und sein Körper zu Boden glitt, und in der schmalen, pechschwarzen Gasse lauschte er dem Hämmern seines eigenen Herzens. Er spürte, wie es immer schneller raste, hörte, wie es stockte, und wußte ganz genau, in welchem Augenblick es endgültig zum Stillstand kam.

An der Tür der Kapelle von St. Thomas, draußen vor der Keldgate-Barre, rieb sich ein kleiner Junge in einer kurzen, grauen Kutte in der Dunkelheit die Augen und neigte den Kopf lauschend zur Seite. Irgendein Geräusch hatte ihn aus dem Bett geholt, ein leises Geräusch wie der Schrei eines Nachtvogels oder der gewisperte Ruf seines eigenen Namens aus weiter Ferne. In der Hand hielt er eine winzige Wachskerze, deren zuckende Flamme kaum ausreichte, um seine klaren, blauen Augen und sein schönes, kornfarbenes Haar zu beleuchten. Er hielt Ausschau in der Dunkelheit, zitterte in der kühlen Morgenluft, bis er sah, wie sich ein Schatten aus der Dunkelheit löste und wie ein wogender Nebel auf die Kirche zustrebte. Dahinter erhob sich die schwer befestigte Nordbarre mit ihren Laternen und ihren schlafenden Wachen;

davor lag der Große Graben, der die Stadt Beverley wie eine schläfrige Schlange umfing.

»Peter? Was ist los?« ertönte Elviras Stimme, erst schlaftrunken und dann von scharfer Angst erfüllt hinter dem Jungen.

»Die Tür! Die Tür ist unverriegelt!«

Peter, der die Schattengestalt jenseits des Grabens beobachtete, hob seine Lampe, so daß sein kleines, bleiches Gesicht in ihrem gelben Schein gut sichtbar wurde. Seine Augen waren groß und sehr blau, und weder Furcht noch Staunen oder Überraschung lag in ihnen. Er schaute direkt in ein Gesicht, das er nicht sehen konnte, in Augen, die verborgen waren, und als er den von der Kapuze verhüllten Kopf sich langsam neigen sah, erwiderte der Junge den Gruß des Fremden auf dieselbe Art und Weise. So standen sie eine lange Zeit da, keiner von beiden rührte sich, während ihre Blicke auf unheimliche Art und Weise den Raum überwanden, der sie trennte. Dann neigte sich der dunkle Kopf noch einmal zu einer Verbeugung. Der Junge antwortete in gleicher Manier und senkte ebenfalls den Kopf, ohne seinen Blick jedoch von dem anderen zu lösen.

»Dominus vobiscum.« Er hörte die Worte ganz deutlich: »Der Herr sei mit dir.«

»Et cum spiritu«, sagte er zur Antwort. »Und mit Euch.«

Elvira erschien in der offenen Tür, um eine wärmere Robe über die schmalen Schultern ihres Ziehsohnes zu streifen. Sie selbst trug ein langes, weißes Wollhemd und hatte sich hastig ihre Leinenstiefel über die Füße gestreift. Ihr taillenlanges Haar fiel ihr lose über die Schultern, ein dichter, schwarzer Schleier, der in dem wächsernen Licht glänzte. Mit weit aufgerissenen Augen starrte sie durch die Tür, und ihre Hand, die auf seiner Schulter lag, zitterte vor Angst.

»Was ist los, Kind?« Ihre Stimme war leise und von Furcht durchdrungen. »Was siehst du da draußen?«

»Nichts, Mutter.«

»Habe ich da eine Stimme gehört?«

»Nur meine«, erwiderte er wahrheitsgemäß.

Elvira suchte das Gebiet jenseits der Kapelle mit einem

ängstlichen Blick ab, schaute über den breiten Graben und die verschlossene Barre dahinter, über die hier und da verstreuten, niedrigen Hütten, den dunkelschwarzen Himmel und den bleichen, von Wolken umhüllten Mond. Abgesehen von diesen vertrauten Dingen konnte sie nichts sehen, und doch schaute Peter noch einmal zurück, als wolle er einen letzten Blick auf das werfen, was ihn aus der Sicherheit der Kapelle herausgelockt hatte.

»Peter, warum hast du die Tür geöffnet?«

Seine Lippen verzogen sich zu einem sehnsüchtigen Lächeln, einem Lächeln, das die Macht besaß, Elvira zu beglücken oder zu erschrecken, ihr das Herz anschwellen oder es zusammenkrampfen zu lassen, je nachdem, unter welchen Umständen es ihr dargeboten wurde. Schnell wandte sie den Kopf in die Richtung, in die er schaute, konnte aber wieder nicht die leiseste Spur dessen entdecken, was den Jungen bewogen hatte, den Riegel hochzuheben.

»Verzeih mir, daß ich dich gestört habe, Mutter«, sagte Peter. »Wie du siehst, da draußen ist nichts.«

Sie drückte ihn an sich. »Wir befinden uns keineswegs in Sicherheit, Kind«, erinnerte sie ihn. »Wir werden niemals in Sicherheit sein, solange unsere Feinde wie hungrige Wölfe in jeder Ecke lauern. Die stille Zeit, die wir hinter uns haben, diese gesegneten zwei Jahre des Friedens könnten von einem so einfachen und unschuldigen Fehler wie dem Öffnen der Kapellentür zunichte gemacht werden.«

»Das weiß ich, Mutter«, antwortete Peter, der sah, wie der große, schlanke Schatten sich abwandte und mit der Finsternis verschmolz. »Das weiß ich.«

Elvira schauderte und verspürte eine plötzliche Beklommenheit. Sie dachte an Simeon, sehnte sich nach seiner Stärke und wünschte, er wäre an diesem Vorabend des Festes des heiligen Matthäus bei ihr, um sie zu trösten, denn sie wußte, daß seine Erinnerungen ihn ebenfalls um den Schlaf brachten. Schließlich zog sie Peter zurück ins Haus, warf noch einen letzten, besorgten Blick nach draußen, zog dann die Tür der Kapelle zu und schob entschlossen den Riegel vor.

Als die großen Glocken zur Mitternachtsmesse läuteten,

lag die Stadt Beverley in völliger Stille da, und ihre Straßen waren so dunkel wie Pech. Der noch vor kurzem so helle Mond war gänzlich hinter Wolken verschwunden, die Sterne bloße Nadelköpfe in tiefschwarzer Ferne. Eine Prozession von Priestern mit schlichten Wollumhängen über ihren prachtvollen Gewändern bewegte sich durch die Straßen um das Münster; die Männer waren, ihre Köpfe tief unter ihren Kapuzen verborgen, auf dem Weg von ihren Betten zum Altar. Bevor die Gestalten durch die offenen Türen und Tore schlüpften, um ihre Plätze einzunehmen, verlieh ihr leiser Singsang und das Flackern ihrer Fackeln der Szene etwas Geisterhaftes. An der Tür des Münsters hing eine Laterne, deren warmer, gelber Lichtschein die Diener der Kirche willkommen hieß und sie anzog wie Motten das Licht. Als alle eingetreten waren, wurde die Tür verschlossen, und draußen herrschte wieder tiefe Dunkelheit.

Viele unsichtbare Augen beobachteten die Prozession, denn die geweihten Männer genossen Privilegien, um die sie allenthalben beneidet wurden. Die Dunkelheit verbarg jene, die einen Priester um seines Schmucks und seines Umhangs willen berauben würden, jene, die danach gierten, seinen Wohlstand zu teilen, jene, die das Leben der Priester mit ihrem eigenen verglichen und ihnen ihren Platz im inneren Kreis des göttlichen Wohlwollens mißgönnten. Es gab jedoch auch solche, für die der Anblick der frommen Männer eine schwache Verbindung zwischen himmlischen Freuden und weltlichen Sorgen darstellte. Da sie um ihren niederen Platz im größeren Plan der Welt wußten, beobachteten diese Leute die Priester, stimmten in ihre Gebete ein und hofften, Gottes Barmherzigkeit würde sich durch ein Wunder auch auf sie erstrecken.

Im Kirchhof stand ein in Lumpen gehüllter Junge dicht neben einem Fenster, das ihm einen Blick auf die flackernden Kerzen gewährte und die Möglichkeit schenkte, die feierlichen Stimmen aus dem Inneren zu hören. Er trug ein Mädchen in seinen Armen, ein zerbrechliches junges Ding, zu schwach, um auf eigenen Beinen zu stehen. In dem Licht, das aus dem Fenster ins Freie fiel, nahm ihr Gesicht, wenn auch ausgezehrt und von Krankheit gezeichnet, einen Ausdruck der Verzückung an. Als ein hochgewachsener Priester in einer weiten, schwarzen Robe, deren Kapuze sein Gesicht verbarg, vorbeikam, wandte sich der Junge von dem Fenster ab. Hungrig und verzweifelt wie er war, vergaß er seinen leeren Bauch, als er die Last in seinen Armen ein wenig verlagerte und auf den Priester zuging.

»Euren Segen, Pater. Ich bitte Euch, seid barmherzig. Meine Schwester stirbt. In Namen Gottes, werdet Ihr sie heilen?«

Er glaubte den großen Priester sprechen zu hören, aber in seinem Kummer und mit dem seelenvollen Gesang der Mitternachtsmette in den Ohren klang die Stimme seltsam. Ihm schien, als kämen die Worte aus seinem eigenen Kopf: *»Ist das Leben so kostbar?«*

»Ja, das ist es«, sagte er. »Das ist es.«

Der Priester stand völlig reglos vor ihm, beunruhigend groß und in den üppigen Falten seines Gewandes fast unsichtbar. Die Worte des Jungen überschlugen sich, denn er wußte, daß seine Schwester nicht einen einzigen weiteren Tag in Not und Elend überleben würde. »Ich habe sie vom Hafen hierhergebracht, damit sie im Anblick unseres geliebten Münsters sterben kann.« Er senkte seinen Kopf, als schäme er sich, sah das kleine, traurige Lächeln auf dem Gesicht seiner Schwester und fand plötzlich neuen Mut. »Ich habe nichts, was ich einem Priester als Entgelt anbieten könnte außer meinem eigenen Leben.«

»Dein Leben für das ihre, Edwin?«

Sein Kopf schnellte in die Höhe. »Ihr kennt mich, Herr?« Verwirrt spähte er in die Kapuze, konnte aber in der tiefen Dunkelheit, die er dort fand, keine Gesichtszüge ausmachen. »Dann müßt Ihr wissen, daß meine Zwillingsschwester hier ein liebenswertes, gottesfürchtiges Mädchen ist und ein gutes Herz hat und …«

»Dein Leben für das ihre?«

»Ja, Herr«, erwiderte der Junge ohne Zögern. »Das wäre ein fairer Tausch.«

»Dann bring sie nach St. Peter, zu Simeon.«

»Bitte, wer seid Ihr, Herr?«

Das Läuten der Münsterglocken hallte in seinen Ohren wider, als er abermals die seltsame Stimme hörte. *»Ich bin der schwarze Wächter.«*

Der junge Edwin neigte den Kopf; er war sich nicht sicher, ob er überhaupt eine Stimme gehört hatte, und als er den Kopf wieder hob, war der Priester nicht mehr da. Überall um ihn herum herrschte tiefe Finsternis, und nirgends konnte er eine menschliche Gestalt ausmachen.

»Habe Mut, Edwinia«, flüsterte er. »Habe Vertrauen. Jetzt wird alles wieder gut. Ich habe dem Priester das Entgelt bezahlt.«

KAPITEL 10

Zwei Priester standen draußen unter freiem Himmel und warteten auf die Morgendämmerung. Keiner der beiden wußte von dem anderen, so sehr waren sie mit ihren eigenen Gedanken und Sorgen beschäftigt. Der eine der Männer war blond und trug die Tonsur seines Amtes, der andere rabenschwarz mit unrasiertem Schädel.

Simeon de Beverley stand allein auf einem kleinen, bewaldeten Hügel innerhalb der Mauern des Bezirks von St. Peter. Wegen der kühlen, frühmorgendlichen Luft trug er einen gänzlich mit Eichhornfellen gefütterten Umhang. Gemäß seiner priesterlichen Rechte hing ein großes Schwert an seinem Gürtel und ein hölzernes Kreuz an einer seidenen Schnur um seine Taille. Die Riemen seines Leinenhemds waren gelockert und entblößten ein leuchtend goldenes Schmuckstück auf seiner Brust. Es war der Mähnenkamm aus dem Zaumzeug eines Pferdes, eine massive Scheibe von der Größe seines Handtellers, reich verziert mit eingravierten Symbolen und heiligen Worten. Sie trug den Namen, den Christus dem Fischer Simon, seinem von ihm erwählten Priester, gegeben hat: Cephas, der Felsen. Peter.

Seit einem Jahrzehnt trug Simeon nun diesen kostbaren goldenen Talisman. Er hatte einst die Stirn des Streitrosses geziert, das durch einen grausamen Sturm geritten war, um ein Kind nach Beverley zu bringen; ein Pferd, das den Elementen getrotzt und sein Leben geopfert hatte, um die Stadt zu erreichen. Elvira hatte damals sowohl seine Ankunft als auch seinen Tod beobachtet. Sie hatte es mit diesem unheiligen Sturm auf den Fersen auf Beverley zujagen sehen, hatte gesehen, wie es sich aufbäumte, um mit seinen gewaltigen Vorderhufen nach dem brodelnden Himmel auszuschlagen, bevor es zu Boden stürzte, das Werk vollendet und sein tapferes Herz zerrissen. Sie hatte auch den schwarzen Reiter gesehen und wußte um das kleine, in Tücher gehüllte Bündel, das er bei sich getragen hatte. Später hatte sie den goldenen

Mähnenkamm des Rosses in Simeons Hand gleiten lassen, ihn mit ihren dunklen Augen angesehen und so auf ein ganzes Jahrzehnt im Herzen an sich gebunden.

»Elvira«, flüsterte Simeon. Seine Gedanken wanderten über die hohen Mauern hinweg, ließen die starken Barrikaden der Stadt und den trügerischen Graben hinter sich und fanden ihren Weg zu der winzigen Kapelle von St. Thomas, wo die Frau seiner Liebe und ihr rätselhafter Patensohn in sicherer Obhut lebten. Er war ein Priester und fühlte sich zu einem keuschen Leben berufen. Sie war die Frau eines anderen Mannes und schien an alles zu glauben, nur nicht an Gott. Sie liebten sich über eine tiefe Kluft hinweg, liebten sich, obwohl sie in verschiedenen Welten lebten, und weder Gott noch die Menschen konnten an dieser Liebe etwas ändern.

Der große John, die uralte Münsterglocke, die nach Beverleys Heiligem benannt worden war, erscholl klar, tief und süß, und daraufhin erhoben sich die Stimmen der Chorpriester, um mit ihrer Hymne die Morgendämmerung willkommen zu heißen. Wie ein leises Echo schlossen sich die Priester von St. Peter an, und danach ertönten die aus noch weiterer Ferne kommenden Stimmen von St. Mary, St. Nicholas, St. Catherine und St. Martin. Als er seinen Blick nach Osten wandte, um nach den ersten Zeichen der Dämmerung Ausschau zu halten, sah er, daß die Schwärze des Himmels langsam verblaßte. Einer nach dem anderen erloschen auch die Sterne.

»Immer noch voller Zweifel, Simeon?«

Er wandte sich um und sah den Hospizbruder lautlos über den Rasen auf sich zukommen. Der Mann bewegte sich ganz wie ein Soldat, der er einst gewesen war, mit sicherem Tritt und geschickten Bewegungen, so lautlos und geschickt wie eine Wildkatze und genauso gefährlich, wenn die Situation ihn dazu zwang. Dünne Silberfäden schimmerten in seinem dunklen Bart, aber Osric, der Hospizbruder, war noch immer ein junger Mann, ein Kämpfer sowohl nach seiner Ausbildung als auch nach seiner Gesinnung. Auch er sollte lange genug leben, um den Jungen zum Mann heranreifen zu sehen.

»Gottes Segen, Osric«, sagte Simeon und zuckte dann seufzend mit den Achseln. »Ja, mein Freund, ich gestehe mein Versagen ein. Es gibt immer wieder Zeiten, da lastet die Nacht so schwer auf mir, daß ich fürchte, die Morgendämmerung würde niemals mehr kommen.«

»Heidenpriester«, sagte Osric belustigt. »Der Sturm, der Euch verfolgt, liegt gut und gern zehn Jahre zurück, das Feuer wurde vor zwei Jahren gelöscht, und doch habt Ihr immer noch größten Respekt vor beidem. Ihr seid ein abergläubischer Mensch, mein Freund, genauso abergläubisch wie die vielen Einfältigen unten in der Stadt.«

»Dieser Sturm war so gewaltig, daß man noch in kommenden Jahrhunderten davon reden wird«, rief Simeon dem anderen Priester ins Gedächtnis, während er zusah, wie die Sterne nach und nach von den sanft tastenden Fingern des Tageslichts ausgelöscht wurden.

Osric nickte ernst. »Und dann kam das große Feuer über uns und verzehrte alles, was ihm im Weg stand, als hätte der Teufel die Flammen der Hölle auf uns losgelassen. Und nun die Schlammflut. Unsere Stadt hat wahrhaftig ihren Anteil an Katastrophen gesehen.« Er sah sich in dem ungewissen Licht um, bemerkte einen Felsbrocken in der Nähe und zog seinen Freund entschlossen darauf zu. »Kommt, Heidenpriester. Ich werde mit Euch Wache halten.«

»Ihr wißt, welchen Tag wir heute haben?«

»Jawohl, Simeon, das weiß ich. Keiner von uns wird das Fest des heiligen Matthäus jemals wieder ohne Unruhe begehen können. Kommt, laßt uns die Morgendämmerung beobachten und Gott in dem Wissen, daß das Schlimmste vorüber ist, dafür danken.«

Gemeinsam saßen sie auf dem Felsbrocken und warteten auf den neuen Tag, zwei Freunde, die tausend Geheimnisse teilten und doch nur ein einziges Ziel kannten. Als die Chorpriester von Beverley ihre Stimmen zu einem wunderschönen Grußgesang an die Morgendämmerung erhoben, war der Gesichtsausdruck dieser beiden Männer bei der Erinnerung an vergangene Ereignisse verschlossen und grimmig.

Der andere Priester, in einem prachtvollen Umhang aus purpurn gefärbter Wolle gehüllt, an dessen Säumen seltener und kostbarer Biberpelz schwarz schimmerte, stand auf dem

Figham-Moor. Pater Cyrus de Figham, Kanonikus von St. Martin, hielt einen Wallach an den Zügeln, und Mann und Pferd warteten gleichermaßen ungeduldig auf die morgendliche Jagd. An der einen Seite seiner Hüfte hing eine messingbeschlagene Armbrust, an der anderen ein Köcher mit gefiederten Pfeilen aus der Werkstatt eines Meisters auf dem Gebiet der Waffenherstellung. Seine Augen zu schmalen Schlitzen verengt, schaute der Priester zu dem langsam heller werdenden Horizont hinüber, der bereits die ersten Spuren einer Grün-, Gold- und Kupferfärbung erkennen ließ.

Immer noch hoch zu Roß beobachtete ein Vikar seinen Herrn mit gespanntem Interesse, denn dessen Erregung vor der Jagd war ihm wohl bekannt. De Figham war versessen auf das Töten, und wenn sein Blut in Wallung geriet, war er nicht weniger gefährlich und unberechenbar als die Tiere, die er jagte.

»Verflucht!« zischte er gereizt. »Wo bleiben meine Jäger?«

»Sie machten sich gerade bereit, als wir aufbrachen«, sagte John Palmer.

»Ich habe ihnen aber befohlen, bei Morgendämmerung hier zu sein.«

»Die Sonne ist aber noch nicht da, mein Herr.«

»*Ich* bin da, das reicht«, gab de Figham zurück. »Und ich habe nicht die Absicht, mir die Beine in den Bauch zu stehen, während irgendwelche Narren sich nach den Zeichen richten, die sie am Himmel lesen.«

Eine kleine Gestalt huschte aus einer Bodensenke und entpuppte sich gleich darauf als ein kleiner Junge mit müdem Gesicht. Ihm folgten zwei Hunde, wachsame Tiere mit beschnittenen Ohren und einem unübersehbaren Brandmal, das tief in ihre Schultern eingebrannt worden war: De Fighams Jagdhunde. Kein Mann würde es mehr wagen, sie zu stehlen, wenn er erst dieses Zeichen auf ihrem Fell entdeckte.

Der Junge trat zaghaft vor. »Soll ich zum Haus zurücklaufen und sie zur Eile antreiben, mein Herr?«

Die Figham machte eine ungeduldige Geste mit seiner reich beringten Hand, und der Junge lief auf dem unebenen Boden los, stolperte vor Eilfertigkeit, den Wunsch des dunkelhaarigen Priesters zu erfüllen. Die Hunde liefen hinter ihm her, schlichen aber sofort mit zwischen die Beine geklemmten Schwänzen und eingezogenen Schultern zurück, als ein geknurrtes ›Bei Fuß!‹ ihres Herrn sie zurückrief.

Vom Gipfel des Hügels aus ließ Pater Cyrus seinen Blick über Beverley gleiten. Dort stand das Münster, gleichermaßen verwüstet von Feuer und Plünderern, ehemals ein Bau von großer Pracht, der jetzt aber nach den nur oberflächlichen und hastigen Reparaturen nur noch häßlich genannt werden konnte. Ganz in seiner Nähe standen die Reste seiner eigenen Kirche, St. Martin: Vor zehn Jahren eine reiche Pfarrkirche, heute nur noch ein von Sturm und Feuer verheerter Mühlstein um seinen Hals. Ein halbes Leben lang hatte er diese Kirche haben wollen, hatte voller Gier seinen alternden Kanonikus dafür ermordet, aber jetzt warf St. Martin nur noch unbedeutende Gewinne für ihn ab, und so war es kein Wunder, daß er nicht die geringste Zuneigung für sie empfand.

Sein angeekelter Blick blieb jetzt auf der Stadt selbst hängen. Erst vor zwei Jahren war Beverley von einem Ende bis zum anderen in Flammen aufgegangen, als hätte man Zunder an eine Fackel gehalten. Beverleys Häuser waren völlig niedergebrannt gewesen, seine Kirchen nur noch Ruinen, seine Marktplätze und Mühlen vernichtet. Noch eine halbe Ewigkeit hatte der Gestank verbrannten Fleisches allem angehaftet. Es war ein Feuer von noch nie gekannten Ausmaßen gewesen, aber nicht einmal das hatte genügt, um Beverley, dem verblichenen Juwel in der Krone Yorks, ein Ende zu machen. Dieses Höllenloch hatte auf seine Weise sogar noch von der Katastrophe profitiert. Einheimische Adlige hatten sich um die Beute gestritten, Priester aus Angst vor dem Ruin ihre eigenen Kirchen geplündert, Gelehrte jeglicher Nationalität ihre brennenden Schulen im Stich gelassen und sich den Plündererbanden angeschlossen, die durch die Stadt tobten, und trotz alledem hatte Beverley sich geweigert, zu sterben. Anstelle der alten Hütten schossen neue aus dem Boden, frisches Holz wurde an versengtes genagelt, neues Mauerwerk auf das alte gesetzt, und nichts veränderte sich wirklich. Der Hafen mit seinem regen Treiben wurde von Schutt freigeräumt und binnen weniger Wochen wieder eröffnet. Der Handel blühte, Kaufleute und Händler bauten zerstörte Lagerhäuser wieder auf und füllten die Vorratskammern von neuem, und die Kirche gewann ihre Kontrolle über das Leben der Armen zurück.

»Und jetzt speit der Boden Schlamm und Schleim aus, verschluckt ein paar von diesen erbärmlichen Bettlern und tut anschließend so, als sei nichts gewesen«, murmelte de Figham verdrossen.

»Das ist bei diesen Wasserstädten nichts Ungewöhnliches, mein Herr«, antwortete John.

»Jawohl, und hätte es da nicht diesen Bischof John und sein Kloster gegeben, wäre diese Stadt immer noch ein Brutplatz für Biber. Er hätte in York bleiben sollen und sein kostbares Beaver Lake – den Bibersee – den Sümpfen überlassen sollen, aus denen es entstanden ist.«

»Viele Leute wären da ganz Eurer Meinung, mein Herr«, meinte John mit einem vorsichtigen Nicken, bevor er seinem Pferd die Absätze in die Flanken bohrte, damit es sich ein wenig bewegte, solange sie auf die Jagdgesellschaft warteten.

An diesem Morgen des 22. Septembers, genau zwei Jahre nach dem Tag, da das Verhängnis sich Beverleys bemächtigt hatte, ließ Pater Cyrus seine mißbilligenden Blicke über den unschönen Phönix gleiten, der sich da aus der Asche erhoben hatte. Diese Stadt war unzerstörbar, und mit ihrem hartnäckigen Überlebenswillen machte sie ihn zu ihrem Gefangenen. Er konnte und wollte nicht einfach gehen und seinem Feind gestatten, von seiner Abwesenheit zu profitieren.

Schließlich zog er sich den Umhang fester um die Schultern, räusperte sich und spuckte auf den Boden. Da unten zwischen dem Münster und den Sümpfen zogen sich die hohen Mauern von St. Peter um das einzige größere Gebiet Beverleys, das dem Feuer hatte entgehen können. Einige meinten, es sei durch göttliches Einschreiten verschont worden, aber Klügere bemerkten, daß Simeon de Beverleys Besonnenheit der Grund dafür war. Der blauäugige Priester hatte jeden einzelnen frommen Mann aus seinen nutzlosen Gebeten herausgerissen und ihn mit Eimer, Schale und

Schöpfkelle gegen die Katastrophe kämpfen lassen. Tausend Hände hatten Wasser aus den Bächen herbeigeschafft, um jedes Haus, jeden Baum und jeden Holzstapel zu besprengen, so daß die Funken erloschen, noch bevor der Wind sie richtig entfachen konnte, und nicht eine einzige Flammenzunge hatte einen größeren Sieg davongetragen.

»Ich verdanke Euch mein Leben, Simeon de Beverley«, knurrte der dunkelhaarige Priester. »Und ich habe bei meiner Seele geschworen, daß ich diese Schuld eines Tages begleichen werde, indem ich Euch töte.«

Er sah, wie die Kirchentür des fernen St. Peter aufschwang und helles, sanftes Glühen von Kerzen hinausdrang. Der Morgengottesdienst näherte sich seinem Ende. Die Schatten nahmen deutlichere Konturen an und forderten ihre Farben von der Nacht zurück. Kleine Lagerfeuer loderten hier und da auf, und schon jetzt lag der Duft von Rauch und warmen Speisen in der Luft. Der Große Graben erwachte zu neuer Aktivität, nahm in dem heller werdenden Licht die Farbe schlammigen Gelbs an, und kurz darauf konnte man auch die vielen schmutzigen, kleinen Wasserläufe von Beverley erkennen. Vom Horizont her sandte das Sonnenlicht seine ersten Strahlen aus, überhauchte die niedrigen Wolken mit einem sanften Goldton, drängte die Dunkelheit zurück und hob die Nebeltücher, die sich überall über Sümpfe und Marschen gelegt hatten.

»Der Teufel hole dieses gottverlassene Loch«, fauchte de Figham, bevor das Aufblitzen eines kleinen Lichtes seinen Blick fesselte. Am Rande des Wäldchens von St. Peter, wo junge Bäume zwischen älteren wuchsen, standen zwei Männer. Beide waren eingehüllt in warme Umhänge, und auf der Brust des einen funkelte ein Licht, als hielte er eine Kerze in der Hand.

Pater Cyrus nahm einen Pfeil aus seinem Köcher, legte ihn in die Armbrust und stemmte seine Stiefel in den Boden. Dann hob er die Waffe, stützte ihr Gewicht mit einem Arm ab und schloß ein Auge, um sein Ziel besser anvisieren zu können. Ein Mann gab eine würdigere Beute ab als ein Wildschwein, und ein Priester war noch ein würdigeres Ziel, vor allem wenn es sich bei dem Priester möglicherweise um Simeon de Beverley handelte. Seine Finger schlossen sich fest um die Waffe, und das schimmernde Licht gab ein hervorragendes Ziel ab. Es ließ sich jetzt eindeutig erkennen, daß es sich nicht um eine Kerzenflamme handelte, sondern um das Funkeln des Sonnenlichts auf einer glitzernden Oberfläche. Da plötzlich jedoch ließ der Klang von Stimmen hinter seinem Rücken Pater Cyrus herumfahren, und er senkte die Armbrust. Seine Jagdgesellschaft war angekommen.

Ganz in der Nähe der Kirche von St. Peter wartete Osric, der Hospizbruder, leise darauf, daß Simeon mit seinem Gebet fertig wurde. Der jüngere Mann, der reglos neben ihm stand, hatte sein Gesicht dem Sonnenaufgang zugewandt.

»Ihr solltet Euer Hemd zuknöpfen, mein Freund«, meinte Osric schroff, als Simeon mit seinem Dankgebet für die Morgendämmerung fertig war. »Dieser Mähnenkamm, den ihr tragt, spiegelt die Sonne so funkelnd wider, daß er Euch für Räuber oder Bogenschützen selbst aus größerer Entfernung zu einer leichten Beute macht. Schnürt Euer Hemd zu und bedeckt den Schmuck, damit nicht gute Männer seinetwegen in Versuchung geraten.«

Einen Augenblick lang wog Simeon die schwere Goldscheibe in seinen Fingern und sah zu, wie sie das Sonnenlicht fing und strahlend wieder zurückwarf.

»Cephas«, sagte er lächelnd und legte sich das Schmuckstück wieder auf die Brust, bevor er sein Hemd darüber verschnürte. »Peter.«

»Jawohl«, antwortete Osric nickend und erwiderte Simeons Lächeln. »Zehn Jahre haben wir ihn jetzt bei uns. Zehn Jahre, mein Freund, und das Zehnfache dieser Zahl an Feinden, die wir überlisten mußten, und trotzdem ist der Junge noch immer am Leben.

»Er wird wohl behütet«, sagte Simeon und legte seinem alten Freund fest die Hände auf die Schultern. Osrics starke Hand hob sich, legte sich um die Arme seines Freundes, und mit diesem stummen Salut bekräftigten die beiden Männer noch einmal ihr geheimes Band.

In der Ferne, hoch oben auf den Hängen des Figham-

Moors, ließ Cyrus de Figham sein Roß kehrtmachen und fragte sich, wohlwissend, daß er sein Ziel in jedem Fall verfehlt hätte, was das für ein Mann war, den er für kurze Zeit mit seiner Armbrust anvisiert hatte. Dann ließ er mit schwungvoller Gebärde seinen schweren Umhang über die Flanken des Pferdes flattern, hob einen Arm zum Signal und führte seine Jagdgesellschaft dem Wald und den Wildschweinen entgegen.

KAPITEL 11

Als sich die Jagdgesellschaft schließlich auf den Rückweg machte, war der Vormittag halb vorüber, und de Figham hatte fünf Wildschweine und zwei Dutzend Kaninchen erlegt. Er würde sie ohne Verzug auf Spieße stecken lassen, denn an diesem Abend würden Männer an seinem Tisch Platz nehmen, die es gewohnt waren, wie Fürsten zu speisen. Und seine Gäste sollten wahrhaftig nicht enttäuscht werden, denn sie würden geröstetes Geflügel mit üppigen, scharfen Saucen zu essen bekommen, Täubchen in Wein, dicke Lammkeulen, außerdem noch Süßwasserfische, frische Aale und Schafskäse, verfeinert mit seltenen Gewürzen. Neben diesen Speisen würde saftiges Fleisch von Schweinen und Rindern auf sie warten, und so viel vom besten Wein, wie sie nur trinken konnten.

De Figham drehte sich im Sattel um, um einen finsteren Blick auf die Männer in seinem Gefolge zu werfen. Da hörte er plötzlich, wie ein Mann aus der Ferne aufschrie, und dieser Laut erzürnte ihn.

»Ihr habt zuviel für den Zucker bezahlt«, beklagte er sich, denn er mißtraute seinem Vikar nicht weniger, als er jedem anderen Mann mißtraut hätte. Wenn sie nur die rechte Gelegenheit dazu hatten, waren sie alle Diebe.

»Sieben Pence das Pfund ist ungeheuerlich.«

»Der König persönlich bezahlte zehn, mein Herr, und zwar bereitwillig. Unserem eigenen Erzbischof wurden acht abverlangt und dazu noch eine Kiste mit Wein.«

»Ach, tatsächlich? Und du hast nur sieben bezahlt?«

»So ist es, mein Herr.«

Sie hatten das Gebiet erreicht, wo die Schlammassen aufgewallt waren und die Erde geschwärzt hatten. Es ging das Gerücht, daß dort ein Priester mit seinem Gefolge ertrunken war, und so wimmelte es an dieser Stelle nur so von Leuten aus der Stadt, die mit Hämmern und Äxten den Boden aufhackten, um nach Wertgegenständen zu suchen. Wo der

Schlamm weggeräumt worden war, wurde vielleicht das Vorderbein eines Pferdes sichtbar oder der Kopf eines Schafes, der aufrecht und mit offenem Maul durch die Oberfläche lugte. Als de Figham sein Pferd wendete, um um den Schlamm herumzureiten, spielte ein hämisches Grinsen um seinen Mund, und er konnte ein leises Lachen nicht unterdrücken.

»Unser Herr Geoffrey Plantagenet wird über den Verlust seines geschätzten Klerikers alles andere als erfreut sein«, sagte er. »Vielleicht sollte er seinen so prächtig ausgestatteten Priestern den Befehl geben, von York hierherzureiten, um diesen Schlamm umzugraben. Man würde ihnen hier für ihre Arbeit sicherlich Dank wissen.«

»Der Erzbischof wäre alles andere als erfreut, wenn er erführe, daß der Mann überhaupt hier gewesen ist«, sagte John.

»Oder darüber, daß wir von seinen Machenschaften wissen«, fügte Cyrus hinzu. »Er wird mir den Reichtum dieser Stadt nicht entreißen, nicht einmal mit Hilfe von Simeon oder Wulfric oder tausend anderen wie ihnen. Solange ich weiß, welche Intrigen sie zu schmieden versuchen, wird niemand diese Schatztruhen jemals bekommen, niemand außer mir.«

»Werdet Ihr Euch in dieser Angelegenheit mit Wulfric verbünden?«

De Figham warf ihm einen Seitenblick zu und lächelte. »Dieser aufgeblähte Pfau wird das wohl glauben, aber Cyrus de Figham teilt mit niemandem. Ich werde Wulfric de Morthlund gestatten, sich das Gefieder zu putzen, durch Beverley zu stolzieren und sich einzubilden, daß er die ganze Sache unter Kontrolle hat, aber am Ende bin ich es, der den Pfauen betrügt, so wie er mich betrügen würde, wenn er nur könnte. Und ich sage immer noch, daß du zuviel für den Zucker bezahlt hast.«

»Einen zu hohen Preis, um Euch das großartige Festmahl heute abend zu versüßen, mein Herr?«

De Figham grinste und schüttelte den Kopf. Es war eine Tatsache, daß einige der mächtigsten Männer sowohl der Kirche als auch des Staates die ärmsten Märtyrer ihrer weltlichen

Gelüste waren. Ihre Wohltätigkeit ruhte im Schoß der Befriedigung ihrer Gelüste, und ihre Loyalität kam und ging, ganz wie ihre augenblicklichen Bedürfnisse das verlangten. Diese Männer konnte man am ehesten über die Augen und über den Magen beeindrucken, wie man ihnen zu Gefallen sein konnte, ohne anderes zu vernachlässigen. Nur ein Lügner würde es wagen, zu behaupten, daß Cyrus de Figham knauserig bei Tisch war oder zu verbergen suchte, daß sein Vermögen dahinschwand, weil seine in Schutt und Asche liegende Kirche ihm nicht genug Gewinn einbrachte.

»Du sollst für deine guten Dienste einen neuen Umhang bekommen, John«, sagte er zu seinem Vikar.

»Vielen Dank, mein Herr.«

»Und ich hätte gute Lust, dir eine Börse Silber zu schenken. Würde dir das gefallen?«

»Das würde es tatsächlich, mein Herr.«

Wieder einmal sah de Figham seinen Vikar aus den Augenwinkeln heraus an. »Und welche Summe Wulfric de Morthlund dir auch bietet, ich werde sie verdoppeln, wenn du mir davon berichtest.«

John strahlte und verbeugte sich. »Mein Herr, Ihr seid überaus großzügig.«

De Figham nickte. Sie waren sich beide der Tatsache bewußt, daß das hübsche Wort ›Großzügigkeit‹ nichts anderes als einen Akt wohlberechneter Klugheit verschleierte. Loyalität gehörte auf den Marktplatz, eine Ware, die man kaufen und verkaufen konnte, und ein kluger Mann wußte ihr den rechten Wert beizumessen. Wenn er sich weigerte, die Ware zu kaufen, dann würde de Morthlund oder irgendein anderer das gewiß an seiner Stelle tun. Der junge Geistliche war es wert, bei der Stange gehalten zu werden, und sogar noch mehr als das. De Figham hatte die Absicht, sich Johns Loyalität um jeden Preis weiterhin zu sichern, obwohl er wahrhaftig hoffte, dafür einen akzeptablen Gegenwert zu bekommen.

Sie verlangsamten ihr Tempo ein wenig und drehten sich um, als aus der Ferne Schreie laut wurden. Vier Läufer mühten sich nach Kräften, den Schlamm zu überqueren, waren aber außerstande, mit dem Rest der Jagdtruppe mitzuhalten. Sie trugen ein Bündel zwischen sich, und diese sich krümmende, auf und ab hüpfende Last stieß die schrillen Laute eines Menschen aus, der große Schmerzen litt.

»Wir hätten den Keiler sein Werk zu Ende bringen lassen sollen«, sagte de Figham, und John stimmte mit ihm überein. »Wir haben einen ganzen Mann mit auf die Jagd genommen und bringen nur die Hälfte von ihm wieder zurück. Diese sentimentalen Narren haben mich mit ihrer Bereitschaft, eine solche Last so weit zu tragen, wahrhaftig überrascht. Sie haben gute Herzen, starke Glieder, aber wenig Vernunft. Er wird nicht lange genug leben, um ihnen für ihr Opfer zu danken.«

»Und selbst wenn er es täte, würde er ihnen keinen Dank wissen«, meinte John. »Nicht bei diesen schrecklichen Wunden und nachdem der Keiler ihm ein Auge genommen hat.«

»Sentimentale Narren«, schnaubte de Figham und drängte sein müdes Pferd zum Galopp. Als sie näherkamen, wurden die Tore der Hofmauer weit aufgerissen, und so stolz wie ein König ritt de Figham hindurch. Auf dem Hof stieg er aus dem Sattel und reichte einem Diener die Zügel seines Pferdes, seine Armbrust und den Köcher. Dann wartete er mit zurückgeworfenem Umhang und in die Seiten gestützten Fäusten, bis auch sein Gefolge mit der Beute sicher zurückgekehrt war. Er war ungeduldig und wollte so schnell wie möglich ins Haus. Der Ritt hatte ihm Appetit auf ein gutes, starkes Bier und eine Hammelkeule gemacht, und unter seinem Jagdrock brannte eine scharfe Hitze in seinen Lenden. Der Priester hatte für Keuschheit nichts übrig, für diesen unnatürlichen Weg, den fromme Narren und kluge Kirchenmänner auf der Suche nach Heiligkeit beschritten. Selbstverleugnung war etwas für alternde Päpste mit verschrumpelten Lenden und für jene, die als Männer nichts taugten und sich mit leeren Betten begnügten. Aber nicht für Cyrus de Figham, nicht für einen Mann von so gewaltigen Leidenschaften. Er war so, wie Gott ihn geschaffen hatte. Seine Wollust war, genauso wie das Essen und Trinken, das Schlafen und die Entleerung des Darms, ein schlichtes, menschliches Bedürfnis, das gestillt werden wollte.

Endlich kehrten auch die Träger zurück, schwitzend und keuchend und mit dem schreienden Bündel, das sie trugen. De Figham gab das Signal, die Tore zu verriegeln, und wich angeekelt zurück, als die Träger an ihm vorbeitaumelten, denn dunkelrotes Blut tropfte auf seinen so sorgfältig gepflegten Hof.

Einer seiner Lakaien, Ketel, ein Mann, den er aufgrund seiner Talente zum Töten besonders schätzte, war einem in die Enge getriebenen Eber zum Opfer gefallen, als die Jagd gerade erst begonnen hatte. Noch bevor die Speerträger auf dem Schauplatz erschienen, um den Keiler zu vertreiben, hatte ihn der Schwarzkittel ins Unterholz geschleudert, ihm die Beine zerfetzt und seinen Bauch von der Brust bis zu den Lenden aufgerissen. De Figham war schnell zu dem Schluß gekommen, daß man dem Mann nach menschlichem Ermessen ohnehin nicht mehr helfen konnte, und ließ die Jagd fortsetzen. Durch irgendeinen Zufall lebte Ketel noch, als sie zwei Stunden später an die Stelle zurückkehrten, obwohl er jetzt noch eines seiner Augen eingebüßt hatte und seine Lippen zerfetzt waren, ganz so, als wäre noch ein anderes Tier auf ihn gestoßen und hätte sich genommen, was es konnte, bevor er es vertreiben konnte. Vier Männer richteten einen Umhang so her, daß sie ihn tragen konnten, und waren mit ihm so schnell es ging nach Hause geeilt; Ketel hatte den ganzen Weg über laut geschrien und Gott und de Figham verflucht.

De Figham gab den Befehl, den Umhang auf den Boden zu legen und die Wunden des Mannes bloßzulegen, damit er sie sich ansehen konnte. Angesichts der zerschmetterten Knochen, die an mehreren Stellen aus den einst so starken Beinen herausragten, und angesichts der Tatsache, daß nur die Finger des Verwundeten selbst seine Eingeweide daran hinderten, aus dem Loch in seinem Bauch hervorzuquellen, schüttelte de Figham ernst den Kopf. Für Ketel gab es keine Hoffnung; der Mann hatte einen törichten Fehler begangen, und jetzt würde ihm ein guter Diener in seinem Gefolge fehlen.

»Wenigstens haben wir das Tier, das ihn so zugerichtet hat.

Sorgt dafür, daß seine Frau einen Schilling für ihren Verlust erhält.«

Cyrus schlug das Kreuzzeichen und verzichtete auf das längere Sterbegebet, da er die lästige Angelegenheit schleunigst erledigen wollte. Also gewährte er dem Mann eine hastige Absolution, so daß Ketel wenigstens von seinen augenblicklichen Sünden befreit sterben konnte.

»Bringt ihn in das Hospital von St. Peter«, wies er die Träger an. »Soll doch Osric, dieser arrogante Heiler der tausend Schlachtwunden, seine Fähigkeiten erproben, wo der Keiler gewütet hat. Dann werden wir ja sehen, wieviel er von diesen Dingen versteht.«

Bevor er sich abwandte, hielt er noch einmal kurz inne, preßte einen seiner langen Zeigefinger auf die geschürzten Lippen und fragte John Palmer mit nachdenklicher Miene. »Wo steckt eigentlich der Neffe von Sir Guy de Burton?«

»Ist immer noch hier in der Stadt, mein Herr, und versucht den Schaden abzuschätzen. Weder sein Vater noch sein Onkel werden Beverley irgendwelche Hilfe anbieten, wenn nicht bewiesen werden kann, daß man diese Hilfe wirklich benötigt.«

»Und wenn sie nicht irgendwie die Aufmerksamkeit des Erzbischofs erringen können«, setzte de Figham hinzu.

»Ich glaube, der junge Fergus hat hier ein gewisses Interesse.«

»Eine Frau?«

John Palmer nickte. »Ihr Vater ist Pfarrer von St. Jude in Thorpe. Er hält sie hinter Schloß und Riegel, seit Fergus Interesse an ihr bekundet hat.«

»Aber er hat doch bestimmt nicht vor, sie zu heiraten? Also wirklich, eine Heirat zwischen einem Burton und der Tochter eines Landpfarrers?«

De Figham lachte und schüttelte den Kopf. »Dann wird sie als Jungfrau sterben, während er vergebens weiterhofft.«

»Es sei denn, der junge Fergus findet eine Möglichkeit, sie zu entführen, während der Vater vor seinem Altar steht. Fergus scheint fest entschlossen, es zu versuchen.«

»Ach wirklich?« De Figham legte abermals einen Finger an

die Lippen. »Diese Information wird mir sehr nützlich sein«, sagte er schließlich. »Bring Fergus de Burton sofort zu mir. Erzähl ihm, daß ich eine wichtige Aufgabe für ihn habe. Er soll sich darauf vorbereiten, noch heute nachmittag nach York zu reiten, und danach wird er, wenn sich alles nach meinem Plan entwickelt, das Mädchen bekommen, und der Pfarrer von St. Jude wird nicht dagegen protestieren können.«

»Ich mache mich sofort auf den Weg, mein Herr«, sagte John mit einer respektvollen Neigung seines Kopfes.

»Und sorge um Gottes willen dafür, daß diese Schweinerei auf meinem Hof beseitigt wird.«

Die Schreie des Sterbenden wurden noch durchdringender, als man ihn auf dem blutgetränkten Umhang über die Pflastersteine zu den Toren hinüberzog. Seine Träger, die von dem langen Heimweg bereits ermüdet waren und mittlerweile auch begriffen hatten, daß sie eine undankbare Aufgabe übernommen hatten, würden auf dem Weg nach St. Peter noch weit weniger sanft mit ihrer Last umgehen.

Während er auf die Haupttür seines Hauses zuschritt, verriet ein Lächeln auf Pater Cyrus' Gesicht verschiedene Drehungen und Wendungen seiner Gedanken. Noch immer leuchteten seine Augen nach dem erfolgreichen Töten des Morgens. Simeon de Beverley würde den Tag noch bereuen, an dem er es gewagt hatte, den Kampf gegen ihn aufzunehmen.

Die junge Frau, Alice, empfing ihren Herrn an der Tür des Hauses mit gehorsam gesenktem Blick und offenem Gewand. Einst war sie widerspenstig gewesen, voller Haß auf de Figham, aber jetzt tat sie ohne Klage, was immer er auch von ihr verlangen mochte. Zu guter Letzt war es ganz einfach gewesen, ihren Willen zu brechen. Sie war fromm und stolz in ihrem Leiden gewesen, bis er das Mal auf ihre Brust gebrannt und von ihr verlangt hatte, ihr Gewand offen zu tragen, so daß alle, die das Brandmal sahen, wußten, daß sie sein Besitz war.

Auf einem Tisch in seinem Privatzimmer hatte die Frau auf

einem großen Tranchierbrett Blutwurst und Hammelfleisch angerichtet, einen Becher mit Bier, in den sie zuvor ein frisches Ei geschlagen hatte, und zu guter Letzt noch eine Schale mit in Honig getränkten Früchten. Während des Essens ließ er sie keine Sekunde aus den Augen. Alice war klein und dunkelhaarig, mit hohen, festen Brüsten und wohlgerundeten Hüften. Sogar jetzt noch besaß sie eine vage Ähnlichkeit mit Elvira, der Frau des Grabenbauers. Mit der Frau, die Simeon aus Schmutz und Armut zu einem Leben des Müßiggangs auf Kosten der Kirche erhoben hatte, und die heute die Hure des lahmen Priesters war. Trotz all seiner Keuschheitsschwüre war Simeon de Beverley ein Mann aus Fleisch und Blut wie alle anderen auch, und er war noch nicht einmal dreißig Jahre alt. Seine Lenden waren zweifellos genauso stark und drängend wie die seines Nachbarn, und Elvira war schöner, als es einer Frau nach göttlichem Recht zukam. Sie war eine Versucherin, bleich und kühl, aber unter ihrem tugendhaften Äußeren gleichzeitig so heiß wie Feuer, und sie besaß die Gabe, jeden Mann, der sie aus der Nähe sah, für sich zu entflammen.

Wieder einmal erschien Elviras Gesicht vor seinem inneren Auge, und mit der Erinnerung kehrte auch der Hunger nach ihr zurück. Nur ein einziges Mal, und da auch nur durch Zufall, hatte er sie auf dem Marktplatz in seinen Armen gehalten; danach konnte keine andere Frau mehr als eine vorübergehende Linderung seiner Begierden bedeuten. Nichts würde ihn jemals davon überzeugen, daß Simeon de Beverley angesichts einer solchen Versuchung seine Schwüre hielt oder daß die Frau ihren attraktiven Beschützer zurückwies. Jedesmal, wenn er an die beiden dachte, loderte seine Eifersucht von neuem auf, brannte wie ein heißes Eisen in seiner Seele.

De Figham schob seinen Becher zur Seite, und die Frau füllte ihn mit zitternder Hand von neuem. Das scharlachrot vernarbte Brandmal auf ihrer Brust trat leuchtend hervor, und er verachtete sie für diesen häßlichen Anblick. Dieses geistlose Schaf, das sein Mal trug, war sein Eigentum, ein erbärmlicher Ersatz für den wahren Gegenstand seiner Begierde. Weder Simeon noch seine Kanoniker hatten es geschafft, sie per Gerichtsbeschluß aus seinem Haus zu entfernen, und indem er nun regelmäßig und auf grausamste Weise seinen Begierden nachgab, indem er sie mißbrauchte, nährte de Figham seine gefährliche Besessenheit.

»Verflucht«, zischte er, und seine Augen glichen zwei schiefergrauen Schlitzen unter gefurchten Brauen. »Zum Teufel mit diesem Priester und seiner dunkeläugigen Hure.«

Zornig starrte er Alice an. Die Jagd und das Bier hatten seine Lenden in Wallung gebracht, und der Gedanke an Elvira hatte die immer schwelende Glut seiner Lust zu hellem Feuer entfacht. Diese Grabenbauersfrau war eine Folter für seine Sinne, aber in ihrer Abwesenheit würde Alice wohl genügen.

»Komm her«, knurrte er.

Unterwürfig stellte sie sich vor ihn hin, während er ihr Gewand vom Ausschnitt bis zur Hüfte aufriß, um ihre Brüste bloßzulegen. Bei den groben Berührungen seiner Hände auf ihrem zerschundenen Fleisch zuckte sie so wenig zusammen, daß er den Druck verstärkte, bis er Tränen des Schmerzes in ihren Augen aufsteigen sah. Ihre Resignation bereitete ihm kaum mehr Vergnügen, als daß sie ihm zeigte, wer ihr Herr war.

Die Erinnerung an ihren feierlichen Eid vor den frommen Kanonikern vergrößerte seine Lust noch. Es war ein berauschendes Gefühl der Macht, daß es ihm möglich gewesen war, dieses frömmelnde Miststück dazu zu zwingen, mit ihren eigenen Worten ihre Seele ewiger Verdammnis preiszugeben. Der Gipfel der Macht: Mehr konnte kein Mann verlangen. Jetzt konnte er sie in jeder Weise, die ihm gefiel, mißbrauchen. Die Frau war verdammt und ihre Seele verloren. In den Augen Gottes und vor den Menschen gleichermaßen war sie jetzt nicht mehr wert als der Schmutz unter seinen Stiefeln.

Er schnippte mit den Fingern und zeigte mit einer ruckartigen Kopfbewegung auf den Boden, woraufhin Alice ihre Röcke hob und sich vorbeugte, um die Haltung eines Hundes einzunehmen. Während er sich bereitmachte, schwor er sich von neuem, daß eines Tages Elvira auf diese Weise vor ihm knien würde, und ihre Entwürdigung sollte dann das letzte sein, was Simeon auf dieser Welt noch sah, bevor de Fighams Schwert ihn flugs in die nächste beförderte.

KAPITEL 12

Während Ketel schrie und Cyrus de Figham seine lüsterne Rache an Alice nahm, befanden sich zwei Männer, die als Räuber und Plünderer bekannt waren, an der Wasserstelle vor der Mauer des Hofes von St. Peter und erzählten den dort Versammelten von seltsamen Ereignissen. Man gab ihnen Brot und Schweinskopfsuppe, und während das Essen die Runde machte, ermutigte sie dieses simple Mittagsmahl, ihre Geschichte noch weiter auszuschmücken. Heute beging man das Fest des heiligen Matthäus, und die Festlichkeiten, insbesondere die Prozession der Heiligen und das darauffolgende Gelage, würden schon bald beginnen. Schon jetzt waren sämtliche Marktstände besetzt, und Pferdekarren holperten durch die überfüllten Straßen, um weitere Waren herbeizubringen. An allen fünf Barren stießen Ströme von Ochsen und Handkarren, vollbeladenen Maultieren und unter ihren Lasten niedergebeugte Männer und Frauen auf die Pilgerscharen, die in die Stadt strömten. Seeleute verließen ihre Schiffe im Hafen, Bauern ihre Felder und Dorfbewohner ihre Häuser, um an dem Fest teilnehmen zu können. Die Fluten waren zum Erliegen gekommen, die Toten zählten nicht mehr, die Lebenden gierten nach Ablenkung.

Draußen vor der Mauer des Kirchhofes von St. Peter drängten sich die Menschen näher zusammen, als die beiden Männer ihre Geschichte noch einmal erzählten.

»Es war eine Erscheinung«, erklärte einer der Plünderer mit feierlichem Ton, und obwohl er an der abgeschnittenen Nase als Dieb erkennbar war, glaubte keiner der Anwesenden, daß er die Unwahrheit sagte. »Er war zweimal so groß wie jeder gewöhnliche Mann. Er war so schlank wie ein Weidenzweig und machte nicht den leisesten Laut; man konnte nicht einmal seinen Schritt hören oder ein Rascheln seines Umhangs.«

»Der Tod«, ergänzte sein Gefährte nickend, wobei er sich mit einer Hand, an der bereits drei Finger und die Hälfte des

Daumens fehlten, bekreuzigte. »Der Engel des Todes war letzte Nacht in unserer Stadt. Wir beide sind ihm direkt über den Weg gelaufen und haben die Begegnung überlebt, so daß wir euch jetzt Kunde davon geben können.«

»Wie hat er ausgesehen?« fragte jemand, den es nach weiteren Einzelheiten gelüstete.

»Hatte er Fleisch auf den Knochen wie richtige Menschen?« wollte ein anderer wissen.

»Arme und Beine? Hatte er ein Gesicht?«

»Dünn, sagst du? Er bestand also nur aus Knochen?«

»Hatte er den Geruch des Grabes an sich?«

Jeder der eifrig Lauschenden stellte abwechselnd seine Fragen, begleitet von einem Stück Brot, das er zuvor in die Suppe aus dem leise siedenden Topf getaucht hatte. Eine Frau spießte eine Zwiebel auf einen dünnen Stock, zog sie aus dem Lagerfeuer heraus und hielt sie, verkohlt und qualmend, gerade außerhalb ihrer Reichweite, so daß die Geschichtenerzähler nicht an sie heran konnten. Als der Mann mit der abgeschnittenen Nase nach der Zwiebel greifen wollte, zog sie sie zurück. »Was hat er gesagt?« wollte sie wissen. »Was hat er getan?«

Der Mann seufzte schwer und fuhr sich mit dem Finger über einen verfaulten Zahn, eine Dummheit offenbar, da er heftig zusammenzuckte. »Gesagt? Nein, Weib, er hat kein einziges Wort gesagt. Getan? Er hat unseren Freund ermordet, das ist es, was er getan hat.«

Ein leises Gemurmel erhob sich, und die zerlumpten Männer und Frauen am Lagerfeuer steckten die Köpfe zusammen. Die dampfende Zwiebel wechselte den Besitzer, und die Plünderer teilten sie mit ihren bloßen Händen unter sich auf und schluckten sie mit einem Stückchen Brot herunter. Dann tranken sie zusammen aus einem Becher, in dem sich gewässertes Bier befand, und ließen das Schweigen noch ein wenig weiter wirken, damit ihre Geschichte einen möglichst guten Preis erzielte. Der Mann mit dem hageren Gesicht und den eingefallenen Wangen setzte seinen Bericht schließlich fort.

»Ihr kennt doch alle Judd, den Mann, der bei uns Asyl

gesucht hat, nachdem man ihn aufgrund falscher Anschuldigungen aus Lincoln vertrieben hat. Er trug einen im Nacken geschlitzten Lederhelm und ein Schwert mit vielen Kerben, die seine Tapferkeit bewiesen. Er war ein großer Mann, so stark, wie man sich nur denken kann, mit einem breiten Kreuz und einem kräftigen Herzen in der Brust.«

»Ich kenne ihn«, sagte jemand, und einer nach dem anderen stimmten sie zu, daß Judd ihnen wohlbekannt sei.

»Nun, eben dieser Judd, Gott sei seiner Seele gnädig, war tapfer genug, um die Erscheinung mit seinem Schwert herauszufordern. Gott und mein guter Freund hier waren Zeugen – diese Erscheinung hat den armen Judd mit einem einzigen Schlag zu Boden gestreckt. Sie hat ihn gefällt, wie man eine verfaulte Eiche mit der Axt fällt, und anschließend tot liegengelassen. Gibt es da irgendwo noch ein Tröpfchen Bier? Diese Geschichte macht mich wirklich durstig.«

Während er trank, steuerte nun sein nuschelnder Gefährte seinen Anteil an der Erzählung bei. »Angesichts der Kühnheit des armen Judd richtete sich die Gestalt sogar noch höher auf als zuvor, warf dann ihre Kapuze zurück und durchbohrte ihn mit den Augen. Die Wucht dieses Blicks ließ ihn zurücktaumeln. Aus Angst um unser Leben sind wir geflohen, und als wir es schließlich wagten, zurückzukehren, um ihn zu suchen, fanden wir ihn in sich zusammengesunken in einer nahegelegenen Gasse, und er war tot.«

»Tot? Wie, tot? Welche Wunden? Ist viel Blut geflossen? Welche Gliedmaßen sind ihm abgerissen worden? War sein Schädel zertrümmert?«

»Es war nichts zu sehen«, sagte der Plünderer und hielt dem Mann mit dem Bierkrug seinen leeren Becher hin. »Man konnte ihm nichts ansehen, kein Knochen war gebrochen, kein Blut vergossen. Sein Leichnam liegt immer noch in der Gasse, in der er gestorben ist, ganz in der Nähe der Cobblers Row, wo jeder, der genug Mumm in den Knochen hat, ihn sehen kann, um sich selbst davon zu überzeugen, wie Judd zu Tode gekommen ist.«

Die Männer und Frauen, die sich um das Lagerfeuer scharten, tuschelten ängstlich miteinander, und während sie noch über das Geschehene berieten, schlichen sich die beiden Plünderer davon, um ihre Geschichte andernorts zu erzählen und von anderen erschrockenen Seelen ihren Lohn zu fordern.

In einer einsamen Ecke auf dem Grund von St. Peter hatten vier Männer ein Dornengestrüpp abgehauen, um in den trockenen Boden darunter ein Loch zu graben. Hier stießen die ältesten und stabilsten Teile der alten Mauer aufeinander und trennten die Ländereien der Kirche von den gefährlichen Sümpfen. St. Peter war nach Osten hin das letzte bewohnte Gebiet von Beverley, eine von außerhalb buchstäblich unbezwingbare Bastion. Mögliche Eindringlinge mußten in dem mit Steinen durchsetzten, von Unkraut überwucherten Schlick vor den Mauern scheitern, wo tödliche Tümpel und Moorsenken einen Mann verschlingen konnten, bevor er auch nur einen letzten Schrei tun konnte. Jeder, der soweit kam, ohne schon vorher elendig zugrunde zu gehen, hätte dann die Mauern nur mit Seil und Steigeisen erklimmen können – um sich dann einem undurchdringlichen Dorngestrüpp gegenüberzusehen, das nach innen die Umfriedung bewehrte.

Die Totengräber traten zurück und wischten sich gerade den Schweiß aus den Gesichtern, als Simeon und Osric zusammen mit sechs Priestern durch den dichten Wald kamen. Alle außer Osric waren ihrem Amt entsprechend gekleidet und trugen Kerzen, Gebetsbücher und Weihrauchfässer bei sich. Dieses Begräbnis sollte, wenn es auch im geheimen und ohne den Segen des Erzbischofs stattfand, doch so vollzogen werden, wie es sich nun einmal gehörte.

»Das ist eine gute Stelle«, sagte Simeon zufrieden.

»Ja, hier wird er sicher sein«, meinte Osric nickend und reichte den Männern eine Börse mit Münzen, die diese sogleich unter sich aufteilten. Die vier waren ebenfalls Priester und ihrer Kirche treu ergeben. Sie hätten auch um der Liebe und der Barmherzigkeit willen bereitwillig gearbeitet, aber Osric war zu lange Soldat gewesen, um selbst die Herzen der ergebensten Männer auf zu harte Proben zu stellen.

Die Menschen schuften am härtesten und dienen am treuesten, wenn sie für ihre Arbeit einen gerechten Lohn erhalten. Im allgemeinen lehnten die Priester von St. Peter die übliche Praxis ab, ihre Gebete und Dienste an die Armen zu verkaufen, aber auch Priester müssen essen und trinken, genau wie andere Menschen. Man mußte ihnen die Möglichkeit geben, in ihrem Amt einen gewissen Wohlstand zu erlangen, damit sie für die Verlockungen des Bösen nicht zu anfällig wurden. Deswegen durfte auch ein Priester hier in St. Peter einen gerechten Lohn für seine Mühen erwarten, bevor er Beistand leistete, wie sein Gewissen es verlangte.

An diesem Morgen hatte es schon zwei weitere Beerdigungen gegeben; eine Frau war bei der Geburt ihres Kindes gestorben, während das verkrüppelte Baby überlebt hatte. Außerdem hatten sie den Jäger Ketel, einen von de Fighams Männern, verloren. Dieser Mann hatte grauenhafte Verletzungen davongetragen, nachdem im Morgengrauen ein Keiler auf ihn losgegangen war. Halb wahnsinnig vor Schmerzen schrie er zornige Flüche und beschimpfte Gottes gesamte Schöpfung, bevor sein Zorn sich am Ende gegen ihn selbst richtete. Die Hände, mit denen er zuvor seine Eingeweide in dem auseinanderklaffenden Leib festgehalten hatte, zerrten diese nun heraus, und schließlich erlag er seinen grauenvollen Verletzungen.

Der Sarg mit den sterblichen Überresten von Pater Bernard, dem sanften Kanonikus von St. Martin, einem Mann von wahrem und ehrlichem Glauben, war ebenfalls hier begraben. Der Sarg hatte Bleiverschläge, und der Leib darin war mit den feinsten Regalien versehen; man hatte dem verstorbenen Priester seine Ringe und seinen Juwelengürtel mitgegeben, sein kostbares Priestermesser und ein goldenes Kreuz. Eine ganze Weile hatte der Sarkophag im Garten hinter der Propstei gestanden, unter einer herrlichen Eiche, die angeblich seit fünfhundert Jahren an dieser Stelle stand. Zu Lebzeiten hatte Pater Bernard lange Stunden dort zugebracht und seinen Gedanken nachgehangen, während der alte Baum ihn vor der Sommerhitze bewahrt und gegen die Winterfröste geschützt hatte. Ein vom Wind herbeigetragener Strohballen hatte die Eiche schließlich entflammt, und nach dem Feuer hatten die Männer von St. Peter den Sarg vor Plünderern und Grabschändern in Sicherheit gebracht und ihn in ihre kleine Kirche getragen, wo sie ihn beschützen konnten. Erst jetzt, zwei Jahre nach dem großen Feuer, als keine Hoffnung mehr bestand, einen passenderen Platz zu finden, wurde Pater Bernard ein geziemendes Begräbnis zuteil.

»*Kyrie eleison*«, sagte Simeon mit seiner volltönenden, schönen Stimme. Herr, erbarme dich.

Die Antwort der versammelten Priester klang melodisch und weich: »*Christi eleison.*« Christus erbarme dich.

Osric stand ein oder zwei Schritte weiter hinten, um zu lauschen und um die auf das Griechisch folgenden lateinischen Worte an sich vorüberziehen zu lassen. Er war des Lateinischen mächtig, aber selbst wenn er es nicht gewesen wäre: Die wohlberechnete Gestaltung und das Gewicht, das Auf und Ab der Worte und Sätze allein waren genug, um selbst die Seele des ungebildetsten Menschen zu erreichen. Es gab Zeiten, da ihm das Ritual und die vielen Wiederholungen, die sein Glaube von ihm verlangte, unbegreiflich schienen, aber die einfache Wahrheit des Christentums war ihm, seit er sie zum ersten Mal so deutlich aus Simeons Mund vernommen hatte, nie wieder aus dem Kopf gegangen. Alle Männer waren Heiden, jedenfalls glaubte er das, und doch war der christliche Glaube ein Quell der Hoffnung für die heidnische Seele. Kein Mensch brauchte, ganz gleich, wie er gelebt hatte, ob in Angst oder Not, in Elend, Gebrechen oder Unwissenheit, in Verzweiflung zu sterben.

Weihrauchwolken wehten ihm entgegen, während der leise Gesang zum Himmel emporstieg. Die Verlegung eines Grabes kam dem Versuch gleich, eine Seele dem Paradies zu entreißen. Gottes Gnade würde dem armen Bernard in diesen Stunden beistehen und ihn von seinem bisherigen sicheren Ruheplatz in den Himmel zurückholen.

Simeons Stimme war tief und voller Hoffnung. »Wir empfehlen dir, o Herr, die Seele von Bernard, deinem treuen Diener.«

Der Sarg wurde in die Grube herabgelassen und die Erde

darüber anschließend wieder geglättet. Die Vegetation langer Jahrhunderte würde schon bald ihren rechtmäßigen Platz wieder einnehmen, so daß es gewiß nicht lange dauerte, bis kein menschliches Auge mehr erkennen konnte, was hier geschehen war.

»Spiritus sanctus Deus«, sang Simeon nun.

»Misere nobis«, kam die leise Antwort.

Als die Mitglieder des Chores, die für diese Aufgabe bestimmt worden waren, näherkamen, um die lange, hypnotische Litanei der Heiligen anzustimmen, traten Simeon und Osric beiseite. Ihre Gesichter waren ernst geworden, und ihre Gedanken bewegten sich in parallelen Bahnen.

»Ein guter Mann, der ermordet wurde«, sagte Simeon. »Und ein Unschuldiger, der für die Tat gehängt wurde.«

»Ja, das war eine schlimme Zeit, mein Freund, in der ein aufrechter Mann von seinem eigenen Vikar ermordet werden konnte.«

Ohne seinen gesenkten Kopf zu wenden, sah Simeon den Hospizbruder aus den Augenwinkeln heraus an. »Glaubt Ihr wirklich, daß de Figham ihn erschlagen hat?«

»Zweifelt Ihr daran?« fragte Osric zurück.

Simeon schüttelte den Kopf. »Und jetzt trägt der Mörder die Gewänder seines Opfers, trägt seine Titel und erhebt Anspruch auf seine Kirche.«

Osric stieß ein hartes Lachen aus. »Und seht nur, wie schäbig ihn St. Martin für all seine Mühen entlohnt hat.«

»St. Martin würde *jeden* schäbig entlohnen«, meinte Simeon seufzend, »mit seinem eingestürzten Altar und seinem noch immer nicht reparierten Dach.«

»Solange de Figham dort ist, wird sich daran nichts bessern«, erwiderte Osric.

Jetzt löste sich auch Pater Richard, der sich wegen seiner jüngsten Verletzungen nur vorsichtig bewegen konnte, von den singenden Priestern und gesellte sich zu seinen Kameraden in den Schutz der Bäume. In seinen Augen brannten ungeweinte Tränen, denn er hatte den alternden Kanonikus von ganzem Herzen geliebt, und sein Tod war für ihn besonders bitter gewesen. Richard war derjenige, der in dem dunklen Treppenhaus des Münsters über den Leichnam gestolpert war und Pater Simeon geholfen hatte, zu beweisen, daß die Tat ein Mord gewesen war.

Simeon legte ihm die Hand auf die Schulter und schaute ihm in das bärtige Gesicht. »Habt Ihr Schmerzen?« Richard schüttelte den Kopf. »Ich danke dem gütigen Gott für mein Leben, aber nicht für meinen Arzt. Meine Rippen sind mit einer zähen Salbe beschmiert und so stramm verbunden, daß ich kaum atmen kann. Dieser Osric hat mich regelrecht darin eingelegt, in ein Gebräu, das die meisten Christen nicht mal an ihre Schweine verfüttern würden. Ich werde wieder gesund. Die Verletzung ist erträglich.«

»Der Schlamm hat Euch weniger Schaden zugefügt als dies da«, sagte Simeon und wies mit dem Kopf zum Grab, ohne dabei Richard aus den Augen zu lassen. Sein Blick sagte, daß er den anderen gut kannte und seinen Kummer teilte.

»Wenn ich nur etwas früher in dieses Treppenhaus gegangen wäre …«

»Richard, mein Freund, Ihr dürft Euch keine Vorwürfe machen«, sagte Simeon. »Unser Bruder Bernard ruht jetzt in Frieden und Sicherheit. Wie schwer das für uns auch sein mag, dafür wenigstens müssen wir dankbar sein.«

»Und für ein Leben, das wohl geführt wurde«, fügte Osric hinzu. »Gott wird keinen Tadel an ihm finden.«

»Aber er wird ihn ungerecht finden«, beklagte sich Richard, noch immer voller Bitterkeit. »Ein guter Mann vermodert in der Erde, während ein böser sich großen Wohlstands erfreut, und trotz all meiner Gebete kann ich angesichts einer solchen Ungerechtigkeit keinen Frieden finden.«

Simeon zog eine Grimasse. »Dann tragt Eure Last weise, wie es von Euch verlangt wird, bis der Allmächtige den Missetäter zur Rechenschaft zieht.«

»Du sollst nicht töten«, zitierte Richard erregt.

»So ist es, Richard«, sagte Simeon und umfaßte die Schulter des anderen fester, während er seinem Freund in dessen vor Tränen glitzernde Augen schaute. »Und Ihr wäret wohlberaten, Euch immer daran zu erinnern. Weder aus Gier noch aus Rache sollst du töten!« Solchermaßen getadelt senkte

Richard den Kopf und bat um Vergebung für den heißen Zorn, der immer noch in ihm brannte. Simeon berührte seine Lippen mit dem Daumen und zeichnete dann das Kreuz auf die Brust des jungen Mannes. Er wußte um die wahre Last seines Schmerzes, das Schuldbewußtsein und den Gram, die sich in seinen Zorn mischten.

»Gehet hin in Frieden«, sagte er und sah zu, wie der junge Priester davonhumpelte.

»Frieden?« fragte Osric verbittert. »Es wird keinen Frieden für ihn geben, solange de Figham lebt.«

»Genausowenig wie für irgendeinen von uns, mein Freund«, antwortete Simeon ernst.

In diesem Augenblick nahm er eine Bewegung wahr, einen Schatten unter noch tieferen Schatten zwischen den Bäumen. Er schlug seinen Umhang zurück und zückte sein Schwert, das er, die Spitze nach unten gerichtet, mit beiden Händen festhielt. Binnen eines Anblicks war auch Osric voll bewaffnet.

»Was ist los, Simeon?«

»Da ist ein Mann. Ich habe einen Mann dort zwischen den Bäumen gesehen. Einen großen Mann mit schnellen Bewegungen in einem langen, dunklen Umhang.« Während Simeon sprach, suchten seine schmalen Augen jeden Baum und jeden Strauch ab.

»Könnte es Richard gewesen sein, der zurückkehrt?« überlegte Osric, während er einen Schritt auf die Bäume zuging. Seine eigenen Augen waren ebenfalls zu schmalen Schlitzen geworden, und er beugte seine Knie leicht, während seine Füße festen Halt suchten.

Ein geübter Kämpfer, der gegen jeden Angriff gewappnet war.

»Hier kann Richard nicht herkommen. Und der Mann ist zu groß.« Plötzlich sprang er nach rechts, und sein Schwert fuhr in die Höhe. »Da! Da drüben, wo die Sonne durch die Bäume fällt! Seht Ihr ihn?«

»Ich sehe nur Bäume und Schatten«, gestand Osric, während er, unhörbar für seinen Gefährten, betete: »Gütiger Gott, gib, daß es nicht *Er* ist.«

»Da war ein Mann. Zum Teufel mit Euren Augen, Osric. Ich sage Euch, da war ein Mann.«

Noch während er diese Worte sprach, tauchten zwei Frauen in den hellgrauen Kutten des Ordens der Kleinen Schwestern der Barmherzigkeit auf. Sie kamen leichtfüßig aus genau der Richtung, in die Simeon wies, und ihre Hauben blitzten in den Strahlen des Sonnenlichtes auf. Als sie die Schwerter sahen, blieben sie abrupt stehen.

»Ist ein Mann an Euch vorbeigekommen?« wollte Simeon wissen. »Ein großer Mann in einem schwarzen Umhang und einer Kapuze?« Die Schwestern tauschten einen verblüfften Blick. »Nein, Pater, wir haben niemanden gesehen«, meinte die eine der beiden, »abgesehen von Pater Richard, aber das ist ein gutes Stück von hier entfernt gewesen.«

»Pater Richards Umhang ist grün mit einer gelben Kapuze. Ich meine einen Mann ganz in Schwarz. Sprecht, Frau, Ihr müßt direkt an ihm vorbeigekommen sein.«

Die Frau schüttelte den Kopf, und ihre Begleiterin tat es ihr gleich. »Wir sind an niemandem vorbeigekommen, Pater.«

»Aber das ist unmöglich«, sagte Simeon, und ganz langsam wich plötzlich die Farbe aus seinem Gesicht. Während er die Spitze seines Schwertes auf den Boden senkte, trat ein entsetzter Ausdruck in seine Augen. »Gott behüte«, flüsterte er heiser und setzte dann hinzu: »Gütiger Gott, laß es nicht zu.«

»Ein Schatten, Simeon, nur ein Schatten«, versuchte Osric ihn zu beruhigen, aber auch auf seinem Gesicht stand unübersehbar ein Ausdruck der Angst.

Sie erlaubten den Nonnen, weiterzugehen und an das Grab von Pater Bernard zu treten. Dann, noch immer mit gezückten Schwertern, machten die beiden Männer sich an eine schnelle, aber gründliche Durchsuchung des Waldes von St. Peter. Als sie auf der anderen Seite ankamen, durchsuchten sie auch noch die Gemüsebeete, den kleinen Obstgarten und die Kräuterbeete und anschließend die Gebäude, eines nach dem anderen. Kein Auge hatte gesehen, was Simeon gesehen hatte, und niemand glaubte, daß sich ein Fremder innerhalb der Mauern aufhielt.

»Ein Spiel des Lichtes«, beharrte Osric. »Das Zusammenspiel von Sonne und Schatten, sonst nichts. Unser Gerede von Cyrus de Figham hat Euch aus der Fassung gebracht.«

»Ich wünschte, ich könnte das glauben«, erwiderte Simeon mit bleichem Gesicht. Dann wandte er sich Osric zu, und in seinen Augen stand tiefe Sorge. »Jemand muß sie herholen, sofort, noch in dieser Stunde.«

Osric nickte, und sein mageres Gesicht wirkte verkniffen und ernst. »So soll es sein. Bei Gott, ich hoffe, Ihr irrt Euch in dieser Sache, mein Freund.«

Simeon sah sich immer noch suchend um, wandte sich dann ab und ging auf sein Skriptorium zu.

»Kümmert Euch darum, Osric«, knurrte er noch einmal über die Schulter hinweg. »Binnen einer Stunde und unter schwerster Bewachung. Ich will die beiden *hier* haben.«

Osric nickte noch einmal, und Simeon wandte sich endgültig ab. Eine Schattengestalt, hochgewachsen und mit einem langen, schwarzen Umhang bekleidet, die in der Dunkelheit des Waldes aufgetaucht war. Wenn Simeon sich nicht geirrt hatte, stand ihnen ein schlimmes Unglück bevor. Osric schauderte trotz seines soldatischen Mutes, schob sein Schwert wieder in die Scheide zurück und bekreuzigte sich. Eine Vision konnte ein Zufall sein oder auch ein Irrtum, aber zwei voneinander unabhängige Visionen kamen der Gewißheit bedrohlich nahe. Wie viele andere mochten wohl einen Blick auf eben jene dunkle Gestalt erhascht haben und hatten ihr Wissen für sich behalten, so wie er es getan hatte? Er spürte, wie die Haut seines Unterarms zu prickeln begann. Sollte ihr so hart erstrittener Friede dermaßen kurz gewesen sein?

»Was wird er diesmal über uns bringen?« fragte Osric den ungerührten Himmel über sich.

Einen Augenblick später riß er sich zusammen und ging mit langen Schritten auf das Hospital zu, während er entlang des Wegs einige Männer von ihren Arbeiten wegholte. Auf Simeons Geheiß und angestachelt von seinem eigenen, scharfen Instinkt würde er dafür sorgen, daß man die Frau und den Jungen unverzüglich nach St. Peter brachte.

KAPITEL 13

Elvira wurde mit einem Boot aus der Kapelle von St. Thomas herbeigebracht, unkenntlich in ihrer langen, grauen Kutte und das Haar verborgen unter einem großen, weißen Schleier. Nur ihre Augen und die lange, tiefe Narbe an ihrem linken Unterarm verrieten ihre wahre Identität, und beides hielt sie wohlverborgen, ihre Augen unter demütig gesenkten Lidern und die Narbe in den weiten Ärmeln ihrer Robe. Sie stand in der Mitte der Gruppe, eine Schwester unter vielen, so still und unverdächtig, daß niemand auf die Idee kommen würde, wie gut gerade diese eine Frau beschützt wurde.

Simeon wartete zusammen mit zwei weiteren Priestern in der Nähe der zerstörten Kirche von St. Martin und beobachtete den überfüllten Landesteg, an dem Elviras Boot anlegen würde. Osric war ebenfalls da, um das Boot in Empfang zu nehmen, und neben ihm stand Thorald, der heißblütige Priester mit dem Temperament eines Bullen, der in der Kirche von St. Nicholas am Hafen diente. Ein jeder der Männer trug ein Kurzschwert und einen Dolch unter seinem Umhang verborgen, und betrachtete die Männer und Frauen neben sich argwöhnisch. In Elviras Begleitung waren zwei Mönche und ein junger Priester aus der Kapelle selbst. Auf Osrics Anweisung hin waren noch weitere Männer von St. Catherine, St. John, St. Andrews und St. Peter herbeigekommen. Alle waren bewaffnet und hatten Geistliche mitgebracht, denen sie vertrauen konnten. Insgesamt waren es neunzehn Männer, fast zwei Dutzend, die da bereitwillig Elvira das Geleit geben wollten, und doch fürchtete Simeon, daß ihr ein Leid geschehen könnte. Zwei Jahre des Friedens hatten sie seit dem großen Feuer und der schwierigen Zeit danach genossen, obwohl sie die ganze Zeit über gewußt hatten, daß dieser Friede nur durch strengste Vorsichtsmaßnahmen aufrechterhalten werden konnte; Simeon hatte keinen Augenblick lang aufgehört, sich um Elvira und den Jungen zu sorgen. Diese neuen Ereignisse hatten ihn zutiefst aufgewühlt, der kurze Blick auf eine

Schattengestalt im Wald, und jedesmal, wenn er daran dachte, betete er zu Gott, daß er sich geirrt hatte.

»Zwei Männer, da drüben bei der Ruine«, flüsterte Osric seinem Begleiter zu, während seine Hand unwillkürlich zu dem Schwertgriff an seinem Gürtel fuhr. »Ich habe sie gesehen«, erwiderte Thorald. »Der eine ist Sir Guy de Burtons Mann, der andere ein Kaufmann aus Durham. Sie sind hier, um sich mit de Fighams Unterhändler zu treffen.«

Er drehte sich um, um eine Gruppe von Leuten abzusuchen, dann heftete sein Blick sich auf eine bekannte Gestalt. »Der stämmige Mann mit der grünen Kapuze da drüben. Ich möchte meinen, er erwartet noch mehr Speisen für seine festliche Tafel.«

»De Figham!« Osric spie den Namen beinahe aus. »Dieser Priester mit dem schwarzen Herzen wird seine Schiffsladung liebend gern gegen die unsere tauschen, wenn ihm zu Ohren kommt, was wir da erwarten.«

Thorald lächelte grimmig und straffte seine gewaltigen Schultern. »Wenn das so wäre, hätte er eine ganze Streitmacht hergeschickt. Unsere Waren sind wohlbehütet, Osric, und unsere scharfen Augen und Schwerter werden dafür sorgen, daß das auch so bleibt.«

Das kleine, flache Boot näherte sich langsam dem Landesteg. Schwer beladen mit Waren und Menschen lag es tief im schlammigen Wasser, während der Bootsmann und seine Gehilfen es mit Staken weiterbewegten. Augenblicklich erkannte Simeon Elvira in dem dichten Gedränge der Passagiere. Sie unterschied sich in nichts von ihren Mitreisenden, und doch konnte er sie selbst aus dieser Entfernung sofort ausmachen. Es war sein Herz, mit dem er sie zuerst erkannte, und bei ihrem Anblick beschleunigte es seinen Schlag.

Er betrachtete die wogende Masse der menschlichen Wesen, die dem Landesteg zuströmte, das Gedränge hinter ihm und die Massen links und rechts vom Steg. Seine Hand glitt unter den Umhang und legte sich um den Griff seines Schwertes, damit er beim ersten Anzeichen von Schwierigkeiten bereit war. Sein ebenmäßiges Gesicht war starr vor Konzentration, seine blauen Augen durchdringend, seine Sinne geschärft gegen jede Gefahr an diesem vor Menschen wimmelnden Ort. Das Boot wurde festgemacht, und die Passagiere stiegen aus, wobei die Bootsmänner die ersten grob mit den Ellbogen beiseite stießen, um für jene, die weiter hinten gingen, Platz zu schaffen. Elvira hob nur ein einziges Mal den Kopf und wandte ihr Gesicht in seine Richtung; danach hielt sie den Blick streng gesenkt.

»Gott behüte Euch, meine Lady«, flüsterte er, bevor er in Begleitung seiner Priester der Gruppe in sicherem Abstand durch das Gedränge vor dem Münster folgte. Seine Nase nahm den Geruch versengten Holzes wahr. Hier am Münster hatte man wie an so vielen anderen Orten die verkohlten Balken mit neuen geflickt, so daß das saubere neue Dach nach wie vor nach Feuer roch. Wie immer stimmte ihn dieser Gedanke traurig. Das Münster stand auf dem wertvollen Land des Erzbischofs von York, und seine Kanoniker waren, was die Zukunft der prachtvollen Kirche betraf, geteilter Meinung. Wie eh und je strömten die Pilger in Scharen dorthin und brachten Opfergaben und Geschenke mit sich, und den Interessen des heiligen John wurde so wenigstens auf erbärmlichste Weise gedient. In Ermangelung an Geld war der Kirchturm bislang nicht restauriert worden, und während die alten Männer und die Profitmacher angesichts dieses Problems den Kopf schüttelten, blieb St. John eine geisterhafte, rußgeschwärzte Ruine. Mittlerweile waren alle Kirchenfenster blind geworden und die Türmchen und Vorsprünge an vielen Stellen abgebrochen. Einen Augenblick lang lenkte eine qualvolle Erinnerung Simeon ab. Als das Feuer sich ausbreitete, hatte er dort oben unter dem Dach in der Falle gesessen, und ohne die Gnade Gottes und den Mut eines kleinen Jungen wäre er mit allen anderen in den Flammen umgekommen. Heute war ihm das Ganze kein Rätsel mehr, denn er glaubte, verschont worden zu sein, weil sein Leben einen bestimmten Sinn hatte.

Sie kamen am Münster vorbei in die Eastgate, wo neue, baufällige Hütten wie Pilze aus dem Boden geschossen waren. Die Hütten schmiegten sich an die Ufer des stinkenden Grabens, der parallel zu den Mauern von St. Peter verlief und auf die Becke zufloß. Einige Priester arbeiteten noch immer an der Wasserstelle und teilten die frischen Wasservorräte von St. Peter mit jenen, die ihrer bedurften, und spendeten den Menschen, die in Scharen zu ihnen strömten, Trost, so gut sie konnten.

Simeon blieb weiter wachsam, bis die Gruppe aus Frauen und Priestern sicher über die kleine Brücke gegangen war und die Tore in den Mauern der Umfriedung passiert hatte. Dort verabschiedeten sich die Wachen, um ihren verschiedenen mittäglichen Pflichten nachzukommen, denn es war fast Zeit für den Gottesdienst, und schon bald würde auf den Tischen im Refektorium das Mittagsmahl aufgetragen werden.

Als Osric sprach, konnte man aus seiner Stimme deutlich die Erleichterung heraushören. »Es ist geschehen, wie Ihr es gewünscht habt, Simeon. Sie ist jetzt unter unserem Schutze sicher.«

»Und der Junge?«

Der Hospizbruder lachte und zuckte mit den Schultern. »Eure eigene Regel besagt, daß die beiden niemals zusammen reisen dürfen, weil das Verdacht erregen könnte. Der kleine Peter wird zu seiner Zeit und auf seinem eigenen Weg zu uns gelangen.« Dann schüttelte er den Kopf und warf Simeon ein schiefes Lächeln zu, bei dem ein abgebrochener Zahn sichtbar wurde. »Es heißt, er sei aus einem Raum verschwunden, aus dem nicht einmal eine Ratte herauskönnte. Dieser Junge hat gelernt, wie durch Zauberei zu kommen und zu gehen.«

»Der heilige Petrus selbst besaß die besondere Gabe, zu binden und zu lösen. Auch ihn konnte kein Schloß aufhalten«, rief Simeon dem anderen ins Gedächtnis. »Vielleicht hat Peter seine Talente von seinem Namenspatron geerbt.«

»Oder sie ihm auf andere Weise entwendet«, fügte Osric mit gespielter Mißbilligung hinzu. Dann warf er seinem Freund einen suchenden Seitenblick zu und fragte: »Ist Euren Sorgen jetzt ein wenig geholfen, Simeon?«

Er nickte. »Ich habe die Gestalt nicht ganz deutlich gesehen und kann noch nicht einmal beschwören, ob ich sie überhaupt gesehen habe. Trotzdem sind wir, wenn Peter und Elvira bei uns sind, besser vorbereitet, und wenn wir tatsächlich in Gefahr sind …«

»Wenn?«

»Dann wird er wiederkommen und sich zeigen. Bis dahin können wir nichts tun als abwarten und unsere Feinde im Auge behalten.«

»Euer Vertrauen in diese Erscheinung erstaunt mich, Simeon. Das einzige, was ich sicher weiß, ist, daß sie immer irgendwelches Unglück im Schlepptau hat.«

Jetzt lächelte Simeon abermals. Es war das Lächeln eines Priesters, eines Mannes, dessen Glaube so beständig und doch so ungewiß war wie das flackernde Licht einer Kerze. Tausend Dochte konnten daran entzündet werden, ohne daß die ursprüngliche Flamme verlöschte. Manchmal flackerte sie, denn auch sie war verletzlich, aber in aller Einfachheit hatte sie die Macht, einen ganzen Wald in Flammen zu setzen oder mit ihrem bescheidenen Glühen die dunkelste Nacht fernzuhalten.

»Er wird uns nicht im Stich lassen«, sagte der blonde Priester mit stiller Überzeugung. »Es ist das Los eines jeden Menschen, sein ihm bestimmtes Maß an Unglück zu tragen. Wie sehr wir uns auch bemühen werden, dem Schicksal aus dem Weg zu gehen, das Unglück wird uns am Ende immer in seine Fänge bekommen. Aber seid dessen versichert, er wird kommen, wenn wir ihn brauchen. Er wird, denn auch er muß den Jungen beschützen.«

Der große John begann zur Mittagsmesse zu läuten und erinnerte die beiden Männer an ihre anderweitigen Pflichten. Simeon verrichtete das Mittagsgebet in einer stillen Ecke seines Skriptoriums, an einem kleinen Steinaltar. Seine Geistlichen und Kopisten knieten neben ihm, ihre Stimmen leise und sanft, während das Kerzenlicht goldene Strahlen über das silberne Kreuz mit der tragischen Gestalt des gekreuzigten Christus sandte. Sie hatten mittlerweile das Angelus erreicht, das Gebet, das in Erinnerung an die Menschwerdung Christi an jedem Tag bei Sonnenaufgang, zur Mittagszeit und bei Sonnenuntergang gesprochen wurde. Da plötzlich wurde sich der am Boden kniende Priester bewußt, daß noch jemand im Raum weilte. Seine Konzentration ließ nach, seine Augen öffneten sich, und danach war es ihm fast nicht mehr möglich, seine Gebete zu Ende zu bringen.

Der Weg von der Kapelle von St. Thomas jenseits der Keldgate-Barre bis zu Simeons Skriptorium war gewunden und zwei Meilen lang. Peter war allein gekommen, mit keinem Schutz außer einem Holzkreuz und seinem Mut. Er war über einen gefährlichen und geheimen Weg gekommen, war Höhlen und Strömen unter der Stadt gefolgt und hatte die zwei langen Meilen in fast völliger Dunkelheit unterhalb der Erde zurückgelegt. Jetzt wartete der Junge auf das Ende des Gottesdienstes und gab acht, daß niemand ihn sah, aber er wußte, daß sein Pate seine Anwesenheit gespürt hatte.

Das Skriptorium von St. Peter war ein geräumiges Gebäude aus solidem, dauerhaftem Yorkshirestein. Der schwere Dachstuhl wurde von einem komplizierten Netzwerk von Stangen aus dem Holz der Eiche, der Eibe und des Weißdorns verstärkt und war mit Putz und Blei gedeckt, so daß die Unbilden des Wetters sicher ferngehalten wurden. Zwei Fensterreihen hoch oben in der Mauer, mit kräftigen Riegeln gegen Eindringlinge versehen, ließen soviel Tageslicht ein, wie Simeon und seine Schreiber benötigten. An einem Ende des Baus standen zwei kunstvoll geschnitzte Bibliotheksstühle, daneben Pulte für die Schreiber, ein paar Tische und Schlafbänke sowie ein großer, steinerner Herd. Über die Hälfte des Raumes zog sich eine auf Balken ruhende Zwischendecke hin, so daß unter dem Dach ein etwas abgeschiedenerer Bereich zur Verfügung stand. Es gab nur eine einzige, von Metallstreben verstärkte Holztür, durch die man in das Skriptorium hineingelangen konnte, und diese war auf der Innenseite mit einem schweren Eichenkeil verriegelt.

In der Mitte des Skriptoriums befand sich ein alter, trockener Brunnen, dessen Öffnung halb von Steinen und Kleidern zugedeckt wurde, um in dem engen Bereich, der dem Kamin am nächsten lag, zusätzliche Sitzplätze zu schaffen. Darüber lag ein altes Eisengitter, dessen Verschlüsse und Angeln schon vor langer Zeit durch Rost unbrauchbar geworden waren.

Noch immer war ganz unten im Brunnen das laut fließende Wasser zu hören, aber wie so viele der älteren Ströme und Quellen Beverleys war auch dieser im Laufe der Jahrhunderte zu einem kleinen Rinnsal versickert. Jetzt war der Wasserstand zwei Ruten tief gesunken, das entsprach der Höhe von sechzehn Männern, die einander auf den Schultern standen, also zu tief, als daß man das Wasser mit einem einfachen Seil und einem Eimer hätte erreichen können. Viele Dankgebete waren dafür gesprochen worden, daß bisher noch nie eine Schlammwoge in diesem Brunnen aufgestiegen war. Wäre es anders gewesen, hätte der Schlamm den Brunnen in diesem ansonsten so gut gesicherten Gebäude gesprengt und viele kostbare Bücher und Manuskripte zerstört, und all jene in seinem Innern hätten gewiß ihr Leben verloren.

Endlich war die Messe vorüber, Simeon entließ seine Geistlichen und Kopisten zum Mittagsmahl ins Refektorium. Dann verriegelte er die Tür, ging mit langen Schritten zu dem Brunnen hinüber und sprach in dessen hohle Tiefen hinein.

»Komm heraus, Junge. Zeige dich.«

Auf der Stelle schlängelte sich eine kleine Hand zwischen die Gitterstäbe und schob einen durchgerosteten Teil des Gitters zur Seite. Die entstandene Öffnung war groß genug für einen Mann und ließ sich nun mit einem Quietschen ihrer widerwilligen Angeln öffnen. Simeon hielt das Gitter mit einer Hand fest und zog mit der anderen den Jungen hoch, bevor er das Brunnengitter wieder vorschob.

»Gott segne dich, Peter«, sagte er steif.

»Gott segne Euch, Pater«, erwiderte Peter ernst. Dann breitete Simeon die Arme aus, und der Junge sprang auf ihn zu und schlang seine mageren Arme um Simeons Hals, seine Beine um dessen Taille.

Für lange Sekunden hielt der hochgewachsene Priester den Jungen fest, mit einer stillen Freude über den kleinen Leib, der sich an ihn drückte. Solche Umarmungen erfüllten sein Herz mit einem Gefühl des Triumphes. Dies war sein geliebter Patensohn, der ihm so teuer war, als wäre er ein Kind seiner eigenen Lenden. Für Peter hatte er sein Schwert öfter mit Blut befleckt, als er zählen konnte, hatte furchtlos gegen jene gekämpft, die wie die Männer des Herodes gekommen waren, um ein unschuldiges Kind zu ermorden. Um den Jungen zu beschützen, hatte er sich den Gesetzen seiner Kirche widersetzt und seinem eigenen Erzbischof offen getrotzt, und er würde dasselbe immer wieder tun, wenn es von ihm verlangt wurde. Vielleicht würde er nie verstehen, warum er mit einer solchen Aufgabe betraut worden war, und in seinem Innersten brauchte er es auch nicht zu wissen: die Liebe war genug.

Jetzt stellte er Peter auf den Boden und setzte sich auf einen niedrigen Hocker, um ihn mit den scharfen Augen eines Vaters zu mustern. Der Junge war dünn und klein für seine zehn Jahre, aber mit einer guten Gesundheit gesegnet und mit einem drahtigen Leib, der für ihn wichtiger war als bloße Muskelkraft. Sein Gesicht war schmal und sehr blaß, die Züge jene eines Aristokratenkindes und die Augen von einem klaren, kräftigen Blau unter einem Schopf schönen, blonden Haares. Elvira nannte ihn schön, eine unpassende, weibliche Beschreibung für einen Jungen, aber manchmal, wenn Simeon in dieses fein geschnittene Gesicht schaute, fand er selbst kein besseres Wort. Peter *war* schön. Außerdem war er viel klüger, als seine Jahre dies ahnen ließen, und seine Ernsthaftigkeit, die man je nach Bedarf heilig oder finster nennen konnte, strafte sein zartes Alter Lügen.

»Was du da gestern getan hast, war sehr tapfer«, sagte Simeon jetzt zu ihm. »Pater Richard ist uns allen ein treuer Freund. Du hast ihm das Leben gerettet. Gott segne dich dafür, mein Junge.« Dann sah er dem Jungen fest in die Augen und fragte: »Woher wußtest du es?«

Ein winziges Stirnrunzeln spielte über Peters Augenbrauen. »Ich bin dorthin gegangen, wo ich gebraucht wurde«, sagte er nach einer Weile.

Simeon nickte. Der Junge besaß sowohl Intuition als auch Intelligenz. Die Berichte über die Flut hatten ihn zu sofortigem Handeln veranlaßt. Für ihn war das eine ganz einfache Sache.

Er zog den Jungen abermals an sich und zerzauste ihm das weiche, blonde Haar. »Komm, mein Junge. Du sollst zusammen mit Osric und Antony dein Mittagessen im Refektorium einnehmen. Pater Thorald ist auch bei ihnen und hat zweifellos hundert Geschichten zu erzählen, die er alle gerade eben erst von Seeleuten und Händlern im Hafen gehört hat.«

Vor dem Skriptorium nahm er Peters Hand und rief zwei Priester herbei, die an der Tür Wache stehen sollten. Dann ging er mit dem Jungen an seiner Seite den langen Abhang zum Refektorium in der Nähe der Südmauer hinunter.

Zu seiner Rechten lag das halb zerstörte Münster vor der alten Umfriedung von Eastgate. »Eines Tages«, sagte Simeon mit einem Flüstern, das trotz der geringen Lautstärke eine wilde Entschlossenheit verriet, »eines Tages wird unsere heilige Kirche wieder ein Denkmal der Ehre Gottes sein.«

»Das wird sie bestimmt«, erwiderte der Junge.

»Und der Schrein des heiligen John wird seinen rechtmäßigen Platz wieder einnehmen. Kein Mann und keine Frau sollen dann jemals wieder ihre bedürftigen Seelen vor einem Altar entblößen, in dem kein Heiliger ruht.«

»So soll es sein«, wiederholte der Junge leise, und Simeon spürte das mittlerweile schon so vertraute Prickeln auf seiner Kopfhaut, als er die stille Überzeugung in den Worten des Knaben hörte.

Sie sahen einander fest in die Augen, der Priester und sein geheimnisvoller Patensohn, und in diesem Blick stand eine Last von Vertrauen und Aufrichtigkeit, die zu tragen sich keiner von beiden weigern konnte. Eine Sekunde lang sah Simeon sich wieder so wie er vor zehn Jahren gewesen war: in den Armen einen nackten Säugling, während ein unheiliger Sturm das Münster auseinanderriß und das große Ostfenster in tausend tödliche, durch die Luft fliegende Glas- und Bleisplitter verwandelte. Ein einfacher Schreiber war er damals gewesen, einsam und lahm, ein Priester mit schwachem Glauben und geringem Ehrgeiz. Als Peter nach Beverley gebracht wurde, hatte sich für ihn alles geändert.

So soll es sein, hatte der Junge gesagt, und Simeon wußte, daß es so werden würde – zu dem Zeitpunkt, den Gott dafür bestimmt hatte.

KAPITEL 14

Als Simeon den Jungen Osrics Obhut anvertraute, erschollen die Glocken, um den Beginn der Gebete zur Festtagsprozession des Heiligen einzuläuten. Er wandte sich von der Refektoriumstür ab und erblickte Elvira, die aus der Kirche kam. Die Besonnenheit verbot es ihm, sie zu begrüßen, und statt dessen ging er hinter ihr her, während sie sich langsam dem Skriptorium näherte. Die Priester, die dort Wache standen, traten zurück, um sie durchzulassen, und Simeon folgte ihr schweigend. Sie stand mit dem Rücken zu ihm neben dem Brunnen, als er sich durch die Tür duckte, und löste den verhaßten Schleier von ihrem Haar. Jetzt, da er ihre schlanke Gestalt sah und ihre sanfte, weibliche Gegenwart in seinem Heim spürte, befreite sich sein Herz von allem. Sie war die Frau, die er liebte, seine irdische Freude und eine beständige Quelle des Trostes. Mit beiden Händen legte er den schweren Riegel vor die Tür, so daß er in seiner eisernen Halterung klirrte. Bei diesem Geräusch drehte sie sich um, und ihr rabenschwarzes Haar fiel über ihre Ellbogen und schimmerte im Sonnenlicht, das durch die Fenster hereinströmte. Ihr Blick wurde weicher, so wie es immer geschehen war, seit sie sich vor einem Jahrzehnt zum ersten Mal begegnet waren; ihr ganzes Herz lag in ihren Augen. Ohne ein Wort kam sie auf ihn zu, und er nahm sie fest in die Arme, drückte ihren weichen, warmen Leib gegen seinen eigenen.

»Elvira ...« Wie ein Stöhnen entrang sich ihm ihr Name, und ihn erfüllte jetzt wie jedesmal, wenn er sie so fest in den Armen hielt, die Resignation eines Ertrinkenden, der sich dankbar nach der Umarmung des Todes sehnt. Die Zeit war lange vorüber, in der er versucht hatte, sich seinen Empfindungen für sie zu verschließen. »Elvira ...«

»Mein Geliebter ...«

Ihre Stimme war heiser vor innerer Bewegung. Sie klammerte sich an ihn und hob ganz langsam den Kopf, um eine Spur von Küssen auf seinem gesenkten Gesicht zu hinterlassen, bevor ihr Mund mit verstohlener Leidenschaft den seinen suchte. Er neigte den Kopf noch tiefer, voller Sehnsucht, den Geschmack ihrer Lippen zu kosten, und einen Augenblick lang standen sie völlig reglos da, ihre Münder nicht mehr als einen Hauch voneinander entfernt. Er hörte sie ein einziges Mal seinen Namen flüstern, spürte das Wispern zwischen seinen eigenen geöffneten Lippen, und in dieser Sekunde war Simeon verloren, verloren für Gott und für sich selbst, denn sein Innerstes verlangte nach ihr.

Ein Klopfen an der Tür ließ sie auseinanderfahren, ein kurzes Signal, mit einem Dolchgriff auf das Holz getrommelt. Osrics Zeichen. Simeon löste sich von Elvira, ihr Gesicht noch immer mit beiden Händen umfangen, denn es widerstrebte ihm zutiefst, seinen Blick von dem ihren zu lösen. Er seufzte tief und von Schmerz erfüllt. Er war ein Priester und an einen feierlichen Keuschheitseid gebunden, den seine Kirche weder von ihm verlangt noch benötigt hatte. Es war ein Schwur, den er aus freiem Willen geleistet hatte, ein Handel zwischen sich und Gott. Elvira war die Frau eines anderen Mannes, und Simeon hatte sie all die Jahre bei sich behalten als Mutter seines Patensohnes und zu seinem eigenen Trost. Ihre Liebe zerriß das geordnete Gefüge seines Lebens, seiner Berufung und seiner Gelübde, und doch wußte er, daß keine Macht auf Erden sie jemals würde trennen können. Sie begingen keine Sünde und doch war es eine; sie taten etwas Falsches, aber es war nicht wirklich falsch. Selbst in all ihrer Unschuld verstieß ihre Liebe gegen jedes Gesetz, nur nicht gegen das Gesetz Gottes. Nur sehr langsam und widerstrebend ließ er sie los, und selbst als er schon auf die Tür zuging, hielten ihre ausgestreckten Hände einander immer noch fest, als wollten ihre Finger sich um keinen Preis voneinander lösen.

Osric trat mit einem großen Tablett aus Holz, auf dem sich Speisen und Getränke türmten, in das Skriptorium. Er sah den trostlosen und unglücklichen Ausdruck auf Simeons Gesicht und wußte, daß er zum falschen Zeitpunkt gekommen war. Die Wangen der Frau waren gerötet, ihre Augen funkelten wie poliertes Ebenholz, und auch das verräterische Zittern ihrer Hände entging ihm nicht. Ihre Schönheit hatte immer noch die Macht, ihn zu überraschen. Ihm schien, als sei die Zeit für sie stehengeblieben, denn sie wurde immer schöner, während andere Frauen verblaßten. Und mehr noch, sie trug ihre keusche, von Unglück gezeichnete Liebe wie einen Strauß voll erblühter Blumen, unberührt von Bitterkeit oder Bosheit.

»Wir danken Euch, mein Freund, für Eure Aufmerksamkeit«, sagte Simeon und half ihm dabei, das schwere Tablett auf den Tisch zu stellen, und Osric fühlte, daß der jüngere Mann sich auch für die Störung bedankte. Die entgegen aller menschlichen Natur unterdrückte Leidenschaft des Priesters war in seiner Stimme zu hören, und in seinen Augen vermischten sich Traurigkeit und Resignation.

Osric schaute von Simeon zu Elvira und fühlte sich angesichts der Verschwendung, die eine solche Liebe bedeutete, in seiner eigenen Männlichkeit gekränkt. Der Priester quälte seine Sinne mit dieser Frau. Er trieb seine feierlichen Eide auf die Spitze, ohne zu wissen, wo die Grenze lag, und verwehrte sich und ihr die Freuden, die ihre Liebe verlangte. Simeon hielt seine Schwüre, und indem er das tat, verdammte er auch Elvira zu einem keuschen Leben. Osric hielt seinen Freund für einen Narren; für ehrlich, aufrichtig, mutig, aber einen Narren. Gott in seiner unermeßlichen Güte würde einen guten Mann niemals zwingen, sich wortwörtlich an einen wohlgemeinten Schwur zu halten. Und wenn Simeon seinen treuen Freund um Rat fragen würde, würde er ihm nur allzu gerne antworten: »Nimm sie dir und sei verdammt.«

Sie nahmen ihr Mahl in ungewohnter Verlegenheit ein, und ihre Unterhaltung wirkte gezwungen, bis eine kleine Gruppe von Männern sich zu ihnen gesellte. Peter schlüpfte zwischen ihren Beinen hindurch, um Simeon das Buch, das man ihm geschenkt hatte, zu reichen, eine umfangreiche Chronik über das Leben des heiligen Johannes, des Evangelisten, verfaßt in lateinischer Sprache von einem ausländischen Gelehrten hohen Ranges.

»Von Pater Thorald«, erklärte der Junge stolz. »Das Buch ist mit dem Schiff von Athen hierhergekommen, in einer mit Blei eingefaßten Kiste mit silbernen Schließen.«

»Ein schönes Geschenk«, erwiderte Simeon. »Behüte es wohl. Für eine hungrige Seele haben die Worte von Schreibern und Gelehrten einen Wert, der den des Goldes weit übersteigt. Ein Buch wie dieses kann einen armen Mann aus der Gosse emporheben und ihn unermeßlich reich machen.«

»Aber Pater, ist es nicht eine Sünde des Stolzes, wenn ein Mann über den Platz hinausstrebt, den Gott ihm bei seiner Geburt zugemessen hat?«

»So berichtet uns das Buch der Bücher, und es hieße, die Sünde der Undankbarkeit zu begehen, ihm nicht zu glauben«, sagte Simeon, »aber der Geist ist das Lebensblut der Seele. Wer ihn verschwendet, läßt seine Seele hungern, und das ist gewiß die größere Sünde.«

»Ja, Pater.« Peters Gesicht war ernst, und seine weit geöffneten Augen blinzelten nicht ein einziges Mal, während er zu dem Mann emporschaute, der sein Hüter und sein Lehrer war. Solche Männer sollten ihr ganzes Leben lang im Sonnenlicht wandern, und keine einzige Wolke und kein Schatten sollten ihren Seelenfrieden gefährden. So sollte es sein, aber in der Dunkelheit neben der Nordbarre hatte Peter *den anderen* gesehen und wußte, daß schon bald ein Schatten auf Simeon fallen würde.

»Peter? Was soll das ernste Gesicht? Was betrübt dich?«

Peters kleine und kühle Hand glitt in die größere seines Paten. Ganz in Pater Cuthberts Überzeugung, daß sich für alle Dinge der richtige Moment fand und daß alle Worte zum rechten Augenblick gesprochen werden sollten, sagte Peter nun: »Ich habe die Zwillinge gesehen, Bruder und Schwester, die neulich nachts zu Euch gekommen sind, um Schutz zu suchen, Pater.«

Simeon nickte. »Das Mädchen ist sehr krank. Sie brauchte Osric, nicht mich.«

»Aber sie hat nach Euch verlangt.« Die kleine Stirn verzog sich zu einem nachdenklichen Ausdruck. »Sie ähneln sich aufs Haar, nur daß der Bruder größer ist. Fehlte auch das, wie sollten wir da den einen vom anderen unterscheiden?«

Simeon grinste und drückte die Hand seines Patensohnes. »Peter, mein Junge, wir könnten sie unterscheiden, wie wir einen Bock vom Mutterschaf unterscheiden können. So, jetzt geh zu deiner Ziehmutter, während ich meine Freunde begrüße.«

Als Peter sich zum Gehen wandte, nickte Antony von Flandern Simeon in stillem Gruß zu.

»Gott segne und behüte Euch, Simeon.«

»Und Euch ebenfalls, mein Freund. Wie sind die Stiefel?«

»Viel zu groß, aber trotzdem ein Geschenk, für das ich sehr dankbar bin, zumindest bis ich mir mit meiner Bettelei ein ordentliches Paar Sandalen verdient habe.«

»Wir wollen Gott danken, daß Eure abgetretenen, alten Sandalen für immer verloren sind.«

Antony grinste und rieb sich sein sonnengebräuntes Gesicht. Es war hager und tief zerfurcht, mit einer langen, geraden Nase und einem schmalen Bärtchen am Kinn. Blickten seine klaren Augen, die von einem wenig bemerkenswerten Blau waren, auch häufig ratlos und argwöhnisch, so leuchtete in ihnen doch das Licht wahren Mitleids für seine Mitmenschen.

Als Sprachkundiger von großem Rang wurde der Mönch von den vielen Pilgern, die nach Beverley strömten, sehr bewundert. Ein fremder Pilger konnte tatsächlich von Glück sagen, wenn er hier, weit entfernt von seiner Heimat und ermüdet von den vielen Meilen der langen Reise, auf einen Mann traf, der seine Muttersprache beherrschte.

Antonys wahre Herkunft kannte keiner. Selbst die Behauptung, daß er in Flandern geboren sei, war eine Spekulation, die nur durch ihre Zählebigkeit glaubwürdig geworden war. Manche behaupteten, er sei ein ehemaliger Verbrecher, der sich jetzt bemühte, seine zahlreichen Missetaten wiedergutzumachen. Andere meinten, er sei ein Heiliger, ein Märtyrer oder ein gefährlicher Heide, der sich als Mönch ausgab, ein wandernder Pilger, ein Vagabund oder ein Bettler. Ein Gerücht machte ihn zu einem Seemann, der in irgendeinem Sturm fern von hier Schiffbruch erlitten habe und an den Küsten vor Beverley gestrandet sei, nachdem er drei lange Jahre die Weiten der wilden Ozeane durchmessen habe und zum Gläubigen geworden sei, als er wieder an Land kam. Die

Mythen und Phantasiegeschichten, die Antonys Herkunft umspannten, waren Legion, und Simeon hatte niemals auch nur ein einziges Wort davon geglaubt. Es war immer besser, festzustellen, ob man einem Mann vertrauen konnte, ob er ehrlich oder unehrlich war, statt ihn lediglich nach seinem Stammbaum zu beurteilen.

»Irgendein Zeichen?« fragte Antony, und Simeon brachte ihn mit einem warnenden Blick auf Elvira zum Schweigen, bevor er den Kopf schüttelte und sah, wie der Mönch erleichtert aufatmete. »Ich bin froh. Letzte Nacht dachte ich ...«

»Was habt Ihr gedacht?«

»Ich dachte, vielleicht ...« Antony schüttelte den Kopf, als wolle er ein unerwünschtes Bild aus seinen Gedanken vertreiben. Ein hochgewachsener, schlanker Mann mit einer tief ins Gesicht gezogenen Kapuze war am Ende einer Straße vorübergekommen, mehr nicht. Ein flüchtiger Blick war alles, was Antony da beunruhigte, und das reichte wahrhaftig nicht aus, um Alarm zu schlagen. Alle nur möglichen Vorkehrungen waren getroffen worden, um den Jungen und seine Ziehmutter zu beschützen, und wenn niemand sonst die Gestalt gesehen hatte, und zwar deutlich, dann konnte man wohl meinen, daß sie überhaupt nie dagewesen war.

»Was habt Ihr gedacht letzte Nacht?« hakte Simeon nach.

Wieder schüttelte Antony den Kopf. »Daß die Flut wieder steigen würde«, war alles, was er zu sagen wagte.

Als habe der Priester die Lüge an seinem Gesicht erkannt und suche nun nach der Wahrheit, brachte Simeon ihn mit seinem ruhigen Blick für einen kurzen Moment aus der Fassung. Antonys Unbehagen wurde jedoch von Thorald beiseitegewischt, der an der Tür stehengeblieben war, um Elvira zu beobachten. Jetzt trat er vor, um Simeon zu begrüßen. Der Mann war sowohl der Statur als auch dem Ruhme nach ein wahrer Riese. Er maß ganze vier Zoll mehr als Simeon, welcher ebenfalls hochgewachsen war, und sein Leib, ein einziges Paket aus kräftigen Muskeln, war so üppig, daß er für zwei Männer von durchschnittlicher Größe durchaus gereicht hätte. Seine Brust war wohlgerundet, seine Schultern gewaltig, und seine Füße so groß, daß nur der Schuhmacher Gefallen daran finden konnte. Thorald mit seiner ungeheuren Kraft war es zu verdanken gewesen, daß der Hafen so kurz nach dem Feuer wieder eröffnet wurde. Seine Energie war es, die den Handel aufrechterhielt und dafür sorgte, daß die Boote mit den Hilfsgütern in der ganzen Stadt durchkamen, und seine Stimme und Geistesgegenwart war es, die die Seeleute, Händler und Pilger nach St. Nicholas zog, seiner im Werder – oder, wie es hier hieß, im Holm – gelegenen Kirche. Thorald de Holm war für das Überleben Beverleys genauso wichtig wie sein blühender Hafen. Und zu diesem Zweck hatte Gott ihn mit einem kräftigen Körper und der Lautstärke und dem Temperament eines Bullen ausgestattet.

Während Thorald Simeon an seine breite Brust preßte und ihm damit schier die Rippen brach, dröhnte sein Lachen nun wie der Donner selbst. Sie hatten sich bis zu ihrer angespannten Begegnung auf dem Landesteg an diesem Morgen mehrere Wochen lang nicht gesehen, und beide waren dankbar für dieses Wiedersehen.

»Gott segne Euch, mein Junge«, sagte Thorald voll echter Zuneigung, hielt dann den jungen Priester um Armeslänge von sich entfernt und grinste ihm ins Gesicht. »Allmächtiger, Ihr seid immer noch so schön wie ein Heiliger.«

Dann senkte er die Stimme zu einem leisen, knurrenden Ton und fügte hinzu: »Und diese Frau da könnte alle Heiligen des Himmels mit ihrer Schönheit in Versuchung führen. Wie steht es mit dem ›Schwur‹?«

»Unversehrt«, antwortete Simeon traurig. »Oder vielleicht wäre es ehrlicher zu sagen, ungebrochen.«

Der größere Mann sah ihn düster an, die grauen Augen scharf wie Stahl in seinem wettergegerbten Gesicht. »›Es ist besser, zu heiraten, als sich in Begierde zu verzehren‹, das meinte schon der heilige Paulus zu diesem Thema.«

»Es ist besser, sich zu verzehren, als Gott zu enttäuschen«, konterte Simeon.

»Gott hat Euch nicht um ein solches Opfer gebeten.«

»Nein, Thorald, ich habe es freiwillig gegeben. Er kennt mein Herz.«

»Jawohl, und Er kennt Eure Lenden«, beharrte Thorald. »Er weiß. Er hat Euch männlich und stark geschaffen, und wenn Ihr beweist, daß Ihr nicht mehr und nicht weniger seid, als er selbst es wünschte, dann werdet Ihr ihm immer noch gut genug dienen.«

Simeon lächelte. »Mein Freund, eine solche Logik ist mir nicht neu. Ich werde seit einem ganzen Jahrzehnt zwischen diesen beiden Begierden hin- und hergerissen, ohne zu wissen, welche mich verzehren wird.«

»Und so werdet Ihr von beiden verzehrt? Verdammt, Junge, Eure Logik ist mir unbegreiflich.«

»Ich habe einen feierlichen Schwur geleistet«, antwortete Simeon mit fester Stimme. Dann streckte er einen Arm aus, und Elvira trat vor, um ihre Hand in die seine zu legen. »Kommt näher, meine Lady, und begrüßt unseren lieben Freund Thorald, der gerade von der Werderkirche gekommen ist.« Und als erst Elvira zwischen den beiden saß, war das Thema seiner Keuschheit beendet.

»Welche Neuigkeiten gibt es von der Flut?« fragte Antony Thorald. »Wurde großer Schaden angerichtet?«

Der große Priester nickte und zog seine Augenbrauen zu einem wilden Stirnrunzeln zusammen. »Den Berichten zufolge sind zwanzig Menschen gestorben, als der Boden sich in der Nähe des Hafens aufgetan hat, wenigstens ein Dutzend Häuser sind zerstört, und viele Männer und Frauen werden immer noch vermißt. Die Krypta meiner Kirche ist schwer beschädigt worden, als die Steine von der unglaublichen Gewalt der Schlammassen auseinandergerissen wurden. Ein Teil des Friedhofs ist verloren, aber Gott sei gelobt, die Kirche selbst ist kaum beschädigt worden. Was den Hafen betrifft ...« Er breitete seine riesigen Hände aus und lächelte. »Unser gesegnetes St. Nicholas gibt gut acht auf Seeleute und Händler, so daß wir unter unseren Gläubigen kaum Verluste zu beklagen haben.«

»Dann ist Gott also doch barmherzig«, meinte Simeon und bekreuzigte sich.

Elvira schüttelte den Kopf, sagte jedoch nichts. Wie sehr sie ihr Herz auch erforschen mochte, sie konnte Gott nicht für jene danken, die er verschonte, ohne ihm ob jener zu grollen, denen er diese Gnade verwehrte.

Das Gespräch um das Refektoriumsfeuer wurde leiser und vertraulicher, während sie, die da ein gemeinsames Ziel verfolgten, die festen Bande der Freundschaft erneuerten. Der kleine Peter saß in einer Ecke am Feuer, den blonden Schopf über die Seiten seines lateinischen Buches geneigt. Während er die Augen fest auf die Seiten gerichtet hielt, schien er vollkommen in seiner Lektüre aufzugehen, aber ihm entging nicht ein einziges Wort von dem, was die Männer da sagten. Was Gespräche am Feuer und geflüsterte Unterhaltungen anbetraf, so waren Peters Ohren geübt, und seine Beschützer hatten gelernt, seine Talente zu respektieren.

Richard von Weel saß neben Elvira auf dem niedrigen Bänkchen, das den Brunnen umgab. Er fuhr sich mit der Hand über den Bart und beobachtete sie, während sie in die Dunkelheit starrte.

»Gott segne Euch, Elvira«, sagte er und erfreute sich an der Weichheit des Lächelns, das um ihre Mundwinkel spielte.

»Es ist schön, Euch wieder einmal zu sehen, Freund Richard«, erwiderte sie. »Letzte Woche habe ich Euch in einem Wettlauf mit Simeon beobachtet, und Ihr seid schnell zurückgeblieben. Wirklich eine Schande, denn schließlich seid Ihr jünger als er.«

»Aber mir fehlt seine Energie«, erwiderte Richard. »Vor vielen Jahren hat er sich geschworen, das Wunder der göttlichen Heilung nicht zu vergeuden, wenn er auch gezwungen ist, es vor der Öffentlichkeit zu verbergen. Die ungezählten Nächte, in denen er im Laufschritt die ganze Stadt durchmessen hat, haben einen wahren Athleten aus ihm gemacht. Unser lahmer Schreiber von St. Peter ist kein gewöhnlicher Mann.«

Elvira lächelte über diese Bemerkung und schaute zu dem hochgewachsenen Priester hinüber, der auf einem Hocker saß und mit seinen Freunden plauderte. Als spürte er ihren Blick, hielt Simeon in seinem Gespräch inne, um ihr den Kopf zuzuwenden und sie anzusehen, und in diesem Blickwechsel lag vieles, was Richard nicht recht zu deuten wußte. Als Elvira sich schließlich wieder zu ihm umdrehte, leuchteten ihre dunklen Augen, und sie wiederholte mit leiser Stimme: »Nein Richard, Simeon ist kein gewöhnlicher Mann.«

Elvira führte ein einsames und unstetes Leben, bald in diesem, bald in jenem Haus, und jedes neue Heim betrat sie mit dem Wissen, daß es sich nur um eine vorübergehende Heimstatt handelte, und jede Freundschaft, die sie schloß, mußte erst voller Argwohn beobachtet werden. Ihr Alltag folgte demselben starren Muster wie der Alltag der anderen Nonnen, nur daß sie niemals eine der ihren sein konnte. Sie trug die Kleider der Nonnen und aß ihr Brot und hielt ihre heiligen Gottesdienste ein. Sie unterwarf sich dem Schweigegebot und allen anderen Regeln gehorsam, und doch war sie, nachdem nun ein ganzes Jahrzehnt vergangen war, Simeons allwissendem und allmächtigem Gott nicht einen Schritt nähergekommen, als es der gewöhnlichen Grabenbauersfrau möglich gewesen war. Sie betete nicht, denn für sie war das Gebet nicht mehr als eine Wiederholung von Worten. Auch setzte sie kein Vertrauen in irgendwelche Weissagungen, denn für einen solch blinden Glauben stand sie zu sehr auf dem Boden der Tatsachen. Die Dinge, an die Elvira glaubte, waren sehr einfach. Sie wußte um unüberlegten Haß und reine Bosheit, um das Gute wie um das Böse in der Seele des Menschen, wußte um felsenfestes Vertrauen, grausame Gleichgültigkeit und wahre, einfache Liebe. Sie wußte von diesen Dingen und fürchtete oder achtete sie gemäß ihren eigenen menschlichen Stärken und Schwächen, aber alles andere war und blieb ihr ein Rätsel.

»Seid Ihr zufrieden, Elvira?« fragte Richard, der ihre Einsamkeit spürte, als sei sie körperlich greifbar.

Noch einmal schaute sie zu Simeon hinüber, und in die Dunkelheit ihrer Augen stahl sich ein sanftes Glühen. »Ich bin zufrieden«, sagte sie nickend. »Hier unter diesem Dach bin ich zufrieden.«

Als Simeon das Feuer im Kamin beobachtete, spürte er plötzlich Elviras Hand auf seiner Schulter und legte seine eigene Hand sanft auf die ihre. Eine Weile war er von vollkommenem Frieden erfüllt und teilte diesen stillen Moment mit jenen, die er liebte und denen er vertraute. Es lag ein großer Trost in der einfachen Kost, die sie teilten, in der Sicherheit des Riegels vor der Tür, dem tiefen Verständnis in ihren Gesprächen. Furcht hatte an diesem schönen Abend keinen Platz. Niemand hatte davon gesprochen, was er gesehen oder nicht gesehen haben könnte, und so redete Simeon sich jetzt ein, daß das, was er in dem Wald wahrgenommen hatte, ein Spiel von Licht und Schatten gewesen war, ein Spiel des Sonnenlichts in den Bäumen.

KAPITEL 15

Das Fest des heiligen Matthäus brachte neues Leben in die Stadt. Die Marktplätze waren zum Bersten voll, und an jeder Ecke, jeder Straße und jedem Gäßchen wurde alles Mögliche gekauft und verkauft und nach Herzenslust gefeilscht. Auf den Marktständen türmten sich Pasteten und Puddings, Kuchen und würzige Würste aus Innereien. Jeder Zoll des Bodens wurde ausgenutzt, die Tische bogen sich unter Werkzeugen, Kleidern und Schuhen, Tierhäuten und Lederwaren, unter Geflügel und wilden Vögeln oder auch Hunden, Katzen und Kaninchen, die darauf warteten, gehäutet und verzehrt zu werden. Dort, wo keine Stände mehr zu haben gewesen waren, breiteten viele Händler Decken auf dem Boden aus, um ihre Waren zur Schau zu stellen, während wieder andere sie in Säcken und Tuchschlingen mit sich trugen. Salz und Gewürze, Eier, Honig und Schmalz wurden neben Leinen und Haushaltswaren verkauft. Schweine wechselten den Besitzer, ebenso Korn und Weizenmehl. Blutwürste wurden gegen Wolle getauscht, Früchte und Gemüse gegen Kräuterkuchen.

Männer schulterten ihre Schweine und Schafe, Frauen trugen Körbe mit Gemüse und Brot, und selbst kleine Kinder boten Kräuter und wilde Blumen zum Verkauf an. Die Glocken einer jeden Kirche erschollen zu Ehren des Heiligen, und das Getöse nahm solche Ausmaße an, daß Gespräche nur noch möglich waren, indem sich die Menschen bis zur völligen Verausgabung ihrer Lungen gegenseitig anschrien.

Auf dem Kornmarkt bot man sogar den Schlamm, der das Haus des Erzbischofs überflutet und einen Priester zu Tode gequetscht hatte, als verkäufliche Ware an. In Stücke gehackt und klein genug, um ihn mühelos tragen zu können, wechselte der Schlamm im Austausch gegen allerlei Kleinigkeiten den Besitzer, und die Käufer hofften, in seinem Inneren irgendwelche Schätze zu finden.

Ein Händler in Mönchsrobe trug einen Sack geschnitzter

und bunt bemalter Tierknochen mit sich, von denen er sich einige an Lederriemen um den Hals gehängt hatte; angeblich waren die Knochen allesamt Reliquien von dem Leichnam oder dem Geburtsort eines Heiligen. Voller Enthusiasmus redete er auf die Menschenmenge ein, griff sich dann einen möglichen Käufer heraus und drängte ihm seine zweifelhaften Knochen und Zähne auf.

»Seht, hier ist eine Phiole mit Asche aus den Ruinen Sodoms, ein Knochensplitter aus dem Oberschenkel von Johannes dem Täufer, ein Holzsplitter aus dem heiligen Kreuz, ein Zahn, den man dem heiligen Lukas aus dem Kiefer gebrochen hat, eine Locke vom Kopf unseres Herrn Jesus Christus.« Die Bauern waren leichtgläubig, der Handel blühte, und jeder Hühner- oder Rindsknochen wurde zumindest an diesem Tag so verehrt wie der Heilige, den er darstellte.

Zur Mittagsprozession liefen noch größere Menschenmengen in den Straßen zusammen, um das Bildnis des Heiligen zu sehen oder vielleicht sogar zu berühren. Die Tragödien des gestrigen Tages waren vergessen. Musikanten und Jongleure, Harfenspieler und Narren liefen zwischen den Priestern einher, während Taschendiebe und Bettler dort, wo die Menge sich am dichtesten drängte, ihrem Gewerbe nachgingen. Das Bildnis wurde vom Münster aus zu jedem der fünf Stadttore und zurück getragen, zuerst zur Südbarre zwischen der Umfriedung von St. Peter und dem Hafen. Während der Heilige seinen langsamen, mühseligen Weg durch die ganze Stadt begann, wurden die Menschen immer ausgelassener, und die Fluten waren vergessen.

Innerhalb der Pforten von St. Peter wartete ein Mann, der behauptete, ein Unterhändler von Sir Guy de Burton zu sein, darauf, vorgelassen zu werden, während ein Priester seinetwegen zum Hospital geschickt wurde. In seiner Begleitung befanden sich vier Reiter, und obwohl er sich weigerte, das Kirchengelände zu verlassen, bevor er nicht mit Pater Simeon persönlich gesprochen hatte, waren seine Manieren ansonsten untadelig. Als der Mann den hochgewachsenen Priester zusammen mit dem Boten, der ihm pflichtschuldigst folgte, auf sich zukommen sah, war er zutiefst beeindruckt. Dieser Simeon wurde seinem Ruf wahrhaftig gerecht, und sogar noch mehr als das, denn wäre da nicht dieser lahme Fuß gewesen, den er so unbeholfen nachzog, hätte sich gewiß die Hälfte der Mädchen von Beverley nach ihm verzehrt.

Simeon betrachtete seinen Besucher und sah einen blonden, recht hübschen jungen Mann, der mit der ganzen Arroganz der Jugend und dem Selbstbewußtsein guter Herkunft auf seinem Pferd saß. Er hatte hellblaue Augen, und seine Wimpern, gerade wie die Borsten einer Bürste, waren von hellstem Blond, obwohl sein Haar stark gelockt und weder braun noch blond war, sondern in der Farbe irgendwo dazwischen lag. Das dichte, starke Haar verriet sein keltisches Blut ebenso wie der stämmige Körperbau und die Sommersprossen. Er trug einen prachtvollen Umhang, und seine Stiefel waren mit silbernen Schnallen geschlossen. Mit einem schnellen, warmen Lächeln beugte der junge Mann sich von seinem Roß herunter, um dem anderen die Hand zu reichen.

»Fergus de Burton«, sagte er, und seine Augen zwinkerten, während er sprach. »Ich kenne Euch gut, zumindest Eurem Ruf nach, mein Herr. Es ist mir eine Ehre, Euch endlich kennenzulernen.«

»Seid mir willkommen«, antwortete Simeon vorsichtig. Er musterte das lebhafte Lächeln des anderen Mannes, das gesunde Zähne entblößte und seinem Besitzer Grübchen in den Wangen bescherte. Zu diesem Lächeln gesellten sich feine Linien an den Schläfen, die die lachenden Augen noch unterstrichen, und ein Blick, der gleichzeitig offen und ernsthaft schien. Auch an dem Benehmen des jungen Mannes war nichts auszusetzen, aber Simeons Instinkte hießen ihn, sehr vorsichtig zu sein. Ein solches Übermaß an Charme konnte einen Menschen binnen Sekunden entwaffnen, und ein solchermaßen vor einem Fremden entblößter Mann war leicht zu betrügen.

»Ich bin auf der Suche nach dem Diakon des Erzbischofs, damit meine Wachen und ich ihn sicher zu seinem Herrn in

York zurückgeleiten können. Mit Eurer Erlaubnis, Sir, würde ich gerne mit ihm sprechen.«

»Ich weiß nichts von einem Diakon aus York«, erwiderte Simeon. »Wie unsere Türhüter Euch gleich bei Eurer Ankunft gesagt haben, haben wir seit vielen Monaten schon keinen Mann aus York mehr hier gehabt.«

»Die Zeugen von Cyrus de Figham behaupten etwas anderes.«

Weder das Lächeln noch die entspannte Haltung des Besuchers veränderte sich im geringsten, und allein deswegen mißtraute der Priester dem jungen Mann plötzlich.

»Dann befinden seine Zeugen sich im Irrtum – oder sie lügen. Hier war kein Diakon aus York.«

»Gewisse Leute beharren jedoch darauf, ihn hier gesehen zu haben. Vielleicht kann jemand anders ein wenig Licht in dieses Rätsel bringen? Wenn Ihr so freundlich wäret, Euch an meiner Stelle danach zu erkundigen, so daß ich, wenn der Erzbischof mich um meine Meinung fragt …«

Simeon verneigte sich zustimmend. Ihm war die hinter den Worten des anderen verborgene Botschaft nicht entgangen, daß es durchaus in seinem eigenen Interesse lag, dem Besucher zu Gefallen zu sein. Er würde de Burtons Bitte entsprechen, aber gleichzeitig diesen lächelnden Fremden gut im Auge behalten. Also rief er einige Priester mit ihren Helfern herbei und erteilte ihnen den Auftrag, in jedem Haus innerhalb der Mauern von St. Peter nach dem verschwundenen Diakon zu fragen. Dann bestellte er ein wenig Wein und bot seinem ungebetenen Gast an, auf der Steinbank neben der Tür des Hospitals Platz zu nehmen. Es entspann sich eine freundliche, wenn auch vorsichtige Unterhaltung, bevor der junge Mann schließlich bemerkte: »Ihr aus Beverley laßt eure Plünderer zur Abschreckung aufhängen und für jedermann sichtbar verfaulen.«

»So ist der Lauf der Dinge«, sagte Simeon.

»Und deshalb wird die ganze Stadt von hungrigen Krähen heimgesucht.«

»Auch das ist der Lauf der Dinge.«

»Und jetzt fliegen die Möwen von der Küste nach Beverley, um hier auf Fischfang zu gehen.«

»Mit dem Tod halten stets auch die Aasfresser Einzug.«

»Ah ja, so ist der Lauf der Dinge.«

Der junge Mann grinste, lehnte seinen Kopf an die Wand hinter der Mauer und wandte sein Gesicht dem heißen Funkeln der Sonne entgegen. »Manche macht der Lauf der Dinge blind, so daß sie sich mit allzu vielem abfinden. Hat es da der Soldat nicht besser, der eine scharfe Klinge führt und dem seine Feinde an Gestalt und Zahl bekannt sind, oder ein hoher Herr mit einer dicken Börse und einer treuen Wache vor dem Haus? Was meint Ihr, Pater Simeon?«

Der Priester sah seinem Besucher ins Gesicht und stellte fest, daß dieser seine Augen, um sie gegen das Leuchten des Himmels zu schützen, zu schmalen Schlitzen zusammengezogen hatte. »Wir verzichten auf unser Haar, mein Herr, nicht auf unsere Intelligenz.«

»Gut gekontert, Pater«, lachte Fergus de Burton. »Man hat mich gewarnt, daß Ihr ein Experte im Debattieren seid.«

»Man?«

»Eurer Ruf eilt Euch voraus, Pater Simeon. Ich habe mir schon lange gewünscht, Euch einmal in eine Unterhaltung zu verwickeln oder mit Euch jagen zu gehen, um meine Fähigkeiten mit den Euren zu messen. Man sagt, Ihr wäret auch ein Experte im Umgang mit dem Schwert und …« er warf einen argwöhnischen Blick auf Simeons Füße, bevor er hinzufügte: »… und das trotz Eurer Lahmheit.«

»Man sagt vieles«, bemerkte Simeon schulterzuckend.

»Das tut man tatsächlich.«

Als die Priester kopfschüttelnd zurückkehrten, saßen die beiden immer noch nebeneinander auf der Steinbank. Niemand hatte irgend etwas von dem verschwundenen Diakon gehört.

Fergus de Burton leerte seinen Becher und verbeugte sich respektvoll vor seinem Gastgeber, bevor er wieder in seinen reich verzierten Sattel stieg und nach den Zügeln griff.

»Ich danke Euch für Eure Geduld, Pater Simeon«, sagte er, und die Lachfältchen um seine Augen verzogen sich mit einem Lächeln, das die Grübchen in seinen Wangen noch stärker hervortreten ließ. »Bitte vergebt mir mein Eindringen und vergeßt nicht, daß andere beschwören würden, den Diakon hier gesehen zu haben.«

»Seid Ihr jetzt davon überzeugt, daß er nicht hier gewesen ist?«

»Das bin ich tatsächlich«, erwiderte de Burton mit funkelnden Augen. »Gleichgültig, wie viele Stimmen das Gegenteil behaupten mögen. Gott segne Euch, Pater Simeon. Ich werde jetzt nach York reiten und hoffen, ihn dort zu finden.«

»Gott sei mit Euch auf Eurer Reise«, erwiderte Simeon.

Die Tore schwangen auf, und die Männer ritten hindurch, angeführt von dem lächelnden Fergus. Simeon sah ihnen mit nachdenklichem Blick nach. Diese Begegnung hatte keinen anderen Zweck gehabt, als ihn davon in Kenntnis zu setzen, daß de Figham irgend etwas gegen ihn im Schilde führte. Die Motive des jungen Mannes dabei waren ihm nicht recht klar, und was ihm die größte Sorge bereitete, war das bemerkenswert einnehmende Wesen de Burtons. Kein Mann hatte es nötig, eine solche Fassade der Unschuld zur Schau zu stellen, es sei denn, dahinter sollte etwas verborgen werden.

»Ein netter junger Mann«, sagte der Priester neben ihm.

»Und beharrlich«, erwiderte Simeon.

»Das liegt vielleicht im Wesen seines Auftrags, aber in jedem Falle verfügt er nicht über die scharfe Zunge, für die seine Familie bekannt ist. Ich mochte ihn jedenfalls auf den ersten Blick. Wie schade, daß wir ihm nicht weiterhelfen konnten.«

Simeon runzelte die Stirn, als ihm klar wurde, wie mühelos der junge Mann diesen Priester für sich eingenommen hatte. »Ich glaube, wir haben ihm ganz gut weitergeholfen«, war seine grimmige Antwort, bevor er den anderen verblüfft stehenließ.

Die Festlichkeiten in Beverley dauerten bis weit in den Abend hinein und erreichten erst bei Sonnenuntergang ihren Höhepunkt. Zu diesem Zeitpunkt war bereits die Hälfte der Stadt betrunken, und als es zum *Couvre feu* läutete, befand sich kein einziger mehr von all jenen, die für diesen Tag als Feuerwächter eingesetzt worden waren, auf seinem Posten. Es blieb daher den Priestern und jenen Bürgern, die um die Sicherheit ihres Eigentums fürchteten, überlassen, herumzuwandern und dafür zu sorgen, daß die Feuerstellen gesichert und die Herdfeuer gelöscht wurden.

Seit jeher war es Sitte, daß sich angesehene Lehrer mit Erlaubnis und unter dem Schutz der Kirche in den Städten ansiedelten, die eine beträchtliche Anzahl von Schülern anzogen. Beverley mit seiner schon seit langem bestehenden Lateinschule und seiner glanzvollen Stiftskirche bildete da keine Ausnahme. An Festtagen zogen daher Gruppen von Schülern ohne angemessene Überwachung und ohne Familienbande, die sie hätten zügeln können, auf der Suche nach Kurzweil durch die Straßen. Sie peinigten die einheimischen Mädchen mit unerwünschten Aufmerksamkeiten, bestahlen die Marktstände, schnitten Schweine von ihren Haltestricken los und trieben sie quiekend in die Menschenmengen, wo die Tiere in Windeseile von geschickten Dieben gepackt und fortgeschafft wurden. Die jungen Männer streiften in Rudeln umher und tranken ihr Bier ohne jedes Maß, und dort, wo sie auf Gruppen einheimischer junger Leute trafen, kam es so manches Mal zu blutigen Raufereien.

Die Festlichkeiten in York gestalteten sich noch weit großartiger. Die Mittagsprozession brauchte beinahe drei Stunden, um sich mit ihren schweren Lasten aus Heiligenbildnissen und Bannern durch die gewundenen und überfüllten Straßen zu schlängeln. Insgesamt zählte man zweiundzwanzig Karren, von denen einige mit farbenfrohen Baldachinen oder Altartüchern geschmückt waren, während andere sich in herbstlichem Grün zeigten; auf vielen dieser Wagen fuhren kirchliche Würdenträger. Der Wagen, der die Reliquien des heiligen Matthäus trug und allen anderen vorausfuhr, diente auch seinen Gnaden, dem Erzbischof Geoffrey Plantagenet, als Beförderungsmittel. Gewandet in seine feinsten Roben, die Mitra auf dem Kopf, seinen Stab in der einen Hand und seine goldene Kugel in der anderen und mit einem Gefolge von nicht weniger als zwanzig bewaffneten Männern, hätte man in der ganzen Christenheit keinen Mann finden können, der noch weniger geneigt gewesen wäre, die Prozession zu Ehren des heiligen Matthäus anzuführen. Er war gegen seinen eigenen Willen hier, auf Anraten seiner Berater, und nur um öffentlich seine guten Absichten zur Schau zu stellen. Geoffrey war der uneheliche Sohn von König Heinrich Plantagenet, ein Mann von eindeutig weltlichen Neigungen mit einem Amt, nach dem es ihm nicht im mindesten gelüstet hatte. Seine Weigerung, sich zum Priester weihen zu lassen, sorgte in der Kirche für große Unruhe. Er nahm nur deshalb an den Festlichkeiten teil, um die Menschen für sich einzunehmen, und mit jeder schwerfälligen Drehung der Räder verschlechterte sich seine Laune weiter.

»Mein Gott, nehmen diese Banalitäten denn überhaupt kein Ende mehr?« klagte er.

»Noch eine halbe Meile, vielleicht weniger«, sagte sein Diakon.

Gerade in diesem Augenblick wurden seine bewaffneten Begleiter von einem gewaltigen Gedränge von Händlern, Pilgern und Feiernden aufgehalten. Die berittenen Männer zogen sich ebensosehr aus Verwirrung als zum Schutze ihres Herrn eng um den Wagen des Bischofs zusammen. Während die Zugpferde sich vor Angst wiehernd aufbäumten, kam der ins Wanken geratene Karren zum Stehen, da die lärmende Menge aus Menschen und Tieren ihm den Weg versperrte.

»Beschützt die heiligen Reliquien!« schrie Geoffrey Plantagenet den Priestern und Wachen um ihn herum zu. »Kümmert euch um euren Erzbischof und um euren Heiligen! Laßt die Vorhänge herunter!« Er ließ seine Amtsinsignien auf den Boden des Wagens fallen, während er seinen juwelenbesetzten Umhang abstreifte und nach dem Kurzschwert an seinem Gürtel griff. »Bewegt euch, verdammt noch mal! *Bewegt euch!* Wenn eurem Erzbischof etwas zustößt, sollt ihr für alle Ewigkeit in der Hölle schmoren.«

Die Männer beeilten sich, seine Befehle zu befolgen, während das Gedränge um den Wagen herum immer dichter wurde. Laute Stimmen schrien nach dem bischöflichen Segen,

Hände streckten sich aus, um den Wagen zu berühren, und mit vereintem Gewicht drückte die Menge die Pferde der Bewaffneten immer wieder gegen die Seite des Wagens, so daß dieser auf seinen eisenbeschlagenen Rädern gefährlich ins Wanken kam. Endlich waren die schweren Vorhänge aus Leder heruntergelassen und festgezurrt, so daß der Erzbischof sich im Schutze seiner Priester auf seinen großen Stuhl setzen konnte. Noch immer hielt er mit beiden Händen sein Schwert umklammert; er fürchtete eine Falle. Der Wagen war in einer überfüllten, schmalen Straße zum Stehen gebracht worden, der Pöbel vor ihm und die endlos lange Prozession hinter ihm blockierten alle Fluchtwege. Zu beiden Seiten standen hohe Gebäude, und aus jedem der Fenster könnte ein Bogenschütze selbst jetzt noch mit seinem Pfeil auf ihn zielen. Der Erzbischof von York würde sich nicht niedermetzeln lassen wie Thomas à Becket von Canterbury, den neidvolle Feinde und ein König mit seiner unvorsichtigen Zunge ermordet hatten. Auch er hatte seine Feinde, nicht zuletzt seinen Bruder, den König, und er hatte außerdem die Erfahrung gemacht, daß die Freunde und Verbündeten von heute die Feinde von morgen sein konnten.

Ein großer Stein traf den oberen Holm des Wagens, rollte weiter auf den Baldachin und ließ den Stoff unter seinem Gewicht durchhängen. Andere Wurfgeschosse, darunter verfaultes Gemüse und scharfkantige Tonscherben, folgten dem Stein und sammelten sich auf dem Baldachin.

Geoffrey brüllte aus Leibeskräften und befahl seinen Kutschern, den Pferden die Peitsche zu geben und, wenn nötig, die Bauern mit Schwertern zu bearbeiten, um die Räder des Wagens wieder in Bewegung zu bekommen. Seine Stimme war zu einem grellen Kreischen geworden, und sein Gesicht hatte sich mit tiefer Röte überzogen. »Bringt mich sofort nach Hause in meinen Palast! Soll ich vielleicht wie ein Schaf auf diesem stinkenden Marktplatz sterben? Bewegt euch! Los! Ich bin der Erzbischof hier. Meine Familie stellt die Könige von England. Ich werde mich nicht von diesem Pöbel hier in Gefahr bringen lassen!«

Durch die kostbaren Vorhänge und die bemalten Heiligenbilder aus Gips vom Thron des Bischofs abgeschirmt, fand hinter dem Wagen ein leises Gespräch zwischen zwei Begleitern des Bischofs statt.

»Wenn seine Zeit gekommen ist, wird er bluten wie jeder andere Mann auch.«

»Das wird er, trotz seines zweifelhaften Stammbaums. Gott sei mein Zeuge, ich hätte lieber ein Rudel Wölfe in meiner Verwandtschaft als diese perfiden Plantagenets.«

»Sein Vater, Heinrich, war ein würdiger Monarch«, erwiderte der erste zur Verteidigung des alten Königs.

»Würdig genug, um einen Bischof an seinem eigenen Altar niedermetzeln zu lassen«, konterte sein Gefährte, denn auch er hatte, wie so viele andere, den ermordeten Becket verehrt.

»Hätte er das nicht getan, gäbe es im Himmel jetzt einen Heiligen weniger. Der schlaue Becket hatte sich übernommen und mußte für seinen Fehler sterben, aber seine Heiligsprechung verdankt er seinen Mördern.«

Die beiden Männer, die sich da in gedämpftem Tonfall unterhielten, waren zwei Kanoniker, die auf dem Wagen ihres Bischofs mitfuhren. Sie waren hier, um ihm zu dienen und seine Befehle zu befolgen, aber sie haßten ihn, wie nur ein frommer Mann einen gottlosen Herrn hassen konnte.

Der Wagen machte einen Satz nach vorn, der Baldachin schwankte, und das Geräusch von Klingen auf Holz, von Stöcken auf Knochen und Fleisch war zu hören, aber die Pferde erzwangen sich den Weg durch das Gewimmel menschlicher Leiber. Die plötzliche Bewegung ließ die erzbischöfliche Kugel über den Boden des Wagens rollen, bis sie schließlich vor Geoffreys Füßen liegenblieb. Als Geoffrey sie wütend beiseite trat, hob der Diakon sie auf, verstaute sie sorgsam in den Falten seines Gewandes und murmelte ein leises Gebet.

»Bewegt euch!« brüllte Geoffrey wie der Soldat, der er im Herzen auch war. »Zum Palast! Eilt euch! Eilt euch!«

Die Menge wurde zersprengt, Marktstände wurden niedergerissen, als der Wagen mitsamt den ihm folgenden zwanzig wütenden Soldaten, die ihre Schwerter wie Sensen schwangen, um den Weg freizumachen, an Geschwindigkeit gewann. Die Leute, die sich dabei mehr oder weniger geringfügige Verletzungen zugezogen hatten, machten ihrem Unmut Luft, indem sie über die unbewachten Wagen im Schlepptau des Bischofs herfielen, und an diesem heiligen Festtag des heiligen Matthäus wurden die Straßen Yorks zu einem Schlachtfeld.

KAPITEL 16

Geoffreys Stimmung konnte mit Fug und Recht als mörderisch bezeichnet werden. Er lief von einem Ende des Palastes zum anderen, in einem Augenblick wutschnaubend, im nächsten verdrossen. In einer Ecke des Raumes hatten seine Geistlichen sich nervös zusammengeschart, denn noch wußten sie nicht, welcher von ihnen die Hauptlast des bischöflichen Unwillens zu spüren bekommen würde. Geoffrey gab seinem Diakon und seinen Kirchenratgebern, den Fahrern seines Wagens, seinen Priestern und seinen Soldaten die Schuld für das Desaster. Er schimpfte auf seine Kanoniker und seine Ratgeber, und doch wußte er, daß seine Feinde aus dieser unglückseligen Episode den größtmöglichen Profit schlagen würden.

Jetzt erst, da die große Parade sich humpelnd und zerschunden wieder im Hof des Palastes einfand, konnte man sich daranmachen, den Schaden einzuschätzen. Mehrere Männer waren tot, darunter zwei Priester, und weitere hatten bei den Kämpfen Verletzungen davongetragen. Eine beträchtliche Anzahl von Karren war umgestürzt und völlig ausgeraubt worden. Viele Tiere waren durch Stockschläge und Messerstiche so schwer verletzt worden, daß man sie nun der Barmherzigkeit willen töten mußte. Vier hervorragende Pferde aus den Palastställen waren aus ihrem Geschirr herausgeschnitten und von Dieben gestohlen worden, und obwohl Geoffrey, sobald er selbst die Sicherheit seines Palastes erreicht hatte, seine bewaffneten Wachen ausgesandt hatte, war nicht ein einziger Wagen der Prozession unversehrt ans Ziel gelangt. Zwei Kanoniker waren bei dem Versuch, die heiligen Banner zu beschützen, in die Menge gezerrt und jedes Fetzchen Stoffs am Leibe beraubt worden. Einer der beiden hatte eine Stunde später zerschunden, benommen und nackt den Palast erreicht. Den anderen hatte man seit dem Überfall nicht mehr gesehen.

»Irgend jemand wird dafür zahlen«, sagte Geoffrey immer

wieder. Gelegentlich hielt er in seiner wilden Ratlosigkeit inne, schlug sich mit der Faust in die Hand und brüllte: »Bei Gott, irgend jemand *wird* dafür bezahlen.«

Sofort wurden lauthals Behauptungen aufgestellt, wonach entweder Unruhestifter eigens dafür engagiert worden waren, die Menge zum Aufruhr anzustiften oder die Juden sich gegen ihn verschworen hatten, so wie es nun einmal in der Natur der Juden lag, sich gegen ihre christlichen Nachbarn zusammenzurotten, oder wonach gewisse Männer von hohem Rang die Kirchenprozession dazu benutzt hätten, ihren Herrn, den Erzbischof, in Mißkredit zu bringen.

»Gewiß eine Verschwörung, Euer Gnaden«, meinte ein Mann. Diese Bemerkung störte Geoffreys Seelenfrieden ganz beträchtlich, denn bislang war er noch nicht endgültig zum Erzbischof geweiht worden, und solange dies nicht geschehen war, konnte sein Geschick sich jederzeit wenden. Hubert Walter beispielsweise hatte York für sich selbst gewollt und sich beim Papst beschwert, als König Richard Geoffrey an seiner Statt mit dem Amt betraute. Auch Hugh du Puisset von Durham, im Norden Englands eine machtvolle Gestalt, hatte den Bischofsthron mit seinem Neffen, dem ewig lächelnden Bourchard, besetzen wollen. Er hatte sich ebenfalls an Rom gewandt und Geoffreys uneheliche Abstammung sowie seine Weigerung, sich zum Priester weihen zu lassen, ins Feld geführt. Während König Richard sich nun um seine Kreuzzüge kümmerte und darüber hinaus in höchst unmännlicher Weise den Wünschen seiner Mutter, Königin Eleanor, entsprach, und während Prinz John so versessen auf Englands Krone war, versuchte ihr illegitimer Bruder, um jeden Preis so viel Macht anzuhäufen, wie er bekommen konnte, denn Geoffrey wußte um seine eigene Verletzlichkeit. Nur zu gern hätten ihn mächtige Männer zu einer Schachfigur in ihrem Spiel um Macht degradiert, aber Geoffrey Plantagenet, Sohn eines vielgeliebten Königs und Halbbruder des gegenwärtigen Monarchen, der selbst von einem gewaltigen Ehrgeiz verzehrt wurde, würde sich von keinem Mann wie ein hilfloser Bruder auf dem Spielfeld hin und her schieben lassen.

»Eine Verschwörung«, sagte er laut, warf seinen Umhang

ab und rief nach Wein. »Meine Feinde werden behaupten, meine Herde habe mich mit Stöcken, Steinen und Flüchen willkommen geheißen. Sie werden behaupten, daß die Leute mich hassen, und sie werden verbreiten, daß ich kein guter Hirte und deshalb nicht würdig sei, zu Yorks rechtmäßigem Erzbischof geweiht zu werden. Sie werden mich für unfähig erklären. *Unfähig!*« Er blieb stehen und richtete seinen zornigen Blick auf ein Gesicht, das er nicht kannte. »Wer ist dieser Mann?«

Bevor sein Diakon ihm antworten konnte, verbeugte sich der Fremde mit einer schwungvollen Gebärde, trat einen Schritt vor und ließ sich auf ein Knie fallen, um den Ring seines Erzbischofs mit den Lippen zu berühren. Das gefiel Plantagenet. Da er stets von kriecherischen Kirchenmännern umgeben war, die zwar das heilige Gewand anbeteten, den Mann, der es trug, jedoch verachteten, war ihm diese Zurschaustellung von Höflichkeit sehr willkommen. Er musterte den hübschen, jungen Edelmann, der vor ihm kniete, mit einem langen, harten Blick.

»Erhebt Euch und erklärt, was Euch hierherführt«, befahl er.

»Ich bin Fergus de Burton, Euer Gnaden. Ich komme direkt aus Beverley.«

Die Augen des Erzbischofs zogen sich argwöhnisch zusammen. »Aus Beverley?«

»Mein Vater, Hugh, und seine Brüder Guy und Stephen besitzen viel Land dort. Sie sind Eurer Sache gegenüber sehr aufgeschlossen, Sire, und haben mich als Unterhändler ausgesandt, um den Frieden dort zu wahren.«

Als er das hörte, lächelte Geoffrey. »Junger Mann, ich kenne den Ruf Eurer Familie nur allzu gut, und mir will doch scheinen, daß jeder Mann aus Eurem Clan, der sich freiwillig für eine Aufgabe zur Verfügung stellt, dies eher um seinetwillen als um seines Bischofs willen tut.«

Der junge Mann grinste und neigte den Kopf. »Euer Gnaden sind nicht weniger weise, als ich es mir erhofft hatte.« Dann beugte er sich ein wenig vor, senkte die Stimme und fügte hinzu: »Ich habe nicht die Erlaubnis meiner Familie eingeholt, bevor ich hierherkam, Sire, und wenn es falsch von mir war, so zu handeln, werde ich jeden Tadel annehmen, den Euer Gnaden in diesem Fall zu äußern für nötig erachtet.«

Seine Worte klangen so wohlüberlegt und verrieten eine solche Demut, daß Geoffrey zutiefst beeindruckt war. »Welche Angelegenheit führt Euch an einem Festtag hierher, an dem die Straßen noch gefährlicher sind als gewöhnlich, und noch dazu ohne das Wissen und die Erlaubnis Eures Vaters?«

»Eine persönliche Angelegenheit, Euer Gnaden.« De Burton sah sich mißtrauisch um und schien sein Anliegen nur widerstrebend vorzubringen, solange sich andere in Hörweite befanden. »Ich sollte Harold, Euren Geistlichen, in Beverley treffen und ihm sicheres Geleit zurück nach York geben.«

Geoffrey Plantagenet hob eine Hand, um ihm Schweigen zu gebieten. »Mein Geistlicher war in Beverley?«

»Jawohl, Sire. Er ist gestern direkt in der Morgendämmerung aufgebrochen.«

»Zu welchem Zweck?«

Der junge Mann breitete die Hände aus. »Ich weiß nur, was andere sagen. Er habe sich dort mit gewissen Kanonikern getroffen, mit de Morthlund, de Figham und de Beverley.«

Nun war Geoffrey ehrlich erschrocken. Er rief seinen Diakon zu sich, und die beiden steckten die Köpfe zusammen, um sich kurz und im Flüsterton zu beraten. Dann bedeutete Geoffrey Fergus, ihm zu einer Fensternische auf der anderen Seite des Raumes zu folgen, wo Kissen bereitlagen, falls man den Wunsch hegte, den Anblick des Gartens zu genießen.

»Mein Geistlicher hat York nicht ganz zwei Stunden nach Pater Simeon verlassen, und außerdem war Pater Wulfric hier in der Stadt. Seither ward mein Mann nicht mehr gesehen. Welche Angelegenheit könnte so delikat gewesen sein, daß sie nicht hier in York hätte bereinigt werden können? Ganz zu schweigen davon, daß ihm das einen Weg von zwei mal dreißig Meilen erspart hätte?«

»Euer Gnaden, ich war bislang in dem Glauben, daß er als Euer persönlicher Diener in Eurem Auftrag nach Beverley reiste.«

»O nein, nicht in meinem Auftrag«, gab Geoffrey zurück.

»Dann habe ich mich geirrt, Euer Gnaden, und bitte Euch um Verzeihung.«

»Welche Leute hat er dort getroffen? Wer sonst hat sich hinter meinem Rücken seiner Dienste versichert und zu welchem Zweck?«

Fergus de Burton wählte seine Worte mit größter Sorgfalt. »Ich glaube, Wulfric de Morthlund hatte Verwendung für ihn.«

»Dieser riesige Haufen Schweinefett hat selbst Dutzende von Geistlichen unter sich.«

»Ich kann es nicht beweisen, Sire. Wer weiß schon, was sich ein Diener in der Hoffnung ausdenkt, demjenigen zu gefallen, der die Börse in Händen hält? Ich wollte mich lediglich Eurem Mann zur Verfügung stellen und ihm sicheres Geleit nach Hause geben. Wenn ich geahnt hätte, daß er … daß die Dinge anders lagen, als man mich glauben gemacht hat …«

Fergus seufzte und breitete abermals die Hände aus. Er wußte, daß er Plantagenet jetzt völlig überzeugt hatte. Dieser Erzbischof argwöhnte in jeder Ecke eine Verschwörung, und Cyrus de Figham hatte gut daran getan, sich diese Schwäche zunutze zu machen. Was auch immer Wulfric und Simeon nach York geführt haben mochte, durch ihre Verbindung mit dem verschwundenen Geistlichen legte sich jetzt ein Schimmer des Zweifels darüber.

»Das gefällt mir nicht«, murmelte Geoffrey und fuhr sich über das Kinn, dem einst ein Bart entsprossen, das jetzt aber glattrasiert war. »Solche Doppelzüngigkeit riecht nach Verrat. Das gefällt mir nicht.«

»Euer Gnaden, ich verdiene kein Lob dafür, daß ich Euch diese Angelegenheit zu Ohren gebracht habe, da meine Absichten eher selbstsüchtig als nobel sind.«

»Ach?«

»Vergebt mir meine offenen Worte, Sire, ich will nicht leugnen, daß ich Euren Zorn fürchtete, falls Harald sich bei Euch über mich beschwert hätte. Ich habe ihm meine Dienste als sein Beschützer angeboten und habe versagt. Es war nachlässig von mir, obwohl ich schwöre, ich habe ihn überall dort gesucht, wo er meines Wissens nach hingehen wollte. Ich habe sogar darauf bestanden, daß Simeon den Grund von St. Peter absuchen ließ.«

»Und hat er Euch diesen Gefallen getan?«

»Gewiß hat er das getan, Sire. Er hat seine Priester und einige andere Männer ausgesucht, um in jedem Haus nachzufragen, da ich gehört hatte, daß Euer Geistlicher dort gesehen worden war.«

»Von wem habt Ihr das gehört?«

Fergus hielt dem Blick des Erzbischofs ungerührt stand und entschied sich für die Wahrheit. »Von Cyrus de Figham.«

»Ich verstehe. Eine Verschwörung, eine Gegenverschwörung und noch ein weiteres, kleines Komplott. Wie gut kennt Ihr diesen Simeon?«

»Nicht sehr gut, Sire, obwohl ich um seinen Ruf weiß und selbst ganz versessen darauf war, mit meinen eigenen Augen nachzuprüfen, ob er nun wirklich lahm ist oder nicht.«

Geoffrey stieß ein hämisches Lachen aus. »Dem Sturm in Beverley folgte eine unmäßige Hysterie, deren einziges Wunder war, daß man ihre Nachwirkungen nicht auch noch in Rom spürte. Roger du Pont L'Eveque, der mir ansonsten mit seinen übereilten Versprechungen und unklugen Vergaben hoher Ämter in der Kirche ein schwieriges Erbe hinterlassen hat, konnte schnell und zu seiner vollen Zufriedenheit beweisen, daß es sich bei dieser sogenannten Heilung um ausgemachten Schwindel handelte.«

Fergus räusperte sich diskret. »Wenn Ihr mir abermals meine unverblümte Rede verzeihen wollt, Sire, aber die hastigen Nachforschungen Eures Vorgängers beweisen lediglich, daß ein Mann überzeugend humpeln kann, wenn er dies für klug hält.«

Geoffrey Plantagenet sah seinen jungen Besucher einen Augenblick lang entgeistert an, bevor sich seine zerklüfteten Gesichtszüge zu einem Grinsen verzogen. »Euer Verstand ist so schnell und überzeugend wie Euer Lächeln, mein Freund. Ihr gefallt mir gut, Fergus de Burton, und ich glaube, Eure Anwesenheit hier wird mir zum Vorteil gereichen. Was sagt

Ihr zu dieser ganzen Angelegenheit? Hat Harald sich gegen seinen eigenen Erzbischof verschworen?«

»Sire, wenn ich diesen Verdacht gehegt hätte, hätte ich ihn an Ort und Stelle erschlagen.«

»Warum sonst sollte er sich ohne meine Erlaubnis nach Beverley schleichen, um Männer zu besuchen, die wenige Stunden zuvor noch unter eben diesem Dach weilten? Und wo ist er jetzt, dieser treue Diener meines Hauses?«

»Sire, das kann ich Euch nicht sagen. Vielleicht wurde er irgendwo auf dem Wege überfallen. Vielleicht ist ihm in den Händen jener, denen er gegen Eure Interessen diente, ein Leid geschehen.«

»Und vielleicht hat er ein oder zwei Silberbörsen von diesen intriganten Kanonikern aus Beverley entgegengenommen und ist in eine ganz andere Richtung geritten?«

»Das kann ich nicht sagen. Ich hielt ihn für einen loyalen Mann.«

»Warum war er dann überhaupt in Beverley?«

Wieder einmal sah Fergus sich argwöhnisch um, als fürchtete er, belauscht zu werden. »Mein Erzbischof, wenn ein Geistlicher in Euren Diensten fehlgegangen ist, dann könnten diese anderen vielleicht ... Ich gestehe unumwunden, daß ich um meine eigene Sicherheit fürchte. Cyrus de Figham und Wulfric de Morthlund sind Kanoniker, die in Beverley über nicht geringe Macht verfügen, und Simeons Temperament vermag ich nicht einzuschätzen. Wenn einer von ihnen auch nur den leisesten Verdacht schöpfen sollte, daß ich einen Anteil daran hatte und Euch diese Verschwörung zu Ohren gekommen ist ...«

»Verschwörung?« Geoffrey zuckte sichtbar zusammen. »Dann glaubt Ihr also doch, daß man sich gegen mich verschworen hat?«

»Euer Gnaden, ich weiß nur, welche Worte zwischen uns beiden hier gefallen sind, und es hat den Anschein, daß Euer Geistlicher kein ehrlicher Mann war. Beverley ist ein brodelnder Kessel voller ehrgeiziger Pläne, und hinter jeder Tür lauern dort Komplotte und Geheimniskrämerei. Wenn wir uns vielleicht unter vier Augen unterhalten könnten ...«

»Natürlich. So soll es sein«, rief Geoffrey sofort, und Fergus wußte, daß ihm der Erzbischof von Stund an aus der Hand fressen würde. »Kommt, mein Freund, Ihr sollt mit mir in meinen Privatgemächern speisen und mir dann alles von diesen Verschwörungen erzählen.«

An der Tür von Geoffreys Gemach drückten die Geistlichen, die dort herumlungerten, ihr Ohr fest an das Holz, um hören zu können, was drinnen gesprochen wurde. Drinnen berichtete de Burton dem Erzbischof von Schlammfluten und vielen Toten, von Bestechung und Spionen innerhalb des Palastes und von einem Priester, einem zukünftigen Kanonikus, der für sich in Anspruch nahm, ein Heiliger zu sein.

Eine ganze Stunde verging, bevor Geoffrey wieder auftauchte. Wieder trat der Soldat in ihm, sonst verborgen unter seinen bischöflichen Gewändern, hervor, als er seinem Diakon einen Befehl zubrüllte. »Bringt mir den Geldverleiher Aaron.«

Der Diakon war verblüfft. »Euer Gnaden verlangen nach einem *Juden?* Hier in den Palast des Erzbischofs am Festtag eines *Heiligen?*«

»Na, dann eben ins Pförtnerhaus. Laßt ihn sofort ins Pförtnerhaus bringen«, erwiderte Geoffrey, den dieses Zugeständnis nicht weiter störte.

»Aber heute ist Samstag, Euer Gnaden. Das ist ihr heiliger Sabbat, der Tag, an dem keine Geschäfte gemacht und keine Absprachen getroffen werden dürfen.«

»Wie seltsam, daß Ihr Euch nicht eines solch wichtigen Details erinnert habt, als Ihr versuchtet, mich davon zu überzeugen, daß Juden für das Fiasko auf den Straßen verantwortlich zu machen seien«, bemerkte Geoffrey mit beißender Schärfe in der Stimme.

»Euer Gnaden?«

»Kein Jude würde an seinem Sabbat auch nur in die Nähe einer solchen heiligen Prozession kommen, ganz zu schweigen davon, die Menge auch noch zu Gewalttätigkeiten anzustacheln.«

»Er könnte andere dazu gebracht haben, Euer Gnaden«, entgegnete der beharrliche Diakon.

»Und jeder andere Mann hier hätte genau dasselbe tun können. Sorgt dafür, daß Aaron in mein Pförtnerhaus gebracht wird.«

»Euer Gnaden, ich bitte Euch, überlegt es Euch noch einmal. Dieser Aaron ist ein *Jude!* Das ganze Kapitel wird erzürnt sein.«

»Holt ihn her!«

»Ich glaube nicht, daß er kommen wird.«

Ermüdet von dieser Unterhaltung sah Geoffrey seinen Diakon so wütend an, daß dieser erschrocken zurückfuhr. »Schickt nach dem Juden«, fauchte er. »Ich werde ihn in einer halben Stunde empfangen. Und wenn dieser Aaron sich weigert, zu erscheinen, obwohl seine Gnaden, der Erzbischof von York, Sohn von Henry Plantagenet und Bruder des englischen Königs, es verlangt, dann werdet *Ihr* an seiner Statt zur Rechenschaft gezogen werden.«

Der Diakon huschte aus dem Zimmer und rief zwei Geistliche zu sich, die ihm folgen sollten. Als er endlich aufbrach, hatte er nicht nur mit seinem Gewissen, sondern auch mit seinem Zorn zu kämpfen. Es war eindeutig unter seiner Würde, höchst persönlich im Haus eines Juden zu erscheinen, denn das widersprach strikt seinem christlichen Glauben. Wenn er statt dessen aber seine Geistlichen schickte und Aaron sich weigerte, sie zu empfangen, würde er sich damit den Zorn seines Erzbischofs zuziehen. Also entschied er sich für den goldenen Mittelweg. Seine Geistlichen sollten vorangehen, während er sich selbst in diskreter Entfernung hielt und nur dann einschreiten würde, wenn es sich als notwendig erwies. Dieser Auftrag war eine skandalöse und demütigende Aufgabe für einen Diener der Kirche. Der Bischof von Durham würde davon erfahren und Hubert Walter ebenfalls, und wenn sie genauso wie er der Meinung waren, würde sich die Kunde von diesem Frevel schnellstens bis Rom und zu seinem Bruder, König Richard, verbreiten.

Stolz wie ein Prinz kam der Jude in den gepflasterten Hof, von dem aus man die Hintertür des zum Palast gehörenden Pförtnerhauses erreichte. Ganz in Schwarz gewandet, schritt er so aufrecht durch die Tore, daß die Leute, die ihn aus ihren Fenstern heraus beobachteten, sich bekreuzigten und sich gegen den verderblichen Einfluß mit Gebeten schützten. Eine Gruppe von Priestern, die Hände um ihre Kruzifixe geschlossen, stimmten mit vereinten Kräften den verdammenden Psalm an: »Wenn er vor seinen Richter tritt, soll er der Verdammnis anheimfallen und jedes seiner Gebete sich in Sünde verwandeln ...«

Aaron, der Jude, war groß und von auffälligem Aussehen. Er trug seinen Kopf so hoch und so stolz, daß seine von dichten Brauen überschatteten Augen die ganze Welt und ihre Bewohner mit Verachtung zu mustern schienen. Seine Nase war lang, seine Wangenknochen hoch, und allein die Farbe seiner Haut hätte genügt, um ihn als Fremden auszuweisen. Er trug eine lange Robe, locker mit einer silbernen Kordel gegürtet, und darüber einen ausländisch anmutenden Umhang. Ein sechszackiger Stern, das uralte Symbol des Königs David, das so viele als ein Zeichen der Magie fürchteten, baumelte an einer dünnen Kette auf seiner Brust. Er kam mit bloßem Haupt, das Haar ein Gewirr dichter, schwarzer Locken, die ihm bis auf die Schultern fielen. Die Männer, die ihn beobachteten, kreuzten den Mittelfinger und Zeigefinger ihrer rechten Hand als Zeichen zur Abwendung des Bösen, entsetzt darüber, diesen Ketzer in ihrer Mitte zu finden. Es bestand kein Zweifel daran, daß er sie seinerseits genauso verachtete, denn gute Christen hatten seinen Vater getötet, und viele andere standen tief in seiner Schuld.

Nur wenige Worte wurden zwischen dem Erzbischof und dem Juden gewechselt und genauso wenige Höflichkeiten ausgetauscht.

»Als Erzbischof verlange ich von Euch zu erfahren, welcher Natur Eure Geschäfte mit Simeon de Beverley sind, einem designierten Kanonikus, der unter der heiligen Schirmherrschaft Yorks steht.«

»Ich bin Geldverleiher«, erwiderte der Jude. »Er war bei

mir, um mich um ein Darlehen für den Wiederaufbau seines Münsters zu bitten.«

»Um wieviel Geld handelte es sich?«

»Die Gesamtkosten für den Wiederaufbau werden insgesamt dreitausend Pfund betragen. Seine Kanoniker sind unfähig oder unwillig, ohne Unterstützung eine so fürstliche Summe aufzubringen.«

»Dreitausend Pfund!« rief Geoffrey. »Und dazu noch die Hälfte dieser Summe für Eure Dienste. Wie kann dieser Kanonikus hoffen, Euch eine solche Schuld jemals zurückzuzahlen?«

»Mit Hilfe reicher Gönner«, antwortete der Jude. Seine Stimme war tief und volltönend, seine Ausdrucksweise bedächtig und sehr genau. Seine Hände schienen auf seltsame Weise zu lang zu sein und während er sprach, bewegten sie sich mit ausdrucksvollen Gesten. Seine Hände besaßen die Farbe von Erde und waren doch in der Innenfläche so bleich wie Sand, mit flachen, tiefgefurchten Handtellern. »Falls der Handel abgeschlossen werden kann, hofft er, daß viele berühmte Männer, unter anderem Ihr selbst, sich bereitfinden werden, mit vereinten Kräften die Schuld zurückzuzahlen und das Münster in seiner ganzen früheren Pracht wieder aufzubauen. Für einen kleinen Anteil an den Kosten würden die Namen dieser Leute in den Annalen des Münsters aufgeführt werden, und man würde sie auf Jahrhunderte hinaus zum Dank für ihre Großzügigkeit in die Gebete einschließen, die in der Kirche gesprochen werden. Und falls seine architektonischen Träume in Erfüllung gehen, werden die Menschen überall ein Loblied auf die Wohltäter singen, die ihnen einen so prachtvollen Anblick geschenkt haben.«

»Und Beverley wird aufblühen«, sagte Geoffrey nachdenklich.

»Gewiß. Wir schätzen, das York sich mehr als der doppelten Abgaben aus Beverley erfreuen wird, wenn der Ruhm dieser Stadt sich erst einmal verbreitet hat. Ein würdiger Plan, will es mir scheinen, gefaßt von einem Mann, der in dieser Angelegenheit keinen persönlichen Ehrgeiz verfolgt.«

»Außer vielleicht dem Anspruch auf einen Platz unter den Heiligen.«

Aaron legte seine Hände aneinander, löste sie dann wieder, und währenddessen bewegten seine Finger sich mit demselben sanften Flattern wie die Schwanzfedern eines Pfauen. »Ich konnte bei Simeon keine uneigennützigen Motive entdecken. Ich habe nur gesehen, daß es sich um einen würdigen Plan handelte.«

»Ja, wirklich, ein würdiger Plan, wenn es so wäre.« Geoffrey fuhr sich über sein bartloses Kinn und erinnerte sich an seine Begegnung mit dem blauäugigen Priester. Er hatte sich von Anfang an zu Simeon hingezogen gefühlt. Diese Mischung aus Stolz und Demut war eine attraktive Kombination. Sein Ersuchen hatte einen ehrlichen Eindruck gemacht, und jetzt bestätigten die Worte dieses Juden diese Ehrlichkeit, aber Fergus de Burton, der gewiß keine bösen Absichten hegte, hatte mit seinem Bericht einen Schatten über diesen ersten Eindruck geworfen.

»Welche Sicherheiten hat er Euch angeboten?«

»Einen Kelch«, erwiderte Aaron ohne Zögern. Geoffrey beugte sich auf seinem Stuhl vor. Wenn er Geldverleihern Altarkelche als Bestechung anbot, war dieser Priester vielleicht letzten Endes doch nicht so ehrlich. »Einen Kelch, sagt Ihr? Ein heiliges Gefäß?«

»Nicht heilig für irgendeinen Menschen christlichen Glaubens.«

»Was denn dann?«

»Einen Kelch aus meinem eigenen Land, aus Äthiopien. Er ist Teil des legendären Schatzes unseres einstigen Königs Tirkahah. Er wurde vor vielen Jahrhunderten aus seinem heiligen Hort gestohlen und ist seither in vielen Ländern gesehen worden.«

»Und wie ist Simeon in den Besitz einer solchen Reliquie gekommen?«

»Der Kelch wurde in Ägypten gefunden und von einem Mönch namens Antony über Flandern hierhergebracht. Er ist für niemanden außer einem Juden von Interesse oder Wert.«

»Ist er mit Juwelen geschmückt?«

»Früher einmal war er es, aber seit er gestohlen wurde, hat er schweren Schaden erlitten. Wie dem auch sei, seine archaischen Gebete und Anrufungen sind unversehrt.«

»Gebete und Anrufungen?« knurrte Geoffrey.

»In meiner eigenen Sprache geschrieben, Sire, harmlose Dinge, die keine Bedrohung für die Christen darstellen.« Daß dieser Kelch aus purem Gold bestand und den sagenumwobenen äthiopischen Topas trug und daneben eine Reihe unbezahlbarer Opale, verschwieg der Jude lieber.

»Er hat mir einige mit Malereien verzierte und mit kostbaren Goldrändern versehene Manuskripte angeboten«, meinte Geoffrey schließlich. »Meine Hände sind jedoch gebunden, bevor ich nicht endgültig in mein Amt eingeführt bin, aber ich bin ernsthaft in Versuchung. Ich würde viel dafür geben, die Manuskripte für meine eigene Kirche zu sichern.«

»Und das zu einem bloßen Bruchteil ihres Wertes«, sagte Aaron, und diesmal wagte er es sogar, zu lächeln. »Indem er jedem das anbietet, was ihn am meisten erfreut, braucht Simeon de Beverley die Besitztümer, über die er gebietet, nicht zu verschwenden.«

»Werdet Ihr ihm das Geld leihen?«

»Vielleicht. Werdet Ihr ihm helfen, es zurückzuzahlen, wenn ich es tue?«

»Vielleicht«, erwiderte Geoffrey Plantagenet.

Als beide den Raum verließen, wartete draußen in der Halle ein Mann mit einem hübschen Gesicht und impulsivem, fast engelsgleichem Lächeln. Er nickte dem Juden zu, denn der dunkle Fremde faszinierte ihn zu sehr, als daß er den Blick hätte abwenden können. Er hatte noch nie zuvor einen Juden aus solcher Nähe gesehen, und die Konturen des fremden Gesichtes fesselten ihn genauso wie die leuchtende Schwärze seiner Augen und das Nußbraun seiner Haut.

»Einen guten Tag wünsche ich Euch, mein Herr«, sagte Aaron, der sogleich zu dem Schluß kam, daß dieser Mann in irgendeiner Hinsicht mit der ganzen Sache zu tun hatte. Aaron zweifelte auch keine Sekunde daran, daß er an der Tür gelauscht hatte, und die Antwort auf seinen Gruß bestätigte ihm das.

»Einen guten Tag, Meister Aaron. Ich habe schon viel über Euren Vater gehört, jenen anderen Aaron, der bei den Aufständen sein Leben ließ. Er war ein berühmter Mann und genoß hier in York nicht geringes Ansehen.«

»Mein Vater erfreute sich für einen Juden großer Beliebtheit«, erwiderte Aaron.

»Seid Ihr Priester?«

»Ich bin Jude und werde Rabbi oder Lehrer genannt.«

»Meine Komplimente zu Eurer exzellenten Beherrschung unserer Sprache.«

»Ihr schmeichelt mir. Mein Englisch ist nicht halb so gut wie mein Lateinisch oder mein Griechisch«, erwiderte der Jude. »Und auch nicht so makellos wie mein Hebräisch oder mein Arabisch.«

Fergus brüllte vor Lachen und verbeugte sich dann mit einer eleganten Geste. »Meister Aaron, sowohl Eure Talente als auch Eure Bescheidenheit machen mich staunen.«

Dann verbeugten sie sich voreinander, beide belustigt und anscheinend ohne Argwohn.

»Ihr kommt aus Beverley, nehme ich an?«

»Indirekt. Ich bin Fergus de Burton. Der Sitz meiner Familie liegt in Burton, in der Nähe von Beverley.«

»Dann werdet Ihr vielleicht so freundlich sein, meinen Gruß einem Kanonikus dort auszurichten, einem Simeon de Beverley von St. Peter.«

»Es wird mir ein Vergnügen sein«, sagte Fergus mit einer neuerlichen Verbeugung und einem Zwinkern seiner strahlenden Augen. »Noch einen guten Tag wünsche ich Euch, Meister Aaron. Ich hoffe, wir sehen uns wieder.«

»Das werden wir gewiß. Guten Tag, mein Herr.«

Als Aaron das Haus verließ, spürte er, daß viele Blicke auf ihn gerichtet waren. Er war ganz sicher, daß Geoffrey Plantagenet beschwichtigt war und daß Fergus de Burtons Eitelkeit ihn ermutigen würde, Simeon bei seiner Rückkehr nach Beverley den Gruß des Juden auszurichten. Tat er das jedoch, würde Simeon wissen, daß Schwierigkeiten bevorstanden, und er würde das Gesicht des Mannes kennen, der bei seinem Herrn und Erzbischof die Stimme gegen ihn erhob.

Das Gespräch zwischen dem Geldverleiher und dem Erzbischof, das obendrein auf geweihtem Boden und im Anschluß an einen Aufstand stattgefunden hatte, löste eine neuerliche Flut des Grolls gegen die Juden aus. Aaron verließ den Palast durch die schmale Judastür, die in eine der Pforten eingelassen war, und als er das Grundstück des Bischofs verlassen wollte, leerte man aus einem der oberen Fenster einen Eimer mit Küchenabfällen über ihn. Der Unrat traf ihn an einer Schulter, befleckte seinen Umhang vom Hals bis zum Saum und durchtränkte sein Haar mit einer öligen, stinkenden Flüssigkeit. Als er in sein Haus zurückkehrte, stellte er fest, daß mehrere bekannte Juden der Stadt ausgeraubt und ihre Häuser in Brand gesetzt worden waren. Bei vielen anderen hatte man die Fensterscheiben zerschlagen oder ihre Läden mit Farbe beworfen. Er glaubte nicht einen Augenblick lang, daß diese Ereignisse Geoffrey de Plantangenet in irgendeiner Weise beunruhigen würden. Im Gegenteil, diese Dinge würden Balsam für dessen verwundete Selbstachtung sein, und Geoffrey würde das Gerücht ausstreuen, der Erzbischof von York sei das Opfer von Juden geworden, wodurch die hastigen ›Vergeltungsmaßnahmen‹ vollauf gerechtfertigt wären.

In seinem Palast wies Geoffrey Plantagenet zur selben Zeit einen Diener an, den Weinbecher von Fergus de Burton neu zu füllen. Der junge Mann hatte die Einladung seines Erzbischofs, mit ihm an diesem Abend ein üppiges Mahl zu teilen, bereitwillig angenommen. Außerdem würde er ihn auch zusammen mit seinen Falknern begleiten, die am nächsten Tag, gleich nach Sonnenaufgang, aufbrechen wollten. Geoffrey war der zimperlichen Priester, der kriecherischen Diener und der nervtötenden Routine des Kirchenlebens müde. Er war ein Mann der Tat, ein Berufssoldat, gefangen im Gewand eines Erzbischofs. Für eine Weile wenigstens würde er die Gesellschaft passenderer Gefährten genießen, und zum Teufel mit allen Priestern und Kanonikern, die ihm das ausreden wollten.

»Ich hätte gute Lust, diesen Simeon zur Rechenschaft zu ziehen«, gestand er seinem Besucher. »Wenn ich überhaupt einmal vor ihrem endlosen Genörgel und ihren Klagen über mich Ruhe finden soll, brauchen meine Feinde einen Sündenbock, an dem sie ihre Empörung auslassen können.«

»Es ist Euer gutes Recht, Euer Gnaden, ja sogar Eure Pflicht, Euch jeden Mann genau anzusehen, der sich als ein Heiliger ausgibt. Rom wird seine Behauptungen nicht gut aufnehmen, genauso wenig wie jedes Anzeichen von Widerstreben Eurerseits, seinem gotteslästerlichen Verhalten ein Ende zu machen.«

»Gerüchte«, meinte Geoffrey dazu. »Ich kann nicht aufgrund bloßer Gerüchte gegen einen Kanonikus vorgehen. Bisher sind keine Anklagen gegen ihn vorgebracht worden, und ohne Anschuldigungen kann ich nichts tun.«

»Er hat einen erbitterten Feind unter den Kanonikern von Beverley«, sagte Fergus. »Einen Mann mit mächtigen Freunden. Einen Mann, der viele andere vor seinen Karren spannen wird, falls er damit etwas gegen Simeon de Beverley ausrichten kann.«

»Cyrus de Figham.«

»Eben dieser. Er hegt schon seit langer Zeit einen tiefen Groll gegen Simeon de Beverley. Es heißt, daß gerade jetzt seine Geistlichen damit beschäftigt sind, geschriebene Zeugenaussagen von jenen zu sammeln, die mit Simeon zusammen waren, als die Fluten ihren Höhepunkt erreichten. Dieser Mann wäre ein starker Verbündeter, Euer Gnaden. Seine Verbitterung sitzt sehr tief.«

»Und wie steht es mit Euch?« hakte der Erzbischof nach. »Wie tief sitzt Euer eigener Groll?«

Fergus lachte mit ehrlicher Belustigung. »Ich hege keinen Groll, Sire. Nein wirklich, ich mag diesen Mann sogar, wenn man ersten Eindrücken mehr trauen darf als dem Hörensagen.«

»Warum sollte ich Euch glauben, was Ihr sagt?«

»Weil Ihr mich braucht, Sire. Ich verfolge keine eigennützigen Zwecke, ich habe keinen Freund, den ich verteidigen wollte, keinen Feind, der mir den Blick verstellen könnte, keinen Haß, der mein Urteil trübt. Ich bin lediglich das, was Ihr seht, ein Diener, der darauf wartet, benutzt zu werden.«

Geoffrey beugte sich auf seinem Stuhl vor, um den jungen Mann mit schmerzhaft hartem Griff an den Schultern zu packen. Seine Augen waren durchdringend und klein und sein Gesicht von einem Übermaß an Wein gerötet. »Sagt Eurem Erzbischof die Wahrheit, Fergus de Burton«, knurrte er drohend. »Was hofft Ihr, durch eine Freundschaft mit mir zu gewinnen?«

»Die Wahrheit, Euer Gnaden?«

»Ich bestehe darauf.«

Der junge Mann zögerte, senkte dann den Blick und sah Plantagenet schließlich unerschrocken ins Gesicht. »Ich fürchte, es wird Euch nicht gefallen, Sire.«

»Eine Lüge würde mir noch weniger gefallen, dessen dürft Ihr versichert sein.«

»Na gut, dann die Wahrheit«, seufzte Fergus. »Euer Gnaden, ich bin ein jüngerer Sohn ohne Hoffnung auf ein Erbe. Für mich ist die Zeit gekommen, über wichtigere Dinge als mein Vergnügen und die Röcke junger Frauen nachzudenken. Meine Brüder und Vettern empfinden wenig Liebe für mich, so daß ich eine Möglichkeit finden muß, selbst mein Glück zu machen – falls es mir überhaupt je gelingt. Ich könnte mich bei den Kanonikern von Beverley verdingen und hoffen, ihre Gunst zu erringen, aber das Schicksal hat mich hierher nach York geführt, und ich müßte blind sein, wenn ich nicht sähe, wo mein Vorteil liegt.«

»Ein selbstsüchtiger Mann mit genügend Mut, um zu seinen Zielen zu stehen«, sagte Geoffrey mit offensichtlicher Bewunderung. »Bei den Göttern, mein Junge, die meisten Männer an Eurer Stelle würden lügen und schmeicheln und schwören, es sei nur die Liebe zu mir, die sie in mein Haus treibt.«

»Ich fürchte, dafür bin ich nicht gerissen genug, Euer Gnaden«, erwiderte Fergus mit einem Lächeln. »Man kann zu leicht in meinem Gesicht lesen, und außerdem ist mein Gedächtnis zu schlecht. Um ein guter Lügner zu sein, braucht man eine Unmenge von Talenten, von denen ich die meisten nicht besitze – es sei denn, mein Leben hinge davon ab.«

»Aber ich wette, Ihr könnt viele Vergünstigungen mit Eurem Lächeln erringen.«

»Es hat mir dabei geholfen, ein paar Röcke zu heben, und es hat mir ein paar dicke Börsen eingetragen«, gestand Fergus mit falscher Bescheidenheit.

»Und habt Ihr diese verschiedenen Kanoniker von Beverley damit beeindrucken können?«

»Ich glaube, ja«, meinte der junge Mann grinsend.

»Würdet Ihr mir dienen, wenn Euch das einen hübschen Gewinn brächte?«

»Euer Gnaden, ich besitze noch nicht viel Erfahrung. Vielleicht würde ich mich von *jedem* Mann dazu überreden lassen, ihm zu dienen, wenn es mir zum Wohle gereichen würde.«

Geoffrey Plantagenet brüllte vor Lachen und bedeutete seinem Diener, ihre Kelche erneut zu füllen.

»Fergus, mein Freund, Ihr bringt frischen Wind in diesen Raum, der vom kriecherischen Gewimmer der anderen Männer ganz stickig geworden ist. Haltet Euch in meiner Nähe, und Ihr werdet Euer Glück machen.«

Dann schwieg er, und sein Blick wurde abermals hart und unbarmherzig, als er den jungen Mann nochmals an die Schultern faßte. »Aber wenn Ihr mich hintergeht, wenn Ihr Euch als falsch erweist, dann helfe mir Gott, ich werde Euer Lächeln auf einen Pfahl spießen lassen und über den Palasttoren aufhängen, damit jeder, der vorübergeht, von Eurem Verrat erfährt.«

Fergus grinste. »Euer Gnaden, ich nehme die Warnung an, auch wenn ich sie nicht fürchte. Darf ich offen reden?«

»Ich bestehe darauf.«

»Nun, Sire, mein Ehrgeiz war nur gering, bevor Euer Diakon verschwand. Den Kanonikern von Beverley zu dienen war mein höchstes Ziel, da ich sonst kaum nennenswerte Talente besitze. Jetzt habt Ihr mir einen weiseren und würdigeren Weg gezeigt. Einem Erzbischof zu dienen, dem Sohn und dem Bruder eines Königs, das ist jetzt mein einziges Ziel … Solange man nicht von mir verlangt, die heiligen Weihen oder einen Keuschheitsschwur abzulegen.«

An dieser Stelle stieß Geoffrey ein herzhaftes Lachen aus, und Fergus wußte, daß er den machthungrigen Mann endgültig erobert hatte.

»Es wird Euch in meinen Diensten gutgehen, Fergus de Burton.«

»Dessen dürft Ihr sicher sein, Euer Gnaden.«

»Die Jagd beginnt gleich bei Tagesanbruch. Meine Haushofmeister werden Euch mit allem versorgen, was Ihr benötigt.«

Fergus wagte es, dem Erzbischof mit einer freundschaftlichen Geste auf die Brust zu tippen. »Und seid gewiß, Ihr werdet bei der Jagd einen ernstzunehmenden Gegner haben, denn ich bin der Feinheiten des Schmeichelns nicht kundig. Ich werde nicht nachgeben, wenn die Beute rechtmäßig mir gehört.«

»Eure Herausforderung ist angenommen, mein Herr«, lachte Geoffrey. »Wir werden schon feststellen, wer der bessere Mann ist, wenn die Hirsche ihre Deckung verlassen.«

»Das werden wir tatsächlich, Euer Gnaden, das werden wir tatsächlich.«

Die Männer, die sich ängstlich an die Tür zurückgezogen hatten, waren überaus bestürzt, denn die Jagd sollte am Sabbat stattfinden, und das trunkene Lachen Ihres Erzbischofs war wie Donnergrollen überall im Palast zu hören.

KAPITEL 17

Als der Abend dämmerte saß Simeon mit Elvira auf einer kleinen Bank auf der Lichtung, wo Pater Bernard, der ermordete Kanonikus, seit kurzem begraben lag. Ganz in der Nähe befand sich noch ein kleineres Grab, überwuchert von Gräsern und Gestrüpp, die viele Jahre Zeit gehabt hatten, ungehindert zu wachsen. Es lag dicht neben der Mauer, die das Grundstück von St. Peter von den dahinterliegenden Sümpfen trennte, und wurde nicht einmal von einem noch so schlichten Kreuz gekennzeichnet. Die Sonne sank langsam tiefer, ließ einen ersten, hellen Stern am Himmel aufleuchten und zeichnete Streifen von Rosa und Grün über den westlichen Horizont. Überall um die beiden herum wichen aus allem Lebendigen allmählich die üppigen Farben des Tages. Die Abenddämmerung nahm ihnen die Farben und hinterließ ein Dutzend Grautöne, und über die Orte, die nur wenige Stunden zuvor von prallem Leben erfüllt waren, legte sich jetzt Stille und Düsternis, um von der kommenden Nacht zu künden. Einem verwundeten Wächter gleich ragten die Mauern der von Feuer geschwärzten Ruine des Münsters hoch und finster über den beiden gen Himmel.

Von der Straße her drang Musik, und von jenseits des Fischmarktes wehte das Geräusch von Stimmen bis nach St. Peter herüber, einige fröhlich bei ihrem ausgelassenen Feiern, andere in Zorn oder Angst. Noch eine Stunde, und die Straßen würden verlassen sein, denn nun walteten die Feuerwächter der Stadt und ihre Helfer ihres Amtes, und dort, wo noch Feuer brannte, wurden viele verhaftet.

Elvira lehnte ihren Kopf gegen Simeons Schulter. Sie starrte auf die Gräser über dem kleinen Grab, wo ein Säugling, ein kleiner Junge, begraben lag, der nur drei kurze Tage nach seiner Geburt den Kampf um sein Leben verloren hatte; und je nach dem, was in den Herzen jener, denen er nicht gleichgültig war, geschrieben stand, wandelte er jetzt im Paradies oder zerfiel zu Staub.

»Wenn er überlebt hätte«, sagte Elvira leise, »wie anders würde unser Leben dann aussehen.«

Simeon berührte ihre Wange und seufzte. »Wenn dein Sohn überlebt hätte, wärest du nicht nach St. Peter gekommen, um deine Milch zu verkaufen. Du und ich, wir hätten uns nicht kennengelernt, und Peter hätte jene Nacht, als die Soldaten kamen, ihn zu töten, nicht überlebt.«

»Ich habe einen Sohn verloren und dafür einen anderen bekommen«, flüsterte sie, und in ihrer Stimme schwang sowohl Schmerz als auch Dankbarkeit mit.

»Der Herr gibt, und der Herr nimmt. Ich fürchte, seine Zwecke haben dich einen hohen Preis gekostet, meine Elvira.«

»Aber ihn hat es mehr gekostet«, sagte Elvira, die ihren Blick noch immer nicht von dem kleinen Grab lösen konnte. »Meinem Sohn hat es das Leben gekostet.«

Getroffen von dieser einfachen Wahrheit, schloß Simeon die Augen. Er hatte Elviras Kind nie als Opfer, sondern nur als eine winzige Figur in einem komplizierten Spiel betrachtet, und doch, hätte der Säugling überlebt, würde jetzt vielleicht ihr geliebter Peter an seiner Stelle liegen. Elvira hatte in jener Nacht beobachtet, daß man ein neugeborenes Kind nach St. Peter brachte, und unglücklich und verzweifelt bot sie ihre Milch zum Verkauf, um das Begräbnis ihres eigenen Kindes bezahlen zu können. Ihre liebevolle Fürsorge hatte Peters Leben gerettet, so wie ihre sanfte Natur die Herzen all jener rührte, die ihr begegnet waren. Zusammen mit ihren Lumpen hatte sie ihr altes Leben abgestreift, und als der Schmutz fortgewaschen war, erblühte sie wie eine wilde Blume, und Elvira, die Grabenbauersfrau, entpuppte sich als wahres Gottesgeschenk.

Simeon berührte den goldenen Mähnenkamm, der unter seinem Hemd hing. Auch ihn hatte Elvira für die Seele ihres toten Sohnes geopfert, und mit dieser Gabe hatte sie das Herz des Priesters erobert, beide hatten dabei eine Liebe gefunden, die über sie selbst hinausreichte.

»Gottes Pläne sind für uns Menschen oft undurchschaubar«, sagte er jetzt zu ihr. »Wir können uns nur fügen und darauf vertrauen, daß er uns Gutes will.«

»Wollte er Gutes für das kleine Kind, das zur Welt kam, aber nicht saugen konnte?«

»Er wollte Gutes«, sagte Simeon mit Nachdruck. »Dein Kind ist jetzt sicher aufgehoben im Paradies. Du mußt daran glauben, daß alles Leben seinen Sinn hat. Wie kurz es auch gewesen sein mag, wie unglücklich oder erhaben, kein Leben ist je verschwendet. Daran darfst du niemals zweifeln, nicht einen Augenblick lang. Dein Sohn war ein Teil von Gottes Plan, und jetzt ist er im Paradies.«

Elvira klammerte sich an Simeon und war getröstet. Zwar spürte sie die Gegenwart dieses Gottes, in den er solches Vertrauen setzte, nicht, aber Simeon konnte ihre Furcht mit seinen Worten immer lindern und die Zweifel in ihrem Geist und in ihrem Herzen zum Verstummen bringen. Das aber, worin Elvira sich fügte, ließ sich nicht in Büchern und religiösen Lehren finden. Ihr Glaube begann und endete hier, bei Simeon.

In der Stille, die auf ihr Gespräch folgte, und während er sie fest umschlungen hielt, sah Simeon ein Rechteck aus Licht in der Tür des Hospitals erscheinen und mehrere Männer herauskommen, unter ihnen Osric und Thorald, Antony und Richard. An ihren erregten Gesten ließ sich erkennen, daß sie ein hitziges Gespräch führten, obwohl er noch nichts verstehen konnte. Die Stimmen seiner Freunde waren voller Angst und Sorge, und keiner von ihnen wußte so recht, wie man Simeon die Sache beibringen sollte.

»Ihr habt ihn auch gesehen?« wollte Thorald wissen. »Ihr habt ihn gesehen und nichts gesagt?«

»Jawohl, genauso wie *Ihr*«, knurrte Osric. »Es war nur ein kurzer Blick, flüchtig und ungewiß, an einem überfüllten Ort. Ich habe geschwiegen, weil ich hoffte, ich hätte mich geirrt.«

»Ich habe ihn im Lampenlicht gesehen«, warf Antony ein, »nicht mehr als ein kurzes Aufblitzen, aber genau wie Ihr habe ich ihn gesehen, das weiß ich jetzt.«

An dieser Stelle begann Richard, die Begegnungen an seinen Fingern abzuzählen. »Jacob de Wold war gestern während der Befragung davon überzeugt, einen Mann mit schwarzer Kapuze im Schatten lauern zu sehen. Pater Cuthbert beschreibt denselben Mann, der in Simeons Skriptorium außerhalb des Kerzenscheins gestanden hat.«

»Ich habe ihn von meiner Kirche aus gesehen«, erzählte Thorald ihnen grimmig. »Er stand im Hof, wo nach der Flut mehrere Gräber neu mit Erde bedeckt worden sind. Sein Gesicht war verborgen, aber ich wußte, daß er mir direkt in die Augen sah. Ich spürte seinen Blick. Er nickte. Kein einziges Wort wurde gewechselt, und doch könnte ich schwören, daß ich spürte, wie er mich fragte, ob ich gut vorbereitet sei.«

»Auf was?« fragte Osric. »Vorbereitet auf was?«

»Ich weiß es nicht. Ich habe einfach nur ja gesagt, ich sei bereit.«

Nun mischte sich noch einmal Richard ein. »Und was ist mit Peter? Was hat der Junge gesehen, wovon er lieber nichts sagen will? Was hat ihn bewogen, mitten in der Nacht die Tür der Kapelle zu entriegeln? Woher wußte er, daß ich in diesem Keller im Schlamm in der Falle saß und daß nur er mit seinem schlanken Körper und seiner Übung im Klettern mich retten konnte?«

»Er kam, als er gebraucht wurde, mehr wird er nicht zugeben.«

»Eins steht fest, der Junge wußte davon«, meinte Thorald nickend. »Und jetzt haben wir da diesen Edwin, der weder essen noch trinken noch die Augen zutun will, weil er glaubt, daß eben diese Schattengestalt ihn zum Sterben hierhergeschickt habe.«

»Wir hätten sofort reden sollen.« Osric zischte diese Worte durch seine geschlossenen Zähne. »Wenn diese Gestalt gekommen ist, um uns zu warnen, wie sie es schon einmal getan hat, müssen wir uns eilen und uns gegen Schwierigkeiten wappnen.«

»Peter scheint unbesorgt zu sein.«

Osric sah Antony scharf an. »Habt Ihr ihn denn jemals anders erlebt?«

»Nein, ich nicht«, antwortete der Mönch achselzuckend. »Er hat dem Tod in Gestalt von Cyrus de Figham ins Gesicht gesehen, ohne auch nur mit der Wimper zu zucken, und danach hat er uns in aller Ruhe aus den Fängen des Feuers befreit und in Sicherheit gebracht. Wenn dieses Kind solchen Mut hat, dürfen wir es da wagen, uns als Feiglinge zu zeigen?«

»Allmächtiger, *ich* würde es wagen«, gestand der große Thorald sofort. »Mit Männern aus Fleisch und Blut werde ich fertig, selbst mit zwei oder dreien auf einmal, wenn mir nichts anderes übrig bleibt, aber diese Erscheinung, diese Kapuze ohne Gesicht …« Er breitete die Hände aus und schüttelte den Kopf, als raubte ihm schon der bloße Gedanke daran den Verstand. »Was können wir anderes tun, als uns gegen alles Übel zu wappnen, das er über uns bringen könnte?«

»Sollen wir es ihm dann also sagen? Sollen wir mit Simeon reden?«

Osric war derjenige, der schließlich für sie alle einen Entschluß traf. »Wir erzählen es ihm *sofort«*, und marschierte los.

Simeon sah, daß Osric auf das Skriptorium zuschritt, wo der wachhabende Priester kurz mit ihm sprach und ihm dann eine Hand auf den Arm legte, wie um ihn aufzuhalten. Osric schüttelte den Mann ab und ging mit langen Schritten auf die Bank am Rande des Wäldchens zu. Als er sich der Lichtung näherte, wurde er plötzlich langsamer und räusperte sich auffällig.

»Gott segne Euch, Osric.«

»Vergebt mir meine Störung, mein Freund, aber die Sache, um die es geht, ist wichtig.«

»Das Mädchen?«

Osric schüttelte den Kopf. »Sie wird überleben. Ihre Schwäche geht mehr auf Entbehrungen als auf Krankheit zurück, obwohl ich bezweifle, daß sie je besonders robust sein wird. Der Junge hungert ebenfalls, aber er will weder essen noch trinken, um sich zu retten. Er glaubt, daß er sterben muß, damit seine Schwester leben darf.«

»Der Aberglaube eines Zwillings?«

»Nein, Simeon. Sein Verhalten ist darauf zurückzuführen, daß ein Priester ihn gefragt hat, ob er sein Leben für das ihre geben würde, und der Junge, der für den Segen nicht mit Geld bezahlen konnte, hat bereitwillig zugestimmt. Sein Leben für ihres.«

»Was für ein Unfug ist das denn?« Simeon half Elvira auf und löste sich sanft aus ihrer Umarmung, obwohl er ihre Hand nicht losließ.

»Was für ein Priester würde einen solchen Preis fordern?«

»Der, der ihn geheißen hat, seine Schwester hierher zu Euch zu bringen. Der, der ihm Euren Namen genannt und versprochen hat, daß sie überleben würde. Sein Leben für ihres, das war der Handel, den der Junge geschlossen hat.«

»Was für ein Priester war das? Kann der Junge ihn beschreiben?«

Osric schüttelte den Kopf, und seine Augen glitzerten in dem Halblicht des Abends. »Er nannte sich den schwarzen Wächter, den Hüter des Tores. Er trug einen langen, schwarzen Umhang und eine Kapuze, die sein Gesicht vor jedweden Blicken verbarg.«

Simeon spürte, wie ein Schauer Elviras Körper durchlief, und sie umklammerte seine Hand noch fester als zuvor. Seine Stimme war kaum hörbar, als er fragte: »War es *der andere?*«

»Er war es«, erwiderte Osric nickend.

»Nun gut denn, ich komme sofort.«

Die Freunde geleiteten Elvira in die Sicherheit des Skriptoriums, wo mehrere vertrauenswürdige Geistliche sie in Empfang nahmen und sofort ein Wächter den Platz an der Tür einnahm. Nur widerwillig trennte Elvira sich von ihnen.

»Gib acht«, war alles, was sie sagte, aber ihre Finger huschten über seine Wange und seine Brust, strichen sanft über seine Arme und über seine Hände, als könne sie ihn auf diese Weise für die Zeit seiner Abwesenheit beschützen. Als die beiden Männer vor dem Hospital zu ihren wartenden Freunden stießen, hatte Simeon von Osric bereits erfahren, was sie alle gesehen hatten. Er tadelte sie nicht für ihr Schweigen. Sie waren nichts als ehrliche, aber auch fehlbare Männer, mit Hoffnungen und Ängsten, die ihrem Seelenfrieden mitunter einen Streich spielten und mit Zweifeln, die ihr Urteil trüben mochten.

»Von jetzt an muß jede Begegnung mit ihm gemeldet werden«, sagte er zu ihnen. »Wie flüchtig der Blick auch gewesen sein mag, wie unbegreifbar das Ganze, wir müssen jedesmal darüber reden, wenn diese Schattengestalt auftaucht. Wo ist der Junge namens Edwin?«

Im Hospital standen mehrere Betten aufgereiht entlang der Wände, die Luft war schwer von den Düften der Kräuter und Heiltränke. In einem breiten, überwölbten Alkoven befanden sich Töpfe und Krüge, Mörser und Stößel, Gewichte, Löffel und Maße für die verschiedenen Heilmittel, und über ihnen baumelten Kräuter und wilde Blumen, die dort bis zu ihrer späteren Verwendung trockneten. Als er zu dem Bett kam, auf dem das Mädchen schlief, hielt Simeon kurz inne, um das Kreuzzeichen über ihr zu schlagen. Er berührte kurz ihre Stirn und war erfreut, sie kühl zu finden, obwohl ihr hastiges, flaches Atmen auf die Schwäche ihres Körpers deutete. Als er sie ansah, öffneten sich ihre Augen flackernd; sie waren hellbraun und schienen ohne Sorge, obwohl auf den dunklen Wimpern Tränen glitzerten.

»Pater Simeon?«

»Ja, Kind, ich bin Pater Simeon.«

Sie lächelte und schloß die Augen. »Dann ist alles gut«, seufzte sie und schlief wieder ein.

Ihr Zwillingsbruder hockte in einer Ecke auf dem Fußboden, die Arme fest hinter dem Rücken verschränkt, ein kleines Bündel klapperdürrer Knochen. Als er den Kopf hob, staunte Simeon über die Ähnlichkeit mit seiner Schwester. Sein Gesicht war genauso geformt wie das ihre, bleich und mit dunklen Ringen unter den großen, braunen Augen. Wie ihr Haar war auch seins hellbraun und lang und wegen mangelnder Pflege stumpf geworden. Der weiche Mund und das mit einem Grübchen eingekerbte Kinn waren dasselbe. Selbst die Tränen auf seinen Wimpern hätten von seiner Schwester geborgt sein können.

»Die Ähnlichkeit ist unheimlich«, meinte Simeon lächelnd.

»Pater Simeon?«

»Ja, Junge, der bin ich.«

»Herr, vergebt mir … ich …« Edwin sprang auf die Füße, taumelte blind und wäre gefallen, hätte Simeon ihn nicht mit festem Griff am Oberarm gepackt. Der Priester gab das Zeichen dafür, daß man etwas zu essen bringen sollte, drückte den Jungen dann auf eine Bank und setzte sich neben ihn, und erst als er seinen starken Arm um die schmächtigen Schultern legte, wurde ihm bewußt, wie mager das Kind war. Er fragte sich, wie lange die Geschwister nicht mehr als das Allernötigste zum Leben gehabt hatten und mußte an die Worte Christi denken: »Die Armen sind allezeit bei euch.«

»Ich kenne deine Geschichte, Edwin«, sagte er. »Ich kenne sie und fühle, daß du irrst.«

Der junge Edwin schüttelte den Kopf. »Ich weiß, daß ich sterben muß. Ich habe dem Priester, dem Hüter des Tores, mein Wort gegeben. Mein Leben für ihres. Ich habe mein Wort gegeben, aber ich habe Angst vor dem Tod, Pater Simeon. Ich fürchte mich davor, zu sterben, und doch weiß ich, daß ich es muß, um Edwinias willen.«

»Deine Schwester wird nicht sterben«, erklärte Simeon mit fester Stimme. »Du irrst, mein Junge, dessen bin ich mir sicher. Der Priester, den du gesehen hast, würde niemals ein solches Opfer von dir verlangen. Sage mir die Worte, Edwin, die *genauen* Worte, die gesprochen wurden. Laß nichts aus. Wenn ich dir helfen soll, muß ich alles wissen.«

Der Junge war zutiefst erschöpft. Als man ihm die Hammelsuppe und das Brot brachte, winkte er ab, aber seine Augen leuchteten, und bei dem Anblick und Duft der Speise lief ihm das Wasser im Mund zusammen. Sein Bauch unter seinem dünnen Hemd war eingefallen und seine Rippen traten hervor, und doch wandte er mit einer Seelenstärke, die nur wenigen Menschen gegeben ist, den Blick ab und wollte nichts essen. Während das Essen quälend nah auf einem Hocker neben ihm stand, wiederholte er Wort für Wort seine kurze Unterhaltung mit dem schwarzgekleideten Priester.

Simeon nickte beim Zuhören, und als der Junge fertig war, sagte er, völlig überzeugt davon, daß er recht hatte: »Es besteht keine Notwendigkeit zu sterben. Es gibt andere Möglichkeiten, dein Leben deiner Schwester zu schenken. Sieh mich an, Edwin. Ich habe vor einer Ewigkeit mein Leben Gott geschenkt, und ich lebe immer noch. Männer schenken ihr Leben einer Frau, einem Ziel, einem Traum, und trotzdem leben sie noch. Wir können unser Leben auf viele verschiedene Weisen verschenken, ohne das gottgegebene Geschenk des Lebens selbst zu verschwenden.«

Der Junge sah ihn mit weit aufgerissenen Augen an und kämpfte eindeutig mit seinem Gewissen. »Ein Priester? Soll ich vielleicht Priester werden wie Ihr?«

»Vielleicht. Das wäre gewiß eine Möglichkeit, die Schuld zu begleichen und eine, zu der du dich entschließen oder nicht entschließen wirst, wenn die Zeit reif dafür ist. Aber du hast noch eine andere Möglichkeit, eine, die ich jetzt ganz deutlich sehe. Ich kenne den Priester, der mit dir gesprochen hat. Er hat dich zu mir geschickt, Edwin, weil er weiß, daß ich treue Verbündete brauche.«

Der Junge erwiderte Simeons Blick ohne einen einzigen Wimpernschlag, während er sich so gut es ging an die Worte der Schattengestalt erinnerte. *»Wenn du dein Leben für das deiner Schwester geben würdest, bring sie nach St. Peter, zu Simeon.«*

»Zu mir, Edwin, nicht ins Grab, zu *mir.*«

Edwin sah ihn fassungslos an, und in dem Leuchten seiner Augen lag etwas, das mehr war als bloßer Hunger. Die Aussicht auf neue Hoffnung flackerte dort. »Kann das sein? Kann das wirklich sein?«

»Denk selbst einmal darüber nach«, antwortete Simeon lächelnd. Dann griff er nach der Suppenschale und reichte sie dem Jungen. »Aber zuerst mußt du einmal ordentlich essen. Kein Mensch kann mit leerem Magen vernünftig nachdenken. Hier hast du etwas zu essen und Bier für die Bedürfnisse deines Körpers, ein Bett, in dem du schlafen kannst, und ein sicheres Dach über dem Kopf. Nimm das alles und danke dem Herrn für seine Gnade. Morgen früh kommst du dann zu mir in mein Skriptorium, und wir führen unser Gespräch fort. Dann werde ich dir dieselbe Frage stellen: Kann das sein?«

Er blieb noch ein Weilchen, um dem Jungen zuzusehen, wie er die Suppe und einen halben Laib Brot aß, dann führte er Edwin zu der niedrigen, mit Stroh bedeckten Pritsche, die man in einer Ecke für ihn aufgestellt hatte. Noch bevor Simeon die Decke über ihn gebreitet hatte, war Edwin schon fest eingeschlafen.

Simeon schlug das Kreuz über ihm und berührte seine

Stirn. Als er an dem Bett des Mädchens vorbeikam, blieb er abermals stehen und schüttelte den Kopf. »Eine unheimliche Ähnlichkeit«, sagte er. »Wirklich unheimlich.«

»Ich muß ihn sprechen«, sagte die Frau. »Bitte, ich muß sofort mit ihm sprechen, bevor es zu spät ist.«

»Pater Simeon ist beim Gebet und darf nicht gestört werden. Komm in einer Stunde wieder.«

Die Frau trug eine grobe, braune Decke als Umhang, die ihr Haar und den größten Teil ihres Gesichtes verbarg. Ihre Füße waren nackt und schmutzig, und sie bedeckte beim Sprechen mit einer Hand den Mund. »Bitte, in Gottes Namen, sagt ihm, daß ich hier bin.«

»Er ist beim Gebet«, wiederholte der Torhüter.

»Ich bin Alice, Elviras Freundin. Habt Mitleid, Herr, ich muß sofort mit Pater Simeon sprechen.«

»Alice, sagst du?«

Sie nickte. »Elviras Freundin.«

»Bist du die Frau, die heute bei der Befragung des Propstes gesprochen hat?«

Sie ließ den Kopf sinken. »Ja, die bin ich.«

Der Torhüter kreuzte die Arme über seiner Brust und sah sie an, als sähe er eine Leprakranke vor sich. Wäre er frei gewesen, zu tun und zu lassen, was ihm gefiel, hätte er seinen Stab über dem Rücken dieses erbärmlichen Weibes zerbrochen und sie als Festmahl für die Ratten liegengelassen. Statt dessen räusperte er sich und spuckte ihr verächtlich ins Gesicht. »Warte hier, Weib, während ich einen Priester hole. Aber es wird nicht Pater Simeon sein, der kommt. Ich zweifele daran, daß er seinen Atem an deinesgleichen verschwendet.«

Alice sank draußen vorm Tor auf die Knie. Sie weinte nicht, denn sie befand sich bereits weit jenseits der Erleichterung von Tränen. Auch betete sie nicht, denn die Schande lastete zu sehr auf ihr, als daß sie ihr Herz im Gebet hätte öffnen oder auch nur den Blick zum Himmel hätte heben können. Sie kauerte sich in den Schmutz draußen vorm Tor, wiegte sich hin und her, wie vielleicht ein verlassenes Kind es auf der Suche nach etwas Trost tun mochte.

Als die Tore sich öffneten, stand Elvira vor ihr. Mit nicht mehr als einem geflüsterten: »Alice, meine liebe Freundin«, brachte sie die unglückliche Frau hinein und führte sie in die winzige steinerne Kapelle neben dem Hospital.

»Hier ist ein Stuhl, Alice. Ich habe Simeon die Nachricht schicken lassen, daß du hier bist. Er wird sofort kommen.«

»Aber seine Gebete ... die heilige Messe?«

»Er wird kommen«, sagte Elvira lächelnd und küßte ihre Freundin auf die Stirn. Alice wich vor ihr zurück, und das erschreckte Elvira genauso wie die Magerkeit ihres Gesichtes und ihr die ganze Zeit über niedergeschlagener Blick, während sie gleichzeitig Elviras Hand so fest umklammerte, daß die Fingernägel sich in ihre Haut bohrten. »O Alice, was haben wir dir angetan? Wie schrecklich du gelitten hast um unseretwillen.«

»Ich habe meinen Weg selbst gewählt«, antwortete Alice gepreßt. »Vergiß das niemals, wenn du immer noch meine Freundin bist. Ich wähle meinen Weg selbst.«

»*Wenn* ich immer noch deine Freundin bin? Liebste Alice, ich werde *immer* deine Freundin sein. Jetzt, da du zu uns gekommen bist, werde ich endlich für dich sorgen. Ich werde dich für jeden Schmerz entschädigen, für jede Schande, die du aus Liebe zu uns erlitten hast.«

»Zu spät ... es ist zu spät.«

Die Tür der Kapelle öffnete sich und eine hochgewachsene, kräftige Gestalt erschien, beleuchtet vom Licht der Fackel, die an der Oberschwelle hing. Einen Augenblick lang hielt Alice die Luft an, als sei sie zu Tode erschrocken, dann erkannte sie den Priester und warf sich zu Boden, direkt vor seine Füße.

»Pater Simeon, vergebt mir, vergebt mir.«

»Arme Alice, Ihr habt Euch mit Euren eigenen Worten verdammt. Nur seine Gnaden der Erzbischof oder seine Heiligkeit der Papst könnte Euch jetzt die Absolution erteilen«, erwiderte Simeon.

»Ihr versteht nicht«, rief sie und begann mit ihren Fäusten

auf den Boden zu hämmern. »Ihr wißt es nicht, Ihr versteht nicht.«

»Alice, wenn Ihr bereut, ehrlich und bedingungslos, dann wird Gott in seiner Gnade …«

»Nein!«

Sie schrie das Wort fast heraus und rutschte dann ein Stück über den Boden, um Simeons Knöchel zu umfassen. »Ich bitte nicht Gott um Vergebung, solange die größere Sünde noch nicht begangen ist. Ich bitte Euch um Vergebung, Pater Simeon. *Euch!*«

»Sie sei dir gewährt, Alice. Ich gewähre sie dir gern«, sagte Simeon und bückte sich, um ihr aufzuhelfen. Auf ihren Knien wandte sie ihm ein tränenüberströmtes Gesicht zu, und die Qual, die er dort sah, griff ihm ans Herz.

»Ich habe Euch mit meinen Lügen verraten.«

»Armes Kind, du hast dir selbst den größeren Schaden zugefügt.«

»Werdet Ihr meine Berichte hören?«

»Alice, für jedes Unrecht, das Ihr mir angetan habt, will ich Euch bereitwillig vergeben, aber für den Rest kann ich Euch keine Absolution erteilen, und wenn die größere Sünde, wie Ihr sagt, noch nicht begangen ist …«

»So ist es, und ich bin verloren.«

Elvira machte Anstalten, auf Alice zuzugehen, als sie einen warnenden Blick von Simeon auffing und sich abwandte. Bevor sie die Kapelle verließ, legte Elvira ihre Hand auf Simeons Arm und sah ihm in die Augen. Dort las sie tiefes Mitleid und den wilden Schmerz eines Menschen, der wußte, daß durch seine gute Absicht die Seele eben der Frau, die zu retten er versucht hatte, verloren war.

»Niemals ist jemand ganz verloren«, flüsterte sie, als sie den Schmerz in seinen Augen las; wußte sie doch, daß dieser Mann in seinem Glauben an einen allbarmherzigen Gott es gewagt hatte, den Toten ohne Beichte volle und bedingungslose Absolution zu erteilen. »Es gibt nichts, was de Figham tun könnte, das Gott nicht ungeschehen machen könnte.«

»Gott segne dich für deine Weisheit, Elvira.«

»Obwohl er mich für meinen mangelnden Glauben nicht segnen wird?«

»Deine Seele ist offen. Das ist Glaube genug.«

Elvira blickte hinunter auf die am Boden liegende Gestalt ihrer Freundin. »Sie hat an meiner Statt gelitten, und jetzt kommt sie zu dir, um von all ihrem Schmerz geheilt zu werden. Ist *dieser* Glaube genug für den Gott, dem du so aufrichtig dienst, Simeon de Beverley?«

»Er ist genug«, antwortete er, und sie sah, daß er wirklich glaubte, was er da sagte.

KAPITEL 18

In seinem Haus in Moorgate zwängte Wulfric de Morthlund mit finsterer Miene seine gewaltigen Schultern in seinen Umhang, während Daniel Habicht mürrisch und schweigsam die Falten des üppigen Gewandes mit einer silbernen Brosche an der Schulter zusammensteckte. Der Umhang war von leuchtendem, lebendigem Scharlachrot, seine Farbe wurde aus Herzmuscheln hergestellt und war dafür bekannt, weder im Sonnenlicht zu verblassen noch vom Regen ausgewaschen zu werden. Das Futter bestand aus violetter Seide, und das Ganze war höchst wirkungsvoll mit einem breiten, bestickten und mit Silber- und Kupferfäden durchwirkten Einsatz versehen. Er trug seinen silbernen Lieblingsgürtel, dreimal so lang wie der anderer Männer, über einem grauen Seidenrock, dazu hohe, reich verzierte Stiefel und quer über der Brust eine juwelenbesetzte Schärpe. De Morthlund hatte Hunger, und mit leerem Magen wurde er mürrisch. Er betrachtete Daniels hübsches Adlergesicht und sah dort etwas, das ihn beunruhigte.

»Diese düsteren, schweigsamen Launen stehen dir nicht, Daniel Habicht. Geht es dir nicht gut?«

»Mit mir ist alles in Ordnung, mein Herr.«

Wulfric nickte. Er konnte in diesem Gesicht nicht lesen und war auch alles andere als erbaut über das wachsende Gefühl, daß er nicht länger vollkommene Kontrolle über seinen Lustknaben besaß. Es hatte eine Zeit gegeben, da war Daniel so gehorsam und gefügig gewesen, daß Wulfric allen Grund gehabt hatte, ihn für seinen Besitz zu halten. Etwas hatte sich jedoch geändert. Eine langsame, schleichende Verwandlung, die nach dem Brand von Beverley begonnen hatte, als Daniel beinahe sein Leben verloren hätte und eine gefährliche Schwäche in de Morthlunds Charakter zutage getreten war. Als Herr und Diener konnten beide gemäß der natürlichen Ordnung der Dinge leben. Als Liebende war die Macht zwischen ihnen geteilt, und so verlor der Herr und Meister nach und nach seine Herrschaft, so daß er ganz allmählich zum Unterlegenen wurde. Jetzt argwöhnte er, daß Daniel sich diesen Fehler zunutze machte, indem er sich, wie es ihm gefiel, hingab oder zurückzog und auf diese Weise ein Maß an Gleichberechtigung erlangte, auf das er kein Recht hatte.

»Deine Launen sind für meinen Geschmack zu feminin geworden, mein liebes Herz«, sagte er beißend. »Und zu regelmäßig für mein Wohlbehagen. Warum trägst du eigentlich Schwarz?«

Daniel zuckte mit den Schultern, obwohl diese Frage ihn genauso aus der Ruhe brachte wie der Argwohn, den er dahinter spürte. Obwohl seine Treue auf harte Proben gestellt worden war, war sein Gefühl für de Morthlund in den sechzehn Jahren ihrer Bekanntschaft nicht geringer geworden. Kein Mann konnte seine Gedanken erraten, und doch verblüffte es ihn, daß dieser Mann, dem er seit jungen Jahren mit Leib und Seele gehört hatte, immer noch nicht in der Lage war, in seinem Herzen zu lesen.

»Ich trage Schwarz, weil es Euch gefällt«, sagte er. »Die Gewänder sind neu. Ihr habt sie mir in York anfertigen lassen.«

Der hünenhafte Priester runzelte die Stirn. »Cyrus de Figham bevorzugt Schwarz. Vielleicht hoffst du, ihn mit deinen Kleidern zu bezaubern, während du so üppig an seinem Tisch zu speisen pflegst?«

»Dieser Gedanke ist mir noch nie gekommen«, sagte Daniel und fluchte dann leise, als er sich den Finger an der scharfen Nadel von Wulfrics Brosche aufritzte.

»Deine Hände sind unbeholfen«, bemerkte de Morthlund. »Steckt soviel Wahrheit in meinen Worten, daß sie dich nervös machen?« Er packte den Finger und preßte ihn so stark zusammen, daß ein Blutstropfen auf der Oberfläche der Haut erschien, dann steckte er ihn sich in den Mund und saugte so heftig daran, daß Daniel vor Schmerz zusammenzuckte. Als er fertig war, schleuderte er die Hand von sich und warf einen verächtlichen Blick auf Daniels Schädel. »Du solltest deinen Kopf bedecken, mein Lieber. Keine noch so große Zahl schöner Roben kann einen Ausgleich für mangelndes Haar schaffen. Deine Kahlheit läßt dich vor der Zeit altern. Das gefällt mir nicht.«

»Ich bedaure den Verlust, mein Herr.«

»Wozu du allen Grund hast. Es steht dir nicht.« Dann stolzierte er durchs Zimmer, wobei er seinen Umhang um sich herumflattern ließ und das Futter hell unter dem raschelnden Purpur aufleuchtete. Am Lesepult blieb er stehen, um ein Buch zu betrachten, zwischen dessen Seiten ein schmaler Seidenstreifen steckte. »Du denkst zuviel. Ich behalte dich nicht auf meine Kosten in meinem Haus, damit du deine Energie ans *Denken* verschwendest.«

Daniel zuckte mit den Schultern und lächelte. »Alle Männer müssen denken, wenn sie Verstand haben, mein Herr. Sollte Euer Vikar einen weniger gesunden Verstand haben als die Priester anderer Kanoniker?«

»Ich möchte einen *gehorsamen* Vikar haben«, brauste de Morthlund auf.

»Und das bin ich auch, gehorsam und treu.«

»Du liest zuviel für meinen Geschmack. Lesen beschert deiner Stirn Falten und verdrießt deine Laune. Es ist eine nutzlose, feminine Beschäftigung.«

»Aber es ist doch gewiß meine Pflicht als Priester, regelmäßig die Schriften zu lesen«, erwiderte Daniel nachsichtig. »Ich tue nicht mehr als die Pflicht von mir verlangt.«

»Deine Pflicht gilt nur mir, nicht den Worten von einer Handvoll frommer, alter Männer, die seit zahllosen Jahrhunderten tot und begraben sind. Diese mitleiderregenden Kritzeleien sind für die Mußestunden von Narren und Kindern da.«

»Aber mein Herr, die Schriften …«

»… sind leere Worte, die du *ausschließlich* in Ausübung deiner Pflichten als Priester zitierst und rezitierst. Kein intelligenter Mann kann das ernstnehmen. Gib diese Gewohnheit auf, Daniel. Ich finde sie ärgerlich.«

»Wie Ihr wünscht, mein Herr. Ich werde das Buch zurückbringen.«

Als Daniel sich dem Pult näherte, nahm Pater Wulfric das Buch an sich und machte keine Anstalten, es dem jüngeren

Mann zu geben. »Geh und hol deinen Umhang und laß die Pferde für unsere Fahrt vor die Tür bringen. Mir läuft schon das Wasser im Mund zusammen bei dem Gedanken, bei de Figham endlich etwas in den Bauch zu kriegen.« Er preßte sich das Buch an die Brust, so daß die Ringe an seinen Fingern vor dem ledernen Einband funkelten und glitzerten. »Beeil dich ein bißchen. Ich sehe inzwischen zu, daß ich das hier loswerde.«

Sie ritten mit einer Eskorte von sieben Männern zu dem Haus in Figham hinüber, denn in seinem prächtigen Staat war de Morthlund ein begehrenswertes Ziel für gewöhnliche Diebe, und Beverley mit seinen Pilgern und seinen Asylgesetzen beherbergte mehr als seinen gerechten Anteil an Tunichtguten. Sie wählten den kürzesten Weg über die Wiesen und schickten drei Reiter voraus, um sicherzustellen, daß man gefahrlos dort entlangreiten konnte. An der Tür des Hauses wurden sie von ihrem Gastgeber Cyrus de Figham begrüßt, der de Morthlunds verdrossene Blicke und die düsteren Züge seines Vikars bemerkte und gleich beschloß, die Gelegenheit beim Schopfe zu fassen.

»Meine Komplimente für Eure fürstliche Ausstattung, Pater Wulfric«, sagte er mit einem Lächeln. »Und zu dem Aussehen Eures Vikars. Ein so hübscher Begleiter gereicht Euch zur Ehre.«

Die Augen des dicken Mannes wurden schmaler, und sein Rücken versteifte sich plötzlich. Cyrus hatte einen bloßen Nerv berührt, und das Ergebnis fiel ganz nach seinem Geschmack aus. Eifersucht war eine gefährliche Waffe, wenn ein Mann sie in die Hände seines Feindes geraten ließ. Es war eine mit Widerhaken versehene Schnur, an der man nur zu ziehen brauchte, um die Dinge nach Belieben zu beeinflussen, und de Figham konnte der günstigen Gelegenheit nicht widerstehen.

»Hübsch?« wiederholte de Morthlund. »Ja, ich will zugeben, daß er recht hübsch war, als er noch etwas mehr Haar auf dem Kopf hatte.«

»Aber dieser Verlust fällt doch kaum ins Gewicht«, beharrte de Figham. »Nein, wirklich, er hat doch höchstens an den Schläfen etwas Haar verloren. Findet Ihr nicht auch, daß ihm das eine gewisse Würde verleiht, da die hohe Stirn seine edlen Gesichtszüge auf so elegante Weise unterstreicht?«

»Hübsch? Würde? Edel? Allmächtiger, Eure schönen Worte schlagen mir auf den Magen. Wenn Ihr so weitermacht, putzt er sich gleich das Gefieder wie ein Weib.«

Daniel fing de Fighams Blick auf, das verschwörerische Zwinkern und das Aufflackern von Triumph. Auch de Morthlund deutete die Zeichen ganz richtig und war erzürnt.

»Macht Euch nicht die Mühe, abzusteigen«, brüllte er Daniel mit Zorn in den Augen zu. »Reitet zurück nach Hause und schafft mir diesen geistlosen Welpen wieder zurück in die Hütte, in der ihr ihn gefunden habt. In dieser Hinsicht habt Ihr mir schlecht gedient, er gefällt mir nicht.«

De Figham heuchelte Enttäuschung. »Ihr seid zu hart, mein Freund. Auf meinen Tisch steht ein Gedeck für Daniel. Das Festmahl ist bereit, und dieser Botengang wird bedeuten, daß er zu spät kommt.«

»Zu spät?« knurrte de Morthlund, der sich mit Hilfe von zwei kräftigen Dienern vom Pferd heruntermühte. »Heute abend wird er überhaupt nicht speisen. Ich fürchte, mein Vikar liest lieber staubige Bücher als sich mit den köstlichsten Dingen den Bauch zu füllen. Soll er sich mit seinen Schriften vergnügen und Bier und Käse zu sich nehmen, ganz wie der gewöhnliche Mann, der er ist.« Dann drehte er sich mit heißer Röte in den Wangen zu Daniel um. »Und im Namen des Anstands, *verhülle deinen Kopf.* Es macht mich krank, deinen Schädel solchermaßen zur Schau gestellt zu sehen.«

»Wie Ihr wünscht, mein Herr.« Mit einer Verbeugung setzte Daniel seine Kapuze auf, wendete dann sein Pferd und ritt davon.

De Figham betrachtete den schwarzen Stein in dem Ring, den er an seinem spitz zulaufenden Zeigefinger trug. »Gefällt Euch Euer … ähm … Priester nicht mehr, Pater de Morthlund?«

»Er ist mir zu mürrisch geworden«, gestand de Morthlund, während er sich mit beiden Händen den Gürtel hochzerrte.

»Er denkt zuviel nach über Dinge, die seinen Geist betrüben, und treibt damit einen Keil zwischen uns.«

»Ah ja, ich fürchte, das Feuer hat seine Narben auf uns allen zurückgelassen.«

»Was meint Ihr mit dieser Bemerkung?« De Morthlund sah seinen Gastgeber scharf an. Er glaubte nicht, daß der Priester es wagen würde, eine offene Anspielung an jene demütigenden Szenen an Daniels Bett zu machen. De Figham fing den flackernden Blick des anderen auf und wußte, daß er zum zweiten Mal eine wunde Stelle berührt hatte. Er breitete die Hände zu einer Geste der Unschuld aus und stocherte weiter in der Wunde herum.

»Ich sehe nur, daß Euer Daniel Habicht, nachdem er so viel Zeit mit den Priestern von St. Peter zugebracht hat, gewisse Veränderungen durchgemacht zu haben scheint. Vielleicht ist Pater Simeon dafür verantwortlich?«

»Was soll das heißen? Sprecht, de Figham.«

»Ich meine nur, daß Simeon die Saat des Zweifels in Daniels Geist gesät haben könnte. Er hat eine überzeugende Zunge, und wenn er die Absicht hat, Euren Vikar von Euch wegzulocken ...« Noch einmal hob er die Hände, bevor er sich umdrehte, um der schwarz gekleideten Gestalt nachzusehen, die über die Wiese ritt. »Kann man ihm trauen?«

»Ich bringe ihn mit bloßen Händen um, wenn man es nicht kann.«

»Und was ist mit Simeon de Beverley, sollte er der Grund dafür sein?«

»Dann seid versichert, daß ich auch ihn töten würde«, knurrte de Morthlund und fügte dann als Seitenhieb gegen de Figham hinzu: »So wie ich jeden Mann töten würde, der versucht, etwas zu stehlen, was mir gehört.«

De Figham lachte und schlug seinem Gast auf die breiten Schultern. »Mein Freund, ich glaube Euch, daß Ihr das tun würdet. Wir können nur hoffen, daß Euer Vikar für eine schickliche Distanz zwischen sich und Simeon sorgt. Und jetzt kommt, laßt uns zusammen essen und trinken. Die anderen sind schon da. Heute abend wollen wir wie Könige speisen, ob nun mit oder ohne Euren hübschen Daniel Habicht.«

Als er de Morthlund ins Innere des Hauses führte, drehte er sich noch einmal um und gab dem Mann, der seine Hunde versorgte, ein stummes Signal. Er wollte, daß er Daniel folgte und ihm über jeden einzelnen seiner Schritte genau Bericht erstattete. Wenn Daniel auch nur eine einzige Stunde allein zubrachte, ohne einen Zeugen für seine Handlungen, würde de Figham eine Möglichkeit haben, die bloßen Nerven dieses dicken Mannes bis auf die Knochen freizulegen.

Daniel Habicht saß auf dem Stuhl seines Herrn und starrte in den Kamin, in dem noch immer ein Feuer brannte. Die Flammen waren zu funkelnder, roter Glut erstorben, und überall um sie herum hatte sich Asche niedergelassen. Der Gegenstand, der die Flammen genährt hatte, war noch immer zu erkennen, seine Seiten geschwärzt und sein lederner Einband verbrannt. Wulfric de Morthlund hatte Wort gehalten, als er sagte, er würde Daniels Buch loswerden. Er hatte es verbrannt. Die Tat selbst, wenn auch ein Sakrileg, war kaum von Bedeutung, da man über die Kirche an Abschriften gelangen konnte. Die Botschaft, die dahinterstand, war jedoch unmißverständlich: Was Wulfric schenkte, konnte er jederzeit wieder nehmen, und was immer ihm mißfiel, würde er zerstören.

Daniel starrte in die Glut. De Morthlund hatte ihn seines Platzes an der Festtafel beraubt und nach Hause geschickt wie ein ungezogenes Kind, das einen Botengang erledigen und dann sein Abendessen in der Küche einnehmen soll. Er bedurfte dieser verkohlten Mahnung an die Macht, die Wulfric über ihn hatte, nicht, ja er brauchte nicht einmal seine eigenen, finsteren Gedanken, um seine innere Unruhe an die Oberfläche treten zu lassen. Zwar konnte er nicht genau sagen, was dieses Gefühl des Unbehagens eigentlich hervorrief, dazu war es zu vage und unbestimmt, aber er machte sich Sorgen. Obwohl seine Zukunft auf dem Spiel stand, fühlte er sich doch machtlos angesichts des unter ihm schwankenden Bodens. Seine Liebe zu de Morthlund war trotz der vielen Grausamkeiten, die er von diesem Mann zu erdulden hatte, nicht gestorben, aber sie hatte sich verändert.

Jetzt fürchtete er um ihre unsterblichen Seelen und sah alles mit den Augen eines Mannes und nicht mehr mit denen eines Kindes, mit klarer Vernunft statt blindem Gehorsam, und was er da sah, störte seinen Seelenfrieden beträchtlich.

»Sir?« Es war eine leise Stimme, ängstlich und unsicher. »Vergebt mir, Sir.«

»Was ist los, Junge?« Er drehte sich nicht um.

»Ihr sagtet, Ihr würdet mich nach Hause bringen.«

»Was?«

»Nach Hause«, wiederholte der Junge. »Zum Haus meines Vaters, Sir. Ich kenne den Weg nicht.«

Daniel riß seinen Blick von den verkohlten Resten des Buches im Kamin los. Der Junge stand noch immer an der Tür, ein unordentliches Bündel in den Händen und in den jungen Augen zuviel Wissen um die Welt. Auch das war neu für Daniel Habicht, das seltsame Gefühl, dem Schmerz nicht unähnliche Gefühl, das er manchmal für jene außerhalb seines komfortablen Lebens empfand, jene, deren täglich Brot, deren Überleben einzig und allein von den Launen anderer, stärkerer Männer abhing. Die Starken versklaven die Schwachen, die Reichen die Armen, die Mächtigen die Kleinen und Unbedeutenden. Er wußte, daß dem so war. So war es gewesen, seit Adam den Garten Eden verlassen hatte, und so würde es sein bis ans Ende aller Zeiten. Es war das Gesetz der Welt, der natürliche Lauf der Dinge. Warum begann dann Daniel Habicht, dessen eigenes Überleben von seinem Herrn abhing und selbst an einem seidenen Faden hing, warum begann er dann plötzlich, dieses allererste Prinzip der Natur anzuzweifeln?

»Wie heißt du, Junge?«

»James, Sir.«

»Man hat dir den Namen eines Heiligen gegeben. Wußtest du das?«

Der Kleine zuckte lediglich mit seinen mageren Schultern.

»Nun, James, bist du bereit?«

»Ja, Sir.«

Daniel erhob sich und faßte den Jungen bei der Hand. Die Finger, die er umschloß, waren sehr klein und unerwartet fest, und der Blick des Kindes hätte ihm das Herz gerührt, hätte er nur geglaubt, daß er eines besaß. Plötzlich kam ihm der Gedanke, daß er, wenn er wollte, dieses Kind zum Fluß bringen und es ertränken konnte, oder daß er es für ein paar Pfennige auf dem Markt verkaufen oder in einer Gasse zu Tode prügeln konnte, einfach weil er gerade Lust dazu verspürte. Er könnte den Jungen auch aus Wulfric de Morthlunds Bett in das anderer Männer führen, die ihn genauso mißbrauchen würden. Aber er hatte sich bereitgefunden, ihn nach Hause zu bringen, und so hatte James ihn beim Wort genommen. Vertrauen war das, was er in diesen traurigen Augen las, und es war ihm einfach unerklärlich, daß dieser Junge es wagen sollte, ihm zu vertrauen, wo das Kind doch so wenig Grund dazu hatte.

Gemeinsam gingen sie durch die dunkler werdenden Straßen, und als James ein paar Häuser sah, die er erkannte, entzog er sich Daniels Hand und lief voraus. James humpelte ein wenig, und sein Schritt war unsicher, aber in der Hast, wieder zu seiner Familie zurückzukehren, vergaß er jeden Schmerz, den er erlitten hatte. In der schmalen Straße bückte er sich mehrfach, um ein paar weggeworfene Kohlblätter aufzuheben, dann verschwand er in der Hütte seines Vaters. Daniel hätte ihn an dieser Stelle verlassen sollen, denn sein Auftrag war ausgeführt, aber irgend etwas zwang ihn, hinter dem Jungen herzugehen, bis er sich ebenfalls durch den niedrigen Eingang duckte und sich in dem einzigen Raum, den die Familie ihr Heim nannte, wiederfand.

Der Raum war dunkel. Kein Feuer brannte in dem Kamin, und bei dem Gestank, der an seine Nase drang, mußte er sich fast übergeben. Als seine Augen sich an die Düsternis gewöhnt hatten, konnte er die Umrisse einer Gestalt auf dem Bett erkennen, vor der die kleine, vertraute Gestalt von James kniete. Zwei jüngere Kinder hockten in einer Ecke und klammerten sich wie schmutzige, erschrockene Äffchen aneinander. Da plötzlich zogen die Bewegungen in einer hölzernen Wiege seinen Blick auf sich, und als er genauer hinsah, begriff er, daß sich dort eine Schar von Ratten an etwas labte. Weitere Ratten befanden sich auf dem Bett und taten sich dreist am

Leichnam des Toten gütlich, zwischen dessen Händen noch immer Wulfric de Morthlunds magere Silberbörse steckte.

»Komm da weg, Junge«, sagte Daniel scharf, faßte den Jungen bei den Schultern und zog ihn grob auf die Füße. »Deinem Vater kann niemand mehr helfen. Komm hier weg.«

Zu seinem Entsetzen klammerte sich der Junge plötzlich an ihn und verbarg sein Gesicht in den Falten seines Umhangs. Ein wildes Schluchzen schüttelte den Leib des Kindes und kam mit seltsamen Tierlauten aus seiner Kehle, und rein instinktiv verspürte Daniel den Drang, ihn wegzustoßen und so schnell er konnte davonzulaufen. Dann aber legten sich seine Hände mit einer Geste des Trostes auf den Kopf des Jungen, und nach einem Augenblick des Zögerns umarmte er ihn und drückte das schluchzende Kind fest an sich.

»Ist es das, was Er will?« murmelte Daniel bei sich, die Frage schien ihm plötzlich das Herz zu durchstoßen. »Ist es das, was Gott für sein Volk will? Kann Er, den die Menschen gütig nennen, so gleichgültig sein?«

Einen Augenblick lang verharrte er neben dem Totenbett und bemühte sich nach Kräften, seine Worte in ein zusammenhängendes Gebet zu verwandeln, mußte aber feststellen, daß all die kurzen, vertrauten Sätze ihm plötzlich entfallen zu sein schienen. Er zerrte de Morthlunds Börse aus den Fingern des Toten, schloß die ins Leere starrenden Augen und schlug das Kreuzzeichen, und als er ging, nahm er die Kinder mit sich.

In der kleinen Kapelle von St. Peter richtete Simeon de Beverley die Augen himmelwärts und betete um Führung. Die Frau hatte geweint und ihm ihre Seele entblößt dargeboten, und jetzt wußte er, wie Cyrus de Figham sie dazu gebracht hatte, ewige Verdammnis zu riskieren, als sie trotz des heiligen Eids log. Der Priester hatte ihr gedroht, sie dem einäugigen, buckligen Knut zur Frau zu geben, diesem Mann, dessen Körper von eitrigen Geschwüren übersät war, und der so gräßlich aussah, daß die Kinder entsetzt vor ihm wegliefen und erwachsene Männer auf die andere Straßenseite wechselten.

Hätte Alice sich de Figham widersetzt, wäre sie über kurz oder lang in Knuts Bett gelandet. Wenn sie jedoch tat, was er wollte, würde de Figham ihr die Absolution für ihre Sünden gewähren. All das hatte der Priester ihr versprochen und ihr nach der Verhandlung ins Gesicht gelacht und das Hochzeitsdatum festgesetzt. Alice würde schon vor dem Grab ihre Hölle finden und erleiden müssen.

Als Simeon mit seinen Gebeten zu Ende war, blickte er mit schwerem Herzen zu Alice hinunter. Sie kniete am Boden, das Gesicht in seinen Schoß gepreßt, erschöpft von ihrem eigenen Elend.

»Bleib hier bei uns«, sagte er schließlich. »Soll Cyrus de Figham toben und wüten und tun, was er will, aber wir werden dich vor ihm beschützen, wenn nötig mit Gewalt.«

»Ich bin sein Eigentum«, erinnerte sie ihn. »Durch meinen eigenen Eid bin ich zu einem willigen und gehorsamen Stück Vieh für ihn geworden. Wie könnt Ihr hoffen, durchzusetzen, was Ihr da vorhabt? Wie kann die Kirche einem Priester erlauben, den Besitz eines Kanonikus zu beschlagnahmen?«

»Ich werde einen Weg finden«, versprach Simeon. »Und wenn ich versage, wird man dich von hier wegbringen, damit du anderswo ein neues Leben beginnen kannst.«

Mit hartem Lachen erhob sich Alice und ging zu dem winzigen Altar hinüber, auf dem vor einer Ikone der heiligen Jungfrau Maria eine Kerze brannte. »Für mich kann es kein neues Leben mehr geben«, sagte sie und berührte die Kerzenflamme mit bloßen Fingern. »Kein Leben außer dem, das Cyrus de Figham mir vorschreibt. Er verachtet mich um so mehr, weil ich jetzt nutzlos für ihn bin. Er wird eine andere Frau an meine Stelle setzen und mich diesem abscheulichen Buckligen übergeben.«

»Du irrst dich, Alice. Du darfst nicht verzweifeln. Ein neues Leben *ist* möglich, weit entfernt von hier, wo du unbekannt bist, ein Leben mit einem guten, ehrlichen Mann, ja sogar mit Kindern.«

Da drehte sie sich zu ihm und schleuderte ihren Umhang weg, um die harte, runde Wölbung ihres Bauches zu entblößen. »Mit dem hier?« rief sie. »Und mit dem?« Sie riß ihr

Gewand auf, so daß das leuchtendrote Brandmal wie eine gräßliche Wunde auf ihrer Brust bloßlag.

»Gütiger Gott im Himmel!«

»Ich trage sein Teufelsmal auf dem Leib«, stöhnte sie und begann dann, krampfhaft an ihren Kleidern zu zerren, als könnte sie sich auf diese Weise das in ihr wachsende Kind aus dem Leib reißen. »Und sein Teufelsgezücht ist in mir und nährt sich an meinem Fleisch und an meiner Seele. Es ist etwas Böses, und ich bin verflucht. *Verflucht!*«

»Alice , Alice.« Simeon ging zu ihr hinüber, aber als er versuchte, sie zu trösten, und sie sich an ihn klammerte, spürte er, wie die Bewegungen von de Fighams ungeborenem Kind ihren Bauch durchzuckten. »Ist das die größere Sünde, von der du sprachst? Die Sünde, die noch nicht begangen ist? Die Geburt von de Fighams Kind?«

»Es darf nicht leben«, schluchzte sie an seiner Brust, und all ihre Verzweiflung lag in diesem Schrei. »Dieses Ungeheuer darf niemals Gottes Luft in seine teuflischen Lungen saugen.«

»Pst, Kind. Wir finden einen Weg.« Er zitierte Elviras Worte, um sich selbst und Alice Kraft zu geben. »›Es gibt nichts, was de Figham tun könnte, das Gott nicht ungeschehen machen könnte.‹«

Alice zog ein einfaches Kreuz aus Zweigen und Draht unter ihrem Umhang hervor, legte es Simeon in die Hände und schloß seine Finger darum. »Pater Simeon, werdet Ihr das Elvira geben? Es ist alles, was ich habe, um ihr ein Zeichen unserer Freundschaft zu geben. Werdet Ihr sie bitten, noch einmal zu mir zu kommen?«

»Ich breche sofort auf«, erwiderte Simeon lächelnd, gerührt von ihrer plötzlichen Kraft. »Sie wird sich um dich kümmern, Alice. Bei uns bist du in Sicherheit.«

Als er die Kapellentür erreichte, rief sie seinen Namen. »Pater Simeon?«

»Ja, mein Kind?«

»Vergebt Ihr mir? In Eurem tiefsten Herzen, vergebt Ihr mir wirklich und wahrhaftig?«

»Das tue ich, das tue ich von ganzem Herzen«, sagte er und ließ sie neben dem kleinen Altar stehen.

Als er wenige Minuten später mit Elvira zurückkehrte, fanden sie die Kapelle leer vor. Die Kerze auf dem Altar war gelöscht worden, und in der Luft hing noch immer der Duft von Qualm und Wachs. Ein Schauer der Angst fuhr ihm über den Rücken.

»Wir haben sie verloren.«

»Simeon, ich frage nicht, was sie dir in der Beichte anvertraut hat. Ich weiß, du darfst kein Wort davon wiederholen, aber laß mich sagen, was mir Sorgen macht. Als ich versuchte, sie in die Arme zu nehmen, schrak sie vor mir zurück. Zuerst dachte ich, der Grund dafür sei ihr Elend gewesen, aber jetzt …«

»Was ist, Elvira? Ich habe gelernt, deiner Intuition zu vertrauen.«

»Sie wollte etwas vor mir verbergen, etwas Schreckliches. Ich bin eine Frau, und diese Dinge sind mir nicht fremd. Ich glaube, sie trägt ein Kind unterm Herzen, und wenn das stimmt …«

Simeon drängte sie weiter. »Wenn das stimmt?«

Elvira richtete ihre dunklen Augen auf ihn. »Sie sagte in meiner Hörweite, daß die größere Sünde noch nicht begangen sei. Sie brauchte deine Vergebung für ihren Seelenfrieden, aber sie glaubt, dein Gott wird ihr nicht verzeihen, was sie jetzt tun muß.«

»Sie wird versuchen, das Kind zu töten«, sagte Simeon ausdruckslos. »Diese unglückliche Frau will ihr ungeborenes Kind ermorden.«

»Und noch mehr«, erklärte Elvira ihm traurig. »Die arme Alice will sich auch selbst das Leben nehmen.«

KAPITEL 19

Der Bucklige kam im Laufschritt und mit einer Holzwiege, die er sich auf den Rücken gebunden hatte, über die Wiese. Er wankte von einem klobigen Fuß auf den anderen, und sein Gang war ein unbeholfenes, krabbenartiges Schlurfen, das ihn schon aus der Ferne von gesunden Männern unterschied. Er war ein Ausgestoßener und ein Dieb, ein Bettler und Gegenstand des Spotts, denn die Welt hatte nicht viel übrig für verzerrte Leiber und sabbernde Münder. Er lebte von seinem beschränkten Verstand, vom Stehlen und Betteln und von der gelegentlichen Barmherzigkeit der Priester von Beverley. Ein Mann wie er mußte besonders flink und geschickt sein, wenn er eine Münze ergattern wollte, bevor sein Gönner ihn wegscheuchte.

Knut, der Bucklige, hatte die Kunst der Umgangssprache nie gemeistert, obwohl er ein wenig einfaches Englisch recht gut verstand, und darüber hinaus auch ein wenig Französisch und Latein. Dennoch konnte er in den Gesichtern und Gliedern eines Mannes mit all der Genauigkeit lesen, die für sein Überleben bestimmend war. Er konnte die Zeichen eines bevorstehenden Schlages deuten, bevor die Hand sich auch nur gegen ihn erhoben hatte, und er wußte, wann man ihm ein Geschenk machen wollte. Cyrus de Figham hatte ihm die Frau gegeben, und Knut war klug genug, zu begreifen, daß sein erbärmliches Leben sich von nun an ändern würde. Alice war gesund und stark und schön. Sie würde für ihn arbeiten und sein Bett mit ihm teilen, wie man es von jeder guten Ehefrau erwarten durfte. Sie würde ihm ein normales, gesundes Kind schenken, noch bevor in der letzten Dezemberwoche der Festtag des heiligen Thomas à Becket begann. Die Männer aus der Stadt würden an seine Tür kommen und ihm Geld geben, nur um bei ihr liegen zu dürfen. Sie würden ihn beneiden, weil sein Leben sich verändert hatte, und er würde sich wie ein ganzer Mann fühlen. Er mühte sich ab, mit seiner geschwollenen Zunge und den halbverfaulten Zähnen, die seinen Mund füllten, den Namen seines Geschenkes zu formen. »Alice.« Knut warf seine Kapuze zurück, als er die baufällige Holzhütte erblickte, die in einer Senke auf den Figham-Weiden stand. Weil er der ärmste aller Männer war, und weil man wegen seiner schrecklichen Häßlichkeit vermutete, er sei im Bündnis mit Kobolden und anderen Schreckgespenstern der Unterwelt, war sein Heim sicher vor Dieben. Er wischte sich mit der Hand über sein besabbertes Kinn, schob die Wiege ein Stückchen höher über seinen Buckel und eilte weiter. Obwohl sein Rücken verdreht und seine Beine krumm nach außen gewölbt waren, mußte er trotzdem kriechen, um durch die niedrige Tür in seine Hütte zu gelangen. Im Innern tastete er sofort nach einer Kerze, und als er eine entzündet hatte, sah er in ihrem Licht die Zerstörung all seiner Träume und Hoffnungen.

Sie hing an einem Seil, das an dem einzigen Querbalken seiner Hütte befestigt war, und ihre Zunge und Augen quollen hervor. Unter ihren sanft schwingenden Füßen lag ein glitzernder Kadaver im Schmutz, der vor Jahresende sein Kind hätte werden sollen.

»Alice.« Knut brachte einen feuchten, mitleiderregenden Laut heraus, der Ähnlichkeit mit dem Namen haben sollte, den er jetzt schon so lange geübt hatte. »Alice.« Er schlurfte um den Körper der Frau herum und betrachtete sie bar jeden Verstehens von allen Seiten. Er stupste sie mit seinen Fingern an, so daß die Tote sich in trägen Kreisen an dem Seil drehte. Er berührte den Leichnam des Kindes mit der Stiefelspitze und zerrte dann an den herunterhängenden Röcken der Frau, als könne er sie damit wieder zum Leben erwecken. Schließlich stiegen leise Wimmergeräusche aus seiner Kehle auf, er stampfte mit den Füßen auf den Boden und schüttelte die Fäuste. Plötzlich stürzte er aus der Hütte heraus und rannte, den ganzen Weg über schluchzend und schreiend, zurück über die Figham-Weiden.

Simeon fand Daniel Habicht in dem Pförtnerhaus vor, wo der Torhüter, den das Auftauchen von Wulfric de Morthlunds Mann an St. Peters Tor sehr erschreckt hatte, ihn hatte warten lassen. Das Gewand des jungen Mannes war schwarz und mit silbernen Borten besetzt. Sein üppiges, dunkles Haar fiel ihm in Wellen auf seine gebeugten Schultern, und sein gesenktes Profil mit der langen Nase und der hohen, starken Stirn verlieh ihm das Aussehen eines Römers. In dem einen Arm hielt er ein schlafendes Kind, und mit seiner freien Hand fuhr er den Zeilen eines Buches nach, das aufgeschlagen auf einem Lesepult lag. Sein Handrücken war vernarbt und der Nagel des Mittelfingers weggebrannt, aber die Hand selbst war weder häßlich noch unbeholfen, während sie über die Seite glitt. Versunken wie er war, hörte er nicht, wie Simeon das Zimmer betrat, und spürte auch noch eine ganze Weile seine Anwesenheit nicht. Er blätterte die Seiten des Buches um, und als er es schließlich schloß, ließ er seine Finger mit einer Art Ehrerbietung über den Einband gleiten.

»Der Psalter«, sagte Simeon schließlich. »Das Buch der Psalmen, aus dem Lateinischen übersetzt.«

»Es ist eine Arbeit von großer Schönheit und großer Begabung.« Dann blickte er auf und nickte dem anderen grüßend zu. »Gott segne Euch, Pater Simeon.«

»Gott segne Euch, Daniel. Ein Titel ist nicht nötig. Mein Torhüter berichtet mir, ihr hättet drei verwaiste Kinder in unsere Obhut gebracht?«

»Werdet Ihr sie nehmen?«

Simeon nickte. »Die Börse, die ihr uns anbietet, gehört Pater Wulfric. Ihr müßt sie ihm zurückgeben.«

»Das kann ich nicht«, erwiderte Daniel. »Der Vater der Kinder hat sie vor seinem Tod als Bezahlung für seinen ältesten Sohn James bekommen.«

Simeon seufzte und schüttelte den Kopf, während er die magere Sammlung von Münzen in seiner Hand wog. »Eine so kleine Börse für seine Unschuld. Wie wenig das Leben doch wert ist.«

»Und wie hart. Sie haben unter Ratten und anderem Ungeziefer gelebt.« Eine Sekunde lang schloß Daniel die Augen, und ein Ausdruck des Schmerzes huschte über seine hübschen Züge. »Simeon, ich konnte das Sterbegebet für ihren Vater nicht sprechen. Ich habe es versucht, aber die Worte wollten mir einfach nicht in den Sinn kommen. Der Segen, mit dem ich ihn zurückgelassen habe, war dürftig.«

»Ihr habt seine Kinder in Sicherheit gebracht. Ist das vielleicht kein würdiger Segen, Daniel Habicht?«

»Ist das genug?«

»Es ist genug. Niemand wird ihnen hier ein Leid zufügen.«

»Der Junge ... der kleine James ... Wulfric de Morthlund ...«

»Ich weiß«, unterbrach Simeon ihn. »Etwas Derartiges wird hier nicht noch einmal vorkommen. James ist bei uns in Sicherheit.«

»Ich danke Euch.«

»Und gibt es nichts, was wir tun können, um *Euch* zu helfen, Daniel?«

Der junge Mann schüttelte den Kopf, und Simeon erinnerte sich daran, wie ihm eben dieser Daniel Habicht vor so vielen Jahren eine gekritzelte Notiz in die Hand gedrückt hatte, einen Zettel, auf dem drei Worte geschrieben standen: »Ihr werdet verraten.« Diese Worte hatten ihm geholfen, Peter das Leben zu retten, und Daniel hatte mit seiner Botschaft sein eigenes Leben aufs Spiel gesetzt.

»Ich schulde Euch viel«, erinnerte er Daniel. »Ich möchte Euch auch etwas dafür geben.«

Simeon nahm den Psalter und reichte ihn Daniel. »Das Buch ist so klein, daß ihr es leicht unter Eurem Umhang verstecken könnt, und es ist unverdächtig genug, um dem Interesse Eures Kanonikus zu entgehen. Bitte nehmt es an, zusammen mit meinem Dank und meinem Segen.«

Der Blick, den die beiden Männer tauschten, war lang und ruhig. Daniel wußte, daß diese gelassenen blauen Augen Dinge sehen konnten, die andere nicht sahen, daß diese Augen tief in einen Mann eindringen und ihm seine Geheimnisse entlocken konnten. Er hielt Simeons Blick stand. Er hatte keine Angst, erforscht zu werden. Ihm schien, daß kein Urteil darin lag, und nachdem Simeon ihn in jenen Wochen nach dem Feuer gepflegt hatte, gab es kaum noch etwas, was Simeon nicht über ihn wußte. Beide waren Männer der Kirche, dazu geweiht, demselben Gott zu dienen. Sie hätten Verbündete sein sollen, hätten sogar Freunde sein können, stünden sie nicht auf verschiedenen Seiten und stünde nicht Wulfric de Morthlund mit seiner ganzen irdischen Majestät zwischen ihnen.

»Ich muß jetzt gehen«, sagte Daniel schließlich.

Simeon nickte und zeigte auf die schlafende Gestalt, die noch immer an Daniels Schulter lag. »Draußen wird jemand bereitstehen, um Euch das Kind abzunehmen.«

»Es ist ein kleines Mädchen, aber ich kenne seinen Namen nicht.«

»Das spielt keine Rolle. Aber wahrscheinlich habt Ihr ihm das Leben gerettet, indem Ihr es zu uns gebracht habt. Keine geringe Leistung, Daniel Habicht, drei Leben bewahrt in einem einzigen Akt der Güte.«

»Es wird mir nicht gut ergehen, wenn Pater Wulfric herausfindet, daß ich hier war.«

»Dann versucht nicht, ihn zu belügen«, warnte Simeon den anderen Mann. »Er hat mehr Spione, als Beverley Ratten hat, und Ihr seid zu leicht zu erkennen, als daß ihr unbemerkt durch die Tore von St. Peter schlüpfen könntet. Gesteht sofort, daß Ihr die Kinder hergebracht habt.«

Am Pförtnerhaus übergab Daniel das schlafende Kind einer Frau in einer grauen Robe und einem Schleier. Er berührte den kleinen Kopf mit dem verkrusteten, schmutzigen Haar und fragte sich kurz, was aus dem Kind außerhalb dieser Mauern wohl geworden wäre. Als er sich abwandte, bemerkte er einen mageren Jungen, der sich nach Kräften bemühte, eine schief stehende Steintafel auf einem Sockel draußen vor dem Hospital aufzurichten. Der Sockel aus Pflastersteinen darunter war an seinen Rändern abgebröckelt, und das Gewicht der Steinplatte hatte das Ganze zur Seite rutschen lassen. Der Junge hatte langes, braunes Haar, ein bleiches, schmales Gesicht und sanfte, braune Augen. Er rückte den Stein hin und her und brachte ihn so langsam wieder in seine ihm angestammte Position.

»Auch eine Waise«, erklärte Simeon. »Er heißt Edwin. Er ist halb verhungert zu uns gekommen, mit einer kränklichen Schwester. Sein Körper ist völlig erschöpft, und doch schläft er höchstens eine Stunde, bevor er wieder aufspringt, hellwach und begierig auf Arbeit, und später versinkt er dann ganz plötzlich wieder in Schlaf.«

»Ist er krank?«

»Es ist noch zu früh, um das zu sagen. Nur die Zeit wird erweisen, ob er unter einem Gebrechen leidet oder nicht.«

Daniel runzelte die Stirn. »Er ist zu zierlich für so eine Aufgabe. Wenn dieser Stein wegrutscht ...«

Noch während er das aussprach, löste sich ein Ziegelstein aus dem Sockel, und die schwere Platte rutschte zur Seite weg gegen die schmale Brust des Jungen. Mit einem Warnschrei stürzte Daniel, dicht gefolgt von Simeon, zu ihm. Gemeinsam fingen sie die Steinplatte auf, während Edwin, der mit einem Blick erkannt hatte, was er tun mußte, einen neuen Ziegelstein zwischen Platte und Sockel verkeilte und ihn mit einem anderen Ziegel festklopfte. Als die Platte wieder auf ihrem Sockel stand, faßte Daniel den Jungen an den Schultern und sah ihm wütend in die Augen. Er war höchstens sechzehn Jahre alt und doch beinahe so groß wie Daniel selbst, und auf seinem Gesicht zeigten sich bereits erste Spuren einer hübschen, männlichen Wildheit.

»Du hättest dich völlig sinnlos verstümmeln können, Junge. Du mußt lernen, deine eigenen Grenzen zu akzeptieren. Du bist viel zu mager für eine solche schwere Aufgabe.«

»Es tut mir leid, Pater Daniel.« Das kleine Gesicht mit den dunklen Augen wirkte niedergeschmettert. »Ich dachte, ich könnte den Stein ganz allmählich verschieben.«

»Was dir vielleicht auch gelungen wäre, wenn der Sockel darunter stark genug gewesen wäre, um ihn zu tragen. Mit etwas Überlegung und ein wenig gesundem Menschenverstand wärest du von selbst darauf gekommen.«

»Ja, Pater Daniel.«

»Kenne ich dich, Junge?«

»Nein, Sir, aber ich kenne Euch.« Die sanften Augen strahlten auf. »Ihr lebt im Haus des Kanonikus in der Moorgate, und Eure Hände sind vernarbt, weil Ihr Euer Leben riskiert habt, um in dem großen Feuer Euren Herrn zu retten. Ihr reitet ein wunderschönes, schwarzes Pferd mit einer Blesse auf der Stirn und weißen Schwanzhaaren. Ihr besitzt außerdem auch einen Falken, und Ihr könnt ihn dazu bringen, Euch über hundert Meilen Entfernung zu gehorchen …«

»Über hundert Meilen?«

»Jawohl, Sir, und Ihr könnt einen Bogen weiter schießen und schneller als jeder andere. Ihr seid Daniel, der kleine Habicht, ein berühmter Mann.«

»Ach, berühmt bin ich also?« Daniel lachte, und Simeon, der die Szene mit ansah, hatte den deutlichen Eindruck, daß dieser von Sorgen gepeinigte junge Priester seit langer, langer Zeit nicht mehr so fröhlich gelacht hatte.

»Und womit willst du selbst dir Ruhm erwerben, Edwin? Erzähl mir von dir.«

»Pater Simeon sagt, er würde mir lesen und schreiben beibringen«, erwiderte Edwin mit einem glücklichen Grinsen. »Vielleicht werde ich Gärtner oder Kräuterheiler oder Priester.«

Daniel sah in die strahlenden, braunen Augen, die so voller Hoffnung und Erwartung waren, und er hatte plötzlich das Bedürfnis, den Jungen ganz sanft zu schütteln. »Dann sieh zu, daß du lange genug lebst, um die Vorteile seiner Großzügigkeit auszunutzen. Keine Experimente mit schweren Steinen mehr ohne Hilfe anderer. Arbeite von jetzt an fleißig und achte deine eigenen Grenzen, Edwin. Wenn ich dich das nächste Mal sehe, erwarte ich etwas mehr Fleisch und kräftige Muskeln auf deinen Knochen.«

»Jawohl, Sir, und ich werde auch meine Buchstaben lernen. Ich habe die Absicht, Pater Simeons Musterschüler zu werden.«

»Das will ich auch hoffen, denn ich werde dich vielleicht eines Tages deine Lektionen abfragen.«

Das Gesicht des Jungen leuchtete vor Freude auf. »Heißt das, Ihr werdet mich besuchen, Sir?«

Daniel schaute zu Simeon hinüber, sah ihn lächeln und nickte dem Jungen zu. »Ja, Edwin, das werde ich.«

»Und werdet Ihr mir Reiten beibringen und den Umgang mit den Falken? Werdet Ihr mir auch zeigen, wie man ein Schwert und einen Bogen benutzt und wie man die heiligen Messen rezitiert und …«

»Immer mit der Ruhe, Edwin!« Daniel lachte wieder, ein freundliches, gutgelauntes Lachen, das seine Augen funkeln ließ und feine Fältchen um seine Mundwinkel zog. »Wie wir alle mußt du klein anfangen. Lerne gut und sei deinem Lehrer gehorsam, dann werde ich kommen und deine Fortschritte überprüfen, wenn meine Pflichten das zulassen. Wird das ausreichen?«

»O ja, Sir«, erwiderte Edwin strahlend. »Und Ihr werdet auch meine Schwester kennenlernen, wenn es ihr wieder gutgeht.«

»Darauf freue ich mich schon«, sagte Daniel. Sein Lächeln erstarb plötzlich, als die sanften, braunen Augen Edwins glasig wurden und seine Lippen sich öffneten. Daniel spürte, wie die schmalen Schultern unter seinen Händen wegsackten, und einen Augenblick später brach Edwin in seinen Armen zusammen.

Daniel trug ihn ins Hospital, wo Osric mit langen Schritten auf sie zukam. »Was für ein Gebrechen ist das? Beim Himmel, der Junge ist schlaff wie ein Stoffetzen, was fehlt ihm?«

»Gebt ihn mir«, sagte der Hospizbruder. »Ich bringe ihn zu Bett, und diesmal werde ich dafür sorgen, daß er dort bleibt, und wenn ich ihn festbinden muß.«

Als der Junge weggebracht wurde, drehte Daniel sich besorgt zu Simeon um. »Was ist los mit ihm, Simeon? Könnte er an einer tödlichen Schlafkrankheit leiden?«

Simeon schüttelte den Kopf und zog Daniel mit sich. »Wir hoffen, daß es nichts Schlimmeres ist als Erschöpfung. Er leidet weder unter Anfällen noch unter Gehirnkrämpfen, obwohl er anscheinend niemals weiß, wann einer von diesen plötzlichen Zusammenbrüchen bevorsteht. Kommt jetzt, er ist hier in guten Händen. Es scheint, Ihr seid in seinen Augen so etwas wie ein Held. Er mag Euch, Daniel.«

»Und ich ihn. Er erinnert mich an mich selbst, als ich jung war, eifrig darauf bedacht, zu gefallen, unerfahren und …«

»Verletzlich?« ergänzte Simeon.

Daniel nickte. »Es gibt viele, die genauso sind wie Edwin.«

»Die Armen sind allezeit bei Euch.«

»Und daher müssen wir für sie sorgen.« Er sah den größeren Mann aus den Augenwinkeln heraus an. »Hegt Ihr keinen Argwohn, was meine Motive betrifft, Simeon?«

»Motive, Daniel?«

»Bezüglich meiner Freundschaft mit dem Jungen.«

»Ich sehe Mitleid darin und vielleicht ein gegenseitiges Bedürfnis nach Freundschaft.«

»Und sonst nichts? Nichts Böseres, Finstereres?«

Simeon sah Daniel in die Augen und las in ihnen, was der junge Priester selbst nicht ahnte, daß nämlich Gott in sein Leben eingegriffen hatte. Wie Daniel das göttliche Geschenk nutzen würde, lag bei ihm, aber Simeon wußte, daß er dabei keinem anderen Menschen Schaden zufügen würde.

»Ich sehe nur Hunger und eine ausgestreckte Hand«, sagte er. »Suchet und Ihr werdet finden, Daniel, kleiner Habicht. Lest den Psalter. Er wird Euch trösten.« Er bot dem anderen seine Hand, und Daniel schüttelte sie dankbar. »Und seid gewiß, daß Ihr hier immer willkommen seid, und vergeßt auch nicht das Versprechen, das Ihr Edwin gegeben habt.«

»Ich danke Euch, ich danke Euch von ganzem Herzen.«

»Geht mit Gott, Daniel.«

Daniel nickte und ging mit bitterem Ausdruck auf dem Gesicht auf das Tor zu. Als er noch einmal zurückschaute, bemerkte er, daß Simeon ihm nachsah, ein großer, beeindruckender Mann, dessen Stärke und Aufrichtigkeit beinahe körperlich spürbar waren. Daniel hätte am liebsten laut ausgesprochen, was in seinem Herzen vorging: daß er Wulfric de Morthlund niemals würde hintergehen können, aber als seine Augen auf die Simeons trafen, wußte er, daß der Priester all das bereits in seiner Seele gelesen hatte.

Als Simeon endlich Cyrus de Fighams Haus erreichte, war das Festmahl vorüber, und die lärmende Heiterkeit des Abends hatte ihren Höhepunkt erreicht. Vier Priester begleiteten ihn als Zeugen, Osric und Antony zu seinem eigenen Schutz sowie Pater Cuthbert, der dem ganzen Autorität verleihen sollte. Außerdem trug er einen schriftlichen Befehl von Jakob de Wold bei sich, versehen mit dessen Unterschrift und dem Siegel des Kapitels. Er enthielt die Aufforderung, die Frau Alice auf der Stelle freizugeben. Die Kirche würde erfahren, warum sie ihre Keuschheit beteuert hatte, obwohl sie bereits seit Wochen ein Kind unter dem Herzen trug und warum sie de Figham bereitwillig gehorcht hatte, obwohl dessen Brandmal ihr Fleisch verunzierte. Es war eine schwerwiegende Anklage gegen de Figham, daß er eine Frau gegen ihren Willen bei sich festgehalten hatte, daß er die Nachforschungen der Kirche manipuliert und eine Zeugin gezwungen hatte, unter dem heiligen Eid stehend zu lügen.

Obwohl er sich gewünscht hatte, die Dinge anders regeln zu können, wurde Simeon mit seinem Gefolge in die Haupthalle geführt, wo das Festmahl stattgefunden hatte. Die Tische waren mit Fleisch- und Geflügelknochen und Fischgräten übersät, und was dort lag, hätte immer noch ausgereicht, um viele hungrige Münder zu sättigen. Fettverschmierte Schalen und halb gegessenes Brot lagen herum, und ein guter Teil des Essens hatte bereits seinen Weg in die Mägen der beiden Hunde gefunden, die zufrieden und gesättigt vor dem Kamin lagen. Auf einem Tablett lag, mit unversehrten Hauern, der Kopf eines Keilers inmitten von Zwiebeln und Äpfeln, Pflaumen und Feigen, alles überzogen mit einer Glasur aus Wein und Honig, um den Geschmack des Fleisches hervorzuheben. Auch einige Minnesänger sowie mehrere junge Frauen aus der Stadt waren anwesend, allesamt mit geröteten Gesichtern und geöffneten Gewändern. Eine leere Weinkaraffe stand auf einem Tisch und daneben die Scherben einer zweiten Karaffe.

Sowohl Kanoniker wie auch Priester hatten sich zum Mahle eingefunden, Männer, die sich mit de Fighams Speisen und Wein mästeten und sich kaum bewußt waren, daß sie über ihre Genußsucht von de Figham gekauft worden waren. In einer Ecke der Halle saß ein älterer Mann in schäbigen Kleidern auf einem Stuhl. Er fühlte sich sichtbar unwohl und hatte sein Weinglas nicht angerührt, und erst als er eine Hand zum Gruß hob, erkannte Simeon in ihm den Pfarrer von St. Jude, der Kirche in Thorpe. Der Mann zuckte die Achseln und sah ihn unglücklich an, als verstünde er nicht, warum er hier war, und hätte vieles darum gegeben, anderswo zu sein.

»Ich muß zu meiner Kirche zurück, in mein Haus«, murmelte er händeringend. Völlig unerwartet hatte man ihn vor seinen Kanonikus gerufen, und beseelt von der Hoffnung, dies könne nur bedeuten, daß sein Kanonikus seiner zerfallenen Kirche ein Geldgeschenk machen wollte, war er sofort gekommen, zu Fuß, da er weder ein Pferd noch einen Esel besaß. Zwei lange Stunden hatte er gewartet und während der ganzen Zeit um die Sicherheit seiner Frau und seiner Tochter gefürchtet; außerdem fürchtete er sich vor dem Heimweg nach Thorpe.

Simeon sah, daß de Figham seinen Platz am Kopf der Tafel zugunsten von Wulfric de Morthlund aufgegeben hatte, eine Tatsache, die Bände sprach. Die Kleider des dicken Wulfric waren fettbeschmiert und feucht von verschüttetem Wein. Er hing wie ein gestrandeter Wal in sich zusammengesunken in dem großen, reich geschnitzten Stuhl; an seinen Fingern und um seinen Hals funkelten Juwelen, seine Augen blickten verschwommen, und seine Züge waren erschlafft. Neben ihm erschien de Figham wie ein Abbild nüchterner Eleganz, denn der Gastgeber wußte, wie man den Appetit seiner Gäste stillte, ohne dabei selbst die Kontrolle zu verlieren.

»Ihr stört das Vergnügen meiner Gäste, Simeon de Beverley.«

»Wir hätten uns unter vier Augen treffen können, in einem anderen Raum.«

»Wie könnte ich den Wunsch haben, Euch Eures Publikums zu berauben«, erwiderte de Figham lächelnd. »Diese Männer haben Euch schon einmal bei einem öffentlichen Auftritt erlebt. Die Nachforschungen des Propstes haben uns mit einem amüsanten Gesprächsthema für unser Festmahl versorgt. Sagt, was Ihr zu sagen habt. Erklärt, was Euch hergeführt hat und verschwindet, Sir, wenn Ihr so freundlich sein wollt.«

»Wir sind gekommen, um die Frau zu holen, Alice.«
»Sie hat es vorgezogen, zu bleiben.«
»Sie hat gelogen. Das wissen wir jetzt.«

De Figham lächelte und hob die Hände in einer Geste der Unschuld. Sein Vikar, John Palmer, reichte ihm den Befehl mit dem Siegel des Kapitels. Er brach das Siegel und las die Worte, dann nickte er. »Ich glaube, Ihr habt heute abend auch einen besonders wichtigen Gast unterhalten, Simeon de Beverley.«

»Da hat man Euch falsch informiert, mein Herr. Ich habe keinen Gast gehabt.«

»Ach? Wollt Ihr etwa leugnen, daß Daniel Habicht den Abend in St. Peter verbracht hat?«

Wulfric de Morthlund riß sich aus seiner Benommenheit heraus und beugte sich auf seinem Stuhl vor, so daß sein dicker Bauch auf dem Tisch hing. Seine Augen waren plötzlich klar und konzentrierten sich mit einem Blick reinsten Hasses auf Simeon. »Was hat das zu bedeuten? Mein Vikar war in St. Peter?« Seine Faust krachte mit gewaltiger Kraft auf den Tisch, und überall fielen Schüsseln und Schalen um. »Mein Gott, dafür breche ich ihm die Knochen, ich ...«

»Pater Wulfric!« Simeons Stimme mochte zwar leise sein, besaß aber eine schneidende Schärfe, die bis zur anderen Seite des Raumes hinüberdrang. »Ihr habt Euren Priester zu einem Botengang ausgesandt, der ihm die Verantwortung für drei eben verwaiste Kinder aufgebürdet hat. Er hat getan, was die Kirche unter solchen Umständen von jedem Priester erwarten darf. Er hat die Waisen an einen sicheren Ort gebracht.«

»Und ist eine ganze Stunde lang geblieben«, fügte de Figham hinzu.

»Er ist nur lange genug geblieben, um seine Pflichten als Priester zu erfüllen.«

»Er hätte sie am Tor absetzen können«, beharrte de Figham.

»Zur Hölle mit ihm!« explodierte de Morthlund. »Er hätte sie dem Teufel überlassen sollen! Ich habe ihm das nicht erlaubt. Er hat kein Recht, sich in meiner Abwesenheit nach St. Peter hinüberzuschleichen. Gnade mir Gott, ich breche ihm für diesen Ungehorsam jeden Knochen, den er im Leib hat.«

Pater Cuthbert trat vor und gebot mit erhobener Hand Schweigen. »Bruder Wulfric, Ihr irrt. Wenn Ihr Eurem Zorn Luft machen wollt, braucht Ihr nicht lange zu suchen.« Er warf Cyrus einen warnenden Blick zu. »Seht Euch den an, der Euren Zorn zu seinem eigenen Vorteil anstachelt. Wir sind hergekommen, um die Frau zu holen, Alice.«

»Dann nehmt sie und verschwindet«, zischte de Morthlund. Er wies mit einem seiner Wurstfinger in Simeons Richtung, und auf seinem purpurnen Gesicht stand blanker Haß, als er hinzufügte. »Und seid versichert, daß ich mit *Euch* noch lange nicht fertig bin, Simeon de Beverley.«

Cyrus de Figham erhob sich und verbeugte sich höflich vor seinen Gästen. »Ich wäre Euch sehr verbunden, wenn Ihr uns in den Nebenraum begleiten würdet, damit Ihr alle Zeugnis ablegen könnt, daß Simeon de Beverley die Frau geholt hat. Da Ihr alle anwesend wart, als sie vor zwei Stunden hierher zurückkehrte, möchte ich, daß Ihr auch ihre sichere Entfernung aus meinem Haus mitanseht.«

Die Männer folgten de Figham durch eine mit einem Vorhang verhüllte Tür in einen dunklen Raum, der nur von einigen Kerzen erhellt wurde. Ein Tisch in der Mitte des Zimmers wurde von einem Laken aus gelbem Tuch bedeckt, unter dem sich die Umrisse eines Körpers abzeichneten. Als die Gäste durch die Tür traten, huschte eine Gestalt aus einer dunklen Ecke hervor und warf sich über die Leiche. Einige der Anwesenden bekreuzigten sich hastig, während andere zurückprallten, denn Knut, der Bucklige, war eine groteske Erscheinung und wirkte in dem Halblicht eher wie ein Tier denn wie ein Mensch.

»Dieser Mann hat Alice in seiner Hütte auf der Weide gefunden«, erklärte de Figham. »Sie war sein Weib. Sie sollte sein Kind gebären, aber während er Holz sammelte, hat sie sich erhängt.«

»Lügen, alles Lügen«, rief Simeon, ging dann mit langen Schritten zu dem Tisch hinüber und zog den Stoff zurück, nur um laut aufzukeuchen, als er sah, was darunterlag. Das Seil war ein gutes Stück vom Knoten entfernt durchtrennt worden, lag aber noch immer um ihren Hals und bohrte sich in ihr Fleisch. Es war Osric, der das Seil endgültig löste und Antony, der die hervorquellenden Augen schloß.

»Sie hat unter Eid gelogen«, sagte de Figham und wandte sich mit lauter Stimme an alle Anwesenden. »Ihr wart dort. Ihr alle habt sie gehört. Sie hat vor Gott geschworen, keusch zu sein, während sie die ganze Zeit über schon die Hure des Buckligen war. Seht selbst, das tote Kind zwischen ihren Beinen. Sie war Knuts Hure, eine Lügnerin vor Gott, und hat sich dem niedrigsten, dem abstoßendsten Geschöpf der menschlichen Rasse hingegeben. Seht nur, wie er über ihrer Leiche schmachtet und sabbert. Fragt ihn doch selbst. Er versteht einige Worte und kann, wie jeder andere auch, nicken oder den Kopf schütteln.«

»Das ist Euer Werk, de Figham«, sagte Simeon und seine Stimme war kalt.

»*Mein* Werk? Gebt acht, was Ihr sagt, Simeon de Beverley. Es ist allgemein bekannt, daß Ihr eine Art persönlichen Rachefeldzug gegen mich führt. Sagt vor diesen hier versammelten, vertrauenswürdigen Männern, wie wollt Ihr die Behauptung beweisen, daß dies *mein* Werk sei?«

Simeon zögerte. Er war ein Priester, und Alice hatte ihm gebeichtet. Er durfte ihre Worte hier nicht wiederholen und konnte daher de Figham nicht offen anklagen. Es gab nur eins, was er jetzt noch für Alice tun konnte, er konnte vor allen Augen den letzten Beweis ihrer Schande bloßlegen. »Sie trägt Euer Brandmal.«

»Was? Was war dieses letzte Wort, das Ihr da geflüstert habt? Sprecht lauter. Laßt diese Männer wissen, welch neues Vergehen Ihr mir unterstellt.«

»Sie trägt Euer Brandmal«, sagte Simeon, und ein Aufkeuchen des Entsetzens lief durch den Raum. »Wie Eurem Vieh habt Ihr Euer Mal auf ihre Brüste gebrannt. Wegen dieser barbarischen Verstümmelung ist sie geblieben, und Ihr werdet der Kirche dafür Rede und Antwort stehen.«

Cyrus de Figham wich in gespieltem Erstaunen zurück und wandte sich dann mit einem offenen Appell an alle

Anwesenden. »Mein Brandmal?« fragte er, als entsetze ihn schon die bloße Vorstellung. »Mein *Brandmal?* Würde ich es wagen, einen solchen Frevel an einem menschlichen Wesen zu begehen? Brandmale sind für Schafe und Vieh bestimmt, nicht für Menschen. Ich bin ein Kanonikus, ein Diener der Kirche. Ich würde mich niemals zu einem solch gräßlichen Vergehen herablassen. Pater Cuthbert, Pater Wulfric, Pater James … ich wende mich an alle hier Versammelten. Werdet Ihr zulassen, daß diese öffentliche Schmutzkampagne gegen mich weitergeht? Ich werde unschuldig angeklagt, absolut unschuldig.«

»Wie erklärt Ihr dann dies hier, Cyrus de Figham?« Mit einem gemurmelten »Vergib mir« zog Simeon das Tuch gänzlich weg. Alice' Kleider waren blutdurchtränkt. Als er sie öffnete, wurde eine klaffende Wunde sichtbar, eine Wunde so groß wie die Hand eines Mannes und tief genug, um den Knochen darunter freizulegen. De Fighams Brandmal war fort. Jemand hatte es mit dem Messer aus Alice' Leib herausgeschnitten.

KAPITEL 20

Der Tumult, der daraufhin in dem kleinen Raum entstand, ließ sich mehrere Minuten lang nicht dämpfen. Heißer Zorn überwältigte Simeon und ließ sich nicht mehr kontrollieren. Seine linke Hand schloß sich um die Falten von de Fighams Rock, während seine rechte zur Faust geballt hochschnellte, und hätte Osric sich nicht mit seinem ganzen Gewicht an den Arm Simeons gehängt, hätte sie das Gesicht des anderen zerschmettert. De Figham, das Gesicht nur wenige Zentimeter von dem Simeons entfernt, stand mit hocherhobenen Händen da, als wolle er seine absolute Unschuld in dieser Angelegenheit beteuern. Seine beinahe schwarzen Augen bohrten sich in die Simeons, schmal und funkelnd, und nun forderte er seinen Feind heraus, das ganze Ausmaß seines Zorns zu entblößen.

»Tut es doch!« stachelte er den anderen leise an. »Tut es und zum Teufel mit allem übrigen.«

»Ihr habt diese Frau getötet«, knurrte Simeon ihm ins Gesicht.

»Beweist es.«

»Ihr habt das Brandmal herausgeschnitten.«

»Habe ich das?« De Figham lächelte.

Hinter Simeon wankte de Morthlund mit ausgestreckten Armen nach vorn, wurde aber unerwartet durch einen auf seine Brust gerichteten Stock gestoppt. Als er hinunterblickte, mußte er feststellen, daß der kleine Mönch aus Flandern ihm den Weg versperrte. Der Mann reichte dem dicken Kanonikus kaum bis an die Schulter, hielt aber seinen Pilgerstab mit beiden Händen fest, so daß sich dessen stumpfes Ende in den besudelten Rock und das Fleisch darunter bohrte.

»Zur Seite, du Küchenschabe«, zischte de Morthlund.

»Mit Eurer Erlaubnis, Sir. Geht aus dem Weg«, erwiderte der Mönch. »Das hier ist eine persönliche Angelegenheit. Laßt die beiden das unter sich regeln.«

»Was? Du unverschämter Hund!« Mit einem Rülpsen

schwankte der dicke Mann auf seinen Füßen hin und her, packte schließlich die Armlehne eines Sessels und ließ sich schwer darauf fallen, zu vollgestopft mit Essen und Wein, um mehr als einen brummenden Protest erheben zu können.

Wie Hirsche mit verkeilten Geweihen standen die beiden Priester da und funkelten einander an. Osric hielt noch immer die Faust umklammert, die de Fighams Gesicht zertrümmern wollte, und den Männern, die dem Spektakel zusahen, wurde bewußt, wie ähnlich sich die beiden Widersacher waren. Der Priester von St. Peter besaß dasselbe edle Profil und dieselbe starke Haltung wie der Kanonikus von St. Martin, und wäre nicht der eine normannisch dunkel und der andere sächsisch hell gewesen, sie hätten derselben aristokratischen Familie entsprungen sein können.

»Schlagt mich, wenn Ihr das wagt«, fauchte de Figham. »Schüttelt Euren häßlichen Aufpasser ab und schlagt zu.«

»Habt Ihr denn überhaupt kein Gewissen?« fragte Simeon. »Ihr habt sie genauso gewiß getötet, als hättet Ihr mit eigenen Händen das Seil um ihren Hals gelegt. Und dann habt Ihr Euer Mal aus ihrem Fleisch geschnitten, um Eure Schuld zu vertuschen.«

»Kein anderer Mann wird es wagen, das von mir zu behaupten.«

»Ich weiß, daß es die Wahrheit ist, und Ihr werdet dafür bezahlen, de Figham.«

»Nicht ich.« Die schwarzen Augen blitzten auf, und sein Mund verzog sich zu einem grausamen Lächeln. »Die Frau hat sich in einem Anfall von Scham Schaden zugefügt und sich in der Hütte des Buckligen das Leben genommen. Oder vielleicht war es ja auch der Bucklige selbst. Fragt ihn. Er wird alles zugeben.

»Ihr wart es. *Ihr* habt den Befehl gegeben, ihr das Brandmal aus dem Fleisch zu schneiden.«

»Euer Wort gegen meins, Priester. Ich fordere Euch noch einmal auf, meine Schuld zu beweisen.«

Simeon versuchte, seinen Arm aus Osrics entschlossenem Griff herauszuwinden. »Ich werde dafür sorgen, daß Ihr dafür in der Hölle schmort, de Figham.«

Osric umklammerte ihn noch fester und streckte seine freie Hand aus, bis sein Arm und seine Schulter zwischen ihnen verkeilt war, dann machte er sich daran, de Fighams Robe aus Simeons Fingern zu lösen. »Laßt ihn los, Simeon. Euer Zorn arbeitet gegen Euch.«

»Ich werde nicht dastehen und …«, knurrte Simeon, und in seinen Augen lag eine unvertraute Härte.

»Laßt ihn los, Simeon!«

»Jawohl, nehmt Eure Hände weg, Priester.« Mit diesen beiden Worten löste de Figham den nachlassenden Griff und trat einen Schritt zurück. Dann wandte er sich an die übrigen Anwesenden und begann abermals in selbstgerechter Empörung, seine Unschuld zu beteuern. »Bei allem was heilig ist! Dieser Priester hier hat den Verstand verloren. Ihr habt ihn gehört, ihr habt gesehen …«

»Teufelsgezücht! Ich werde Euch zum Schweigen bringen!« Simeon kämpfte gegen Osrics Griff an, um sich abermals auf de Figham zu stürzen. De Figham machte noch einen Schritt zurück und entfernte sich gerade weit genug, um den Ärger des anderen durch seine Nähe noch weiter zu schüren.

Während die anderen näherkamen, bekreuzigte sich de Figham und hielt das an seinem Hals hängende Kruzifix empor. »Seht ihr, wie er sich aufbäumt? Wie ein toll gewordener Hund, der gegen die Leine kämpft! Ich rufe alle hier Versammelten auf, diese Person aus meinem Haus zu entfernen. Wo ist mein Vikar? Wo ist meine Wache? Kommt her zu mir. Seht, wie dringend euer Kanonikus eures Schutzes bedarf. Bin ich nicht einmal in meinem eigenen Haus sicher vor Angriffen?«

Als alle wieder zur Ruhe gekommen waren, stand de Figham mit nach priesterlicher Manier gefalteten Händen da und sprach ein Gebet für die Seele des Mannes, der jetzt zwischen zwei anderen darum kämpfte, ihn niederschlagen zu können. Es war ein schönes Schauspiel, das er da bot, und Simeon, in seinem ohnmächtigen Zorn aller Vernunft beraubt, spielte genau die Rolle, die de Figham ihm zugedacht hatte. Selbst Pater Cuthbert, der zu seinem eigenen Schutz von zwei Geistlichen flankiert wurde, traute seinen Augen und Ohren nicht mehr.

De Fighams Gäste gingen wieder zurück in die Halle, wo die Reste des Festmahls noch immer auf jedem Tisch prangten. Sie ließen sich die Kelche mit frischem Wein füllen und entboten ihrem Gastgeber der Reihe nach ihr Mitleid und das Versprechen, ihn zu unterstützen. Nicht einer von ihnen ergriff auch nur mit einem einzigen Wort Simeons Partei, denn die wenigen, die begriffen hatten, daß die ganze Szene nur gestellt gewesen war, scheuten sich davor, das zu sagen.

Cyrus de Figham sah zu, wie die Leute von St. Peter den Leichnam wegtrugen. Sie waren gekommen, um Alice zu holen, und er hatte sich ihren Wünschen pflichtschuldigst unterworfen. Er hatte eine große Gesellschaft um sich versammelt gehabt, als der Bucklige aufgeregt vor sich hinblubbernd angelaufen kam, und war mit zwei Männern aus dem Hof über die Weide gegangen, um den Leichnam abzuschneiden und in sein Haus zu bringen. Nicht die leiseste Spur von Schuld konnte man ihm nachweisen. Er trug genauso wenig Verantwortung für diesen Tod wie die anderen Priester, die an seinem Tisch gesessen hatten, als die Nachricht eintraf. Jetzt stand er mit seinem Vikar und seiner Wache dicht neben sich im Hof, und hinter ihm hatten sich all seine prachtvoll gewandeten Gäste versammelt. Die andere Gruppe, geführt von Simeon, trug die Leichen von Alice und ihrem neugeborenen Kind auf einem breiten Eichenbrett, verhüllt von dem gelben Tuch und einer Wolldecke, als könnte eine zusätzliche Decke die Kälte des Todes fernhalten. De Figham sah lächelnd zu, wie sie sich im Schein brennender Fackeln entfernten, die Kapuzen hochgezogen und sorgsam darauf bedacht, ihre Schritte einander anzugleichen. »Ihr seid meine Zeugen«, sagte er zu seinen Gästen, so laut, daß keiner der Leute, die mit Simeon gekommen waren, seine Worte überhören konnte. »Dieser Simeon de Beverley hat aufs neue versucht, mit seinen Lügen meinen Ruf zu zerstören. Der zukünftige Kanonikus von St. Peter ist dem Wahnsinn anheimgefallen. Er behauptet, die Fähigkeiten und Kräfte eines Heiligen zu besitzen, aber jeder Mann von klarem Verstand kann sehen, daß der Teufel ihn antreibt und ihn mit unheiliger Besessenheit erfüllt.«

Osric drehte sich um und warf dem grinsenden, ganz in Schwarz gekleideten Cyrus einen drohenden Blick zu.

»Laßt es sein«, sagte Simeon zu ihm, so ruhig jetzt, daß seine Stimme eiskalt war. »Gott hat sein Gesicht abgewandt, als dieses Verbrechen begangen wurde. Heute nacht hatte der Teufel seine große Stunde. Ich schwöre es, Osric, heute nacht hat der Teufel triumphiert.«

Während de Figham und seine Gäste der kleinen Gruppe nachschauten, schlich ein schäbig gekleideter Mann aus dem Haus heraus, lief um die Zuschauer herum und wagte es, seinen Gastgeber anzusprechen.

»Pater Cyrus, Ihr habt vor einigen Stunden nach mir schicken lassen, und ...«

»Was?« Der Vikar von St. Jude zuckte zurück, als de Fighams finsterer Blick sich direkt auf ihn richtete. »Was ist los? Was wollt Ihr von mir?«

»Ich komme von Thorpe, mein Herr und Kanonikus. Ihr habt nach mir schicken lassen. Ich hoffte ... ich dachte ... vielleicht eine kleine Spende für meine Kirche? St. Jude bedarf dringend einiger Reparaturarbeiten, und bisher waren all meine Bitten vergeblich.«

»St. Jude?« De Figham fuhr sich mit der Hand über die Stirn, kippte dann aber ein paar kleine Münzen aus seiner Börse in die Hand des Mannes und sagte: »Hier, nehmt das für Eure Mühen. Mein Vikar wird dafür sorgen, daß man Euch sicher zurück in Euer Dorf geleitet. Dieser Tobsüchtige designierte Kanonikus hat meinen Verstand getrübt, so daß ich mich im Augenblick nicht daran erinnern kann, warum Ihr hierhergerufen wurdet. Aber das ist jetzt auch gleichgültig; Ihr dürft gehen.«

»Aber Sir, ich hatte zu hoffen gewagt ...«

»Geht auf der Stelle. Kehrt zu Eurer Familie zurück, und wenn Euch dieser Abend irgendwelche Unannehmlichkeiten bereitet hat, wißt Ihr ja, wo Ihr die Schuld zu suchen habt, bei dem Mann nämlich, der uns alle solchermaßen aufgeregt hat. Gebt Simeon de Beverley die Schuld. Die Folgen dieser Nacht – und ich fürchte, davon wird es viele geben – werden ihre Form und ihr Wesen diesem wahnsinnigen Priester verdanken. Betet für seine Seele. Gott weiß, daß er Eure Gebete braucht.«

Der Pfarrer wurde weggeführt und klammerte sich an seinen Münzen so fest wie an seine Enttäuschung, während man ihn zu einem gesattelten Esel brachte, der vor dem Tor wartete. De Figham sah, wie die Fackeln sich über die ferne Wiese bewegten und zog dann seinen Vikar John Palmer zu sich.

»Seht zu, daß man in York davon erfährt«, flüsterte er ihm zu. »Berichtet Fergus über alle Einzelheiten, schmückt sie aus wie es Euch gefällt und sorgt dafür, daß der Erzbischof davon erfährt, bevor ich mich mit einer offiziellen Beschwerde an ihn wende. Und sagt dem jungen Fergus, daß die Frau bis morgen mittag in dem Haus sein wird, das wir ausgesucht haben.«

»Die Dinge entwickeln sich bestens, mein Herr«, meinte John. »Die Ereignisse des heutigen Abends werden sich zu Euren Gunsten auswirken.«

»Die Nacht ist noch nicht vorüber«, erwiderte de Figham. »Simeons Stern ist im Sinken begriffen, und nichts kann vorüber sein, bevor dieser Stern nicht auf der Erde aufschlägt und in tausend Stücke zerspringt.«

»Was soll sonst noch geschehen, mein Herr?«

»Was sonst noch?« De Figham zählte es ihm an seinen langen, eleganten Fingern ab. »Wir müssen den Buckligen in Anwesenheit eines Zeugen befragen, um die Tatsache festzustellen, daß Alice seine Frau und das Kind in ihrem Leibe seins war. Wir müssen von jedem Gast eine geschriebene Erklärung fordern.«

»Aber es ist schon spät. Die Männer wollen ins Bett.«

»Sie wollen ihrem verletzten Kanonikus dienen«, korrigierte de Figham ihn. »Und je müder sie werden, umso bereitwilliger werden sie mir dienen, um möglichst schnell nach Hause und in ihr Bett zu kommen. Ich werde diese Erklärungen verlangen, solange sie die Ereignisse noch frisch im Gedächtnis haben. Meine Beschwerdeschrift an Geoffrey Plantagenet wird gleich morgen nach York gebracht.« Er wandte sein Gesicht himmelwärts und lächelte, legte dann einen Arm um seinen Vikar und fügte hinzu: »Ich hätte gute

Lust, einen Boten nach Rom zu schicken. Sein Stern ist im Sinken begriffen, John.«

In dieser Nacht, als der Pfarrer von St. Jude mit nur sechs Münzen für seine Bemühungen nach Hause zurückkehrte, fand er seine Frau neben einer kalten Feuerstelle in Tränen aufgelöst und mit vor Gram zerrauften Haaren vor. Während seiner langen Abwesenheit waren einige Männer gekommen und hatten ihre Tochter weggeholt. Einer von ihnen hatte der Mutter achtzehn Schilling gegeben, um ihr ihren Verlust zu versüßen, und hatte geschworen, das Mädchen würde zurückgebracht werden, sobald sein Herr, dessen Namen zu nennen er sich weigerte, ihrer müde sei. In dem armen Haus im Schatten einer zerfallenden Dorfkirche zählten der Pfarrer und seine Frau gemeinsam ihre Münzen und weinten und beteten.

In York schickte der Jude Aaron seine Schüler nach Hause, lange bevor die Unterrichtskerzen niedergebrannt waren. Die Atmosphäre in der Stadt beunruhigte ihn. Der Erzbischof und seine Freunde waren auf der Jagd, eine Ungeheuerlichkeit angesichts der Tatsache, daß dieser Tag der christliche Sabbat war. Im Palast herrschte Besorgnis, und in den Straßen um das Münster herum rotteten sich Menschenmengen zusammen; es ging das Gerücht, daß die Juden an allem schuld seien. Schließlich hatte ein Jude Eintritt in den Palast gefunden, hatte um eine Audienz beim Erzbischof gebeten und war an einem jüdischen Feiertag offen und kühn dort hingegangen. Jetzt verhöhnte der Bischof selbst das heilige Gesetz der Christen, indem er an ihrem Sabbat zur Jagd ritt. Einige Stimmen flüsterten, daß es die Juden gewesen waren, die die Prozession am Fest des heiligen Matthäus in einen Aufruhr verwandelt hatten, und daß Geoffrey Plantagenet versucht hatte, ihren Rabbi dafür zur Rechenschaft zu ziehen. Wenn es sich so verhielt, lag der Fehler beim Erzbischof. Andere meinten, daß Aaron unangemeldet im Palast erschienen sei, um gegen die Schikanen zu protestieren, denen sein Volk ausgesetzt war. Während die einen diesem die Schuld gaben und die anderen jenem, verbreiteten die Gegner Geoffreys das Gerücht, der Rabbi und der Erzbischof hätten sich miteinander verschworen, um die Schatztruhen ihrer gesegneten Kirche von St. Peter zu plündern, dem wohlhabenden Münster Yorks. Die Leute waren argwöhnisch geworden und schoben den Juden die Schuld in die Schuhe.

Als der letzte Schüler sein Haus verlassen hatte, schloß Aaron alle Fensterläden und legte die Riegel vor. Sein Haus befand sich in der Nähe der Coppergate, in Sichtweite des Hauses seines Vaters in der Coney Street. Alle Häuser, die Juden gehörten, waren vollständig aus Stein erbaut, ohne die Ziegel oder das Stroh, das ihre Nachbarn beim Hausbau verwendeten, denn von jeher waren sie häufigeren Angriffen ausgesetzt gewesen als alle anderen. Die meisten Juden, die etwas auf sich hielten, trieben Wucher, was den Christen durch den Papst verboten war. Das Geldgeschäft brachte den Juden viel Geld ein und machte zahllose Männer zu ihren Schuldnern, und jeder Wechsel, den sie in Händen hielten, bedeutete den persönlichen Fluch irgendeines Mannes. Allgemein herrschte die Auffassung, daß Geoffreys Vorgänger, Roger de Pont L'Eveque, sich von den Juden eine große Summe geborgt hatte, um seinen Münsterchor in großem Stil wieder aufbauen zu lassen, damit man seiner auch nach seinem Tod noch gedachte. Diese Schuld war weiter angewachsen, während der Bischofssitz von York ohne einen Erzbischof in den gierigen Händen der Krone gewesen war, und angeblich belief sich jetzt die Gesamtsumme ihrer Schulden auf mehr als viertausend Pfund. Alle Christen hielten die Juden für ihre Feinde, und während sie ihre Zinsen bezahlten, haßten sie sie um so mehr.

Es war fast Mitternacht, als Aaron ein Klopfen an seiner Tür hörte.

»Wer ist da?« rief er auf Hebräisch und dann nochmals auf Englisch.

Die Antwort kam in gedämpftem Ton durch die Tür. »Hozah, der Holzschnitzer. Gewährt mir Zuflucht, Rabbi. Ich werde verfolgt.«

Aaron entriegelte die Tür, erkannte den Mann und bat ihn hinein. »Was ist passiert?«

Hozah war nervös und so außer Atem, daß er seine Antwort kaum herausbrachte. »Sie haben mich gesehen. Sie haben mein Gesicht gesehen. Ich bin erkannt.«

»Beruhigt Euch«, sagte Aaron. »Erzählt mir, was geschehen ist.«

»Der Priester, derjenige, der gestern bei dieser christlichen Prozession von seinem Wagen heruntergezerrt wurde. Man hat ihn gefunden, ohne Kleider und niedergeschlagen in einer Gasse in der Nähe der Fossgate. Obwohl die Jagdgesellschaft verspätet in den Palast zurückgekehrt ist, hatten viele der jungen Männer, die mit dem Bischof geritten sind, noch keine Lust, ins Bett zu gehen. Sie sind in Gruppen durch die Stadt gestreift auf der Suche nach Frauen und Vergnügen.« Er zog gehetzt die Luft ein. Der Holzschnitzer war nicht mehr jung, und der hastige Marsch von der Fossgate, zusammen mit der Angst um sein Leben, hatte ihn erschöpft. Aaron führte ihn zu einem Stuhl, schenkte ihm Wein ein und sah ihm beim Trinken zu.

»Könnt Ihr fortfahren?«

Hozah leerte seinen Becher und nickte.

»Dann erzählt mir zuerst, warum Ihr zu dieser späten Stunde draußen auf der Straße wart.«

»Ich kam vom Totenbett eines Kindes heim, das durch einen umgefallenen Kochtopf verbrüht worden war. Mein Cousin war bei mir, und wir sind durch die Hintergasse gegangen, um den Zechern aus dem Weg zu gehen. Dort haben wir den Priester gefunden und versucht, ihm zu helfen.«

»Er lebte noch?«

»So gerade eben. Man hatte ihn furchtbar zugerichtet. Mein Cousin bedeckte ihn mit seinem Umhang und bot ihm Trost, während ich loslief, um Hilfe zu holen. Aber bevor ich am Ende der Gasse angelangt war, hatten die Männer des Erzbischofs uns vom anderen Ende aus erreicht. Einer der Männer schrie, daß ein Priester von einem Juden getötet worden sei. Ich versteckte mich. Ich hatte Angst. Sie waren so viele, und sie waren betrunken. Ich war zu ängstlich und zu feige, um meinem Cousin zu helfen.«

Aaron schenkte ihm noch etwas Wein nach, zog sich einen

Hocker heran und setzte sich neben den älteren Mann. »Niemand wird Euch einen Feigling nennen, weil Ihr Euch vor einem Mob zorniger Christen verborgen habt. Wo ist Euer Vetter jetzt? Haben sie ihn weggebracht?«

Hozah blickte auf, und der Ausdruck in seinen Augen war trostlos. »Sie haben ihn gesteinigt.«

»Möge Gott ihrer Seelen …«

»Sie haben ihn gesteinigt. Als er am Boden lag, sind sie dann mit Stöcken und Schwertern über ihn hergefallen. Er hat keinen Laut von sich gegeben, aber der Priester hat noch aufgeschrien, bevor sie auch ihn getötet haben.«

»Sie haben ihren eigenen Priester getötet?«

»Im Blutrausch«, meinte Hozah nickend. »Er hat einige Schläge abbekommen, die wohl für meinen Cousin bestimmt waren. Ich muß auch einen Schrei ausgestoßen haben, denn plötzlich sahen sie mich, und der Mob stürzte sich auf mich. Wäre ich nicht mit diesen Gassen und Höfen hier vertraut gewesen …«

»Ihr müßt heute nacht hierbleiben«, erklärte Aaron ihm sanft. »Ich werde morgen ein Treffen mit dem Erzbischof arrangieren und für Euch sprechen. Ich werde Eure Geschichte so erzählen, wie sie sich wirklich ereignet hat, und wir müssen beten, daß wir diese gefährlichen Flammen löschen können, bevor sie außer Kontrolle geraten.«

»Ich traue dem Erzbischof nicht«, sagte Hozah. »Welche Versprechungen er auch gibt, sie gelten nur für die Dauer seiner jeweiligen Stimmung. König Heinrich ist tot, und mit ihm ist unsere Garantie auf Sicherheit gestorben. Euer eigener Vater zählte zu den ersten Juden, die in den Aufständen nach Richards Krönung ihr Leben ließen. Heinrich hat an die Zukunft gedacht und uns gut behandelt, aber seine Söhne würden jederzeit und ohne Skrupel aus unserem Unglück Gewinn schlagen und uns dem Mob vorwerfen.«

Aarons Antwort ging in dem Geräusch laufender Füße und erhobener Stimmen auf der Straße unter. Draußen hatte sich eine Menschenmenge zusammengerottet, schleuderte Steine und schrie Unflätigkeiten, aber ihre Anwesenheit war barmherzig kurz. Ihre Schreie wurden leiser, und als sie verklangen, murmelte der Rabbi ein Gebet des Dankes dafür, daß sein Haus verschont worden war.

»Geht nach oben in mein Bett und ruht Euch aus«, sagte er zu dem zitternden Hozah.

»Rabbi, wenn ich hierbleibe, werden diese Christen Euch beschuldigen, einen Mörder in Eurem Haus zu verstecken.«

»Dann soll es so sein«, seufzte Aaron.

»Ich konnte nirgendwo anders hin. Ich fürchte, ich habe Euch in Gefahr gebracht, um mich selbst zu retten.«

»Geht hinauf und schlaft, mein Freund.«

»Was werdet Ihr dem Erzbischof sagen?«

»Die Wahrheit. Und jetzt geht hinauf.«

Er sah zu, wie der alte Mann die Holztreppe hinaufkletterte und lauschte dann so lange, bis er nur noch den steten Atem des Schlafes aus dem oberen Raum hören konnte. Dann zog er sich ein langärmeliges Hemd an, das bis zu seinen Knien reichte, seinen Hals aber frei ließ, so daß man über dem raschelnden, weißen Leinen seine muskulöse Brust mit den starken, schwarzen Haaren sehen konnte. Der sechszackige Stern, das Symbol seines Glaubens, glitzerte an einer Kette um seinen Hals. Sein Gesicht war grimmig, die von dichten Brauen überschatteten Augen voller Sorge. Diese Scharmützel zwischen Christen und Juden beunruhigten ihn, aber dieses Problem konnte niemals eine Lösung finden. Kein jüdischer Arzt wagte es, einem kranken Christen die Behandlung zu verweigern, aber starb sein Patient, schimpfte man ihn einen Mörder. Kein Geldverleiher wagte es, einem Christen ein Darlehen zu verweigern, aber geriet der Schuldner mit der Abzahlung in Verzug, beschimpfte man den Juden einen Blutsauger. Selbst der sogenannte Schutz durch einen Monarchen erfüllte seine Zwecke nur halb, denn wenn ein Jude starb, fielen sein Reichtum und sein Besitz per Gesetz an die Krone, und auch seine Schuldscheine wurden Eigentum der Krone. So mancher vornehme Herr hatte sich bei einem Juden Geld geliehen und nach dessen Tod in der Schuld eines Königs wiedergefunden, und so mancher König setzte die Begleichung dieser Schuld mit härteren Mitteln durch, als der Geldverleiher das je getan hätte.

»Aaron von Äthiopien.«

Aaron blickte erschrocken auf. Er war wohl auf seinem Hocker eingedöst, so daß er nicht gehört hatte, wie Hozah die Holztreppe heruntergekommen war. »Was ist los?«

Im Schatten jenseits der Feuerstelle stand eine hochgewachsene, schlanke Gestalt, ganz in Schwarz gekleidet und mit einer Kapuze, die ihr Gesicht vollkommen verbarg. Aaron blickte zur Tür und sah, daß der Riegel noch immer an Ort und Stelle lag, er sah zu den Fensterläden hinüber und fand auch diese geschlossen und blickte schließlich zu seinem Schwertgürtel, der über dem Kamin hing.

»Wer seid Ihr? Was wollt Ihr von mir?«

»Aaron von Äthiopien.«

»Ja, der bin ich.« Es war etwas Merkwürdiges an dieser Stimme. Aaron schob seinen Hocker weg und erhob sich mit dem Gefühl, daß er und der Fremde sich direkt in die Augen sahen, obwohl er in der Kapuze keine Gesichtszüge erkennen konnte. Sein Verstand war klar, aber trotzdem überraschten ihn seine Gedanken, denn angesichts der seltsamen Umstände war er ruhig und ohne Angst. »Wie kann ich Euch helfen, Freund?« Seine eigenen Worte verwirrten ihn, und doch fragte er in die Stille hinein noch einmal: »Wie kann ich Euch helfen?«

Die Gestalt hob eine Hand und schlug das christliche Kreuz, als wolle sie dem Juden einen heiligen Segen spenden. Dann trat sie zurück in den Schatten vor der Wand und wurde langsam unsichtbar, aber bevor sie ganz verschwand, sprach sie ein einziges Wort, ein Wort, das aus Aarons eigenem Kopf zu kommen schien: »*Simeon.*«

KAPITEL 21

Fergus de Burton sah sich gezwungen, sein Leben und seinen Ehrgeiz neu zu überdenken. Die Jagd war ausgesprochen gut verlaufen. Geoffrey Plantagenet war seinem Ruf voll und ganz gerecht geworden; er war ein hervorragender Reitersmann mit brillantem Verstand. Er stimmte seine Gedanken und Instinkte auf das Tier ein, das er jagte, und schlug durch eine Kombination von Talent und Schläue aus der Flucht des Tieres seinen Vorteil.

Fergus mochte ihn. Er mochte die gefährlichen Untiefen in seiner Persönlichkeit und die schnellen Stimmungswechsel, die ihn binnen eines Augenblicks von Heiterkeit auf Zorn umschalten ließen. Dieser kluge, unbeugsame Erzbischof mit seinem gewaltigen Machthunger, seiner Gier nach Leben und seiner konstanten Furcht vor Verschwörungen gegen seine Person hatten dem jungen Fergus eine bessere Vorgehensweise gezeigt.

»Ihr beeindruckt mich, mein Junge«, brüllte Geoffrey Plantagenet, als er seinem neuen Freund auf die Schulter schlug und ihm ins Gesicht grinste. Sie frühstückten in der großen Halle des Palastes, und die Ausgelassenheit der vergangenen Nacht prägte noch immer Geoffreys gute Laune. »Ihr habt allein mehr Mut als all meine Untergebenen zusammen. Mir gefällt dieser Mut, mein Junge. Ich mag ihn.«

»Nennt mich einen halsstarrigen Narren, mein Herr, und gebt meiner Jugend den Tadel dafür.«

»Ich nenne es Mut, wenn ein Mann es wagt, neben mir zu jagen, und nicht einen einzigen Zentimeter zurückweicht, um mir einen Vorteil zu verschaffen.«

»Ich spiele dieses Spiel, um zu gewinnen, mein Herr.« Fergus sah seinen Gastgeber aus den Augenwinkeln an und bot ihm genau das Geschenk an, von dem er wußte, daß es jedes Herz zum Schmelzen brachte: sein gewinnendes Lächeln. »Selbst gegen den besten aller Männer.«

»Gut geantwortet, Junge, und gewinnen sollt Ihr auch,

denn ich habe gute Lust, etwas aus Euch zu machen. Bleibt hier in York und werdet mein Kanzler.«

»Euer Kanzler?« Fergus lachte laut auf. »Ich habe nicht ein einziges Talent, das mich zu diesem Amt befähigen würde. Mein Herr, ich bin ein nachgeborener Sohn ohne Land oder Erwartungen. Ich habe mein ganzes Leben nur meinem Vergnügen nachgejagt. Mir fehlt die Disziplin zum Geistlichen, ganz zu schweigen zum Kanzler, und wenn Ihr auch nur einen Augenblick glaubt, daß ich geeignet wäre, die heiligen Weihen abzulegen …«

»Bei den Göttern, einen solchen Fluch würde ich nicht mal meinem schlimmsten Feind wünschen!« brüllte Geoffrey. »Könnt Ihr lesen und schreiben?«

»Natürlich.«

»Latein?«

Fergus nickte. »Ich habe meine Zeit im Klassenzimmer abgesessen.«

»Und Französisch?«

»Ich war zwei Jahre bei Hof.«

»Nun denn, Ihr habt Talente und Fähigkeiten, Charme im Überfluß und einen messerscharfen Verstand. Diese Dinge könnten Euch binnen eines einzigen Monats zum Kanzler machen.«

Fergus gestattete es seinem Lächeln zu verblassen, und sein Gesicht wurde ernst, seine blauen Augen hinter den geraden blonden Wimpern nachdenklich. Er sah den Erzbischof mit ruhiger Miene an und wußte, daß er an einem Kreuzweg angekommen war. Dies war eine Chance für ihn, sein altes Leben gegen ein neues zu tauschen. Es war so, als hätte er einen prächtigen Hirschen direkt in seinem Visier, und um ihn zu erlegen, brauchte er lediglich seinen Pfeil ordentlich abzuschießen. »Mein Herr, ich möchte viel mehr sein als Euer Kanzler.«

»Mehr? Ihr verlangt noch mehr?«

»Das tue ich, mein Herr.«

Geoffrey Plantagenet lehnte sich auf seinem Stuhl zurück und betrachtete den jungen Mann neben sich. Er sah einen gutaussehenden, eleganten Mann von gerade zwanzig Jahren vor sich, einen lachenden Charmeur mit einem offenen Gesicht, einen so anregenden Gefährten, wie man in der ganzen Christenheit keinen besseren finden konnte. Er hatte ihn bereits vollends in sein Herz geschlossen. Er hatte gute Lust, den Jungen auszuzeichnen, war aber nicht geneigt, über den Wert seines Geschenkes zu feilschen. Indem Fergus mehr verlangte, als die Großzügigkeit seines Bischofs ihm ohnehin schon anbot, würde dieser junge Mann den Palast vielleicht mit leeren Händen verlassen.

»Ihr enttäuscht mich«, sagte Geoffrey kalt.

»Das glaube ich nicht, mein Herr. Wenn Ihr mich nur anhören würdet.«

»Ich habe genug gehört, um mein Urteil zu fällen. Ihr wolltet *mehr* sein als mein Kanzler.«

Fergus de Burton schob eine Schale mit Fleisch zur Seite und stützte seine Ellbogen auf den Tisch. Auf seinem Gesicht stand ein Ausdruck besorgter Ernsthaftigkeit, und sein Ton war vertraulich, als er sagte: »Ich möchte Euer ganz persönlicher Streiter sein, Euer Ratgeber und Euer Freund. Viele Männer fühlen sich in meiner Gesellschaft wohl, und ich kann ihr Vertrauen erringen. Sie scheuen sich nicht, in meiner Anwesenheit ein offenes Wort zu reden. Glaubt Ihr, sie würden mit Eurem Kanzler so offen reden?«

»Fahrt fort«, sagte der immer noch finster blickende Geoffrey.

»Ich könnte Euer Auge und Euer Ohr sein, und das sowohl in York als auch in Beverley. Gebt mir ein Dutzend gut ausgebildeter Männer aus den Reihen Eurer Soldaten, die sich in Ermangelung einer sinnvollen Beschäftigung die Beine in den Bauch stehen, gebt mir neue Kleider und eine Börse, mit der ich mir meinen Weg erkaufen kann, und ich garantiere Euch, daß keine Verschwörung gegen Euch mehr eine Chance hat.«

»Und daß keiner dieser Kanoniker von Beverley Gelegenheit haben wird, irgendwelche Schätze verschwinden zu lassen?«

»Nicht einmal eine Altarkerze, mein Herr.«

Geoffrey sah sich mit schmal gewordenen Augen um. »Ich vertraue keinem einzigen von diesen Kriechern mit ihren silbernen Zungen.«

»Womit Ihr gut beraten seid, mein Herr.« Fergus beugte sich vertraulich noch ein wenig weiter über den Tisch. »Ihr habt nicht einen einzigen Mann in Eurer unmittelbaren Umgebung, der nicht bereits versucht hätte, sich meine Loyalität zu sichern, und ich bezweifle, daß sie das nur um Euretwillen tun. Euer Schatzmeister zum Beispiel ...«

»Mein Schatzmeister? Er verschwört sich gegen mich?« wollte Geoffrey wissen, und sein ganzer Körper versteifte sich bei der bloßen Andeutung eines Komplotts.

»Das kann ich im Augenblick noch nicht sagen, obwohl er überaus begierig darauf ist, zu erfahren, auf wessen Seite ich stehe und ob man mich eventuell gegen Euer Lordschaft aufwiegeln könnte.«

»Was? Diese Schlange! Ich lasse ihn sofort auf die Straße werfen. Wollen wir doch mal sehen, wie es ihm ohne meinen Schutz ergeht.«

»Nicht so hastig, mein Herr, nicht so hastig.« Fergus' offene Hände und sein einnehmendes Wesen zerstreuten Geoffreys Zorn im Nu. »Warum wollt Ihr eine Schlange an einem Ort aussetzen, an dem Ihr sie nicht länger im Auge habt und Euch vielleicht an ihrer Stelle eine andere ins Haus holen?« Er sah den anderen Mann nicken und seinen Zorn bezwingen, und er war zufrieden. Dieser Hinweis hatte genügt, um Fergus den Weg in die Schatzkammer freizumachen, denn jeder Einwand dagegen würde nun Geoffreys schärfste Zweifel wecken.

»Meine persönliche Leibwache, sagt Ihr?«

»Die Uniform würde mir besser stehen als die hübschen Gewänder eines Kanzlers«, meinte Fergus grinsend.

»Und mein Spion in Beverley?«

»Euer Auge und Euer Ohr.«

»Ihr werdet meinen Rücken decken, solange ich von ränkeschmiedenden Priestern und gierigen Geistlichen umgeben bin?«

»Euren Rücken und den meinen«, erwiderte Fergus. »Dessen dürft Ihr versichert sein, mein Herr und Erzbischof. Ich werde Euch so gut bewachen, daß jede Bosheit, die auf Euch zielt, erst einmal an mir vorbei muß, um an ihr Ziel zu gelangen.«

»Ein tröstlicher Gedanke, wahrhaftig.« Er kratzte sich die Haut seines Kinns, von dem sein schöner Bart abrasiert worden war. »De Burton. Würde irgend jemand es wagen, dem Namen de Burton zu vertrauen?«

»Mein Herr, kann irgend jemand dem Namen Plantagenet vertrauen?«

Der Erzbischof brüllte vor Lachen, schlug sich auf die Schenkel und hämmerte in seiner Belustigung auf den Tisch. Dann hob er, während er mit einem Ellbogen auf dem Tisch balancierte, die Hand. »Euren Handschlag auf das Geschäft, impertinenter Welpe, der Ihr seid.«

Fergus ließ seine Hand in die des anderen klatschen, die Finger schlossen sich umeinander, und ihrer beider Ellbogen waren plötzlich nicht mehr weit voneinander entfernt. Solchermaßen ineinander verkeilt, rangen sie, lachten und erprobten jeweils die Kräfte des anderen, bis der Erzbischof sich als der Stärkere von beiden erwies. Als man den Juden abermals in das Pförtnerhaus führte, stand Fergus an Geoffreys Seite. Mittlerweile trug der junge Mann einen graugrünen Rock aus Geoffreys privater Kleidertruhe, einen Gürtel aus Gold, der mit schweren Juwelen besetzt war, und geborgte Stiefel, die ihm so gut paßten, als wären sie eigens für ihn hergestellt worden. Prächtig gekleidet und offensichtlich guter Laune, rief seine Anwesenheit ein leises Murmeln der Unzufriedenheit unter den Priestern und Geistlichen hervor, die sich bereits dort versammelt hatten.

Der Rabbi erzählte seine Geschichte ohne Ausschmückungen. Seine Stimme war wunderschön, leise und tief, mit einer gewissen Resonanz, die Fergus den hochgewachsenen Priester Simeon ins Gedächtnis rief. Er mochte diesen großen, gutaussehenden Juden und glaubte ihm seine Geschichte.

Von Zeit zu Zeit beugte sich der Erzbischof, der sein volles Kirchenornat trug, zu seinem jungen Gefährten hinüber und bat ihn um einen Kommentar oder einen Rat. Er war sich der Atmosphäre verdrossener Ablehnung, die durch die schnelle Erhöhung dieses charmanten Fremden hervorgerufen wurde, nicht bewußt. Niemand besaß genügend Mut, um sich zu beklagen und das Risiko einer Beleidigung einzugehen, also konzentrierte sich ihre Unzufriedenheit auf den Juden. Zwei Priester erhoben ihre Stimme gegen ihn und wollten ihn als denjenigen brandmarken, der sein Volk gegen unschuldige Christen aufwiegelte.

»Ich hätte gute Lust, ein Exempel an ihm zu statuieren«, flüsterte Geoffrey. »Der Niedergang eines dieser Rabbis würde den übrigen einen Dämpfer aufsetzen und meine Priester beschwichtigen. Außerdem steht er in dem Ruf, der wohlhabendste Jude unserer Stadt zu sein. Alles was er besitzt, einschließlich seiner Schuldscheine, wird er verlieren, wenn er in Ungnade fällt.«

»Jawohl, aber an die Krone«, rief Fergus ihm ins Gedächtnis. »Ihr werdet dabei nichts gewinnen. Euer Bruder, der König, wird alles für sich fordern, um seine Feldzüge gegen die Heiden fortzuführen.«

»Wie wahr«, meinte Geoffrey stirnrunzelnd. »Was schlagt Ihr mir also vor?«

»Mein Herr, Ihr dürft auf keinen Fall eine zweifelhafte Rolle in dieser Angelegenheit spielen. Es wäre unpassend, wenn Ihr Eure Hände mit dem Blut dieses Mannes beflecken würdet, nur um einem Haufen schnatternder Priester einen Gefallen zu tun.«

Geoffrey kicherte über diese Beschreibung. »Also dann, was ratet Ihr mir?«

»Laßt bekannt werden, daß Ihr seine Geschichte für die Wahrheit haltet, und laßt die Dinge anschließend laufen, wie sie wollen. Entwickelt sich für den Juden alles zum Guten, wird man Euer Loblied singen. Wenn nicht, seht zu, daß er eine gerechte, öffentliche Verhandlung bekommt, und stellt seine Ehre als aufrechter Mann wieder her. Auf diese Weise werdet Ihr dafür sorgen, daß er sich seinen Wohlstand bewahrt, werdet Euch seiner Ergebenheit versichern und beweisen, daß Ihr Euch nicht von jenen beeinflussen laßt, die diesen unschuldigen Mann für ihre Komplotte gegen Euch benutzen.«

»Komplotte? Ihr seht ein Komplott hinter dieser Sache?«

»So leid es mir tut, ich fürchte, so ist es, mein Herr.«

Geoffreys Faust schlug krachend auf die Armlehne seines

Stuhls. »Zum Teufel damit! Ich lasse mich nicht manipulieren.«

»Seid vorsichtig, mein Herr«, flüsterte Fergus. »Ihr wollt doch Euren Vorteil nicht verlieren, indem Ihr Euer Feuer zu früh erkennen laßt.«

Geoffrey ließ sich wieder auf seinen Stuhl zurücksinken und blickte den Juden finster an. »Ihr sagt, dieser Hozah sei jetzt bei Euch? Ihr beherbergt einen Flüchtling, womöglich einen Mörder, in Eurem eigenen Heim?«

Der Jude breitete seine Hände aus, die blassen Handteller nach oben gerichtet. »Ich habe lediglich einem alten Mann Zuflucht gewährt, um ihn vor dem wütenden Mob zu retten.«

»Sein Vetter wurde mit Blut an den Händen erwischt«, rief ein Priester, der nun mit erhobenen Fäusten vortrat. Er war der Hüter von Geoffreys Schatzkammer, und heute konnte nichts, was er sagte oder tat, das Wohlwollen seines Herrn finden.

»Hozah und sein Vetter sind unschuldig«, wiederholte Aaron ruhig. »Ist es denn eine so schreckliche Beleidigung für Euch, daß ein sterbender Priester von einem Juden getröstet wurde, selbst wenn der Jude dann für seine Bemühungen gesteinigt wurde?« Er sah den Erzbischof aus seinen dunklen, überschatteten Augen fest an. »Euer Priester, Sire, hätte vielleicht überlebt, wenn ihm Christen geholfen hätten und er nicht gezwungen gewesen wäre, auf einen zufällig des Wegs kommenden Juden zu warten, der barmherzig genug war, sich um ihn zu kümmern.«

Auf diese Worte hin erhob sich ein zorniger Aufruhr unter den Priestern. Ihre Empörung war um so größer, als sie wußten, daß der Mann die Wahrheit sagte, und sie wußten auch, daß kein Christ etwas Ähnliches für einen Juden getan hätte.

Fergus beugte sich auf seinem Stuhl zur Seite. »Nehmt jetzt die Sache in die Hand, mein Herr. Bringt sie zum Schweigen und zeigt ihnen, wer hier das Sagen hat. Laßt den Juden gehen und verlangt, daß nichts gegen ihn unternommen wird, und stellt fest, welcher dieser Priester es wagt, sich Euren Befehlen zu widersetzen.«

»Ein Hase für die Hunde?«

»Und noch mehr, mein Herr. Wir können die Zahl unserer Sünder nicht kennen, solange wir es nicht wagen, die Frommen in Versuchung zu führen.«

Viel später sagte Geoffrey wieder: »Ihr beeindruckt mich, Fergus de Burton«, und Fergus antwortete sehr zur Belustigung seines Herrn: »Ihr beeindruckt mich ebenfalls, mein Herr und Erzbischof.«

Als der Rabbi, begleitet von einer Wache zu seinem Schutz, das Pförtnerhaus verlassen hatte, stand Fergus allein in einem Vorraum, während Geoffrey Plantagenet sich um andere Angelegenheiten kümmerte. Sein neuer Umhang fiel ihm über die Schultern, ein leuchtendes, luxuriöses Etwas aus Purpur mit einer Zobelkapuze und Fuchspelzborten. Als er sein Spiegelbild betrachtete, sah er den Mann, der zu sein er sich verzweifelt wünschte. Hier stand ein Fergus, der vor der Zeit über den ihm angestammten Platz erhöht worden war, nicht länger ein jüngerer Sohn ohne Vermögen, sondern ein Mann von nicht geringer Macht und von gebührendem Ansehen. Er trug einen goldenen Gürtel, den nicht weniger als vierzig kostbare Steine zierten, obwohl er in seinem ganzen, zwanzig Jahre der Vergnügungssucht anheimgegebenen Leben niemals auch nur den Wert eines einzigen dieser Steine verdient hatte. Vor wenigen Stunden noch hatte er kein höheres Ziel gekannt, als die Tochter eines Landpfarrers in sein Bett zu bekommen. Jetzt war er der Verbündete eines der mächtigsten Männer von Englands Küsten, eines Mannes, der den Gerüchten zufolge eines Tages König werden sollte.

Er grinste sein Spiegelbild an. Sein Leben hatte sich verändert, seine Zukunft stand auf sicheren Beinen. Die Zeit kindischer Spiele hatte ein Ende genommen. Er wußte, daß er von jetzt an wie ein Edelmann handeln und denken und sich verhalten mußte, und noch bevor das Jahr sich neigte, sollte der Name von Geoffrey Plantagenet, Erzbischof von York, nicht mehr erwähnt werden, ohne daß Fergus de Burton denselben Atemzug teilte.

Das Mädchen und eine als Dienerin angeheuerte Frau aus der Nachbarschaft befanden sich allein im Haus, als Fergus de Burton und seine Männer, die von York mit ihm herübergeritten waren, ankamen, um sich de Fighams Lohn für geleistete Dienste zu holen. Sie war keine Schönheit, aber trotz der Armut ihrer Familie war sie recht hübsch und hatte nichts dagegen, sich von diesem prächtigen jungen Mann verführen zu lassen. Wenn ihr Verführer ihrer müde geworden war, würde man zweifellos einen Ehemann für sie finden, und auch wenn ihr Leben hart sein würde, hätte sie immerhin schöne Erinnerungen an eine Zeit, die sie im Bett eines Edelmannes zugebracht hatte.

»Ist sie unberührt?«

»Jawohl«, erwiderte die Dienerin.

Fergus nickte. Das Mädchen lächelte und schaute kokett in seine Richtung. Seine Lenden rührten sich mit der ganzen Lust eines jungen Mannes, denn dieses Mädchen hatte er schon viele Wochen lang ohne Erfolg umworben. Er hätte sie ohne Furcht vor Strafe nehmen können. Als Tochter eines bescheidenen Landpfarrers würde sie sich durch eine solche Angelegenheit nicht benachteiligt fühlen, solange man ihre Eltern für den zeitweisen Verlust ihrer Gesellschaft ordentlich entschädigte. Die Versuchung war groß, aber seine Gier nach Macht war noch größer. Er sah sich, wie er sich in Geoffreys Spiegel gesehen hatte, und wußte, daß dieses Bild viel mehr verdiente als ein Landmädchen mit starkem Akzent. Um seines guten Rufes willen durfte er sie nicht haben, und aus eben demselben Grund würde er sie und ihre Familie gut zu benutzen wissen.

Das Mädchen erhielt einen Umhang und eine Börse mit Goldmünzen, wurde dann auf einen Karren gesetzt, der mit Mehl, Wein und Salz beladen war, mit Wolldecken und Kerzen, und bekam dazu noch einen schweren, pelzgefütterten Umhang, dessen Qualität ausreichte, um den verarmten Pfarrer gut durch die nächsten Winter zu bringen.

Der Pfarrer von St. Jude war lange vor der Zeit gealtert. Seine Kleider waren schäbig und seine Augen stumpf, als wäre das Licht der Hoffnung in ihnen gestorben oder hätte dort niemals geleuchtet. Neben seinem Haus befanden sich sieben Gräber, in denen seine erste Frau und ihre sechs kleinen Söhne begraben lagen. Sein Brunnen war trocken, das Dach seines Hauses hätte dringend ein wenig Stroh benötigt, seine Kirche zerfiel vor seinen Augen, und seine Lagerscheunen waren leer. Kein wohlmeinender Gönner hatte sich während der letzten zwanzig Jahre gefunden, um seine bescheidene, normannische Kirche wieder in einen ordentlichen Zustand zu bringen, und wären da nicht Mäuse und Vögel um seinen Altar herumgehuscht, hätte er gar keine Zuhörer mehr außer Gott für seine Predigten gehabt.

»Das alles? Das alles soll für mich sein?« Während das Mädchen die weinende Mutter begrüßte und ins Haus ging, um ihrer Enttäuschung Herr zu werden, stand ihr Vater draußen mit offenem Mund da und starrte den Karren an. Sein Verhalten verriet, daß er solche Glücksfälle nicht gewöhnt war.

»Das alles, und außerdem noch die Pferde zu Eurer Bequemlichkeit. Meine Leute glaubten, in meinem Interesse zu handeln, als sie Eure Tochter mitnahmen. Ich hoffe, ich kann Euch davon überzeugen, daß ich keinen Anteil an dieser Entführung hatte, und ich bitte Euch, mir meine guten Absichten zu glauben und meine Entschuldigung anzunehmen.«

»Sir, ich bin überwältigt ... Ihr wißt gar nicht, wie dringend ich Eure Gaben benötige.«

»Wenn ich mir Eure Kirche so ansehe, könnte die auch einiges gebrauchen«, erwiderte Fergus trocken und ließ seinen Blick über das eingestürzte Dach schweifen, auf dem sich einige Raben versammelt hatten, als wären sie die Wachen des Todes persönlich. Die Fenster waren mit Ledertüchern verhängt, das Mauerwerk zerbröckelte an vielen Stellen, die Türschwelle war geborsten und aus den Ritzen wucherten Grasbüschel. Das ganze Gebäude befand sich in einem traurigen Zustand.

Der Pfarrer seufzte und schüttelte den Kopf. »Ich fürchte, St. Jude wird von der Stadt und ihren Kanonikern schmählich vernachlässigt. Die Leute aus meinem Dorf gehen eine ganze

Meile zu Fuß, um Gott vor dem Altar von St. Anne zu huldigen, denn da können sie zum Gebet niederknien, ohne befürchten zu müssen, daß ihnen das Dach auf den Kopf fällt.«

»Wer ist eigentlich der heilige Jude? Ich habe noch nie von ihm gehört.«

»Sein Festtag ist der achtundzwanzigste Oktober, aber nur wenige begehen ihn. Er ist der Schutzheilige aller Verlorenen oder Hoffnungslosen.«

Fergus räusperte sich und fragte: »Der Schutzpatron von *was*?«

»Der Hoffnungslosen.«

Jetzt mußte der junge Mann sich ernstlich Mühe geben, nicht laut loszulachen. Um seine Mundwinkel zuckte es, aber ansonsten hatte er sein Gesicht unter Kontrolle. Er nickte einmal kurz und ging mit fest aufeinandergepreßten Lippen und geballten Fäusten davon. Als er die Reiter erreichte, die sich am Tor versammelt hatten, schlüpfte er zwischen ihre Tiere, um sich zu verstecken und ließ seiner aufgestauten Heiterkeit mit einem brüllenden Lachen freien Lauf.

Endlich konnte er hervorstoßen: »Würdet Ihr glauben, daß dieses elende, gottverlassene Dorf dem Schutzheiligen der Verlorenen dient?«

Chad, der Mann mit dem er sprach, sah sich mit kritischem Gesichtsausdruck um. Er war von York hierhergekommen und konnte diesen Tausch beileibe nicht erfreulich finden. »Das glaube ich unbesehen.«

Fergus schüttelte immer noch lachend den Kopf. »Der heilige Jude, glückloser Herrscher über alle gescheiterten Pläne. Habt Ihr je einen so verlassenen Ort wie Thorpe gesehen? Jede Tragödie, die jemals das Licht des Tages gesehen hat, muß sich von diesem Ort angezogen fühlen wie Bienen von einem Honigtopf.«

»Vielleicht versteht dieser Heilige sein Amt anders als wir«, überlegte der Soldat. »Vielleicht sollten wir ihm etwas Lohnendes bringen, das er dann in einen Zustand der Hoffnungslosigkeit versetzen kann.«

Fergus lachte abermals. »Da könntet Ihr recht haben, mein

Freund. Selbst die Pfarrerstochter, so hübsch und willig sie auch ist, hat es nicht geschafft, entehrt zu werden, obwohl alle Zeichen darauf deuteten. St. Jude, der hoffnungslose Heilige aller unvollendeten Dinge!« Er spähte über den Hals eines Pferdes, hustete sich das Lachen aus der Kehle und brachte sein Lächeln, wenn auch nicht das erheiterte Leuchten seiner Augen, unter Kontrolle. »Ich fürchte, unser Spott würde den Pfarrer, der diesem unglücklichen Heiligen dient, kränken.«

Chad spähte zu dem schäbig gekleideten kleinen Mann hinüber, der dabei half, die Sachen von dem Karren abzuladen, ein Unterfangen, bei dem er sich beständig für jede Kleinigkeit, die in sein Haus getragen wurde, unterwürfig bedankte. »Diese Unglücksmiene allein reicht schon, um dem Gras die Lust am Wachsen zu vergällen«, bemerkte er.

»Ein Dorf, das wie geschaffen für ausgehungerte Mäuse und raubgierige Raben ist«, kicherte Fergus. »Verlorene, wenn ich das schon höre! Hier gibt es meilenweit nichts anderes als das.«

Als seine Belustigung sich endlich gelegt hatte, ging Fergus zu einem Hügel hinüber, von dem er den ganzen Ort überblicken konnte. Eine zerstörte Kirche und ein Pfarrhaus, hinter denen ein paar Häuser kauerten, bildeten das Dorf. Es gab zwei Bäche, ein paar Felder und einige schmale Gräben, und im Norden lag der Bygot-Wald, der über gutes Holz und zweifellos auch über einen ordentlichen Wildbestand verfügte. Was Fergus jedoch wirklich interessierte, waren die vielen Dinge, die dieses vernachlässigte Dorf *nicht* besaß. So stritten sich zum Beispiel keine Kanoniker um seinen Besitz, und kein Fürst war da, der seine Reichtümer stehlen wollte, denn es gab nichts, was gierige Männer begehren könnten. Daher würde sich auch niemand vor den Kopf gestoßen fühlen, wenn er sich dieses Dorf für seine eigenen Zwecke sicherte und diese jämmerliche Kirche vor dem endgültigen Ruin bewahrte. Er konnte sie mit einem bescheidenen Altar für den heiligen Fergus ausstatten, ferner mit einem guten Vorrat an Kerzen, die bei der Abendandacht entzündet werden konnten, so daß man sich jeden Tag seines Namens erinnern würde.

»Hier wird ein würdigerer Heiliger gebraucht als dieser unglückliche heilige Jude«, murmelte er. »Es könnte funktionieren. Jemand könnte aus diesem Ort etwas machen, und dieser jemand werde ich sein.«

Im Herzen wußte er, daß das keine bloße Prahlerei war. Ein Mann, der seine Arbeit und sein Geld in den Dienst der Kirche stellte, erntete dafür große Bewunderung. Gute Taten würden ihm Spenden von anderen Kirchen einbringen, Geld, Altartücher und Möbelstücke, Gewänder und Wandbehänge, Steine zum Wiederaufbau der zerfallenen Kirche und Ziegel, um das Dach auszubessern. Und so würde das eine zum anderen kommen, und zum Schluß würde er mit geringem Aufwand etwas vollbracht haben, das sich sehen ließ. Der Name des Wohltäters würde in aller Munde sein und in den Gebeten unzähliger Menschen auftauchen. Sein Ruhm würde sich von einer Kirche zur anderen herumsprechen und seine Taten dabei immer größer und prächtiger werden. Hier war eine Aufgabe, an die der junge Fergus glauben konnte, denn sie würde ihm reichen Lohn eintragen. Nur zwei Meilen weiter südlich lag Beverley mit seinem florierenden Handel und seinen ungezählten Pilgern. Nicht weit entfernt strömte der Fluß Hull breit und tief dem Hafen zu, und auch die Mündung des Humber und das Meer waren ganz nah. Wenn Geoffrey Plantagenet dieses Land besaß, und Fergus war sich dessen sicher, dann würde er es von ihm als Geschenk bekommen. Hier würde er sich sein Haus bauen, sich zum Schutzpatron des heiligen Jude machen und sein neugefundenes Nest mit Hilfe der Gunst von Geoffrey Plantagenet zu ungeahnten Höhen führen.

Er sah den Raben zu, die krächzend am Himmel ihre Kreise drehten, nachdem Chad sie mit ein paar Steinen aufgescheucht hatte. »Thorpe der hungrigen Raben«, sagte er halb zu sich selbst. »Oder besser, Ravensthorpe, das hört sich hübscher an.«

Die adligen jungen Männer und Knaben von York waren – wie in jeder anderen Stadt von größerer Bedeutung für die Kirche – mit der Aufgabe betraut, den Kanonikern beim Ein- und Auskleiden zu helfen, eine Arbeit, die keineswegs einfach war. Diese Helfer wurden von einem Mann zum anderen weitergereicht und lernten auf diese Weise jeden Rang und jedes Amt korrekt einzukleiden, die benötigten Gegenstände zu tragen, sich der heiligen Stunde des Tages entsprechend zu verhalten und den strengen religiösen Forderungen nachzukommen. Sie waren nicht mehr als Diener für ihre arroganten Herren, aber sie hatten Ohren zum Hören und Lippen, um von dem Gehörten zu berichten, und nur wenige waren jemals wirklich zufrieden mit ihrer Aufgabe. Drei Tage lang hatte Fergus die Situation im Palast des Erzbischofs genau beobachtet. Was er dort vorgefunden hatte, war ein Kessel der Feindseligkeit und der schwelenden Unzufriedenheit gewesen, und das einzige, was dort fehlte, war ein kluger Mann, der die Sache zum Überkochen brachte.

Einer der jungen Männer, die den Erzbischof ankleideten, sah einen Silberschilling auf einem Teppich neben dem Sofa, in dem Geoffrey sich häufig ausruhte. Als offenbar wurde, daß er der einzige war, der die Münze dort hatte liegensehen, stellte er seinen Fuß darauf und bewahrte Stillschweigen. Ein heruntergefallener Handschuh war schließlich alles, was er zur Vertuschung seiner Dieberei benötigte. Er beugte sich vor, um den Handschuh aufzuheben, und als er ihn in der Hand hatte, war die Münze verschwunden.

»Ich habe ihn«, sagte Fergus und zwinkerte.

»Führt Ihr wieder einmal die Tugendhaften in Versuchung, Fergus?«

Fergus grinste und zwinkerte abermals. »Eine lockere Zunge kann wertvoller und gefügiger sein als eine ganze Armee.«

»Und ist nicht so teuer«, fügte Geoffrey hinzu.

Es kostete noch einen weiteren Schilling, um die Verschwörung gegen den Juden aufzudecken, eine gemeine Verschwörung, die, hätte man sie auf sich beruhen lassen, wohl ins Leere gelaufen wäre. Ziel der Verschwörung war der alte Mann, Hozah, aber sollte Aaron im vornhinein davon erfahren und ihm zu Hilfe eilen, würde man auch ihn angreifen. Sechs Männer aus dem Palast des Erzbischofs waren in die Sache verstrickt, obwohl ein einziger Gärtner den Pöbel in dieser Sache hätte anführen sollen. Es war ein simpler Plan und genauso riskant wie der Versuch, einen hungrigen Fuchs auf eine Henne anzusetzen, konnte doch niemand genau vorhersagen, an welcher Stelle die Kiefer zuschnappen würden. Wenn der Rabbi seinem unschuldigen Freund zu Hilfe kommen würde und wenn irgendein namenloser Christ ihn daraufhin erschlug, bliebe die Mißbilligung des Erzbischofs bedeutungslos.

Fergus notierte sich für zukünftige Zwecke die Namen von drei Kanonikern und ihren Vikaren, erklärte Geoffrey seinen Gegenplan und ritt mit dem Segen seines Erzbischofs sofort zu dem verriegelten Haus des Rabbis in der Nähe der Coppergate. Als er den Juden an der Tür antraf, erkannte er, warum es ihm so wichtig war, in dieser Sache schnell zu handeln. Er mochte den Mann. Er erkannte in ihm jene Fähigkeiten und Tugenden, die er auch bei Simeon de Beverley zutiefst bewundert hatte. Auch hier war ein brillanter Gelehrter, der litt und der sich doch in all seiner Not ein tiefes Mitgefühl für seine Mitmenschen bewahrt hatte. Auch hier war ein Mann von echtem Glauben, der die Fesseln, den Pomp und die verlogenen Äußerlichkeiten der Religion abwerfen und seinem Gott direkt ins Antlitz sehen – und immer noch glauben konnte. Wie Simeon war dieser Aaron ein Mann, wie es ihn nur einmal unter vielen Tausenden gab, und so etwas durfte man niemals verschwenden.

»Seht zu, daß Ihr in einer Stunde nicht mehr hier seid«, sagte er. »Geoffreys Männer werden Euer Haus vor Plünderern und Brandstiftern beschützen, aber Ihr müßt fort sein, bevor die Leute aus der Stadt Euch zum Sündenbock machen können.«

»So ist das also, der Erzbischof wird mein Eigentum beschützen, aber nicht mich selbst?« bemerkte Aaron, und in seinem Lächeln lag ein gut Teil Resignation.

»Er kann nicht mehr tun, als seine Kirche ihm gestattet, und seine Feinde dulden«, erwiderte Fergus. »Ihr müßt für Euch selbst sorgen. Kommt dem Erzbischof in dieser Sache auf halbem Weg entgegen. Habt Ihr ein Pferd?«

»Wozu braucht ein Jude ein Pferd?«

»Dann müßt Ihr meins nehmen. Hier, nehmt die Zügel und

reitet los, bevor die Straßen zu voll und die Tore versperrt sind.«

Das Lächeln des Juden war verhalten und zynisch. »Was soll ich Euer Reittier nehmen und auf Euren Befehl hin als Pferdedieb verhaftet werden, noch bevor ich auch nur eine halbe Meile weit gekommen bin?«

»Ihr vertraut mir nicht«, sagte Fergus, und seine Überraschung war echt.

»Warum sollte ich Euch vertrauen, Christ?«

»Weil ich Euch schätze, Jude.«

Die beiden Männer sahen einander direkt an, die überschatteten braunen Augen voller Leidenschaft, die blauen voller Trotz. Dann griff Aaron nach den Zügeln und sagte: »Ich bin darauf vorbereitet, sofort aufzubrechen.«

»Wie das? Wurdet Ihr bereits gewarnt?«

»Jawohl, aber nicht von einem lebendigen Wesen. Gott segne und bewahre Euch, Fergus de Burton. Wenn ein Mann zwischen so vielen geschärften Klingen tanzt, weiß er vielleicht nicht, welche von ihnen sich eines Tages in sein Fleisch bohren wird.«

»Gute Reise, Rabbi.«

Als Aaron davonritt, beugte sich Chad, der Soldat mit den scharfen Gesichtszügen, herunter und bot Fergus seinen muskulösen Arm. Der junge Mann packte ihn und schwang sich mühelos auf den Sattel hinter ihm.

»Die Hoffnungslosen des heiligen Jude werden ihn willkommen heißen«, bemerkte Chad grimmig. »Er hat mächtige Feinde. Ich würde sagen, seine Tage sind gezählt.«

»Aaron wird Asyl finden.«

»Nicht nach den Asylgesetzen von Beverley«, rief Chad ihm ins Gedächtnis. »Kein Jude, wie groß auch seine Not sein mag, würde dort Aufnahme finden. Das Gesetz ist für Christen gemacht, nicht für Juden.«

»Er wird Asyl finden«, wiederholte Fergus.

»Ah«, sagte Chad. »Noch so ein heimlicher Schritt. Ihr seid unklug bei der Wahl Eurer Freunde, mein junger Freund. Solche Dinge können Euch teuer zu stehen kommen.«

»Das mag sein, aber sie sind nichtsdestoweniger überaus

aufregend«, erwiderte Fergus lachend und gab dem Pferd die Sporen.

»Euer Leben wird kurz sein, Junge.«

»Aber ich werde es bis zur Neige auskosten«, schwor Fergus. »Und ich werde diesem Land meinen Stempel aufdrücken. Kommt Ihr mit mir, Chad, oder würdet Ihr Euch lieber in einer Bierschänke betrinken?«

Der ältere Mann drehte sich in seinem Sattel um und sah seinem grinsenden Anführer in die Augen. »Würde ein Mann, der noch recht bei Trost ist, um eines Rabbis und des heiligen Jude willen auf sein Bier verzichten?«

»Nein, aber für ein Vermögen und den heiligen Fergus würde er es mit Freuden tun.«

Lachend lenkten sie das widerstrebende Pferd auf den Palast des Erzbischofs zu. Schon jetzt sammelten sich lautstarke Menschentrauben in den Straßen. Juden schlossen ihre Geschäfte, verriegelten ihre Türen und verbarrikadierten ihre Fensterläden. Die Hatz würde schon bald beginnen, und Fergus war zufrieden, daß ein ganz bestimmter Jude die Tore von York bald hinter sich gelassen haben und in Sicherheit sein würde.

KAPITEL 22

Unter den Menschen, die innerhalb der Mauern von St. Peter lebten, herrschte große Sorge. Der Mann, den sie zu ihrem Führer auserkoren hatten, schien in jüngster Zeit nicht mehr so recht er selbst zu sein. Manchmal war Simeon de Beverley, dieser sanftmütige Schreiber, in einer solch wilden Stimmung, daß selbst seine Freunde es nicht wagten, sich ihm zu nähern. Wenn er sich mit Osric oder Antony in einer abgeschirmten Nische an der Ostmauer in der Fechtkunst übte, verriet das Klirren von Stahl auf Stahl den Zorn, der sich in ihm aufgestaut hatte. Zwar machte er wie zuvor des Nachts seine Runde durch die Stadt, nur wählte er jetzt einen Umweg durch das Sumpfland, als wolle er dort seine Kraft und Leichtfüßigkeit an den trügerischen Tümpeln und verborgenen Strömungen messen. Er übernahm weiterhin seinen Anteil an körperlicher Arbeit, fällte Bäume, hackte Holz und trug Pflastersteine herbei, die für die Errichtung des neuen Brunnens bestimmt waren. Darüber hinaus verbrachte er lange Stunden im Hof des Schmieds und schwang den schweren, langstieligen Hammer, bis das Eisen auf dem Amboß laut wie eine Glocke durch die Stadt tönte.

Bei seinen Kampfübungen mit Antony benutzte er statt Holzstäben Stangen aus Metall, und als er einmal die beträchtlichen Talente des kleinen Mönchs unterschätzte, empfing er einen Schlag auf seinen Unterarm. Der Knochen war zwar nicht gebrochen, aber die geschwärzte Prellung bereitete Osric solche Sorgen, daß er jede weitere Benutzung von Eisenstangen untersagte und Simeon für seinen Mangel an Klugheit scharf zurechtwies.

»Ihr benehmt Euch wie ein Wahnsinniger«, beklagte er sich. »Ihr kocht innerlich, und Euer Zorn kann sich nirgendwohin entladen. Wollt Ihr denn, daß die anderen, der junge Edwin oder Peter, Eurem Beispiel folgen und einander die Schädel einschlagen, weil sie sich ihrer eigenen Kraft nicht bewußt sind?«

»Vergebt mir, Osric. Ich bin mit meinen Gedanken nicht so recht bei der Sache.«

»Den Eindruck habe ich auch.« Osric drückte mit voller Absicht auf die Prellung an Simeons Arm, bis dieser zusammenzuckte. »Unvorsichtige Männer geben gefährliche Lehrer ab und laufen Gefahr, sich selbst dabei zu verletzen. Findet ein Ventil dafür, Simeon, bevor der Zorn Eure Seele auffrißt.«

»Ich werde Gott um Führung bitten.«

»Ein klügerer Mann würde die Frau seines Herzens bitten, ihn in ihr Bett zu lassen.«

»Mag sein.«

»Ihr braucht Elvira, Simeon.«

Der Ausdruck von Simeons blauen Augen wurde weicher, und alle in ihm aufgestauten Gefühle schwangen in seinen Worten mit, als er sagte: »Ich weiß.«

In dieser Nacht renkte er sich bei einem Sprung über eine der niedrigen Grenzmauern die Schulter aus. Er war eine Stunde in völliger Dunkelheit gelaufen, und als er über die Mauer setzen wollte, war sein Körper zu müde, und er stürzte. Humpelnd und mit schlaff herunterhängendem Arm kehrte er nach Hause zurück und gab nicht mehr als ein widerstrebendes Grunzen von sich, als zwei Männer einen Lederriemen fest um seine Schulter banden und mit aller Kraft preßten, bis das Gelenk wieder in die ihm angestammte Stelle zurücksprang.

»Mein Liebster, wie kann ich dir nur helfen?« fragte Elvira. Seine Gestalt spiegelte sich in ihren dunklen Augen wider, so als hielte ihre Liebe ihn dort gefangen, einen Doppelgänger des keuschen Priesters.

»Ich quäle mich«, gestand er.

»Das weiß ich.«

»Meine Gebete helfen überhaupt nicht. Ich scheine orientierungslos durch einen Morast zu taumeln, blind für alles außer meiner eigenen Ohnmacht.«

»Trage Alice zu Grabe«, sagte sie. »Tu, was getan werden muß, und tu es zu der dafür bestimmten Zeit. Alles andere wird sich finden, wenn Er bereit ist.«

»Das glaube ich auch, Elvira«, nickte er. »Und doch finde ich keine Ruhe, und in meinem Herzen herrscht Aufruhr. Ich fürchte, wenn Gott endlich bereit ist, werde ich zu erschöpft sein, um seine Werke zu tun.«

»Ich spreche nicht von Gott«, sagte sie. »Es ist die Schattengestalt, auf die wir alle warten. Der, der unser Leben bestimmt und uns gebeten hat, bereit zu sein, ohne uns zu sagen, warum oder wann oder wie.«

Simeon nahm sie in die Arme und beugte sich herab, um seine Lippen auf ihre weiche Wange zu drücken. Ihre Brüste preßten sich fest an seinen muskulösen Oberkörper. Sie so zu umfangen, sie warm und weich in seinen Armen zu halten, vergrößerte seine Qual nur noch.

»Er wird uns den Jungen nicht nehmen«, versprach er ihr.

»Kannst du da so sicher sein?«

Er nickte und preßte sie noch fester an sich. Dann hob er die Hand, um ihr übers Haar zu streichen, und seine ganze Liebe zu ihr stieg mit Macht in ihm empor. »O ja, ich bin sicher. Der Junge gehört uns. Niemand wird ihn uns nehmen.«

»Ich wünschte, ich hätte deinen Glauben.«

»Und ich wünschte, ich hätte deine Kraft, Elvira.«

Alice wurde neben Pater Bernard nahe der Mauer des Kirchhofs begraben, wo ihre Ruhestätte von demselben Pflanzenreichtum bedeckt werden würde, der auch die letzte Ruhestätte des ermordeten Kanonikus verbarg. Es war nur ein einfacher Gottesdienst, aber mit Billigung seiner Freunde erteilte Simeon der unglückseligen jungen Frau die volle Absolution ihrer Sünden. Nachdem alle anderen gegangen waren, harrte er noch lange neben dem Grab aus, hockte mit wundem Herzen im Schmutz. Ihr Leben war so voller Hoffnung und Versprechung gewesen, bis Cyrus de Figham ihren Weg gekreuzt und sie der Tragödie anheimgegeben hatte. Alice hatte gewußt, daß sie eher sterben als ein verhaßtes Kind auf die Welt bringen würde. In der schmutzigen Hütte des Buckligen war sie ohne eine Hoffnung auf Trost gestorben, weder in dieser noch in der nächsten Welt, allein und ohne jemanden, der für sie gebetet hätte. »Ich werde für dich beten, Alice«, versprach er. »An jedem Sabbat wird auf dem Altar der heiligen Maria eine Kerze für dich brennen, und man wird deiner um deines Leidens und deines Mutes willen für alle Zeiten gedenken.«

Er rieb sich die Augen, in denen Tränen brannten, räusperte sich und fügte hinzu: »Und ich werde dafür sorgen, daß du gerächt wirst. Eines Tages, das schwöre ich, wird es mir gelingen, deinen Mörder zur Rechenschaft zu ziehen.«

Er kehrte zum Skriptorium zurück und schickte den Priester, der den Eingang bewachte, fort. Man hatte ein Loch in die massive Eichentür gebohrt, durch das eine stabile Kette gezogen werden konnte, deren anderes Ende an dem schweren Riegel befestigt war, der die Tür von innen verschloß. Elvira war nicht kräftig genug, um den Riegel ohne Hilfe anzuheben, und es kam mitunter vor, daß man sie allein im Skriptorium zurücklassen mußte. Mit Hilfe dieses simplen eisernen Flaschenzuges konnte Simeon sich Zugang zum Skriptorium verschaffen oder die Tür von außen verriegeln, wenn die Umstände ihn zwangen, sie ohne Schutz zurückzulassen.

Eben diese Kette, die jetzt an der Außenseite der Tür herabhing, schaute er nun stirnrunzelnd an. Irgend jemand hatte sie durch das Loch gezogen, obwohl niemand bei ihr gewesen sein konnte. Es war unwahrscheinlich, daß Elvira so unvorsichtig gewesen sein sollte. Er spürte, wie seine Kopfhaut sich spannte, und wußte, daß diese jähe Angst um ihre Sicherheit nur ein kleiner Teil des Preises war, den er für seine Liebe zu ihr zahlte. Er packte die Kette und zog daran, bis der Riegel sich hob, und als die Tür aufschwang, trat er hindurch.

»Elvira?« Ein einziger Blick sagte ihm, daß sie fort war. Er stürzte zu der Leiter hinüber, die an dem Kreuzbalken lehnte. Der Platz, an dem sie schlief, war leer. »O Gott. Elvira.«

Auf den Binsen neben dem Kamin fand er Edwin, der, einen Daumen im Mund, mit angezogenen Knien dort lag und wie ein kleiner Junge schlief. Sein Gesicht war leicht gerötet und die Lider nur halb geschlossen, aber seine Augen blickten ins Leere. Wieder einmal hatte ihn einer seiner Anfälle in ihren Fängen, die ihn von einem Augenblick auf den anderen in tiefen Schlaf fallen ließen.

»Edwin! Edwin, wach auf!« Simeon schüttelte ihn grob, zerrte ihn auf die Füße und griff nach seinem Kinn, schüttelte ihn noch einmal und wiederholte: »Wach auf, Edwin.«

Trotz der rauhen Behandlung vergingen lange Minuten,

bevor der Junge sich zu regen begann. In dem Moment, in dem er die Augen aufriß, schüttelte Simeon ihn abermals und fragte nachdrücklich: »Wo ist sie, Edwin? Wo ist Elvira?«

Edwin hatte sich schnell gefaßt. »Ein kleiner Junge ist gekommen, um sie zu holen, Pater Simeon.«

»Peter? War es Peter?«

Edwin nickte. »Es war der kleine Junge mit dem gelben Haar und den seltsamen blauen Augen. Er kam aus dem Brunnen geklettert, und nachdem sie ein paar Sachen zusammengepackt hatte, ist die Lady mit ihm zusammen in den Brunnen gestiegen und verschwunden.« Er hielt inne, um lange und ausgiebig zu gähnen. »Sie bat mich, Euch zu erzählen, daß ein Mann von Räubern verletzt worden sei und daß man ihm sein Pferd und sein Gepäck gestohlen habe. Die Lady hat etwas zu essen und Wasser mitgenommen und ein paar Kräuter.«

»Wo ist er? Hat der Junge gesagt, um wen es sich handelt und wo der Mann ist?«

»Nein, Sir, nur daß er Verletzungen am Kopf und an den Rippen davongetragen habe. Er ist auch nicht bei Bewußtsein, sondern murmelt im Schlaf nur in irgendeiner fremden Sprache vor sich hin.«

In diesem Augenblick sah Simeon, daß seine Übersetzung der Geschichte Beverleys offen auf einem Bibliothekstisch lag, das kunstvoll eingefärbte Frontispiz deutlich sichtbar. Zwischen den verschnörkelten und schwungvollen Linien hatte Elvira ein Zeichen hinterlassen, und daran konnte er genau erkennen, wohin sie den Verletzten bringen würden. Zwar war niemals eine Karte von dem Tunnellabyrinth unter der Stadt gezeichnet worden, aber mit Hilfe von Peters genauen Kenntnissen hatten sie eine geheime Karte angefertigt. Eingearbeitet in Simeons Muster von Knötchen, Spiralen und sich wölbenden Linien war jede Biegung und jede Windung in den unterirdischen Höhlen und jeder Durchgang verzeichnet. Elviras Zeichen deutete auf das Gewölbe in der Nähe der Kapelle von St. Thomas hin. Es mußte schon eine dringende Notlage gewesen sein, die den Jungen bewogen hatte, einen Fremden dort hinzubringen, auch wenn dieser vielleicht tagelang herumirren und doch keinen Ausgang aus diesem unterirdischen

Labyrinth finden mochte. Das Tunnelsystem wurde von allen, die von seiner Existenz wußten, eifersüchtig bewacht, denn in seinem Herzen lagen die Reliquien von St. John von Beverley, und nahebei auch der gesamte Kirchenschatz Beverleys.

Simeon wäre Elvira auf der Stelle gefolgt, wenn nicht in diesem Augenblick ein Bote mit der Mitteilung im Skriptorium erschienen wäre, daß Daniel, der kleine Habicht, am Tor wartete. Edwin machte einen Freudensprung und strich sich das zerknitterte Leder seines neuen Gewandes glatt.

»Er hat sein Versprechen gehalten«, rief er strahlend. »Pater Daniel ist zu mir gekommen, wie er versprochen hat.«

Der Bote hinter ihm bedeutete Simeon, ihm sofort zu folgen. »Pater Daniel wurde bei einem Unfall verletzt«, sagte er. »Osric ist im Münster zusammen mit Pater Cuthbert, und unser Besucher will mit niemandem außer Euch reden.«

Simeon warf noch einen letzten, zögernden Blick auf den Brunnen, verwischte dann das Zeichen, das Elvira ihm hinterlassen hatte, und schloß das Buch. »Ich komme«, sagte er und folgte dem Boten ins Freie.

Daniel Habicht wartete mit abgewandtem Rücken in der Kapelle. Er stützte sich schwer auf einen Stock und hatte sich seine ungefütterte Kapuze über den Kopf gezogen. Beim Eintritt von Simeon und Edwin drehte er sich um, und als er sah, wie der glückliche Ausdruck von dem Gesicht des Jungen verschwand, bemühte er sich tapfer, ihn mit einem aufmunternden Lächeln willkommen zu heißen. Der Versuch scheiterte jedoch jämmerlich, denn sein Gesicht war übel zugerichtet, sein Mund ebenso geschwollen wie eins seiner Augen, das außerdem dunkelrot schimmerte und fest geschlossen war.

»Ich bin vom Pferd gefallen«, sagte er, wobei er unbeholfen durch die weniger verletzte Seite seines Mundes sprach. »Wie geht es dir, Edwin?«

»Mir geht es gut, Sir. Ihr seid gestürzt? Aber wie ist das möglich? Ihr seid der beste Reiter, den es gibt.«

»Das habe ich schon mal gehört«, erwiderte Daniel leichthin. »Aber selbst die besten Reiter machen manchmal Fehler, und Pferde haben nun einmal die unangenehme Angewohnheit, auf unsicherem Grund zu stolpern.«

Edwin trat näher, seine braunen Augen vor Sorge geweitet. Seine Finger zitterten, als wolle er die Wunden des Priesters berühren, aber wage es nicht. »Ich habe den Eindruck, daß das Pferd über Euch hinweggetrampelt ist, Pater Daniel.«

»Ja, mein Junge, ich glaube, so könnte es gewesen sein.«

»Ich muß mir Euren Kiefer ansehen«, meinte Simeon. »Auf den ersten Blick würde ich sagen, er ist gebrochen.«

Unter den Schwellungen schien der Kiefer jedoch unversehrt zu sein, obwohl Daniels prachtvolle Zähne die Wange an mehreren Stellen durchbohrt hatten. Ein tiefer Schnitt zog sich von der Schläfe her zu einer Augenbraue. Ein Zentimeter tiefer und das Auge wäre erblindet. Als er seine Kapuze herunterließ, wurde eine lange Wunde sichtbar, die von seinem Scheitel bis zu einem Ohr herunterreichte. Am Hals und an den Schultern hatte er weitere Verletzungen.

»Dieses Pferd, das Ihr da geritten habt, hat Euer Gesicht übel zugerichtet«, bemerkte Simeon. »Mit Osrics Hilfe könnte es jedoch gut verheilen. Ihr könnt von Glück sagen, daß Ihr nicht ein Auge und die Hälfte Eurer Zähne verloren habt. Wozu braucht ihr den Stock?«

»Ich habe mir auch das Bein verletzt.«

»Wie schlimm ist es?«

»Schlimm genug, um einen Stock zu brauchen«, antwortete Daniel trocken.

Edwin füllte einen Becher mit Wein und reichte ihn Daniel. Daß es sich um Meßwein handelte, der schon für den Abendgottesdienst gesegnet worden war, kam ihm gar nicht in den Sinn, und selbst wenn er daran gedacht hätte, wäre es ihm gleich gewesen.

»Zeigt mir das Bein«, befahl Simeon, und als Daniel sein Gewand hob, sah er, daß jeder Zentimeter vom Knie bis zum Knöchel böse angeschwollen war. Als er – so sanft er nur konnte – den Oberschenkel berührte, wankte der junge Priester und verlor alle Farbe. Simeon führte ihn zu einem Hocker und half ihm, sich so hinzusetzen, daß er das verletzte Bein ausstrecken konnte. »Edwin, lauf zum Münster und hol Pater Osric her. Sag ihm, er soll sofort kommen, aber erwähne auf keinen Fall in Hörweite anderer, wer der Patient ist. Wir müssen Pater Daniels Anwesenheit geheimhalten.«

»Jawohl, Sir. Ist er schlimm verletzt?«

»Ich fürchte ja, aber mit der Zeit wird er wieder gesund werden.«

»Werdet Ihr bei ihm bleiben?«

»Natürlich werde ich das.«

Widerwillig schlüpfte der Junge durch die Tür und lief eiligst zum Münster, um den Hospizbruder zu holen. Als er fort war, verschloß Simeon die Tür und half Daniel aus seiner Soutane heraus. Darunter trug er ein langes Hemd, und als er dieses geöffnet und angehoben hatte, kam das volle Ausmaß seiner Verletzungen ans Licht. Das linke Bein war bis zur Hüfte schwarz und blau angelaufen. Er war ziemlich stark behaart, aber selbst durch das dichte Haar hindurch konnte man sehen, daß auch seine Brust übel zugerichtet war. Der Rücken war mit Wunden übersät, deren Blut auf seinem Leinenhemd ein kreuz und quer verlaufendes Muster hinterlassen hatten.

»Diese Wunden stammen nicht von einem Sturz«, sagte Simeon ernst. »Und kein Pferd schlägt so präzise aus, daß es einem Mann auf solche Weise das ganze Bein verletzt. Der Angreifer war ein Tier von anderer Art, würde ich sagen.«

»Cyrus de Figham hat mich beobachten lassen, als ich vor zwei Tagen hier war. Ich bin zu lange geblieben. Das hat meinem Herrn nicht gefallen.«

»Wulfric de Morthlund hat das getan?«

Daniel nickte. »Pater Cyrus hat die Wahrheit über die junge Frau gesagt. Sie ist nicht ermordet worden. Sie hat sich erhängt.«

»Das weiß ich.«

»Der Diener, der Cyrus Hunde versorgt, dieser brutale Kerl, hat das Brandmal aus ihrem Fleisch geschnitten, bevor man es sehen und seinen Herrn dafür bestrafen konnte.«

»Auch das weiß ich.«

Daniel Habicht schloß das Hemd über seiner Brust und verbarg seine Verletzungen und sein dichtes, dunkles Haar wieder. »Sie werden Euch ins Verderben stürzen, wenn sie irgendeine Möglichkeit dazu sehen. Cyrus de Fighams Leute haben Aussagen für den Erzbischof zu Protokoll genommen, nach denen Ihr behauptet, ein Heiliger zu sein, der die Fähigkeit hat, die Toten wieder zum Leben zu erwecken.«

»Ich habe niemals etwas dergleichen behauptet«, protestierte Simeon.

»Eine Unzahl entweder gut bezahlter oder gut meinender Zeugen wird schwören, Ihr hättet genau das getan. Er wird auch Bericht darüber erstatten, daß Ihr ohne Beichte volle Absolution erteilt habt, und er wird außerdem noch die Wunderheilung Eures verkrüppelten Fußes ins Feld führen. Auch diese alte Anklage gegen Euch greift er auf, wonach Ihr Unzucht getrieben, einen Sohn gezeugt und die Frau eines anderen Mannes zu Eurem eigenen Vergnügen in Eurem Haus behalten hättet, während ihr gleichzeitig behauptet, ein keusches Leben zu führen.«

Simeon wählte seine Wort mit großer Sorgfalt. »Mit diesen alten Anklagen gegen mich hat er sich schon immer viel zuviel beschäftigt. Vor zwei Jahren hat sich erwiesen, daß diese Anklagen haltlos sind. Erzbischof Roger war seinerzeit mit dem Urteil zufrieden, und wenn jetzt noch Zweifel bestehen, dann nur deshalb, weil de Figham keine Ruhe gibt.«

»Es besteht ein Zweifel, und genau den wird er ausspielen, Simeon. Es existieren Briefe mit ernsthaften Beschwerden über Euch, Briefe, die von mehreren Priestern und Kanonikern unterschrieben worden sind und die man nach York und Rom gesandt hat. Er wirft ein Netz über Euch aus, Simeon, und diesmal ist er fest entschlossen, Euch nicht entkommen zu lassen. Ich habe von dem unglückseligen Zwischenfall in seinem Haus erfahren. Viele der Zeugen von dort werden sich gegen Euch aussprechen. Es scheint, als hätte er Euer hitziges Temperament klug und zu seinem Vorteil ausgenutzt.«

»Der Zorn eines Mannes kann etwas Furchtbares sein«, stimmte Simeon ihm zu, während er die Wunde an Daniels Kopf untersuchte. »Manchmal lodert er auf und ernährt sich aus sich selbst wie ein Waldbrand, außer Kontrolle und ohne Rücksicht auf mögliche Konsequenzen. Diese Wunde wird wohl wieder geöffnet und anschließend gesäubert werden müssen. Als sie sich geschlossen hat, sind einige Haare und auch etwas Schmutz darin verblieben.«

»Ich habe die Frau gesehen, Simeon. Vor zwei Jahren, als es mir nach dem großen Feuer langsam wieder besser ging.«

»Vor zwei Jahren? Ihr habt zwei ganze Jahre von ihr gewußt und nichts gesagt?«

Das Lächeln in Daniels Gesicht wirkte verzerrt. »Ich verdanke Euch mein Leben ... und noch sehr viel mehr.«

»Niemand hat mir gegenüber eine Schuld. Vielleicht gegenüber Gott oder sich selbst, aber nicht gegenüber mir.«

Daniel schloß die Augen und dachte an jene Ereignisse zurück. »Ich habe sie dabei beobachtet, wie sie sich um die Kranken kümmerte und den Sterbenden Beistand leistete. Sie war so schön. Nein, sie war mehr als schön, sie war wunderbar. Ihr müßt sie von ganzem Herzen lieben.«

»So sehr ein Mann eine Frau nur lieben kann, ja.«

»Ist Sie Euer Weib?«

»Nein, Daniel, weder in dem einen noch in dem anderen Sinn. Ich habe einen feierlichen Keuschheitseid geleistet.«

»Dann ist Eure Liebe vielleicht doch nicht so groß wie Ihr denkt?«

Simeon lächelte und schüttelte den Kopf. »Da irrt Ihr. Ich weiß, daß es eine große und reine Liebe ist. Nur meine Liebe zu Gott ist größer.«

»Ist das möglich?« fragte Daniel, und in seinen Augen lag die Hoffnung, daß es möglich sein *könnte*. »Kann geistige Liebe das Fleisch überwinden?«

»Sie kann alles überwinden«, erwiderte Simeon leise und mit echter Überzeugung.

»Die menschliche Liebe ist brutal«, sagte Daniel verbittert. »Sie verkörpert jede Verderbtheit, die die Hölle je hervorgebracht hat.«

»Ja, für einige mag das so scheinen, aber sie ist darüber hinaus auch ein prachtvolles Geschenk, Daniel, und wenn sie das ist, verkörpert sie alle Tugend, die Gott bekannt ist.«

Als Osric endlich kam, untersuchte er Daniels Wunden kurz und fragte dann sofort. »Was ist das für ein Mensch, der Euch das angetan hat, Pater Daniel?«

Als er sah, daß Edwin sich noch an der Tür herumtrieb, wiederholte der junge Priester seine Geschichte von einem Sturz und einem stolpernden Pferd. Osric glaubte ihm keine Sekunde lang, aber er hatte den Blick des anderen aufgefangen und respektierte Daniels Entscheidung.

»Kein Tier, das einem anderen Lebewesen solche Verletzungen zufügt, dürfte dieselbe Luft atmen wie anständige Menschen«, erklärte er. »Diese Wunde an Eurem Kopf werde ich wohl noch einmal öffnen müssen.«

»Das hat man mir schon prophezeit«, stöhnte Daniel.

Das Messer und die feuchten Tücher lagen schon bereit, als Edwins Blick plötzlich starr wurde und seine Lider sich senkten.

»Der Junge! Kümmert Euch um ihn, Simeon!« rief Daniel gerade noch rechtzeitig, so daß Simeon den Jungen auffangen konnte, bevor er stürzte. Dann schrie Daniel noch einmal auf, aber diesmal vor Schmerzen, als die Klinge des Hospizbruders den tiefen Riß auf seinem Schädel erneut öffnete.

Der Mann, dessen Wunden Elvira versorgte, war groß und muskulös. Seine Beine und Arme waren lang und stämmig, seine Schulter mächtig und seine Finger länger und spitzer, als sie es je bei einem anderen Menschen gesehen hatte. Peter hatte ihn in der Nähe des alten Klostersees gefunden, wie der Mann auf der Suche nach einem Dach über dem Kopf und etwas Wasser durch das sumpfige Land getaumelt war. Man hatte ihn übel zusammengeschlagen, seine Kleider und sämtliche Besitztümer geraubt. Ein Schlag auf den Kopf hatte ihn fast besinnungslos werden lassen. Hätte Peter ihn nicht rechtzeitig gefunden, wäre der Mann gewiß gestorben. Hätte er ihn nicht an diesen sicheren Ort gebracht, wäre er wahrscheinlich das Opfer der allgegenwärtigen Pfähler geworden. Zwar hatte man ihm seinen goldenen Stern vom Hals gerissen, aber Elvira wußte auch so, wen sie da vor sich hatte: einen Juden, und kein Jude war jemals willkommen gewesen in Beverley.

»Seine Haut ist so dunkel«, sagte sie, »und doch sind die Innenflächen seiner Hände fast so hell wie deine und meine.

Sieh nur, wie tief die Furchen sind, die sich durch seine Hände ziehen, so als hätte ein Schreiber sie mit seiner Feder nachgezogen.«

»Und mit seinen Fußsohlen ist es genauso«, erzählte ihr Peter. »Und sieh dir nur sein Gesicht an, Mutter. Hast du jemals einen Menschen mit solchen Zügen gesehen?«

»Nie«, erwiderte Elvira, als sie die Decke über seine behaarte Brust zog. Ihr schien, daß der Jude Jesus Christus die Brücke sein sollte, die diesen Mann mit seinen christlichen Feinden verbinden würde.

Der Mann auf dem Bett begann, sich in unruhigem Schlaf hin und her zu wälzen und murmelte Worte vor sich hin, die sie nicht verstehen konnten. Seine Stimme war auffallend tief, und seine Zähne waren gegen den dunklen Kontrast seiner Wangen und Lippen milchig weiß.

Peter schob ihm eine Decke als Kissen unter den Kopf. Dort wo der Schweiß auf seiner Haut stand, zog sich sein Haar zu leuchtenden, schwarzen Locken zusammen. Elvira betrachtete sein Gesicht voller Faszination. Es war ein Gesicht, das aus dem dunkelsten, weichsten Mahagoni hätte geschnitzt sein können. Seine Nase war lang und dünn, mit bebenden Nasenflügeln, seine Lippen voll und breit, seine Stirn hoch und stark ausgeprägt. Seine Augen öffneten sich mit flackernden Lidern und waren so dunkel, daß man die schwarzen Pupillen darin kaum erkennen konnte. Das Weiß hatte eine bläuliche Färbung, die Lider waren schwer, als würden sie vom Gewicht der dichten Wimpern heruntergezogen. Sie sah, wie sein Blick sich auf ihr Gesicht heftete, wie die seltsam fremden Augen sich in Erstaunen weiteten, und eine Sekunde lang kamen seine rastlosen Bewegungen zum Stillstand.

»Shalom«, sagte er, und seine Stimme verlieh diesem Wort einen solchen Zauber, einen solchen Klang, daß sie wie gebannt war.

»Shalom«, wiederholte sie, und das fremdländische Wort kam ihr mühelos über die Lippen.

Er lächelte und bewegte eine seiner zweifarbigen Hände, als wolle er ihr Gesicht berühren, dann wisperte er das Grußwort noch einmal und schlief wieder ein.

KAPITEL
23

Als Fergus de Burton sechs Tage nach dem alljährlichen Fest des heiligen Matthäus nach Beverley zurückkehrte, war er davon überzeugt, sein Glück gemacht zu haben. Er hatte dafür gesorgt, daß Geoffrey Plantagenet, ein Mann, der gleichermaßen arrogant, eitel und mißtrauisch war, ihm so fügsam wie ein zahmer Rabe aus der Hand fraß. Der Erzbischof hatte ihn in vollem Vertrauen hierhergeschickt, um Augen und Ohren aufzusperren und anschließend das Klima in der Stadt zu beurteilen. Wenn es so aussah, als würde Cyrus de Figham seine Ziele erreichen, würde er Yorks Unterstützung haben. Wenn nicht, würde er allein dastehen. In Burton, dem Haus, in dem seine Familie schon seit mehreren Jahrhunderten lebte, nahm Sir Hugh de Burton die glückliche Wendung im Geschick seines Sohnes mit einiger Ironie zur Kenntnis. Sein Sohn hatte sich zu viele Jahre lang als liebenswürdiger Herumtreiber präsentiert, um seinen harten, willensstarken Vater davon überzeugen zu können, daß er es jemals zu etwas bringen würde. Mit zwanzig Jahren war der junge Fergus immer noch ein Narr, so liebenswert er ansonsten auch scheinen mochte. Er war unklug bei der Wahl seiner Freunde und besprang seine Frauen, ohne an irgend etwas anderes als an seine Lust und ihre Verfügbarkeit zu denken. Daß er sich jetzt der Gunst des Erzbischofs von York erfreute, sprach sehr für ihn; daß er die Urteilskraft besaß, diese Gunst wirklich zu nutzen, war kaum zu erwarten. Sir Hugh sah die neuen Gewänder und die prächtigen Waffen, das schöne Reittier und die Männer, die seinem Sohn auf dem Fuß folgten und war beeindruckt. Er sah jedoch auch dasselbe Grinsen, dasselbe schelmische Zwinkern in den Augen seines Sprößlings und zügelte seine Bewunderung.

»Jeder Mann, der sich mit einem Plantagenet anfreundet, ist entweder ein Einfaltspinsel oder ein Blinder«, stellte er fest. »Und da deine Augen ganz in Ordnung zu sein scheinen, mein lieber Fergus, muß ich wohl auf ersteres schließen. Das

Ganze ist eine Narretei, und du bist und bleibst der Narr, der du immer warst.«

»Oh, Ihr Kleingläubigen«, erwiderte Fergus grinsend und prostete Hugh mit einem Kelch voller jüngst importiertem Wein zu.

»Oh, Ihr Unwissenden«, konterte sein Vater mit offenkundiger Belustigung.

»Ihr werdet ein anderes Lied singen, Sir, wenn meine Pläne in Erfüllung gehen. Ich habe die Absicht, mir ein schönes Haus in Thorpe zu erbauen und ...«

»In *Thorpe*?« warf Sir Hugh ungläubig dazwischen. »Du hast die Absicht, deine Zelte in *Thorpe* aufzuschlagen? Mein Gott, nur ein Narr würde auf die Idee kommen, sein Glück auf diesem elenden und armseligen Stückchen Ödland zu suchen.«

»Ich habe die Absicht, die Kirche dort zu meinem Ruhm zu nutzen, und ich werde ihr einen prachtvollen Altar schenken, der dem heiligen Fergus geweiht sein wird.«

»Dem heiligen Fergus? Das wirst du nicht wagen!«

»Und ob ich es wage«, erwiderte Fergus grinsend und quittierte das Aufflackern von Respekt in den Augen seines Vaters. »Seid versichert, daß ich es tun werde.«

»Das wird die Kirche nicht zulassen, Junge. Sie werden deine Arroganz durchschauen und dir verbieten, dich selbst zu erhöhen, indem du dich im Glanz des Heiligen sonnst, dessen Namen du trägst. Allmächtiger! Sie werden es niemals gestatten.«

»Und ob sie das werden, Sir. Mein Beschützer, Geoffrey Plantagenet, wird darauf bestehen.«

»Also wirklich, du bist schon ein listiger junger Hund«, rief Sir Hugh aus. »Was für ein böser Wind muß in der Nacht geweht haben, als ich dich zeugte. Ich schwöre, du besitzt die Unverfrorenheit des Teufels.«

»Und das Wohlwollen des Erzbischofs von York«, fügte Fergus grinsend hinzu.

»Allmächtiger, man wird meinen Sohn schon bald den heiligen Fergus de Burton nennen, den Schutzpatron der Schlingel und Unruhestifter.« Nachdenklich rieb er sich die Hände und runzelte die Stirn. »Wenn du das schaffst, Fergus, wirst du damit dem Gefieder unserer Familie eine beneidenswerte Feder hinzufügen. Wenn du dich jedoch mit Plantagenet überwirfst, wenn deine Pläne fehlschlagen und du in Ungnade fällst, kann ich es mir nicht leisten, dir zu helfen. Du wirst unsere Familie nicht in Gefahr bringen mit deinen wilden Ideen.«

»Wirst du dich von mir lossagen, wenn ich scheitere?«

»Das werde ich. Und deine Onkel und Vettern werden in ihrem eigenen Interesse dasselbe tun. Das Haus de Burton darf beim Erzbischof nicht in Ungnade fallen.«

»Aber wenn ich Erfolg habe, dann habe ich deine volle Unterstützung?«

»Das versteht sich von selbst. Mein Junge, wenn du Erfolg hast, haben wir allen Grund, stolz auf dich zu sein. Und jetzt laß dir einen väterlichen Rat erteilen. Sei vorsichtig bei allem, was du im Zusammenhang mit den Plantagenets unternimmst. Geoffrey de Plantagenet ist so schlüpfrig wie ein Faß voller Würmer, und man kann ihm nicht mehr trauen als einer Viper.«

»Oh, ich habe ihn durchschaut«, meinte Fergus lächelnd.

Sir Hugh lächelte grimmig. »Sieh nur zu, daß er nicht auch dich durchschaut. Was wirst du hier machen?«

Fergus setzte sich auf einen Stuhl und sprach mit verschränkten Armen weiter. »Seit Jahren schon haben sich die Kanoniker von Beverley gegenseitig bekämpft. Jetzt will Cyrus de Figham sie alle auf ein gemeinsames Ziel einschwören.«

»Den lahmen Schreiber von St. Peter?«

»Auf wen sonst? De Figham haßt ihn bis aufs Blut.«

»Und du?« wollte Sir Hugh wissen. »Verachtest du diesen Simeon de Beverley ebenfalls?«

»Aber überhaupt nicht. Um ehrlich zu sein, ich habe größte Achtung vor ihm. Ich habe es mir zur Aufgabe gemacht, alles in Erfahrung zu bringen, was es über ihn zu wissen gibt, und was ich weiß, überzeugt mich davon, daß er mehr wert ist als all diese quäkenden Kanoniker zusammen. Er ist ein guter Mann, Vater. Ich mag ihn.«

»Sei vorsichtig, Fergus. Die Rolle des Teufelsadvokaten ist eine ziemliche Last für so junge und frivole Schultern, wie du sie hast.«

»Ich werde auch nicht versuchen, eine solche Rolle zu spielen«, versicherte Fergus ihm. »Meine Anwesenheit hier dient nicht dem Ziel, den Mann zu verdammen oder zu beschützen, sondern einzig und allein der Vereitelung von de Fighams Plan, Kontrolle über Beverley zu gewinnen. Mein Herr und Erzbischof wird nicht zusehen, wie irgendein Kanoniker auf seine Kosten dick und fett wird.«

»Irgendein Kanoniker?« wiederholte sein Vater. Er beugte sich auf seinem Stuhl vor und zeigte anklagend auf seinen Sohn. Sein Gesichtsausdruck war plötzlich sehr grimmig. »Hast du denn keine Ahnung, mit wem du es zu tun bekommst, wenn du vorhast, de Figham aufzuhalten? Dieser schwarzäugige Priester ist schlauer und wilder als ein Wolf, wenn sein Blut erst einmal in Wallung geraten ist. Sein Verbündeter ist Wulfric de Morthlund, der weder Gewissen noch Skrupel kennt, und die beiden zusammen könnten einen Mann wie dich ohne weiteres zum Frühstück verspeisen.«

»Ja, aber dafür müssen sie mich erst einmal kriegen.«

Sir Hughs Faust krachte mit solcher Gewalt auf den Tisch, daß Fergus zusammenschrak. »Verdammt, Junge, du wirst schon an der ersten Hürde fallen, wenn du glaubst, du hättest es hier nur mit *irgendeinem Kanoniker* zu tun.«

»Ihr unterschätzt mich, Vater. Ich habe nicht die Absicht, mich öffentlich gegen ihn zu stellen. Ich werde mir lediglich in beiden Lagern einen Platz schaffen und meine Informationen dann nach York bringen.«

»Und während du auf allen Hochzeiten gleichzeitig tanzt, glaubst du, dich mit deinem hübschen Lächeln Liebkind zu machen, glaubst, daß du jedem an diesem Spiel Beteiligten ohne weiteres in den Rücken fallen kannst? Was für eine Narretei! Sieh dich als das, was du bist, mein Junge. Nicht mehr als ein Bauer im Spiel klügerer Männer. Bischöfe und Ritter und Könige sind außerhalb deiner Reichweite. Diese Leute haben das Spiel erfunden, Fergus, und glaub mir, du hast weder die Begabung noch die Erfahrung, da mitzuspielen.«

»Du wirst schon sehen«, erwiderte der junge Mann lächelnd. »Und jetzt, Sir, werde ich mit Eurer Erlaubnis nach Beverley reiten, um mit der Arbeit anzufangen.«

»Du gehst ohne meinen Segen, ich hoffe, das weißt du«, erwiderte Sir Hugh.

»Ich bin enttäuscht, Sir.«

»Du hast meine besten Wünsche, und ich hoffe bei Gott, daß du Erfolg haben wirst, aber ich spare mir meinen Segen bis zu der Zeit auf, da du bewiesen hast, daß du seiner würdig bist.«

»Seid gewiß, daß ich Euch diesen Beweis schon bald erbringen werde«, entgegnete Fergus grinsend.

»Bei dir, mein Junge, kann man das nie wissen.«

Als Fergus das Zimmer seines Vaters verließ, trat ein Mann aus einer mit Vorhängen verhüllten Nische hervor und schenkte sich einen Kelch Wein ein. Der ältere Sohn der Burtons besaß eine starke Ähnlichkeit mit seinem Bruder, obwohl er insgesamt stämmiger war, einen schönen, roten Bart trug, und seine Handrücken mit ungezählten Sommersprossen übersät waren.

»Nun«, fragte Sir Hugh. »Was hältst du von der jüngsten Eskapade deines Bruders?«

»Verrückt«, erwiderte Angus. »Wenn Fergus glaubt, Männer wie Geoffrey Plantagenet, Cyrus de Figham oder Wulfric de Morthlund manipulieren zu können, befindet er sich in einem traurigen Irrtum.«

»Ein kleiner Fehler, und er wird mit überwältigender Geschwindigkeit von dieser Welt in die nächste befördert«, sagte Sir Hugh beißend. »Plantagenet wird ihn hängen lassen, wenn er auch nur den leisesten Verdacht schöpft, er habe ihn hintergangen.«

»Ganz sicher. Mir scheint, daß Fergus nur eins mit seiner Gerissenheit erreichen wird, nämlich den Zorn mächtiger Männer auf sich zu ziehen, auf sich und auf uns. Ich halte ihn für gefährlich, und ich meine, man müßte ihn aufhalten.« Er fuhr sich mit der Hand über den Bart und ging im Zimmer auf und ab, bevor er hinzufügte: »Wir sollten bekanntmachen, daß er sich von uns losgesagt hat, um sein Glück zu machen oder zu scheitern, und wenn sein wilder Plan danebengeht, wird kein Makel auf uns fallen.«

»Und wenn er Erfolg hat?«

»Wenn er Erfolg hat, wird der Name de Burton mit ihm zusammen davon profitieren. Ein Altar für den heiligen Fergus, wahrhaftig! Ich glaube, der Teufel persönlich würde ihn für diesen Schachzug bewundern.«

»Das würde er wohl, aber am Ende wird der rechtmäßige Heilige von Thorpe das Spiel sicher gewinnen. Fergus spielt York gegen Beverley aus, den Erzbischof gegen die Kanoniker, die einzelnen Kanoniker gegeneinander. Er will sich zwischen zwei Todfeinde stellen, de Figham und den lahmen Priester, und er glaubt, unversehrt aus dieser Auseinandersetzung hervorgehen zu können. Ich fürchte, er überreizt sein Blatt, Angus, und der heilige Jude, Schutzpatron der Hoffnungslosen, wird ihn dafür in sein Herz schließen.«

An diesem Morgen stand in Walkington das Pferd, welches Fergus de Burton dem Juden geliehen hatte, für einen Bruchteil seines Wertes zum Verkauf. Die vier Männer, die man wegen des Diebstahls verhaftet hatte, führten zu ihrer Verteidigung an, daß sie einen Juden bestohlen hätten, der zweifellos einen Gentleman seines Reittieres beraubt hatte, und daß dies nicht als Verbrechen gelten dürfe. Fergus forderte sein Pferd zurück und befragte die Männer eingehend, bevor man sie davonschleifte, obwohl sie immer noch heftig ihre Unschuld beteuerten. Danach ritt er direkt zum Klostersee, an dem der Überfall stattgefunden hatte, und suchte mit seinen eigenen Männern und mehreren Helfern aus der Stadt das ganze Gebiet nach dem verschwundenen Juden ab.

»Man hat ihn nackt ausgezogen und zusammengeschlagen«, bemerkte Chad in seinem üblichen trockenen Tonfall. »Vier gegen einen. Sieht nicht gut aus.«

»Wenn die Erzählungen über ihn der Wahrheit entsprechen, sind auch vier nötig, um ihn in die Knie zu zwingen. Ich wette, er hat ihnen die Sache nicht leichtgemacht.«

Der Soldat rutschte auf seinem Sattel hin und her, so daß

das Leder knirschte. »Und sie haben ihm jeden Schlag, den er zu seiner Verteidigung geführt hat, mit Sicherheit vierfach heimgezahlt. Wenn er überlebt hat, werde ich von jetzt an an Wunder glauben.«

»Es sei denn, er hatte Hilfe.«

»Hilfe? Ein schutzloser Jude, dessen Haut die Farbe von Schlamm hat?« Chad räusperte sich und spuckte auf den Boden. »Das bezweifle ich.«

Fergus de Burton wollte sich nicht eingestehen, daß Aaron tot sein könnte. Er mochte den Juden. Er bewunderte ihn, so wie er den Priester von St. Peter bewunderte, bewunderte seinen geistigen Horizont, seine Charakterstärke und den Glauben, der ihn zu dem machte, was er war. Solche Männer waren selten und daher um so kostbarer. Es erzürnte ihn, daß gewöhnliche Diebe das Leben eines solchen Menschen ausgelöscht haben könnten. Er sprach mit einem Mönch in der nahegelegenen Kapelle von St. Thomas und erfuhr, daß kein Mann, auf den seine Beschreibung paßte, dort Zuflucht gesucht hatte. Auch die am Stadtrand lebenden Leute hatten nichts Erwähnenswertes gesehen. Der Torhüter an der Barre verlangte sogar eine Bezahlung für seine Information, ohne ihnen dann etwas zu erzählen, was ihnen weitergeholfen hätte.

»Er muß doch irgendwo sein«, sagte Fergus.

»Jawohl, wahrscheinlich auf dem Grund dieses Sees«, antwortete Chad.

Fergus schüttelte den Kopf. »Meine Instinkte sagen mir etwas anderes.«

Chad starrte zum Horizont hinter der großen Stadtbarre. Er begann langsam zu begreifen, wie der Verstand seines jungen Herrn funktionierte. Er sah in Fergus einen kommenden Führer und segnete den Tag, an dem man ihn aus der Taverne und aus seiner erzwungenen Untätigkeit herausgeholt hatte, um in den Dienst dieses liebenswürdigen Emporkömmlings zu treten.

»Zwei Meilen oder noch etwas weiter nach St. Peter«, sagte er und schüttelte dann den Kopf. »Das hätte er niemals geschafft. Er muß im See sein. Wahrscheinlich haben sie ihn ermordet, bevor sie das Pferd gestohlen haben.«

»Dann kann ich nur hoffen, daß sie alle in der Hölle schmoren werden«, erwiderte Fergus wütend. »Kein Pferd ist einen solchen Preis wert.«

»Sagt ihnen das mal. Solche Männer würden einen Juden für weit weniger als ein Pferd abschlachten, glaubt mir. Gebt die Suche auf und seid froh, daß man Euch Euren Besitz zurückgegeben hat. Wir sind zu spät gekommen, um ihm zu helfen. Euer Freund ruht auf dem Grunde des Sees.«

Wieder schüttelte Fergus den Kopf, und schließlich wendete er sein Pferd, um zur Barre hinüberzureiten, hinter der der Stadtgraben lag. »Bevor ich meine Suche beende, werde ich mit Simeon sprechen«, sagte er, und Chad, der nur noch mit seinen lederbewehrten Schultern zucken konnte, ritt hinter ihm her in die Stadt.

Das Gespräch, das Fergus auf dem Boden von St. Peter mit Simeon de Beverley führte, war von Vorsicht geprägt, da keiner von beiden Männern recht wußte, wieviel er vor dem anderen geheimhalten mußte und wieviel er preisgeben durfte. Simeon hörte sich die Geschichte genau an, beobachtete den jüngeren Mann und forschte in jedem Wort nach dem Klang der Wahrheit.

»Ich habe Aaron von Äthiopien zu seiner persönlichen Benutzung ein Pferd zur Verfügung gestellt«, sagte Fergus noch einmal. »Ich habe es ihm freiwillig gegeben, und man hat es ihm gestohlen. Ihr kennt den Mann doch?«

»Ihr wißt, daß ich ihn kenne«, erwiderte Simeon.

Fergus nickte nachdenklich. »Als auf Betreiben der Kanoniker hin die jüngsten Schwierigkeiten in York aufgelodert sind, ist er weggeritten, um anderswo Zuflucht zu suchen. Wohin hätte er reiten sollen, wenn nicht hierher?«

»Wenn er nach Beverley ritt, dann war das ein schwerwiegender Irrtum. Trotz des Gesetzes würde diese Stadt seinesgleichen keine Zuflucht gewähren.«

»Nein, Pater Simeon, aber er wußte, das *Ihr* ihm Zuflucht gewähren würdet.«

Simeon zuckte die Achseln und gab nichts zu. »Alle Menschen sind nach dem Ebenbild Gottes geschaffen, selbst die Juden.«

»Ich glaube, Ihr und er seid einander sehr ähnlich. Ich habe Euch in ihm wiedererkannt, wenn auch die Farben Eurer Gewänder andere sein mögen. Ihr hättet ihm geholfen, wenn er zu Euch gekommen wäre.«

»Mag sein«, erwiderte Simeon, der die Frage aus den Worten des anderen heraushörte. Dann suchte er den ruhigen Blick des jüngeren Mannes, hielt ihm stand und wiederholte: »Mag sein.«

Ein kleines Lächeln tanzte in Fergus' Augen, aber es erreichte nicht den Rest seines Gesichtes. »Glaubt Ihr, daß er noch lebt?«

»Ich halte das für möglich, da Gott jenen gegenüber barmherzig ist, die seiner bedürfen. Wenn Aaron einen Freund gefunden hat, dann könnt Ihr gewiß sein, daß er in Sicherheit und auf dem Wege der Genesung ist.«

»Wenn?«

»Alles ist möglich«, antwortete Simeon mit Bedacht.

Fergus grinste. Dieses Gespräch hätte inmitten ihrer Feinde stattfinden können, und trotzdem hätte er die Botschaft aus Simeons Worten herausgehört. Der Jude lebte und war in Sicherheit. Soviel konnte er aus den vorsichtigen Worten und dem freimütigen Blick dieses Priesters entnehmen.

»Dann kann ich das Pferd hier bei Euch lassen und darauf vertrauen, daß Ihr es ihm zurückgeben werdet, falls Ihr ihm wieder einmal begegnen solltet?«

»Das könnt Ihr.«

»Und würdet Ihr dem Rabbi bitte mitteilen, daß sein Eigentum in York in guter Obhut ist? Noch ein paar Tage, und er wird dorthin zurückkehren können, ohne sich in Gefahr zu bringen. Sagt ihm, daß ich ihm eine Nachricht zukommen lassen werde, zusammen mit einer Eskorte für seine Rückreise. Er weiß, daß er mir vertrauen kann.«

»Weiß er das?« Simeon sah dem anderen Mann eindringlich in die blauen Augen. »Nun gut, ich werde die Botschaft weitergeben … *wenn* ich ihn noch einmal sehen sollte.«

Die Hände auf dem Sattelknauf hielt Fergus noch einmal inne, bevor er wieder auf sein Pferd stieg. Er sah sich um. Osric stand in einiger Entfernung da, und eine Gruppe von

Männern arbeitete an einem nahen Bach, um diesen von Schlamm und Gartenabfällen zu befreien. Am Tor stand Chad, einen Fuß auf den Wassertrog gestützt, aus dem die Pferde tranken; sein fein gemeißeltes Profil gab seine römische Herkunft preis. Mehrere Nonnen machten in einem der angrenzenden Gärten einen Spaziergang, und Fergus dachte kurz darüber nach, ob wohl die Frau, die Simeon angeblich unter seinem Dach beherbergte, eine von ihnen war. Als er sicher sein konnte, daß niemand seine Worte mitanhören würde, sagte er: »Man hat dem Erzbischof Böses über Euch erzählt, Pater Simeon.«

»Ach?«

»Briefe mit Beschwerden über Euch haben den Palast erreicht, Briefe, die aus Beverley kommen. Ich denke, er wird nichts deswegen unternehmen, bevor er nicht weiß, wie die Dinge hier stehen. Aber zu guter Letzt wird er etwas unternehmen müssen, denn die Petition ist dringend, und er muß bald reagieren, wenn er seinen Frieden mit Rom nicht gefährden will.«

»Mit Rom? Soll man etwa in Rom über mich reden?«

Fergus nickte. Das Lächeln auf seinem Gesicht war erloschen, und seine Augen, in denen nicht mal mehr der Funke eines Lachens stand, sprachen eine deutliche Sprache. Er fürchtete den Scharfblick des Priesters nicht, denn er kannte dessen Ruf. »Die Reise ist lang und gefährlich, aber seid sicher, daß die Petition den Papst erreichen wird.«

»Dann bin ich im Vorteil, zumindest bis der päpstliche Gesandte hierherkommt, falls er überhaupt kommt.«

»Verlaßt Euch nicht darauf«, entgegnete Fergus. »Taktik, Pater Simeon. Einfache Taktik. Die Petition ist auf dem Weg nach Rom, und der Erzbischof ist über die Situation informiert. Der Boden ist bereitet, und die Regeln wurden eingehalten. Was wäre, wenn nun gewisse Leute eine Entscheidung erzwingen wollten?«

»Würden sie das wagen?«

»Warum nicht? Ich an ihrer Stelle würde es jedenfalls«, gestand Fergus ein. »Ich würde das Eisen schmieden, solange es heiß ist, und hinterher behaupten, die Anweisungen Roms und des Erzbischofs seien zu spät gekommen, um das Unvermeidliche zu verhindern.« Das war eine Warnung, die zu verstehen Simeon nicht umhin konnte. »Für einen Mann des Friedens und der Gelehrsamkeit habt Ihr viele mächtige Feinde, Pater Simeon.«

»Meine Schwierigkeiten haben nichts mit Euch zu tun, Fergus de Burton. Laßt Euch gesagt sein: Ihr spielt mit dem Feuer, wenn Ihr versucht, Euch in solche Angelegenheiten einzumischen. Sollte man Euch dabei erwischen, daß Ihr die Bekanntschaft mit Juden und in Ungnade gefallenen Priestern sucht, könnte das böse Folgen für Euch haben.«

Das Lächeln kehrte in Fergus' Gesicht zurück, während dieser dem Priester die Hand hinhielt. »Ich passe schon auf mich auf«, sagte er, schwang sich dann anmutig in den Sattel und fügte noch hinzu: »Und sorgt dafür, daß Aaron von Äthiopien mein Pferd bekommt, und übermittelt ihm meine besten Wünsche – *falls* Ihr ihn noch einmal sehen solltet.«

Am Tor saß Chad bereits im Sattel und wartete darauf, sich zu den anderen draußen vor dem Tor zu gesellen. »Nun, brechen wir die Suche nach dem Juden ab?«

»Das tun wir«, erwiderte Fergus lächelnd. »Seid Ihr ein Mann, der zu seinem Wort steht, Chad?«

Chads feingemeißeltes Gesicht wurde hart. »Jeder Mann außer Euch würde für eine solche Frage die Klinge meines Schwertes kennenlernen.«

»Nun denn, mein Freund, da Aaron lebt, dürft Ihr nun also an Wunder glauben.«

Simeon, der ihnen noch nachsah, dachte über das Problem von Aarons Sicherheit nach. Eine Woche lang hatte der Jude jetzt in einer Höhle unter der Kapelle von St. Thomas gelebt, war langsam wieder zu Kräften gekommen und dabei allen, die an seiner Rettung beteiligt gewesen waren, ans Herz gewachsen. Weder Osric noch Antony, noch der übellaunige Thorald fanden etwas an ihm auszusetzen. Seine Debattiertalente wurden nur von seinen umfangreichen Kenntnissen der Philosophie und Theologie übertroffen, und viele lange Stunden waren in seiner Gesellschaft wie im Flug vergangen. Pater Cuthbert hielt ihn für einen ganz besonderen Mann.

Peter, der immer nach neuem Wissen hungerte, hing an seinen Lippen und wagte es, über alles mit ihm zu streiten, was in seinem schnellen, jungen Verstand Fragen weckte. Die Männer von St. Peter hatten Aaron liebgewonnen und erinnerten sich in ihren ungezwungenen, vielschichtigen Gesprächen kaum je daran, daß er ein Jude war und sie Christen.

»Alle geschaffen nach dem Ebenbild Gottes«, wiederholte Simeon, während er sah, wie Fergus de Burton sich im Sattel umdrehte und grüßend einen Arm hob, bevor die Tore sich hinter ihm schlossen. Diese Woche der Freundschaft mit dem Juden war nicht ohne Schatten für ihn gewesen. Wenn Elvira Aarons hebräische Lieder mitsang, mischte ihre helle, weiche Stimme sich mit seiner tieferen und schuf einen Klang unleugbaren Zaubers. Und in dieser unterirdischen Höhle hatte Simeon das Geschenk erkannt, daß der Äthiopier seiner hübschen Pflegerin wieder und wieder zu machen verstand. Es war das Geschenk des Lachens, und es ließ ihre Wangen erröten und in ihren ebenholzschwarzen Augen Lichter aufflackern. Es vertrieb die Traurigkeit aus ihrem Herzen und gab ihr die glückliche Unbefangenheit eines Kindes. Es war ein Geschenk, das Simeon in all den Jahren ihrer Liebe ihr kaum jemals hatte bieten können.

Als er sein Gebet beendet hatte, schlüpfte Simeon durch eine schmale Öffnung hinter dem Altar seiner kleinen Kirche von St. Peter. Er hatte nichts von der Existenz dieses Ortes geahnt, bis der junge Peter während des großen Feuers ihn dort hingeführt hatte, um der Vernichtung zu entrinnen. Die Alten, die diese Kirche erbaut hatten, hatten mit der Bedrohung durch Invasionen und Angriffe leben müssen. Sie brauchten die Möglichkeit, schnell und gefahrlos von einem Gebäude zum anderen zu gelangen, wobei sie oft das Altartuch, die Schätze und den Meßwein bei sich tragen mußten. Außerdem wußten sie, welches Risiko es bedeutet hätte, sich mit ihren Reichtümern und juwelenbesetzten Roben auf die Straßen hinauszuwagen, wo Vagabunden und Diebe ihnen auflauern konnten. Die Tunnel waren ihre Rettung gewesen und hatten ihnen einen schnellen, bequemen Weg zwischen dem Münster und seinen vielen Nebenkirchen beschert. Wie Peter von ihnen erfahren hatte, war Simeon immer noch ein Rätsel, aber ohne Peters Wissen und seinen Mut wären sie gewiß zusammen mit all den anderen armen Seelen umgekommen, als das Münster verbrannte.

Nun schob Simeon sich durch einen schmalen Korridor, bis er die uralten Tunnel erreichte, die von dort aus in die Tiefe führten. Er hatte den längeren Weg über den See unterhalb des Münsters gewählt, dort entlang, wo das ursprüngliche Kloster des heiligen John von Beverley halb verschüttet und nur noch teilweise sichtbar lag. Dort angekommen, hielt er inne, um seine Sinne an dem einfachen Wunder dieses Ortes zu erfreuen. Viele Jahrhunderte waren dahingegangen, seit die Sachsen den Bibersee trockengelegt und Bischof John dort sein Kloster gegründet hatte. Um die Mauern des Klosters herum war die Stadt gewachsen, ihre Schulen waren immer berühmter geworden, Bischof John wurde heiliggesprochen, und die Pilger kamen. Jetzt beherrschte das große Münster die Stadt, und die alten Gemäuer waren langsam in Vergessenheit geraten, begraben unter dem größeren Gebäude. Jetzt waren die Biber fort, aber die geliebte Abtei des Bischofs John war übriggeblieben, eine schaurige, vergessene Erinnerung an eine andere Zeit.

Durch von oben einfallende Lichtstrahlen verwandelte der See sich in schwarzen Bernstein, und auf seiner Oberfläche tanzte das Spiegelbild des Höhlengewölbes. Simeon löste das Seil, mit dem das alte Boot am Ufer des Sees festgemacht war. Die gemalten Köpfe der Heiligen blickten auf leere Hallen und quadratische Steinsäulen hinab, auf gerundete Bögen und zeitlose Wandmalereien, die von den Pinselstrichen lange verstorbener Mönche geschaffen worden waren: Der Fall Evas, die Vertreibung aus dem Garten Eden, das Leiden Christi. Eine mächtige, steinerne Treppe stieg aus dem schimmernden Wasser empor und stützte eine Tür ab, die nirgendwohin führte. Ein Säulenpaar, das einst irgendeinen gewaltigen Bogen getragen haben mußte, streckte sich jetzt mit blindem Abschluß dem Dach entgegen. Ein Hügel aus abgebröckeltem Mauerwerk, ein Steinhaufen, das Skelett eines Fensters: all das lag hier, als warte es auf den Tag, da die Zeit außer Kraft gesetzt wurde und es in seiner ganzen Pracht wieder zum Leben erweckt werden konnte. Hier, unter dem großen Münster, lagen auch Beverleys Schätze verborgen, seine heiligen Reliquien und seine Kunstwerke, sicher aufgehoben und außerhalb der Reichweite gieriger Hände unmäßiger Männer.

»Gott segne und bewahre dich, John«, flüsterte Simeon, als er sein Boot über den See stakte. »Wir sind die Hüter deines Schreins, die Wächter an deiner Pforte. Wir werden dich nicht im Stich lassen.«

Als er den See hinter sich gelassen hatte, vertäute Simeon das Boot und ging den alten Bach entlang, dessen Wasser so lebenswichtig für das Kloster und seine Bewohner war und der einst den heiligen Segen von Bischof John empfangen hatte.

»Sei frisch und klar und rein für alle Zeit«, hatte der fromme Mann gesagt, und so würde es auch sein, davon war Simeon fest überzeugt.

Er folgte seinem verschlungenen Lauf, bis der Bach sich in Richtung des Lairgatetunnels wandte. An dieser Stelle bog Simeon ab und beugte sich durch eine weitere Öffnung, diesmal eine, die zu den Keldgatekorridoren führte. Dort klangen durch einen Brunnenschacht Laute von oben zu ihm herunter, der Schrei eines Kindes, das Gebell eines Hundes, das Hämmern und die Flüche fleißiger Arbeiter. Er konnte die Geräusche des Grabens hören, der sich seinen schlammigen Weg jenseits der massiven Steinmauern bahnte, und einmal fing er sogar den unverkennbaren Laut eines Stakens auf, den ein Bootsmann ins Wasser senkte und wieder heraushob, während er sein Boot auf den Anlegeplatz beim Hall Garth zusteuerte.

Er hörte die Stimmen seiner Freunde schon lange, bevor er zu ihnen stieß, das tiefe Dröhnen der Männerstimme, das leisere Murmeln der Frauenstimme, den sanften Rhythmus ihres gemeinsamen Lachens. Er blieb stehen, um zu lauschen, und das Herz tat ihm weh. Zum ersten Mal seit einem ganzen

Jahrzehnt zweifelte er an Elvira und an der einzigartigen, unauslöschlichen Liebe, die sie beide verband. Er hatte gesehen, wie süße Worte und Gelächter an ihr Herz rührten, wie sie auflebte, wenn sie Berichten von der Außenwelt lauschte, wie die Aufmerksamkeiten eines anderen Mannes ihre Sinne wärmen konnten. Sie war eine schöne Frau, jung und weltlich. Der Jude war ein gutaussehender Mann und könnte ihr ein neues Leben bieten. Ohne einen Glauben, der sie hinter Klostermauern hielte, ohne einen Ehemann, der sie auch im Fleische liebte – wie würde sie der Versuchung widerstehen können, der sie plötzlich gegenüberstand?

»Gütiger Gott, ich will sie nicht verlieren«, sagte er laut, bekreuzigte sich dann und bat den Herrn um Vergebung für seine Selbstsucht. Elvira verdiente ein eigenes Leben und die Liebe eines Mannes, der sich nicht aufgrund eines Schwures von ihr fernhalten mußte. Wieder hörte er das leise Geräusch ihres Lachens, und er wußte, daß er sein Herz wappnen und Elvira freigeben würde, wenn es sein mußte.

Er bückte sich unter einem Torbogen hindurch und betrat die Höhle, sah den Tisch mit den Büchern, Tellern und Tassen darauf, das Bett mit der Decke aus Wolfsfell und dem seidenen Kissen. Sie erhob sich, und ihr langes, offenes Haar funkelte im Fackellicht, ihre Augen leuchteten, und sie begrüßte ihn mit einem zärtlichen Lächeln. Sein Herz regte sich wie immer, wenn er sie sah, und doch weigerten seine Lippen sich, ihr Lächeln zu erwidern. Statt dessen fragten seine Augen: »Habe ich dich verloren?« Und die ihren erwiderten: »Mein Geliebter, ich bin immer noch dein.«

KAPITEL 24

»Gott segne Euch, Rabbi Aaron.«

»Shalom, Pater Simeon.«

Die beiden, der Rabbi und der Priester, reichten einander die Hände. Zwischen ihnen bestand ein Band der Freundschaft, das bereits bei ihrer ersten Begegnung geknüpft worden war. Bei allen späteren Begegnungen, vor allem, wenn es um den Wiederaufbau des Münsters ging, hatten die beiden immer wieder festgestellt, daß der jeweils andere ein Mann von höchster Integrität war. In der vergangenen Woche, während Aaron sich von seinen Verletzungen erholte und Simeon darauf wartete, von den Zielen der Schattengestalt zu erfahren, hatte Simeon einen neuen Freund gefunden und Aaron in diesem rätselhaften blauäugigen Priester einen verwandten Geist erkannt.

Beide Männer waren in Grau und Weiß gekleidet. Simeon fiel sein Umhang locker von den Schultern. Aarons geborgtes Hemd stand bis zur Taille offen und entblößte weiße Leinenstreifen, die die Wunden auf seiner Brust bedeckten. Sein Händedruck war fest, seine Augen klar und wachsam. Osric war sehr zufrieden mit seinen Fortschritten und fand, daß es ihm schon beinahe gut genug ging, um den Heimweg anzutreten. Simeon hatte diese Neuigkeit mit gemischten Gefühlen aufgenommen. Es widerstrebte ihm, auf die anregende Gesellschaft dieses Juden zu verzichten, und doch fürchtete er sich vor den Konsequenzen, falls der Mann zu lange unter ihnen weilte.

»Euer Freund Fergus de Burton hat Euch hier gesucht«, sagte er.

»Ah, der hübsche Junge, dessen Lächeln die Macht hat, Plantagenets zu bezaubern.«

Simeon quittierte diese Bemerkung mit einem Lächeln. »Er läßt Euch grüßen und hat Euch das Pferd zurückgebracht; außerdem verspricht er Euch eine sichere Eskorte, wenn Ihr in einigen Tagen nach York zurückreisen wollt. Kann man ihm trauen?«

»Ja, so wie man einem launischen Kind mit einem neuen Spielzeug trauen kann.«

»Er sagt, Euer Haus stünde unter dem Schutz Yorks.«

»Das ist gut«, erwiderte Aaron nickend, »obwohl ich klug genug bin, dort kaum etwas Wertvolles aufzubewahren. Ihr Christen seid eine undurchschaubare Brut, mein Freund.«

»Die Schuld daran trägt nicht unser Glaube, sondern unser Temperament.«

»Euer Christus war ein Jude und gehört zu unseren meistgeachteten Propheten. Er hat alle Menschen geliebt und sie gedrängt, einander auch zu lieben und in Frieden zu leben; ich fürchte, daß es Zeiten gibt, da er an uns verzweifelt.

»Vor allem, wenn wir uns in seinem Namen streiten«, fügte Simeon hinzu. »Euer Zustand scheint sich sehr verbessert zu haben, mein Freund.«

Aarons Lächeln entblößte große weiße Zähne, die in ihrer Form beinahe vollkommen waren. »Wie hätte es auch anders sein können, wo man mir doch einen Engel geschickt hat, der mich gesundpflegt?« Mit sanftem Blick schaute er zu Elvira hinüber. »Sie hat mir viel von Euch erzählt, Simeon.«

»Dann müßt Ihr Euch ihr Vertrauen verdient haben. Mißbraucht es nicht, Aaron.«

»Niemals. Ich bin diskret bei allem, was ich tue und sage. Weder Ihr noch sie werdet jemals einen Grund haben, Eure Freundschaft zu mir zu bedauern.« Dann nahm er den Priester beiseite und senkte seine Stimme zu einem heiseren Flüstern. »Dieser in Schatten gekleidete Mann, von dem sie spricht, diese schwarzgewandete Erscheinung. Wie viele von euch haben ihn in letzter Zeit gesehen?«

»Wir alle haben ihn gesehen«, antwortete Simeon ernst. »Alle nacheinander, obwohl wir nicht die geringste Ahnung haben, welche Ziele er verfolgt.«

»Ich habe ihn ebenfalls gesehen, Simeon.«

»Ihr? Seid Ihr Euch dessen sicher?«

»Es kann keinen Zweifel geben. Die schwarze Kapuze, die sein Gesicht vor neugierigen Blicken schützt, die Größe, die seltsame Stimme ... Es war alles dasselbe.«

Simeons Sorge trat in seinen Augen und in der plötzlichen

Anspannung in seiner Stimme deutlich zutage. »Wann ist das passiert? Und unter welchen Umständen?«

»Er hat mich vor einer Woche in York aufgesucht, an dem Tag, an dem Fergus de Burton mir half, aus der Stadt zu fliehen. Er ist in meinem Haus erschienen, obwohl die Türen verriegelt und die Fensterläden verbarrikadiert waren. Er hat nur ein Wort gesagt, und dann ist er verschwunden.

»Welches Wort war das?«

»Ein Wort, das mich hierhergeführt und mir das Leben gerettet hat: ›Simeon‹.«

Der Priester klopfte sich mit dem Fingernagel auf die Zähne, während er über Aarons Geschichte nachdachte. Daniel Habicht hatte zugegeben, die Gestalt am Vorabend des Festes des heiligen Matthäus gesehen zu haben. Edwin hatte sie gesehen und nun auch Aaron, und was Simeon durch den Sinn ging, war die Tatsache, daß sie alle entweder in St. Peter lebten oder durch die Umstände kurz nach der Begegnung mit der Schattengestalt dorthin getrieben worden waren.

»Er schließt sich«, sagte er nach einer ganzen Weile. »Der Kreis schließt sich. Die Verbündeten werden zusammengeführt – gegen irgendeine Macht, die bisher noch nicht in Erscheinung getreten ist.« Er schaute zu Elvira hinüber, die sich mit einem leisen, zufriedenen Lächeln auf ihrem hübschen Gesicht ihrer Arbeit widmete, und sein Herz krampfte sich aus Angst um sie zusammen. Er senkte die Stimme zu einem Flüstern und fragte den Juden: »Hat Elvira die Gestalt auch gesehen?«

»Wenn es so wäre, hätte sie Euch nicht davon erzählt, Simeon?«

Simeon nickte. »Ich denke doch.«

»Dann hat die Erscheinung vielleicht nicht die Absicht, Elvira in die Sache mit hineinzuziehen. Wenn das stimmt, sollten wir dankbar dafür sein.«

Die beiden schwiegen für eine Weile, während jeder seinen eigenen Gedanken nachhing, bis Aaron schließlich das Schweigen brach.

»Ihr habt nicht versucht, die Frau Eurer Liebe zu bekehren?«

»Genauso wenig wie Ihr es versucht habt, denke ich?« erwiderte Simeon mit einem Lächeln.

»Nein, nicht ich. Ihre Seele gehört nur ihr allein. Elvira ist etwas ganz Besonderes. Aber das Leben, das sie führt, ist traurig, mein Freund. Solche Blumen sind nicht dazu gedacht, im Schatten zu blühen.« Er sah, wie der Priester sich ihm zuwandte und ihn fest mit seinen großen Augen ansah, die so blau und unheimlich waren wie die des Jungen, und Aaron wußte, daß Simeon in seinem Herzen lesen konnte – und er war froh darüber.

Als Simeon zum Nachmittagsgottesdienst aufbrach, ging Elvira mit ihm und überließ Aaron seinem Gespräch mit Osric. Der Blick des Juden folgte ihnen, während sie durch die Bogentür verschwanden. Simeon mußte sich dabei bücken, um den alten, niedrigen Steinen auszuweichen. Elvira hatte ihre Hand vertrauensvoll in die seine gelegt.

»Gott lächelt auf ihn herab«, bemerkte Aaron mit seiner leisen Stimme. »Er ist gesegnet mit einem Sohn nach seinem eigenen Bild und einer Frau, um die ihn die meisten Männer beneiden würden.«

Osric sah ihn mit einiger Überraschung an. »Dann kennt Ihr also die Geschichte der beiden gar nicht? Ihr wißt es nicht?«

Aaron zuckte die Achseln und entblößte mit einem schiefen Lächeln die Hälfte seiner Zähne. »Die Geschichte eines seltsamen Kindes, das in Simeons Obhut gegeben wurde? Von einer Frau, die er bei sich hält und liebt, aber nicht in sein Bett nimmt? O doch, das habe ich gehört, aber ich habe es nicht geglaubt.«

»Er hat den Jungen nicht gezeugt«, erklärte Osric entschieden.

»Aber Peter hat seine Augen und Elviras zarte Züge«, protestierte Aaron. »Er ist die vollkommene Frucht dieser beiden Menschen.«

»Selbst wenn das so sein sollte, bleibt die Frage nach seinen Eltern ein Rätsel. Elvira hat den Jungen nicht unter ihrem Herzen getragen, und Simeon hat ihn nicht gezeugt.«

»Das erstaunt mich«, gestand Aaron.

»Genauso wenig, wie er die Frau mit in sein Bett nimmt.«

»Also, das kaufe ich Euch nicht ab, Osric. Jedes Auge, das sehen kann, muß wissen, was zwischen diesen beiden vorgeht. Natürlich nimmt er sie mit in sein Bett.«

»O nein. Simeon hat noch nie in seinem Leben die Freuden des Fleisches genossen. Er hat Keuschheit geschworen und wird diesen sturen Eid halten, obwohl der Himmel selbst diese Verschwendung betrauern sollte.«

Der Rabbi erhob sich auf die Füße, und seine dunkle Stirn legte sich in tiefe Falten. »Das kann nicht sein«, sagte er und wiederholte dann mit Nachdruck: »Das kann nicht sein.«

»Aber es ist so, wie sehr seine Freunde dies auch bedauern mögen.«

»Sie lieben einander und *lieben* einander doch nicht?«

»Genau so ist es.«

»Dann wäre sie frei und könnte ihn verlassen?«

Osric zuckte mit seinen gewaltigen Schultern. »So frei wie jeder Mensch ist, der liebt.« Der Hospizbruder beobachtete das Gesicht des Rabbis und sah seine Gedanken wie Schatten über die glatten, dunklen Züge huschen. Er kannte die Menschen. Dieser dunkelhäutige Fremde war Elviras Zauber erlegen. Er hatte sein Herz verloren und konnte nicht mehr zurück. Etwas Derartiges sagte er nach der Vesper zu Simeon.

»Ich weiß«, erwiderte Simeon.

»Und sie fühlt sich sehr zu ihm hingezogen.«

»Auch das weiß ich.«

»Wenn Ihr auf Eurem Schwur beharrt, dann müßt Ihr Aaron wegschicken, bevor Ihr sie verliert.«

Simeon schüttelte den Kopf. »Es wäre noch zu gefährlich für ihn, nach York zurückzukehren. Ich werde sein Leben nicht für meinen Seelenfrieden aufs Spiel setzen.«

»Die Herberge von St. Theodor ist nicht weit entfernt, und mit dem See und den Sümpfen, die sie von Beverley trennen …«

»Osric, wir können diesen Mann nicht einfach wegschicken, weil er ohne unsere Billigung liebt.«

»Dann sucht eine andere Pflegerin, die sich um seine Verletzungen kümmert und ihm Gesellschaft leistet. Diese Situation ist unhaltbar, Simeon.«

»Ja, wir werden auf eine ernste Probe gestellt.«

»*Eine Probe?* Dieser Jude will Euch Elvira wegnehmen!«

»Das weiß ich«, seufzte Simeon. »Das weiß ich.«

Beim Nachmittagsgottesdienst wählte Cyrus de Figham den Platz neben Wulfric de Morthlund und sang die Psalmen mit kräftiger Stimme. De Morthlund war ausgesprochen mürrisch. Er nahm sich eine in Honig eingelegte Feige, leckte und saugte sich die Finger mit größerer Lautstärke, als unbedingt notwendig gewesen wäre. Die Pflichten seines Amtes waren ihm verhaßt, und es kümmerte ihn nicht, ob seine schlechte Laune möglicherweise bemerkt werden würde. Von Zeit zu Zeit stieß er einen tiefen, mißmutigen Seufzer aus, der jene, die um ihn herum saßen, wissen ließ, daß sein vulkanisches Temperament auf dem Siedepunkt angelangt war, und zu solchen Zeiten war mit Wulfric de Morthlund bei Gott nicht zu spaßen.

»Wieder einmal macht sich Euer Priester durch seine Abwesenheit verdächtig, Pater Wulfric«, wisperte Cyrus boshaft.

Der dicke Mann grunzte und warf ihm einen scharfen Blick zu. »Pater Daniel fühlt sich nach einem schlimmen Sturz von seinem Pferd nicht wohl. Ich habe ihn entschuldigt.«

»Ach wirklich? Ich hörte, der ›Sturz‹ hätte ihn fast zum Krüppel gemacht.«

»Er ist vorübergehend unpäßlich, sonst nichts.«

»Und vorübergehend in Ungnade, Pater Wulfric?«

De Morthlund saugte den Honig von seinen Fingern, kratzte sich dann die Feigensamen aus den Zähnen und spuckte sie aus. »Ich sorge dafür, daß meine Diener immer wissen, wo ihr Platz ist«, sagte er.

»Und wie es scheint, gebt Ihr ihnen auch die Freiheit, zu tun und zu lassen, was sie wollen.«

Die letzte Bemerkung äußerte de Figham begleitet von einem Grinsen. Wie erwartet stürzte de Morthlund sich sofort auf diesen Köder.

»Was wollt Ihr damit sagen? Kommt schon, Mann, wenn

Ihr etwas zu sagen habt, dann sprecht. Ich habe nicht die Absicht, mit Euch über Angelegenheiten meines Haushaltes zu tratschen. Wenn ihr etwas wißt, dann sprecht.«

Cyrus de Figham räusperte sich, betrachtete eifrig seine eleganten Finger und wählte seine Worte schließlich mit größtem Bedacht. Er hatte nicht den Wunsch, Daniel Habicht zu Fall zu bringen, obwohl er genug über einen gewissen Edwin wußte, um de Morthlund in einen tobsüchtigen Bullen zu verwandeln. Seine Informationen sollten ihm zu größtmöglichem Vorteil gereichen, hauptsächlich, um Simeon in ein schlechtes Licht zu rücken, aber auch, um Daniel, dem Habicht, einen Gefallen abzuringen. Er brauchte den Schlüssel zu Simeons Festung, zu dieser Höhle der Geheimnisse, die Simeon sein Skriptorium nannte. De Figham war überzeugt davon, daß die Frau und der Junge dort versteckt waren, und er wollte die beiden haben: mehr als Beverleys Schätze, mehr sogar als die Reliquien des heiligen Johns von Beverley und des Evangelisten – mehr als alles wollte er Elvira und den Sohn Simeons.

»Vielleicht seid Ihr diesmal bei Eurer Bestrafung ein wenig zu weit gegangen«, sagte er schließlich.

»Zu weit?« De Morthlund stieß ein verächtliches Grunzen aus und schob sich eine weitere honiggesüßte Frucht zwischen die glitzernden Lippen. »Ich glaube nicht. Ein paar Schnitte und Prellungen, eine Woche der Entbehrungen vielleicht, und er wird mehr als bereit sein, sich meinem Willen zu unterwerfen.«

»Es sei denn, er findet einen anderen Trost für sein Elend, während er sich nicht mehr Eurer Gunst erfreut.«

»Was? Was für einen anderen Trost?«

De Figham schaute zur Seite, bis seine dunklen Augen nur noch Schlitze in seinem Gesicht waren. »Ich höre, er ist immer noch ein häufiger Gast in St. Peter.«

Einen Augenblick lang rang de Morthlund mit seinem Zorn, dann jedoch brachte er ihn unter Kontrolle und fragte: »Wenn das, was Ihr da sagt, stimmt, dann beweist mir das lediglich, daß mein Vikar immer noch Verstand genug hat, um sich Hilfe zu beschaffen. Irgendwoher muß er schließlich sein Essen und seine Medikamente bekommen. Der Hospizbruder dort ist der beste in der ganzen Stadt, und da mein Vikar völlig mittellos ist …«

»Ah, nun, dann habt Ihr ja keinen Grund zur Sorge«, räumte de Figham mit einem hinterhältigen Grinsen ein. »Wenn Euer kleiner Habicht verletzt ist und jemanden braucht, der sich um ihn kümmert, und wenn St. Peter Gastfreundschaft für geringes Entgelt bietet, dann sind seine Aufenthalte dort wahrscheinlich ganz unschuldig.«

De Morthlunds Kopf fuhr auf seinen massigen Schultern herum und verzerrte das Fett um sein Kinn herum zu einer formlosen Masse. Seine Augen wurden kleiner, und seine Mundwinkel sanken herab. Seine wulstige Unterlippe und der Saft, der ihm aus den Mundwinkeln tropfte, betonten dies um so mehr.

»Was wißt Ihr sonst noch von dieser Sache, de Figham? Was für Spielchen spielt Ihr, während ich Euch den Rücken zukehre?«

»Was für Spielchen?« fragte de Figham zurück. »Ich wundere mich lediglich, daß er es wagt, Simeon de Beverleys Gesellschaft zu suchen und das direkt, nachdem er gerade für dieselbe Torheit gezüchtigt wurde.«

»Ihr wißt das ganz bestimmt? Ihr habt ihn dort gesehen?«

»Nicht ich selbst«, erwiderte de Figham. »Aber ich habe Augen und Ohren innerhalb dieser Mauern und weiß, was dort vorgeht. Es sieht so aus, als wäre Simeon zu seinem Berater geworden, oder vielleicht zu seinem Beichtvater.«

Die Wangen de Morthlunds röteten sich gefährlich, und das Fleisch seines Kinns begann zu beben. »Sein Beichtvater? Aber *ich* bin sein Beichtvater. Bei Gott, wenn Daniel Habicht einen Priester braucht, dann hat er kein Recht, *kein Recht*, sich anderswo umzusehen.«

»Hat er denn die Gewohnheit, regelmäßig seine Beichte abzulegen?«

»Ganz bestimmt nicht. Ebenso wenig, wie er den Rat irgendeines frömmelnden Priesters mit glattgeschorenem Kopf benötigt. Wie kann er es *wagen*, seine eigenen Wege zu gehen und seinen Trotz öffentlich zur Schau zu stellen?«

»Vielleicht ist es Gott, den er dort sucht«, meinte Cyrus schlau, da er wußte, wie de Morthlund zu diesem Thema stand.

»Ich werde ihm seinen Gott schon geben. Ich werde ihm seine Beichte geben. Zur Hölle auch, ich lasse ihn von da wegschleifen und …«

»Zügelt euer Temperament«, zischte de Figham, als die Obstschale klirrend zu Boden fiel und mehrere Chorpriester sich auf ihren Stühlen umwandten, um festzustellen, was geschehen war.

De Morthlunds Gesicht war purpurrot angelaufen vor Zorn. »Der Habicht ist zu weit gegangen«, brach es aus ihm hervor. »Diesmal ist er zu weit gegangen.«

»Beruhigt Euch, ich habe die Situation vollkommen im Griff. Meine Spione werden mir berichten, was zwischen Daniel Habicht und Simeon vorgeht, und in der Zwischenzeit wären wir gut beraten, nichts weiter zu unternehmen.« Er beugte sich ein kleines Stück näher zu dem anderen hinüber, wartete auf das nächste Anschwellen des Gesangs und flüsterte: »Wenn Ihr seine Leine etwas lockerer laßt, macht Ihr ihm damit Mut, sich die Beute zu schnappen, bevor Ihr ihn mit einem heftigen Ruck wieder zurückreißt und er, wie früher, bei Fuß geht.«

»Wie das? Was wird es mir nützen, ihn dort zu lassen, während Simeon ihm die Ohren mit religiösem Geplärr vollschreit?«

»Kommt heute abend in mein Haus, und ich werde es Euch erklären«, sagte de Figham. »Ihr werdet feststellen, daß mein Plan tadellos ist, und ich wette, Ihr werdet ganz zufrieden sein, Euren Daniel noch ein paar Tage länger sich selbst zu überlassen. Der Junge kann uns gute Dienste erweisen, aber nur, solange er glaubt, daß Ihr nichts von seinen kleinen Indiskretionen wißt.«

»Ich werde nicht danebenstehen und für diese beiden da den Tölpel spielen.«

»O doch, Ihr werdet, und zwar gern, wenn Ihr erst meinen Plan kennengelernt habt«, widersprach ihm de Figham, und sein Lächeln ließ ein grausames Glitzern in seinen Quecksilberaugen aufblitzen. Die Finger seiner Hand schlossen sich langsam zu einer Faust. Seine nächsten Worte klangen wie das giftige Zischen einer Schlange. »Ich kriege diesen Priester. Ich werde ihn wie einen verfaulten Apfel zerquetschen, und wenn ich mit ihm fertig bin, werden Simeon de Beverley und sein kostbares St. Peter aufgehört haben zu existieren.«

Es sollten noch drei Tage ins Land gehen, bevor Fergus de Burton mit der Nachricht nach St. Peter kam, daß Rabbi Aaron nach York zurückgerufen werde. Der Erzbischof brannte darauf, ihn wieder in York zu wissen, damit seine Anwesenheit dort den Frieden, den er zwischen Christen und Juden geschlossen hatte, festigen konnte. Fergus hatte seinen Verstand und seine Untergebenen benutzt, um die Probleme Geoffrey Plantagenets zu seinem eigenen Vorteil zu lösen. Jetzt wurde der Erzbischof als Weiser und Friedensstifter gepriesen, denn er hatte es verstanden, die verschiedenen Gerüchte gegeneinander auszuspielen und dazu zu benutzen, alle davon zu überzeugen, daß nur durch seine Diplomatie ein ungeheures Blutbad in der Stadt hatte vermieden werden können.

Als Fergus in der Nähe des Hospitals von St. Peter wartete, sah er einen Mann, den er kannte, einen Mann mit hübschen, habichtartigen Gesichtszügen und dunklem Haar, das ihm in eine fein gemeißelte, hohe Stirn fiel. Daniel Habicht humpelte und stützte sich schwer auf einen Stock, während er den Blick gesenkt hielt und aufmerksam den Worten seines Begleiters lauschte. Wie Lehrer und Schüler gingen sie nebeneinander her, der jüngere erregt, das Gesicht des älteren Mannes ernst. Der Junge mußte Edwin sein, unverkennbar war er der Zwillingsbruder des kränklich aussehenden Mädchens, das Osric im Hospital bei den Kräutern half. Der Anblick, der sich Fergus bot, zeigte ein unschuldiges Gespräch, nur einen Mann und einen Jungen, die einen Spaziergang unternahmen. Kein Auge hätte irgendein Vergehen darin entdecken können, es sei denn, der Beobachter hätte es selbst so gewünscht.

»Gott segne euch, Fergus. Bringt Ihr Neuigkeiten aus York?«

Er drehte sich zu dem Priester um, aufs neue verblüfft von dessen Größe und der beinahe königlichen Haltung. Sein Hemd war nur locker verschnürt, so daß man das goldene Haar auf seiner Brust sehen konnte und ebenso eine flache Scheibe, die ihm um den Hals hing.

Fergus nickte, aber er erwiderte den Gruß des anderen Mannes nicht. »Der Rabbi soll unverzüglich nach York zurückkehren. Unser Erzbischof benötigt gegenüber den Leuten dort ein Symbol seines guten Willens.«

»Oder ein bequemes Opfer, das er zwischen sich und seine Feinde stellen kann?« meinte Simeon.

»Plantagenet kann es nicht allen gleichzeitig recht machen.«

Simeon nickte. »Und was bedeutet schon ein Jude mehr oder weniger im größeren Plan der Dinge? Ich glaube, die Gunst des Erzbischofs kann sich für Aaron als genauso gefährlich erweisen wie seine Feindschaft.«

»Aber für den Augenblick wird er dort sicher sein«, sagte Fergus. »Seinem Freund Hozah ist es bei alledem nicht so gut ergangen. Geoffrey hielt es für geraten, die Waagschalen auszugleichen, indem er beiden Seiten ihr Opferlamm gab.«

»Hozah ist tot?«

»Ja. Es hieß, er sei des Mordes an einem Priester schuldig und daß Ehre und Gerechtigkeit nur Genüge getan werden konnten, wenn er ausgeliefert würde und die gerechte Strafe für sein Verbrechen bekam, und so ...«

»Aber Hozah war unschuldig«, protestierte Simeon. »Und sein Vetter, der aus dem gleichen Grunde brutal ermordet worden ist, war ebenfalls unschuldig. Hat Geoffrey Plantagenet vor, seinen Stuhl zu behalten, indem er harmlose alte Männer den Leuten zum Fraß vorwirft wie Fleischabfälle einem Rudel wilder Hunde?«

Fergus hob die Hände, als wolle er auf diese Weise Simeons Zorn abwehren. »Glaubt mir, Pater Simeon, es gab keine andere Möglichkeit, den Rabbi zu beschützen und die Unruhe in der Stadt zu schlichten. Eine Wiederholung des jüngsten Gemetzels mußte auf alle Fälle und um jeden Preis vermieden werden. Die Leute brauchten einen Sündenbock, und die Kirche hat Geoffrey aufgefordert, sich im Namen der Gerechtigkeit gegen die Juden zu wenden. Was hätte er anderes tun können, als den Frieden zu bewahren, indem er einen geringeren Mann der Öffentlichkeit opferte?«

»Aber in Gottes Namen, Fergus, Ihr seid sein Ratgeber. Ihr hättet ihm doch helfen können, einen besseren Weg zu finden. Auf Euch hört er. Er …«

Als Simeon dem jungen Mann in die Augen sah, erblickte er dort die Wahrheit und war entsetzt. »Ihr? Mein Gott, er *hat* auf Euren Rat hin gehandelt. Dieser Mord an einem unschuldigen alten Mann, den habt *Ihr* eingefädelt.«

»Ich habe getan, was ich konnte«, rechtfertigte Fergus sich. »Als alle anderen Möglichkeiten erkundet und für undurchführbar erklärt werden mußten, entsprang mein Rat einer einfachen und eindeutigen Wahl. Es hieß, Hozahs Leben oder das des Rabbis, und ich habe mich dafür entschieden, mich hinter den besseren Mann zu stellen.«

»Einfach so?« wollte Simeon wissen. »Ihr habt einen unschuldigen Mann getötet, weil das Euren Zwecken besser diente?«

»Ja, und indem ich das getan habe, habe ich einem anderen das Leben gerettet. Könnt Ihr so sicher sein, daß Ihr anders gehandelt hättet? Wenn man Euch vor dieselbe Wahl stellte, einen guten Mann zu retten und mit Hilfe eines einzigen, genau zur rechten Zeit erfolgten Opfers einen neuerlichen Ausbruch von Mord und Totschlag zu vermeiden, hättet Ihr da so kühl bleiben können und die beiden Männer, um die es hier geht, als erste sterben lassen?«

Simeon schloß die Augen und stöhnte. Er konnte die Frage des anderen nicht beantworten. Nur Gott hatte das Recht, den Wert einer Seele gegen den einer anderen zu stellen. Er konnte nur beten, daß er niemals in die Situation geraten würde, eine so grausame und berechnende Entscheidung treffen zu müssen.

»Ich habe das beste getan, was ich tun konnte«, rief Fergus ihm ins Gedächtnis.

Simeon nickte. »Und niemand könnte mehr von Euch verlangen.«

Das kehlige Lachen eines Mannes zog Fergus' Aufmerksamkeit wieder auf Daniel Habicht und seinen Begleiter. Irgend etwas, das der Junge gesagt hatte, hatte den Priester belustigt, der mit beiden Händen sein zerschundenes Gesicht umfaßte, als verursache das Lachen ihm Schmerzen.

»Ich hätte Euch für klüger gehalten, als daß Ihr den Welpen des Schakals unter Eure Fittiche nehmen würdet«, bemerkte er zu Simeon.

»Daniel ist sein eigener Herr«, erwiderte Simeon milde.

»O nein. Er ist de Morthlunds Geschöpf. Seht zu, daß Ihr ihn loswerdet. De Morthlund wird ihm das Herz aus dem Leib schneiden und Euch ebenfalls, wenn er herausfindet, daß er hier ist und feststellen muß, daß ihr ihn mit einem so hübschen Kameraden ausgestattet habt.«

»Diese Freundschaft ist völlig unschuldig.«

Fergus schnaubte. »Wie könnt Ihr nur so naiv sein!«

»Aber es ist die Wahrheit. Daniels Herz gehört Gott. Er teilt de Morthlunds Gelüste nicht.«

Fergus begegnete dem ruhigen Blick des Priesters. »Pater Simeon«, sagte er, als spreche er mit einem Kind. »Er hat seit seiner Jugend de Morthlunds Gelüste geteilt.«

»Und jetzt hat er sich gewandelt, um nach Gott zu suchen. Sollte ich ihm das verwehren?«

»Im Namen Gottes oder der fleischlichen Lust, wenn Ihr dazu beitragt, daß dieser Kanonikus seinen Lustknaben einbüßt, werdet Ihr dafür einen hohen Preis bezahlen.«

»Ich danke Euch für die Warnung.«

Frustriert von der Gelassenheit des Priesters trat Fergus einen Schritt zurück, drehte sich um und zeigte mit einem Finger auf Simeons Brust. »Seht zu, daß Ihr den Habicht loswerdet, oder Ihr gebt Euren Feinden eine weitere Waffe in die Hand.«

Simeon sah sich den jüngeren Mann genau an. Diese Angelegenheit schien ihn tief berührt zu haben, und Simeon, der sich de Burtons immer noch nicht gewiß war, betrachtete dessen Sorge mit Argwohn. Wenn ein Mann seine Farben so schnell wechselt und so regelmäßig, wie de Burton das tat, wenn er sich im Handumdrehen mit allen Leuten befreundet und dabei in Wahrheit niemandem treu war, dann diktierte ihm letztendlich immer der Eigennutz seine Handlungen. Wenn die Anwesenheit Daniel Habichts de Burton Sorgen bereitete, dann ging es ihm hierbei um seine eigenen Pläne und nicht um Simeon.

»Ich werde Rabbi Aaron in einer Stunde zu Euch in die Kapelle von St. Thomas bringen«, sagte er.

»In zwei Stunden«, korrigierte Fergus ihn. »Cyrus de Figham hat ein paar Briefe für mich, die ich dem Erzbischof überbringen soll.«

»Noch mehr Briefe? Hat je ein Kanonikus fleißigere Schreiber gehabt?«

»Er hat mich damit beauftragt, herauszufinden, ob Ihr eine Frau hier habt.« Die blauen Augen zogen sich sofort zusammen, und Fergus spürte die plötzliche Anspannung in Simeons Körper. »Eine Frau namens Elvira.«

»Und was werdet Ihr ihm sagen?«

»Die Wahrheit, daß Ihr sie tatsächlich hier habt und daß Ihr sie vor aller Augen verbergt.«

Simeon sah den jungen Mann aus den Augenwinkeln an. In seiner Stimme lag nicht das geringste Gefühl, als er sagte: »Ich glaube, Ihr spielt ein doppeltes Spiel, Fergus de Burton.«

Der junge Mann breitete die Hände aus. »Da der gütige Gott mich mit zwei gleichermaßen geschickten Händen versehen hat, werde ich alle Spiele gemäß der mir gegebenen Talente spielen. Vielleicht solltet Ihr dankbar dafür sein, daß Ihr wißt, woran Ihr bei mir seid.«

»Ich glaube, man kann Euch nicht vertrauen.«

»Und anderen könnt Ihr vertrauen? De Figham hat einen Mann hier bei Euch, vielleicht sogar zwei.«

»Und seid Ihr einer davon?«

»Vielleicht bin ich es. De Figham glaubt, daß es so ist, und bezahlt mich gut aufgrund dieses Glaubens. Auch de Morthlund bezahlt mich, genauso wie unser Herr und Erzbischof es tut, und eine Anzahl dieser janusköpfigen Kanoniker, die behaupten, ihm zu dienen.«

»Und Ihr verkauft also Eure Loyalität dem Meistbietenden?«

Fergus schüttelte den Kopf. »Ich verkaufe nur Lügen und Halbwahrheiten, und das zu jedem Preis, den sie mir einbringen. Meine Loyalität verschenke ich ohne Lohn und nur an den, der sie wohl verdient. Ich halte sie für eine Ware, die auf dem Marktplatz unterschätzt wird. Die Leute wollen Betrug, weil er das ist, was ihre Börsen klimpern läßt.«

»Dann werdet Ihr in Kürze sicher ein reicher Mann sein«, sagte Simeon leidenschaftslos.

»Oder aber ein toter Mann.«

Fergus de Burton hielt seinem Blick mit größter Zuversicht stand. »Pater Simeon, Cyrus de Figham hat Euch geschickt eine Schlinge um den Hals gelegt und beginnt langsam damit, sie zuzuziehen und Euch zu erwürgen.«

»Ich verstehe. Und er darf sich dabei Eurer Unterstützung sicher sein?«

»Das denkt er.«

»Aber zuerst will er die Frau?«

»Wenn er sie bekommen kann«, erwiderte Fergus nickend.

Simeons ausdrucklose Miene veränderte sich nicht im geringsten. »Und mit welchen anderen hinterlistigen Aufgaben hat de Figham Euch betraut?«

»Ich soll mich in Euer Skriptorium einschleichen.«

»Zu welchem Zweck?«

»Um den Schlüssel zu stehlen, so daß er und seine Männer sich hier Zugang verschaffen können.«

»Eure Antwort bedeutet, daß es dafür zu spät ist. Da ich gewarnt wurde, kann ich auch die notwendigen Vorkehrungen treffen. Ich werde die Wachen an der Tür verdoppeln.«

»Eine sehr kluge Vorsichtsmaßnahme, Pater Simeon.«

Die beiden Männer betrachteten einander, und keiner von ihnen vermochte zu sagen, wie dünn der Grat zwischen Feind und Freund war. Dann fragte Simeon: »Was will de Figham von mir?«

Und Fergus antwortete einfach: »Alles.«

KAPITEL 25

In der Höhle unter der Kapelle von St. Thomas bereitete Aaron sich auf die Heimreise nach York vor. Pater Cuthbert war mit einem Pferdekarren zur Kapelle gekommen und hatte mit Hilfe seiner Kapläne den kurzen, aber schwierigen Weg zu den Höhlen unterhalb des Gebäudes zurückgelegt. Der zerbrechliche alte Mann war diesen Weg bereits mehrmals gegangen, denn sein Geist hungerte noch immer nach höherem Wissen und klugen Gesprächen, und der Jude aus Äthiopien konnte ihm beides in hohem Maße bieten.

Simeon begrüßte seinen Lehrer mit einem Segenswort. Pater Cuthbert war bleich, und seine Finger zitterten sichtbar, aber seine Augen leuchteten vor Interesse, und er hatte ein altes Buch mitgebracht, dessen Schrift kein Mann in Beverley entziffern konnte. Jetzt klopfte er mit den Knöcheln auf den Buchdeckel aus Messing und leckte sich die ständig trockenen Lippen.

»Arabisch«, sagte er, und seine Stimme, die im Alter dünn geworden war, ließ seine Freude erkennen. »Aaron liest es genauso flüssig wie Hebräisch. Er ist ein Gelehrter von hohem Rang, ein Mann von außergewöhnlicher Klarsicht. Es tut mir unendlich leid, daß wir ihn so bald wieder verlieren, Simeon.«

»Unser Erzbischof verlangt, daß er unverzüglich nach York zurückkehrt«, erwiderte Simeon. »Aaron, so scheint es, hat in Plantagenets Angelegenheiten eine gewisse Rolle zu spielen.«

»Wird er zu uns zurückkehren?«

Simeon warf einen Blick auf Aarons nachdenkliches Gesicht. Auch Elvira war schweigsam. Es war, als wäre das Licht in ihr schwächer geworden. Mit unwilligen Fingern packte sie die wenigen Dinge ein, die Aaron gehörten, und hielt ihren Blick dabei stets gesenkt, aber Simeon konnte den Abschiedsschmerz in ihrem Herzen deutlich spüren.

»Er wird zu uns zurückkehren«, versicherte er seinem Kanonikus und fühlte sich dennoch verunsichert ob seiner eigenen Gewißheit, als er wiederholte: »O ja, Aaron wird zu uns zurückkehren.«

Aaron stand an einer Bank in der Ecke mit dem Rücken zum Zimmer. Er trug einen geborgten Umhang, geborgte Reitstiefel und ein neues, schwarzes Gewand, das Elvira während der langen Stunden genäht hatte, die sie in seiner Gesellschaft verbrachte. Keinen Augenblick waren die beiden allein gewesen seit jenen ersten wenigen Stunden, als er im Delirium gelegen hatte. Es hatte immer andere Augen gegeben, zu sehen, andere Ohren, zu hören, welche Worte zwischen ihnen gewechselt wurden. Sie waren nie allein gewesen, und doch hatte es viele Stunden gegeben, in denen für ihn nichts außer Elvira existiert hatte. Wenn seine unerwartete Zuneigung ihn nicht blind für die Wahrheit gemacht hatte, glaubte er, daß es auch für sie Augenblicke gegeben hatte, da seine Gesellschaft ihr alles auf der Welt bedeutet hatte.

Jetzt wurde Aaron nach York zurückgerufen, wo er die Siegestrophäe des Bischofs darstellen sollte und tun mußte, was er nur konnte, um der in die Verbannung verstoßenen Familie des armen Hozah zu helfen. Der Verlust seines alten Freundes bekümmerte ihn zutiefst, und die Konfiszierung von Hozahs Eigentum fügte dem Schmerz noch die Kränkung hinzu. Es gab viel für ihn zu tun in York. Er wurde dort gebraucht, wenn auch nur, um der sogenannten Gerechtigkeit Geoffrey Plantagenets nach außen hin Beifall zu spenden. Die Zeiten waren schwierig, die Angelegenheit heikel, und doch widerstrebte es ihm, allem, was er hier in Beverley gefunden hatte, den Rücken zu kehren.

»Aaron, seid Ihr bereit?«

Er sah Simeon in die Augen, und sein Herz verhärtete sich, wußte er doch, daß die Wahrheit offen zwischen ihnen lag, wenn sie auch bisher noch unausgesprochen war.

»Ich habe Elvira gebeten, mit mir zu kommen«, sagte er, und ein drückendes Schweigen folgte den Worten, als halle der Nachklang einer Kirchenglocke an diesem höhlenartigen Ort wider.

Simeons Stimme verriet nichts von seinen Gefühlen. »Und hat Sie Euch ihre Antwort gegeben?«

»Sie will nicht.«

»Dann ist die Angelegenheit ja erledigt«, sagte Simeon und dankte Gott in seinem Herzen für ihre Treue.

»Gebt sie frei, gebt ihr Euren Segen, und sie wird mitkommen. Ihr habt kein Recht, sie hierzubehalten, wo Ihr ihr nur ein halbes Leben bieten könnt. Gebt sie frei und laßt sie mit mir nach York fahren. Sie verdient viel mehr, als Ihr ihr zu bieten habt.«

Simeon wußte, was Aaron ihm sagen wollte, und er wußte, daß der Jude recht hatte. Seine erste Sorge galt ihrer Sicherheit, seine zweite ihrem Glück; der unwiderstehliche, wohlhabende Jude bestätigte nur, daß Simeon im Begriff war, in beiden Punkten zu scheitern.

Osric schaute von einem Mann zum anderen und verspürte zwar großes Bedauern, aber keine Überraschung darüber, daß die Freundschaft der beiden an diesen Punkt gelangt war. Auf diesen Augenblick hatte er insgeheim schon ein ganzes Jahrzehnt lang gewartet. Dem Gesetz nach war Elvira die Frau eines Mannes, den sie seit fast zehn Jahren nicht mehr gesehen hatte; durch eigene Wahl war sie die Frau eines keuschen Priesters; und in Wahrheit überhaupt keine Frau. Sie hatte kein Kind, das sie ihr eigen nennen konnte, besaß kein wirkliches Zuhause, kein Leben außer dem eines Flüchtlings, keine Zukunft außer der, die ihr eine Liebe ohne wahre Erfüllung gestatten würde. In der Auseinandersetzung zwischen dem Priester und dem Juden sah er die Situation als das, was sie wirklich war, und er wußte, daß auch Simeon begriffen hatte. Der Priester liebte Elvira mehr, als er das Recht dazu hatte, und aus diesem Grund würde er sie gehen lassen.

»Gebt sie frei, gebt ihr Euren Segen«, drängte ihn der Rabbi sanft.

Elvira stand mit gesenktem Kopf da, so daß ihr Haar das Gesicht verbarg. Eine Weile lang hatte sie den Traum der Freiheit geträumt. Mit seiner goldenen Stimme und seinen wachsamen, braunen Augen hatte dieser Aaron sie bezaubert. Er hatte sie mit seiner zärtlichen Zuneigung, mit den Einblicken in eine Welt, die sich ihrer Reichweite entzog, gefangengenommen. Aaron besaß eine ungeheure Ähnlichkeit mit Simeon, er war groß und stark wie dieser, anständig und grundehrlich. Zu einer anderen Zeit an einem anderen Ort hätte sie ihn vielleicht lieben können. Jude oder Christ, Rabbi oder Priester, für Elvira bedeuteten diese Dinge nicht übermäßig viel. Der einzig wahre Unterschied, den sie zwischen diesen beiden Männern sah, bestand für sie darin, daß der Rabbi frei war, sie zu lieben, und der Priester nicht. Jetzt hörte sie in Gedanken wieder Aarons Worte: »Ihr habt kein Recht.« Sie hob den Kopf, um Simeon anzusehen, und hoffte, daß er die Anklage, die in diesen Worten lag, zurückweisen würde, aber sie stellte fest, daß sein Blick sich nach wie vor unverwandt auf das dunkle Gesicht des anderen Mannes richtete. Furcht griff ihr ans Herz. Peter brauchte sie nicht länger als liebevolle Beschützerin, und Simeon würde eine große Last von den Schultern genommen sein, wenn sie ging. Diese guten Männer von St. Peter hatten zehn Jahre lang um ihrer Sicherheit willen ihr Leben aufs Spiel gesetzt und sich auf diese Weise viele mächtige und gefährliche Feinde geschaffen. Peter war jetzt in Sicherheit, ein kluger, unabhängiger Junge. Nicht seinetwegen gingen die Männer von St. Peter solche Risiken ein, sondern Elviras wegen, die sich nicht in irgendwelchen Löchern verstecken oder wie ein gewitztes Nagetier ein Leben unterhalb der Erde führen konnte. Wenn sie nicht mehr hier war, würde es ihnen allen besser gehen. Elvira sah, wie ihre Argumente sich auf Simeons hübschem Gesicht widerspiegelten, und wußte, daß ihr Leben und ihre Liebe in diesem Augenblick an einem seidenen Faden hingen.

»Laßt sie mit mir gehen«, bat Aaron abermals, und seine Stimme war zu einem Flüstern geworden.

Simeon schluckte den Klumpen in seiner Kehle herunter. »Werdet Ihr sie beschützen?«

»Mit meinem Leben.«

»Und … sie lieben?«

»Jawohl, Simeon, ich werde sie lieben.«

»Dann habt Ihr meinen Segen.« Er hörte, wie Elvira die Luft scharf einsog, und sah, wie sie ihre Hand vor den Mund schlug. »Und Elvira hat meine Erlaubnis, mit Euch zu gehen.«

Der Jude nickte kurz. Er wußte, was es seinen Freund gekostet hatte, diese Worte auszusprechen, aber er konnte nur ahnen, was es ihm abverlangte, die Frau, die er liebte, einem anderen Mann zu überlassen.

Mit aschfahlem Gesicht ging Elvira zu Simeon hinüber, legte ihm die Hände auf die Brust und suchte in seinen Augen, um sein Herz zu ergründen. »Liebst du mich nicht mehr, Simeon?«

Er sah an ihr vorbei. »Elvira, wenn du dich durch irgendein Unrecht meinerseits an mich gebunden fühlst, dann gebe ich dich hiermit frei.«

»Liebst du mich nicht mehr?«

Simeons Seufzen war fast ein Stöhnen. »Genug, um dir die Freiheit zu geben, Elvira.«

»Sieh mich an, Simeon.« Sie streckte die Hand nach seinem Gesicht aus und zog es zu sich herüber, bis er ihr in die Augen sehen mußte, und alles, was er für sie empfand, lag in seinem Blick. »Sag mir, daß sich etwas geändert hat, daß ich deine Liebe verloren habe, daß uns jetzt nichts mehr bindet als Versprechungen. Sag es mir, und ich werde gehen.«

»Elvira …«

»Sag es mir.«

Er seufzte wieder. »Nichts hat sich geändert«, antwortete er heiser. »Gott helfe mir, nichts ist anders geworden, nur daß meine Liebe zu dir noch gewachsen ist, Elvira.«

Durch Tränen lächelnd flüsterte sie: »Und das ist alles, worum ich dich je bitten werde. Daran darfst du niemals zweifeln, keinen Augenblick lang, Simeon. Das ist genug für mich.«

Einen endlosen Moment standen sie so da, ihre Blicke ineinander versenkt, während ihre Körper sich kaum berührten. Dann drehte Elvira sich zu Aaron um, räusperte sich und sagte: »Ihr erweist mir eine große Ehre, Rabbi, aber ich kann Euer großzügiges Angebot, mit Euch nach York zu gehen, nicht annehmen. Mein Leben liegt hier bei Simeon.«

»Nur ein halbes Leben«, sagte der Jude leise.

»Für mich ist das genug.«

»Ihr könntet soviel mehr haben, Elvira.«

»Lieber Freund, ich habe bereits alles, was mir zukommt. Mein Herz ist hier.«

»Dann soll es so sein.«

Mit einer Verbeugung griff der Rabbi nach seinem bescheidenen Bündel, verabschiedete sich dann von allen Anwesenden und murmelte mit seiner leisen Stimme ein letztes *»Shalom«*, bevor er durch den Tunnel, der in die Kapelle führte, davonschritt. Elvira sah ihm nach, legte dann ihren Kopf an Simeons Brust und lächelte ihm zufrieden zu, als seine Arme sie umschlangen.

»Ich liebe dich, Simeon«, sagte sie, und er erwiderte, die Kehle eng vor aufgestautem Gefühl: »Ich weiß, daß du das tust.«

Während Aaron sich verabschiedete und für den Ritt nach York bereitmachte, genoß Fergus de Burton den ungeheuren Luxus des Hauses Figham und die großzügige Gastfreundschaft des Hausherrn. Er hatte für seine Dienste eine Börse voller Münzen erhalten, und diese leerte er nun auf einem Tisch aus, um ihren Inhalt zu zählen.

»Ihr vertraut mir nicht?« fragte de Figham. Er war weniger überrascht als erstaunt darüber, daß dieser junge Mann es wagte, sein Mißtrauen so deutlich zu zeigen.

Fergus lächelte und ließ die Münzen, eine nach der anderen, in die Börse gleiten. »Würdet Ihr mir vertrauen, wenn dieses Geschäft anders herum gelaufen wäre?«

»Vielleicht würde ich meinen Zweifel weniger deutlich zeigen.«

»Mein lieber Freund, ich bin mir der Tatsache wohl bewußt, daß sogar Geoffrey Plantagenet seine Börsen mit Steinen oder Ringen aus minderwertigem Metall beschwert, bevor er eine geringe Anzahl Münzen hinzufügt. Sollte ich einem Kanonikus vertrauen, wo ich an einem Erzbischof zweifeln würde?«

De Figham hob sein Glas und bedachte den jungen Mann mit einem schiefen Lächeln. »Ich würde Euch doch vorschlagen, Eure Offenheit mit einer Spur Takt zu kaschieren«, sagte er. Je skrupelloser ein Mann ist, um so empfindlicher reagiert er auf geringste Zweifel an seiner Ehrenhaftigkeit.

»Ich werde das beherzigen. In der Börse sind zwei Münzen zu wenig.«

»Was? Das ist unmöglich. Ihr macht Euch über mich lustig, Sir.«

»Aber nicht im mindesten, mein Herr und Kanonikus.« Fergus warf die Börse quer über den Tisch, lehnte sich auf seinem Stuhl zurück, hob sein Glas und grinste seinen Gastgeber breit an. »Zählt doch selbst.«

John Palmer hatte mit einem Buch auf den Knien in einer Ecke gesessen, scheinbar ganz versunken in den Inhalt seiner Lektüre, obwohl Fergus die ganze Zeit bereits vermutet hatte, daß seine Anwesenheit einzig dem Zwecke diente, den Verlauf des Gesprächs genau zu verfolgen. Sein Verdacht erwies sich als zutreffend, als John das Buch weglegte und ihm seine volle Aufmerksamkeit schenkte.

De Figham schüttelte die Münzen aus dem Lederbeutel heraus und schob sie auf der Tischfläche hin und her. »Allmächtiger, Ihr habt recht. Wir haben zwanzig Silbermünzen vereinbart, und hier sind nur achtzehn.«

»Sind Euch die Metallringe ausgegangen, Pater Cyrus?«

»Nicht mir«, knurrte de Figham. »Aber ich kann ohne weiteres den Mann finden, der dafür verantwortlich ist. Mir scheint, ich habe einen Kaplan, der auch in den Zauberkünsten bewandert ist. Zwischen der Münztruhe und der Halle ist es ihm gelungen, meine zwanzig Münzen zu achtzehn zu machen.«

»Das erfordert eine geschickte Hand«, erwiderte Fergus. Er wußte nicht so recht, ob er de Fighams Geschichte glauben sollte. Der Kanonikus erhob sich und bedeutete John Palmer, ihm zur anderen Seite des Zimmers zu folgen, wo sie ihre Köpfe zusammensteckten und tuschelten. Der junge Priester verließ den Raum und kehrte einen Augenblick später mit zwei Silbermünzen zurück, die er nun auf den blankpolierten Tisch zu den anderen legte. Dann verbeugte er sich vor seinem Herrn und sagte: »Nun hat alles seine Ordnung«, bevor er den Raum neuerlich verließ.

»Ihr seid sehr nachsichtig«, meinte Fergus lächelnd.

»O nein«, erwiderte de Figham. »Dieser hier ist nicht der Dieb. Johns Ergebenheit ist nicht so billig. Zwei Münzen wären niemals genug, um ihn in Versuchung zu führen.«

»Ich verstehe.« Fergus kostete noch einmal seinen Wein und beschloß dann, die Sache auf sich beruhen zu lassen. Er glaubte, daß de Figham die beiden Münzen aus Prinzip behalten hatte oder vielleicht, um seinen Gast auf die Probe zu stellen. Welche Gründe ihn auch dazu bewogen haben mochten, er wußte jetzt, daß de Burton es jederzeit mit ihm aufnehmen konnte und sich von einer solchen Verschlagenheit nicht hinters Licht führen lassen würde.

»Euer Wein ist exzellent, mein Herr und Kanonikus«, bemerkte er. »Ich habe gehört, daß Euer Keller einen König vor Neid in Tränen ausbrechen lassen könnte und Eure Vorratskammern so gut gefüllt sind, daß sie eine ganze Garnison Soldaten ernähren könnten.«

»Ich schätze einen gewissen Luxus«, erwiderte de Figham stolz. »Außerdem neige ich dazu, zu behalten, was ich einmal erworben habe. Wie Ihr bereits selbst gesehen habt, ist meine Scheune so uneinnehmbar wie eine Festung und keinem Dieb zugänglich.«

»Ich bin beeindruckt. Vielleicht werde ich Euch um Rat bitten, wenn ich mein Haus in Thorpe baue.«

»Wenn ein Rat alles ist, was Ihr benötigt, dann baut Euer Haus anderswo. Um Himmels willen! Was könnt Ihr schon mit einer verfallenen Kirche und einem wertlosen Dorf anfangen, das mitten in den Sümpfen vor sich hin modert?«

»Seid gewiß, es wird meinen Zwecken dienen«, erwiderte Fergus. »Das Dorf wird in Zukunft den Namen *Ravensthorpe* tragen, und eines Tages werdet Ihr Euch geehrt fühlen, an *meinem* Tisch zu speisen.«

Cyrus de Figham lachte laut auf, und Fergus wurde klar, daß dieser Mann genauso umgänglich und freundlich sein konnte wie jeder andere, wenn er ausnahmsweise einmal nicht auf der Hut war. Für Fergus war der Zeitpunkt gekommen, seinen letzten Schachzug zu tun, der Zug, den er und Plantagenet in langen Stunden vorsichtigen und genauen Planens ersonnen hatten. Cyrus de Figham hatte es geschafft, nahezu unverletzlich zu werden, und Geoffrey de Plantagenet, der zwar immer darauf bedacht war, mächtigen Männern ihre Freiheit zu lassen, brauchte jetzt etwas, womit er ihn an die Kandare nehmen konnte. Fergus hatte den Auftrag, das Zaumzeug zu finden – oder im Zweifelsfalle zu erfinden –, mit dem dieser Kanonikus gezügelt werden konnte, wann immer sein Ehrgeiz drohte, ihn über seinen angestammten Platz hinauszuführen.

»Ich muß nach York zurückkehren«, sagte Fergus mit einem Seufzen. »Zuerst bittet mein Herr und Erzbischof mich, als zusätzliche Eskorte den sicheren Transport seiner Güter zu überwachen, dann beordert er mich einen Tag vorher zurück. Manchmal bringt er mich mit seiner Unentschlossenheit fast um den Verstand, aber wenigstens kann er mich dann nicht dafür verantwortlich machen, wenn die Ladung verlorengeht.«

De Figham schenkte noch etwas Wein nach und täuschte flüchtiges Interesse vor. »Was ist das denn für eine Ladung, von der Ihr sprecht? Transportiert seine Lordschaft etwa jetzt, wo Niedrigwasser herrscht, seine Güter auf dem Landweg, wo es auf den Straßen nur so vor Dieben wimmelt?«

»Genau das tut er. Erst vor kurzem hat er auf dem Fluß ein Floß mit Pelzen und Salz, Zucker und französischem Wein von bester Qualität verloren. Daher hat unser Erzbischof beschlossen, den Ersatz dafür über den Hull nach Beverley und von dort aus auf dem Landweg nach York kommen zu lassen.«

»Ein riskantes Unterfangen«, stellte de Figham fest.

»Jawohl. Die Ladung reist unter dem Banner Yorks und wird natürlich von einer entsprechenden Wache begleitet, aber wer weiß schon, wie viele Soldaten in dieser entsetzlichen Hitze nur allzu gern bereit wären, ihren Posten zu verlassen? Ich sollte mit meinen Leuten die Eskorte unterstützen, aber jetzt …«

»Jetzt?«

»Da unser unentschiedener Erzbischof mich zurückbeordert hat, wird seine Ladung nun ohne mein Dazutun ihren Weg nach York finden müssen – oder nicht.«

»Pelze und Salz, sagt Ihr? Und Zucker?«

»Und Wein; der allerbeste.« Er schloß die Augen und schüttelte den Kopf. »Allmächtiger, da könnte man schon ins Träumen geraten. Nur die Hälfte der aus vierzehn Fässern bestehenden Ladung würde meinen Keller in Ravensthorpe auf geradezu königliche Weise füllen.«

De Figham schnippte mit den Fingern, und ein Diener brachte einen neuen Krug Wein. »Der eine mag vielleicht träumen, während der andere handelt«, sagte er zu seinem Gast. »Ich würde gern mehr erfahren über diesen Transport und seine unzureichende Eskorte.«

»Nicht aus meinem Mund, Pater Cyrus. Immerhin bin ich Plantagenets treuer Diener und Ratgeber, und in einer solchen Position schwatzt man nicht so leicht daher.«

»Na, kommt schon«, drängte de Figham lächelnd. »Laßt Euch diesen hervorragenden Wein schmecken und denkt an die zwanzig Silbermünzen, die bereits an Eurem Gürtel hängen. Was schadet ein wenig harmloses Gerede zwischen zwei Freunden schon, vor allem, wenn es an einem so sicheren Ort wie diesem stattfindet? Der Erzbischof ist dreißig Meilen entfernt und wird niemals etwas davon erfahren.«

Fergus gestattete sich ein zufriedenes Lächeln. De Figham hatte den Köder geschluckt. Der fesselnde Zügel, den er bereitet hatte, hing ihm schon um den Hals, und schon bald würde er Mühe haben, sich dagegen aufzubäumen. Wieder einmal würde Plantagenet Grund haben, den Tag zu segnen, an dem er seinen kühnen jungen Freund ins Vertrauen gezogen hatte.

Schreie vom Hof klangen herein und zogen de Figham ans Fenster. Er bedeutete Fergus, sich zu ihm zu gesellen, und gemeinsam sahen sie zu, wie sich unten eine lautstarke Szene abspielte. Schreiend und zeternd wurde ein Geistlicher auf den offenen Platz in der Nähe des Tores gezerrt. Zwei Männer banden ihn an einem hohen Zaun fest, während ein anderer den rechten Arm des Priesters an einem Pfosten befestigte. Die Hand ragte über den Pfosten hinaus und zuckte in dem verzweifelten Bemühen, loszukommen, heftig hin und her. Schreiend rief er Gott und alle Engel um Beistand an, aber die

Fesseln, die ihn hielten, waren stärker, und de Fighams Gerechtigkeit kam schneller als der Wind.

»Nachsichtig bin ich, wie?« fragte de Figham. »Mein lieber Fergus, ich habe gelernt, daß Nachsicht der beste Nährboden für Diebstahl ist. Ich bestrafe dem Gesetz und dem Kirchenrecht gemäß. Schaut.«

Im Hof hob nun der Mann, der de Fighams Hunde versorgte, ein Kurzschwert hoch über den Kopf. Er wandte sein Gesicht dem Fenster zu und ließ das Schwert auf das Signal seines Herrn hin in einem mächtigen Bogen hinunterkrachen und durchtrennte die oberen Zentimeter des Pfostens mitsamt der Hand. Die Hand flog durch die Luft und landete direkt unter dem Fenster; die Finger zuckten noch auf den Pflastersteinen. Mittlerweile war der Geistliche vor Schmerz und Entsetzen ohnmächtig geworden. Aber als man ihm eine brennende Fackel gegen den Armstumpf rammte, erwachte er zu neuer Qual.

»Eine rauhe Gerechtigkeit«, sagte Fergus.

»Eine faire Gerechtigkeit«, entgegnete Cyrus.

»Die Fairneß hier will mir nicht recht einleuchten, Pater Cyrus. Hätte es nicht genügt, ihm die Nase abzuschneiden oder vielleicht ein Ohr oder einen Finger?«

»Es war die Hand, die die Münzen gestohlen hat.«

»Und warum habt Ihr dann nicht die Linke genommen? Der Geistliche ist Euch nicht länger von Nutzen, jetzt, da er seine rechte Hand verloren hat. Er kann weder schreiben noch einen Besen schwingen, noch die Pferde in Eurem Stall versorgen. Er hat seinen Lebensunterhalt verwirkt, seinen Nutzen auf dieser Welt, und das für nicht mehr als zwei Silbermünzen.«

Wieder stieß de Figham ein lautes Lachen aus. Er zog Fergus vom Fenster weg, legte dem jungen Mann die Arme um die Schultern und sah ihn augenzwinkernd an.

»Ihr versteht nicht, worum es eigentlich geht, mein Freund«, sagte er. »Dieser törichte Mann da unten hat seine Hand nicht nur deshalb verloren, weil er zwei Münzen gestohlen hat. Er hat sie verloren, weil er diese beiden Münzen *mir* gestohlen hat. So, und jetzt, Fergus, nachdem Ihr meine Neugier angefacht habt, müßt Ihr mir alles von der Ladung erzählen, die auf ihrem Weg nach York durch Beverley gebracht wird.«

Als Fergus draußen vor der bescheidenen Kapelle von St. Thomas seine Männer traf, brummte ihm der Schädel, und seine Hände lagen unsicher auf den Zügeln. Die Krähen und Stare, die in ihrer Jagd nach Nahrung tief hinuntergingen, um festzustellen, was für eine Beute diese Männer ihnen wohl einbringen mochten, ließen die Pferde unruhig tänzeln und die Köpfe nach hinten werfen. Fergus wußte, daß diese gefiederten Räuber sie überall entlang des Wegs begleiten würden, ein weiterer Grund, warum er diesem langen Weg mit Widerwillen entgegensah. Nachdem er an de Fighams Tafel soviel Wein getrunken hatte, stand ihm der Sinn jetzt mehr nach seinem Bett als nach einem Ritt von dreißig Meilen in drückender Hitze und erstickendem Staub. »So sehen wir uns also wieder, Rabbi Aaron«, sagte er und streckte dem finster dreinschauenden Mann vor sich die Hand zum Gruß hin. »Ich bin froh, Euch gesund und munter vorzufinden.« Er hielt kurz inne, um in das grimmige, dunkle Gesicht des anderen zu blicken, und fügte dann hinzu: »Bereitet Euch die Aussicht Eurer Rückkehr nach York solches Mißvergnügen?«

»Ganz gewiß nicht«, erwiderte der Jude. »Ich werde dort gebraucht.«

»Aber Eure Stirn ist gefurcht. Ist Euch hier etwas Unangenehmes widerfahren? Bei Gott, erzählt mir nicht, Ihr hättet Euch mit Simeon de Beverley angelegt?«

Der Blick, den der Rabbi ihm zuwarf, reichte aus, um Fergus augenblicklich zum Schweigen zu bringen. Die schwarzen Augen funkelten warnend, und die vollen Lippen verzogen sich zu einer wütenden Linie; dann gab Aaron seinem Pferd die Sporen, setzte sich an die Spitze des kleinen Trupps und galoppierte los.

Fergus, der das Schlußlicht bildete, rief Chad zu sich und verlangte zu wissen, was den Rabbi in solch schlechte Laune versetzt hatte. Chad erzählte seinem jungen Herrn alles, was sich unter der Kapelle von St. Thomas zugetragen hatte, von der Frau, die Aaron liebte und seiner kühnen Auseinandersetzung mit Simeon. Als er mit seiner Geschichte am Ende war, ritten sie eine Weile schweigend weiter, bevor Fergus ausspuckte und fragte: »Ist sie so schön, wie man allgemein behauptet?«

»Ich habe sie gesehen«, erwiderte Chad. »Sie ist tatsächlich wunderschön. Ihr Haar reicht ihr bis zur Taille und ist von tiefem Schwarz, und es schimmert wie poliertes Ebenholz, wenn das Licht darauf fällt. Ihre Augen sind so dunkel wie die des Rabbis und genauso groß und leuchtend. Ihre Haut ist weich und weiß und ...«

»Gott im Himmel!« rief Fergus. »Ist sie eine Zauberin, die jedes Auge, das sie betrachtet, in ihren Bann schlägt? Ihr sprecht, als wäret auch Ihr dem Weib erlegen, Chad.«

»Sie ist wunderschön«, wiederholte der Soldat. »Aaron wollte sie haben. Er hat Simeon zur Rede gestellt und verlangt, daß er sie mit uns nach York zurückreisen lassen sollte.«

»Und?«

»Es ist ihm gelungen, Simeon zu überreden. Er will sie sicher unter dem Schutz eines Mannes wissen, der sein Vertrauen genießt, also hat er sie freigegeben.«

»Na und? Wo ist sie dann? Warum ist nie nicht hier?«

»Sie ist geblieben. Seit zehn Jahren hält sie ihrem keuschen Priester die Treue. Als man ihr die Freiheit bot, hat sie diese Freiheit verschmäht und es vorgezogen, bei Simeon zu bleiben.«

»Was vielleicht nur gut so ist«, meinte Fergus nachdenklich. »Eine Christin und ein Jude würden schon ein seltsames Paar abgeben.«

»Der Glaube dieser Frau ist nicht stark genug, um sie aus dem Bett des Rabbis fernzuhalten. Sie bleibt aus Liebe bei Simeon und aus keinem anderen Grund.«

»Dann kann er wahrhaftig von Glück sagen. Cyrus de Figham ist besessen von ihr. Er will sie haben und den Jungen an gewisse Leute in Rom verkaufen, die sich für Peters Herkunft und sein Vorhaben hier in Beverley interessieren. Es heißt,

Peter wisse, wo sich der Schatz und die Reliquien des heiligen John befinden. Glaubt Ihr das ebenfalls?«

Chad zuckte die Achseln. »Er ist ein merkwürdiger Junge. Er lächelt nicht, lacht nicht und spielt auch nicht mit anderen Kindern. Erwachsene Männer reden mit ihm wie mit einem Gleichgestellten und glauben, daß er mehr Wissen in seinem Kopf habe, als jemals in irgendwelchen Büchern niedergeschrieben wurde. Er jagt mir eine Gänsehaut ein. Ich habe keine Angst vor ihm, aber er beunruhigt mich. Ich glaube, ich würde ihm alles zutrauen. Ja, ich würde sagen, er weiß, wo der Schatz versteckt ist.«

»Aha. Und woran würde ich den Jungen erkennen, wenn er mir über den Weg liefe?«

»An der Narbe an seinem Hals, einer wulstigen, dunkelroten Narbe, genau hier.« Chad faßte sich mit den Fingerspitzen an die Kehle. »Und an dem klaren Blau seiner Augen und seinem gelben Haar.«

Fergus de Burton nickte und prägte sich Chads Worte genau ein. Dann warf er dem starren Rücken von Aaron, der ihnen nach wie vor vorausritt, einen nachdenklichen Blick zu. Der Gedanke an ein Haus in Thorpe wurde von Stunde zu Stunde interessanter. Er mochte dieses Dorf. Er hatte gute Lust, seine Pläne mit größter Eile voranzutreiben, denn er wollte unbedingt einen Teil der Intrigen, der Geheimnisse und der schwelenden Verschwörungen sein, die das Gesicht Beverleys prägten.

KAPITEL 26

An diesem Abend benahm sich Cyrus de Figham beim Gottesdienst ziemlich auffällig. Seine Jäger waren mit Speeren, Langbögen, Schwertern und Armbrüsten bewaffnet ausgezogen, ihre Gesichter unter dunklen Kapuzen verborgen und die Pferde ihres leicht identifizierbaren Zierats entkleidet. Selbst auf Straßen, auf denen es vor vagabundierenden Räuberbanden und Bettlern nur so wimmelte, konnte ein solcher Trupp Bewaffneter sich ungehindert bewegen. Man hatte den Leuten des Erzbischofs den Rat gegeben, die Abkürzung über die Figham-Weiden zu wählen, um so eventuelle Schwierigkeiten in der Stadt zu vermeiden. Lange bevor sie dann wieder in der Nähe der Westmauer auf die Straße nach York trafen, sollten sie durch einen quer über den Weg liegenden Baum, der ihnen jedes Weiterkommen unmöglich machte, aufgehalten werden. Hier würden in einiger Entfernung Bogenschützen bereitstehen, und es stand zu hoffen, daß die Wachen die Ladung ohne Kampf preisgeben würden. Ein Langbogen konnte einen Mann in voller Rüstung auf eine Entfernung von zweihundert Metern töten, so daß niemand außer einem Narren es mit einer Schar von Bogenschützen aufnehmen würde, nur um ein paar Säcke Salz und ein paar Fässer Wein zu beschützen, die für die Tafel eines Erzbischofs bestimmt waren, den nur wenige Männer wirklich respektierten. Die Zugpferde sollten dann die Waren auf den Karren ins Haus Figham bringen. Kurz darauf würden sich einige Leute der leeren Karren annehmen und sie zu Brennholz verarbeiten. Wenn dann in York schließlich die Ladung vermißt würde, würde niemand den Verdacht schöpfen, daß der Überfall in Beverley stattgefunden hatte.

Cyrus de Figham drehte mit grimmigem Lächeln den Onyxring an seinem Zeigefinger. »Ist der Eingang der Scheune freigeräumt und der Keller für den Wein bereit gemacht worden?«

»Es ist alles nach Befehl geschehen, mein Herr«, sagte John

Palmer. Er legte gerade die Gewänder seines Herrn zurecht, die bestickte Albe, den juwelenbesetzten Umhang, den kostbar bestickten Überwurf. »Man wird sich um diese Dinge kümmern, während Ihr der heiligen Messe beiwohnt.«

»Seht zu, daß es genau so abläuft wie geplant, und paßt auf, daß nirgendwo auf der Weide ein Licht zu sehen ist. Ich möchte keine Fehler, die den Verdacht auf mich lenken. Ich will diese Ladung haben, John, und Fergus de Burton soll seine sieben Fässer Wein bekommen als Bezahlung für seinen guten Rat. Und die andere Angelegenheit? Wie viele Leute habt Ihr schon zusammen?«

»Zwanzig, mein Herr. Sieben Männer und dreizehn Frauen.«

»Gut, gut. Wenn schon eine Zunge ausreicht, um Gerüchte wie ein Lauffeuer auszustreuen, dürfen wir von zwanzig Zungen um so mehr erwarten. Was werden sie sagen, *Eure* Zeugen?«

Die Betonung des vorletzten Wortes entging John Palmer keineswegs. Sollte an den Zeugen irgend etwas auszusetzen sein, sollten sie sich als falsch oder käuflich erweisen, würde den gerissenen Kanonikus kein Vorwurf treffen.

»Sie werden sagen, daß Simeon Diebe und Räuber von den Toten erweckt hat und daß er gegen die heilige katholische Kirche und all ihre Diener gepredigt hat.«

»Und was noch?«

»Einige Frauen werden behaupten, er habe seinen Keuschheitseid verhöhnt, indem er mit ihnen Unzucht getrieben habe. Ein Kräuterdoktor wird schwören, daß er für seine Zauberzwecke heiliges Wasser von Simeon erworben habe. Und das ist erst der Anfang.«

Cyrus nickte. »Und damit rückt Simeons Ende immer näher. Dieser Priester von St. Peter wird keine dritte Untersuchung überleben, nicht, wenn er die Kirche auf so gotteslästerliche Weise herausfordert. Ihr habt mir in dieser Sache gute Dienste geleistet, John Palmer, obwohl ich hoffe, daß Ihr dabei nicht im Namen Eures Kanonikus gehandelt habt.«

»O nein, mein Herr. Bei diesen wie auch allen anderen Dingen habe ich nur meinem persönlichen Ehrgeiz gedient.« Er reichte seinem Herrn ein Blatt Papier. »Hier ist die Liste von Büchern, die ich für Euch erwerben sollte.«

Cyrus grinste. »Ihr erstaunt mich, John. Habt Ihr einen hohen Preis bezahlen müssen?«

»Jawohl, mein Herr, das habe ich.«

»Dann sollt Ihr reichlich dafür entschädigt werden. Was ist mit dem Schlüssel?«

John zuckte die Achseln. »Mein Mann in St. Peter hat alle Hände voll zu tun, damit man ihn nicht verdächtigt. Er konnte sich die Bücher in aller Heimlichkeit ansehen, nachdem er eine plötzliche Übelkeit vorgetäuscht hat, als er an dem Wachposten vor der Tür vorbeikam. Er braucht mehr Zeit, aber während Ihr wartet, wird Euch diese Liste hier gewiß interessieren, mein Herr.«

»Bei Gott!« Ein Grinsen flog über de Fighams Gesicht, und er schlug mit dem Handrücken auf das Blatt. »Diese Bücher sind unbezahlbare Raritäten. Aristoteles, Abelard, die Evangelisten – wer hat ihm gestattet, solche Schätze für sich zu beanspruchen und sie in seinem Skriptorium vor aller Augen zu verbergen?«

»Er ist ein Schreiber von hohem Rang, mein Herr. Ich glaube, unser letzter Erzbischof, Roger du Pont L'Eveque, hat ihn darum gebeten, Kopien von diesen Schriften zu erstellen.«

»Hörensagen! Jeder gewöhnliche Dieb könnte unsere Schätze stehlen und etwas Derartiges behaupten.«

»So ist es, mein Herr.«

»Und hier stehen die Titel mehrerer Bücher geschrieben, die während des großen Feuers aus der Bibliothek unseres Propstes verschwunden sind. Hat Simeon die etwa auch gestohlen? Oder haben sich diese beiden, der Priester und der Propst, verschworen, gemeinsam die Kirche ihrer literarischen Schätze zu berauben?«

John lächelte seinen Herrn bewundernd an. »Ein überzeugendes Argument, mein Herr. Wenn Jacob ihm gestättet, die Bücher zu behalten, welches Recht hat er dazu, und warum wurden die anderen Kanoniker nicht informiert?«

»Und wenn Jacob de Wold *nicht* damit einverstanden war,

daß diese kostbaren Bände ihren Weg in Simeons Skriptorium fanden ...« Er breitete seine eleganten Hände aus und lächelte hämisch. »Nun, dann haben wir es hier in jedem Fall mit einem Diebstahl zu tun.«

»Und einem Sakrileg, mein Herr.«

»Ja, wahrhaftig. Und wenn er Bücher stiehlt, was hat er uns dann noch gestohlen? Vielleicht unsere Reliquien?«

»Klingt vernünftig, mein Herr.«

De Figham lachte herzlich. »Wir haben ihn, John. Bei Gott, diesmal haben wir ihn.«

»Simeon.«

Die Nacht war still und bedrückend in ihrer Hitze. Aus dem tiefen Schacht des Skriptoriumsbrunnens konnte man leise kratzende Geräusche der Ratten vernehmen, die dort in der Dunkelheit nach Nahrung suchten. Das Flattern von Fledermausschwingen in der Finsternis klang wie das Flüstern des Windes in den Dachtraufen. Simeon schlief halb im Sitzen auf einem Sofa, nur mit einer Leinenhose bekleidet, die ihm von der Taille bis zu den Knien reichte. Seine Füße waren nackt, seine muskulöse Brust unverhüllt, die flache Scheibe an der Halskette verströmte ein dumpfes Glühen auf seiner Haut. In der Beuge seines Arms lag Elvira und auf seiner anderen Seite schlief der kleine Peter, das Gesicht tief in den Stoff des Sofas gedrückt.

In jener Nacht, der Nacht des vierten Oktober 1190, befanden sich noch andere Menschen im Skriptorium. Thorald hatte es sich in seinem Umhang auf den Binsen bequem gemacht und schnarchte leise durch seinen geöffneten Mund. Ganz in seiner Nähe lag der kleine Mönch Antony, den Kopf auf den gebeugten Arm gestützt, sein Pilgerstab nur wenige Zentimeter von seinen Fingern entfernt. Osric lag mit angezogenen Beinen und ausgestreckten Armen auf dem Rücken. Einige Priester und Kopisten hatten sich in ihre Umhänge geschmiegt, der alte Cuthbert schlummerte auf seinem hochlehnigen Bibliotheksstuhl, und ein offenes Buch lag auf dem Tisch vor ihm. Auch Edwin war dort, er schlief neben seiner

Schwester, beider Finger lose ineinandergeschlungen; ihre Gesichter berührten sich fast, und ein jeder war der Spiegel des anderen.

»Simeon.«

In der Mitte des Zimmers brannten zwei Kerzen. Andere, viel kleinere Kerzen, flackerten an dem Schrein in der Ecke. Das helle Mondlicht warf Silberstrahlen durch die Fenster, die sich zu sanften Seen auf dem Fußboden zusammenfanden.

»Simeon.«

Das Flüstern, mit dem er beim Namen gerufen wurde, durchdrang seine Träume. Er riß die Augen auf und wußte, daß das, worauf sie alle gewartet hatten, begonnen hatte.

Die Gestalt stand direkt vor der Tür. Simeon verspürte keine Furcht, nur ein tiefes Bedauern darüber, daß ihr kurzer Friede ein Ende haben sollte. »Gott segne und bewahre Euch, Freund«, wisperte er.

»Gott schenke Euch Mut, Simeon.«

Elvira regte sich an seiner Seite und preßte ihren Kopf wieder an seine Brust. Peter, der meist einen katzenhaft leichten Schlaf hatte, kam zu sich und war sofort hellwach. Simeon zog Elvira noch fester an sich und legte seine freie Hand sanft auf den Kopf seines Patensohnes.

»Die Zeit ist gekommen?« fragte er, und die Schattengestalt nickte.

Einer nach dem anderen erwachten nun auch die übrigen Anwesenden. Edwin erhob sich taumelnd aus seinem Bett und näherte sich der Gestalt ohne Zögern. Während er sich noch mit den Knöcheln den Schlaf aus den Augen rieb, spähte er zu dem ehrfurchtgebietenden Fremden hinüber, lächelte dann sein verschlafenes Lächeln und verbeugte sich höflich. »Ich kenne diesen Mann«, sagte er. »Das ist der schwarze Wächter, der Wächter am Tor, der Priester, der mich geheißen hat, meine Schwester hierherzubringen. Ich grüße Euch, Herr, und danke Euch für Euren Rat. Meiner Schwester Edwinia geht es schon viel besser. In einigen Wochen wird sie …«

Thorald, der leise hinter ihn getreten war, legte dem Jungen den Arm um die Schultern und zog ihn sanft zurück. »Komm hier weg, mein Junge. Komm mit mir.«

Nun erhob Peter sich von dem Sofa und trat seinerseits zu der Gestalt hinüber. Den Unterleib hatte er sich mit einem weißen Leinentuch verhüllt, ansonsten war er nackt und stand bleich in dem weichen Licht des Skriptoriums. Elvira stockte der Atem, als der Fremde die Hand ausstreckte und sie auf den gesenkten Kopf des Jungen legte. Plötzlich erschien Peter ihr wieder so klein und verletzlich, ein magerer Zehnjähriger, und so hilflos, wie er vor zehn Jahren gewesen war. Sie spürte, wie sich Simeons Herzschlag unter ihrer Wange beschleunigte, und war froh darüber. Er kannte ihre schlimmste Furcht, daß man ihr Peter wegnehmen könnte, und er teilte sie. Dann hörte sie die geflüsterten Worte: *Hüter des Schreins* und erinnerte sich daran, daß der Junge Beverley gehörte, Beverley, Simeon und ihr selbst.

Als der Fremde ihm ein Zeichen gab, erhob Simeon sich und stellte sich neben Peter. Er war hochgewachsen und breitschultrig, und doch wirkte er neben der hünenhaften Gestalt des anderen fast wie ein Zwerg. Es schien, als sähen die beiden einander direkt in die Augen, als suchten sie jeder etwas im Gesicht des anderen, hofften bei ihrem Gegenüber die Kraft zu finden, die für die kommenden Ereignisse notwendig sein würde. Dann ließ Simeon sich langsam auf ein Knie nieder und senkte den Kopf, um den Segen des Fremden entgegenzunehmen.

»Gott gebe Euch Mut, Simeon de Beverley.«

Genau in diesem Augenblick vernahmen sie ein jähes, schweres Trommeln von den hohen Skriptoriumsfenstern. Erschrocken wandten alle ihre Gesichter empor, um diesem Phänomen auf den Grund zu gehen, und alle sahen den ersten Regen seit langem auf die Scheiben fallen.

»Gott sei gelobt«, rief Osric, und die anderen wiederholten: »Gott sei gelobt.«

»Es regnet!« stieß Edwin hervor. »Die Dürre hat ein Ende. Es regnet. Seht nur, *es regnet*!«

»Gütiger Gott, wir danken dir von ganzem Herzen für dieses Geschenk.« Simeon bekreuzigte sich von den Lippen zur Brust und von Schulter zu Schulter. Endlich war der ersehnte Regen gekommen. Die Bäche würden sich wieder füllen und die ausgetrockneten Brunnen frisches Wasser führen. Der stinkende Graben würde wieder anschwellen und den Unrat davonspülen, der sich dort gesammelt hatte, und der Staub, der Beverley viele Wochen lang eingeschlossen hatte, würde entweder mit dem Regen zur Erde niedergehen oder sich auflösen. Vor ihrer aller Augen verwandelte sich der Regenguß in eine Sturmflut hinter dem Glas. Dies war kein einzelner Regenschauer, der nur ein halberfülltes Versprechen verhieß. Dies war die Antwort auf ihre Gebete. Die Dürre war vorüber. Pest und Feuer hatten sie verschont: es regnete.

Simeon drehte sich zu der Gestalt um, aber diese war, wie er bereits halb vermutet hatte, verschwunden. Sie gingen hinaus, um den Regen zu begrüßen, und stellten fest, daß auch die anderen, die innerhalb der Mauern lebten, sich schon dort versammelt hatten. Einige beteten, andere suchten unter Dachvorsprüngen Zuflucht und ließen sich den kühlen Regen über die Hände laufen, andere tanzten und machten ihrer Freude laut singend Luft. Es war eine einzige glückliche Feier. Daniel Habicht hatte ein Bett im Hospital bekommen, als sein Herr ihm wieder einmal den Zugang zu seinem Haus verwehrt hatte. Jetzt lachte und tanzte er wie die anderen, trotz der Schmerzen in seinem Bein. Ein Priester beeilte sich, die Glocke von St. Peter zu läuten, und schon bald fielen die anderen Kirchen in der Stadt in das fröhliche Geläut ein.

Simeon stand in der Nähe der offenen Tür des Skriptoriums. Er war naß von Kopf bis Fuß. Seine Hosen klebten ihm an Hüften und Oberschenkel wie eine zweite Haut, und lachend sah er zu, wie Elvira und Peter einander bei den Händen faßten und durch den Regen tollten.

Der Schlag kam ohne jede Vorwarnung. Er hatte die Arme hoch über sich gestreckt, und Gelächter stieg in ihm auf, als der Pfeil seine Brust traf und er zu Boden stürzte. Elviras Schrei erhob sich schrill über das ausgelassene Lachen und den klatschenden Regen. Binnen weniger Sekunden beugten sich Osric, Antony und Thorald über ihn.

Er lag totenstill da, das Gesicht ungerührt dem Sturzregen zugewandt, und ein kurzer, stabiler Pfeil ragte ihm aus der Brust. Ein betäubtes Schweigen senkte sich auf die Zuschauer herab. Niemand sagte ein Wort. Niemand wagte es, auch nur zu beten, bis der junge Edwin einen gequälten Schrei ausstieß: »Sie haben ihn getötet«, wimmerte er, während er seine entsetzte Schwester an sich preßte, und die Ungläubigkeit in seiner Stimme fand ihr Spiegelbild in seinen Augen. »Sie haben Pater Simeon getötet!«

Ein Dutzend Männer rannte in die Wälder, jagte wie wilde Tiere zwischen die Bäume, aus denen der tödliche Pfeil gekommen war. Die übrigen standen um den am Boden liegenden Priester herum.

»Bringt ihn hinein ... ganz vorsichtig, vorsichtig. Ihr müßt den Kopf stützen. Ihr da, holt Kleider und Tücher herbei, um die Blutung zu stillen.« Osrics Stimme war völlig gelassen, als er mit der Autorität eines Soldaten seine Befehle erteilte. »Thorald, wir müssen diesen Pfeil rausholen.«

»Aber wenn die Spitze sich in den Rippen festgehakt hat ...«

»Ich muß sie herausschneiden. Ich brauche etwas Wasser, um das Blut fortzuspülen. Der Pfeil muß gezogen werden, und zwar schnell.«

Elvira sah zu, wie die Freunde Simeon mit liebevollen Händen auf eben jenes Sofa betteten, auf der sie vor kurzer Zeit noch in seinen Armen geschlafen hatte. Sie sah den kurzen, dicken Pfeil in seiner Brust stecken, die tödliche Bleiche auf seinem Gesicht, das Blut, das durch das dichte Haar auf seine Brust sickerte, auf die sie vor Sekunden erst ihren Kopf gebettet hatte.

»Gütiger Gott, du darfst ihn uns nicht wegnehmen«, sagte sie laut und bemerkte in ihrem Kummer gar nicht, daß sie zum ersten Mal in ihrem Leben betete.

Peters Hand glitt in die ihre und hielt sie fest. »Er kann nicht sterben«, sagte er, und seine Worte waren weder Prophezeiung noch Gebet, sondern der von Herzen kommende Schrei eines Kindes, das seinen Vater im Angesicht des Todes sah. *»Er kann nicht sterben.«*

Jetzt dröhnte Osrics Stimme durch das Skriptorium und versetzte sie alle in Erstaunen. »Der Pfeil hat den Mähnenkamm durchbohrt. Seine Wucht wurde durch die dicke Goldscheibe gemäßigt. Er ist betäubt, aber lebendig – Simeon *lebt*!«

Mit größter Vorsicht entfernten sie den Mähnenkamm und lockerten die Pfeilspitze mit ihren grausamen, doppelseitigen Widerhaken aus dem Fleisch, in das sie sich tief, aber nicht tödlich tief hineingebohrt hatte. Der Pfeil hatte die Rippen darunter getroffen, aber sobald der Blutfluß gestillt war, würde Simeon nichts Schlimmeres als eine zwei oder drei Zentimeter tiefe Wunde davontragen.

Thorald befreite den Mähnenkamm aus dem Pfeil und reichte ihn Elvira. Mit zitternden Händen nahm sie ihn entgegen; dann schob sie ihren Daumen durch das Loch, das im Gold entstanden war, und eine Woge schwindelerregender Erleichterung spülte über sie hinweg. Der Pfeil hätte ihn getötet, wenn er nicht dieses Schmuckstück getragen hätte. Sie sah sich selbst vor zehn Jahren, wie sie einem toten Pferd den Mähnenkamm stahl, wie sie ihn in ihren Kleidern verbarg, damit ihr gieriger Mann ihn ihr nicht wegnehmen konnte, und wie sie ihn später im Hospital Simeon überreichte.

»Cephas.« Sie las die Inschrift, die immer noch auf der goldenen Scheibe zu erkennen war, wenn sich ihr Anfangsbuchstabe auch um das Loch des Pfeils herumgewickelt zu haben schien. Ihr Geschenk hatte ihn gerettet. Ein böser Mensch mit Mord im Herzen hatte versucht, ihm das Leben zu rauben, aber dies hier, ihr Geschenk, hatte ihn gerettet.

»Elvira?«

Sie ließ sich neben dem Sofa auf die Knie fallen und preßte seine kalten, feuchten Finger an ihre Lippen. Sein Blick war verschwommen, konnte sich kaum auf einen einzigen Punkt konzentrieren. Er versuchte, die Hand zu heben, war aber zu schwach dazu.

»Elvira? Was … was ist mir geschehen? Hat mich ein Blitz getroffen?«

»Nein, was Euch getroffen hat, war ein Pfeil«, erklärte Thorald ihm. »Er kam aus den Bäumen auf der anderen Seite des Wegs. Unsere Männer suchen den Wald nach Eurem Angreifer ab, aber wenn er in de Fighams Diensten steht, wird er einfach die Waffe verstecken und sich den Suchenden anschließen. Ich zweifle daran, daß wir ihn je für diese Tat werden bestrafen können.«

»Ein Pfeil?« Thoralds Worte schienen den immer noch benommenen Simeon zu verwirren.

»Im Licht, das durch die offene Tür hinter Euch fiel, habt Ihr ein leichtes Ziel für einen einigermaßen fähigen Bogenschützen abgegeben. Das Licht war gut, die Entfernung kurz, und so konnte er Euch nicht einmal bei diesem Regen verfehlen.«

»Ein Schuß aus der Nähe? Aber wie?« Simeon blickte auf das blutbefleckte Leinen auf seiner Brust herab, betrachtete die Flecken auf dem Sofa und schließlich das Blut an Osrics Händen. Stirnrunzelnd fragte er: »Und ich lebe noch?«

»Ihr lebt«, entgegnete Osric, »obwohl Ihr Euch sicher ein oder zwei Tage teuflisch schlecht fühlen werdet. Wenn diese Prellung erst einmal richtig aufblüht, dann dürft Ihr einen hübschen Regenbogen auf Eurer Brust willkommen heißen.«

Simeon versuchte zu lachen, brachte jedoch nur einen heiseren Laut zustande. Als er wieder zu sprechen begann, zuckte er vor Schmerzen zusammen: »Hat Gott ein Wunder gewirkt? Wurde der Pfeil abgelenkt?« Abermals zuckte er zusammen und vermied es, zuviel Luft in seine Lungen zu saugen. »Wie kann man einen solchen Schuß überleben?«

»Der Mähnenkamm hat dich gerettet«, sagte Elvira mit Tränen in den Augen. »Er hat die volle Wucht des Schlags abgefangen und verhindert, daß die Pfeilspitze in deinen Körper eindringen konnte.«

Simeon drehte sich stöhnend auf seinem Kissen herum. »Thors Hammer hätte mich nicht mit größerer Kraft fällen können.«

»Heidenpriester«, murmelte Osric grinsend.

»Ich habe seine Warnung in den Wind geschlagen«, sagte Simeon. »Zwei Minuten, nachdem er fort war, wurde ich unvorsichtig und habe mich als leichtes Ziel präsentiert. Sind meine Rippen gebrochen?«

Osric schüttelte den Kopf. »Ich glaube nicht. Ihr könnt wirklich von Glück sagen, mein Freund. Wäret Ihr mit einem weniger starken Körper gesegnet, wären Eure Rippen wie Zweige zerbrochen, als der Pfeil diese Scheibe gegen Eure

Brust getrieben hat. Die viele Lauferei und das Holzhacken haben Euch gute Dienste geleistet.«

»Gott und dieser goldene Mähnenkamm haben mir gute Dienste geleistet«, korrigierte Simeon ihn. Dann hob er die Hand, um eine Träne von Elviras Wange zu wischen. »Dein Geschenk, Elvira.«

»Mein Geschenk«, erwiderte sie schlicht.

Er schaute an ihr vorbei, dorthin, wo sein Patensohn mit seinem nassen Leibtuch neben dem Sofa stand. Die beiden sahen einander lange und fest an, bevor der verletzte Priester den Blick abwenden mußte, als Schmerz und Müdigkeit ihn zu überwältigen drohten.

»Sei besonders wachsam, mein Junge.«

»Ja, Vater, ich verspreche es.«

Peter benutzte nicht die formelle Anrede ›Pater‹, sondern die persönliche, nannte ihn Vater, und in diesem einfachen Wort kam das ganz besondere Band zwischen ihnen deutlich zum Ausdruck. Das Letzte, was Simeon sah, bevor er in einen tiefen Schlaf versank, war das Gesicht Peters, das von einem strahlenden Lächeln erleuchtet wurde; nicht das flüchtige Lächeln, das oft über seine Züge huschte, sondern ein so breites Grinsen, daß man seine Zähne sehen und ihn als das erkennen konnte, was er war – ein einfacher und sehr glücklicher kleiner Junge.

KAPITEL 27

Sie kamen ihn am frühen Morgen holen, während er am Altar von St. Peter betete. Sie mußten allerdings draußen vor den Toren warten, bis man den Kanonikus Cuthbert gefunden hatte, denn nur dieser konnte feststellen, ob die Gruppe das Recht dazu hatte, in seine Kirche einzudringen. Danach wurde es ihnen gestattet, sich auf dem offenen Platz innerhalb der Tore zu versammeln, wo steinerne Sitze entlang der Mauern bereitstanden und eine winzige Quelle ihnen frisches Wasser bot. Die Gruppe aus Kanonikern, Priestern und Geistlichen, die Simeon das kurze Stück zum Gerichtshof des Propstes im Hall Garth eskortieren sollten, wurde von Cyrus de Figham angeführt. Er lief ungeduldig auf und ab, da er sich gezwungen sah, dem designierten Kanonikus Simeon zu gestatten, sein morgendliches Gebet zu Ende zu bringen, bevor er ihn abführte. Trotz seiner Autorität und seines Strebens nach Macht war er sich durchaus des strikten Protokolls bewußt, das sein Vorgehen erschwerte. Stephen Goldsmith, Kanonikus und rechtmäßiger Besitzer des Landes, auf dem die Kirche von St. Peter stand, war der oberste Richter hier. Außerdem hatte er als zukünftiger Vertreter des Propstes eine hohe Position inne, und nur auf seine Anweisung hin würde diese Angelegenheit weiter verfolgt werden.

»In dieser Kirche werden die Kanoniker nicht von ihren Altären weggezerrt, um sich gegen Anklagen zu rechtfertigen, die sich durchaus als falsch erweisen können«, sagte er zu de Figham. »Oder wollt Ihr lieber einen Becket aus ihm machen, indem Ihr ihn an seinem eigenen Altar niedersticht?«

»Ihr versteht meine Motive falsch«, sagte de Figham mit einem herablassenden Lächeln. »Mein einziges Bestreben ist, die Kirche vor schurkischen Kanonikern zu beschützen. Meine Kleriker haben die Beweise zusammengetragen und für zutreffend befunden, und ich bin durch das Kirchengesetz verpflichtet – genau wie es auch Euer Propst ist –, in dieser

Hinsicht die notwendigen Schritte zu unternehmen. Ich tue dies in gutem Glauben und im Interesse der Kirche. Ich hege keinen persönlichen Groll gegen Simeon de Beverley.«

Stephen Goldsmith schluckte die Worte herunter, die er darauf hätte erwidern können. Statt dessen trat er einen Schritt zurück und flüsterte seinem Kaplan verbittert zu: »Wenn das stimmte, lägen wir alle in unseren Betten, statt uns hier zu versammeln, um einen unschuldigen Mann zu verfolgen.«

Wulfric de Morthlund, der sein prächtigstes Gewand trug und seine eigenen Gründe hatte, weshalb er nach St. Peter gekommen war, setzte sich auf eine niedrige Steinbank und scharte mehrere Männer um sich. »Schlüpft davon, sobald sich eine günstige Gelegenheit bietet«, sagte er ihnen. »Wenn mein Priester hier ist, will ich einen vollen Bericht all seiner Aktivitäten.«

Simeon erhielt die geflüsterte Nachricht an seinem Altar, gab ein kurzes Zeichen und sah zu, wie zwei Priester hinter dem Altarvorhang verschwanden. Dann richtete er seine Aufmerksamkeit wieder auf den morgendlichen Gottesdienst. Noch ein Psalm und zwei kurze Hymnen, und die Messe war vorüber, dann würde nur noch der Segen folgen, bevor die Gläubigen die Kirche verließen. Mehr Zeit blieb ihm nicht, um de Figham aufzuhalten, und er betete, daß Pater Cuthberts sture Hartnäckigkeit den Rest erledigen würde.

Draußen war der gewitzte Edwin bereits durch Bäume und Büsche gehastet und durch schlammige Gärten gestolpert, um ungesehen ins Skriptorium zu gelangen. Das Gebäude stand ein gutes Stück entfernt von den anderen. Seine Rückseite grenzte an die Mauer zur Eastgate, seine Nordwände wurden vom Wald überschattet. Statt direkt hineinzugehen, erstattete er dem wachhabenden Priester hastig Bericht und rannte dann weiter in den kleinen Garten, in dem Daniel Habicht in aller Abgeschiedenheit sein Morgengebet verrichtete.

»Was ist geschehen, Edwin? Warum bist du so schnell gelaufen?«

»Kommt mit! Man darf Euch hier nicht finden. Eilt Euch,

Pater Daniel, eilt Euch!« Edwin packte den Priester am Arm und riß ihn von seinem Sitzplatz hoch. »Ihr müßt Euch verstecken, Pater Daniel.«

Daniel griff nach seinem Stock und seinem Gebetbuch und lief hinter ihm her, wobei er sich immer wieder bücken mußte, um den tiefhängenden Zweigen auszuweichen, die einen mit Regenwasser durchnäßten, sowie man sie berührte. Nur mit einiger Mühe konnte er mit dem flinken Edwin Schritt halten. Mit seinen dicken Baumwurzeln und ersten jungen Schößlingen war der Weg uneben und trügerisch. Daniels Verletzungen waren noch nicht ganz verheilt, und zudem machte das Kräutermittel, das Osric ihm regelmäßig verabreichte, seinen Körper noch zusätzlich träge, um den Heilungsprozeß voranzutreiben. Er humpelte hinter dem Jungen her, rutschte ständig aus und stolperte an Stellen, an denen der schwere Regenguß den Sommerstaub in Schlamm verwandelt hatte. Sie sprachen kein Wort mehr, bis sie an der Stelle angelangt waren, an der Pater Bernard und Alice begraben lagen. Völlig erschöpft umfaßte Daniel seinen Stock mit beiden Händen und stützte sich schwer atmend auf das Holz. Edwin hob das zu Boden gefallene Gebetbuch auf und wischte mit dem Ärmel seines Hemdes die schmutzigen Buchdeckel ab.

»Was ist geschehen, Edwin?«

»Pater Cyrus ist hier, und er hat Euren Herrn mitgebracht. Sie sind gekommen, um Simeon zu holen.«

»Simeon?« Daniel schaute den Jungen entsetzt an. Sein verletztes linkes Auge stand jetzt halb offen; sein Sehvermögen war nicht beeinträchtigt, aber die Haut um das Auge herum war immer noch bläulich angeschwollen. Auch sein Mund heilte gut, aber die Wunde an seinem Kopf hatte sich ein wenig entzündet, so daß der Hospizbruder sie noch einmal mit dem Messer hatte öffnen müssen. »Mit welcher Begründung? Mit welchem Recht wollen sie ihn wegholen?«

»Sie haben Papiere bei sich, die der Propst unterschrieben hat«, sagte Edwin. »Das ist alles, was ich weiß, außer daß sie ihn vor Gericht bringen werden, sobald das Morgengebet beendet ist.«

»Und mein Herr ist mit ihnen gekommen?«

Edwin nickte. »Ich habe ihn selbst gesehen, und ich schwöre, so ein Mann ist mir noch nie vor Augen gekommen. Ich hätte ihn für einen König gehalten.« Er sah sich verstohlen um. »Pater Daniel, ich muß dort hingehen, wo ich gebraucht werde. Bleibt hier, bis ich Euch hole. Wenn jemand sich nähert und Ihr mein Pfeifen nicht hört, dann müßt Ihr Euch hier im Unterholz verstecken. Man kann es hochheben wie eine Matte und sich, ohne sich dabei zu verletzen, daruntergleiten lassen. Ihr dürft Euch hier nicht entdecken lassen, Pater Daniel. Euer Herr wird Euch übel zurichten, wenn er Euch hier findet.«

Als er sich bereits zum Gehen wandte, hielt Daniel ihn am Arm fest. Das hübsche junge Gesicht wandte sich ihm nochmals zu, die sanften, dunkelbraunen Augen unter den schweren Lidern erfüllt von tiefster Unschuld. »Du bist ein guter Junge, Edwin. Jetzt hör mir zu und denk unbedingt an meine Worte. Bedecke deinen Kopf und achte darauf, daß Wulfric de Morthlund dein Gesicht nicht sieht. Du darfst in seiner Gegenwart auf gar keinen Fall deine Kapuze herunterlassen. Auf keinen Fall, hast du mich verstanden?«

»Nein, Sir, ich verstehe nicht ...« Er hielt inne und erinnerte sich plötzlich an Gerüchte, die er über den dickleibigen Kanonikus und seine gottlosen Gelüste gehört hatte. Jähes Begreifen rötete seine Wangen und trübte für einen Augenblick seinen Blick. »Doch, Herr, ich verstehe.«

»Und du darfst in seiner Gegenwart auch nicht einschlafen.«

Edwin lächelte ein wenig töricht. »Ich werde mir alle Mühe geben, das zu verhindern, Sir.«

»Dann geh und tu, was du tun mußt, aber sei vorsichtig, Edwin. Dieser Mann ist gefährlich.«

Er sah dem Jungen nach, wie er flink und mit sicherem Tritt auf dem schlüpfrigen Boden davonhuschte. Dann ließ er sich auf den Boden nieder, hob den Efeuteppich an, kroch darunter und ließ das Gestrüpp auf seinen Rücken fallen, um sich möglichst unsichtbar zu machen für den Fall, daß irgend jemand sich diesem stillen Ort nähern sollte. Sein Herr hatte ihn ohne Barmherzigkeit geschlagen und aus dem Haus gewiesen, aber wenn er ihn hier in St. Peter finden sollte und noch dazu mit einem Gebetsbuch in der Hand, würde Wulfric de Morthlund ihn möglicherweise sogar töten.

Mittlerweile herrschte auf dem Kirchengrund reges Treiben. Die Priester vermochten es nicht, die ungeduldigen Besucher zusammenzuhalten, so daß es auf Wegen und Pfaden nur so wimmelte von neugierigen Fremden, die bestrebt waren, die Geheimnisse Simeons zu lüften. Als Edwin den Teil des Skriptoriums erreichte, der vor ihren Blicken am besten geschützt lag, ließ die dortige Wache ihn ungehindert hineinschlüpfen. Dann legte er hinter sich den Riegel vor und ließ die schwere Kette lose herunterbaumeln, so daß niemand die Tür von außen öffnen konnte. Die anderen, die bereits im Haus waren, hatten alle Hände voll damit zu tun, die kostbaren Bücher und Manuskripte verschwinden zu lassen. Das Gitter des Brunnens stand offen. Osric und Thorald reichten die schweren Bände durch die Öffnung, während andere, unter ihnen auch Antony und Richard, die Schätze über die Leiter nach unten trugen. Edwin sah, was noch getan werden mußte, und machte sich ohne besondere Anweisungen an die Arbeit, wickelte Manuskripte ein, verpackte Papiere und Goldblätter in Leinentücher und verknotete sie sicher an den Enden. Als dies getan war, half er Elvira, ihre wenigen Besitztümer in ein Bündel einzurollen und sorgte dann dafür, daß sie sicher in den Brunnen steigen konnte, bevor er ihr das Bündel nachreichte. Mit aufmerksamem Blick sah er sich in dem Raum um und bemerkte noch diesen oder jenen Gegenstand, der möglicherweise einen Verdacht auf Simeon werfen konnte. Die Priester und Kopisten, die bei der eiligen Aufräumaktion geholfen hatten, nahmen jetzt die Plätze an den ihnen zugewiesenen Tischen ein, tauchten ihre Federn in die Tinte und bereiteten sich auf ihr Tagewerk vor.

»Geh jetzt«, sagte er zu Peter. »Versteck dich.«

»Sag Pater Simeon, daß ich zu ihm kommen werde.«

Edwin schüttelte den Kopf. »Du darfst nicht noch einmal herkommen. Man wird den Pater vor Gericht bringen …«

»Ich werde kommen«, wiederholte Peter, bevor er sich

behende in den Brunnen schwang und das Gitter hinter sich zuzog.

Edwin sah, wie die kleine Hand noch einmal zwischen den Gitterstäben auftauchte, sah, wie die zarten, geschickten Finger das Schloß in seine alte Lage rückten, und verteilte dann frische Binsen um den Brunnen herum, um die Zeichen dafür zu verbergen, daß noch vor kurzer Zeit viele Füße dort herumgelaufen waren. Erst dann zog er sich die Kapuze tief übers Gesicht und setzte sich in die hinterste, dunkelste Ecke des Skriptoriums.

Als der Gottesdienst beendet war und die Gläubigen die Kirche verlassen hatten, trat Simeon de Beverley ins Freie, um sich seinen Anklägern zu stellen. Schwarze Wolken hingen am Himmel, und aus der Ferne hörte man Donnergrollen. Die Luft war frisch und sauber, erfüllt von dem süßen Duft von Regen auf Gras und durstiger Erde. Es war ein Morgen wie geschaffen zum Dank, für ehrfurchterfüllte Hymnen, und kein Tag, an dem bittere Feinde einander entgegentreten sollten.

Stephen Goldsmith trat einen Schritt vor, und die keltische Farbe seines Haares und seines Bartes bildete einen scharfen Kontrast zu seiner Kapuze und seinem Umhang aus leuchtend grüner Seide. »Simeon de Beverley, Ihr werdet aufgefordert, vor dem Gericht Eures Propstes im Hall Garth zu erscheinen, wo man gewisse Anklagen gegen Euch vorbringen wird. Diese Männer sind gesandt, um Euch dorthin zu begleiten. Nehmt Ihr die Aufforderung an?«

»Das tue ich«, erwiderte Simeon.

Der Blick des Goldschmiedes heftete sich auf die Verbände an Simeons Brust. Ein wenig Blut war durch den Stoff gedrungen und befleckte seine Kutte. »Ihr seid verletzt, Pater Simeon?«

»Gestern abend hat man versucht, mich zu töten. Wie Ihr seht, ist der Versuch gescheitert.«

»Trotzdem werde ich dafür sorgen, daß dieser Zwischenfall vor Gericht erwähnt wird. Hat man den Schurken gefaßt?«

»Bedauernswerterweise nicht. Wir haben ihn im Wald verloren. Es war dunkel, und es hat zu dieser Zeit außerdem heftig geregnet.«

An dieser Stelle räusperte sich de Figham vernehmlich. »Können wir uns jetzt vielleicht der Angelegenheit zuwenden, deretwegen wir hier sind? Aber zuerst …« Er wandte sich mit vor Bosheit leuchtenden Augen an Simeon. »Zuerst wäre da noch die Frage nach gewissen Büchern und Manuskripten zu klären, von denen wir glauben, daß sie sich im Widerspruch zu den Gesetzen unserer Mutter Kirche in Eurem Besitz befinden.«

»Ich bin Schreiber und Kopist«, antwortete Simeon. »Alle Bücher, die hier sind, stammen aus meiner privaten Bibliothek, oder ich habe sie mit voller Zustimmung unseres Herrn und Propstes aus dessen Bibliothek geliehen.«

»Dann habt Ihr ja sicher nichts dagegen, die Türen Eures Skriptoriums zu öffnen, damit wir uns selbst dort umsehen können«, sagte de Figham.

Simeon warf einen Blick auf Stephen Goldsmith und betete, daß Elvira und Peter das Skriptorium mittlerweile verlassen hatten. »Wenn dies der Wunsch des Propstes ist, Sir, werde ich Euch dort hinführen.«

Die Türen des Skriptoriums standen weit offen. Der gewaltige Eichenbalken war verschwunden, und im Schlüsselloch steckte ein langer, prächtiger Schlüssel. Sie fanden dort die Geistlichen und Kopisten, die Übersetzer und Koloristen, allesamt in ihr Tagewerk versunken, und nach gründlicher Durchsuchung des gesamten Gebäudes fand man nur eine Handvoll Bücher, die tatsächlich alle der Kirche gehörten. De Figham war außer sich vor Wut. Seit ihrer Ankunft hatten sie die Türen des Skriptoriums überwachen lassen. Weder Bücher noch Truhen noch irgendwelche verdächtigen Bündel waren herausgebracht worden, und trotzdem hatten sie hier nur wenig oder gar nichts gefunden, das seine Anschuldigungen gegen Simeon untermauern konnte. Er bestand darauf, daß man auch den Dachboden und sämtliche Alkoven und Nischen durchsuchte. Mit einer brennenden Fackel, die er hoch über den Kopf hielt, inspizierte er höchstpersönlich den muffigen, stinkenden Ort, an dem Männer und Frauen ihre

Exkremente hinterließen, weil er vermutete, dort endlich die unbezahlbar kostbaren Dinge zu finden, die er im Skriptorium wähnte. Sehr zu seinem Verdruß fand er dort nichts außer Löcher im Boden, unter denen ein Bach dahinfloß, und nicht ein einziger Fensterschlitz war breit genug, um ein Buch oder ein Manuskript nach draußen zu reichen.

»Vielleicht pflegt unser Mitkanonikus die schwarzen Künste mit Hilfe von gestohlenem heiligen Wasser, um die Beweise wegzuzaubern«, bemerkte er scharf, bevor er die Fackel einem Priester in die Hand drückte und auf die Tür zu marschierte, wobei sein Blick auf den Schlüssel fiel, der im Schlüsselloch steckte. Er blieb stehen, um den Vertreter des Propstes und seine Leute vorbeigehen zu lassen, bemerkte, daß Wulfric de Morthlund ebenfalls zurückgeblieben war und seinen Blick auf eine ferne Ecke des Raumes geheftet hatte.

»Du da!« rief der dicke Mann. »Du da in der Ecke! Zeig dich!« Edwin erhob sich gehorsam und schlurfte durch den Raum, den Kopf so tief gesenkt, daß sein Gesicht nicht zu sehen war.

»Das ist nur ein Diener, mein Herr«, erklärte einer der Priester eilig. »Ein armer Junge mit einem …«

»Ich brauche noch einen Jungen für meinen Haushalt«, sagte de Morthlund, ohne Edwin aus den Augen zu lassen. »Dieser da macht doch einen recht gesunden Eindruck. Wie alt ist er?«

»Noch keine sechzehn, mein Herr.«

»Er ist groß und gut gewachsen«, stellte de Morthlund fest. »Er hat gute Schultern und schöne Hände, und ihm fehlt nichts mehr als etwas Fleisch auf den Knochen, um ihn zum Mann zu machen. Ich könnte einen solchen Jungen in meinen Diensten gut gebrauchen.

»Aber mein Herr …«

Wulfric, der dem Priester keine Beachtung schenkte, machte einen Schritt nach vorne und bedeutete Edwin, näherzutreten. »Komm her, mein Junge, und nimm deine Kapuze ab. Wenn du hübsch genug bist, sollst du einen Platz in meinem Haus bekommen. Ich bezweifle, daß Simeon noch Verwendung für dich haben wird, wenn man ihn vor Gericht bringt.« Er leckte sich die Lippen und watschelte mit ausgestreckten Armen auf den Jungen zu. »Na komm schon, gehorche deinem Kanonikus. Ich möchte dein Gesicht sehen. Nimm die Kapuze ab und heb den Kopf ins Licht.«

Edwins Herz hämmerte und mit zugeschnürter Kehle ging er auf den dicken Mann zu. Er konnte die bestickten Stiefel und die perlenverzierten Gewänder sehen, den üppigen roten Umhang und den Gürtel aus massivem Silber, der einen Fleischberg im Zaum hielt. Da es ihm an Mut fehlte und auch an einem Platz, an den er hätte fliehen können, wurde sein Körper schlaff und er tat genau das, wovor Daniel Habicht ihn gewarnt hatte; er fiel zu Boden, mit dem Gesicht nach unten, direkt vor Wulfric de Morthlunds Füße.

»Allmächtiger!«

»Er hat eine Krankheit, mein Herr«, erklärte der Priester, der das Ganze mit angesehen hatte.

»Eine Krankheit?« wiederholte de Morthlund, der hastig einen Schritt zurücktrat und seinen Ärmel hob, um Nase und Mund zu bedecken. »Ist er infiziert?«

»Es ist die Fallsucht, mein Herr.«

Wulfric de Morthlund starrte die zusammengesunkene Gestalt vor seinen Füßen an, drehte sich dann um und marschierte zur Tür, wobei sein riesiger Umhang hinter ihm her flatterte. »Bei Gott, was für ein Wahnsinn ist das? Diese fehlgeleiteten Priester von St. Peter beherbergen sogar Leprakranke in ihrer Mitte, wenn solche Geschöpfe an ihren Toren betteln kommen. Laßt mich hier raus, bevor dieses Ungeziefer mich mit seiner Pestilenz berührt.«

Der Priester blieb an der Tür stehen, bis die anderen fast an den Toren angelangt waren. Er stellte fest, daß der prunkvolle Schlüssel verschwunden war. Wie Simeon vorhergesehen hatte, hatten seine Feinde den Schlüssel erspäht und nicht länger gesucht, um die Quelle der Sicherheit des Skriptoriums zu entdecken. Der Geistliche wünschte, er wäre aufmerksamer gewesen, denn sie mußten einen Spion in St. Peter haben, und es hätte ihm gut gefallen, den Verräter auf frischer Tat zu ertappen.

Als er glaubte, seine Wache gefahrlos beenden zu können, schloß er die Tür rund eilte zu dem jungen Edwin hinüber, der immer noch am Boden lag. Er hatte sich bei dem Sturz die Nase blutig geschlagen, aber mittlerweile war er, wenn auch ein wenig ängstlich, bereits damit beschäftigt, den Boden wieder zu säubern.

»Wer hätte gedacht, daß mir diese Krankheit einmal so zum Vorteil gereichen würde?« bemerkte er zu dem Priester.

»Was, willst du damit sagen, daß du dich absichtlich de Morthlund vor die Füße geworfen hast?«

»Wie sonst hätte ich mich retten können?« fragte Edwin und schnaubte noch etwas Blut in einen Stoffetzen. »Die Angst vor Krankheiten kann an diesem Ort nützlicher sein als eine Waffe.«

»Klug gedacht, mein Junge«, sagte der Priester. »Du hast weise gehandelt.«

»Ich habe es aus Angst getan«, gab Edwin zu.

»Dann darfst du dem Herrn dafür danken, daß er dich mit dem Herz eines Feiglings gesegnet hat und dir außerdem auch noch einen klugen Kopf auf die Schultern gesetzt hat, damit du deine Feigheit klug nutzen kannst.«

Jacob de Wold tat das Herz weh. Die Anklagen gegen Simeon de Beverley waren schwerwiegend, und eine ganze Schar von Zeugen sollte gegen ihn aussprechen. Er zweifelte nicht daran, daß viel Geld den Besitzer gewechselt hatte, um diese Zeugen hierherzubringen. Die Gerüchte in der Stadt hatten sich zu schnell verbreitet und waren zu detailliert, um als bloßer Zufall abgetan werden zu können. Schon jetzt hieß es, daß Simeon einen Pfeil mitten in die Brust bekommen und nur eine kleine Wunde und eine unerhebliche Schwellung davongetragen hätte. Kein gewöhnlicher Mann hätte einen solchen Schuß überlebt. Jacob konnte sich diesen Umstand selbst nicht recht erklären, obwohl er nicht an Wunder glaubte, aber er weigerte sich auch, der Alternative Glauben zu schenken, daß nämlich Magie der schwärzesten Art den Priester gerettet haben sollte. Irgend jemand wollte Simeon in einem bleigefütterten Sarg wissen, und die Nägel, mit denen der Deckel geschlossen werden sollte, wurde bereits geschmiedet.

Bei dieser ersten Untersuchung, bei der die Anwesenheit des Erzbischofs nicht vonnöten war, sollte herausgefunden werden, ob man offizielle Schritte gegen Simeon einleiten mußte. Falls dies der Fall sein sollte, würde Geoffrey Plantagenet entscheiden, ob die Verhandlung gegen den Priester aus Beverley vor dem eigenen Gerichtshof des Münsters stattfinden sollte oder im Palast in York. Wie er sich auch entschied, Plantagenet würde diesen Fall höchstpersönlich übernehmen, und Jacob fürchtete, daß er Simeon zum Sündenbock machen würde. Die Augen Roms würden auf ihnen ruhen, neugierig darauf, ob der unbeliebte Erzbischof sich seinem heiligen Amt gewachsen zeigte oder ob er abermals versagen würde. Plantagenet hatte den Konflikt zwischen Juden und Christen in York auf bewunderungswürdige Weise unter Kontrolle gebracht. Jetzt würde er versuchen, denselben Erfolg in Beverley zu wiederholen, und wenn je ein Mann die Neigung hatte, einen Hammer zu benutzen, um eine Fliege zu erschlagen, dann war das Geoffrey Plantagenet, der Oberherr Beverleys.

»Wo liegt der goldene Mittelweg?« murmelte Jacob, als er den Stapel Papiere durchblätterte, der so viele schwere und ernste Anklagen gegen Simeon enthielt. »Diese Beweise reichen schon allein durch ihre Vielzahl, um ihn zu verdammen.«

Stephen Goldsmith stand mit verschränkten Armen da und starrte mit wütendem Blick auf die Papiere hinunter. »Irgend jemand hat die ganze Sache klug eingefädelt«, sagte er. »Ein oder zwei solcher Anschuldigungen kann man als Unfug abtun. Selbst drei oder vier könnten mit ein wenig Umsicht aus der Welt geschaffen werden, aber dies hier ...« Er stieß einen tiefen Seufzer aus, und seine dichten roten Brauen zogen sich wütend zusammen. »Diese Unmenge an Anschuldigungen begräbt alle Hoffnungen auf Gerechtigkeit.«

Jacob de Wold blickte mit müden Augen auf. »Wie können wir ihm helfen, Stephen? De Figham ist ein wahrer Meister der Spiegelfechterei. Er verfügt über große Übung, wenn es darum geht, Fragen und Antworten zu seinem eigenen Vorteil zu verdrehen. Er wird jeden hier verwirren und eines jeden Treue und Aufrichtigkeit in Frage stellen, und wie sollen wir ihn aufhalten, da er sich nicht an die rechtsgültigen Regeln formeller Anklagen hält? Bis es uns gelungen ist, in dieser Sache die Spreu vom Weizen zu trennen, wird Simeon durch ein Labyrinth von Zweifeln und Verdächtigungen taumeln. Was können wir tun? Wie können wir ihm helfen?«

»Ich weiß es nicht«, gestand Stephen. »Gott stehe uns bei, Jacob, ich glaube, Cyrus de Figham hat uns die Hände gebunden.«

Die ernsteren Anklagen gegen Simeon behaupteten, er habe heiliges Wasser für magische Zwecke verkauft und der Kirche für seine persönlichen Zwecke kostbare Bücher gestohlen. Diese Anschuldigungen könnten von einem klugen Advokaten bestritten werden, aber sie würden den Ruf eines anständigen Mannes mit einem schweren Makel behaften. Die bloße Anzahl der geringeren Anschuldigungen konnte sich jedoch als noch gefährlicher erweisen, denn die Mehrheit war immer bereit, anzunehmen, daß, wo Rauch war, auch ein Feuer sein mußte, und nur wenige würden am Ende noch an Simeons Unschuld glauben. Jene, die ihn haßten, würden ihre Befriedigung finden, während jene, die ihn liebten, ihm bald aufgrund ihrer eigenen Unsicherheit mißtrauen würden.

»Das sind alles nur Gerüchte«, klagte Jacob de Wold, als die Anklagen vorgelesen wurden. »Die Worte des Pöbels gegen den guten Ruf eines Kanonikus. Cyrus de Figham, wenn wir auf alles müßige Geschwätz in den Straßen eingehen würden, käme dieses Gericht niemals zur Ruhe, und Ihr selbst könntet jetzt ebensogut an Simeons Stelle stehen.«

»Seine Behauptungen, ein Heiliger zu sein, sind mehr als bloßes Geschwätz«, erwiderte Cyrus. »Die Tatsache, daß er Tote zum Leben erweckt hat, ist auch nicht nur ein Gerücht. Er behauptet, lahm zu sein, und hat doch genauso gesunde Beine wie Ihr oder ich. Er behauptet, keusch zu sein, und teilt doch regelmäßig mit den Frauen der Stadt das Lager und hält sich eine Hure und einen Bastard in seinem Haus auf Kosten und zu Lasten der Kirche.«

»Hörensagen«, knurrte Jacob. »Wo sind Eure Beweise?«

»Ein Dutzend Zeugen sind mein Beweis.«

»Hörensagen und Geschwätz.«

»Auf seine Veranlassung hin wurde ein Toter durch die Brust gepfählt, damit er nicht auferstehen und mit dem Finger auf seinen Mörder zeigen konnte.«

»Lügen! Dieser Priester hat sich niemals mit solch närrischem Aberglauben abgegeben.«

»Mein Zeuge sagt aber etwas anderes.«

»Dann lügt Euer Zeuge, Pater Cyrus.«

De Figham zog ein kleines Blatt aus den Papieren, die er in der Hand hielt. »Mein Herr und Propst, hier ist eine Liste von Büchern, die jüngst in seinem Skriptorium gesehen wurden.«

Er legte eine Liste auf das Pult vor dem Propst. »Viele dieser Bücher sind mittlerweile sichergestellt worden, aber die unterstrichenen Bände konnten nicht gefunden werden.«

»Und werden auch in Zukunft nicht gefunden werden, da sie entweder bei den Überschwemmungen oder während des großen Feuers verlorengegangen sind. Diese anderen Bücher hat er mit meiner vollen Billigung kopiert.«

»Aber es gibt keine Unterlagen über Eure Billigung«, wandte Cyrus ein.

»Eine kleine Nachlässigkeit meinerseits«, erwiderte Jacob verbittert. »Ich glaube, mein Herr und Erzbischof wird mir diesen Fehler vergeben.«

Cyrus sah ihn durch schmal gewordene Augen böse an. »Er trifft sich insgeheim mit Juden.«

»Wer tut das nicht?« fragte Jacob scharf zurück. »Da unsere Kirche den Wucher verboten hat, muß man sich Geld dort verschaffen, wo man es kann.«

»Und braucht er Geld? Wieviel braucht er? Will er die ganze Bevölkerung Beverleys mit seinen Almosen unterstützen?«

»Nein, aber er will das Münster wieder aufbauen, und das ohne die Unterstützung seiner Mitkanoniker«, antwortete Jacob schroff.

»O ja, der Wiederaufbau unseres heiligen Münsters. Weniger einfältige Männer könnten sagen, daß er sich zu lange schon hinter diesem Vorwand versteckt, während er seine bodenlosen Taschen mit unseren Schätzen füllt.«

»Pater Cyrus, ich warne Euch«, knurrte Jacob erzürnt. »Solche Reden sind einfach skandalös.«

»Das mag sein, aber ich werde zu gegebener Zeit und zum Wohle seiner Kirchenväter fragen, mit welcher Sicherheit er diese Juden in Versuchung geführt hat.«

»Simeon de Beverley hat niemals behauptet, mittellos zu sein.«

»Ah ja, seine *Mittel*. Mit Eurer Erlaubnis werde ich ihn zu dieser Angelegenheit kurz befragen.«

»Wenn er damit einverstanden ist, dürft Ihr das tun.«

Die Unterhaltung entwickelte sich ganz nach de Fighams Vorstößen und Finten. Schließlich wandte er sich an Simeon und fragte: »Stand Euer Vater, Sir Rufus de Malham, bei unserem verstorbenen König Heinrich in hohem Ansehen?«

Simeon stand hoch aufgerichtet da, erzürnt, den Namen seines Vaters und unter solchen Umständen von den Lippen eines solchen Mannes zu hören. »So ist es.«

»Und hat er Euch nicht als seinen Sohn verstoßen?«

Die Frage war für Simeon wie ein Schlag ins Gesicht. »Das ist eine gemeine Lüge, Sir, und das wißt Ihr auch.«

»Und hat er nicht Euren jüngeren Bruder Thaddeus an Eure Stelle gesetzt und ihn an Eurer Statt zum rechtmäßigen Erben ernannt, ihn, den jüngeren Sohn?«

»Ihr verdreht die Tatsachen, de Figham.«

»Nun, Simeon? Stimmt es nicht, daß Sir Rufus Euch verstoßen hat?«

»Ich war ein Krüppel«, sagte Simeon. »Sir Rufus hatte zwei Söhne, ein adliges Haus und große Besitztümer. Um seine Dynastie zu bewahren, hat er das gesündere Kind zu seinem Erben erwählt. Diese Praxis ist nicht unüblich und hatte die Billigung des Königs.«

»Also hat man Euch Eures Geburtsrechts beraubt und Euch wie ein Stück Vieh der Kirche übergeben? Was Wunder dann, daß Ihr für Euren gegenwärtigen Herren nicht viel übrig habt und daß Ihr die Kirche ihrer Schätze beraubt, um Euch für Eure Verluste zu entschädigen.«

»Das ist eine böse Lüge«, sagte Simeon.

»Dann sollten wir vielleicht Sir Rufus des Malham rufen lassen, damit er zu Euren Gunsten eine Aussage macht?«

Bei diesem Vorschlag wurden Simeons Augen schmal. »Cyrus de Figham, Ihr wißt, daß ich einen solchen Frevel niemals billigen würde.«

»Weil Euer Vater keine Liebe mehr für Euch hegt?«

»Nein, Sir, gerade weil er mich liebt und weil die Liebe eines Vaters nicht von Männern begutachtet werden sollte, die seine Familie in den Schmutz ziehen wollen.«

De Figham, den dieser Wortwechsel zutiefst befriedigte, da es ihm gelungen war, alle Anwesenden damit in Verwirrung zu stürzen, wandte sich wieder an den designierten Propst und machte einen weiteren Vorstoß in diesem Wettstreit der Worte. »Ein Priester aus York ist in St. Peter verschwunden.«

Jacob de Wold gestattete ein kurzes Aufflackern von erstauntem Gemurmel im Raum und heftete dann einen stählernen Blick auf de Figham. »Verschwunden?«

»Zeugen sahen ihn hineingehen, aber nicht wieder herauskommen. Er trug Gold und Silber in seinen Börsen bei sich, und es war bekannt, daß er mit Simeon de Beverley verhandeln wollte. Dieser Priester ist, seit er vor zwei Wochen die Tore von St. Peter durchmessen hat, nicht wieder gesehen worden.«

»Damals wurde die Stadt von Schlammfluten und jähen Überschwemmungen heimgesucht«, warf Stephen Goldsmith dazwischen. »Hunderte von Menschen sind spurlos verschwunden. Vielleicht war dieser Priester einer von ihnen.«

»Innerhalb der Mauern von St. Peter hat es keine Überschwemmungen gegeben«, erwiderte Cyrus kalt.

Jacob sah Simeon an. »Wißt Ihr, wo dieser Priester aus York sich aufhält?«

»Nein, mein Herr und Propst«, antwortete Simeon. »Er ist nicht nach St. Peter gekommen.«

»Ich sage Euch, es gibt Zeugen für diese Tatsache«, rief de Figham plötzlich und hämmerte mit der Faust auf die Armlehne seines Sessels. Dies war das Zeichen für die Geistlichen an der Tür, einen Mann in zerlumpten Fellen unangemeldet ins Zimmer treten zu lassen. Bevor irgend jemand ihn aufhalten konnte, lief dieser zu Simeon hinüber und riß ihn grob herum, um ihm ins Gesicht zu schauen.

»Das ist der Mann«, rief er. »Er hat heiliges Wasser verkauft. Ich habe ihn bei seiner Zauberei gesehen, und ich war anwesend, als er einen Teil der heiligen Reliquien von St. John einem durchreisenden Juden übergeben hat.«

»Was? Ruhe! Ruhe!«

Protestschreie wurden laut. Einige der Anwesenden stampften mit den Füßen auf und schüttelten die Fäuste, andere belächelten diesen Zwischenfall.

»Er hat die Reliquien verkauft«, rief der Mann, ein Kräuterheiler. »Ich habe den Beweis. Er hat die Reliquien für Gold und Silber an einen Juden verkauft.«

»Bringt den Mann zum Schweigen! Sofort!« Jacob de Wold klopfte mit seinem Ring auf das Pult. Der ganze Raum befand sich in Aufruhr, als einige Priester vorstürzten, um den Kräuterheiler fortzuzerren. Cyrus de Figham täuschte Überraschung vor und zuckte mit den Schultern, als wolle er seine Unschuld an dieser Szene beteuern. Als endlich wieder Ruhe eingekehrt war, hatte sich das Gesicht des Propstes vor Zorn gerötet.

»Cyrus de Figham, was hat dieser ungeheuerliche Vorfall zu bedeuten? Wie könnt Ihr es wagen, einen Zeugen hierherzubringen, damit er die Stimme gegen einen Mann erhebt, der nicht vor Gericht steht? Wie könnt Ihr es wagen, diese Versammlung mit so niederträchtigen Mitteln beeinflussen zu wollen?«

»Mein Herr und Propst, dies hier war nicht mein Werk«, rief de Figham aus. »Irgend jemand hat da höchst unklug gehandelt. Es war nicht meine Absicht, diesem Mann das Gesicht seines Anklägers zu zeigen, solange er noch frei herumläuft und dem Zeugen Schaden zufügen oder ihn bestechen könnte, um seine Zunge zu kaufen. Ich bitte das Gericht um Nachsicht, mein Propst. Gebt mir zwei Tage, um gewisse notwendige Papiere zusammenzutragen und um diesem übereifrigen Kräutersammler bessere Manieren beizubringen, bevor er seine Aussage macht. Zwei Tage, dann sollen diese aufrechten Männer entscheiden, ob Simeon de Beverley wegen seiner gemeinen Verbrechen gegen die Kirche angeklagt werden soll oder nicht.«

»Cyrus de Figham, habt Ihr die Absicht, diesen Kanonikus anzuklagen, die heiligen Reliquien unseres gesegneten John von Beverley *verkauft* zu haben?«

»Genau das werde ich tun, mein Herr, wenn die Zeit gekommen ist.«

»Bei Gott!« Stephen Goldsmith trat einen Schritt nach vorn und zeigte anklagend auf Cyrus de Figham. »Seid vorsichtig, Sir. Es wird Euch schlecht ergehen, wenn Ihr eine solche Anklage erhebt, ohne unbestreitbare Beweise vorbringen zu können.«

»Der Kräuterheiler ist mein Beweis«, konterte de Figham. »Seine Aussage wird das Gericht von Simeon de Beverleys Schuld überzeugen. Wenn er gesprochen und seine Beweise vorgelegt hat, werden sowohl Geoffrey Plantagenet als auch Seine Heiligkeit, der Papst, endgültig wissen, daß wir hier das Böse direkt in unserer Mitte haben. Ich bitte Euch nur noch um zwei Tage, um meine Beweise zu vervollständigen.«

»Abgelehnt! Ich werde diesen Mann nicht einsperren, während Ihr Eure Machenschaften gegen ihn verfolgt. Diese Angelegenheit hätte niemals vor das Gericht des Propstes gebracht werden dürfen, solange sie noch nicht zur Vollendung gekommen ist. Ich hätte gute Lust, ihn ohne Anklage zu entlassen.«

»Dann würde ich mich gezwungen sehen, mit diesen schwerwiegenden Belastungen nach York zu gehen und dann nach Rom.«

»Allmächtiger Gott, de Figham, Ihr …«

»Zwei Tage sind alles, was ich erbitte. Ich bin nicht rachsüchtig, deshalb erkläre ich mich einverstanden, ihn auf freien Fuß zu setzen, bis dieses Gericht ihn wieder herzitiert.«

»Eure Großzügigkeit erstaunt mich, Sir«, stieß Stephen Goldsmith zwischen zusammengepreßten Zähnen hervor.

»Mein Herr, ich bestehe sogar darauf.«

»Warum? Wie kann seine Freiheit Euren Plänen nutzen?«

Cyrus de Figham breitete die Hände aus. »Nicht meinen Plänen, sondern der Gerechtigkeit und dem Ruf dieses ehrenwerten Gerichtes.« Dann wandte er sich lächelnd an die versammelten Kanoniker. »Stimmen wir per Handzeichen ab. Wer ist dafür, daß Simeon auf Verantwortung seines Kanonikus, Pater Cuthbert, freigelassen wird? Wer ist dafür, daß er in zwei Tagen wieder hier erscheinen muß, um sich die formelle Anklage anzuhören, die gegen ihn ergehen wird, so daß die Versammlung entscheiden möge, ob es zur Verhandlung gegen ihn kommen soll?« Er hielt kurz inne und fügte dann verschlagen hinzu: »Trotz der Natur vieler Anklagepunkte gegen ihn bezweifle ich, daß er es wagen wird, die schwarzen Künste anzuwenden, um unserer christlichen Gerechtigkeit zu entrinnen.«

Jetzt war Simeon und vielen anderen im Raum endlich klar, was der kaltschnäuzige Priester bezweckte. De Figham wollte ihn exkommunizieren lassen, wollte ihn aus der Kirche verstoßen lassen, so daß ihm die Gesellschaft anderer menschlicher Wesen und das Recht auf ein Dach über dem Kopf und Nahrung, Wasser und Feuer verwehrt würde. Es war die absolute Strafe, schlimmer noch als der Tod, denn ein Mann konnte durchaus in Ehre und Hoffnung auf das Himmelreich sterben, aber wenn er exkommuniziert war, wurde ihm damit sowohl sein Platz auf Erden als auch im Paradies streitig gemacht.

Die Abstimmung ergab, daß Simeon zwei Tage später wieder vor Gericht erscheinen sollte. Nachdem Jacob mit einem Klopfen seines Rings das Ende der Versammlung bedeutet hatte, beugte John Palmer sich zu seinem Herrn vor und sagte drängend: »Mein Herr Cyrus, zwei Tage reichen nicht aus, um Eure Pläne zur Erfüllung zu bringen. Wie könnt Ihr hoffen, in dieser Sache zu gewinnen? Ihr habt keine Beweise.«

»O ihr Kleingläubigen«, erwiderte de Figham lächelnd. »Ich brauche keine Beweise, John. Ich habe den Kräuterheiler.«

Direkt neben dem Pult des Propstes stand Simeon. »Ich bin erstaunt.«

»De Figham war mir allzu versessen darauf, Euch wieder in Freiheit zu sehen«, sagte Stephen zu ihm. »Hätte er seine

Anklagen formell vorgetragen und Eure Gefangennahme gefordert, wäre er damit durchgekommen, und das wußte er auch. Er wollte, daß Ihr freigelassen werdet, aber warum?«

»Um seine Großzügigkeit zu demonstrieren?« meinte Simeon. »Um dem Gericht zu zeigen, daß er nicht aus Rache handelt?«

Jacob de Wold schüttelte den Kopf. »Stephen hat recht, wenn er den Verdacht hegt, daß de Figham noch mehr schmutzige Tricks gegen Euch auf Lager hat. De Fighams Großzügigkeit hat einen Haken. Vergeßt nicht, daß ein Mann nach Kirchenrecht durch gewöhnliche Zeugenaussagen verdammt werden kann. Seid auf der Hut, mein Freund.«

»Keine Angst, ich werde vorsichtig sein.« Simeon rieb sich energisch das Gesicht und schüttelte dann den Kopf, als wolle er sein Staunen auslöschen. »Die heiligen Reliquien an einen durchreisenden Juden verkauft«, sagte er. »Was für ein Sakrileg, um einen Mann zu brandmarken. Er strebt meine Exkommunizierung an, dessen bin ich mir sicher.«

»Und Geoffrey Plantagenet könnte ihm da durchaus entgegenkommen«, sagte Jacob.

»Aber er hat keine Beweise«, wandte Simeon ein. »Selbst mit einem Dutzend Zeugen gegen mich könnte er doch das Gericht und unseren Erzbischof ohne vernünftige und gerechte Beweise kaum überzeugen?«

»Er wird ohne Beweise zurechtkommen.«

»Niemals.«

Jacob de Wold beugte sich über seinen Tisch und sah Simeon durchdringend an. »Simeon de Beverley, Ihr unterschätzt Euren Feind und setzt zuviel ehrliches Vertrauen in unseren Erzbischof. Um diesen peinlichen Streitereien unter seinen Kanonikern ein Ende zu bereiten, brauchte Geoffrey lediglich den Stein des Anstoßes zu entfernen. Er ist ein Jäger und der Logik der Jagd verhaftet. Er wird weder Zeit noch Energie verschwenden und auch gewiß nicht das Eingreifen des Papstes riskieren, indem er versucht, hier Frieden zu stiften. Um dem Streit ein Ende zu bereiten, wird er ganz einfach sauber und prompt den Fuchs erlegen. Er wird Euch exkommunizieren.«

KAPITEL
28

In York spielte Geoffrey Plantagenet mit einem goldenen Siegelring herum und stieß einen bewundernden Pfiff aus. Der Ring trug ein Siegel, auf dem sich um das Wappen von England und York die *Planta Geneta* rankte, der Ginster, Geoffreys Familienpflanze. Er ließ den Finger vorsichtig über die Kante gleiten, bis der Ring aufsprang und ein gelber Gegenstand hinter Glas sichtbar wurde.

»Haltet Ihr diese Reliquie für echt?«

Fergus de Burton drehte die Handflächen nach oben und zuckte mit seinen seidenverhüllten Schultern. »Würde er es wagen, Euch, mein Herr und Erzbischof, dies hier als den Fingernagel des heiligen Timothy zu präsentieren, wenn er auch nur den leisesten Verdacht hätte, es könnte sich um etwas anderes handeln?«

»Wohl kaum.« Geoffrey schob sich den Ring auf den Finger und bewegte seine Hand bald in die eine, bald in die andere Richtung, um sich das Schmuckstück von allen Seiten aus ansehen zu können. Vor allem die feine und raffinierte Gravur weckte sein Interesse. »Dieser Goldschmied ist ein Künstler von ungewöhnlicher Begabung. Mein Bruder Richard wird mich darum beneiden. Ich bezweifle, daß er irgend etwas besitzt, das diesem Ring gleichkommt.«

»Stephen ist außerdem ein wohlhabender Mann mit genug Macht, um Beverley beherrschen zu können, falls er den Ehrgeiz dazu haben sollte. Ihm gehört das Land, auf dem die Kirche von St. Peter steht. Pröpste und Erzbischöfe haben immer wieder erfolglos versucht, seiner Familie das Land abzuschwatzen. Seine Vorfahren sind niemals darauf eingegangen, und er wird es ebenso wenig tun. Ein sturer Mann aus einer sturen Dynastie, dieser Goldschmied.«

»Er erbittet mein Eingreifen zugunsten Pater Simeons. Er behauptet, die Kanoniker von Beverley hätten sich gegen Simeon verschworen, und die Autorität der Kirche würde mißbraucht, um Cyrus de Fighams persönlicher Besessenheit

Tür und Tor zu öffnen. Es ist ein ziemlich komplexes und engmaschiges Netz, und das alles nur, um einen einzigen Priester damit zu fangen.«

»De Figham hat sein Anliegen auch in Rom vorgetragen«, erinnerte de Burton ihn.

»Jawohl, und ich würde ihm dafür gern auf seine hübschen Finger klopfen, wenn ich eine unauffällige Möglichkeit dazu finden könnte.«

Fergus quittierte die Bemerkung mit einem Grinsen. »Gerade in diesem Augenblick dürften Eure Karren mit dem Wein und Salz hübsch ordentlich in seiner Scheune untergebracht werden. Ihr könntet ihn mit einem einzigen Streich entwaffnen oder ihn auf diese Weise dazu bringen, seine Anklagen gegen Simeon fallenzulassen.«

»Glaubt Ihr, ich hätte nicht genug eigene Verschwörungen und Intrigen am Hals, ohne mich auch noch in diese Sache zu verstricken?«

»Aber man wird Euch hineinziehen, ob es Euch paßt oder nicht«, entgegnete Fergus. »Wenn es zu einer formellen Anklage und zu einer Verhandlung kommt, wird man Euch auffordern, in dieser Sache zu entscheiden. Das Ganze verspricht eine schmutzige Angelegenheit zu werden, Sire, und Rom wird hämisch zusehen, wie Ihr Euch die Hände damit schmutzig macht.«

Geoffrey Plantagenet schaute sein Gegenüber finster an und schürzte die Lippen. »Wenn dieser Cyrus de Figham glaubt, er könnte Erzbischöfe und Päpste hin und her schieben wie gemeine Bauern auf einem Schachbrett, dann täuscht er sich gewaltig. Ich werde bei seinen schmutzigen Intrigen nicht mitspielen. Verdammt, Fergus, ich lasse mich von diesem Kanonikus nicht zu Narren halten.«

»Ich glaube kaum, daß Ihr, wenn die Zeit gekommen ist, etwas dagegen tun könnt.«

»Was?« Geoffreys Augen verzogen sich zu schmalen Schlitzen, und sein Gesicht wurde dunkel vor Entrüstung. »Ich bin Yorks designierter Erzbischof, der Sohn eines Königs und der Halbbruder eines anderen. Geoffrey Plantagenet tanzt nach keines Mannes Pfeife. Wenn man diesen hinterhältigen Fuchs de Figham loswerden könnte, würde mir das einen scharfen Stachel aus dem Fleisch ziehen.«

Dies war genau der Augenblick, auf den Fergus gewartet hatte. Er beugte sich vor, stützte seine Ellbogen auf die Knie und schaute den Erzbischof offen an. »Sire, in Beverley hängt das Gleichgewicht der Macht an einem seidenen Faden. Ich möchte Euch lediglich nahelegen, daß Ihr besser beraten wäret, mit dem Teufel, den Ihr bereits kennt, Frieden zu schließen. Wenn Ihr ihn entfernt, riskiert Ihr, daß vielleicht ein jüngerer und stärkerer Dämon an seine Stelle tritt. De Figham ist ganz versessen darauf, die Artefakte und Schätze, die in dem großen Feuer verlorengegangen sind, wiederzufinden. Indem er Simeon in die Knie zwingt, hofft er, zwei Fliegen mit einer Klappe zu erwischen: Nämlich einerseits seinen Feind aus dem Weg zu räumen und andererseits Beverleys Reichtum in seinen Besitz zu bringen.«

»Aber dieser Schatz gehört eindeutig York.«

»So ist es.«

»Allmächtiger! Der heilige John war sechsunddreißig Jahre lang Yorks Erzbischof! Alle Schätze, die er besessen hat, gehören rechtmäßig mir. Seine Reliquien sollten hier ruhen, in York, wo wir entsprechenden Tribut von den Pilgern fordern könnten, statt in diesem gottverlassenen Beverley, in dem die Kanoniker wie ungezogene Kinder aufeinander losgehen, zu verfaulen.«

»So ist es, Sire«, wiederholte Fergus. »Und über was für einen Reichtum Ihr gebieten würdet, wenn all diese Kostbarkeiten in Euren Händen lägen! Genug um Eure augenblickliche Einsegnung als Erzbischof zu kaufen, genug um Euch die Gunst Eures Bruders, des Königs, zu sichern. Jedes noch so ehrgeizige Ziel könntet Ihr mit einem Schlag erreichen, wenn Ihr der Herr von Beverleys Schätzen wäret.«

Bei diesem Gedanken ließ Plantagenet für einen Augenblick seiner Phantasie die Zügel schießen, und ein Strahlen erhellte sein Gesicht. Ein solcher Reichtum bedeutete ungeheure Macht, eine Macht, deren Ausmaß selbst Geoffreys gieriger Verstand nicht sofort ermessen konnte. »Hat Simeon diesen Schatz?«

Fergus nickte. »Es ist fast sicher, daß er weiß, wo er sich befindet, und sich zu seinem Beschützer aufgeschwungen hat.«

»Aber würde er ihn hergeben?«

»Vielleicht. Vielleicht, wenn Cyrus de Figham ihn in der Falle hat. Solche Anklagen, wie man sie gegen ihn vorbringen wird, könnten ihn zum Gesetzlosen stempeln oder zu ewiger Pilgerfahrt verdammen, und beides würde einen Mann wie Simeon brechen. Man würde ihn nackt und in Ketten aus Beverley jagen, ohne einen Freund und ohne die Hoffnung, jemals nach Hause zurückkehren zu dürfen, und für jedermann in England wäre er vogelfrei. Eine schreckliche Strafe für jeden Mann, Sire, und ich bezweifle, daß Simeon auch nur die Stadttore durchschreiten könnte, bevor seine Feinde seinem Leben ein Ende bereiten würden. Seine einzige Hoffnung bestände dann darin, sich Vergebung von der Kirche zu erkaufen.«

»Und ich würde den Preis für seine Erlösung festsetzen?«

»Genau so ist es, Sire. Und was für einen Preis Ihr in Anbetracht dieser Umstände fordern könntet!«

»Dieser Simeon ist so ehrlich und stur, daß es schon fast weh tut. Er könnte möglicherweise einen Märtyrertod vorziehen.«

»Das möchte ich doch sehr bezweifeln. Was er auch sein mag, ein Narr ist er nicht.«

»Dann brauche ich in dieser Angelegenheit nichts zu unternehmen, als zur rechten Zeit die geziemende Strafe festzusetzen und dann den Preis für seine Auslösung einzufordern?«

»Nicht mehr als das«, versicherte Fergus ihm. »Und wenn Euch erst die Schätze von Beverley gehören, dann werden Euch Papst und König gleichermaßen aus der Hand fressen.«

»Bei Gott, Ihr habt einen höllischen Verstand, Fergus de Burton.«

»Einen fruchtbaren«, korrigierte Fergus ihn mit einem Lächeln.

»Dann wäre das ja geregelt. Gebt meinem Kaplan Anweisung, Stephen Goldsmith meine Entscheidung bekanntzugeben. Ich ziehe es vor, mich nicht eher in diese Intrigen einzumischen, als es unbedingt sein muß. Natürlich hat er mein Mitleid, aber ich kann unmöglich meine Position innerhalb der Kirche mißbrauchen, um den Zwecken eines undurchschaubaren Kanonikus zu dienen, den seine Kirchenoberen bereits verurteilt haben. Er soll zusehen, daß ich immer gut informiert bin über die Ereignisse in Beverley. Ansonsten steht dieser Simeon allein da.« Er hob seine Hand ins Licht. »Und Ihr dürft dem Goldschmied mitteilen, daß ich seinen Ring behalten werde.«

In Beverley überquerte eine Gruppe von Priestern und niederen Geistlichen auf dem Weg vom Münster nach St. Mary in der Eastgate den Graben, der parallel zu der Ostmauer von St. Peter verlief. Ihre Anwesenheit dort in der Dämmerung war ungewöhnlich, denn normalerweise zogen die Kirchenmänner es vor, unter weniger unsicheren Umständen durch die Straßen zu gehen, damit andere nicht in Versuchung gerieten. John Palmer führte die Geistlichen, die allesamt bewaffnet waren: zwölf Männer, die einen Zeugen von der Kapelle von St. Mary abholen und ins Münster bringen sollten. Die ganze Angelegenheit wirkte äußerst verdächtig, denn wenn die Worte eines Zeugen einen Kanonikus in Mißkredit bringen konnten, war es durchaus möglich, daß auch andere seine Zunge begehren würden. Es hatte sich herumgesprochen, daß Simeon das Gesicht seines Anklägers kannte, und so mußte dieser Kräuterheiler unbedingt beschützt werden.

Der Boden war bereitet, und das Räderwerk von de Fighams klugem Plan konnte sich in Bewegung setzen. Noch während seine Eskorte dem Zeugen entgegeneilte, wurde der Kräuterheiler mit Wein und Münzen dazu gebracht, St. Mary zu verlassen und auf die Straße hinauszugehen.

Überall entlang des Eastgategrabens brannten kleine Feuer, um die sich finstere Gestalten scharten. Wer kein Dach über dem Kopf hatte, verbrachte die dunklen Nachtstunden im Schatten der Mauer, wobei immer einer von ihnen Wache hielt, um den Kessel und den Bierkrug zu beschützen. Die Priester und Geistlichen kamen nicht sehr zügig voran, da sie beinahe an jedem Lagerfeuer aufgehalten wurden, um gegen Münzen und kleine Wertgegenstände ihren Segen zu erteilen. Mit einem Kaninchenfell oder einem Hahn, einem Paar Krähen oder einem Stück gegerbten Leders ließ sich Linderung für die seelischen Nöte eines armen Mannes erkaufen. Eine Münze brachte Vergebung für versäumte Sakramente, eine Kerze konnte als Buße für eine geringfügige Sünde dienen. Wie immer blühte das Geschäft unter den Armen, und dies um so mehr, als die Dürre endlich vorbei war – und wer, wenn nicht diese Priester und Geistlichen mit ihren ständigen Gebeten und ihrer besonderen Verbindung zum Allmächtigen, konnte das vollbracht haben?

Vom anderen Ende der Eastgate stolperte ihnen ein Mann entgegen, der unsicher am Rand des Wasserlaufs entlanghumpelte. Ein unbekannter Priester hatte ihn bis zum Fischmarkt geleitet und dann gedrängt, den Rest des Wegs allein zurückzulegen. Er wußte nur, daß er dem Graben folgen mußte, bis man ihm irgendwo entgegenkam, und danach würde sein erbärmliches Schicksal sich zum Besseren wenden.

Zwischen dem sich nähernden Kräutersammler und den Priestern, die ihm entgegengingen, ragte die hohe Mauer von St. Peter auf, deren altes Steinmetzwerk in dem verblassenden Licht finster schimmerte. Wenn jemand hinter die dunklen Umrisse der Mauer hätte spähen können, hätte er dort die Gestalt eines wartenden Mannes gesehen und auf diese Weise de Fighams Plan vereiteln können. Der Mann lag flach und reglos auf den Steinen, bekleidet mit einem dunklen Umhang mit schwarzer Kapuze. Er hielt ein scharfes Messer in der Hand und beobachtete, wie die taumelnde Gestalt des Kräuterheilers sich langsam näherte. Nur wenige Meter lagen noch zwischen ihnen, als der stets wachsame John Palmer, der die Priester begleitete, eine Warnung schrie.

»Seht doch! Ein bewaffneter Räuber hat die Mauern von St. Peter erklommen! Haltet ihn! Packt den Mann, bevor er davonlaufen kann!«

In der allgemeinen Verwirrung, die seinem Warnruf folgte, wurden mehrere Männer Zeugen eines niederträchtigen und feigen Angriffs auf den Kräutersammler. Der in einen dunklen Umhang gehüllte Mann ließ sich von der Mauer fallen und sprang über den Graben, wobei seine lange Klinge für einen kurzen Augenblick im Schein des Feuers aufblitzte. Dann stieß der Kräuterheiler einen kehligen Schrei aus, fiel auf die Knie und umklammerte mit beiden Händen seine blutende Brust. Der schwarzgekleidete Angreifer riß ihm etwas aus den Falten seines Gewandes und rannte davon. Die Zeugen des Angriffs stimmten nur in der Tatsache überein, daß nämlich der Mörder ein Krüppel war, der bei seiner hastigen Flucht einen nutzlosen Fuß hinter dem anderen herzog.

»Simeon!« schrie John Palmer, und seine Stimme klang, als sei er zutiefst entsetzt. »Mein Gott, seht nur, wie er hinkt! Es ist Simeon!«

Ein junger Priester ballte die Fäuste, als er der fliehenden Gestalt nachsah. »So humpelt kein anderer in Beverley. Er war es. Daran kann es keinen Zweifel geben. Es war Pater Simeon.«

»Das ist unmöglich«, beharrte ein anderer. »Simeon ist kein gemeiner Gesetzesbrecher, der einem unbewaffneten Mann auflauert und ...«

»Dieser Mann ist tot«, erklärte John Palmer allen Anwesenden. »Und seht, es ist der Kronzeuge, der Kräuterheiler, derjenige, der eben diesen Mann, Simeon, mit seiner Aussage belasten wollte. Er ist tot, erdolcht, bevor er seinen verdammenden Beweis vorbringen konnte. Wir alle haben gesehen, was heute nacht hier geschehen ist. Simeon hat den Zeugen ermordet, um sich zu retten. Wir haben es gesehen. Wir alle können diese Tatsache bezeugen.«

»Ich nicht. Ich bin mir nicht sicher.«

»Ich auch nicht. Gütiger Gott, ich bete, daß er es nicht gewesen ist.«

John Palmer bückte sich, um über der Brust des Toten das Kreuz zu schlagen. »Ich kenne dieses Messer«, sagte er. »Es hat die gekreuzten Schlüssel St. Peters auf dem Griff. Die Wahrheit liegt direkt hier vor unseren Augen. Dieses Messer gehört Simeon de Beverley, und damit hat er den einzigen Mann ermordet, der die Stimme gegen ihn erheben konnte.«

Simeon saß mit Elvira in einem abgeschiedenen Garten in der Nähe des Waldes, als eine Schar bewaffneter Männer die Tore St. Peters durchbrach. Der Torhüter und ein Priester versuchten, der plötzlichen Invasion Einhalt zu gebieten, wurden aber brutal niedergeschlagen. Ein Dutzend Männer kam aus den Küchen und aus dem Hospital herbeigelaufen, aber einer solchen Streitmacht konnten sie nichts entgegensetzen, und viele wurden bei dem nun folgenden blutigen Kampf verletzt. Als Osric sah, daß die Angreifer Kirchenmänner waren, verlangte er einen sofortigen Waffenstillstand, und alle Beteiligten hielten inne.

»Mit welchem Recht dringt Ihr auf das Gebiet von St. Peter ein?« wollte er von Cyrus de Figham wissen, der mit dem strahlenden, glitzernden Blick eines Jägers danebenstand, jetzt, da sein Blut in Wallung und seine Beute in Reichweite war. »Mit welchem Recht bringt Ihr Gewalt über diesen friedlichen, gottgeweihten Ort?«

»Mit dem Recht unserer heiligen Mutter Kirche«, knurrte de Figham dem anderen Mann entgegen. »Ich habe hier die notwendigen Papiere, und diesmal wird das Kaninchen der Falle nicht entkommen. Wo ist der Übeltäter?«

»Wir haben hier keinen Übeltäter«, erwiderte Osric, der de Figham nun mit offenkundiger Feindseligkeit entgegentrat. »Von wem sprecht Ihr, mein Herr und Kanonikus?«

»Ich spreche von dem Lügner, dem Schänder«, rief de Figham so laut, daß alle Umstehenden es hören konnten. »Von dem Hexenmeister, der es wagt, ohne den Namen Gottes zuvor anzurufen, Zauberei auszuüben, und seine schwarze Kunst dann ein Wunder nennt. Ich bin gekommen, um den Dieb zu holen, der unsere Mutter Kirche ihrer Kunstwerke beraubt, der unser heiliges Wasser für ein paar Silbermünzen verkauft …«

»Laßt Vorsicht walten, Cyrus de Figham. Hütet Eure gespaltene Zunge, bevor ich sie mit meinem Arztmesser herausschneide.«

»Wagt es ja nicht, mir zu drohen, Hospizbruder. Diese Männer sind Zeugen für alles, was innerhalb dieser Mauern gesagt und getan wird.«

Orics Zorn war kalt und beherrscht. »Wenn Ihr gekommen seid, um Simeon zu holen, dann überschreitet Ihr Eure Befugnisse als Kanonikus. Die Anklagen gegen ihn müssen erst noch bestätigt werden, und solange das nicht geschehen ist …«

»Solange das nicht geschehen ist, wird er in einer Zelle unterm Gericht schmachten. Man wird ihn seines täglichen Brotes berauben und zwingen, Buße zu tun für seine Sünden.«

»Eine Zelle? Er soll eingekerkert werden?«

»Unter der Erde, zusammen mit den Ratten, wo er hingehört.«

»Und wie lautet die Anklage gegen ihn?«

Jetzt hatte de Figham die ungeteilte Aufmerksamkeit aller Anwesenden, der Gegner ebenso wie der Anhänger Simeons. »Die Anklage lautet auf Mord, und ich hoffe, daß er dafür hängen wird.«

Ein gutes Stück entfernt hatte Simeon sich im Garten angesichts des lauten Kampfgetümmels an den Toren mittlerweile von der Bank erhoben. Als Edwin auf ihn zugerannt kam, hatte er Elvira bereits hinter seinem Rücken versteckt. »Sie sind gekommen, Euch zu holen, Pater Simeon«, erklärte Edwin dem Priester mit atemlosem Flüstern. Man muß neue Anklagen gegen Euch erhoben haben, denn sie sind in großer Zahl erschienen. Sie sind bewaffnet, und ein Mann hat ein Halseisen und Fesseln mitgebracht.«

»Was? Will man mich wie einen Hund wegschleppen, nur aufgrund der eingebildeten Anklagen Cyrus de Fighams?«

»Ihr könnt ihnen noch entkommen«, drängte Edwin. »Geht an der hinteren Mauer entlang und dann durch die Sümpfe. Sie werden es niemals wagen, Euch zu folgen, jetzt da es so stark geregnet und das Land sich in Morast verwandelt hat. Ihr kennt den Weg. Geht sofort und vereitelt ihre Pläne. Nehmt die Lady mit und geht, und wenn diese Angelegenheit bereinigt ist …«

Simeon schüttelte nachdrücklich den Kopf. »Wenn ich flüchte, fordert de Figham einen anderen an meiner Statt. Pater Cuthbert …« Er schaute zu der weißgekleideten Gestalt hinüber, die in einiger Entfernung dastand, ein zerbrechlicher, alter Mann, der die volle Verantwortung für einen irregeleiteten Priester würde übernehmen müssen. Simeon wußte, er konnte sich nicht retten und zulassen, daß man Cuthbert mitnahm. Er drehte sich zu Elvira um und faßte sie an den Schultern. »Meine Liebste, du darfst es nicht riskieren, auf diesem Weg hier ins Skriptorium zurückzukehren. Geh mit Edwin. Er wird dich im Wald verstecken, bis er weiß, daß du ohne Gefahr zurückkehren kannst.«

Ihre Augen weiteten sich. »Was wirst du tun?«

»Ich werde ihnen entgegentreten.«

»Sei vorsichtig, Simeon.« Ihre Stimme war so ruhig, als hätten diese Ereignisse nichts mit ihr zu tun, aber er spürte das Beben ihres Körpers, als er sie zu einer schnellen, wilden Umarmung an sich zog. Dann sah er den beiden Gestalten, die im Schatten verschwanden, hinterher, sah das bleiche Oval von Elviras Gesicht noch einmal kurz aufblitzen und hörte sie wiederholen: »Sei vorsichtig, Simeon«, und dann waren die beiden fort.

Sie stürzten sich auf ihn, noch bevor er ein halbes Dutzend Schritte getan hatte, acht Männer insgesamt, und jeder bewaffnet mit einem Stock oder einem Knüppel. Bevor er irgend etwas unternehmen konnte, um sich zu verteidigen, ging ein Hagel wilder Schläge auf ihn nieder. Er bekam einen heftigen Tritt in die Rippen, bevor seine Angreifer von ihm abließen und er keuchend und benommen auf die Füße gezerrt wurde.

Cyrus de Figham schob sich nach vorn und drängte dabei die anderen zur Seite, um möglichst schnell an den Priester heranzukommen. »Simeon de Beverley, elf unabhängige Zeugen haben gesehen, wie Ihr den Kräuterheiler getötet habt, den Mann, der bei dem Verhör des Propstes gegen Euch aussagen wollte. Man hat Euer Messer in seiner Brust gefunden und festgestellt, daß ihm bei dem Überfall alle Beweise gegen Euch gestohlen wurden. Habt Ihr etwas zu Eurer Verteidigung zu sagen?«

»Ich habe das nicht getan«, stieß Simeon hervor; endlich erkannte er, warum de Figham seine Freilassung angestrebt hatte. »Ich bin unschuldig, und das wißt Ihr nur allzu gut, Cyrus de Figham.«

»Man wird Euch in die Residenz des Propstes bringen und dort in einer Zelle festhalten, bis die Anklagen öffentlich gemacht werden. Diesmal habt Ihr Euch übernommen, Simeon de Beverley. Die Kirche wird einen Mord nicht ungestraft durchgehen lassen.«

Auf ein Zeichen von de Figham trat ein Mann mit Metallfesseln vor, und ein anderer, der mehrere Ketten bei sich trug, packte Simeons Arm. Simeon schrak vor ihnen zurück. »Bei Gottes heiligem Namen, das ist doch nicht nötig. Ruft Eure Schmiede zurück. Nehmt diese Fesseln weg.«

»Das könnt Ihr nicht tun!« rief Osric. »Der Mann kann doch ohnehin nicht mehr fliehen.«

Da plötzlich mischte sich eine andere, lautere Stimme in die Diskussion ein. »Ihr betreibt diesen Frevel auf eigene Gefahr, Cyrus de Figham.« Pater Thoralds massiger Leib hatte sich durch die dichte Traube bewaffneter Männer und neugieriger Gaffer hindurchgepflügt. Mit geballten Fäusten und von Zorn verzerrtem Gesicht baute er sich vor de Figham auf. Der schwarzäugige Priester brüllte seinen Lakaien seine Befehle zu, ohne seinen Blick auch nur eine Sekunde lang von Thoralds Gesicht abzuwenden.

»Sollte irgend jemand hier versuchen, sich den rechtmäßigen Aufgaben der Kirche in den Weg zu stellen, wird man ihn zum Schweigen bringen, ihn am Hals und an den Gliedern in Fesseln legen und als Mitverschwörer bei diesem Verbrechen in eine Zelle werfen.«

»Verdammt sollt Ihr sein, de Figham«, knurrte Thorald.

»Nicht ich bin es, der verdammt werden wird, mein Freund.«

»Die Anklage ist falsch.«

»Ich habe elf Zeugen, alles Priester und Geistliche, die einen Eid schwören werden, daß Simeon den Kräuterheiler getötet hat.«

»Die Anklage ist falsch«, wiederholte der hünenhafte Priester. »Und jeder, der es wagt, falsches Zeugnis wider einen anderen abzulegen, wird dafür in der Hölle brennen.«

»Höllenfeuer interessieren mich nicht«, erwiderte de Figham lächelnd.

»Dann seid gewiß, daß schon die Feuer dieser Welt Euch zu fassen bekommen, denn ich werde persönlich die Stöcke unter Euch aufstapeln und eine lodernde Fackel daranhalten, wenn Ihr Pater Simeon auf diese Weise fortschleppt.«

De Figham wandte sich verächtlich an seine Lakaien. »Legt den Gefangenen in Eisen und bringt ihn weg.«

Im Wald hatte Elvira sich von Edwins Hand losgerissen und war zurückgerannt. Sie hatte nichts von der erhitzten Auseinandersetzung zwischen de Figham und den guten Männern von St. Peter mitbekommen. Alles was sie wußte, war, was sie in ihrem Herzen fühlte: Simeon war in Schwierigkeiten, während sie sich davonschlich, um sich in den Wäldern vor jeglichen Gefahren zu verbergen. Sie lief durch die Bäume zurück, ihr langes Haar flatterte hinter ihr her, und ihre Leinenschuhe gaben ihr in dem tiefen Schlamm kaum Halt. Als sie sich der Lichtung näherte, erblickte sie Simeon, gebeugt durch ein grausames, eisernes Joch, die Knöchel in Fußketten und die Arme hinterm Rücken gefesselt, umringt von einem guten Dutzend johlender, wütender Männer. Ein Schrei stieg in ihrer Kehle auf, und sie wollte auf ihn zustürzen, aber bevor sie die dichten Bäume durchdringen konnte, hielten Männerhände sie an der Taille fest und verschlossen ihr mit einer großen, rauhen Hand den Mund. Sie spürte, wie sie hochgehoben wurde und das Gesicht eine Mannes sich gegen das ihre preßte.

»Seid still, Elvira. Seid still und rührt Euch nicht.«

Sie erkannte die Stimme von Daniel Habicht, und obwohl sie mit aller Kraft gegen ihn ankämpfte und er sich kaum von seinen Verletzungen erholt hatte, gelang es ihr nicht, sich aus seiner Umklammerung zu lösen. Sie konnte nur noch entsetzt zusehen, wie man Simeon fortführte, einen stolzen Mann, geknechtet von Eisenriegeln und Ketten, einen guten Mann, der nicht besser behandelt wurde als ein gewöhnlicher Verbrecher.

Es war Pater Richard, der Daniel schließlich Anweisung gab, Elvira loszulassen, als sich die Tore hinter dem taumelnden Simeon und seiner Eskorte geschlossen hatten.

»Faßt Mut, Elvira«, sagte Daniel zu ihr. »Simeon wird auch dies überstehen.«

»Macht ihr nichts vor«, wandte Richard ein. »Elvira ist stark genug, um die Wahrheit zu erfahren und mit ihr zu leben.« Er nahm ihre Hand. »Der Kräuterheiler ist tot, und Simeon wird des Mordes an ihm beschuldigt. Edwin wird Euch jetzt ins Skriptorium zurückbringen, und ich werde nachkommen, sobald ein Beschluß gefaßt ist. Als sein Kanonikus hat Pater Cuthbert das Recht, alle Beweise zu sehen und zu hören, bevor sie vor Gericht präsentiert werden, und ich als sein Kaplan habe ebenfalls viele Rechte. Es gibt viel zu tun, und wir müssen uns beeilen.«

»Angeblich gibt es elf Zeugen für diesen Mord«, rief Daniel Habicht ihm ins Gedächtnis. »Ihr kennt das Gesetz genauso gut wie ich, Richard. Ein Mann kann allein aufgrund von Zeugenaussagen verurteilt werden und hat dann acht Tage Zeit, um das Land zu verlassen oder für vogelfrei erklärt zu werden. Und wenn sie beschließen sollten, ihn nach weltlichem Recht und nicht nach kirchlichem zu verurteilen ...« Seine Stimme geriet ins Stocken, da es ihm zutiefst widerstrebte, die Konsequenzen einer solchen Möglichkeit zu erwägen.

Richard sprach es für ihn aus. »Wenn man ihn aufgrund der anderen Anklagen exkommuniziert und dann für den Mord an dem Kräuterheiler nach weltlichem Recht verurteilt, hat seine Freiheit ein Ende, und sein Leben ist in Gefahr.«

»Beschützt ihn, Richard«, flehte Elvira. »Findet einen Weg. Beschützt ihn.«

»Das werden wir, Elvira. Edwin, sieh zu, daß die Lady sicher ins Skriptorium gelangt, und dann komm sofort ins Hospital. Auch du wirst in dieser Sache deine Rolle zu spielen haben. Daniel, bleibt Ihr auf unserer Seite?«

Der dunkelhaarige junge Priester schüttelte den Kopf. »Nein, Richard, ich werde Osric um Erlaubnis bitten, in das Haus meines Herrn zurückkehren zu dürfen, und Wulfric um Vergebung für meine Vergehen anzuflehen. Wenn ich meine Schuld gegenüber St. Peter begleichen will, kann ich das besser, wenn ich im anderen Lager stehe.«

»Kein Mann kann zwei Herren dienen«, mahnte Richard

ihn. Er war nicht ganz überzeugt von Daniels Motiven und zweifelte an seiner Kraft, in Wulfric de Morthlunds ehrfurchtgebietendem Schatten weiterhin sein eigener Herr zu sein.

»Das weiß ich, Richard«, erwiderte Daniel.

Sie ließen Elvira in Edwins Obhut zurück und gingen mit langen Schritten auf das Skriptorium zu, als Richard sagte: »Sie haben ihn geschlagen und getreten, Daniel. Simeon hat dieser Stadt, ihren Menschen und ihrer Kirche gedient, seit er zehn Jahre alt war. Sie kennen ihn gut und haben trotzdem versucht, ihm die Knochen zu brechen, ihn dann in diese Eisenfalle gesperrt und wie ein Tier weggeschleppt.«

»Die meisten Menschen sind so unbeständig wie Quecksilber, mein Freund, und sie fürchten die schreckliche Macht der Kirche.«

»Nein, Daniel, sie fürchten die Macht von Männern wie Cyrus de Figham und Wulfric de Morthlund. Die Kirche an sich ist nicht böse, nur einige der Männer, die vorgeben, ihr zu dienen.«

Daniel nickte; es bereitete ihm einige Mühe, humpelnd mit dem gesünderen Mann Schritt zu halten. »Unsere vordringliche Sorge muß darin bestehen, ihn aus der Zelle herauszubekommen. Dort wird er nicht lange überleben, Richard. Alles, was Cyrus jetzt tun muß, ist, ihn dortzubehalten; die Zeit und die erzwungene ›Buße‹ wird den Rest besorgen. Sie scheinen ihn so oder so in der Falle zu haben. In welche Richtung er auch springen mag, er wird ihnen nicht entkommen. Er wird da drin sterben, Richard, dafür wird Cyrus schon sorgen. Wir müssen ihn rausholen.«

»Wir?«

Daniel sah seinen bärtigen Gefährten von der Seite an. »Ihr habt keinen Grund, mir zu trauen, Richard, da ich bisher weder Zeit noch Gelegenheit hatte, mich zu beweisen, aber meine Worte sind ehrlich gemeint. Ihr mögt an meiner Loyalität zweifeln, aber zweifelt nicht an meinen Argumenten. Simeon wird sterben, wenn nicht bald ein Weg gefunden wird, ihn aus diesem Kerker zu befreien.«

Als sie im Hospital ankamen, warteten die anderen schon auf sie, alle zusammengedrängt in der kleinen Kapelle, aus der ihre Worte nicht an die falschen Ohren dringen würden. Daniel Habicht versuchte erst gar nicht, die Schwelle zu übertreten. Statt dessen wartete er draußen auf Osrics Erlaubnis, seinem Herrn den Olivenzweig des Friedens zu überbringen.

»Wir hätten es wissen müssen«, sagte Thorald drinnen zu den anderen. Er saß in sich zusammengesunken auf einem niedrigen Hocker, und es sah so aus, als wäre alle Kraft aus seinen Gliedern gewichen. »Als de Figham dafür sorgte, daß Simeon seinen Ankläger zu Gesicht bekam und anschließend seine Freiheit erwirkte, da hätten wir es wissen müssen.«

Antony reichte ihm einen Krug Bier. »Simeon braucht weder unser Bedauern noch unsere Vorwürfe. Er braucht unsere Hilfe. Wir müssen eine Möglichkeit finden, ihn zu befreien, oder er wird sterben.«

KAPITEL 29

In der Zelle unter der Residenz des Propstes war es kalt und sehr dunkel. Ein Teil des schrägen, steinernen Daches der Zelle befand sich zu ebener Erde an der Seite der Propstei; durch schmale Schlitze in diesem Dach fiel milchiges Licht und steter Nieselregen. Kleine Tröpfchen liefen von den Wänden und sammelten sich in jeder Ecke zu stinkenden, kleinen Seen. Der Boden bestand aus uralten Steinen und war mit mehreren Schichten Binsen bedeckt, und zu dem Gestank, der sich jedesmal erhob, wenn die Binsen in Bewegung gerieten, hatte jeder der vorherigen Zellenbewohner seinen Teil beigetragen. Aus einer Wand ragte ein Steinvorsprung, auf dem ein Mann seine Glieder ausstrecken konnte, in den Raum hinein. Aber die Kälte der Steine und Wände trieb viele dazu, in die zweifelhafte Behaglichkeit der Binsen zu flüchten. Neben der niedrigen Eichentür war eine Halterung aus Metall in den Stein eingelassen. Hier konnten Besucher und Inquisitoren ihre brennende Fackel unterbringen, während der schwarze Qualm zu dem klebrigen, tropfenden Moder unterm Dach aufstieg. Simeon fürchtete weder Kälte noch Dunkelheit, noch die Feuchtigkeit, die ihm bis auf die Knochen drang. Er hatte nur Angst davor, so zu sterben, allein unter Ratten. Er hörte, wie die Glocke des Großen John ihr klagendes Stundengeläut begann, und begriff, daß ihm in dieser Dunkelheit nur seine Gebete und sein Glaube blieben. Mit lauter Stimme sprach er die Psalmen, und diese einfache Geste des Vertrauens gab ihm neue Kraft.

»Vater?«

Zuerst war er sich nicht ganz sicher, ob er wirklich eine Stimme gehört hatte. Er blickte zu dem Fensterschlitz hinauf und spürte leichten Nieselregen auf dem Gesicht. Der Große John läutete immer noch zu dem langen Mitternachtsgottesdienst, und die Ratten in seiner Zelle huschten geräuschvoll durch die Binsen.

»Vater?«

Jetzt war er sicher. Mit vor Kälte und Schlägen steif gewordenen Gliedern zog er sich mühsam auf die Füße. »Peter? Wo bist du, Junge?«

»Ich bin hier, Vater, hier oben.«

Simeon hob seinen Arm hoch über den Kopf und streckte seine Finger durch den Fensterschlitz. Er fand die kleine, dünne Hand, deren Finger sich um seine eigenen schlossen, und wußte, daß es auch in diesem Augenblick, in dieser finsteren Nacht, immer noch irgendwo ein Licht für ihn gab.

»Gott segne dich, Sohn. Wo ist deine Mutter?«

»Sie ist in Sicherheit. Ich habe sie weinen sehen und gehört, wie sie um Euer Leben betete, als der Pfeil Euch traf.«

»Tränen und Gebete«, sagte Simeon grimmig. »Meiner Elvira muß das Herz aus dem Leib gerissen sein, daß sie bei diesen Dingen Zuflucht sucht.«

»Haben sie Euch verletzt, Vater?«

»Nicht mehr, als Gott zu tragen mir die Kraft gegeben hat.«

Ein Lichtstrahl zuckte über den Himmel und dann auf die Erde hinab, und in dem kurzen Aufleuchten des Blitzes sah er das Gesicht seines Patensohns. Der Junge klammerte sich an das schräge Dach. Sein Haar klebte ihm in feuchten Strähnen am Kopf und an den Wangen. Seine Augen waren groß und sehr blau, und Regentropfen hingen wie Tränen in seinen dichten Wimpern. Elvira nannte ihn schön, und in diesem kurzen Aufblitzen silbernen Lichts hätte auch kein anderes Wort genügt.

»Gott gewähre Euch Hoffnung und Mut, Vater«, sagte er. In dem schaurigen Licht hatte Peter die Schnitte und Prellungen auf Simeons Gesicht, die feuchten, zerlumpten Kleider an seinem Leib und den Schmerz in seinen blauen Augen gesehen.

»Dein Kommen hat mir Kraft gegeben, Peter.«

»Die Kanoniker sind, was das Datum Eurer Verhandlung betrifft, geteilter Meinung. Zwar möchte Jacob die Sache sofort erledigen, aber andere sind dafür, auf Nachricht aus Rom und die Billigung des Erzbischofs zu warten.«

»Wenn sie auf Roms Erlaubnis warten, muß ich Wochen oder sogar Monate hierbleiben!«

»Das ist der Grund, warum de Figham so versessen darauf ist. Eure Sühne wird in der Morgendämmerung beginnen. Man legt Euch viele Verbrechen zur Last, und weil eines davon auf Mord lautet, dürfen Eure Gefängniswärter tun, was sie wollen, um sicherzustellen, daß Ihr wirklich bereut. Das ist ihre feierliche Pflicht. Die Kirche erlaubt es, und de Figham verlangt es.«

Simeon seufzte und umschlang die Finger des Jungen noch fester. »Schuldig oder unschuldig, ich muß rein werden, um meinen Anklägern und meinem Gott mit demütigem Herzen gegenüberzutreten. Jeder Mann kann an einem Tag ein geliebtes Schaf und am nächsten Tag der Sündenbock seiner Kirche sein.«

»Wir fürchten den Schandpfahl, Vater.«

»Würden sie so weit gehen?«

»Bei Mord, ja. Sie behaupten, Ihr hättet einen Mann aus der Stadt getötet, und nach dem Gesetz haben die Leute das Recht, den Mörder zu bestrafen.«

»Und wenn sich anschließend erweist, daß ich unschuldig bin, werden dann diese gesetzesgetreuen Leute ihre Schläge zurücknehmen?«

»Man wird Euch nicht für unschuldig befinden«, erwiderte Peter unumwunden. »Es sind zu viele Anklagen gegen Euch vorgebracht worden. Was wir am meisten fürchten, ist ein Henker, der sich in der Menge verbirgt, von de Figham bezahlt, Euch niederzustechen, damit Ihr ohne Beichte und ohne Verhandlung sterbt und schuldig seid, weil Eure Unschuld nicht mehr bewiesen werden kann.«

»Dann bin ich verloren«, entgegnete Simeon. »Du mußt jetzt zusehen, daß du dich und Elvira in Sicherheit bringst. Beschütze die heiligen Reliquien von St. John und …«

»Nein Vater, wir werden Euch nicht im Stich lassen. Ich habe einen Brunnenschacht unter den Zellen gefunden. Osric, Thorald, Antony und Richard sind gerade in diesem Augenblick damit beschäftigt, die Trümmer fortzuschaffen, um die Öffnung freizulegen. Unter den Binsen muß ein Brunnendeckel zu finden sein. Sucht ihn und hebt ihn hoch. Nehmt dies, es wird Euch bei Eurer Arbeit helfen.« Er reichte ihm eine Art Brecheisen durch den Fensterschlitz, dessen eines Ende flach und scharf war, das andere aber hochgezogen und gegabelt, so daß es sich gut als Hebel benutzen ließ. »Der Deckel muß seit Jahrhunderten unberührt sein. Wenn er aus Holz ist, hat die Zeit ihn vielleicht morsch werden lassen, aber wenn er aus Metall ist, wird es nicht leicht sein, ihn anzuheben. Habt Ihr die Kraft dazu?«

»Ich habe die Kraft«, sagte Simeon ohne Überzeugung. »Gibt es eine Stelle, an der Ihr ein Seil befestigen könnt? Ich könnte den Schacht hinaufklettern, um zu Euch zu gelangen, aber ich fürchte, ohne ein Seil wird es Euch nicht gelingen, herunterzukommen.«

»Der Ring in der Tür ist stark genug, um mein Gewicht zu tragen.«

»Wenn die Glocken von St. Peter vor allen anderen läuten, oder wenn sie zwischen den Stunden läuten, müßt ihr bereit sein, den Deckel anzuheben.«

Ein neuerlicher Blitz beleuchtete das bleiche Gesicht des Jungen vor dem Hintergrund eines regnerischen Himmels. Simeon konnte nicht glauben, daß dieser Plan funktionieren würde. Vier Männer, die den Schutt von Jahrhunderten wegräumen sollten, ein verletzter Mann, der einen durch die Zeit versiegelten Deckel anheben mußte, und das alles, bevor de Figham seinen nächsten Schritt tun würde. Es war ein zu verzweifelter, zu ungewisser Plan.

Simeon ergriff die Finger seines Patensohns und wünschte, er könnte den Jungen noch ein einziges Mal umarmen, bevor er dem Kommenden ins Gesicht sehen mußte. »Peter, du mußt eine Möglichkeit finden, Fergus de Burton im Palast des Erzbischofs von York eine Nachricht zu überbringen. Erzähl ihm alles, was hier geschehen ist. Er weiß, wie de Figham seine Intrigen plant, und kennt den Sinn dahinter, und Geoffrey Plantagenet schenkt ihm sein Vertrauen und sein Gehör. Erzähl ihm, daß er recht hatte, daß John Palmer der Schlüssel ist. Er wird schon wissen, was zu tun ist, um mir vielleicht noch zu helfen. Und eile dich. Wenn Fergus de Burton nicht zu finden ist, muß dieselbe Nachricht Aaron, dem Juden, in der Coppergate überbracht werden. Ich glaube, man könnte ihn dazu überreden, sich an den Bischof zu wenden und ihm die Dringlichkeit meiner Situation ans Herz zu legen. Wirst du dafür sorgen, daß das geschieht?«

»Das werde ich«, antwortete Peter. »Aber jetzt muß ich gehen, es ist zu gefährlich.«

»Geh mit Gott, Peter.« Er spürte, wie die kleinen Finger sich noch einmal um seine Hand schlossen und ihn dann losließen, und der nächste Blitz zeigte ihm, daß der Fensterschlitz verlassen war.

Es war noch eine ganze Weile vor der Morgendämmerung, als Richard auf einem kräftigen Pferd über die Weiden am Westwald ritt, um die kürzeste und direkte Route nach York zu nehmen. Die lebenswichtige Botschaft trug er in seinem Kopf; kein Wort davon hatte er dem Papier anvertraut. Die Männer von St. Peter waren sich bewußt, daß Cyrus de Figham mit solchen Versuchen, Simeon zu helfen, rechnen mußte. Gerade in diesem Augenblick konnte ein halbes Dutzend Männer im Westwald auf der Lauer liegen, um jedem Reiter ein Durchkommen unmöglich zu machen. Geschriebene Worte konnten in die falschen Hände fallen und bei der Verhandlung gegen Simeon verwendet werden. Und es wäre auch unklug gewesen, durchblicken zu lassen, daß Fergus de Burton, der lächelnde, freundliche Gast, der an der Tafel eines jeden Mannes zu speisen gewohnt war, ein geeigneter Fürsprecher für Simeon sein könnte. Sie brauchten jeden Verbündeten, den sie auftreiben konnten, ganz gleich, wie undurchsichtig er auch sein mochte. Wenn der junge Mann mit dem allzeit bereiten Lächeln die Umstände zu seinem eigenen Vorteil nutzen konnte, dann würden die Freunde Simeons ihn ihrerseits nur allzu gern benutzen. Der Teufel bestimmt die Melodie, und sie mußten danach tanzen, ob ihre Tanzpartner die Farben des Teufels selbst trugen oder nicht.

Über dem Westwald brauten sich Wolken zusammen, deren Ränder von grauem Licht umrahmt wurden. Dennoch würde die Sonne erst in einer Stunde aufgehen. Pater Richard ritt so schnell er konnte und wählte einen Zickzackkurs quer über die Weide, um diesen Teil des Wegs möglichst bald hinter sich zu lassen und die alte Römerstraße zu erreichen, bevor die Stadt aufwachte. Die Dringlichkeit seines Auftrags war um so größer, da der Brunnen unter der Zelle allen Versuchen, ihn freizuräumen, widerstanden hatte und Stimmen in der Stadt laut geworden waren, die Simeon am Schandpfahl sehen wollten.

»Gott segne und bewahre Euch, mein Freund«, murmelte Richard jetzt leise vor sich hin. »Und möge der Teufel Eure Feinde holen.«

Bald wurde ihm klar, daß man ihn verfolgte. Hinter sich entdeckte er die Gestalt eines Reiters, der pfeilgerade über den unsicheren Boden ritt und die vielen Umwege, die für die Sicherheit seines Pferdes nötig gewesen wären, einfach ignorierte. Richard drängte sein eigenes Reittier zu einem schnelleren Tempo. Der Wald befand sich jetzt zu seiner Rechten und die Weiden zu seiner Linken, und Bäume, die ihm Schutz gewähren könnten, waren noch ein ganzes Stück entfernt.

Das Wiehern eines Pferdes ließ ihn aufhorchen. Er drehte sich im Sattel herum und stellte fest, daß sein Verfolger abgeworfen worden war, vielleicht als sein Pferd in ein verborgenes Loch am Boden getreten war. Einen Augenblick später war der Reiter wieder auf den Beinen und mühte sich ab, in den Sattel zu kommen. Richard machte sich das Mißgeschick des anderen zunutze, um ein wenig Boden gutzumachen, wurde aber gleich wieder langsamer, als er ein neuerliches Wiehern hinter sich hörte. Diesmal war der Reiter böse auf den Rücken gestürzt und konnte offensichtlich nicht wieder aufstehen. Sein Pferd tänzelte und scharrte mit den Hufen die Erde auf. Cyrus de Figham hatte eindeutig den Falschen ausgesandt, um zu verhindern, daß einer von Simeons Freunden nach York reiten würde.

Richard trieb sein Pferd auf die Bäume zu seiner Linken zu und beobachtete aus dem Schutz des schweren Blätterwerks heraus seinen Verfolger. Er zog sein Schwert und befreite seinen Schwertarm vom Umhang. Noch nie war ein Mensch von Richards Hand getötet worden, aber wenn dieser Reiter hier unbedingt der erste sein wollte, dann ließ sich das nicht ändern. Er beobachtete, wie der Mann sich taumelnd auf die Füße erhob, sein Pferd wieder einfing und mehrere unbeholfene Versuche unternahm, es zu besteigen, bevor er es schließlich schaffte, sich in den Sattel zu ziehen. Dann gab er seinem Pferd die Peitsche, um es zu einem Galopp anzutreiben, aber eine plötzliche Bewegung des Tieres unter ihm schleuderte ihn gleich wieder zu Boden.

»Was, zum …« Mit einem Fluch steckte Pater Richard sein Schwert wieder zurück in die Scheide und galoppierte zurück; angestrengt blinzelte er in die Finsternis, um seine Ahnung zu bestätigen. Er fing das launische Tier des Verfolgers an den Zügeln ein und führte es dort hin, wo sein Reiter noch immer hilflos am Boden lag.

»In Gottes Namen, was hast du denn hier zu suchen, Edwin?«

Der Junge stützte sich auf die Ellbogen und zuckte vor Schmerz zusammen. »Ich habe vor, mit Euch nach York zu reiten, Pater Richard. Vielleicht braucht Ihr ja meine Hilfe.«

»Und das da nennst du reiten? Dieses mitleiderregende Auf und Ab, bei dem du nicht einen einzigen Gedanken daran verschwendest, wo dein Pferd hintritt?«

Edwin blickte erstaunt auf. »Paßt das Pferd denn nicht selbst auf, Pater Richard?«

Richard blickte himmelwärts und schlug das Kreuzzeichen. »Edwin, der Weg nach York ist wahrscheinlich gesäumt mit de Fighams Männern. Sie halten nach jedem Reiter Ausschau, der Beverley verläßt. De Figham kann schließlich keinen Augenblick annehmen, daß Simeons Freunde schweigend zusehen, während diese ungeheuerliche Freveltat ihren Lauf nimmt.«

»Um so mehr Grund, warum Ihr nicht allein reiten solltet.«

»Ich reite allein, weil ich so schneller bin und weil man in St. Peter keinen anderen erübrigen kann.«

»Mich können sie erübrigen«, beharrte Edwin. »Ich werde mit Euch reiten.«

Richards Lächeln blieb unter seinem Bart unsichtbar. »Geh heim, Junge. Zwei Reitstunden und ein kurzer Versuch im

Sattel haben aus einem Mann noch nie einen Reiter gemacht. Geh heim.«

»Aber ich will Euch helfen, Pater.«

»Du hilfst mir am besten, wenn du nach Hause zurückkehrst und reiten lernst. Deine Mißgeschicke können jetzt nur ein Hindernis für mich bedeuten. Du hast mich schon wertvolle Zeit gekostet, Edwin. Kehr heim und hilf den anderen.«

»Ja, Pater.« Edwin raffte sich auf und betastete seine Knochen, als befürchte er, sich die Hälfte davon gebrochen zu haben. Dann nahm er mit einem Seufzen die Zügel entgegen. »Sie lassen mich nicht beim Graben helfen. Sie meinen, meine Krankheit mache mich zu einer Gefahr für mich selbst und für sie.«

»Dann mußt du dich damit bescheiden, Elvira zu bewachen«, erklärte Richard ihm. »Und führ das Pferd zu Fuß zurück. Es ist ein schönes Tier, zu stark und energiegeladen, um sich von einem Neuling, wie du einer bist, beherrschen zu lassen. Bring es zu seinem rechtmäßigen Besitzer zurück, und laß dich von einem erfahrenen Reiter unterrichten, bevor du noch einmal etwas Ähnliches versuchst, und das auch noch bei so schlechtem Licht.«

»Ja, Pater.«

Als der Junge das Pferd wegführte, stieg Richard wieder auf und rief, als er sich daran erinnerte, wie sehr Edwin sich nach Anerkennung sehnte, der dunklen Gestalt hinterher: »Du bist ein guter Junge, Edwin. Ich werde deinen tapferen Versuch, uns zu helfen, nicht vergessen.«

»Vielen Dank, Pater.«

Im Osten kroch bereits helleres Licht durch die Wolkenschichten. Schon bald würde die Sonne am Himmel aufsteigen. Die Farben und Formen, die Unebenheiten und Mulden des Westwalds würden dann deutlich sichtbar sein, und ein einzelner Reiter würde gewiß Verdacht erregen. Er wendete sein Pferd, stieß es mit den Absätzen sanft in die Flanken und heftete den Blick auf das ferne York.

Brummend und knurrend ging Edwin zurück zur Stadt und auf die Mauern von St. Peter zu. Er drehte sich nur einmal um, um dem Priester, der rasch vorangekommen war, nachzuschauen, und was er da sah, ließ ihn entsetzt und unentschlossen innehalten. Eine Gruppe finsterer Gestalten löste sich aus dem Schatten der fernen Bäume und umzingelte den einsamen Reiter, und binnen eines Augenblicks hatten sie ihn niedergeschlagen.

»Pater Richard!«

Edwin preßte sich eine Hand auf den Mund. Er konnte dem Priester mit seinem Geschrei nicht helfen, und er konnte ihn dort, wo er reglos auf dem Boden lag, auch nicht erreichen. Eine Viertelmeile trügerischen Landes lag zwischen ihnen, und er sah, daß die Reiter bereits auf ihn zujagten und ihm damit den Weg zu Richard vollends versperrten. Wenn es überhaupt noch Hilfe geben konnte, dann mußte Edwin derjenige sein, der sie holte, und das konnte er nur tun, wenn er sich von diesen Kerlen nicht schnappen ließ. Mit einem Mut, von dem er selbst bisher nicht gewußt hatte, daß er ihn besaß, zog er sich in den Sattel hinauf, schlang sich die Riemen des Zügels fest um die Handgelenke, legte sich flach auf den Hals des Pferdes und feuerte das Tier mit kräftigen Tritten zu einem schnellen Galopp an. Mit geschlossenen Augen, die Finger in die Mähne verkrampft, flüchtete er nach Hause.

Die Glöckner waren mit dem ersten Licht der Dämmerung aufgestanden, um die Kirchenglocken zu läuten, die Säumigen aus den Betten und die Frühaufsteher von der Arbeit zu holen. Die Leute strömten aus den Häusern und Hütten, um sich in den Straßen zu versammeln, und die Luft schwirrte regelrecht vor Gerüchten. Einige behaupteten, der Erzbischof sei aus York gekommen, um alle Kanoniker Beverleys ihrer Ämter zu entheben. Andere meinten, der päpstliche Gesandte sei mit einem ganzen Sack voller Exkommunikationsbefehle erschienen. Wieder andere wisperten von Krieg oder Pest, von plündernden Schotten oder einer feindlichen Armee, die vom Meer aus landeinwärts ziehe. Manche jedoch erzählten, daß ein einst so beliebter Priester, ein gewisser Simeon de Beverley, als Mörder an den Schandpfahl gefesselt auf einem Karren durch die Straßen gezogen werden solle.

Edwin, der sich immer noch an sein Pferd klammerte, passierte die Nordbarre gerade, als die Tore geöffnet wurden, und erreichte kurz darauf die Mauern um den bescheidenen Grund der Kapelle von St. Mary. Ein Kleriker half ihm aus dem Sattel, und ein Stallbursche führte das nervöse Pferd davon, um es am Trog neben dem Tor zu tränken. Während Edwin mit hastigem Stottern berichtete, was geschehen war, scharten sich einige Geistliche um ihn. Man schickte sofort Leute aus, um nach dem verletzten Richard zu suchen.

»Komm hinein und ruh dich aus«, sagte einer der freundlichen Männer, aber der Junge zuckte zurück.

»Nein, Pater, ich muß nach St. Peter eilen und ... Was ist das für ein Lärm? Was geschieht da?«

Die immer zahlreicher werdenden Menschen draußen in den Straßen begannen zu johlen. Ein Gemüseverkäufer räumte seinen Wagen leer und verteilte seine Ware Stück für Stück in der Menge. Die Leute sammelten Steine und kleine Felsbrocken, rissen Holzbretter aus Fensterläden und Türrahmen, zerrten Ziegel von den Dächern und stemmten lose Mauersteine aus jeder erreichbaren Mauer. Die ganze Stadt bewaffnete sich, und die Leute hetzten sich gegenseitig zu blutrünstiger Begeisterung auf. Edwin sah, wie die Fensterläden der Kapelle geschlossen wurden. Die Tiere wurden ins Mittelschiff getrieben, die Frauen aus der Kapelle in die Krypta darunter.

»Was geschieht da?« fragte Edwin noch einmal.

»Weißt du das denn nicht? Hast du nichts gehört?«

Edwin zuckte mit den Schultern. »Ich weiß, daß die Leute von Krieg reden, von Exkommunikation und fremden Armeen.«

»Narrenzeug«, erwiderte der Priester verbittert. »Ein Mann soll an den Schandpfahl gefesselt durch die Stadt gezogen werden. Ein Mann, dem man Mord und schwerwiegende Verbrechen gegen die Kirche vorwirft, soll zur Belustigung der Städter durch die Straßen gekarrt werden. Sie werden ihn mit verfaulten Früchten und Gemüsen bewerfen – Nahrungsmittel, die sie kaum erübrigen können – und natürlich mit allen schwereren Gegenständen, die ihnen in die Finger kommen.«

»Dann ist er also schuldig?« fragte Edwin.

»Nein, er ist unschuldig«, entgegnete der Priester. »Die Anklage ist falsch, und man hat ihn noch nicht vor Gericht gebracht.«

»Aber warum dann der Schandpfahl? Das kann er doch nicht überleben, oder?«

Der Priester bekreuzigte sich und faltete mit gesenktem Kopf und geschlossenen Augen die Hände zum Gebet. Schließlich sagte er noch: »Die Leute aus der Stadt haben das Recht, ihn vorgeführt zu bekommen, damit sie ihm helfen, Buße zu tun.«

»Aber sie werden ihn töten«, rief Edwin, und kalte Finger der Angst krochen über seinen Rücken.

Der Priester nickte. »Seine Feinde wollen auf diese Weise eine Verhandlung umgehen. Sie wollen den Mann verleumden, weil zu viele ihn als Heiligen betrachten. Und wenn der Pöbel sein böses Werk vollbracht hat, wird er sich gegen die Kirche und die Priesterschaft wenden, weil der Missetäter einer von uns ist.«

Edwins Augen wurden zu großen, runden Seen der Angst in seinem schmalen Gesicht. Seine Stimme war nur noch ein Flüstern, als er den Namen aussprach. »Simeon.«

Dann drehte er sich um und rannte aus der Kapelle heraus Richtung Kornmarkt.

»Komm zurück!« schrie der Priester hinter ihm her, aber als er sah, daß Edwin sich bereits in die Menge gestürzt hatte, schüttelte er den Kopf und fügte mit leiserer Stimme hinzu: »Du törichter, treuer, kleiner Junge. Jetzt werden sie dich auch töten.«

Da er schnell und zierlich genug war, um sich durch das Gedränge von Menschenleibern zu winden, erreichte Edwin den Marktplatz durch die Walkergate recht schnell. Hier überfüllten die Menschenmassen bereits die winzigen Gehsteige. Er war jedoch außerstande, an ihnen vorbeizukommen, und watete deshalb durch den stinkenden Bach, der durch die Mitte der Straße rann; der Schmutz der Filzhandwerker und die Exkremente von Menschen wie Tieren reichten ihm bis zu den Oberschenkeln. Bei Toll Gavel stand die johlende Menge bereits Schulter an Schulter, während er sich seinen Weg zum Fischmarkt erkämpfte, dort, wo die Eastgate und die Fishmongers Row aufeinandertrafen. Es lag etwas in der Atmosphäre, ein Geruch oder ein Geschmack, der ihm eine Gänsehaut einjagte. Dasselbe Gefühl hatte er schon einmal vor Jahren gehabt, als ein anderer Mann am Schandpfahl durch die Stadt gekarrt wurde. Und jetzt wußte er, womit er es zu tun hatte. Mit ihrer Hysterie und ihrem blinden, unvernünftigen Hunger nach etwas, das sie für moralische Gerechtigkeit hielten, schufen die Menschen eine Atmosphäre des Blutdurstes, und dieser Durst befiel jeden der schreienden Männer und Frauen, die sich hier eingefunden hatten.

Als er das Marktkreuz erklomm, sah er den Karren, einen stabilen, offenen Wagen, der von vier bewaffneten Männern bewacht und nur von einem einzigen, trägen Ochsen gezogen wurde. Hinten auf dem Wagen stand ein Mann an einen groben Holzrahmen gefesselt wie der ans Kreuz geschlagene Christus. Er trug ein metallenes Joch um Hals und Schultern, und mit jedem Ruck des Karrens strömten neue Rinnsale frischen Blutes über seine zerschundene Brust. Nicht ein Teil seines Körpers war ohne Wunden, nicht ein kleines Stückchen Haut ohne Blut. Sein hocherhobenes Gesicht war eine Maske des Schmerzes unter der Tonsur, und selbst aus dieser Entfernung sah Edwin, daß er betete.

»Simeon! O Simeon!« Der Klang einer gequälten, weiblichen Stimme ließ Edwin hastig von dem Marktkreuz herunterrutschen. Er packte Elvira bei den Schultern und zog ihr die Kapuze hoch, um ihr rabenschwarzes Haar zu verbergen, denn er fürchtete, man könne sie auf diese Weise sofort erkennen. »Kommt weg hier, Lady. Man darf Euch hier nicht sehen. Kommt sofort mit mir.«

»Simeon ... Simeon ...«

»Bitte, Ihr müßt gehen.« In Elviras Augen sah Edwin das Spiegelbild eben jenes Bandes, daß ihn als Zwilling so eng mit seiner Schwester verband, die er mehr als sich selbst liebte. Sie litt furchtbare Qualen. Was die Peiniger Simeon auch antun mochten, welche entsetzlichen Leiden er auch würde ertragen müssen, diese Frau litt an jeder seiner Wunden ebenso.

Die Menge ergoß sich wie eine einzige, große Welle über

den Marktplatz, und Edwin, der gegen sie andrängte, bemühte sich nach Kräften, Elvira in die Sicherheit der Eastgate und St. Peters zurückzuführen. Bewaffnete Reiter kamen vom Münster aus die Fishmongers Row entlang, angeführt von der beeindruckenden Gestalt Cyrus de Fighams, der ganz in Rot gewandet war. Er schwang ein Breitschwert in der einen Hand und hielt in der anderen einen goldenen Schild. Auf dem Kopf trug er einen Helm aus Metall, so blankpoliert, daß er selbst im fahlen Licht des Morgens funkelte und glitzerte. Auf seine Anweisung hin wurde Simeon von dem Pfahl losgebunden und das schwere Joch entfernt. Die Menge brüllte protestierend, denn sie sah sich um ihr rechtmäßiges Vergnügen betrogen, aber de Fighams Männer trieben die Menschen mit Schwertern und Lanzen zurück. Der Karren wurde das Opfer eines neuerlichen Steinhagels, in den sich auch verfaulte Früchte mischten, und selbst de Fighams prächtige Gewänder wurden beschmutzt. Ein großer Steinbrocken traf ihn am Oberschenkel, und erzürnt durch den plötzlichen Schmerz schwang der schwarzäugige Priester sein Schwert und schlug einen unschuldigen Mann nieder, der in seiner Nähe gestanden hatte.

»Das ist ein Sakrileg. Kein Mann darf an den Schandpfahl gestellt werden, solange die Morgengottesdienste noch im Gange sind«, brüllte de Figham über das Getöse der Menge hinweg. »Setzt den Gefangenen auf ein Pferd und bringt ihn zurück in seine Zelle und schickt dann ohne Verzug nach dem Hospizbruder. Wenn dieser Mann stirbt, werdet ihr mir das büßen. Bei Gott, diese Geschichte hier ist ja *barbarisch.*«

Noch während er sprach, wurde der Karren umgeworfen, und die Menge verwandelte sich in einen Schwarm wilder Raubvögel. Riesige Fleischbrocken wurden aus dem Ochsen herausgeschnitten, während das brüllende Tier noch auf den Beinen stand. Als es endlich seinen letzten Atemzug tat, waren seine Eingeweide schon über viele Hände verteilt.

»Er befreit ihn? Cyrus de Figham befreit ihn?« Elviras Stimme war ganz schwach vor Ungläubigkeit.

»Er hat seine Gründe, Lady.«

»Aber warum?«

»Das weiß nur Gott allein, Elvira«, sagte Edwin. Sie hatten das kleine Tor, das hinter Simeons Skriptorium in die Mauer eingelassen war, erreicht. Hier kam Thorald ihnen, schmutzig von Erde und Steinstaub, entgegen. »De Figham ist hier ein Meisterstreich gelungen«, knurrte er. »Angeblich aus Ehrfurcht vor den Morgengottesdiensten stoppt er den Karren und verdammt die ganze Sache öffentlich als einen barbarischen Akt und eine Beleidigung Gottes. Und da er weiß, daß die Kirche der Tradition des Schandpfahls unter diesen Umständen schließlich nachgeben muß, läßt er in der Stadt verbreiten, daß die ganze Sache morgen direkt nach den Gottesdiensten wiederholt wird.«

»Und gibt damit dem Mob noch mehr Zeit, sich vorzubereiten«, sagte Elvira tonlos.

Edwin war schockiert. »Eine *zweite* Fahrt auf dem Karren? Wo diese erste, die nur halb so lang war wie geplant, ihn schon beinahe getötet hat?«

»Ein Meisterstück«, wiederholte Thorald wutentbrannt. »Die Menge wird bis zum Stehkragen bewaffnet sein. Sie werden nicht zulassen, daß die Beute ihnen ein zweites Mal so leicht entkommt. Wenn Simeon diese Nacht in de Fighams Fängen überlebt, so ist das ein Wunder, und die braven Leute der Stadt werden das Wunder morgen nach dem Gottesdienst in Stücke reißen.«

»Vielleicht ist der Brunnen …?«

»Ich glaube nicht«, sagte Thorald und rieb sich mit beiden Händen das staubige Gesicht. »Nicht einmal, wenn wir ohne Pause noch einen ganzen Tag und eine zweite Nacht durcharbeiten. Die Steine sind seit Jahrhunderten dort. Sie geben einfach nicht nach. Wir können nur beten, daß Richards Nachricht …«

»O nein«, keuchte Edwin.

»Was ist, Junge? Wirst du wieder krank?«

Edwin schüttelte den Kopf. Sein Gesicht war aschfahl. »Einige Männer haben Pater Richard aufgelauert. Sie haben ihn im Westwald niedergeschlagen. Aus York wird keine Hilfe kommen, Pater Thorald. Sie wird nicht kommen. Ich fürchte, Pater Richard ist vielleicht schon tot.«

KAPITEL 30

Die Glocken des Münsters läuteten immer noch, als Simeon sich endlich rührte. Mit heftigen Wogen der Übelkeit kam er wieder zu sich. Er lag zusammengesunken auf dem Boden seiner Zelle, der Gestank der Binsen drang ihm in die Nase, und jedes Glied seines Körpers schmerzte. Die Morgensonne fiel durch den Fensterschlitz, und ihr bleicher Strahl war ihm sowohl Hoffnung auf Licht in der Finsternis als auch beißender Hohn, weil jede Hilfe für ihn unerreichbar war.

»Vater?«

Er wandte den Kopf zur Seite, und der Boden schien sich unter ihm zu drehen. Der Lichtstrahl wurde jetzt von einem kleinen Gesicht am Fenster versperrt. »Peter.« Er formte den Namen durch geschwollene Lippen, außerstande, laut zu sprechen. »Gott segne dich, Junge.«

»Hier ist etwas Wasser, Vater. Trinkt und laßt Euch davon stärken.«

Das Wasser befand sich in einer kleinen Kürbisflasche, die Peter an einem Seil durchs Fenster hinunterließ. Es war kalt und frisch und süß wie Nektar auf seiner Zunge. Eine zweite Kürbisflasche enthielt eine fette Hammelsuppe mit Kräutern und Gewürzen. Die dritte Flasche war nicht größer als seine Handfläche. In ihr befand sich eine klebrige Flüssigkeit, von der ein starker, vertrauter Duft ausging. »Gegen den Schmerz«, flüsterte Peter. »Nehmt den Beutel vom Seil und verbergt ihn unter den Binsen. Trinkt immer nur kleine Schlückchen. Und faßt Mut, Pater.«

»Der Brunnen?« fragte Simeon heiser. Konnten sie die Steine wegräumen?

»Nein, Vater, aber Eure Freunde werden mit Hilfe des Schmieds bald von neuem beginnen. Ich selbst werde jetzt ebenfalls hingehen und nachsehen, ob ich ihnen irgendwie von Nutzen sein kann.«

»Die Fähigkeit des Bindens und Lösens, des Verriegelns und des Öffnens.«

»Die Gaben des heiligen Petrus«, sagte der Junge.

»Ich kann den Deckel des Brunnens nicht anheben«, sagte Simeon, der nun erschöpft wieder auf die Binsen fiel. »Das Eisen ist zu tief im Stein verankert. Es gibt einfach nicht nach. Ich kann nichts tun.«

»Pst, Vater. Ihr müßt Eure Kräfte schonen. Wenn Gott mit uns ist, werden wir den Schacht freiräumen und den Deckel von unten anheben.«

Simeon stöhnte. »Ich habe Gesichter in der Menge gesehen, die ich wiedererkannt habe, Männer und Frauen, denen ich meinen Segen gegeben habe und die mich geliebt und mir vertraut haben.«

»So war es schon immer«, erinnerte Peter ihn. »Wir steinigen und kreuzigen die Besten von uns, bedauern dann die Hitze des Augenblicks und nennen sie Heilige.«

»Ich glaube, unser Gott will, daß ich in Schande sterbe.«

»Ich glaube, er will überhaupt nicht, daß Ihr sterbt.«

»Aber wird er de Figham Einhalt gebieten?«

»Er wird«, versprach Peter und von dort, wo er lag, konnte Simeon sehen, wie die kleine Hand sich durch den Fensterschlitz streckte. Er durfte nicht hoffen, sich soweit erheben zu können, daß er diese Hand erreicht hätte, aber ihre Gegenwart allein war ihm schon Trost genug. »Faßt Mut, Vater, und wenn die ...«

Simeon sah, wie sich eine größere Hand über Peters Gesicht legte, um ihn zum Schweigen zu bringen, hörte ein schlurfendes Geräusch von oben und vernahm dann schließlich, wie sowohl der Junge als auch der Mann von dem schrägen Dach nach unten zu Boden rollten.

»Peter? Gütiger Gott im Himmel, *Peter!*« Aber keine Antwort kam von dem Fensterschlitz, und in der Stille bemächtigte sich eine Angst von solchem Ausmaß Simeons, daß sie das Herz eines Mannes zum Stillstand bringen konnte.

Simeon erhob sich mühsam auf die Knie, ließ den Kopf auf die Brust sinken, als eine Woge der Übelkeit drohte, seinen Magen zu leeren, und zog sich dann an dem steinernen Bett auf die Füße. Während er immer wieder den Namen seines Patensohnes rief, streckte er in nutzloser Verzweiflung die

Hände nach dem Fensterschlitz aus. Dann sah er das Gesicht eines bärtigen Mannes, und ihm schwanden die Sinne. Als er auf den Boden aufschlug, kurz bevor er in Bewußtlosigkeit versank, hörte er noch ganz deutlich ein schallendes Gelächter und die entsetzlichen Worte: »Wir haben ihn, Priester. Endlich haben wir deinen Welpen geschnappt.«

Eine Stiefelspitze weckte ihn. Ein scharfer Schmerz schoß durch seine Rippen und versetzte ihn aus barmherziger Bewußtlosigkeit wieder zurück in die trostlose Realität. Er lag noch immer in der Zelle unter der Propstei, kalt und von Schmerzen gequält. Eine flammende Fackel steckte in der Halterung der Mauer und brannte, wie es ihm scheinen wollte, so wild wie die Feuer der Hölle selbst. Der große John läutete noch immer mit seinem tiefen, klagenden Ton, der gleichzeitig Totengeläut und Begleitung der Morgengottesdienste war. Die Glocke läutete für Simeon, der dem Tod in einer stinkenden Zelle ins Auge sehen mußte, und für Beverley in seiner blinden Hingabe an das Verderben. Sie läutete für das Münster, das schon bald all jenen in die Hände fallen würde, die sich seines Reichtums bemächtigen und es dann schmählich verlassen würden, und was das Traurigste von allem war, diese Glocke läutete für ihrem Namensgeber, den gesegneten St. John von Beverley.

»Wacht auf, Priester. Öffnet Eure Augen und Eure Ohren. Mir steht der Sinn danach, meinen Sieg mit Euch zu teilen.«

Groß und gutaussehend stand Cyrus de Figham an der Tür, erleuchtet vom Fackelschein, und sein dunkles Haar und die aristokratischen Züge wurden durch die goldenen Falten seiner Kapuze noch betont. Seine Augen blitzten in dem flackernden Licht wie Juwelen, leuchtende Kristalle unter einem Saum tiefschwarzer Wimpern. Sogar der große, schwarze Stein an seinem Finger barg bernsteinfarbene Lichtblitze in seinen Tiefen.

»Wacht auf, Priester, und begrüßt Euren Kanonikus mit geziemendem Respekt.«

Der Stiefel trat ein zweites Mal in seine Rippen. Simeon

rollte sich auf die Seite und zog in Erwartung weiterer Gewalttätigkeiten die Knie bis ans Kinn hoch.

»Ich habe Euren Welpen, Simeon.« Die Stimme war weich und tief, die Stimme eines Mannes, den Freundschaft und nicht Haß trieb. »Diese runzlige Narbe an seiner Kehle ist ein genauso gutes Erkennungszeichen wie ein Mal, das ein glühendes Eisen hinterläßt.« Die Betonung jener letzten, abscheulichen Worte sollte Simeon daran erinnern, daß dieser Mann seine eigenen Gesetze schuf; und nichts außer seinen eigenen niederen Trieben konnte ihn berühren oder bewegen.

»Peter?«

»Er ist in meiner Gewalt«, wiederholte de Figham, »und er wird mich zu dem Schatz führen, um den die meisten Könige mich beneiden werden.«

»Nie! Niemals!« Simeons Worte gingen in einem Hustenanfall unter. De Fighams Lachen war grausam.

»Wenn er redet, wird Euch der Schandpfahl erspart bleiben, und die Anklagen gegen Euch werden fallengelassen. Man wird Euch acht Tage Zeit geben, das Land zu verlassen, und danach werden Euch Euer Leben und das seine wieder selbst gehören. Wenn der Junge auf seiner Sturheit beharrt, werdet Ihr sterben. Die Entscheidung ist ganz einfach, selbst für einen Zehnjährigen. Ich denke, die Gesetze der Sühne werden ihm den rechten Weg weisen.«

»Mein Gott, Ihr würdet einen kleinen Jungen foltern lassen?«

»Seid versichert, ich würde.« De Figham grinste .

»Ich werde Euch töten, ich werde ...«

Ein neuerlicher Tritt in die Rippen brachte ihn zum Schweigen.

»Ihr werdet was tun, Priester? Seht Euch doch an, wie Ihr daliegt, wie ein ausgepeitschter Straßenköter zu Füßen seines Herrn. Alles, was Ihr tun könnt, ist, auf meine Gunst und meine Barmherzigkeit zu hoffen. Ich werde Euch ächten lassen, Simeon de Beverley, in Acht und Schande werde ich Euch stürzen, und während man Euch exkommuniziert, werde ich mich mit Elvira vergnügen.«

Simeon hob den Kopf, und seine blauen Augen blinzelten

in die Flammen der Fackel, die hinter Fighams Kopf brannte. »Elvira?«

De Figham lachte laut auf. »Habt Ihr vielleicht geglaubt, ich würde sie nicht finden? Dachtet Ihr, Eure kleine List mit dem Schlüssel in Eurem Skriptorium, scheinbar sorglos im Schloß zurückgelassen, würde mich auch nur einen Augenblick täuschen können? Binnen einer Stunde wird mein Lakai mir die Nachricht schicken, daß die Kette durch das Loch gezogen ist, und dann werde ich sie bekommen. Hört Ihr mich, Priester? *Ich werde sie bekommen!*«

»Gütiger Gott im Himmel.«

»Vielleicht wird auch ihr die Gunst gewährt, sich der Sühne zu unterziehen? Anschließend wird man sie natürlich in meine Obhut geben, und ich werde mich dafür stark machen, ihr beizubringen, wie falsch ihr bisheriges Verhalten war.«

»Ich bringe Euch um, de Figham. Gott sei mein Zeuge, ich bringe Euch um, wenn Ihr Hand an sie legt.«

»Na, na«, höhnte de Figham. »Ist das der fromme Simeon, der da krakeelt, er wolle einen Kanonikus ermorden? Und wie, bitte schön, wollt Ihr mich töten, Priester? Ihr könnt ja nicht mal auf Euren eigenen Füßen stehen, ganz zu schweigen davon, Eure Hure vor meinen Plänen zu bewahren. Ich bekomme sie. Sie wird mein Brandmal tragen und mein Bett wärmen und mir eine ganze Horde hübscher Bälger gebären, die meinen Namen tragen werden. Ich werde sie bekommen, und ob Ihr im Exil lebt oder in der Hölle schmort, Eure Seele wird sich jedesmal, wenn ich ihr Fleisch berühre, vor Qualen krümmen.«

»Nein, nein!«

Als Simeon versuchte, sich zu erheben, trat de Figham ihn abermals nieder, griff sich dann die flammende Fackel, stieß ein schallendes Gelächter aus und verließ die Zelle. Die schwere Tür fiel hinter ihm ins Schloß, und eifrige Hände sicherten sie mit Riegeln und Ketten. In der Dunkelheit hinter der Tür lag der verletzte Priester auf den Knien. Er preßte das Gesicht in die Binsen und weinte.

Elvira erhob sich von ihrem Bett, und nachdem der erste Schock über den entsetzlichen Anblick, den Simeon geboten hatte, vergangen war, konnte sie nun auch wieder klar denken.

»Wird diese Glocke denn niemals aufhören zu läuten?« fragte sie mit einem Seufzen. »Sie erinnert mich zu sehr an die Sterbeglocke. Sie dringt mir mit jedem Schlag durch das Herz.«

»Die Morgenmesse wurde durch Simeons Zurschaustellung am Schandpfahl verzögert«, erklärte Edwin ihr. »Es ist noch keine Stunde her …«

»Noch nicht mal eine Stunde? Die Ewigkeit selbst muß sich mit schnellerem Schritt bewegen.«

Elvira stand am Kamin, wo Edwinia, Edwins Zwillingsschwester, sich nach Kräften bemühte, ein Feuer zu entzünden. Die Arme des Mädchens waren so dünn wie Stöcke, und die Knochen ragten scharf aus ihrem Gesicht heraus, aber ihr braunes Haar war nicht mehr ganz so stumpf wie noch vor kurzem, und auch der gehetzte Blick war aus ihren Augen gewichen.

Elvira war bleich, aber sehr gefaßt. Ihre Hände zitterten nicht mehr, und das Gefühl der Panik, das sie auf dem Marktplatz überfallen hatte, war langsam verebbt, so daß sie nun auch ihre Kraft wiederfand. Das Elend Simeons hatte ihren Verstand getrübt, aber jetzt sah sie die Situation als das, was sie war, und sie wußte, daß der kalte, haßerfüllte Zorn in ihrem Herzen ihr helfen würde. Sie durchschaute de Fighams Plan vollkommen. Wie der Esel, dem man eine Karotte vor die Nase hinhielt, die er nicht zu fassen bekam, hatte diese Stadt sich auf ein blutiges Spektakel gefreut, nur um sich seiner beraubt zu sehen, noch bevor sie den ersten Bissen hatten schlucken können. Morgen früh würden sie besser vorbereitet sein. Ein Mann aus Beverley war ermordet worden, und die Kirche hatte der Stadt gegenüber eine Verpflichtung. In diesem Wissen würden die Einwohner Beverleys ihren rechtmäßigen Anteil der Gerechtigkeit fordern.

»Lady, Ihr kommt den Flammen mit Eurem Gewand gefährlich nah.«

»Ich danke dir, Edwinia.« Elvira lächelte, und das Mädchen huschte zu ihrem Platz auf der anderen Seite der niedrigen Brunnenwand hinüber. Dort gesellte sie sich zu ihrem Bruder, und gemeinsam knieten sie vor der Wand, ihre Ellbogen auf die Steine gestützt und ihre Gesichter auf die Hände gelegt. Sie ähnelten einander so sehr, daß, wenn man nur ihr Haar und ihre Gesichter sehen konnte, selbst ihre eigene Mutter Schwierigkeiten gehabt hätte, herauszufinden, welches Kind das Mädchen und welches der Junge war.

Elvira wandte sich ab und starrte abermals in die glühenden Kohlen. Wenn Simeon während einer weiteren langen Nacht in den Zellen an seinen Verletzungen starb, hatte de Figham erreicht, was er wollte, und wer konnte ahnen, welche weiteren Verletzungen er Simeon hinter Schloß und Riegel zufügen mochte? Wenn er überlebte, würde der Mob jetzt, nachdem sein Zorn so klug angefacht worden war, de Figham diese Arbeit abnehmen. Und am Ende würde der dämonische Kanoniker de Figham als ein Mann von tiefem, wenn auch fehlgeleitetem Mitleid für den Verdammten dastehen. Durch sein Eingreifen bei Simeons Fahrt am Schandpfahl hatte er sich in zweifacher Hinsicht einen guten Dienst erwiesen: Er hatte sich selbst den Anschein christlicher Güte gegeben und Simeon dem Tode noch ein Stückchen näher gebracht.

Elvira griff nach einem Messer mit einer langen und schmalen Klinge, einem Messer, mit dem Simeon oft seinen Federkiel angespitzt hatte. Die Klinge war von häufigem Gebrauch eingekerbt, und der aus Knochen geschnitzte Griff war abgenutzt und lag wunderbar in der Hand. Sie preßte sich das Messer an die Brust und suchte in dem kühlen, glatten Metall ein Stück von Simeons Wesen wiederzufinden. Dann öffnete sie ihr Gewand und ließ das Messer hineingleiten, bis es von den Falten des weich fließenden Stoffes verborgen wurde.

»Ich gehe zu ihm«, sagte sie ohne jegliche Gefühlsregung. »Wenn dies vorüber und Simeon tot ist, gehe ich zu Cyrus de Figham und krieche in sein Bett. Noch in derselben Nacht wird er mit Simeons Klinge zwischen den Rippen sterben.«

»Nein, Elvira!« flehte Edwin sie an. »So etwas dürft Ihr nicht einmal denken.«

»Niemand anderes kommt an ihn heran. Er verwischt seine Spuren bei jedem Schritt und sorgt dafür, daß sein Lakai, dieser John Palmer, immer zwischen sich und möglichen Anklägern steht. Kein Mann kann ihn zur Rechenschaft ziehen, solange auch nur der kleinste Beweis auf John Palmer als den Schuldigen deutet, der hinter dem Rücken seines arglosen Herrn böse Ränke schmiedet.«

»Kein Mann kann ihn fangen; dazu ist er zu schlau«, pflichtete Edwin ihr bei.

»Kein Mann kann ihn fangen, das stimmt, aber möglicherweise kann es eine Frau. Ich werde ihn töten, Edwin, sobald mein Simeon gestorben ist. Das schwöre ich. Wenn Simeons Herz stillsteht, werde ich de Fighams grausames Herz zum Stillstand bringen.«

Daraufhin versanken sie in tiefes Schweigen, und Edwin legte seinen Arm um die zitternden Schultern seiner Schwester. Diese aus leidenschaftlicher Entschlossenheit geborene Stille der ernsten Frau entsetzte die Geschwister, und keiner der beiden zweifelte auch nur im mindesten daran, daß Elvira ihren Schwur halten würde. Bruder und Schwester teilten ein besonderes Gefühl, und Liebe war etwas, das sie sehr wohl verstehen konnten.

»Sag mir die Wahrheit, Edwin. Hat man Pater Richard überfallen?«

»Ja, Elvira. Ich sah, wie sie ihn in der Nähe des Waldes, der zwischen dem Westwald und der alten Römerstraße liegt, angegriffen und vom Pferd geworfen haben.«

»Ist er tot?«

»Das weiß ich nicht. Die Priester von St. Mary haben sich auf die Suche nach ihm gemacht. Ich glaube … ich glaube, er ist tot.«

»Wer wird denn dann an seiner Stelle nach York reiten?«

Edwin sprang auf. »Ich!«

Sie schüttelte den Kopf. »Du nicht, mein lieber Freund. Wenn dich deine Krankheit bei diesem Abenteuer nicht in die Knie zwingt, dann gewiß dein Mangel an Erfahrung im Sattel.« Eine Weile ging sie aufgeregt vor dem Kamin auf und ab, und ihre Augenbrauen zogen sich zu einem finsteren Stirnrunzeln zusammen. »Wir dürfen auf keinen Fall die Hoffnung aufgeben, solange Simeon noch lebt.«

»Lebt er denn noch? Glaubt Ihr das wirklich, Elvira?«

Sie schloß die Augen und legte ihre Hände ans Herz, als könne sie dort irgendeine Spur von Simeon finden. Schließlich hob sie den Kopf und lächelte ein wenig. »Ja, Edwin, er lebt.«

»Wie das Band zwischen Zwillingen«, flüsterte der Junge, und diese Worte waren eigentlich nur für die Ohren seiner Schwester bestimmt.

»Er ist mein Leben, Edwin«, sagte Elvira. »Wenn er tot ist, wird mein Herz das wissen. Jetzt mußt du einen Mann finden, der nach York reiten kann. Versprich ihm, was du willst. Er soll dieselbe Nachricht wie Pater Richard überbringen, und dann nach Aaron, dem Juden, suchen und ihm folgendes sagen.« Sie griff nach einer Schere und schnitt sich eine dicke Strähne aus ihrem Haar. »Ich schicke ihm dies als Unterpfand meines Vertrauens und schwöre, daß ich zu dem Juden gehe, wenn Simeon gerettet wird.«

Edwin war sichtbar entsetzt. »Ihr werdet Simeon verlassen und zu dem Rabbi gehen?«

»Ich werde es tun, wenn ich ihm damit das Leben retten kann.«

»Und werdet Ihr bei ihm bleiben, auch wenn Simeon noch lebt?«

»Ich werde mein Versprechen Aaron gegenüber ehren, wenn er mir hilft, Simeon zu retten«, sagte Elvira gelassen.

»Aber Lady, er ist ein *Jude*.«

Sie zuckte mit den Schultern. »Unser Messias war ebenfalls Jude. Ich werde, wenn es sein muß, den Glauben des Rabbis annehmen und nach Kräften versuchen, danach zu leben. Mehr als das kann ich nicht versprechen. Alles andere gehört Simeon.«

»Ihr seid sehr tapfer«, flüsterte Edwinia.

Elvira nahm ein Bündel aus dem Schrank in der Ecke, öffnete das Tuch und hielt schließlich den schimmernden Mähnenkamm in der Hand. Vor zehn Jahren hatte sie ihn aus dem Zaumzeug eines Streitrosses gestohlen und ihn in der Hoffnung, ihrem toten Kind einen Platz im Himmel erkaufen zu können, einem gutaussehenden Priester gegeben. Jetzt besaß der goldene Mähnenkamm ein kreisrundes Loch in der Mitte, dort wo der Pfeil eingeschlagen war, aber das würde an seinem Wert für den Juden nichts ändern. Als sie sich wieder an Edwin wandte, standen Tränen in ihren Augen.

»Auch dies muß Rabbi Aaron überbracht werden. Nimm es, Edwin. Wenn Simeon dieses kostbare Andenken schon verlieren muß, dann soll es wenigstens dabei helfen, seine Sicherheit und seine Freiheit zu erkaufen. Also, wem können wir diese Dinge anvertrauen? Wen können wir nach York schicken?«

»Ich weiß es nicht, Elvira. Vielleicht den Kräutersammler, der Osric im Hospital hilft, oder den Schreiber, der Simeon beim Kopieren hilft, oder auch den Gärtner, der die alten Bäume für ihn fällt oder …«

»Finde jemanden«, sagte Elvira zu ihm.

»Das werde ich.«

Sie legte ihm eine Hand auf die Wange. Er überragte sie um einige Zentimeter, und doch war er für sie kaum mehr als ein Kind. Es schien eine Ironie des Schicksals zu sein, daß ihre letzte Hoffnung am Ende in den Händen eines willigen, aber unerfahrenen Jungen liegen sollte. »Edwin, der Priester mit der schwarzen Kapuze hat dich hierhergeschickt und dich geheißen, dein Leben Simeon zu verpfänden. Wenn du den Falschen wählst, ist Simeon verloren. Du mußt dein Versprechen halten.«

Er nahm ihre Hand und legte sie sich auf seine Lippen. »Ich werde Euch nicht im Stich lassen, Elvira.«

»Nein, Edwin, Simeon ist es, den du nicht im Stich lassen sollst.«

Als ein Geistlicher aus dem Hospital zu Elvira kam und ihr etwas zu essen brachte, hatte der große John aufgehört zu läuten, und die Laudes war zu Ende. Während sie ihm das Tablett abnahm und die Zwillinge herbeirief, legte der Geistliche den Riegel wieder vor die Tür. Dann machte er sich am

Kamin zu schaffen, um das Feuer neu anzufachen. Die Zwillinge nahmen sich jeder etwas Brot und Käse, kehrten dann zu ihrem Platz am Brunnen zurück und begannen zu essen. Elvira beobachtete den Geistlichen. Er trug eine Tonsur, und sein Gesicht kam ihr vertraut vor, aber seine Anwesenheit hier beunruhigte sie auf unerklärliche Weise.

»Wie heißt Ihr?«

»Ich bin John, Osrics rechte Hand.«

»Noch ein John. Unser Heiliger hat viele hier, die seinen Namen tragen. Wie lange lebt und arbeitet Ihr schon in St. Peter?«

»Noch nicht sehr lange«, erwiderte der Mann.

Elvira beachtete das Essen nicht. Die Glocke des Münsters hatte plötzlich wieder zu läuten begonnen. Dieses Geräusch, das zu einer völlig falschen Zeit erscholl, wirkte auf seltsame Weise bedrohlich.

»Ihr könnt jetzt gehen, John«, sagte sie.

»Laßt mich noch ein paar Holzscheite aus dem Korb holen.«

»Nein!« Ihre Stimme klang schrill und drängend. Sie schluckte ein Gefühl böser Vorahnung herunter und fügte in etwas milderem Ton hinzu: »Das ist nicht nötig. Bitte geht sofort.«

Edwin erhob sich nun ebenfalls, denn die Besorgnis, die sich in Elviras Stimme eingeschlichen hatte, ängstigte ihn. Er wollte gerade etwas sagen, als plötzlich sein Kiefer erschlaffte und seine Augen zufielen. Seine Beine gaben unter ihm nach, und seine Schwester ließ ihren Becher fallen, um ihren Bruder zu stützen; der Junge murmelte noch etwas Unverständliches und fiel dann der Länge nach neben sie ins Stroh. Der Geistliche rührte sich nicht, sondern hockte nach wie vor neben dem Kamin. »Ich muß das Tablett und die Krüge zurückbringen.«

»Nein, ich möchte, daß Ihr sofort geht«, sagte Elvira. »Ich habe persönliche Angelegenheiten zu erledigen …«

Sie hörte das Geräusch von Füßen draußen und schaute zur Tür. Plötzlich bemerkte sie, daß die schwere Kette, die an dem inneren Riegel befestigt war, durch das Loch in der Tür nach draußen hing. Jede Hand, sei es die Hand eines Freundes oder eines Feindes, konnte nun den Riegel anheben und die schwere Tür öffnen. Dieser Geistliche, dieser John, die rechte Hand von Osric, hatte sie alle in Gefahr gebracht.

Mit einem Aufschrei stürzte Elvira zur Tür, aber bevor ihre Hand nach der Kette greifen und sie wieder hineinziehen konnte, faßte von außen eine stärkere Hand danach und riß daran. Elvira warf sich gegen den Riegel, der nun in die Höhe fuhr, aber weder ihre Schnelligkeit noch ihr Gewicht reichten aus, um ihn wieder hinunterzubringen. Zu spät sah sie ihn aus seiner eisernen Halterung springen. Mit einem zweiten Aufschrei sprang sie zurück, und der gewaltige Riegel fiel klirrend zu Boden und rollte scheppernd auf sie zu, schwer genug, um ihr einen Knochen zu brechen. Ihr stockte der Atem, wußte sie doch, daß es zum Schlimmsten gekommen war. Die Skriptoriumstür wurde mit ungeheurer Kraft aufgerissen, und Cyrus de Figham trat über die Schwelle.

»So, Elvira, Priesterhure und Grabenbauersfrau, so sehen wir uns also wieder.«

Cyrus de Figham warf die Tür hinter sich zu und sperrte die beiden Männer in seiner Begleitung aus. Sein Umhang war schwarz, mit Pelz gesäumt und mit einer goldfarbenen Kapuze versehen, und an seinen Stiefeln klimperten üppige Schmuckstücke aus Silber und Gold. Während Elvira vor ihm zurückschrak, kam er näher. Mit breitem Lächeln und funkelnden Augen musterte er sie von Kopf bis Fuß, und seinem Gesichtsausdruck nach schien er keinen Mangel an ihrer Schönheit entdecken zu können.

De Figham fuhr sich mit der Zunge über die Lippen und kostete den Augenblick voll aus. Hier endlich war die Frau, nach der er sich seit Jahren verzehrte, die Frau, nach der er gesucht hatte, von der er geträumt, die er begehrt und verachtet hatte, und das alles mit gleicher Leidenschaft. Sie war noch schöner, als es ihm in Erinnerung war. Ihr Gesicht war so weiß wie Alabaster mit seinen vollkommenen Zügen, einem üppigen Mund, feingemeißelten Wangenknochen und einer hohen, intelligenten Stirn. Ihr Haar war schwarz und zeigte keine Spur von Grau, obwohl es im Licht farbig schimmerte wie die Schwingen einer Dohle. Sie war von Kopf bis Fuß vollkommen, mit vollen Brüsten und schlanken, zierlichen Händen, aber ihre Augen waren es, die ihn vor allem fesselten. Seit ihrer ersten Begegnung hatten sie ihn verfolgt; Augen so groß und warm, so dunkel und einladend, daß ein Mann in ihren tintenschwarzen Tiefen ertrinken mochte und sich niemals mehr etwas anderes wünschte.

»Raus hier«, fauchte er den Geistlichen an, ohne seinen Blick von Elvira abzuwenden.

»Aber mein Herr Kanonikus, da wäre …«

»Ich sagte raus, verdammt nochmal!«

Der Geistliche huschte aus dem Raum, und de Figham, der für nichts Augen hatte als für Elvira, schloß die Tür hinter ihm mit einem Tritt. Elviras Hände lagen auf dem Messer, das sie in ihrem Gewand verborgen hielt. Um sich selbst zu verteidigen, hätte sie es vielleicht herausgezogen, aber um Simeons willen durfte sie dieses Risiko nicht eingehen. Solange er noch lebte, solange es noch Hoffnung für ihn gab, wie verschwindend diese auch sein mochte, durfte sie ihm diese Hoffnung nicht durch irgendeinen übereilten Fehler rauben.

De Figham befeuchtete sich abermals die Lippen. Die Frau erregte ihn mehr, als er sagen konnte. In ihren schönen Augen standen weder Furcht noch Trotz, als sie ihn ansah. Sie war stolz und ruhig. Dies hier war Simeon de Beverleys Hure, und jetzt hatte de Figham sie endlich in seiner Hand. Für ihn war das ein berauschender, ein lange ersehnter Triumph. Das Begehren nach ihr regte sich in seinen Lenden, aber er würde sie nicht hier und jetzt nehmen. Er würde dafür sorgen, daß sie zu ihm kam, daß sie ihn auf Knien anflehte. Er würde sie dazu bringen, ihren Priester zu verraten und *ihn* ihren Herrn zu nennen. Er würde dafür sorgen, daß sie ihm demütig und unterwürfig gegenübertrat, und da er Simeon und den Jungen in der Hand hatte, war ihre Unterwerfung, ihre Qual zum Greifen nah.

»So, Elvira«, sagte er noch einmal. »Es sieht so aus, als hätte ich dich.«

»Niemals«, antwortete sie ruhig.

»O doch, ich habe dich genauso wie deinen Geliebten … und seinen Sohn.«

Er sah, wie ihre Augen sich weiteten. »O nein.«

»Der Welpe mit der runzligen Narbe über der Kehle, eine Narbe, die man mit der scharfen Spitze eines Jagdmessers leicht wieder öffnen könnte.«

»Das ist unmöglich«, flüsterte sie heiser.

»O doch, Elvira. Dein Geliebter liegt sterbend im Kerker der Propstei und dein kleiner Bastard gefesselt und geknebelt in einem Mehlsack. Und nun sind der Riegel vor der Tür und die Kette nutzlos. Mir will doch scheinen, Elvira, Priesterhure und Grabenbauersfrau, daß ich dich endlich für mich allein habe.«

KAPITEL 31

Edwinia, die flach neben ihrem Bruder in den Binsen lag, vor allen Blicken verborgen durch die niedrige Mauer des Brunnens, faltete in schweigendem Gebet die Hände, entsetzt bei dem Gedanken, daß de Figham sie dort finden könnte. Der Ruf dieses Kanonikus erfüllte ihr Herz mit Furcht, und sie wußte, daß ihre und Edwins Sicherheit von ihrem Schweigen abhingen. Ihr Bruder würde vollkommen lautlos wieder erwachen, so als tauche er aus einem normalen Schlaf auf, und Edwinia betete, daß sie ihn warnen konnte, sobald seine Augen sich öffneten und bevor er sich regte oder den Eindringling mit irgendeinem Geräusch auf sich aufmerksam machte. Sie schob den goldenen Mähnenkamm unter die Binsen, legte dann ihre Hand an Edwins Wange und wartete.

De Figham ging mit langen Schritten zum Kamin neben dem Brunnen und zog einige Papiere aus seinem Rock. Sie trugen das Siegel des Propstes und waren mit einem scharlachroten Band verschlossen, und nun warf er sie auf den Tisch. »Das sind die formellen Anklagen gegen Simeon de Beverley«, erklärte er. »Und dies sind die schriftlichen Aussagen eines jeden Zeugen, gesammelt von meinem Kaplan, John Palmer.«

»Der Mann, hinter dem Ihr Euch versteckt«, sagte Elvira.

De Figham breitete die Hände aus und lächelte. »Wenn ein Mann soviel Macht hat wie ich, gibt er sich natürlich Mühe, diese Macht zu schützen. Es gibt nicht den geringsten Makel auf meinem Charakter, der bewiesen werden könnte, denn ich handele ja nur auf John Palmers Aussagen und Ratschläge hin. Ein Mann in meiner Position braucht nun einmal einen Sündenbock, auf den sich seine Feinde mit ihrer gemeinen Eifersucht konzentrieren können. Wäre Simeon ein klügerer Mann, würde gerade in diesem Augenblick sein treuer Kaplan Richard von Weel an seiner Stelle leiden.«

»Habt Ihr denn überhaupt kein Gewissen, Sir?«

Über diese Frage konnte de Figham nur lachen. »Wozu

brauche ich schon ein Gewissen? Der Diener dient dem Herrn, und als Gegenleistung für seine Treue erkauft der Herr seinem Diener, falls notwendig, die Freiheit. Mein Weg ist auf jeden Fall der bessere. Nichts und niemand wird Cyrus de Figham jemals in die Würdelosigkeit einer stinkenden Gefängniszelle bringen.«

»Warum habt Ihr diese Papiere hierhergebracht?«

»Ihr habt eine hübsche Stimme, Elvira. Vielleicht könntet Ihr mir vorlesen. Lest Ihr gut?«

»Warum habt Ihr die Papiere hierhergebracht?« fragte sie noch einmal.

Immer noch lächelnd seufzte er. »Es gibt keine Kopie dieser Dokumente. Ich schenke sie Euch, Elvira. Verbrennt sie, wenn ihre Zerstörung Euch Vergnügen bereitet.«

»Ich soll sie verbrennen?«

»Jawohl, und Simeon wird ein freier Mann sein.«

Elvira schaute von den Papieren zum Feuer, begegnete dann de Fighams Blick und sprach laut, was ihr im Kopf herumging. »Was für ein Spiel soll das sein, Sir?«

»Das ist kein Spiel. Verbrennt die Papiere, und Simeon ist frei.«

Hinter dem Brunnen öffnete Edwin nun die Augen, und Edwinia preßte ihm eine Hand auf den Mund. Er spürte ihre Furcht, als wäre sie seine eigene, setzte sich auf, ohne ein Geräusch zu machen, und begriff sofort, was geschehen war. Daß Cyrus de Figham hier in Simeons uneinnehmbarem Skriptorium sein sollte, war einfach undenkbar. Die Viper war in das sicherste Nest Beverleys eingedrungen, und Elvira, ganz auf sich gestellt, würde sein Opfer sein. Edwinia bedeutete ihm, daß draußen vor der Tür andere Leute warteten, und erinnerte ihn gleichzeitig daran, daß jeder Rettungsversuch seinerseits vergeblich sein mußte. Die beiden konnten nur zusehen, lauschen und beten, daß sie irgendeinen Weg finden würden, um Elvira zu helfen.

Mit in Höhe der Taille verschränkten Händen stand Elvira da; gelassen und tapfer sah sie Cyrus ins Gesicht, dem Mann, dessen Macht keine Grenzen kannte. Schließlich fragte sie ihn gefaßt: »Was verlangt Ihr von mir für Simeons Freiheit?«

»Daß Ihr ihn öffentlich verurteilt. Sprecht bei seiner Verhandlung gegen ihn.«

»Niemals. Eher werde ich sterben.«

»Das werdet Ihr vielleicht auch«, erwiderte er lächelnd. »Wenn ich mit Euch fertig bin.«

»Dann soll es so sein, aber ich werde nicht gegen ihn sprechen.«

»Eure Ergebenheit ist rührend«, sagte de Figham beißend. »Und töricht. Seid vernünftig, Elvira. Verurteilt ihn als Schänder und Hexenmeister. Gesteht, daß er heiliges Wasser gestohlen und verkauft hat in dem Wissen, daß man es für unheilige Zwecke mißbrauchen würde. Gebt zu, daß er die kostbaren Bücher unseres Münsters zu eigenen Zwecken entwendet hat.«

»Niemals. Für all das wird man ihn exkommunizieren. Man wird ihn *ächten*.«

»Das wird man in der Tat. Das kann ich nicht verhindern.«

»Ich werde es nicht tun.«

De Figham seufzte noch einmal. »Geächtet oder tot, die Wahl liegt bei Euch, meine Schöne. Ohne diese schriftlichen Beweise wird allein Eure Aussage dafür sorgen, daß man ihn nur der geringeren Vergehen für schuldig spricht. Ich werde verhindern, daß man ihn morgen früh am Schandpfahl durch die Stadt fährt; ich lasse ihn sofort aus seiner Zelle holen und erlaube seinem Hospizbruder, sich um ihn zu kümmern. Und ich werde Euch Euren Sohn unverletzt zurückgeben. So, Ihr braucht nur ein Wort zu sagen, und er ist gerettet; schweigt Ihr, wird er sterben. Eine ganz einfache Entscheidung.«

Elvira starrte in die dunklen, metallisch funkelnden Augen des Mannes. Sie traute ihm nicht und glaubte auch nicht, daß er Peter freilassen würde. Es gab Männer in York, in Canterbury und sogar in Rom, die einen hohen Preis bezahlen würden, um den geheimnisvollen Jungen in ihre Fänge zu bekommen. Auch durfte sie sich nicht der Hoffnung hingeben, daß Simeon gerettet würde oder daß sie der Begierde, die ihr aus diesen quecksilbrigen Augen entgegensah, entgehen konnte.

»Ich werde nicht gegen ihn sprechen«, sagte sie leise.

»Dann wird er morgen sterben und Ihr …« Er hielt inne,

legte den Kopf zur Seite und lauschte. Die Glocke hatte wieder aufgehört zu läuten, ein neuerliches Signal. Mit einer Geschwindigkeit, die Elvira überraschte, riß de Figham die Papiere an sich und schleuderte sie ins Feuer, warf die Hocker um den Kamin zu Boden und stürzte sich auf sie. Binnen eines Augenblicks war ihr Gewand von der Schulter bis zur Taille aufgerissen und entblößte das Leinenhemd darunter sowie das kleine Messer, das an ihrem Gürtel hing. Sie kämpfte wie eine Tigerin, stürzte sich mit Zähnen und Klauen auf ihren Angreifer. Daraufhin schlug er sie mit dem Handrücken ins Gesicht, und sie fiel zu Boden, wo sie weiter miteinander rangen, das Messer zwischen sich. Mit einem lauten Aufschrei versuchte Edwin, ihr zu Hilfe zu kommen, aber er stolperte und schlug ebenfalls hin, denn seine Schwester klammerte sich in Panik an ihn. Edwinia hörte die Schritte und Stimmen auf der anderen Seite der Tür und fürchtete mehr um das Leben ihres Bruders als um Elviras Sicherheit.

Als de Fighams Männer ins Skriptorium stürzten, fanden sie den Kanonikus auf dem Boden und im Kampf mit der Frau vor; sein Umhang war aufgeschlitzt und seine Kleider in völliger Unordnung. Zwei Priester, unterstützt von dem Kanonikus von St. Catherine, zerrten Elvira auf die Füße und hielten sie dann fest.

»Mein Herr und Kanonikus, seid Ihr verletzt?«

»*Verletzt?*« De Figham schrie das Wort heraus. »Diese Hexe hat mich angegriffen. Seht, hier ist das Messer, mit dem sie mich töten wollte. Sie hatte es in ihren Kleidern versteckt. Sie hat mir ihre Gunst angetragen und mich dann angegriffen.«

»Dann wird sie ihre gerechte Strafe erhalten, mein Herr. Aber Ihr seid verletzt.«

De Figham saugte an seiner Hand, wo Elviras Zähne das Fleisch fast bis zum Knochen durchbohrt hatten. »Sie hat mich gebissen. Die Hure hat es gewagt, mich zu beißen, als ich versuchte, sie festzunehmen. Mein Gott … die Papiere …«

Während die anderen ungläubig ins Feuer schauten und die Zwillinge sich weiter hinter dem Brunnen verborgen hielten, fiel de Figham auf die Knie und versuchte vergeblich, die brennenden Papiere aus dem Feuer zu ziehen. Als dieses

Unterfangen endgültig gescheitert war, erhob er sich auf die Füße, schüttelte den Kopf und starrte in den Kamin, als entfalte sich dort eine unaussprechliche Tragödie. »Die Papiere sind verloren«, sagte er zu allen Anwesenden. »Die Hure hat die einzigen schriftlichen Beweise gegen Simeon vernichtet, die offiziellen Anklagen, die Aussagen der Zeugen, alles vernichtet.«

»Es gibt eine Kopie, mein Herr und Kanonikus.«

»Tatsächlich?« Er heuchelte Überraschung und bekreuzigte sich. »Dank sei Gott für die Tüchtigkeit meiner Geistlichen.« Dann zeigte er mit einem Finger auf Elvira. »Ich will, daß diese Frau festgenommen und in den Kerker geworfen wird.«

»So soll es sein, Pater Cyrus.«

»Man soll sie ermutigen, volle Buße zu tun für diesen – diesen Frevel. Laßt unverzüglich eine offizielle Anklageschrift gegen sie aufsetzen. Sie ist eine Hexe, eine Zauberin. Sie hat die Mächte der Dunkelheit angerufen, damit sie ihr gegen mich zur Seite stehen. Sie hat versucht, mich zu ermorden. Ihr habt ja selbst gesehen, daß sie wie ein Dämon gekämpft hat, gegen die Autorität der Kirche. Drei Männer … drei starke, gesunde, christliche Männer … waren nötig, um sie in ihrem Wahnsinn aufzuhalten. Der Teufel persönlich muß ihr in dieser Sache beigestanden haben.«

Jeder der Anwesenden bekreuzigte sich daraufhin, und die Männer, die Elvira festhielten, wichen vor ihr zurück und hielten sie mit ausgestreckten Armen an den Handgelenken; einer packte von hinten ihr Haar mit so grausamem Griff, daß ihr Kopf schmerzhaft zurückgezogen wurde. De Fighams Blick glitt von ihrem Gesicht, in dem er mit seinem Schlag ein Mal auf ihrer Wange hinterlassen hatte, zu der hellen Haut ihrer nackten Kehle, der festen Schwellung ihrer Brüste und den straffen Brustwarzen, die durch das Hemd deutlich zu sehen waren. Das Verlangen, sie hier und jetzt zu nehmen, loderte mit brennendem Schmerz in seinen Lenden. Er zog sich seinen Umhang um den Leib, um das äußere Zeichen seiner Erregung zu verhüllen, und wandte dann mit einigem Widerwillen den Blick von ihr ab.

»Bedeckt ihr sündiges Fleisch«, fuhr er die Männer an. »Bindet sie fest, damit sie sich nicht in eine Krähe verwandelt und zu ihrem Herrn fliegt, und schafft mir einen Arzt für meine Hand herbei. Mein Gott, ich fürchte, die Hexe hat mich mit ihrem Biß vergiftet.«

Sie führten Elvira mit auf den Rücken gefesselten Händen aus dem Skriptorium, eine kleine, dunkle Gestalt, umringt von vielen Wachen. Sie hielt den Kopf hoch erhoben, ihr Gesicht zeigte keinerlei Gefühl, und ihr Tritt war von unbeirrbarer Sicherheit, und niemand hätte die Qual in ihrem Herzen erraten können. Männer weinten, als sie an ihnen vorbeigingen, und Frauen hoben ihre Schürzen ans Gesicht. Alle Bewohner St. Peters waren gekommen um zuzusehen, wie Elvira fortgeführt wurde, stille Gestalten, die die Wege vom Skriptorium zum Tor säumten, eine Strecke von vielen hundert Metern. Das Schweigen innerhalb der Kirchenmauern war beinahe unheimlich. Kein Vogel sang in den Bäumen, kein Mann sprach mit seinem Nachbarn, kein Kind schrie. Als ein einzelner Lichtblitz durch den düsteren, schweren Himmel zuckte, nahmen einige dies als Zeichen und fielen vor Angst auf die Knie. Dies war der traurigste Zug in ihrem Leben, an dem Elvira, die ein ganzes Jahrzehnt unter Feinden überlebt hatte, wie eine Verbrecherin aus ihrer aller Zuflucht fortgeführt wurde.

In der leeren Kirche hob ein alter Mann in einem langen, weißen Gewand einen Ärmel, um sich eine Träne aus dem Gesicht zu wischen. Mit zögernden Schritten ging er zu dem kleinen, offenen Turm hinüber, griff nach dem herunterhängenden Seil und stützte sich darauf. Während er die Sterbeglocke läutete, vergoß Pater Cuthbert, der zerbrechliche, alternde Kanonikus von St. Peter bittere Tränen für die dem Untergang geweihte Elvira.

»Das darfst du nicht, Edwin«, rief Edwinia. »Du darfst es nicht. Es ist eine entsetzliche Dummheit.«

»Wer sonst wird uns helfen?« fragte ihr Bruder. Er suchte den Mähnenkamm aus den Binsen heraus, wickelte ihn in ein

Leinentuch und schob ihn unter sein Gewand. »Das hat ihm das Leben gerettet, als der Pfeil ihn traf. Vielleicht wird es ihm noch einmal das Leben retten. Und dies hier« – er hielt die dicke Haarlocke hoch und sah zu, wie der Feuerschein sein flackerndes Licht darauf warf – »wenn der Rabbi zu seinem Wort steht, wird dies hier Elvira retten.«

»Edwin, in Gottes Namen, laß einen anderen an deiner Stelle gehen.«

»Nein, Schwester.« Er faßte Edwinia bei den Schultern und schüttelte sie sanft. Ihre Augen waren vor Angst weit aufgerissen und feucht von Tränen. »Osric und die anderen sind unter der Erde. Die Hälfte unserer Freunde sucht nach Peter. Und wem sonst könnten wir vertrauen, Edwinia?«

»Es ist zu spät. Du wirfst sinnlos dein Leben weg.«

»Es ist nie zu spät, Edwinia, nicht solange noch einer von uns lebt.«

Er küßte sie auf die Lippen, schob sie von sich und rannte aus dem Skriptorium, ohne noch einmal einen Blick zurückzuwerfen, aus Angst, ihre Tränen könnten ihn von seinem Vorhaben abbringen.

In den Straßen herrschte immer noch Unruhe, so daß Edwin die dunklen Viehwege benutzte, um nach St. Mary zu eilen. Er fühlte sich unwohl mit dem goldenen Mähnenkamm unter seinem Rock. In Zeiten, wo Menschen für Brot oder ein ordentliches Paar Stiefel töteten, riskierte ein schmaler, unbewaffneter Junge wie er Leib und Leben, wenn er etwas so Wertvolles bei sich trug. In der Hengate mußte er sich einmal in einem Holzlager verstecken, als eine Bande junger Männer stöckeschwingend und mit Obszönitäten auf den Lippen vorüberkam. Von dort konnte er sehen, daß die Kirche in dem Tumult einigen Schaden genommen hatte. Ein Fensterladen war herausgerissen worden und das Glas dahinter zersplittert. Die Tür wies da, wo sie mit Steinbrocken traktiert worden war, zahlreiche Kerben und Scharten auf. Selbst die Mauern waren an einigen Stellen, an denen der Mob seiner Enttäuschung Luft gemacht hatte, zerschlagen worden. Viele Minuten lang kauerte er auf dem Hof des Holzfällers, bevor er über die offene Straße rannte, die niedrige Ziegelsteinmauer erklomm und im Laufschritt über den Friedhof jagte. Als er die Kirche erreichte, hämmerte er mit den Fäusten an die Tür, bis ein Geistlicher kam und ihn einließ.

Das große Pferd war zusammen mit vielen anderen Tieren im Mittelschiff festgebunden, noch immer mit Sattel und Zaumzeug versehen. Das Tier rollte mit den Augen und trat zur Seite aus, als der Junge in seine Nähe kam, schon jetzt durch seine Unfähigkeit nervös gemacht.

»Hü, Pferd, sei ganz ruhig. Wir haben etwas zu erledigen, du und ich, und wer kann sagen, wer von uns beiden die größere Angst davor hat? Wir reiten nach York, dreißig volle Meilen, und du mußt so schnell laufen, wie du nur kannst, und ich habe die Absicht, uns beide unversehrt dort hinzubringen.«

Ein Priester kam mit einem breiten Lächeln auf dem Gesicht angelaufen und trieb beim Näherkommen Hühner und Ziegen auseinander. »Edwin, ich habe gute Nachrichten für dich. Pater Richard lebt.«

»Gott sei gelobt! Ist er in der Lage, zu reiten?«

Der Priester schüttelte den Kopf. »Es wird noch lange dauern, bis er wieder auf einem Pferd sitzen kann. Er ist verletzt, aber bei Bewußtsein. Möchtest du mit ihm sprechen?«

»Vielen Dank, Pater.« Er fand Richard auf einem Bett aus Stroh hinter dem Altar. Sein Haar und Bart, sein Gesicht und seine Hände waren mit Schweiß bedeckt. Seine Stirn glühte, und doch zitterte er so heftig in seinem Bett, daß seine Zähne klapperten.

»Er hat Fieber. Ein paar Rippen sind gebrochen, und er hat sich einen Arm böse verrenkt. Alles andere siehst du ja. Der Kräuterheiler von der Lairgate tut, was er kann.«

»Schickt nach Osric. Er wird kommen, sobald er kann. In der Zwischenzeit wird der Kräuterheiler von St. Peter ihm das beste Gebräu gegen das Fieber zubereiten, das er kennt. Und bringt ihm noch eine Decke. Haltet ihn warm.«

»Ich werde tun, was du sagst«, meinte der Geistliche nickend. »Er kann ein wenig sprechen, aber er ist immer noch sehr verwirrt.«

Edwin nickte, ließ sich dann neben dem Strohlager auf die Knie nieder und nahm die Hand des Kranken in die seine.

»Pater Richard? Ich bin es, Edwin. Ich habe Euch nicht im Stich gelassen. Ich habe gesehen, was geschehen ist, aber es waren zu viele, also bin ich losgeritten, um Hilfe zu holen.«

Richards Augen öffneten sich flackernd, und er drückte Edwins Hand. Mit großer Mühe schaffte er es, ein einziges Wort hervorzustoßen. *»Geritten?«*

»Ich kann nicht bleiben«, sagte der Junge eindringlich. »Ich muß sofort nach York reiten.«

»Nein.« Richard drehte seinen Kopf auf dem Kissen und bemühte sich, einen klaren Gedanken zu fassen und den Jungen neben sich anzusehen. *»Nein!«*

»Ich muß. Simeon soll morgen in aller Frühe abermals an den Schandpfahl gestellt und durch die Stadt gezogen werden. Peter ist verschwunden und ...«

»Peter? Verschwunden?«

»Wir glauben, de Figham hat ihn.«

»O Gott, nein.«

»Und schlimmer: Wir wurden verraten. Er hat Elvira.«

Richard schloß die Augen und stöhnte laut. »Gütiger Jesus, ist es wirklich so weit gekommen?«

»Ich fürchte, ja«, erwiderte Edwin. »Kein Reiter kann erübrigt werden, keinem Fremden kann man trauen, und die Zeit ist knapp. Ich muß reiten, Pater Richard. Es gibt keinen anderen.«

»Dann geh, Junge. Geh mit meinem Segen. Gott behüte und bewahre dich und gebe dir Kraft und Schnelligkeit.« Er schlug das Kreuz und seufzte abermals. »Und möge er dich sicher wieder nach Hause bringen.«

Er bemerkte gar nicht, daß Edwin bereits gegangen war. Ein Hustenanfall erschöpfte ihn, und seine Rippen bereiteten ihm solche Qualen, daß er glaubte, in einem Schraubstock eingeklemmt zu sein. Dankbar hüllte er sich in die dicke Pelzdecke, die man über ihn breitete, und auch die warmen Ziegelsteine zu beiden Seiten seines zitternden Leibes waren ihm eine Wohltat. Dann versank er für eine Weile in einen unruhigen Schlaf. Als er erwachte, beugte sich ein Mann über ihn, ein Mann mit einem schönen, schmalen Gesicht und einem halb geschlossenen Auge.

»Wacht auf, Pater Richard«, sagte der Mann und schüttelte ihn an der Schulter. »Öffnet die Augen. Gut, so ist es gut. Jetzt seht mich an. Kennt Ihr mich?«

Der verletzte Mann nickte. »Ich kenne Euch, Daniel Habicht.«

»Und Ihr wißt, daß ich Edwins Freund bin.«

»Das weiß ich.«

»Dann sagt mir, wo er ist, Richard. Ich weiß, daß er hier war, und daß er vor weniger als einer Stunde mit Euch gesprochen hat. Seine Schwester sagt, er sei nach York geritten, um Hilfe zu holen, aber das kann doch unmöglich sein? Wo ist er, Richard?«

»York. Er reitet nach York.«

»Zum Teufel! Zum Teufel mit seinem Mut. Er ist krank, und er ist kein Reiter. Er kann weder ein Pferd beherrschen noch sich verteidigen, wenn ihm auf dem Wege Diebe auflauern.« Daniel biß die Zähne zusammen und zischte: »Selbst wenn er den Ritt übersteht, was allein schon ein Wunder wäre, wie will er dann den Erzbischof dazu bringen, ihn anzuhören?«

»Durch Fergus de Burton. Er wird zuerst zu ihm gehen.«

»Jawohl, wenn er ihn finden kann.« Daniel stand auf und ging erregt auf und ab, wobei seine Schritte aufgrund des verletzten Beins sehr unbeholfen wirkten. Schließlich packte er einen der älteren Priester an der Schulter und brüllte ihm ein paar hastige Befehle zu. »Beschafft mir ein Pferd, das beste, das Ihr habt, und stellt noch ein zusätzliches Reittier bereit. Das Tier, das Edwin sich geborgt hat, ist zu lebhaft für ihn.«

»Daniel?« Pater Richard hielt den jungen Priester am Saum seines Umhangs fest. »Ihr? Ihr wollt hinter ihm herreiten?«

»Ich muß.«

»Aber die Nachricht? Wer wird den Bischof um Hilfe für Simeon bitten, um Hilfe für Elvira und für Peter?«

»Bei Gott, *ich* werde es tun«, sagte Daniel. »Ich werde den Jungen finden und mit Fergus de Burton sprechen, und ich werde de Burton davon überzeugen, daß er Simeon helfen muß, und wenn ich mein Schwert dazu brauche.«

»Vergeßt Ihr da nicht Wulfric de Morthlund? Er wird es niemals zulassen. Als Euer Herr und Meister wird er ...«

Daniel kniete nieder, faßte Pater Richard am Handgelenk und löste dessen starre Finger von seinem Umhang. Seine Augen waren von stählerner Härte, als er sagte: »Für mich ist die Zeit gekommen, meine Wahl zu treffen. Heute bin ich mein eigener Herr.«

»Und morgen müßt Ihr dafür vielleicht einen furchtbaren Preis bezahlen.«

Daniel lächelte und neigte sein hübsches Gesicht. »Jawohl, das ist möglich, aber den heutigen Tag kann mir niemand mehr nehmen, Richard.«

»Gott segne Euch, Daniel Habicht. Ich gestehe, daß ich niemals geglaubt habe, Ihr wäret wirklich Euer eigener Herr.«

»Und Ihr wart klug beraten, das nicht zu tun, mein Freund. Bis zu diesem Augenblick war ich es nämlich auch nicht.« Er drehte sich um und humpelte davon, drängte sich durch die im Hauptschiff versammelten Tiere und rief mit lauter Stimme: »Bringt mir die Pferde! Zwei Pferde, wenn ich Euch bitten darf, beide frisch und begierig auf einen schnellen, harten Ritt nach York!«

In der Nähe von York erhoben sich beim Geräusch näherkommender Hufschläge vier Männer aus dem langen Gras zwischen den Heckenreihen. Sie hatten sich neben einer kleinen Quelle mit klarem, kühlen Wasser ausgeruht und ihr nächtliches Fasten mit gestohlenen Gütern eines nahen Bauernhofes gebrochen. Es war noch immer ein ganzes Stück bis nach York, und sie führten Silber und Stoffe mit sich, die für ihren Herrn bestimmt waren. Sie waren Soldaten, schwer bewaffnet und kampferprobt, und alle waren sich des Risikos bewußt, an diesem entlegenen Ort überraschend angegriffen zu werden.

Das herannahende Pferd ritt über die alte Römerstraße, ohne dem üppigen Gras zwischen den Hecken Beachtung zu schenken, ein müdes Tier mit Schaum vorm Maul und schweißbedeckten Flanken. Ein Mann hing in sich zusammengesunken über seinem Hals, und es hatte den Anschein, daß nur der ruhige und stetige Schritt des Tieres ihn im Sattel hielt. Die Soldaten zückten ihre Schwerter und bildeten eine Barriere quer über die Straße, denn sie mußten damit rechnen, daß sich hinter dem Reiter Räuber verbargen. Obwohl sie sich bemühten, leise zu sprechen, trugen ihre Stimmen in dem ungeschützten Gebiet weit.

»Ist er tot?«

»Tote reiten nicht so gut wie dieser Mann.«

»Dann also verletzt?«

»Es ist nur ein Junge, wie es aussieht.«

»Was für ein schönes Tier er da hat.«

Das Pferd blieb stehen und schlug mit den Hufen auf den Boden, während die Männer näherkamen. Das Weiß seiner Augen war deutlich zu sehen, und seine Flanken zuckten nervös. Es tänzelte und wieherte, als sei es jederzeit bereit loszujagen. Die Soldaten blieben ebenfalls stehen, denn sie wollten das Tier nicht verängstigen und so riskieren, daß es seinen Reiter abwarf. Statt dessen beruhigte es sich nach einer Weile, als hätten starke Hände und beträchtliche Erfahrung es unter Kontrolle gebracht.

»Ruhig, mein Bursche, ganz ruhig«, flüsterte ihm der gewaltigste der Soldaten zu, streckte die Hand aus und trat ein wenig näher an das aufgeregte Tier heran.

Schließlich griff er nach den Zügeln und führte das Tier davon, während seine Gefährten herbeisprangen, um den besinnungslosen Reiter im Sattel zu stützen. An der Quelle, wo sie sich ausgeruht hatten, ließen sie das Tier erst einmal trinken. Einer der Soldaten hielt den Reiter fest, während der andere sein Messer zog und die Zügel durchtrennte, denn der Junge hatte sich die Lederriemen so fest um die Handgelenke geschlungen, daß das Fleisch eingeschnitten und die Hände inzwischen völlig blutleer waren. Schließlich holten sie ihn vorsichtig aus dem Sattel, legten ihn aufs Gras, tropften ihm Wasser in den Mund und wuschen ihm den Staub von Gesicht und Kopf.

»Er sieht halbtot aus«, bemerkte ein Soldat und lächelte dann, als die Augen des Jungen sich flackernd öffneten. »Nun, Bürschchen, verrätst du uns, wer du bist?«

»Sir? Mein Name ist Edwin. Ich bin so schnell ich konnte

von Beverley hierhergeritten ...« Ängstlich sah er sich um. »Wo bin ich? Wie heißt der Ort hier?«

»Du bist unter Freunden, und das kann man wahrhaftig als ein teuflisches Glück bezeichnen.«

»Und York?«

»Nur ein paar Meilen von hier entfernt.«

»Ich muß sofort dort hin. Ich muß ohne Verzug mit Fergus de Burton sprechen.«

Der Junge versuchte mit einiger Mühe, sich zu erheben, aber der Soldat hielt ihn fest. »Und was hast du mit Master Fergus zu tun, Junge?«

Edwin starrte in das feingemeißelte, wettergegerbte Gesicht des Soldaten. »Was ich mit ihm zu reden habe, geht niemand anderen etwas an, Sir, aber es ist lebenswichtig. Viele ehrliche Menschen hängen von seinem Erbarmen ab.«

»Gib mir einen Namen, Junge. Beweis mir, daß du ehrlich bist.«

Edwin legte die Hände an die Brust und seufzte vor Erleichterung, als er den Mähnenkamm dort spürte. »Simeon«, sagte er, und das feine Gesicht des Soldaten wechselte seinen Ausdruck; die gefurchten Brauen zogen sich zusammen, und die Lippen wurden zu einer dünnen Linie.

»Also gut«, sagte der Soldat und half dem Jungen beim Aufstehen.

Es dauerte nicht lang, bis sie die Lederriemen von Edwins Handgelenken gelöst, eine Salbe auf das wundgeriebenene Fleisch gestrichen und seine betäubten Finger massiert hatten, damit das Blut wieder zirkulieren konnte. Das Zaumzeug wurde mit einem Seil geflickt, aber als der Junge wieder in den Sattel steigen wollte, scheute das Pferd und warf den Kopf zurück. Nur mit vereinten Kräften schafften sie es schließlich, den jungen Edwin wieder zurück in den Sattel zu befördern.

»Wenn du dieses Tier den ganzen Weg von Beverley hierher geritten hast, kann man dich nur bewundern«, sagte einer der Männer.

»Ich fürchte, es mag mich nicht besonders«, gab Edwin mit einem etwas törichten Grinsen zu.

»Und ich fürchte, du bist kein Reiter«, bemerkte einer der Soldaten bissig.

»Ja, aber wie paßt das alles zusammen? Wir alle haben das Pferd heranreiten sehen, von Meisterhand beherrscht und …«

»Seht, dort! Zwei Reiter kommen herangaloppiert! Steig auf! Und sei auf der Hut!«

Ohne viel Zeit zu verlieren, zückten die Männer ihre Schwerter und machten ihre Pferde bereit. Aber es waren nicht zwei Männer, es war sondern nur ein einzelner Reiter, der mit einem zusätzlichen Pferd im Schlepptau auf sie zukam. Als er auf eine Barriere von fünf berittenen Männern traf, die ihm den Weg versperrten, zügelte er sein Pferd und ritt in langsameren Tempo näher.

»Edwin! Ist dir etwas zugestoßen?«

»Pater Daniel!« In seiner Aufregung gab Edwin dem Pferd die Sporen, und es bäumte sich unter ihm auf, so daß er sich nicht länger im Sattel halten konnte. Ein Soldat fing ihn gerade noch rechtzeitig auf, und das Pferd lief davon, beruhigte sich jedoch nach kurzer Zeit und kehrte an die Quelle zurück, um zu trinken.

Unter großem Gelächter und spöttischen Bemerkungen rappelte der Junge sich schließlich wieder auf und humpelte zu dem Priester hinüber. »Pater, seid Ihr überhaupt in der Lage, zu reiten?«

»Bist *du* dazu in der Lage, du törichter junger Hund?«

Edwin grinste. »Pater, Ihr seid gekommen, um mir zu helfen.«

»So ist es, obwohl es so aussieht, als hätte ich die Pferde nun übrig. Wer sind diese Leute?«

»Freunde. Sie werden mich zu Master Fergus nach York bringen.«

Daniel blickte argwöhnisch auf, als einer der Soldaten sein Pferd auf ihn zulenkte. »Ich bin Pater Daniel aus Beverley«, sagte er mit lauter, klarer Stimme. »Bekannt als Daniel Habicht, und ich bin gekommen, um dem Jungen beizustehen.«

»Und ich bin Chad«, sagte der Soldat mit tiefer, schleppender Stimme. »Ich bin ein Bewaffneter in Diensten Fergus de

Burtons. Wer hat dem Jungen einen Auftrag gegeben, der selbst einen erwachsenen Mann an seine Grenzen führen würde?«

»Sein eigenes, stures Herz hat ihn hierhergeführt, sonst nichts«, erwiderte Daniel. »Er hat die Aufgabe erkannt und sich ihr gestellt.«

»Dann hat er großes Lob verdient. Komm, mein Junge, steig auf. Wir sollten binnen einer Stunde in York sein.«

Die Männer halfen Edwin in den Sattel des Pferdes, das Daniel mitgebracht hatte, und ritten gemeinsam los. Das große, ungebärdige Pferd wurde an einem losen Zügel mitgeführt. Ihr Ritt verlief in völligem Schweigen, denn jeder war mit seinen eigenen Gedanken beschäftigt, bis der Junge schließlich sagte: »Ich habe einen Schatten gesehen, Pater. Mir vergingen schon die Sinne. Mein Pferd war nahe daran, durchzugehen, und ich hatte keine Hoffnung mehr, mich noch länger im Sattel zu halten. Ich war völlig erschöpft, und meine Krankheit drohte mich wieder zu überfallen, und dann ...«

Daniel Habicht schaute von der Seite in Edwins besorgtes Gesicht.

»... und dann habe ich auf die Straße hinuntergesehen, meinen eigenen Schatten gesehen und den des Pferdes im Staub. Und ich habe den Schatten eines Mannes gesehen, eines großen Mannes mit einer dunklen Kapuze, der hinter mir im Sattel saß und mich festhielt, so daß ich nicht fallen konnte. Das Pferd beruhigte sich und verfiel schließlich in einen steten Trab. Ich habe seinen Schatten gesehen, und doch war ich allein und besinnungslos, als Chad und seine Männer mich fanden.«

»Du hast einen harten Ritt hinter dir, und du bist krank«, erwiderte Daniel. »Und du stellst dein Licht unter den Scheffel, wenn du deine Leistung einem anderen zuschreibst.«

In der Ferne konnten sie jetzt die bleichen Steine des Münsters von York sehen, von St. Peter, das hoch am Horizont aufragte. Sie bogen von der Römerstraße ab und ritten über offenes Land, um auf dem kürzesten und schnellsten Weg in die Stadt zu gelangen.

»Pater Daniel, ich weiß, was ich weiß«, beharrte Edwin. »Ich habe diesen Schatten ganz deutlich auf der Straße gesehen. Und ich spürte, daß jemand hinter mir saß und mit starkem Griff die Zügel hielt. Ich habe diesen Ritt nicht ohne Hilfe überstanden.«

Diese Worte gaben Daniel neue Hoffnung, während er seinem Pferd die Sporen gab, um mit den anderen Schritt zu halten. Das ganze Gerede von übernatürlichen Mächten jagte ihm immer noch eine Gänsehaut über den Rücken, aber wenn Edwin so leicht davon zu überzeugen war, wollte er sich damit zufriedengeben. Wenn ein anderer hier seine Hand im Spiel hatte, wenn höhere Mächte zugunsten Simeons am Werk waren, dann hatten sie vielleicht doch noch eine Chance, diesen guten Mann vor seinem Schicksal zu bewahren.

KAPITEL 32

Wulfric de Morthlund schob sich noch eine gezuckerte Feige in den Mund und hob den silbernen Kelch an die Lippen. Er ruhte auf einer pelzbedeckten Bank, weiche Kissen im Rücken und einen gepolsterten Stuhl unter den Füßen. Seine Kleidung bestand aus einer grünen und gelben Robe und einer juwelenbesetzten Albe, die von einem mit Silber durchwirkten Gürtel zusammengehalten wurde. Er hatte das Fasten mit einem Stück Krähenfleisch und Hammelpasteten gebrochen, mit Butterkuchen und rotem Wein vom Faß, und seine Stimmung war von trunkener Fröhlichkeit. Das ständige Gezänk der Priester amüsierte ihn. Im Augenblick beobachtete er de Fighams Vorstellung mit einem gut Teil Bewunderung. Der Mann hatte ein boshaftes Vergnügen daran, andere in Wut zu versetzen, einen Mann gegen den anderen aufzuhetzen und den Teufelsadvokaten zu spielen. Er genoß es, das Faß zum Überlaufen zu bringen.

De Figham saß in einem hohen Stuhl, einen Zeigefinger auf die Lippen gelegt und die Brauen finster zusammengezogen. Fast eine ganze Stunde lang hatten die Priester ihn mit ihren Argumenten und Bitten, mit ihren Kritiken und offenen Drohungen belästigt. Sie stellten Forderungen, sie zitierten das Kirchenrecht, sie gingen im Raum auf und ab und kochten vor Wut. Bei alldem hatte de Figham völlige Ruhe bewahrt – und den einzigen Schlüssel zu den Kerkerzellen des Propstes.

Wulfric de Morthlund, der de Fighams Spielchen seelenruhig beobachtete, ließ seine Blicke lächelnd über die verzweifelten Darsteller in diesem Stück gleiten.

»Ihr dürft ihm die Sterbesakramente und die Beichte nicht verweigern«, wiederholte Kanonikus Cuthbert. »Er hat das Recht auf Absolution, ganz gleich, was man ihm vorwirft.«

Cuthbert alterte ziemlich rasch. Er wußte kaum noch, was er tat, und die langen Stunden, die er nun hier als Fürbitter Simeons aufgetreten war, hatten ihn sehr ermüdet.

»Und Ihr habt auch nicht das Recht, ihm die Versorgung

seiner vielen Wunden zu verweigern«, fügte Thorald hinzu. Der Mann war ein Hüne, so groß wie sein Ruf und zweifellos genauso wild, wie die Gerüchte es behaupteten, aber Cyrus de Figham schob dieser Wildheit einen Riegel vor. Was immer Thorald von der Werderkirche auch sein mochte, an diesem Tag war er völlig machtlos.

Jetzt räusperte sich Stephen Goldsmith und begann ebenfalls zu sprechen. »Als Stellvertreter des Propstes und mit seiner Vollmacht verlange ich, den Gefangenen unter vier Augen befragen zu dürfen.« Da die unterdrückte Wut sein Gesicht hatte rot anlaufen lassen, besaß sein Gesicht nun dieselbe Farbe wie sein Haar und sein buschiger Schnurrbart. Pater Wulfric wußte, daß diese Männer schließlich erhalten würden, wonach sie verlangten, aber sie würden es erst dann bekommen, wenn Cyrus de Figham dieses Spielchens müde war.

Der Augenblick kam schneller als erwartet. De Figham sprang auf, packte seinen Mantel und marschierte auf die Tür zu. »Kümmert Euch darum«, sagte er zu seinem Kaplan und war verschwunden.

»Verflucht!« stieß Thorald hervor. »Dieser Teufel hat die ganze Zeit nur mit uns gespielt.«

Wulfric de Morthlund stieß ein bellendes Lachen aus, das die Fleischwülste an seinem Leib erzittern ließ und einen Sprühregen halb zerkauter Früchte über den Tisch fegte. »Um de Fighams Spiel zu gewinnen«, keuchte er und drohte dem Priester schelmisch mit einem kurzen, dicken Finger, »müßt Ihr es zuerst einmal *mitspielen*.«

Der Ausdruck auf Thoralds Gesicht war mörderisch. Als ein junger Geistlicher sie aus dem Raum geleitete, zog de Morthlund John Palmer zu sich heran und bemerkte: »Dieser Priester da wird Euren Herrn töten, sobald er auch nur die geringste Chance dazu erhält.«

John Palmer sah Thorald lächelnd nach. »Mein Herr und Kanonikus, ich fürchte, da muß er sich in eine lange Schlange anderer Männer einreihen und warten, bis er an der Reihe ist, bevor er zum tödlichen Schlag ausholen kann.«

Während Thorald und Stephen Goldsmith dem zerbrechlichen, alten Kanonikus die Treppe hinter dem Raum hinunterhalfen, hallte ihnen Wulfric de Morthlunds brüllendes Gelächter in den Ohren wider.

Sie fanden Elvira in der kleineren Zelle. Ihr Gesicht war übel zugerichtet, und auf ihren Gewändern zeigten sich blutige Streifen, wo die Peitsche sie getroffen hatte. Die Buße, die Sünder dazu bringen sollte, ihre Vergehen zu bereuen und ihren Frieden mit Gott zu machen, war grausam genug, um einen Mann an Leib und Seele zu zerbrechen. Daß Elvira all dies so tapfer ertrug, war ein stummes Zeugnis ihrer stillen Kraft.

»Wollt Ihr beichten, Elvira?« fragte Stephen Goldsmith.

Sie lächelte und griff mit blutigen und an den Spitzen aufgerissenen Fingern nach seiner Hand. Ihre Stimme war brüchig und heiser, denn ihre Kehle war verletzt worden. »Nein, mein Freund, aber ich werde mit Euch für Simeon beten.«

In einer nicht weit entfernten Zelle hatte Thorald seinen Umhang auf den Steinvorsprung gebreitet und hob Simeon nun vorsichtig hinauf, wobei er die dicke Kapuze unter seinen Kopf schob und das Futter um den zitternden Leib seines Freundes schlang.

»Sie haben ihm furchtbar zugesetzt«, sagte er zu dem alten Kanonikus. »Mein Gott, wie kann ein Mensch einem anderen so etwas nur antun.«

Simeons Augen öffneten sich langsam, der helle Schein der brennenden Fackel bereitete ihnen offensichtlich Schmerz. »Wasser?«

Sie gaben ihm genug zu trinken, um seinen Durst zu stillen.

»Gott segne Euch beide. Ist Peter gefangen?«

»Wir haben die Hoffnung noch nicht aufgegeben«, versicherte Thorald ihm.

Simeon stöhnte. »Die Herren in Rom wissen von ihm. Es ist schon lange ein Preis auf seinen Kopf ausgesetzt worden. Laßt den Hafen bewachen, Thorald.«

»Das werde ich. Wir haben an jeder Straße und jedem Bach

Wachen aufgestellt, und Männer, die uns treu ergeben sind, suchen die ganze Umgebung ab. Simeon«, sagte Thorald und barg das zerschundene Gesicht seines Freundes in seinen großen Händen, »wir müssen die Arbeit an dem Brunnenschacht aufgeben. Wir können nichts mehr tun, um Euch zu helfen. Wir müssen unsere ganze Kraft darauf verwenden, den Jungen zu retten.«

»So soll es auch sein«, erwiderte Simeon. In dem Fackellicht sahen seine Augen so blau und gelassen aus wie noch nie zuvor. Trotz seiner Schwäche hielt er seinen alten Freund an den Armen fest. »Kümmert Euch zuerst um Peter.«

In der kleineren Zelle hatte der Goldschmied dafür gesorgt, daß man auch Elvira Wasser brachte, damit sie sich den Schmutz und das Blut abwaschen konnte. Dann glättete sie ihr Haar und band es sich mit einem Stoffstreifen, den der Priester sich von seinem Gewand gerissen hatte, im Nacken zusammen. Andere Stoffstreifen wurden dazu verwendet, die Risse in ihrer Kleidung zu flicken und ihre verletzten Finger zu verbinden.

Als Thorald schließlich zu ihnen trat, sagte er kein Wort. Er hatte Simeon mit seinem Kanonikus und Beichtvater alleingelassen, damit dieser ihm unter vier Augen die Absolution für seine Sünden und Verfehlungen erteilen konnte. Der alte Mann, für den Simeon wie ein geliebter Sohn war, bereitete ihn nun auf seinen Weg in eine andere Welt vor. Simeon de Beverley, noch nicht einmal dreißig Jahre alt, stand dem Tod gegenüber, während andere, geringere Männer weiterleben durften. Pater Thorald fühlte sich durch diese Ungerechtigkeit, diese entsetzliche Verschwendung bis ins Mark erschüttert.

Der hochgewachsene Thorald mußte sich tief bücken, um in Elviras Zelle treten zu können; er starrte auf die bleiche, geschundene Gestalt, die dort saß, drehte sich dann um und preßte seine Stirn auf die feuchten Steine der Mauer. Dieser Hüne von einem Mann, Priester der Werderkirche und selbsternannter Herr eines blühenden Hafens, weinte.

Stephen saß neben Elvira auf dem Steinvorsprung, auf dem sie schlafen sollte. Er hatte seinen Arm um ihre Schultern gelegt und den Kopf so tief gesenkt, daß seine Wange in ihrem Haar ruhte. Sein Herz schmerzte, aber seine Gedanken waren in Aufruhr.

»Wir werden St. Peter nicht verlieren«, schwor er. »Und es wird auch nicht in die Hände jener fallen, die die Kirche zu ihrer eigenen Bereicherung ausbluten. Das Land gehört mir, und solange ich lebe, wird jeder Baum, jeder Grashalm darauf gedeihen. Wenn ich sterbe, werde ich mein Land jenen schenken, die keinen weltlichen Gewinn in der Kirche suchen. Kein Kanonikus und kein Erzbischof wird St. Peter jemals sein eigen nennen können.«

»Dann hat Antony von Flandern Euch also überzeugt?«

»Das hat er. St. Peter soll den Mönchen gehören.«

Sie nickte. »Darüber wird Simeon sicher sehr froh sein. Stephen?«

»Was gibt es?«

»De Figham sagte, er habe Peter gefesselt und geknebelt und in einen Mehlsack gebunden.«

»Die Fähigkeit zu binden und zu öffnen«, erwiderte Stephen, als spreche er seine Gedanken laut aus.

»Ein solcher Aberglaube kann das Herz einer Mutter nicht beruhigen«, entgegnete Elvira. »Peter ist kein Heiliger, der über die Gaben und Talente eines Engels verfügt. Er ist ein Kind, ein kleiner Junge in Gefahr und ganz allein. Sie haben ihn, Stephen. Wir haben versagt, und jetzt triumphieren seine Feinde.«

»Habt Vertrauen, Elvira.«

»In was?« fragte sie.

»Gott und St. Peter werden den Jungen beschützen, wie sie es schon viele Male zuvor getan haben. Er wird überleben. Er *muß*.«

Viel später wurde Elvira in Simeons Zelle gebracht, wo sie ihn unter dem Fensterschlitz stehen sah, einen Arm ins Leere ausgestreckt. Sie hörte sein geflüstertes: »Peter«, und sie wußte, daß er, während er diese hassenswerte ›Buße‹ durchlitt und dem Martyrium am Schandpfahl ein zweites Mal entgegensah, mit seinen Gedanken und Ängsten nur bei dem Jungen weilte. Er wandte den Kopf und sah ihr in die Augen, als die Tür sich hinter ihr schloß, und es schien ihr, als sei die Vergangenheit noch einmal zurückgekehrt. Sie sah die Fackelflamme in seinen Augen tanzen, den goldenen Farbton seines Haares, die schönen Konturen seines Gesichtes. Sie sah seine Größe und seine aristokratische Haltung und spürte die unterschwellige und doch unwiderstehliche Anziehungskraft, die von ihm ausging. So wie sie ihn damals geliebt hatte, liebte sie ihn noch heute, aus ganzem Herzen und aus ganzer Seele. Seine Augen wurden weich, und helle Tränen schimmerten darin auf, als er den Arm senkte und auf sie zuging. Sie kam ihm entgegen, preßte ihr Gesicht an seinen Hals und spürte, wie diese Arme, die immer noch kräftig und muskulös waren, sich mit qualvoller Zärtlichkeit um sie schlossen.

»Meine Geliebte«, flüsterte er, und sie erwiderte den Gruß. Während dieser ersten Sekunden ihres traurigen Wiedersehens hatten sie keine Verwendung für gewöhnliche Worte.

Schließlich führte Elvira ihn zu dem Schlafstein und zog ihn zu sich herunter. Jede Bewegung verursachte ihm Schmerzen, als er sich, zusammenzuckend und leise stöhnend, ausstreckte. Seine Hände waren wie die ihren einer grausamen Folter unterzogen worden. Diese Strafen waren von der heiligen Kirche ersonnen worden, um den Sünder an seine menschliche Zerbrechlichkeit zu erinnern. Indem man ihm die Qualen seiner Sterblichkeit vor Augen führte, hoffte man, ihn zu reinigen und seine Seele für Gottes heiligere Läuterung bereitzumachen. Elvira würde diese Logik niemals begreifen, aber sie hatte gelernt, daß die Wächter der Zellen diese heiligen Pflichten mit Hingabe durchführten.

Als Simeon seinen Arm um sie legte, lehnte sie sich an ihn und drehte den Kopf, um die verletzten Finger auf ihrer Schulter zu küssen. Das Salz ihrer heißen Tränen brannte auf dem nackten Fleisch, wo die Haut aufgerissen war. Ihre Tränen erinnerten ihn daran, daß weltliche Liebe immer auch mit Schmerz verbunden war. Schmerz und Liebe gehörten zusammen, wie auch die Angst vor dem Verlust des Geliebten, die Qualen des Fleisches, des Herzens und der Seele ein Teil der Liebe waren. Alle Liebe war kostbar, davon war er fest überzeugt, aber um Elviras und um seinetwillen würde er diese Liebe aufgeben und sich von ihr befreien, wenn er nur könnte.

So blieben sie eine lange und schweigende Zeit nebeneinander sitzen, ihre Herzen zu voll, um sprechen zu können, und ohne jede Hoffnung, so daß alle Worte überflüssig waren. Simeon beobachtete die tanzenden Schatten der Fackel an den Wänden, wo Regen und Schmutz eine spiegelhelle Oberfläche geschaffen hatten. Kleine Funken wirbelten von den Flammen auf und starben mit einem leisen Zischen in den Binsen. Vor zwei Jahren hatten solche Funken den entsetzlichen Brand von Beverley verursacht, aber hier in dieser schmutzigen, feuchten Zelle verloschen die Funken, noch bevor sie richtig auflodern konnten.

Als Simeon endlich zu sprechen begann, waren Elviras Tränen versiegt. »Unsere Liebe war zum Scheitern verurteilt, schon an jenem ersten Tag, als du nach dem Sturm zu mir kamst«, sagte er. »Schon damals wußten wir, daß es keine Zukunft für uns geben konnte.«

»Wir haben unsere Zukunft gehabt, Simeon«, rief sie ihm ins Gedächtnis. »Zehn kostbare Jahre. Laß uns Gott dafür danken.«

Er versuchte zu lächeln, gerührt durch ihre einfache Einstellung gegenüber ihrem kurzen Leben. Er dachte an Alice, die, in Schande gestürzt durch Cyrus de Fighams Brandmal, allein und ohne Absolution in der schmutzigen Hütte des Buckligen gehangen hatte. Er dachte an das arme Kind, Maud, die Tochter des Fischhändlers, die inmitten von stinkendem Unrat gestorben war, als sie diesem schwarzäugigen Priester einen Sohn gebar, den er um keinen Preis anerkennen wollte. Er sprach jedoch nicht von seinen Ängsten, sondern fragte: »Wie wirst du der Zukunft jetzt entgegensehen, Elvira?«

»Mit Stärke«, antwortete sie sofort. »Deine Liebe wird mir helfen, alles zu ertragen, Simeon.«

»Wenn du doch nur Gottes Liebe akzeptieren könntest, wie du meine akzeptiert hast, wenn du beichten würdest und …«

Sie legte ihm einen blutigen Finger auf die Lippen, um ihn zum Schweigen zu bringen. »Simeon, dein Gott wird mich, wenn ich vor ihn trete, als das erkennen, was ich bin. Weder die Worte eines Priesters noch irgendwelche Gebete können daran etwas ändern.«

Er drückte sie so fest an sich, wie ihrer beider Wunden das zuließen, und in ihrem Schweigen dachten sie beide an all die Dinge, die sie hierhergeführt hatten. Er blickte hinauf zu dem leeren Fensterschlitz, durch den einige Regentropfen fielen, die ein launischer Wind ohne klare Richtung herüberwehte. Wieder sah er jenen unheiligen Sturm vor sich, der wie eine wilde Bestie aus den tiefsten Höllenschlünden über Beverley hinweggetobt war, um die Taufe eines Kindes zu verhindern. Und er erinnerte sich an die Worte der Schattengestalt, als sie das nackte Kind hochhob und gegen den Sturm wütete, als sei der einfache Akt der Taufe stärker als alle Stürme: *Siehe den Fels, den Hüter des Schreins. Siehe, du Allgewalt: Peter von Beverley!*

»Peter wird zu uns zurückkehren«, sagte er nach einer Weile. »So war es ihm in seiner Taufe bestimmt. Er ist der Hüter des Schreins.«

»Glaubst du das immer noch?«

Er nickte. »Wir müssen es glauben, Elvira. Warum sonst wäre all dies geschehen? Gott hatte seine Ziele und Peter seine. Für Beverley und St. John wird er überleben.«

Die Fackel zischte, und ihr Licht wurde schwächer, flackerte dann von neuem auf und brannte wieder mit einer stetigen Flamme. Ein Schatten zog vor dem Fensterschlitz vorbei, vielleicht eine Wolke, die über den Himmel huschte, und in der Stille begann der Große John, die alte Glocke des Münsters, ihr träges, trauriges Geläut.

Während Simeon und Elvira aus ihrem Beisammensein einen gewissen Trost schöpften, wurde in der Moorgate ein Mann in das Haus von Wulfric de Morthlund geführt. Der Mann hatte eine Kapuze auf, einen ledernen Umhang um und trug einen unförmigen Mehlsack auf der Schulter. Als er die Treppe hinaufstapfte, hinterließ er bei jedem Tritt schmutzige Stiefelabdrücke, und bei jeder seiner Bewegungen stieg eine Mischung verschiedenartiger Gerüche aus seinen Kleidern auf, so daß die Dienerin, die ihn führte, eine angewiderte Grimasse zog. Im oberen Stock zog sie einen ledernen Wandbehang zur Seite und hieß ihn mit einem Nicken ihres Kopfes eintreten. Er blinzelte und warf der Dienerin noch einen letzten, lüsternen Blick zu, bevor er sich bückte und das Zimmer vor ihr betrat; die Dienerin, die hinter ihm den Vorhang wieder herunterließ, räusperte sich und spuckte in ihre Schürze.

Mehrere Geistliche und Priester hatten sich in dem Raum versammelt, alle mit gelockerten Gürteln und vollen Bäuchen, mit vollen Weinkelchen und zufriedenen Mienen. Der Bote ließ seinen Blick über den Tisch gleiten und konnte sich für einen Augenblick nicht von dem Anblick der Überreste ihres Mahls losreißen. Was dort lag, gehörte Dienern und Hunden, obwohl es die Familie eines armen Mannes viele Tage lang hätte am Leben halten können. Er fuhr sich mit der Zunge über die Lippen, und das Wasser lief ihm im Mund zusammen, als ihm der Duft von geröstetem Fleisch, von Geflügel und üppigen Soßen in die Nase stieg. Diese Priester hatten sich den Bauch vollgeschlagen und ein halbes Festmahl auf dem Tisch zurückgelassen, während er sich nicht an einen einzigen Tag in seinem Leben erinnern konnte, an dem er sich gesättigt vom Tisch erhoben hatte, solange noch ein Rest im Topf gewesen war.

Cyrus de Figham stellte seinen Kelch ab und erhob sich, um dem Boten entgegenzugehen. Er nahm eine dicke Börse von seinem Kaplan entgegen und hielt sie dem Mann hin, zog die Hand aber sogleich wieder zurück, als der Bote den Sack mit einem vernehmlichen Aufschlag zu Boden fallen ließ.

»Ich zahle kein gutes Geld für beschädigte Waren«, knurrte er.

»Beschädigt?« Das Grinsen des Mannes offenbarte zwei Reihen verfaulter Zähne. »Ein paar Schläge würden vielleicht helfen, sein Mütchen zu kühlen«, sagte er. »Das kleine Miststück beißt und kratzt wie ein Wolfsjunges.«

De Figham rieb sich die Hand, wo Elviras Zähne die Haut durchdrungen hatten und betastete dann seinen Hals, an dem die Abdrücke ihrer Fingernägel noch immer deutlich sichtbar waren.

»Er hat auch eine Wölfin zur Mutter«, bemerkte er. »Öffne den Sack.«

»Ich nehme die Börse und gehe, Sir, wenn's recht ist.«

»Erst öffnest du den Sack«, befahl de Figham.

Achselzuckend bückte sich der Mann, stellte den Sack aufrecht hin, löste die Riemen, mit denen er verschnürt war, und trat hastig einen Schritt zurück.

»Bei den Göttern! Was für eine Art Tier ist das?« Wulfric de Morthlund stemmte sich aus seinen Kissen hoch und scheuchte den Priester weg, dessen breiter Rücken ihm den Blick versperrte. Mit schmalen Augen betrachtete er den kleinen Gefangenen, während Cyrus de Figham mit einem überlegenen, beinahe triumphierenden Gesichtsausdruck um den Sack herumstolzierte.

»Warte draußen«, wies de Figham den Boten an. »Dein Gestank ist eine Beleidigung für meine Nase. Du bekommst deine Börse, wenn die Waren sicher in meinem Haus angelangt sind.«

Der Junge stand nackt bis auf ein Leinentuch, daß er sich fest um den mageren Leib geschlungen hatte, vor ihm. Seine Haut war bleich und peinlich sauber, seine Mähne seidig und safranfarben. Er hatte die Hände in die Hüften gestützt und zeigte weder Trotz noch Furcht, so daß de Fighams Gefühle bei einem einzigen Blick auf das Kind in Wallung gerieten. Maud, die Tochter des Fischhändlers, hatte einen einzigartig häßlichen Welpen hervorgebracht, ein dunkles Ding, das nicht einmal in den Kleidern eines Königs so fürstlich und so edel wie dieser Junge hätte aussehen können. De Fighams eigener Welpe hatte wachsame Augen und die schnelle, instinktive Schläue seiner Klasse. Dieses Kind hier aber trug unübersehbar das Gepräge allerbester Herkunft. Die offensichtlichen Unterschiede schnitten mit messerscharfer Klarheit durch sein Herz. Daß der Priester und die Grabenbauersfrau einen so prächtigen und hübschen Sohn hervorbringen konnten, war schon schlimm genug; daß seinen eigenen Lenden ein schwärzliches, kleines Nagetier entsprungen war, brannte in seinem Herzen wie Salz in einer Wunde.

Er streckte die Hand aus, um den Jungen bei den Haaren

zu packen, und als Peters Kopf in die Höhe schnellte, wurde die faltige Narbe an seinem Hals deutlich sichtbar. Vor zwei Jahren hatte de Figham schon einmal seine Hände um die Kehle des Jungen gelegt, hoch oben auf dem schmalen Steinsims des Münsters. Er hatte das Leben dieses Kindes in der Hand gehabt und dann erleben müssen, wie sich die Situation in ihr Gegenteil verkehrt hatte und sein Leben plötzlich von der Kraft von Simeons Arm abhing. Dieser verhaßte Priester hatte ihm das Leben gerettet und ihn zu seinem Schuldner gemacht, aber jetzt endlich hatte de Figham eine neue Chance erhalten. Endlich hatte er sie alle in seine Gewalt bekommen. Zuerst den Priester, dann die Grabenbauersfrau und jetzt ihren Sohn.

»Dein Vater wird morgen früh am Schandpfahl sterben.« Er zischte die Worte dem Jungen in dessen emporgewandtes Gesicht.

»Nur wenn Gott es so will«, erwiderte Peter.

»Deine Mutter wird dann mein Eigentum, das ich benutzen kann, wie es mir gefällt.«

»Nur wenn Gott es will«, wiederholte der Junge mit ruhiger Stimme.

»Cyrus de Figham will es, Junge. *Ich* will es.«

De Morthlund klatschte in die Hände. »Haltet ein, Pater Cyrus, wenn Ihr so freundlich sein wollt. Es gibt einige hier, die dieses faszinierende Geschöpf näher unter die Lupe nehmen wollen, bevor Ihr es in Stücke reißt.« Mit seinem aufgedunsenen Finger winkte er den Jungen zu sich heran. »Komm, mein Bürschchen, tritt näher, damit wir dich besser sehen können.«

Peter wich nicht von der Stelle, bis Cyrus de Figham ihm einen kräftigen Faustschlag zwischen die Schulterblätter versetzte, so daß er der Länge nach hinfiel. Ohne einen Laut erhob er sich und trat vor den dicken Mann und die Priester, die ihn mit argwöhnischen Blicken musterten. Obwohl auf seinem Rücken ein leuchtend rotes Mal sichtbar wurde, zeigte sich auf seinem Gesicht nicht die leiseste Spur von Schmerz oder Angst.

»Stimmt es, daß es keine Sprache gibt, die du nicht beherrschst, kein Buch, daß du nicht gelesen hast oder sogar auswendig kannst?« fragte de Morthlund.

»Stimmt es, daß du über die Fähigkeit des Bindens und Lösens verfügst?« wollte ein Priester wissen.

»Ist Simeon de Beverley dein leiblicher Vater?«

»Und die Frau des Grabenbauers deine Mutter?«

Der Junge schwieg beharrlich; seine Haltung war respektvoll, und sein Blick furchtlos.

De Morthlund fragte de Figham: »Was werdet Ihr mit ihm machen?«

»Ich habe vor, ihn an den Meistbietenden zu verkaufen.«

»Ach, wirklich? Nun, es wäre durchaus möglich, daß ich Lust hätte, mitzubieten. Er ist ja ein ganz hübscher Junge, obwohl er so mager ist wie ein ausgehungertes Kaninchen.« Er rieb sich das Kinn und lächelte. »Nennt Euren Preis, de Figham, und wir können die Sache an Ort und Stelle erledigen.«

»Dreitausend Silbertaler.«

»Was? Seid Ihr verrückt geworden? Mein Freund, ich fürchte, Ihr werdet ihn unverkauft wieder mit nach Hause nehmen müssen. Euer Preis ist unmäßig.«

Mit schiefem Grinsen setzte de Figham sich wieder auf seinen Stuhl, wobei er ein Bein lässig über die Lehne hängen ließ und den Kopf ein wenig zur Seite neigte, während er seine Beute kritisch beäugte. »Das Gebot *beginnt* bei dreitausend Talern. Ich gehe davon aus, daß ich das Dreifache bekommen kann, sobald die Augen von York, Canterbury und Rom erst auf ihm ruhen. Der päpstliche Gesandte wird das Wissen und die besonderen Fähigkeiten des Kindes beurteilen, und danach wird der Preis auf seinen Kopf noch in die Höhe schnellen. Das ist kein gewöhnlicher Junge, de Morthlund, kein einfaches Schoßhündchen, das man für einen halben Penny kaufen kann. Das Gebot beginnt bei dreitausend Talern.«

»Ihr macht es mit Eurem Preis Euren eigenen Leuten unmöglich, ihn zu kaufen, Pater Cyrus«, beklagte sich ein Priester. »Dieses Kind gehört der Kirche, und zwar der Kirche von *Beverley*, und wir sollten die ersten sein, die ihn beurteilen. Er sollte hier auf die Probe gestellt werden, von uns, und zwar bevor der päpstliche Gesandte uns betrügen kann, indem er darauf besteht, daß man ihn augenblicklich nach Rom bringt.«

»Pater James hat recht«, fiel ein anderer ein. »Wir sollten als erste Anspruch auf ihn erheben können. Das ist unser gutes Recht.«

»Pater Wulfric?« fragte de Figham und hob eine seiner dunklen Brauen, um den dicken Kanonikus zu einer Äußerung aufzufordern.

De Morthlund breitete die Hände aus, leckte sich die Lippen, trank dann einen kleinen Schluck von seinem Wein und betrachtete über den Rand seines Kelches hinweg Peters leidenschaftsloses Gesicht. »Ich kann mich der Auffassung meiner Mitpriester hier nur anschließen. Wir alle haben ein besonderes Interesse an diesem Jungen. Ich würde eine Gelegenheit, ihn zu fragen, willkommen heißen.«

»Daran zweifle ich nicht«, erwiderte de Figham lachend. Dann erhob er sich von seinem Stuhl und winkte mit einem Fingerschnippen den Diener heran. »Da draußen wartet ein Mann in einem Ledermantel. Bring ihn sofort zu mir herein.« Er legte seine Hand auf Peters Kopf und wandte sich mit gelassenem Tonfall an die anderen. »In Anbetracht Ihrer Interessen, meine Herren, will ich das Gebot bei einer realistischeren Summe beginnen.«

De Morthlunds Miene hellte sich auf. »Nennt Euren Preis.«

»Viertausend.«

»Was? Das ist eine Unverschämtheit. Ihr habt kein Recht ...«

»Na, kommt schon, Pater Wulfric. Erzählt mir nichts von Rechten. Das Recht auf Eigentum ist Gesetz, und das Gebot beginnt bei viertausend Talern. Dieses Geschöpf hier gehört mir, und bei allen Göttern der Hölle und des Himmels, ich habe die Absicht, aus diesem Besitz Profit zu schlagen.«

Als Peter wieder in den Sack verfrachtet wurde, mußte er durch das feingemahlene Mehl, das sich in dem Stoff festgesetzt hatte, niesen – das einzige Geräusch, das er von sich gab. Der Sack wurde mit Lederriemen zugebunden, und der Bote hievte sich den Jungen wieder auf die Schultern. John Palmer und ein geringerer Geistlicher begleiteten den Mann aus dem Haus und über die Figham-Weiden. Sie waren fest entschlossen, ihre Beute nicht aus den Augen zu lassen, bis sie in sicherer Verwahrung war und das Entgelt für die Gefangennahme des Jungen den Besitzer gewechselt hatte. Morgen früh würde Beverley ein anderes Gesicht haben, das Gleichgewicht der Macht würde sich verlagert und das Geschick der Stadt sich gewendet haben. Und de Figham würde dem Kind seine Geheimnisse abgerungen haben, noch bevor der Junge an den Meistbietenden verschachert sein würde. In seinem eigenen Haus war dieser Priester Gott und das Gesetz in einer Person, und niemand konnte ihn aufhalten. Er würde den Schatz bekommen und mit ihm Beverleys Kunstwerke und die kostbaren Reliquien; den Rest würde er mit Freuden Rom überlassen.

Es nieselte, der Himmel war dunkel, und in der grauen Ferne am Horizont zuckten hier und da grelle Blitze auf. Die Männer trotteten durch Schlamm und sumpfiges Gras und fluchten jedesmal, wenn ihre Füße einsanken oder auf dem vom Regen aufgeweichten Boden ausrutschten. Das Haus de Fighams war bereits in Sichtweite, als mehrere, in dunkle Umhänge gehüllte Reiter wie aus dem Nichts auftauchten. De Fighams Leute waren so erpicht darauf gewesen, endlich ihr Ziel zu erreichen, daß keiner die dunklen Männer hatte näherkommen sehen. Der Bote ließ den Sack fallen und zog seinen kurzen, breiten Dolch. John Palmer schleuderte seinen Umhang zurück und zückte sein Schwert, wobei er die dicke Börse, die an seinem Gürtel hing, offenbarte. Der Geistliche hinter ihm bekreuzigte sich und begann in verzweifelter Angst zu beten, zu verängstigt, um sich verteidigen zu können.

»Wir stehen im Dienst Cyrus de Fighams«, rief John Palmer, während er die Männer, die vor ihm standen, schnell zählte; es waren sieben. »Ihr haltet uns auf eigene Gefahr auf.«

»Und wenn ihr Widerstand leistet, tut ihr das auch auf

eigene Gefahr«, erwiderte eine Stimme. »Was ist in dem Sack da?«

»Mehl für Cyrus de Fighams Tafel«, erwiderte John. »Ich fürchte, der Regen hat es verdorben. Nehmt es, wenn Ihr Verwendung für klumpiges Mehl habt, und riskiert damit den Zorn des Kanonikus.«

Der andere stieß ein verächtliches Schnauben aus, stieg vom Pferd und baute sich direkt vor John Palmer auf, wobei sein Gesicht unter der tropfenden Kapuze nicht zu sehen war. »Steckt Euer Schwert wieder in die Scheide, Priester, sonst werde ich Euren Arm in zwei Hälften spalten.«

John ließ sich jedoch nicht einschüchtern. »Wir sind in de Fighams Auftrag hier. Er wird sich nicht ...« Ein Schlag mit dem Handrücken ließ den Priester der Länge nach in den Schlamm fallen. Die anderen Reiter lenkten nun ihre Pferde auf den Boten zu und machten schon allein durch ihre bloße Überzahl seinen Dolch nutzlos. Der betende Geistliche warf die Hände hoch und floh in panischer Angst, wobei er auf dem feuchten Boden immer wieder ausrutschte, bis er schließlich ebenfalls zu Boden stürzte.

Zwei der Männer zerrten John Palmer auf die Füße, erleichterten ihn um seine Börse, seinen Umhang und sein Schwert und schoben ihn dann zur Seite. Der Bote wurde durchsucht, seines Dolches und seines Lederumhangs beraubt und dann ebenfalls nicht weiter beachtet. Anschließend stiegen die Räuber wieder auf ihre Pferde und ritten auf ein Signal ihres Anführers hin davon, bis sie in den regenverhangenen Schatten der Weide verschwanden.

Es war ein trauriges, zerrauftes Trio, das das Haus de Figham erreichte und den Befehl gab, Reiter auszusenden, die de Fighams Börse zurückholen sollten.

»Ihr hättet ihnen den Sack überlassen sollen«, jammerte der Bote. »Dieses spuckende Geschöpf hätte ihnen ihre Unverschämtheit mit gleicher Münze heimgezahlt.«

»Ihr könnt Gott für meine Umsicht danken«, sagte John Palmer beißend. »Wenn wir den Sack verloren hätten, wäre de Fighams Zorn furchtbar gewesen.«

»Verdorbenes Mehl, wenn ich das schon höre! Und wird

mir Eure Umsicht meinen Lederumhang zurückbringen? Wird Eure Umsicht für meinen Lohn aufkommen?«

»Haltet Eure plärrende Zunge«, brauste John Palmer auf. »Und helft mir, den Sack in den Kerker zu schaffen.«

Der kleine, überwölbte Kerker lag am Ende einer Treppenflucht, die nur von einer einzigen Fackel erleuchtet wurde. Sie legten den Sack auf die Binsen und stellten sich zwischen ihn und die Tür, bevor sie die Riemen lösten.«

»Was? Bei Gott!« John Palmer sprang erschrocken und ungläubig zurück. »Bringt die Fackel her, Mann. Schnell.«

In dem flackernden Licht öffneten sie den Sack und kippten ihn aus – und eine Flut klumpigen Mehls ergoß sich auf die schmutzigen Binsen.

KAPITEL 33

Von allem, was er im Bischofspalast in York sah und hörte, war Daniel Habicht zutiefst beeindruckt. Solcher Pomp und solche Pracht, wie sie ihm hier begegneten, raubten ihm schier die Sinne. Reichtum hatte er früher schon gesehen, auch im Haus seines Herrn herrschte üppige Eleganz, aber hier in York war selbst das Alltägliche noch prunkvoll. Die Männer paradierten wie verwöhnte Pfauen durch die Straßen, speisten bei jeder Mahlzeit wie die Fürsten und lebten in einem Luxus, um den sogar ein Kanonikus sie beneiden würde. Der Palast selbst war mit Blattgold, mit unbezahlbar kostbaren Wandbehängen, Seidenstoffen und einer Flut von Kunstwerken und wertvoller Kleinodien ausgestattet. Gold und Silber, Elfenbein und Jade beherrschten das Auge, und jeder Raum war prächtiger ausgestattet als der letzte.

In Geoffrey Plantagenets Privatgemach beobachtete Daniel einen Künstler, einen Meister seines Fachs, bei einer hochkomplizierten Arbeit. Der Künstler war niemand anders als Fergus de Burton und sein Werk die Manipulation seines Erzbischofs. Seine Argumente waren nicht nur einfach überzeugend, seine Taktik nicht nur gerissen. Das Talent dieses jungen Mannes war ausgesprochen bemerkenswert. Auf der einen Seite stand Geoffrey Plantagenet, wetterwendisch und unberechenbar, ein Mann, der bei jedem Argument von einem Extrem ins andere glitt, ohne daß sich je erkennen ließ, in welche Richtung seine Laune ihn im nächsten Augenblick führen würde. Und auf der anderen Seite stand der junge de Burton, der ihm gekonnt auf Schritt und Tritt folgte, der jeden Schatten und jede Nuance, jede neue Regung und jedes Ausweichmanöver in der Laune des anderen auffing. Dies war kein auf sich selbst bezogener Junge, in dem ungezügelter Ehrgeiz brannte. Dieser Mann besaß eine geradezu unmäßige Klugheit und war daher extrem gefährlich. Er konnte ein neuer Simeon werden oder ein zweiter de Figham, je nachdem, in welche Richtung die Winde des Schicksals ihn trieben. Schon bald würde er seine eigene Kirche haben, sein eigenes Dach und seinen eigenen Altar, keine zwei Meilen von Beverley entfernt, und dazu noch viel Land und großen Besitz. Ein zu gefährlicher Mann, als daß man ihn auf dem unbeständigen Atem des Schicksals reiten lassen sollte.

Daniel folgte dem Gespräch so gut er konnte, obwohl er mit dem Inhalt im wesentlichen schon vertraut war. Fergus de Burtons ungeheure Wortgewandtheit und seine subtile Einflußnahme auf Plantagenet faszinierten ihn.

»... und stellt das Gleichgewicht der Macht wieder her, bevor Ihr endgültig als Verlierer dasteht«, drängte Fergus ihn nun. »Zu diesem Zweck müßt Ihr Simeon retten, Eure einzige Brücke zu den Schätzen und den Reliquien. Züchtigt de Figham, aber tut es indirekt. Laßt der Schlange ihr Nest, aber zieht ihr die Fangzähne und neutralisiert ihr Gift.«

»So«, dröhnte Plantagenet plötzlich so laut, daß Daniel zusammenzuckte. »Ich verhafte also diesen Priester John, seinen Zuchtmeister, und klage ihn der Verschwörung gegen die Kirche und gegen die Autorität seines Erzbischofs an.«

»Ganz recht, und wenn die Beschuldigungen sich erhärtet haben, werden die Klagen gegen Simeon de Beverley sofort fallengelassen. Hängt den Sündenbock, wenn es sein muß, denn das könnt Ihr tun, ohne einen Tadel von Rom befürchten zu müssen. De Figham wird gezwungen sein, Euch öffentlich für Euren Dienst zu danken. Allesamt werden sie in Eurer Schuld stehen, einschließlich Simeon. Und wie sollten der Papst und sein Rat etwas an Euch auszusetzen finden, wo Ihr so bösartige und gotteslästerliche Verschwörungen gegen die Mutter Kirche aufgedeckt habt.«

Daniel sah die Entschlossenheit in den Augen des Erzbischofs aufflackern, während Fergus ihn mit seiner leisen, einschmeichelnden Stimme davon überzeugte, daß der ganze Plan mitsamt seinen raffinierten Drehungen und Wendungen ganz allein von Geoffrey Plantagenet stammte. Eine solche Schläue würde selbst de Figham zur Ehre gereichen. De Burton hatte die Situation mit einem Blick erfaßt und das Problem geradezu meisterlich gelöst. »Eure Feinde werden es sich doppelt und dreimal überlegen, bevor sie es nach diesem

Schlag noch einmal wagen, sich gegen Euch zu verschwören, mein Erzbischof?«

»Und Ihr werdet meine Armee nach Beverley führen?«

Fergus nickte. »Eure Gegenwart könnte falsch ausgelegt werden. Ich werde diese Aufgabe übernehmen und mit ihr die Verantwortung, falls dies notwendig werden sollte.«

Plantagenet rieb sich triumphierend die Hände. »Dieser unverschämte Kanonikus, der glaubt, ganz Beverley beherrschen zu können, wird sich plötzlich seiner Schwanzfedern beraubt sehen, wenn seine Priestermarionette verhaftet ist und für jeden Fehltritt der Kirche in dieser Stadt Rechenschaft ablegen muß.«

»Sie könnten sogar einen eigenen Mann an seinen Platz schmuggeln«, meinte Fergus nun. »Wenn die Viper neue Fangzähne braucht, warum gebt Ihr ihr nicht solche, die Euren eigenen Bedürfnissen dient?«

»Sprecht Ihr von Euch selbst?«

»Wenn ich Euch damit helfen kann, Sire«, antwortete de Burton mit einer schwungvollen Verbeugung.

Draußen vor dem Gemach des Bischofs fragte Daniel: »Wäret Ihr wirklich bereit, einem Mann wie Cyrus de Figham zu dienen?«

»Mißversteht mich nicht«, erwiderte der junge Mann grinsend. »Ich diene keinem Mann außer mir selbst.«

»Keinem außer dem Erzbischof Plantagenet«, konterte Daniel.

Fergus' Augen leuchteten, und sein Grinsen war so fröhlich wie eh und je, als er Daniel einen Finger auf die Brust legte und mit großen Nachdruck sagte: »Ich diene niemandem, *schon gar nicht* diesem Erzbischof.«

Die Nacht war schwarz, und es regnete nicht, nur das Krachen eines noch weit entfernten Sturms war zu hören, als die Armee sich auf dem Hof vor dem Palast des Erzbischofs sammelte. Daniel hatte ungeduldig gewartet, während einige Geistliche, die zu diesem Zweck um ihren Schlaf gebracht wurden, die notwendigen Dokumente vorbereiteten. Er hatte nur wenig und das bißchen sogar gegen seinen Willen geschlafen, aber das üppige Polster des Sofas hatte schließlich den Sieg davongetragen. Der Gesang der Chorpriester störte ihn. Ihre Stimmen schienen in der Luft zu schweben, so tief und melodisch, daß ihr Klang ihn beinahe hypnotisierte. Mit gequältem Lächeln rieb er sich den Schlaf aus den Augen. Hier in York waren sogar die Stimmen der Chorpriester vergoldet.

Sein Pferd war ein frisches Tier aus den Ställen des Erzbischofs, ein Wallach mit einem weißen Mal auf der Stirn. Er sollte zwischen Fergus de Burton und dem Soldaten Chad reiten, bis sie die Tore Beverleys passiert hatten. Erst wenn er dem Abgesandten des Erzbischofs nicht länger von Nutzen sein konnte, sollte er sich davonstehlen und versuchen, seinen Anteil an dieser Angelegenheit vor seinem Herrn zu verbergen.

»Werden wir rechtzeitig dort sein?« fragte er, ängstlich darauf bedacht, nur ja keinen Augenblick zu verschwenden. »Wir müssen die Stadt im Morgengrauen erreichen, bevor Simeon an den Schandpfahl gebunden wird.«

»Wir werden es schaffen«, beruhigte Chad ihn, der zu beschäftigt damit war, seine Männer zu zählen, zu kontrollieren und noch einmal zu überprüfen, und Daniel Habichts Ängsten keine große Aufmerksamkeit schenken konnte.

»Wo ist Edwin? Hat irgend jemand den Jungen gesehen?« Daniel hielt einen vorübergehenden Geistlichen an, der ihn für diese Unverfrorenheit augenblicklich scharf tadelte, was Daniel neuerlich klarmachte, daß dies nicht Beverley, sondern York war, wo die Geistlichen höheres Ansehen genossen. »Vergebt mir meine Unwissenheit, Sir«, antwortete er um Verzeihung heischend. »Die Sache ist dringend. Ich suche einen Jungen, etwa ungefähr meine Größe, aber ziemlich mager, braune Augen und langes, braunes Har. Sein Name ist Edwin. Habt Ihr ihn gesehen?«

»Ich kann Euch nicht helfen«, sagte der Geistliche schroff, neigte dann den Kopf zu einer flüchtigen Verbeugung und wandte sich zum Gehen. Daniel fragte noch viele Männer nach Edwin, bevor Fergus de Burton ihn zu den Toren rief. Ein Soldat zündete Fackeln an und reichte sie den berittenen Männern aufs Pferd; dann schwangen die Tore des Bischofspalastes plötzlich auf.

»Wir müssen den Jungen zurücklassen«, sagte Fergus. »Wir können unmöglich auf ihn warten, wenn wir Beverley vor Sonnenaufgang erreichen wollen. Er hat davon gesprochen, daß er noch etwas zu erledigen habe.«

»Etwas zu erledigen? Hat er den Juden Aaron erwähnt?«

Fergus zuckte mit den Schultern. »Ich glaube kaum, daß er einen Geldverleiher finden wird, der bereit ist, seinem Gewerbe mitten in der Nacht nachzugehen. Ihr hättet ihn nicht aus den Augen lassen dürfen, mein Freund. Die Straßen von York sind kein Ort für einen unerfahrenen Jungen, dessen Eifer seine Klugheit bei weitem übersteigt.«

»Es gefällt mir nicht, ohne ihn aufzubrechen«, gestand Daniel. »Ich fürchte, er wird versuchen, uns in der Dunkelheit zu folgen.«

»Ihr riskiert zuviel, wenn Ihr ebenfalls hierbleibt, Daniel. Wulfric de Morthlund wird die Tore Beverleys für alle Zeiten vor Euch verschließen, wenn man Euch in Zusammenhang mit dieser Angelegenheit bringen kann, und glaubt nicht, daß Ihr in York jemals sicher vor ihm sein werdet. Euer Herr hat ein gutes Gedächtnis und einen langen Arm.«

Daniel blickte in die ernsten, blauen Augen, und wieder einmal überraschte ihn die Klugheit, mit der dieser junge Mann die Intrigen anderer zu durchschauen vermochte. »Muß ich ihn dann im Stich lassen, nach allem, was er für uns getan hat?«

Der hochgewachsene Anführer der Soldaten, Chad, der ein kleines Stück entfernt stand, drängte sein Pferd mit grimmigen Gesicht heran. »Der Junge ist närrisch genug, um den Ritt allein zu wagen, und der Himmel allein weiß, daß er wie ein Anfänger reitet. Laßt mich einen Mann ausschicken, der nach ihm sucht und ihn zu uns bringt, sobald er ihn gefunden hat. Wird das genügen?«

Fergus nickte, und Daniel sagte: »Das genügt, Chad. Ich bin Euch sehr dankbar.«

»Ach, ihr Priester«, sagte Fergus lachend. »Ihr würdet jede Menschenseele retten, die ihr kriegen könnt, ganz egal, ob Euch das Gewinn bringt oder nicht.«

Die kleine Armee aus gut dreißig berittenen Männern

begann ihren holprigen Weg durch die Straßen Yorks, noch bevor die langen Mitternachtsgottesdienste zu Ende waren. Sie ritten am Bischofshügel vorbei, überquerten über die Ousegate-Brücke den Fluß und folgten einem gewundenen Pfad zur Mönchsbarre. Die Straßen waren schmal und unbeleuchtet, zu beiden Seiten lagen Läden und Wohnhäuser dicht an dicht, kein Kamin rauchte, und alle Fenster waren gegen die Nacht verbarrikadiert. An der Barre zeigte Fergus seine schriftliche Vollmacht mit dem Siegel des Erzbischofs vor, und die kleine Truppe passierte die Stadttore mit klappernden Hufen. Sie ritten im Licht ihrer Fackeln, ein schauriger, bedrohlicher Anblick in der Dunkelheit jenseits der Stadttore.

Sie hatten etwa vier Meilen zurückgelegt, als drei Reiter auftauchten, die, geführt von nur einer einzigen Fackel, querfeldein auf die Straße zuhielten. Einer der Reiter war ein Geistlicher aus dem Palast des Bischofs. Er trug einen hellgrauen Umhang über einer dunkelroten Robe, ein schweres Kruzifix baumelte von seinem Hals, und sein Gesicht war grimmig. Schlammspritzer von den Hufen seines galoppierenden Pferdes hatten den unteren Teil seines Umhangs beschmutzt, und dies war es, was ihn mehr als der harte Ritt oder die späte Nachtstunde erzürnt hatte. Sein Begleiter war Edwin, gekleidet in einen viel zu großen Pelzumhang, einen Helm auf dem Kopf und ein Schwert am Gürtel, das er sich von einer der Palastwachen geborgt hatte. Er hielt sich recht ordentlich im Sattel und gab seinem Pferd nun die Sporen, so daß das erschrockene Tier beinahe gegen Daniels Pferd geprallt wäre. In dem nun folgenden kurzen Durcheinander stieß Daniels Wallach nun seinerseits gegen Fergus' Reittier, das sich erschrocken aufbäumte.

»Allmächtiger!« knurrte Chad. Er packte die Zügel von Edwins Pferd, um es zu beruhigen, und Daniel half dem Jungen, sich im Sattel wieder aufrecht hinzusetzen. Dann beugte er sich zu dem Priester hinüber und knurrte noch einmal, diesmal dem Geistlichen direkt ins Gesicht. »In Gottes Namen, Daniel Habicht, tut uns alle einen großen Gefallen und bringt diesem Jungen das Reiten bei!«

In dem ganzen Durcheinander war der dritte Reiter völlig

vergessen worden. Jetzt sahen sie, daß der Mann mit der brennenden Fackel Rabbi Aaron war, gewandet wie ein Soldat unter einem weiten, braunen Umhang, das dunkle Gesicht unterteilt von dem Nasenteil eines prachtvollen Helms.

Fergus ritt auf ihn zu, um ihn zu begrüßen. Angesichts dieses Anblickes mußte er grinsen: ein Jude, der sich anschickte, mit der privaten Armee eines Bischofs zu reiten.

»Hat der Junge Euch in unsere Pläne eingeweiht, Rabbi Aaron?«

»Ich reite, um Simeon de Beverley zu befreien«, erwiderte der Jude leise, »und um mir den Lohn zu holen, den man mir versprochen hat. Die Frau, Elvira, wird mit mir nach York zurückkehren.«

»Elvira? Sie wird mit Euch zurückkehren?«

»So ist es vereinbart.«

»Aber sie gehört Simeon.«

»Nicht mehr. Sie hat sich mir versprochen für den Fall, daß Simeon verschont bleibt. So ist es ausgemacht. Sie wird bereitwillig mitkommen.«

»Ihr seid ein unbarmherziger Händler«, sagte Fergus bitter.

»Den Handel hat sie vorgeschlagen. Sie ist mir nicht abgeneigt, und ich werde ihr ein besseres Leben ermöglichen, als Simeon das jemals könnte. Wißt Ihr, daß Cyrus de Figham sie in seiner Gewalt hat?«

»Das weiß ich, und Ihr könnt sicher sein, daß er sie eher töten wird, als sie Euch zu überlassen. Meiner Meinung nach solltet Ihr Euch lediglich um ihre Sicherheit kümmern. Reitet bis zur Stadt mit uns, und dann tut, was Ihr tun müßt. Findet sie, bevor de Figham erfährt, was geschehen ist. Rettet sie, wenn Ihr könnt, und macht alles andere zwischen Euch und Simeon aus. Ich gebe Euch zu Eurem Schutz sechs von meinen Leuten mit. Ansonsten will ich mit Eurem Handel nichts zu tun haben.«

Der Jude nickte. Fackellicht tanzte über seinem polierten Helm und leuchtete in seinen schwarzen Augen wider. Dann manövrierte er sein Pferd zu den anderen hinüber, und die kleine Schar zog mit stetem Trab über die alte Römerstraße nach Beverley.

Obwohl der Himmel noch immer so schwarz wie Pech war, hörten sie die Glocken Beverleys über dem offenen Westwald, noch bevor sie die Stadt erreichten. Jede Glocke der Stadt läutete, und Männer und Frauen rannten fackelschwingend durch die Straßen.

»Sie haben es getan!« rief Edwin mit erstickter Stimme. »Wir kommen zu spät. Sie haben ihn bereits an den Schandpfahl gestellt.«

»Nein, mein Junge, fasse Mut«, sagte Daniel. »Die Stadt macht sich lediglich für das Spektakel bereit. Bevor der Wagen abfahren kann, müssen die Glocken zum Schweigen gebracht werden.«

»Jawohl, und die Priester werden ihre Morgenandacht vor leeren Kirchen halten«, bemerkte Chad.

Die letzte Meile wurde in gestrecktem Galopp zurückgelegt, und als sie endlich vor der Nordbarre standen, mußten sie feststellen, daß die Tore verschlossen waren und niemand in der Nähe war, der sie hätte öffnen können. Es war Sitte, die Stadt während solcher Ereignisse geschlossen zu halten, da man zu dieser Zeit niemandem die Bewachung der Tore anvertrauen konnte, denn sonst würden zu viele Händler, Kaufleute und Vagabunden die Stadt überschwemmen, ohne den Zoll oder den Zehnten für dieses Vorrecht zu bezahlen.

Es schien, als würden die Pläne von Simeons Freunden zu guter Letzt doch noch vereitelt werden. Die Tore waren aus solider, mit Metallbeschlägen verstärkter Eiche. Ihr gewaltiges Gewicht hing an massiven, eisernen Angeln, und die Tragebalken waren metertief im Boden verankert. Es würde nicht leicht sein, diese Tore niederzureißen, und während sie sich dieser mühsamen Arbeit widmeten, konnten sie leicht von anderen angegriffen werden.

»Seht! Da ist ein Mann! Wie kommt denn der hierher? Vor einer Sekunde war noch niemand da!«

Eine hohe, schlanke Gestalt mit einer tiefschwarzen Kapuze trat aus den Schatten in der Nähe der Tore und bewegte sich auf die Männer an der Spitze der Truppe zu. Erschrocken zückte Fergus sein Schwert, wurde jedoch sogleich von dem Rabbi daran gehindert, es zu benutzen.

»Es ist der schwarze Priester«, flüsterte Edwin. »Der Wächter!«

»Es ist mir egal, wie man ihn nennt«, knurrte Fergus. »Ein Mann allein wird diese Tore nicht gegen meine Armee verteidigen können.«

Der Rabbi hielt seinen Schwertarm fest. »Steckt Euer Schwert wieder weg, Fergus. Wenn Ihr diesem da jemals wieder begegnet, tretet zurück und laßt ihn ungehindert gehen.«

»Wer ist das?« Fergus bemerkte die Reglosigkeit der dunklen Gestalt, ihr Schweigen und ihre ungewöhnliche Größe. »*Was* ist er?«

»Ich habe gehört, daß man ihn den schwarzen Wächter nennt, den Wächter des Tores.«

»Wird er uns einlassen?«

»Wenn nicht, werden wir niemals hineinkommen, selbst wenn wir hundertmal so viele Männer bei uns hätten.« Aaron drängte sein Tier ein paar kurze Schritte vorwärts und hob den Nasenteil seines Helms, um sein Gesicht zu entblößen. Die Gestalt rührte sich nicht von der Stelle und gab auch nicht den geringsten Laut von sich. Als Aaron sich abwandte, war ein grimmiger Ausdruck in seine Augen getreten. »Der Wächter wird uns durchlassen«, sagte er zu de Burton.

»Aber wie? Die Tore sind von innen verriegelt und …« Fergus schnappte nach Luft. Die Tore Beverleys, die so fest verschlossen gewesen waren, schwangen auf. »Wie, in Gottes Namen …?«

»Er ist der schwarze Wächter«, meinte Edwin grinsend. »Die Tore Beverleys öffnen oder schließen sich, ganz wie er es wünscht.«

»Das sind doch Märchen, mein Junge. Da steckt irgendein Trick dahinter.«

»Vielleicht, aber er funktioniert.« Aaron gab seinem Pferd die Sporen, und die kleine Truppe folgte ihm; als der letzte Mann die Tore passiert hatte, fielen diese wie von selbst hinter ihm zu.

Die Stadt befand sich in Aufruhr, und in den Straßen herrschte ein solches Getöse, daß die berittenen Männer nur langsam zum Münster durchkamen. Überall entlang des Wegs waren Läden, Wohnhäuser und Kirchen verbarrikadiert. Männer, Frauen und Kinder, alle mit Stöcken oder schweren Beuteln voller Steine bewaffnet, rangen entlang des Wegs, den der Karren nehmen würde, miteinander um die besten Plätze. Der Lärm der Glocken zusammen mit den aufgeregten Stimmen war ohrenbetäubend. In der Nähe von St. Mary trennte Daniel sich von der Gruppe und zog das Pferd des protestierenden Edwins hinter sich her; er wollte einen sicheren und weniger auffälligen Weg nach St. Peter nehmen.

Als Cyrus de Figham und sein Kaplan, John Palmer in der Propstei ankamen, fand er einen Soldatentrupp im Hof und Fergus de Burton in einem der Empfangszimmer vor.

»Erklärt mir, was das zu bedeuten hat, de Burton«, verlangte er zu wissen.

Der junge Mann machte eine entschuldigende Geste. »Mir sind in dieser Angelegenheit leider die Hände gebunden, mein Freund. Unser Erzbischof sieht in jeder Ecke eine Verschwörung und hat in jedem Haushalt seine Spione. Er war so nahe dran«, Fergus maß ein kleines Stück zwischen seinem Finger und seinem Daumen ab, »Euch zu verhaften und für seine Feinde ein Exempel an Euch zu statuieren.«

»Unter keiner einzigen Anklage oder Beschwerdeschrift steht meine Unterschrift«, protestierte de Figham. »Mir kann man nichts vorwerfen. Ich bin in dieser Sache völlig unschuldig.«

»Was ich unserem Erzbischof auch wieder und wieder gesagt habe, mein Freund. Die Kirche könnte Euch allerdings für die Taten Eures Kaplans zur Verantwortung ziehen, und zwar in der Überzeugung, Ihr hättet seinen Verschwörungen gegenüber bequemerweise ein Auge zugedrückt.«

»Das lasse ich mir nicht bieten«, zischte de Figham. »Ich stehe über solchen Dingen.«

De Burton zuckte mit den Schultern. »Kein Mann ist unverwundbar, wenn die ganze Macht Yorks sich auf ihn konzentriert. Ich habe getan, was ich konnte, Pater Cyrus, und nun müßt Ihr handeln, um Plantagenet von Eurer Tür fernzuhalten. Liefert John Palmer aus. Stellt ihn als den einzigen Verschwörer in diesem schmutzigen Geschäft hin. Tut das, und

Ihr werdet den Tag unversehrt überstehen; ein unschuldiger Kanonikus, den ein ehrgeiziger junger Priester übertölpelt hat. Verteidigt ihn, und Geoffrey Plantagenet wird Euch zerstören.«

De Fighams Gesicht wurde aschfahl. »Ich werde meine Gefangenen nicht ausliefern.«

»Ihr müßt. Wenn der Zuchtmeister schuldig ist, dann sind die Anklagen gegen Eure Gefangenen falsch. Und wenn er unschuldig ist, stellt sich die Frage, wer außer Euch selbst eine solche Verschwörung, wie unser Erzbischof sie aufgedeckt hat, hätte einfädeln können?«

»Mein Gott, er hat mich in der Falle.«

»So ist es, und ohne mein Dazwischentreten hätte er Euch hängen lassen«, stellte Fergus unumwunden fest.

De Figham ließ sich schwer auf eine Truhe fallen, und der ganze Aufruhr seiner Gefühle stand ihm offen ins Gesicht geschrieben. »Gebt mir eine Stunde Zeit«, sagte er schließlich.

»Ich kann Euch gar nichts geben. Die Würfel sind gefallen.«

»Aber wenn Ihr zu spät gekommen wäret … Wenn irgend etwas Euch aufgehalten hätte …?«

»Meine Leute haben Geoffrey einen Treueeid geschworen. Sie sind nicht käuflich. Sie würden die Wahrheit berichten, daß wir nämlich rechtzeitig gekommen sind, um Simeons Zurschaustellung am Schandpfahl zu verhindern.«

»Verflucht! Eine Stunde ist alles, worum ich bitte.«

»Unmöglich. Schon in diesem Augenblick ist der Propst auf dem Weg hierher, um die offizielle Anklage zu hören und das Siegel des Erzbischofs zu bestätigen. Wenn das geschehen ist, wird man John Palmer gefangennehmen.«

De Figham schlug mit der Faust auf den Tisch und stöhnte mit totenbleichem Gesicht: »Bei den Göttern, soll ich denn an einer einzigen, elenden Stunde scheitern?«

»Er oder Ihr, mein Freund«, drängte Fergus. »Die Wahl liegt bei Euch. Geoffrey Plantagenet wird seinen Sündenbock bekommen, ob er nun John Palmer heißt oder Cyrus de Figham.«

Während Cyrus vor Wut tobte und Fergus seine Wortgefechte vollführte, brach in den Kerkern unter der Propstei hektisches Treiben aus. Die Zellenwächter wurden vertrieben und alle Gefangenen befreit. An Simeons Zelle angekommen, stellten seine Freunde fest, daß die Tür offenstand.

»Der Hof!« schrie einer der Soldaten. »Sie haben ihn in den Hof gebracht. Sie binden ihn bereits an den Schandpfahl!«

Thorald und Osric, die außerhalb des Gefängnisses die ganze lange Nacht hindurch Wache gehalten hatten, versuchten, die Tür zu Elviras Zelle mit ihren Äxten einzuschlagen. Aaron nahm ebenfalls eine Axt zur Hand und bat die beiden Priester, den Soldaten nach oben in den Hof zu folgen.

»Kümmert Euch um Simeon. Ich werde Elvira befreien. Das Schloß ist schon halb aufgebrochen. Geht! Kümmert Euch um Simeon!«

Als die Tür aufflog, stand Elvira mit dem Rücken zur Wand, ihre mit Lumpen gefesselten Hände wie zum Gebet über der Brust ineinandergeschlungen. Ihr Gesicht war bleich und zerschunden, sie hatte dunkle Ringe unter den Augen, und, obwohl sie völlig reglos dastand, war ihre Furcht unübersehbar.

Der Jude bückte sich, trat durch die Tür und ging langsam mit ausgestreckten Armen auf sie zu. »Ich bin gekommen, um Euch zu befreien, Lady.«

Einen Augenblick später lag Elvira in seinen Armen, klammerte sich an ihn und weinte vor Erleichterung. »Ihr seid gekommen ... Ihr seid gekommen. Aber Simeon ...«

»Auch er wird sofort befreit werden«, beschwichtigte Aaron sie, und Elvira sackte in seinen Armen zusammen. Er nahm die Haarlocke und den goldenen Mähnenkamm aus seinem Gewand und hob dann mit den Fingerspitzen ihren Kopf an, damit sie diese beiden Dinge sehen konnte. »Ich muß Euch an Euer Wort binden, Elvira.«

»Sobald Simeon in Sicherheit ist«, flüsterte sie, »werde ich mein Versprechen halten.«

»Gott segne Euch, Elvira.«

»Und Euch für Euer rechtzeitiges Eingreifen, Aaron.«

Als er ihr aus der Zelle half, trafen sie Osric und Thorald, die gerade die Treppe hinunterkamen. »Simeon wird schwer bewacht; außerdem ist er mit Ketten und Lederriemen an einen Karren gebunden, vor den zwei Ochsen gespannt sind. Man hält uns mit Speeren und Bogen von ihm fern und droht, den Wagen abfahren zu lassen, sobald wir den Hof überqueren. Wir müssen de Figham herholen, damit er diesem Pöbel den Befehl gibt, Simeon zu befreien.«

»Laßt uns sofort aufbrechen«, pflichtete Aaron ihnen bei. »Fergus hält de Figham in der Propstei fest, wo man die Anklagen gegen seinen Kaplan verliest. Laßt die Soldaten hier und kommt mit mir.«

Sie gingen hinauf, Elvira in der Mitte, und als sie das Gemach des Propstes erreichten, ließ man sie in den Raum, in dem die offizielle Anklageschrift verlesen wurde, nicht ein. Außerdem erwartete sie dort die Nachricht, daß Cyrus de Figham das Gebäude bereits verlassen hatte.

De Figham hatte seine Chance gesehen und sie ergriffen. Er ließ einen älteren Geistlichen aus seinen Diensten zurück, damit dieser an seiner Statt jegliche Beteiligung des Kanonikus an John Palmers Verschwörung leugnete; dann war er eine schmale Treppe zu den Kerkern hinuntergeflüchtet. Dort verbarg er sich in einem kleinen Alkoven, während Elvira von ihren Freunden aus der Zelle geführt wurde. Ihre Befreiung ließ seinen Zorn zur Weißglut werden, und er glitt hinaus auf die Straße und mischte sich unter die Menschenmenge, die sich wie Ratten entlang des Weges versammelt hatten, an denen der Schandpfahl vorbeikommen sollte. Als de Figham das Münster erreichte, waren seine Kleider zerrissen, und er hatte zahlreiche blaue Flecken davongetragen. In der Kirche wimmelte es vor Menschen, die dort Zuflucht gesucht hatten. Viele von ihnen halfen, die Fenster mit Brettern zu vernageln oder Säcke um die Kerzen zu schichten, alle versuchten, mit den geringen Mitteln, die ihnen zur Verfügung standen, die große Kirche und ihre Schätze vor dem Aufruhr in der Stadt zu bewahren. Ein weiterer Priester würde in der allgemeinen Verwirrung gar nicht auffallen. Die Chorpriester standen auf der Empore und sangen, und ihre Stimmen schienen de Fighams Zorn zu verhöhnen. Der Große John hallte in seinen

Ohren wider und schien mit seinem Geläut das Totengeläut für all seine ehrgeizigen Pläne zu schlagen. Wenn diese verfluchte Glocke verstummte, würde man den Wagen mit Simeon am Schandpfahl loslassen, und weder das Gesetz der Menschen noch das Gottes würde dann den Pöbel noch aufhalten können.

In dem kleinen Glockenturm des Münsters zog ein Priester mit stetem Rhythmus an dem Seil der großen, schwarzen Glocke. Cyrus de Figham zückte sein Schwert und schlug den Mann ohne zu zögern nieder, wobei er den Kopf des Unglücklichen beinahe von seinem Rumpf trennte. Dann schwang er seinen Schwertarm noch einmal und durchtrennte mit einem Zornesschrei das Glockenseil.

»Mein Gott! Was habt Ihr getan?«

Der Mönch aus Flandern stand an der Tür des Turms. Er hatte de Figham kommen sehen und seine Absicht erraten. Jetzt warf er nur einen kurzen Blick auf den toten Priester, sah das durchtrennte Seil und begriff sogleich, was geschehen war. Mit einem lauten Aufschrei schleuderte er seinen drahtigen Leib durch die Luft und versuchte, das Seil in die Hand zu bekommen, um die große Glocke weiterzuläuten. Seine Hände griffen ins Leere und de Figham stürzte sich auf ihn. Der Griff seines Schwertes traf ihn heftig an der Schläfe, und als er halb besinnungslos auf die Knie sank, bohrte sich die Spitze des Schwerts tief in seinen Oberschenkel.

De Figham, darauf gefaßt, noch einmal auf den hilflosen Mönch einschlagen zu müssen, hielt mit emporgehobenem Gesicht und leuchtenden Augen inne. Der Große John wurde langsamer. Die massige Glocke verlor ihren Schwung. Er drehte sich um und rannte unter lautem Gelächter aus dem Turm, während Antony mit schwindenen Sinnen noch versuchte, das lose herabbaumelnde Seil, das so unendlich weit entfernt zu sein schien, zu ergreifen. Noch ein letzter Schlag, und der Klöppel blieb stehen. Der Große John versank in Schweigen, und eine nach der anderen verstummten auch die übrigen Glocken Beverleys. Ein Brüllen fegte über den Pöbel hinweg. Die Glocken hatten aufgehört zu schlagen. Das Vergnügen konnte beginnen.

KAPITEL 34

Es war zum Schlimmsten gekommen, und sie wußten es. Während in einem Teil der Propstei Simeons Freunde um seine augenblickliche Freilassung flehten, wurde in einem anderen sein Schicksal besiegelt. Die Glocken hatten aufgehört zu läuten. Die Tore des Hofes wurden weit aufgerissen, und unter dem irrsinnigen Triumphgeheul der Masse zogen die Ochsen an, und die Räder setzten sich in Bewegung.

»Es hat angefangen!« Osrics Stimme klang gepreßt, und das Gesicht des alten Soldaten war verzerrt.

»Gott stehe ihm bei«, murmelte Jacob de Wold.

Da hallte plötzlich ein Schrei durch die Halle. *»Haltet ein! Es darf nicht geschehen!«* Zwei Dutzend Männer griffen, ohne einen Gedanken daran zu verschwenden, daß ihre prächtigen Roben Dieben und Räubern als begehrenswerte Beute erscheinen mochten, nach ihren Schwertern und stürzten auf die Türen zu. Draußen im Hof warf Fergus de Burton einen letzten Blick auf seine Männer, deren Zahl durch die, die an Simeons Unschuld glaubten, angeschwollen war. Dann strömten die Männer durch die weit offenen Tore hinaus und bahnten sich mit ihren Schwertern einen Weg durch den kreischenden Mob. Hinter ihnen folgten Pförtner, Lakaien, Küchenbedienstete und Gärtner, alle mit provisorischen Waffen ausgerüstet. In anderen Teilen der Stadt ereignete sich Ähnliches. Daß die Anklagen gegen Simeon de Beverley Teil einer klug eingefädelten Intrige waren, die den ehrgeizigen Zielen eines einzelnen Mannes nutzen sollte, hatte sich herumgesprochen. Das Volk war betrogen worden. Wenn Simeon starb, würden die braven Bürger Beverleys von Kirche und Gott gleichermaßen verdammt werden. Kleine Trupps aufrechter Männer, geführt von Priestern einer jeden Kirche, trotzten dem Inferno in den Straßen, um Beverleys Schande ein Ende zu machen.

»Simeon ist unschuldig«, riefen die Männer, und schon bald fielen andere ein. »Simeon ist unschuldig.«

»John Palmer ist der Schuldige«, riefen viele, und auch sie fanden bald ein lautstarkes Echo. »John Palmer ist der Schuldige. Gebt uns John Palmer! Wir wollen John Palmer!«

Der Karren mit seinen gewaltigen Rädern pflügte sich, gezogen von zwei mit Lederdecken geschützten Ochsen, durch die Menschenmenge, die sich um die Propstei versammelt hatte. Vorne im Karren hockte unter einem Verschlag aus Stöcken und Leder der Fahrer des Wagens und stachelte die Ochsen mit einem geschärften Stock zum Weiterlaufen an. Hinter ihm stand Simeon hoch erhoben, gefesselt an einen stabilen Holzrahmen und nur mit einem Paar Leinenhosen bekleidet, das ihm von der Taille bis zu den Knien reichte. Die große, runde Wunde auf seiner Brust, wo ihn der Pfeil getroffen hatte, verlieh ihm das Aussehen des gemarterten heiligen Sebastians. So überwältigend war die Wirkung dieses Anblicks, daß einige der Menschen, die in der Nähe des Wagens standen, ihre Waffen sinken ließen und mit erschrockenen Blicken zurückwichen. Der hohe Karren trug seine hilflose Last über die Zugbrücke an der Keldgate-Kreuzung und schwankte von dort aus in das Chaos um das Münster. Als der Wagen heranrollte, wurden die Schreie immer lauter: »Simeon ist unschuldig. Simeon ist unschuldig.«

Ein ferner Lichtblitz zerriß den Morgenhimmel, und schwaches Donnergrollen wurde hörbar; die dahinjagenden Wolken wurden an einigen Stellen von grellen Sonnenstrahlen durchbrochen. Der schon seit Tagen drohende Sturm schien sich nun doch zusammenzubrauen, und viele fürchteten das Eingreifen der unberechenbaren Elemente.

Daniel Habicht führte eine kleine Truppe von Männern von St. Peter herüber. Einige waren Priester, viele Gärtner oder Grabenbauer. Sie hatten ihre Küchenarbeiten liegengelassen oder waren aus ihren Betten im Hospital aufgestanden. An seiner Seite ritt Edwin, zu tapfer und zu stur, um zurückzubleiben. Während die Gruppe sich ihren Weg zum Münster und zu dem Karren erzwang, riefen die Männer ohne Unterlaß: »Befreit Simeon! Befreit Simeon!« Ein gutes Stück weiter westlich kamen Thorald und Osric ähnlich zügig voran, und von Nordwesten nahten Fergus und seine Soldaten. Ebenfalls aus Norden kamen andere kleine Gruppen treuer Verbündeter, die den Mob spalteten und immer wieder Simeons Unschuld beschworen. Diese Leute strömten dem Münster mit nur einem einzigen Gedanken entgegen: den Gefangenen um jeden Preis vom Schandpfahl zu befreien.

Ein Aufblitzen prächtigen Rots im Hof des Münsters fing Daniels Blick ein, und er erkannte eine vertraute, vom Mob gepeinigte Gestalt. Wulfric de Morthlund hatte versucht, die Sicherheit seines Hauses in der Moorgate zu erreichen, und mußte nun mit ansehen, wie seine priesterlichen Wachen erschlagen wurden. Der Mob riß ihm den Umhang herunter, zerrte ihm den Gürtel und das Kreuz vom Körper und zog die Ringe von seinen Fingern. In Todesangst taumelte er durch die Menge und schrie laut um Hilfe. Eine Sekunde lang sah Daniel ihn fassungslos an. In diesem Augenblick kam der Karren zu seiner Linken in Sicht. Als Daniel wieder nach rechts sah, traf sich der entsetzte Blick Wulfric de Morthlunds über ein Meer gesetzloser, tobender Menschen mit seinem. Einen Moment später warf sich Daniel in das Getümmel und versuchte instinktiv, sich bis zu de Morthlund durch die Massen zu kämpfen. Als Daniel ihn erreichte, geriet er in Lebensgefahr, als er den fetten und verletzlichen Leib seines Herrn mit seinem eigenen beschützte.

Die Freunde schafften es, den Wagen an der Ecke des Durchgangs zum überfüllten Münsterhof zum Stehen zu bringen. Hier hatte der Tumult bereits die Ausmaße einer Rebellion angenommen, und Soldaten und Städter, Priester und Pöbel fochten einen blutigen Kampf um die Beute aus. Der Karren wurde mit Stöcken, Steinen und schlammigen Torfklumpen beworfen. Ein Mann, der versuchte, Simeons Fesseln aufzuschneiden, bekam einen Speer in den Rücken. Ein anderer wurde durch einen Hieb mit einer Axt gefällt, und ein weiterer erlag einem Steinhagel, der seinen Schädel zertrümmerte.

Auch Elvira erzwang sich ihren Weg zum Karren. Während Stephen Goldsmith nach Kräften versuchte, sie festzuhalten, schrie sie immer wieder Simeons Namen. Osric und Thorald rannten vor ihnen her, und auch der Jude, noch immer in Helm und Umhang, stieß in seiner verzweifelten Hast, den Priester zu erreichen, Männer und Frauen zur Seite. Hinter ihnen erreichte eine Gruppe brüllender Männer den Hof, die einen schreienden Priester auf den Schultern trugen. »Hier ist Euer Schuldiger! Hier ist der Schurke, John Palmer! Simeon ist unschuldig! Simeon ist unschuldig!«

Ein Regen spitzer Steine ergoß sich auf den Karren, und Simeon, der nach einem mutigen Rettungsversuch eines seiner Freunde einen Arm freigekommen hatte, sank getroffen zusammen, so daß sein Körper grotesk verzerrt am Schandpfahl hing. Ein weiterer Stein traf den herabhängenden Arm und schlug ihm eine neue, blutige Wunde, aber Simeon regte sich nicht mehr. Ein Raunen ging durch die Menge, setzte sich immer weiter fort und gewann immer mehr an Kraft und Lautstärke, bis es zu einem einzigen Aufschrei gewachsen war: »Der Priester ist tot! Simeon ist tot!«

Der Platz war plötzlich totenstill. Da erhob sich in der Nähe des Wagens eine Stimme: »Gott helfe uns! Der Priester ist tot!«

Das Donnern und Krachen am Himmel war jetzt deutlich zu hören. Ein gezackter Blitz zischte herab und traf die höchsten Dachbalken des Münsters, und ein knisternder Funkenregen ging auf den Kirchhof nieder. Wer den Funken nachgeschaut hatte, sah, wie die Türen des Münsters aufschwangen und eine ganz in Schwarz gekleidete Gestalt heraustrat, eine dunkle Silhouette vor dem Fackelschein aus dem Inneren der Kirche.

»Der Priester ist tot. Pater Simeon ist tot!«

Die schwarze Gestalt bewegte sich vom Münster auf den Karren zu und teilte auf ihrem Weg die Menge, wie ein Bauer mit einer Sichel das Korn mäht. Ein schwerer Stein traf die Kapuze, aber die Gestalt wandte sich bei seinem Aufprall weder um, noch zuckte sie zusammen. Die ihrem Weg am nächsten waren, prallten vor Ehrfurcht erfüllt zurück. Einige bekreuzigten sich hastig in ihrem Erstaunen, daß ein Mensch einen solchen schweren Treffer überleben, ja sogar einfach ignorieren konnte.

Auf dem Karren hatten zwei Männer den blutüberströmten Simeon von seinen Fesseln befreit, und Thorald hielt den

Leib seines Freundes so sanft und zärtlich in seinen Armen, als handele es sich um ein Kind, und weinte hemmungslos. Mit Osrics Hilfe legte er ihn auf einen Umhang auf den Boden. Und so fand Elvira Simeon, beinahe nackt und mit blutigen Gliedern, das Gesicht zur Seite gewandt, den Körper völlig reglos. Sie ließ sich neben ihm auf die Knie fallen und berührte sein zerschundenes Gesicht mit den Fingerspitzen.

»Wir waren so nahe daran«, stieß Osric mit tränenerstickter Stimme hervor. »Gütiger Gott, es fehlte nur so wenig, und wir hätten ihn gerettet.«

Elvira legte eine Hand auf Simeons Brust und stieß einen leisen, tragischen Schrei aus. Sie spürte die kalte, scharfe Leere in ihrem Herzen und wußte, daß sie ihn verloren hatte.

Cyrus de Figham kam in seinem Eifer, sich von dem Tod des Priesters selbst zu vergewissern, näher heran und begegnete über ein Dutzend anderer Köpfe hinweg Thoralds Blick. Als er den ungezügelten Zorn in den Augen des großen Priesters las, drehte er sich auf dem Absatz um und floh. Mit einem lauten Brüllen nahm Thorald die Verfolgung auf und zückte bereits seinen Dolch, während er wie ein rasender Bulle der flüchtenden Gestalt nachsetzte. Die beiden Männer bewegten sich gegen den Strom der Massen, der eine um sein Leben rennend, der andere felsenfest entschlossen, diesem Leben ein Ende zu setzen. An der heruntergelassenen Zugbrücke warf de Figham einen Blick über die Schulter und sah seinen Verfolger ganz deutlich, sah die Mordlust in seinen Augen und den langen, dünnen Dolch in seiner Hand. De Figham sprang auf die Brücke und rannte über sie hinweg, rannte dem Schutz der Bäume dahinter entgegen. Mit einem Fuß hatte er bereits wieder festen Boden unter sich, als die Klinge sich in seinen Rücken bohrte. Er blieb stehen, wankte unter dem Schlag und drehte sich dann langsam zu seinem Feind um. Auf seinem Gesicht malte sich völlige Ungläubigkeit ab.

»Beim Teufel, Ihr habt mich getötet, Priester.«

Seine Augen weiteten sich, noch einmal flackerte das Schwarz in ihnen auf, bevor er zu Boden stürzte und mit vernehmlichem Aufschlag ins Wasser fiel. Der schlammige Strom trug seine schlaffe Gestalt ohne jeden Protest flußabwärts.

Auf dem Hof des Münsters setzte der Karren sich wieder in Bewegung. Eifrige Hände hatten den schreienden Zuchtmeister an Simeons Stelle an den Schandpfahl gefesselt, und zwei Dutzend berittener Soldaten machten den Weg frei, um ihn durch das Chaos in der Fishmongers Row zu geleiten. Der schreiende, sich windende Zuchtmeister, von den Fesseln gezwungen, sich an dem grausamen Pfahl aufrechtzuhalten, war ein leichtes Ziel für den Steinhagel, der ihn dort willkommen hieß.

Immer wieder schrie die Menge: »Simeon ist tot!« Die Menschen, die sich um den am Boden liegenden Priester geschart hatten, waren jetzt stiller geworden und ihre Stimmen zu einem Flüstern verklungen. Ein jeder schwor, daß er keinen Anteil an der Steinigung eines Unschuldigen gehabt habe. Ein Ring Simeon treu ergebener Männer und Frauen hatten sich um den am Boden liegenden Körper geschlossen; Schulter an Schulter standen sie da, um die Menge zurückzuhalten. Solange sie lebten, würde kein heulender Mob ihn zerfetzen und verstümmeln und sein Fleisch unter sich aufteilen. »Simeon ist tot«, sagten die Leute. »Simeon de Beverley ist tot.«

Die Hände in seinen Ärmeln verborgen und den Kopf wie zum Gebet gesenkt stand die schwarze Gestalt ganz in Simeons Nähe. Von der Fishmongers Row wurden jetzt neue Schreie hörbar, und das Brüllen des sterbenden Ochsen erhob sich über eine Woge frisch angestachelter Hysterie.

»Ich habe ihn verloren«, flüsterte Elvira, als wären der Leichnam ihres Geliebten und die eisige Kälte in ihrem Herzen nicht genug, um ihr das Unfaßbare bewußt zu machen.

Die schwarz gekleidete Gestalt beugte sich über den am Boden liegenden Leib des Priesters und murmelte Worte, von denen viele glaubten, sie hätten sie verstanden, aber keiner konnte sie jemals mit Gewißheit wiederholen. Die dunkle Kapuze verdeckte die reglosen Züge Simeons, und der Umhang verbarg die Hände, die mit flinken Bewegungen über seine zerschundene Brust flogen. Als die Gestalt sich dann wieder erhob, war das Wunder geschehen.

»Er hat sich bewegt! Gütiger Gott im Himmel! *Er lebt!*«

»Das ist unmöglich! Der Priester ist tot!«

»Ich sage, er hat sich bewegt! Seht doch! Seine Augen sind offen!«

»Ein Wunder! Es ist ein Wunder!«

Ein Dutzend Stimmen verbreitete die Neuigkeit, und es dauerte nicht lange, da waren es hundert Stimmen und kurz darauf abermals hundert, bis es schien, als sei die ganze Stadt eingefallen. »Ein Wunder hat Simeon gerettet! Simeon lebt!«

Elviras Gesicht sagte mehr als alle Worte, aber dann sah sie den Rabbi, Aaron, der sie über seine zum Gebet gefalteten Finger hinweg anschaute. Sie küßte ihre verletzten Finger, preßte sie auf Simeons Lippen, erhob sich dann und trat zu dem Rabbi hinüber, während Simeon eilig ins Münster getragen wurde.

»Wir brechen heute Mittag nach York auf«, sagte der Rabbi.

»Er lebt«, war alles, was sie erwiderte, bevor sie sich abwandte.

Sie sahen sich erst wieder, als der Vormittag beinahe vorüber war. In der Stadt herrschte munteres Treiben. Der Tumult hatte sich gelegt, beschwichtigt durch den Tod von John Palmer und die schlauen Maßnahmen, die Fergus de Burton getroffen hatte. Er war kein Mann, der sich eine günstige Gelegenheit entgehen ließ, und so beschlagnahmte er alle Nahrungsmittel in den Kellern des Propstes, bevor er mit seinem eigenen Schwert die Opferstöcke und die Truhe mit den Gaben der Pilger öffnete. All das verteilte er dann eigenhändig in der Stadt. In Begleitung seiner Soldaten ritt er wie ein König durch die Straßen und warf mit der Barmherzigkeit des Heiligen, dessen Namen er trug, seine Geschenke in die Menge. Der Mob brüllte seinen Dank, huldigte Fergus de Burton, der heiligen Mutter Kirche und Simeon – in dieser Reihenfolge. Die Rufe und das Gejohl der Menschen waren bis nach St. Peter zu hören, und ihr Jubel hinterließ einen bitteren Geschmack auf der Zunge.

»Sie hängen ihr Herz und ihren Verstand in den Wind, ganz gleich, woher er weht.«

Simeon saß völlig erschöpft draußen auf einer Bank, sein Körper verbunden mit Leinentüchern, einen Arm in einer

Schlinge an den Leib gepreßt. Sein Fuchspelzumhang fiel ihm locker über die Schultern, und noch immer konnte er den süßen, dicken Sirup schmecken, den er in seiner Zelle versteckt hatte, die zähe Flüssigkeit, die er sich, bevor man ihn an den Schandpfahl stellte, mit einem einzigen langen Schluck einverleibt hatte. Es hatte sich auch bis zu ihm herumgesprochen, daß Daniel Habicht am Bett seines verletzten Herrn saß, Lobeshymnen für seine Tapferkeit entgegennahm und wieder einmal de Morthlunds Lieblingsgespiele war. Pater Richard und Pater Antony würden sich von ihren Verletzungen erholen, und der tapfere Edwin war wieder mit seiner Schwester vereint. Aber viele, die an diesem Tag für Simeon de Beverley gekämpft hatten, waren tot. Die ganze Stadt, von einem Ende bis zum anderen, wurde nach dem Jungen abgesucht, der aus einem Mehlsack verschwunden war. Inmitten all der Aufregung und des fröhlichen Feierns, inmitten von Gebeten und tiefstem Dank konnte nicht ein einziger der Freunde vergessen, daß Peter noch nicht gefunden war.

»Ihr laßt ihm nichts«, sagte Osric zu dem Juden.

»Ich nehme nur, was rechtmäßig mein ist. Wir haben einen ehrlichen Handel geschlossen«, erwiderte Aaron.

»Und viele werden Euch dafür verachten, daß Ihr sie daran bindet.«

Der hochgewachsene Jude schüttelte sein glänzendes Haupt. »Sie werden schon lernen, mir zu danken, wenn sie sehen, wie gut es ihr geht, und wenn diese zusammengeflickte Ruine, die sie Münster nennen, wieder aufgebaut wird. Euer Simeon wird alles Geld bekommen, das er für den Wiederaufbau braucht, mit meinem guten Willen und Geoffrey Plantagenets Segen.«

Osrics Augen wurden schmal. »Und ich sage es noch einmal, Ihr laßt ihm nichts.«

Als Elvira näherkam, stand Simeon auf. Sie hatten sich bereits Lebewohl gesagt und ihre Abschiedstränen vergossen. Jetzt, für die Reise gewandet, erschien sie ihm schöner als je zuvor. Es schmerzte ihn bis in sein Innerstes, sie auch nur anzusehen. Elvira legte ihre Hände auf seine Brust und sah ihm in die Augen. Er bückte sich und strich mit seinen Lippen über die ihren, ein flüchtiger, zarter Kuß, das letzte, was er von ihr bekommen würde.

Aaron wandte sich ab, bis ins Mark getroffen von der Szene, die er da beobachtet hatte. Bislang hatte er geglaubt, es sei Elviras Schönheit gewesen, die ihn so in den Bann geschlagen hatte, und er hatte sich eingeredet, daß auch ihre schlichte Ehrlichkeit und ihr reines Herz ihn gefangengenommen hätten. Nun aber erkannte er, daß all das nur einen kleinen Teil seiner Begierde ausmachte. Was er von ihr wollte, war das Unmögliche. Er begehrte etwas, das sie niemals einem anderen als Simeon schenken würde: Ihre Liebe. Als er nähertrat, standen die beiden noch immer Hand in Hand da und konnten ihre Blicke nicht voneinander lösen. Aaron räusperte sich und reichte Simeon den Mähnenkamm, ein Teil des Preises, mit dem Elvira sein Leben hatte kaufen wollen. Er legte Elvira die Haarlocke in die Hand und schloß mit innerem Widerstreben ihre zerschundenen, wunden Finger um das zarte Geflecht.

»Lady, ich entbinde Euch Eures Versprechens.«

»Aber Sir …?«

Mit einem langen, dunklen Finger brachte er ihren Protest zum Verstummen.

»Laßt unsere Freundschaft genug sein«, erklärte er. Dann wandte er sich von ihr ab und sagte mit einer formellen Verbeugung: »Gott segne und bewahre Euch, Simeon de Beverley. *Shalom.*«

Dann ging er mit langen Schritten davon, blieb nur einmal kurz stehen, um sich mit einer respektvollen Bemerkung vor Pater Cuthbert zu verbeugen, bevor er seinen Helm wieder aufsetzte und auf das Pförtnerhaus zustrebte. »Ich muß mit ihm reiten«, sagte Fergus de Burton. »Er ist ein ehrenwerter Mann, und im Augenblick genießt er sogar die Gunst unseres Erzbischofs.«

»Ihr habt heute Gott und den Menschen in vieler Hinsicht gedient«, sagte Simeon zu ihm. »Wir danken Euch. Wir sind Euch von ganzem Herzen dankbar, Freund.«

Fergus zuckte mit den Achseln und sah ihn mit seinem schelmischen Grinsen an. »Ihr habt, was Euer Herz begehrt, und ich habe, was das meine begehrt.«

»Meine Kirche wird mit Plantagenets Unterstützung wieder aufgebaut werden, zusammen mit einem Altar, der meinem eigenen Heiligen, dem seeligen Fergus, geweiht sein wird. Mir bringt diese Sache einen hübschen Gewinn ein. Was ich getan habe, habe ich nur für mich getan.«

Simeon schüttelte den Kopf so nachdrücklich, wie seine Verletzungen es zuließen. »Nun, Fergus, ich werde mich bemühen, das nicht zu vergessen.«

»Ihr dürft es auf keinen Fall vergessen, und nennt mich niemals Freund. Es könnte sein, daß ich mich einmal als das Gegenteil erweise.«

»Auch daran werde ich denken«, sagte Simeon.

Als Fergus sich zum Gehen wandte, zog Simeon Elvira in seine Arme und schob ihr den unerwünschten Reisemantel von den Schultern.

»Ich habe gespürt, daß du tot warst, Simeon«, wisperte sie. »Da draußen auf der Straße, als ich neben dir kniete.«

»Ein einfacher Irrtum, meine Geliebte. Ich habe von einem Kräutersirup getrunken, der meine Sinne eingelullt hat. Ich habe dich nicht verlassen.«

»Doch, Simeon, ich habe es gespürt, hier in meinem Herzen, wie ich es immer wissen würde, wenn ich dich verliere. Einen Augenblick lang wußte ich, daß du tot warst. Ich habe es gespürt, Simeon.«

»Elvira, vielleicht …«

»Simeon.«

In der plötzlichen Stille, die auf diesen Ruf folgte, hörte Simeon das drohende Grollen eines Donners und sah einen Blitz am Himmel aufzucken. Die Haare in seinem Nacken stellten sich auf, und als er Elvira näher an sich zog, vernahm er die Stimme noch einmal.

»Simeon.«

Die Gestalt näherte sich mit stetem Schritt, ging an dem Lagerhaus und dem Skriptorium vorbei, ihr weiter Umhang blähte sich um sie herum auf, und die Kapuze verbarg ihr Gesicht.

»Gott segne und bewahre Euch, Bruder«, sagte Simeon. »Wir verdanken Euch viel.«

»Der Hüter des Schreins.«

»Nicht ich, sondern Peter.«

»Der Hüter des Schreins.«

Die Stimme schien durch Simeons Brust zu hallen. Ein kleines Stück entfernt blieb die Schattengestalt stehen, und wieder einmal schien es, als träfen sich ihrer beider Blicke. Da öffnete sich der große, schwarze Umhang und alle, die zusahen, wurden Zeugen eines weiteren Wunders, als plötzlich der verschwundene Junge heraustrat.

»Peter!«

Ein Triumphschrei erhob sich über St. Peter. Elvira hielt den Atem an und bedeckte ihren Mund mit beiden Händen. Tief bewegt und keines Wortes mehr mächtig bückte Simeon sich lediglich und hieß den Jungen mit offenen Armen willkommen. Peter kam auf ihn zugerannt und warf sich lachend in seine Arme.

Die Schattengestalt hob eine Hand und neigte den Kopf und erteilte allen Anwesenden ihren heiligen Segen.

»Gott segne Euch«, war alles, was Simeon hervorstoßen konnte.

Sie sahen zu, wie der schwarz gewandete Fremde sich abwandte und auf die Tore zuging. Als er die Mauer, die das Kirchengrundstück umfriedete, erreichte, verschmolz er mit dem Schatten der Mauer und verschwand im Dunkel, wo kein Durchgang und keine Öffnung war.

Das Sonnenlicht zeichnete die Sturmwolken am Himmel nach und bestätigte Pater Cuthberts Prophezeiung, daß ein Sturm kommen würde, der keinen Regen mit sich brachte. Ein tiefer, voller Klang erfüllte die Luft, gefolgt von einem neuerlichen Glockenschlag und dann noch einem. Das Glockenseil war ausgewechselt worden. Der Große John läutete, läutete trotz der bösen Mächte, die versucht hatten, die Stimme des großen Heiligen zum Schweigen zu bringen und sein geliebtes Beaver Lake schrecklicher Gefahr auszusetzen. Der Schrein war immer noch unversehrt, der Heilige verschont, und der Große John rief klangvoll zum Mittagsgottesdienst.

NACHWORT

Die Reliquien von St. John of Beverley blieben noch sieben weitere Jahre lang unauffindbar. Die Schatztruhe mit vier Eisennägeln, drei Bronzebolzen, sechs Perlen und einigen Knochenstücken und Haarbüscheln und ›… einem ziemlich verrosteten Dolch‹ verschwanden erneut in der Katastrophe von 1213 und blieben hundert Jahre lang verschollen.

Die Kirche St. Martin wurde nie wieder aufgebaut. Ihre spärlichen Überreste befinden sich unter der Südwestecke des heutigen Mittelschiffs des Münsters.

Noch im Jahre 1960 war das Wasser in dem Brunnen rechts vom Hochaltar genauso rein und süß wie einst – fast tausend Jahre nachdem St. John of Beverley es gesegnet hatte.

Das für alle Zeiten geheimnisvolle Grab des unbekannten Priesters, dem dieses Buch gewidmet ist, liegt an der Ostseite des nördlichen Querschiffs des Münsters.

Im Jahre 1221 schenkte Stephen Goldsmith, Handwerksmeister und Geistlicher im Dienste des Münsters von Beverley, das als eingefriedeter Bereich von St. Peter bezeichnete Land den Dominikanern oder Mönchspredigern.

Von dem mittelalterlichen Dorf Ravensthorpe am Bygotwald bei Beverley haben sich nur noch Spuren erhalten.

Geoffrey Plantagenet, illegitimer Sohn von Heinrich II., wurde im August 1191 zum Erzbischof von York geweiht.

Aaron of York, Lehrer und Geldverleiher, wurde einer der zwölf führenden Juden des Landes. Sein Vater Aaron, der reichste aller Juden von York, kam in den Unruhen von 1190 ums Leben. Die Krone konfiszierte seinen Besitz und zog alle seine Forderungen ein.

Ausgrabungen, die 1960 bis 1983 am Rand des alten Klostergeländes (von St. Peter) in der Eastgate durchgeführt wurden, legten die Fundamente einer mittelalterlichen Kirche frei, deren größter Teil sich in dem ausgeschachteten Bereich des heutigen Bahnhofs befindet. Außerdem wurden Hinweise auf sechsundzwanzig Gräber, einige Grabsteine, Ziegel, Mauerwerk, Kochtöpfe, Krüge, Schnabelkannen, Reste von bemaltem Fensterglas und Teile von ledernen Schuhsohlen gefunden; all das stammte aus dem elften und zwölften Jahrhundert. Darüber hinaus entdeckte man zahlreiche Skelettreste. Einzelheiten über diese Ausgrabungen finden sich in: *Excavations at the Dominican Priory, Beverley,* von P. Armstrong und D. G. Tomlinson (Humberside Heritage Publications No. 13).

ENDE

Band 13 760

Frédrérick Tristan

Das Geheimnis des Vatikan

Vatikan-Thriller, zeitgenössisch und historisch, vom Prix-Goncourt-Preisträger aus Frankreich!

Die Presse spricht von einer Gefahr für die kirchliche Lehre, aber für Professor Adrien Salvat ist es ein sensationeller Fund: In der Bibliothek des Vatikans hat er eine Handschrift entdeckt, an deren Existenz niemand mehr so recht glaubte. Sie handelt vom Leben des um 100 n. Chr. geborenen Basophon, der zum Spielball widerstreitender religiöser Kräfte wurde und in seiner Verzweiflung sogar mit teuflischen praktierte . . .

Bei der Erforschung und Übersetzung dieser Heiligenlegende stellt sich heraus, daß Teile des Manuskripts erst unlängst bearbeitet wurden. Der englische Gelehrte und Freund Salvats, der diese Manipulation aufdeckt, muß dafür mit seinem Leben zahlen. Adrien Salvat läßt sich dadurch nicht einschüchtern. Mit allen Mitteln versucht er, die Verschwörung aufzudecken, der sein Kollege zum Opfer fiel.

BASTEI LÜBBE

Sie erhalten diesen Band im Buchhandel, bei Ihrem Zeitschriftenhändler sowie im Bahnhofsbuchhandel.